J.RangnickVerlag

„Sonniger Herbst" ist der fünfte Kriminalroman einer mehrbändigen Reihe mit dem Investigativ-Journalisten Walcher als Hauptfigur.
Der Titel erzeugt gezielt eine falsche Erwartung, denn dieser Herbst ist überhaupt nicht sonnig, sondern menschenverachtend, düster und kalt.
Der Wunsch alter Menschen ihren Herbst in Gesundheit und Geborgenheit zu erleben, bietet skrupellosen Geschäftemachern eine lukrative, munter sprudelnde Einnahmequelle. Und es sind nicht immer nur die Köpfe in den Konzernspitzen, denen Begriffe wie Moral und Ethik nur noch als griffige Floskeln in bunten Werbepapieren gelten.

Sonniger Herbst

Joachim Rangnick

Kriminalroman

J.RangnickVerlag

Erstauflage Dezember 2008

www.rangnick-verlag.de

Umschlaggestaltung: Uli Strohmeier

Der Allgäuer Künstler, Maler, Karikaturist und Grafiker Manfred Küchle, Kempten/ Albus, malte das Gemälde für das Titelbild

Satz: J.RangnickVerlag
Druck und Bindung: CPI Books GmbH
Printed in Germany
ISBN 978-3-9809889-4-0

Bibliografische Information der Deutschen Bibliothek
Die Deutsche Bibliothek verzeichnet diese Publikation in der Deutschen Nationalbibliografie; detaillierte bibliografische Daten sind im Internet über http://dnb.d-nb.de abrufbar.

Du sollst deinen Vater und
deine Mutter ehren,
auf dass du lange lebest
und es dir wohl ergehe.

Kurzfassung des Generationenvertrags
aus dem Alten Testament

Diedamskopf

Der dort drüben, das ist der Hohe Ifen, deutete Steurer nach links und strahlte wie ein Kind beim Auspacken seiner Geschenke. *Widderstein, die Üntschenspitze, Hochkünzelspitze ... wunderschön und das Wetter, ein herrlicher Blick. Mit jedem dieser Berge verbinde ich eine Geschichte. Meine Frau, musst du wissen, war bergnärrisch, genauso wie ich. Wenn wir Zeit hatten, wanderten wir. Meistens hier vor unserer Haustür, Allgäu, Bregenzer Wald, Appenzell. Unsere Berge. Viele Touren machten wir mehrere Male und entdeckten doch immer Neues.*
Steurer atmete tief ein und schloss verzückt die Augen. Langsam ging er in die Knie und ließ sich in den Rollstuhl sinken, die Hände fest am Holzgeländer der Terrasse. Seine Erinnerungen mussten sehr intensiv sein, denn er nahm nicht einmal die Familie daneben wahr, deren vier Kinder sich lautstark um den letzten Schluck aus einer Colaflasche stritten.
Die erste Hürde ihrer Bergwanderung, nämlich den Einstieg in die Gondel, lag hinter ihnen und war problemlos gemeistert worden. Steurer hatte misstrauisch den faltbaren Sportrollstuhl gemustert, aber nur gemeint: *Ziemlich große Räder.*
Erst als Maximilian ihn ohne große Anstrengung über die Treppen zum Gondeleinstieg im ersten Stock der Talstation hinaufgezogen hatte, nickte Steurer anerkennend: *Da hat sich jemand was dabei gedacht.*
Als sie dann in der Gondel nach oben schwebten, schüttelte Steurer den Kopf. *Erzähl das bitte niemandem, aber das ist meine erste Fahrt in so einem Ding und ich muss zugeben, es ist ziemlich aufregend. Ich habe diese Bahnen immer bekämpft, weil damit jede Stadtsandale ohne Mühe auf einen Berg kommt und ihn zuscheißen kann, aber jetzt ...*
Auch der Ausstieg aus der Gondel klappte, weil der Mann an der Aufsicht die Geschwindigkeit reduzierte. Maximilians Vorschlag, ihn auch die letzten Meter bis zum Gipfel hinaufzuschieben, lehnte Steurer ab. *Schieb mich auf die Terrasse und lass mich in Ruhe die Berge hier an dieser Seite ansehen. Das reicht mir vollauf, außerdem, spar dir deine Kraft für den Abstieg.*

Nach einer Stunde im Wechsel von andächtigem Staunen und begeisterten Beschreibungen von besonderen Wanderrouten und Erlebnissen nickte Steurer und meinte: *Jetzt könnten wir es wagen.*
Es war dann aber keineswegs ein Wagnis, den Rollstuhl auf dem Fahrweg ins Tal zu lenken. Maximilian musste ohnehin alle zwei Meter anhalten und Steurer die Blumen, Kräuter und Gräser bringen, zu denen dieser ihn dirigierte.
Da, die Arnica montana, ja, die gelbe, die daneben ist die Campanula latifolia, eine breitblättrige Glockenblume, wäre schön, wenn wir noch die bärtige Schwester fänden, eine Campanula barbata. Aus dem Kraut dahinter wird eine Gentiana lutea, ein gelber Enzian, aber der blüht erst in einem Monat, wir sind noch zu früh dran. Auch die kleine Staude dort, nein, links daneben, das wird ein Wolfseisenhut. Ziemlich giftig das Kraut, blüht aber wunderbar kräftig. Hier oben ist es wie auf dem Straßenstrich, nur wer sich kräftig schminkt und parfümiert, findet einen Liebhaber.
Steurer wäre beinahe aus dem Rollstuhl gekippt, so heftig lachte er über seinen Vergleich. Auch Maximilian lachte mit und wunderte sich, was in dem Alten alles steckte. *Ich dachte, Sie wären Optiker und jetzt entpuppen Sie sich als Botaniker, der sich auch mit dem Straßenstrich auskennt.*
Meine Frau war Apothekerin und da blieb es nicht aus, dass ich das eine oder andere Blümchen kennen lernte.
Bald hielt Steurer einen Strauß in der Hand, an dem er immer wieder schnupperte. *Den werde ich trocknen lassen.*
Apropos trocken, war das Stichwort für Maximilian, *ich habe Durst und Hunger, was halten Sie von einer Brotzeit?*
Gute Idee, ich bin zwar nicht müde, kicherte Steurer, *aber bei einer Pause mache ich mit. Wir sind gleich an der oberen Diedamsalpe und da gibt's ein herrliches Plätzchen am Schrannenbach. Dann kann ich auch den Strauß hier wegstecken, die meisten sind nämlich geschützt, jedenfalls vor Menschen, nur die Kühe dürfen alles kahl fressen.*
Zehn Minuten später hatte Steurer seinen Rollstuhlsklaven, wie er Maximilian lächelnd nannte, an den wirklich einmalig schönen Platz am Schrannenbach dirigiert. Seitlich und im

Rücken standen Tannen als Blickschutz zu den Wanderwegen und zur Mittelstation der Gondelbahn. Vor ihnen öffnete sich eine schmale Felsspalte zu einer tiefen Schlucht, in der das Wasser in mehreren Kaskaden auf den Grund der Spalte rauschte. Dahinter staffelten sich Wälder und Almwiesen bis hinunter zum Talgrund. Von dort unten, an der Gegenseite, stiegen dann wieder die mächtigen und wohlgeformten Bergflanken auf, die das Tal vor der lauten Welt zu behüten schienen. Darüber lag ein zartblauer Himmel, an dem einige weiße Schiffchen segelten, angestrahlt von der warmen Junisonne. Ein Bilderbuchwetter.
Steurer ließ sich ohne Hilfe aus dem Rollstuhl gleiten und auf die Decke sinken, die Maximilian ausgebreitet hatte. Dann verlangte er den Rucksack und packte aus: Harte Eier und Salz in einer verschrammten Blechbüchse, Landjäger, kalten Braten, Essiggurken, Tomaten und ein kerniges Brot.
Dazu gibt's Tee aus Wiesenkräutern, stellte Steurer auch noch eine Thermoskanne auf die Decke.
Während es sich Maximilian schmecken ließ, trank Steurer nur einen Schluck Tee und sah ununterbrochen nach links und rechts, hinauf und hinunter, so als wollte er jeden einzelnen Berg des Panoramas tief in seinem Gedächtnis einbetten.
Der Tag ist zwar zu schön, um über Probleme zu reden, aber du hast von Fragen geschrieben. Wenn du magst, stell sie mir jetzt, blinzelte Steurer in die Sonne und wandte sich Maximilian zu.
Der war froh, dass Steurer damit anfing, denn er hatte befürchtet die Stimmung zu zerstören und sich vorgenommen, wenn überhaupt, seine Fragen erst auf dem Heimweg zu stellen.
In Ihrem Tagebuch schreiben Sie von Testreihen mit neuen Medikamenten ... wird das nicht häufig in Seniorenheimen und Kliniken gemacht?, begann Maximilian mit dem Punkt, der ihn besonders irritiert hatte.
Auf freiwilliger Basis, mag sein, nickte Steurer. *Aber in unserer Anstalt bekommen die Probanden nicht einmal Einverständniserklärungen zur Unterschrift vorgelegt. Wer sich weigert, wird psychologisch platt gemacht. „Störenfried in der Gemeinschaft, wo es*

doch um unser aller Gesundheit geht", war noch ein harmloser Vorwurf. Renitenten Leuten wie mir wurde quasi mit dem Entzug medizinischer Versorgung in Krisensituationen gedroht.
Das ist schon ziemlich starker Tobak. Manchmal bin ich mir wie eine Ratte vorgekommen, die wöchentlich gründlich untersucht wird, aber nicht um sie am Leben zu erhalten, sondern um die Reaktionen auf die eingenommenen Medikamente zu prüfen. Ich habe Herz-Kreislaufmittel geschluckt, obwohl ich keinerlei Beschwerden hatte, auch meine Prostata war in Ordnung, trotzdem schluckte ich drei Monate irgendwelches Zeugs dafür oder dagegen. Mittel gegen Verkalkung im Kopf oder gegen Arthritis, Arthrose, Venenstabilität, Magen, Darm, Haut, Sehkraft, Hörnerv ... es gibt kein Organ, das nicht für irgendwelche Tests herhalten musste. Manchmal war mir während der ganzen Zeit kotzübel oder mein Puls schien mir das Hirn aus den Ohren zu pressen. Einmal fielen meine letzten Haarbüschel über Nacht einfach aus. Bei einer Testreihe für ein neues Ohrenpräparat krümmten sich meine Zehnägel und starben ab, wie in einem Horrorfilm. Seither habe ich keine Zehnägel mehr. Als du mich mal beim Baden danach gefragt hast, kannte ich dich noch nicht gut genug, um darüber offen zu sprechen.
Maximilian nickte, Steurer hatte ihm damals etwas von genetischen Defekten erzählt. Die Erinnerung an die ungeschützten, roten Hautmale des Alten, wo sonst die Zehnägel wuchsen, ließ ihn noch einmal erschaudern. Warum war ihm während der vier Monate Zivizeit nichts aufgefallen? Dass die Bewohner regelmäßig untersucht worden waren, hatte er nie in Bezug zu Testverfahren gesetzt, sondern als eine besondere Leistung der Seniorenresidenz verstanden.
In der Erinnerung versunken, nahm Maximilian nicht wahr, was sich um ihn herum, vor allem hinter ihm, tat.
Auch Steurer sah eher beiläufig hinüber, riss erschrocken seine Augen auf und brüllte: *Vorsicht!*
Maximilian kam aber nicht dazu sich umzusehen. Er spürte keine Schmerzen, nur ein Knirschen empfand er, wie beim Zahnarzt, wenn sich die Wurzel endlich aus dem Kiefer löste. Aber dieser Anflug eines Gedanken versank in pötzlicher Dunkelheit.

Freiflug

Nach Hilfe zu rufen, daran dachte er nicht einen Moment lang. Nicht nur, weil es ihm sinnlos erschien oder er sich als keifender Greis in einem Rollstuhl lächerlich vorkam – er empfand den Mann, der ihn vermutlich in den nächsten Minuten umbringen würde, eher als Erfüllungshelfer seines Abgangs von dieser Welt, so wie er ihn sich in den vergangenen Monaten häufig vorgestellt hatte.
Eine große Ruhe überkam ihn. Gut, ein paar Details hatte er sich anders ausgemalt. Zum Beispiel fehlten die letzte Zigarre und einige Gläschen eines alten Armagnacs oder Cognacs, auch ein Obstler hätte es zur Not sein können. Und dann natürlich das wesentlichste Detail, nämlich die Arme auszubreiten und weit hinunter zu segeln wie ein Adler.
Aber, ging es ihm durch den Kopf, auch die schätzungsweise dreißig Meter würden genügen und die Zigarre und der Alkohol hätten ihm ohnehin nicht gut getan.
Bedauerlich war, dass Maximilian durch diesen Überfall vermutlich Probleme bekommen würde, aber daran war wohl nichts mehr zu ändern. Gegen diesen Menschen, der ihn wie eine Puppe von der Decke aufgehoben und in den Rollstuhl gesetzt hatte, fühlte er sich wie eine Schildkröte.
Schön, dass du so vernünftig bist, keuchte der Mann hinter ihm.
Vernunft?, dachte Steurer und überlegte, welcher Gegend der Akzent zuzuordnen sei. Irgendwo aus Jugoslawien, Slowenien vielleicht?
Entschuldige, aber es muss sein, hörte er, kurz bevor er zu schweben begann. Ein höflicher Killer, lächelte Steurer und breitete die Arme aus. Nun war es beinahe so wie in seiner Vorstellung, auch ohne Schnaps und Zigarre.
Aber daran dachte er nur kurz, denn in seinem Kopf lief jenes Phänomen ab, von dem manche Menschen erzählten, die eine bedrohliche Situation überlebt hatten. Bilder jagten durch seinen Kopf, berauschend schnell und trotzdem erstaunlich detailliert. Die Mutter umarmte ihn und er roch die Appretur ihrer Bluse und den zarten Duft von Jasmin. Er spürte Vaters

Hand an seinem Bauch und erlebte noch einmal das warme Gefühl von Vertrauen und Sicherheit, obwohl das Wasser bei seinem ersten Schwimmversuch kalt und tückisch schien.
Die Brandwunden an der Hand vom verbotenen Lagerfeuer, die erste Lüge, der Diebstahl von Mutters Rabattmarkenheften, Lydia, die erste Liebe, der Unfall mit dem Motorroller, eine Wanderung mit Annegret und dann die Heirat.
Er sah nach innen, trotz der offenen Augen, und ihm schien, als würde er ganz langsam nach unten schweben, während im Zeitraffer sein Leben durch den Kopf jagte. Die Fehlgeburten Annegrets und ihre tiefe Traurigkeit, die darauf folgte, nur auf den Wanderungen war kurz ihr Lächeln zurückgekehrt. Immer kleiner wurde sie, bis nichts mehr von ihr übrig war, was man Leben nennen konnte. Dann ging sie einfach und ließ ihn zurück, obwohl er sie immer noch zärtlich geliebt hatte. Vielleicht würde er sie ja gleich treffen. Das feine Gesicht berühren können, in die unergründlichen Augen sehen, vielleicht auch wieder ihr Lachen hören, vielleicht ...

Ende einer Bergwanderung

Der heftige Nieser schleuderte die Ameise aus dem Nasenloch, aber sie spürte nicht annähernd den Schmerz, der Maximilian dabei im Kopf dröhnte. Es war ein Erwachen, wie nach einem Gelage mit übelstem Fusel. Die Zunge klebte in der trockenen Mundhöhle, wie eine Oblate beim Abendmahl.
Nur zögernd öffneten sich die verklebten Augenlider und Maximilian hätte vermutlich die von der Sonne leuchtend rot verbrannte Haut gespürt, wären nicht die Schmerzen im Kopf weit intensiver gewesen.
Es dauerte einige Sekunden, bis er verstand, wo er war. Warum er nicht auf der Decke neben Steurer lag, sondern kurz vor der Steilwand zum Schrannenbach, fragte er sich und fügte ganz langsam, wie in Zeitlupe, einen Gedanken an den anderen.

Langsam hob er erst den Kopf, dann richtete er sich auf und betastete am Hinterkopf vorsichtig die Schwellung, die irgendwie nicht zu seinem Kopf gehörte, nur der Schmerz, der davon ausging.
Auf allen Vieren kroch er vom Abgrund weg, hin zur Decke. Das Picknick lag unverändert bereit, als wäre keine Minute verstrichen. Nur die Scheiben des kalten Bratens hatte die Sonne gerollt wie auch die Brotscheiben. Steurer!
Warum hatte er nicht sofort an ihn gedacht, zuckte es durch seinen Kopf, und weil er sich hektisch im Kreis drehte, fuhr wieder eine Schmerzwelle hinterher. Es gab keinen Steurer und auch keinen Rollstuhl. *„Vorsicht"*, hatte Steurer gebrüllt, dann war es schwarz geworden. Maximilian zog das Handy aus der Tasche und sah auf die Uhrzeit. Vierzehn Uhr.
Um elf Uhr waren sie von der Bergstation aufgebrochen, gegen zwölf Uhr hatten sie das Picknick begonnen, also lag er etwa seit zwei Stunden hier herum. Aber Steurer, wo war Steurer? Was war geschehen? Ein Überfall? So ein Blödsinn, dachte Maximilian. Auf einer Bergwanderung im Bregenzer Wald wird niemand überfallen. Das Handy. Österreichischer Notruf, aber Maximilian hatte keine Ahnung.
Die Mittelstation oder die mittlere Diedamsalpe, dort gab es Menschen und ein Telefon. Maximilian nickte und überlegte, ob er alles so liegen lassen sollte, wie es war. Steurer schoss ihm wieder in den Kopf. Warum war er am Abgrund gelegen? Sollte Steurer ... ? Maximilian fühlte sich elend bei dem Gedanken, ging trotzdem die drei Meter zu der Stelle, an der er aufgewacht war, und sah in die Spalte hinunter.
Er schreckte zurück, nicht nur weil dort unten der blaue Rollstuhl lag, sondern auch weil hinter ihm eine Stimme bellte: *Bleiben S' stehn und Hände weg vom Körper!* Dann griffen grobe Hände an seine Schultern und rissen ihn nach hinten und auf den Boden.
Was soll das? Lassen Sie ... Da erkannte Maximilian ihre Uniformen. Maximilian wollte zum Abgrund deuten, aber da schloss sich eine Handschelle, erst um das rechte, dann um das linke Gelenk und er wurde hoch gezogen.

Ja, glauben Sie ... ich ...? Maximilian starrte auf die Handschellen und stammelte, unfähig für einen klaren Gedanken: *Sie ... Sie ... der Rollstuhl ... Steurer ... da unten ... !* Dann knickten ihm die Beine weg und zum zweiten Mal verschwand der Tag im Dunkel.
Einer der Polizisten hatte Maximilian langsam zu Boden sinken lassen, ein anderer nahm ein Fernglas aus der Seitentasche seines Uniformrocks und sah damit hinunter in die Schlucht. Ein weiterer Beamter stellte sich neben ihn und sah auch hinunter, nickte und sprach dann in ein Funkgerät, das an einem Riemen um seinen Hals hing. Der dritte Polizist fotografierte die Decke mit den Picknickutensilien und skizzierte auf einem Block Lage und Abstand zur Abbruchkante der Schlucht, so als würde er einen Verkehrsunfall protokollieren.

Als Maximilian wieder aufwachte, lag er angeschnallt auf einer Trage neben einem Polizisten, in dessen Blick er glaubte, tiefe Abscheu zu lesen. Auch der Sanitäter sah ihn nicht mit dem Blick eines Samariters an.
Da Maximilian zu seinen Füßen hinaufsehen konnte, nahm er an, dass der Wagen ins Tal fuhr. *Was ist mit Steurer, mit meinem Begleiter, haben Sie ihn gefunden?,* schrie er gegen den Fahrlärm. Der Polizist schüttelte nur mit dem Kopf, aber das hätte auch an dem holperigen Fahrweg liegen können, weshalb Maximilian seine Frage nochmals wiederholte und dabei dem Polizisten in die Augen sah. Der entzog sich Maximilians Blick, drehte sich zum Sanitäter und sagte etwas, was Maximilian aber nicht verstand. Kein Wunder, zu Hause sprachen die Eltern Hochdeutsch und seine Zivildienstzeit im Allgäu konnte man auch nicht gerade als Sprachschulung für den Dialekt des Bregenzer Waldes bezeichnen.
Der beleibte Polizist, der dann in der kleinen Polizeistation die erste Vernehmung leitete und sich mit hochrotem Kopf bemühte, Schriftdeutsch zu sprechen, war auch nur schwer zu verstehen. Auf Maximilians Frage, ob Steurer gefunden worden sei, erhielt er als Antwort: *Die Fragen do stell ich.*
Dann erklärte der Polizist aber: *Einen alten Mann und einen*

Rollstuhl hat man aus dem Schrannenbach geholt, der alte Mann tot, der Rollstuhl Schrott. Man hat Sie beobachtet, wie Sie den Mann im Rollstuhl in die Schlucht gestoßen haben. Deshalb sind wir oben gewesen.
Wie ein Sturzbach sprudelte aus Maximilian der wahre Ablauf heraus, laut und rot im Gesicht und mit vor Entsetzen aufgerissenen Augen. *Sie müssen mir glauben, so war das und nicht anders, ich mag doch den Steurer. Warum sollte ich denn so etwas tun? Das ist doch verrückt, und dann mein Kopf, glauben Sie, ich schlage mir selbst den Schädel ein? ...* Maximilian brach ab, sah sich mit gehetztem Blick um, bückte sich zum Papierkorb und erbrach das Wenige, das er in seinem Magen hatte.
Schweiß und Tränen tropften ihm von den Wangen, er nahm dankbar das gereichte Papiertuch an. In seinem Kopf dröhnte es und er sah dem Polizisten an, dass der nicht allzu viel von ihm zu halten schien, auch wenn der nun erklärte: *Hören Sie, zweimal hat man bei der Wacht angerufen. Von einem jungen Mann hat man berichtet, der einen alten Mann in einem Rollstuhl in die Schlucht geschoben hat. Und diese Anrufe finden wir bestätigt. Vermutlich sind Sie dabei gestolpert und haben sich den Kopf angeschlagen, sonst wären Sie wahrscheinlich längst über alle Berge. Aber das ist nur meine Meinung. Morgen können Sie dem Bezirksinspektor in Bregenz alles ganz genau erzählen. Noch durten bringen mir Sie jetzt hin.*
Aber ich muss zur Frühschicht in München sein und den Wagen zurückgeben muss ich auch ... Maximilian schien nicht klar, in welcher Situation er sich befand. Er dachte über den treffenden Spruch des Polizisten nach, „über alle Berge zu sein“, und musste dabei sogar lächeln, denn er war ja wirklich von Bergen umgeben. Als dann aber der Polizist aufstand und einen anderen Spruch aufsagte, nämlich: *Hiermit sind Sie verhaftet, weil Sie unter dem dringlichen Verdacht stehen, einen Menschen in den Tod gebracht zu haben,* wurde Maximilian bewusst, dass dies keine Komödie und auch sonst überhaupt nicht lustig war, sondern er ein riesiges Problem hatte.

Verhör

Den ganzen Sonntag über wartete Maximilian auf das Verhör, aber nichts geschah, außer dass er ein Frühstück, Mittag- und Abendessen in seine Zelle gereicht bekam. Wortlos. Lediglich mit dem Arzt, der ihn noch am Samstagabend untersucht und eine mittelschwere Gehirnerschütterung diagnostiziert hatte, konnte er ein paar Worte wechseln, die sich aber nur auf medizinische Fragen beschränkten. Ansonsten war Maximilian allein mit seinen Gedanken.
Dachte er an seine Frühschicht im Klinikum oder an den Zimmernachbarn, dessen Auto er längst hätte zurückgeben sollen, überfielen ihn immer wieder Panikattacken. Es kam Maximilian nicht seltsam vor, dass ihn derartig belanglose Probleme mehr Sorgen bereiteten als seine Situation und der Tod Steurers. In Maximilian festigte sich die Vorstellung, dass lediglich ein Gespräch mit dem Bregenzer Kommissar notwendig wäre, um wieder nach München zurückkehren zu können. Zwar stellte er sich durchaus die Frage nach dem Grund für den Überfall und überlegte auch, wer der oder die Täter sein konnten, aber er fand keine schlüssige Erklärung. Hatte es mit Steurers Tagebuch zu tun oder war es irgendein Verrückter, der ihn niedergeschlagen und Steurer in die Schlucht gestoßen hatte? Aber Maximilian kam nicht weiter, denn jedes Mal wenn er darüber nachdachte, begannen in seinem Kopf grässliche Schmerzen zu pochen, deshalb schlief er die meiste Zeit bis zu seinem Verhör am Montag.

Ihr Vater ist Beamter, da brauche ich Ihnen ja nicht zu erklären, was es bedeutet die Wahrheit zu sagen, und wenn nicht, dann bekommen wir es früher oder später ohnehin heraus. Mein Name ist Georg Holzer und ich bearbeite als leitender Inspektor der Kriminaldienststelle Bregenz Ihren Fall.
Maximilian nickte: *Ich habe nicht vor Sie zu belügen und auch was ich bisher gesagt habe, war die Wahrheit.*
Sehr schön, dann fangen Sie mal an. Was war da los auf dem Diedamskopf? Ach ja, Ihre Dienststelle in München haben wir

benachrichtigt, dass Sie erst einmal einsitzen, auch mit Ihrem Vater haben wir gesprochen. Er lässt Ihnen Grüße ausrichten und fragt, ob er einen Rechtsanwalt besorgen muss?
Holzer saß zurückgelehnt in seinem Drehstuhl seitlich neben dem Schreibtisch, auf dem er eine Ecke für das Aufnahmegerät frei geschoben hatte. Der Inspektor machte nicht den Eindruck, als würde er unter Minderwertigkeitskomplexen leiden.
Danke, aber ich glaube nicht, dass ich einen Rechtsanwalt brauche. Telefonieren sollte ich allerdings mal, mit meinem Mitbewohner im Wohnheim. Das Auto, mit dem ich hier bin, ist seins.
Später, jetzt fangen Sie erst einmal an, deutete der Inspektor auf das Tonband.
Vielleicht sollte ich noch die Vorgeschichte zu der Bergwanderung erzählen, schlug Maximilian vor und begann, weil Holzer nickte.
Maximilian beschrieb seine Zivildienstzeit in der Seniorenresidenz und den freundschaftlichen Kontakt mit Steurer, dem er als Pfleger zugeteilt war. Er erzählte von der Münzen- und Briefmarkensammlung, die er zum Abschied von Steurer geschenkt bekommen hatte, samt einer Geschenkbestätigung. Sprach von den Vorfällen in der Seniorenresidenz und von Steurers Tagebuch, das er zusammen mit den Sammelalben erhalten hatte. Von dem Brief erzählte er, den er Steurer schrieb, weil er die Alben zurückgeben wollte, um bei dieser Gelegenheit auch Fragen zu dem Tagebuch zu stellen.
Maximilian beschrieb die Schikanen des Geschäftsführers, sprach von seinem Versetzungsantrag in ein Klinikum, und dass er deshalb nach München gekommen war. Dann erzählte er von dem Tag der Bergwanderung. Wie er Steurer in der Seniorenresidenz abgeholt hatte, mit ihm nach Schoppernau gefahren war und sie mit der Gondelbahn auf den Diedamskopf hinauf geschwebt waren. Maximilian erwähnte auch die geschützten Pflanzen, die er für Steurer einsammeln musste, und den Beginn des Picknicks. *Ich habe eine Scheibe vom kalten Braten gegessen, während Steurer die Berge bewunderte. Dann forderte er mich auf, meine Fragen zu stellen.*

Ich wollte wissen, was es mit den Testreihen neuer Medikamente auf sich hatte, die er in seinem Tagebuch ausführlich beschrieb. Während er das Vorgehen in der Anstalt erklärte, er nannte die Seniorenresidenz immer nur „Anstalt", sah er auf die Berge gegenüber. Und ich starrte ihn an, war gefesselt und schockiert über das, was er erzählte. Dann drehte er sich zu mir, riss die Augen auf und schrie: Vorsicht! Ich erinnere mich noch, dass ich mich umdrehen wollte, aber da ging schon das Licht aus.

Könnte ich wohl einen Kaffee oder ein Glas Wasser haben?

Wie? Holzer schreckte geradezu hoch, so konzentriert schien er Maximilian zugehört zu haben. *Einen Kaffee, ja natürlich, ich werde mir auch einen genehmigen, obwohl ich das Zeug nicht vertrage.* Er brüllte, ohne aufzustehen in Richtung Glastür des nächsten Büros: *Frau Sohler, bringen S' bittschön zwei Kaffee und extra Milch und Zucker, danke, sehr freundlich.* Dann forderte er Maximilian auf: *Bis der Kaffee kommt, machen Sie einfach weiter, denn das kann dauern.*

Maximilian hatte den Faden verloren. *Wo war ich gerade?*

Licht aus, half der Inspektor nach.

Als ich aufgewacht bin, lag ich nahe am Abgrund und hatte furchtbare Kopfschmerzen, nickte Maximilian.

Haben Sie eine Vorstellung, wie Sie dorthin gekommen sind?

Nein, ich saß zuletzt auf der Decke, dort war es flach, also konnte ich nicht von allein dahin gerollt sein.

Das widerspricht den Aussagen der beiden Anrufer, die unabhängig voneinander die Polizei und die Bergwacht benachrichtigt hatten. Holzer fixierte Maximilian mit einem absolut ausdruckslosen Blick.

Was haben die Anrufer denn gesagt? Maximilian erwartete eigentlich keine Antwort und war deshalb erstaunt, als der Inspektor sagte: *Ein Mann hat einen Rollstuhlfahrer die Schlucht hinunter gestoßen, ist auf den letzten Metern gestolpert und an der Kante zur Schlucht liegen geblieben.*

Trotz der Hitzewelle, die Maximilian in den Kopf schoss, blieb er ruhig. *Das ist schlicht gelogen und deutet für mich nur darauf hin, dass da ein abgekartetes Spiel abgelaufen ist, für das ich den Mörder abgeben soll. Was waren das denn für Anrufer?*

Holzer sagte nichts, sondern sah Maximilian nur an, bis sich eine korpulente Frau dazwischen schob und ein Tablett mit zwei Kaffeetassen, Milch, Zucker und zwei Löffeln auf die freie Ecke der Schreibtischplatte schob. Dabei stöhnte sie, als ob sie eine Höchstleistung absolvierte. Allerdings wünschte sie freundlich: *Wohl bekomm's, Herr Bezirksinspektor,* bevor sie wieder aus dem Zimmer stöhnte.
Bezirksinspektor, dachte Maximilian und bedankte sich für den Kaffee, der stark und frisch aufgebrüht duftete.
Während Holzer die halbe Tasse mit Zucker und Milch auffüllte, stellte er, betont nebenbei, die Frage, die Maximilian bereits früher erwartet hatte: *Herr Steurer hat Ihnen außer den Alben und dem Tagebuch nicht noch etwas vermacht oder Sie vielleicht sogar als Erben eingesetzt?*
Nichts dergleichen, nur das Briefmarkenalbum und ein Album mit Münzen. Den Wert kenne ich nicht, in jedem Fall dürfte er nicht hoch genug sein, um einen Menschen umzubringen, oder?
Holzer zuckte nur mit den Achseln: *Wo liegen das Tagebuch und die beiden Alben?*
Die Alben, das Tagebuch und die Schenkungsbestätigung von Herrn Steurer liegen im Schrank meines Zimmers im Wohnheim des Klinikums Großhadern in München, trumpfte Maximilian lächelnd seine Asse auf den Tisch.
Gut, nickte Holzer, *da werden die Kollegen aus München heut' noch vorbeischauen, das haben sie mir schon zugesagt.*
Auch die Postkarte, die Herr Steurer mir schrieb, liegt dort und dann gibt es vielleicht noch meinen Brief im Apartment von Herrn Steurer, schob Maximilian nach.
Wieso vielleicht?
Ich weiß natürlich nicht, ob Herr Steurer meinen Brief aufgehoben hat.
Holzer nickte. *Wer war in der Seniorenresidenz Ihr Ausbilder oder Vorgesetzter, wie nennt man das bei Zivis in Deutschland?*
Mein zuständiger Zivildienstbeauftragter war der Geschäftsführer der Residenz, ein Herr Cordes.
Wieder nickte Holzer und nippte an seinem überzuckerten Milchkaffee. *Ja dann, wenn Ihnen nichts mehr einfällt, dann lass'*

ich Sie jetzt in Ihre Zelle zurückbringen. Sie werden solange bei uns bleiben, würgte Holzer den Ansatz eines Protestes von Maximilian ab, *bis wir Ihre Aussagen geprüft haben und unsere eigenen Untersuchungen ein genaues Bild ermöglichen.*
Aber ...
Nichts aber, wir haben es hier mit Mord, Totschlag oder einem tödlichen Unfall zu tun, von wem auch immer verursacht. Bisher sind Sie der Hauptverdächtige und bleiben deshalb erst einmal unser Gast.
Maximilian presste Luft in die Backen, aber er nickte dabei.

Zellenluft

Auch der Begriff Untersuchungshaft machte die Tatsache, in einer Zelle zu sitzen nicht angenehmer. Maximilian war in seinen 19 Lebensjahren noch nie mit dem Gesetz in Konflikt geraten, von einer Geschwindigkeitsübertretung einmal abgesehen. Da traf es ihn besonders hart, eingesperrt zu sein. Den Ledergürtel und die Schnürsenkel der Bergstiefel, die er immer noch trug, hatte man ihm abgenommen, ebenso sein Taschenmesser, den Kugelschreiber, die Autoschlüssel und natürlich auch das Handy.
Plötzlich von der Welt abgeschnitten zu sein, empfand er als eine neue und irritierende Erfahrung. Maximilian gehörte zu jener Generation, die mit einem Handy aufgewachsen war. Auf Zeitung, Fernseher oder Radio hätte er verzichten können, aber ohne Handy, noch dazu in seiner Situation, das besaß eine neue, eine beängstigende Dimension, die ihn sogar in einem Traum verfolgte, in dem er stundenlang mit allen möglichen Leuten telefonierte. Als er am Morgen aufwachte, fühlte sich sogar sein rechtes Ohr deutlich wärmer an als das linke.
Die Menschen, die mit Maximilian zu tun hatten, beschrieben ihn sowohl als überdurchschnittlich intelligent als auch sympathisch. Seine Zeugnisse und Beurteilungen lagen durchweg im Spitzenbereich, seine Interessen waren vielseitig und sein

Verhalten machte nicht nur seinen Eltern große Freude. Maximilians Leben war bisher in gesicherten Bahnen verlaufen und alles hatte darauf hingedeutet, dass aus ihm ein brauchbares und erfolgreiches Mitglied der Gesellschaft werden könnte. Medizin wollte er studieren und sich auf Tropenmedizin spezialisieren. Den größten Teil seiner Jugend hatte er in Afrika verbracht, in Südafrika und im Kongo – die Eltern waren beide Konsularbeamte im Auswärtigen Amt –, und diese Zeit hatte in ihm eine klare Vorstellung wachsen lassen, was er aus seinem Leben machen wollte. Und jetzt saß er in einer kleinen Zelle und atmete gesiebte Luft, nun schon den vierten Tag, nach drei trostlosen Nächten.
Alles würde sich aufklären und er zurückkehren in seine normale Welt. Er würde seinem Mitbewohner das Auto zurückbringen, seinen Dienst auf der Station wieder übernehmen und vier Monate später an der Uni Berlin das erste Semester Medizin beginnen. *Alles wird sich aufklären, alles wird gut,* sprach sich Maximilian laut Mut zu und fühlte sich dabei wie ein kleines Kind, das man irgendwo abgestellt hatte.
Der Bezirksinspektor meldete sich nicht und die Wärter zuckten nur muffig mit den Achseln, wenn er sie nach dem Ende der Untersuchungshaft fragte. Nichts tat sich, außer dass sein Leben nach der Struktur der Haftanstalt verlief: Wecken – Bettenmachen – Zelle säubern – Leerlauf – Frühstück – Leerlauf – Hofgang – Leerlauf – Mittagessen – Leerlauf – Hofgang – Leerlauf – Abendessen – Leerlauf – Dunkelheit – Schlaf – düstere Träume – düstere Gedanken – warten auf den Morgen, auf Veränderung.
Im Kopf drehten sich immer dieselben Fragen, aber das Problem war, dass Maximilian nicht einfach losgehen konnte, um nach Antworten zu suchen. Er saß fest, auf einer grau gestrichenen Fläche von drei auf vier Meter. Darauf eine Liege, ein Tisch, ein Stuhl. In der Außenwand ein vergittertes Fenster, in der gegenüberliegenden eine Metalltür. In der gefliesten Ecke neben der Tür ein Waschbecken und ein Spülklosett. Wände und Decke waren in einem stumpfen Grauweiß gestrichen. An der Decke eine Lampe, wie sie in

Waschküchen hingen. Er saß in einer anderen Welt, wie auf einer kleinen Insel oder wie ein Vogel in einem Käfig.
Alle Geräusche klangen seltsam gedämpft und beschränkten sich auf zwei Gruppen. Einmal das je nach Tages- oder Nachtzeit unterschiedliche Rauschen des Lebens außerhalb der Mauern und dann das Leben innerhalb der Anstalt, von dem nur das Klimpern von Schlüsseln und das Schlagen von Türen zu hören waren. Manchmal noch Schreie und Klopfen, manchmal Schritte, aber nur, wenn sie direkt an der Tür vorbeiführten.

Endlich, am Donnerstag, wurde Maximilian zur Vernehmung geholt und von zwei Polizisten zur Dienststelle gefahren. Schon dieser Ausflug löste Maximilians düstere Stimmung. Das Leben hatte ihn wieder. Selbst der unaufgeräumte Schreibtisch des Bezirksinspektors stimmte ihn erwartungsfroh. Jetzt würde man ihn mit freundlichen Worten entlassen und der Spuk ein Ende haben.
Aber der Bezirksinspektor hatte keine freundlichen Worte, er fixierte Maximilian mit demselben ausdruckslosen Blick wie beim ersten Verhör, drückte die Aufnahmetaste und begann mit der wertfreien Stimme eines Nachrichtensprechers den Stand der Ermittlungen darzulegen: *Die deutschen Kollegen aus München haben uns berichtet, dass sie ein Briefmarkenalbum und ein Münzalbum im Schrank Ihres Zimmers im Wohnheim des Klinikums Großhadern gefunden haben. Ein Fachmann hat beide Alben untersucht und den Wert geschätzt. Es handelt sich dabei um einige herausragende Münzen und Briefmarken. Insgesamt wurden die beiden Sammlungen auf eine viertel Million Euro taxiert.*
Ansonsten weisen die Kollegen ausdrücklich darauf hin, dass weder die von Ihnen erwähnte Geschenkbestätigung noch das Tagebuch auffindbar war. Ich gehe davon aus, dass die Kollegen den Schrank und das Zimmer gründlich durchsucht haben.
Aber das gibt es nicht, rief Maximilian und war aufgesprungen, *es muss im Schrank liegen, unten am Boden unter meiner Reisetasche,* unterstrich er seine Beschreibung mit einer pantomimischen Einlage.

Glauben Sie mir, die Kollegen waren sehr gründlich, sie haben auch den Schrank Ihres Mitbewohners durchsucht, Toilette und Duschkabine, Kühlschrank, unter den Matratzen und sonstigen Verstecken, von denen es in dem Zimmer nicht allzu viele gibt, wie mir die Kollegen geschrieben haben.

Und die Karte von Steurer? Etwas Hoffnung lag in Maximilians Frage.

Nein, auch keine Karte, wie gesagt nur die beiden Alben, schüttelte Holzer den Kopf.

Dann, dann ist es gestohlen worden. Die Leute, die Steurer umgebracht haben, warum sollten sie nicht bei mir einbrechen und alles mitnehmen, was mich entlasten könnte, damit ich als Mörder präsentiert werden kann? Maximilian beherrschte sich zwar, aber seine Gesichtsfarbe zeigte, wie sehr es in ihm brodeln musste.

Auch in der Seniorenresidenz hat die deutsche Polizei nachgesehen, machte Holzer weiter. *Sie fanden keinen Durchschlag und keine Kopie einer Geschenkbestätigung, auch der Brief von Ihnen wurde nicht gefunden. Was sagen Sie dazu?*

Nichts, dazu fällt mir nichts ein. Ich bin fassungslos und ratlos und offen gestanden enttäuscht außerdem. Ich dachte, ich könnte heute nach München fahren und der Wahnsinn hätte ein Ende, aber ... Maximilians Stimme war immer leiser geworden, nur noch ein Flüstern, bevor er verstummte. Seine Haltung zeigte, wie verwirrt er war. *Ja, dann sollte ich wohl meinen Vater benachrichtigen, dass ich vielleicht doch einen Anwalt brauche, oder?*

Holzer zuckte mit den Achseln.

Und das Auto meines Zimmernachbarn? Kann der benachrichtigt werden, damit er es abholt oder so?

Holzer nickte.

Fingerabdrücke, brüllte Maximilian seinen Gedankenblitz heraus. *Haben Sie Fingerabdrücke auf dem Rollstuhl gefunden?*

Müde winkte Holzer ab: *Fingerabdrücke, Fasern, alles, was dort oben lag, haben wir labortechnisch untersucht, glauben Sie mir. Auch den Tatort, mit allen technischen Finessen.*

Einzig ungeklärt ist, woher Sie Ihre Beule am Kopf haben. Außer der Halterung an den Fußstützen des Rollstuhls gibt es nichts, was zu

Ihrer Verletzung passt. Aber das wäre ziemlich abenteuerlich, wenn Sie sich daran verletzt hätten.
Wie meinen Sie das? Maximilian sah einen zarten Hoffnungsschimmer.
Nach unseren Versuchen hätten Sie den Rollstuhl cirka zehn Meter in die Luft werfen müssen, damit Ihnen das Alurohr der Fußstütze mit der notwendigen Kraft die Verletzung am Hinterkopf hätte zufügen können. Holzer sprach langsam und schien dabei zu überlegen, ob er diesem jungen Mann überhaupt derartige Informationen geben sollte.
Sie meinen, ich hätte eine zirkusreife Nummer präsentieren müssen, um mich k. o. zu schlagen?
Nein, das habe ich nicht gesagt, widersprach Holzer. *Das Opfer hätte sich auch mit dem Rollstuhl wehren können und ihn auf Ihren Schädel krachen lassen, als sie gestolpert sind ...*
Dann hätte ich Steurer samt seiner Schlagwaffe Rollstuhl in tiefer Ohnmacht in die Schlucht stoßen müssen, unterbrach ihn Maximilian, mit einem leichten Triumph in der Stimme.
Holzer winkte ab: *Woher sollen wir wissen, ob Sie wirklich ohnmächtig waren?*
Gut, aber Steurer konnte ohne Stütze keine zwei Schritte machen und dann auch noch den Rollstuhl stemmen, meinen Sie nicht, dass Sie nur allzu leicht bereit sind, mich als Schuldigen zu sehen, damit Sie schnell diese Akte schließen können?
Wieder winkte Holzer: *Bitte bleiben Sie mir mit solchen klischeehaften Unterstellungen vom Hals. Glauben Sie mir, ich bin selbst mein größter Kritiker, aber im Moment sind immer noch Sie der Hauptverdächtige.*
Das heißt, Sie lassen mich nicht gehen?
Korrekt, nickte Holzer.
Und was ist mit den Anrufern vom Diedamskopf, haben Sie die gefunden oder hält man in Österreich anonyme Anrufer für ehrenhaft?, sprudelte es wütend aus Maximilian heraus. *Oder haben Sie mal die Leute der Bergbahn befragt, wer nach uns hochgefahren ist, an so ein Rollstuhlpaar erinnert man sich doch, auch in dem Restaurant, auf der Terrasse. Oder vielleicht sind in dem Wohnheim in München Leute aufgefallen? Meinem Mitbewohner zum Beispiel,*

kam dem etwas komisch vor, waren Leute in unserem Zimmer? Was meinen Sie, machen Sie es sich nicht etwas zu einfach?
Bezirksinspektor Holzer blieb erstaunlich ruhig: *Was Sie gerade angesprochen haben, sind alles Fragen, die ich mir auch gestellt hab'. Zur Zeit überprüfen wir die Kennzeichen der Fahrzeuge, die auf dem Parkplatz vor der Gondelstation geparkt haben. Reiner Zufall, an dem Sonntag hat nämlich der Fremdenverkehrsverein von einer Schulklasse alle Kennzeichen notieren lassen. Sie wollten herausfinden, woher die Gäste kamen. Auch Ihr Mitbewohner in München wurde sehr eindringlich befragt, ob ihm irgendeine Unordnung aufgefallen ist, negativ. Fingerabdrücke am Rollstuhl und an den Behältern des Picknicks, negativ, nur Steurers und Ihre sind drauf und dann noch welche, aber die waren uralt. Wir haben auch Suchhunde um die Picknickstelle schnüffeln lassen, aber da waren natürlich schon einige Menschen herumgetrampelt. Also, Sie sehen, dass wir hier nicht nur herumhängen und auf eine Erleuchtung warten, sondern wirklich allen Spuren und Informationen nachgehen.*
Maximilian seufzte und murmelte ein schwer hörbares: *Entschuldigung.*
Ist schon in Ordnung, ich würde an Ihrer Stelle vermutlich nicht anders reagieren. Morgen mittag kommt übrigens Ihr Vater, hat sich angemeldet. Sie können ihn hier sprechen, ich werd' dabei sein. Das ist die einzige Möglichkeit, die mir die Vorschriften bei Untersuchungshäftlingen übrig lassen, offiziell wird das also ein ganz normales Verhör sein.
Danke, strahlte Maximilian. Die Vorstellung, dass Vater ihn besuchen kommen würde, war wie ein Lichtstrahl. *Sagen Sie, Herr Holzer, halten Sie mich für schuldig?*
Für was ich Sie halte, ist völlig unwichtig. Für mich zählen allein Fakten, sonst nichts.
Aber Sie müssen doch ein Gefühl haben, bei Ihrer Erfahrung, hakte Maximilian nach.
In meinem Beruf sind Gefühle derart hinderlich, dass ich sie mir längst abgewöhnt hab'.
Aber das Motiv, ich muss doch ein Motiv haben, um so einen alten Mann umzubringen?
Holzer zuckte nur mit den Schultern.

Maximilian hatte viel Zeit zum Nachdenken gehabt und alle nur denkbaren Möglichkeiten durchgespielt. *Das Tagebuch! Was darin steht, gibt den Leuten der Seniorenresidenz genügend Gründe, den Steurer umzubringen und mich gleich mit. Vielleicht wollten die mich auch die Schlucht hinunterstürzen und es kam ihnen nur etwas dazwischen. Ich lag ja auch an der Kante. Überprüfen Sie den Geschäftsleiter der Seniorenresidenz?*
Holzer schüttelte den Kopf: *Es gibt kein Tagebuch und folglich auch keine Verdachtsmomente gegen einen Geschäftsführer. Wir haben nur Sie und wertvolle Briefmarken und Münzen und einen Toten in einer Schlucht.*

Heile Welt

Glücklich und zufrieden zeigten die Frau und der Mann ihre hervorragenden dritten Zähne, als würden sie für eine Zahncreme gegen Raucherbelag werben. Auch der Innenteil des Prospektes vermittelte eher den Eindruck, es handle sich um ein Trainingszentrum für Hochleistungssportler und nicht um eine Seniorenwohnanlage. Dynamische, gut aussehende ältere Herrschaften, bekleidet mit der modernsten Sportmode, joggten über blühende Felder, planschten in smaragdgrünen Pools, schwangen Tennis- oder Golfschläger, schwebten an Gleitschirmen auf die Parkanlage, bezwangen als Seilschaft schroffe Berggipfel, glitten auf Langlaufskiern durch den Winterwald, grillten Würste am Lagerfeuer oder tranken Punsch am Kamin.
Ewige Jugend und Gesundheit in angenehmer Atmosphäre versprach das Werbeheftchen und stets freundliche, fürsorgliche Hausgeister, deren einziges Ziel es sei, den Bewohnern dieser Residenz jeden Wunsch von den Lippen abzulesen und zu erfüllen.
Ein Leben wie im Paradies, selbst gesteuert bis ins hohe Alter und wenn doch mal was nicht in Ordnung sein sollte, dann gab es da eine Notfallstation, die einem kleinstädtischen

Krankenhaus zur Ehre gereichen würde, besetzt mit einem Arzt und einer Krankenschwester.
Nichts von den Mühen des Alters, von Erinnerungslücken, Gleichgewichtsstörungen, Herz-Kreislaufattacken, Inkontinenz oder Seh- und Hörstörungen, von Krebsgeschwüren, von Arthritis und Arthrose. Wer wirbt schon mit der Realität? Auch junge Gesichter waren in dem Heftchen abgebildet und übermittelten Botschaften an Töchtern und Söhnen die sich nicht um ihre Eltern kümmern wollten oder konnten. Zum Beispiel: „Mir ist wichtig, dass Vater bestens versorgt wird." Oder: „Wenn ich Mutter besuche, fühle ich mich wie zu Hause."
Walcher warf den Prospekt auf den Haufen der Werbemittel vor sich auf dem Schreibtisch. Über eine Stunde hatte er die Werbebotschaften für Senioren, Selbstnutzer oder Kapitalanleger durchgeblättert, das Ergebnis seiner Sammelfahrt am Vortag, kreuz und quer durch das westliche Allgäu.
Schon die Namenskreationen auf den bunten Flyern, Foldern, Prospekten, Broschüren, Werbemappen – auch ein Werbefilm auf einer CD war dabei – deuteten auf eine gravierende Veränderung der Wertigkeit von alt gewordenen Menschen hin. Die Altenheime der Vergangenheit hatten sich zu einem Seniorensitz, Seniorenhotel, Seniorenzentrum, Seniorenpark, Seniorenstift, Seniorendomizil, Seniorenhaus oder zur einer Seniorenanlage und Seniorenresidenz gemausert. Wenn überhaupt der Begriff „Heim" vorkam, dann als Feierabendheim oder Seniorenheim. Nur zwei Häuser trugen noch die alten Bezeichnung „Altersheim".
Auch das Verhalten der Menschen hinter den Informationstheken und Portierlogen schien sich proportional zu dem Investitionsvolumen und Ausstattungsdesign der Anlagen positiv entwickelt zu haben. Durchweg übten sich die Verwaltungsmenschen in Freundlichkeit. Wobei ihr Lächeln spätestens durch die Frage nach Leistungsbeschrieben, Pflegeverträgen, Mietverträgen, Preislisten oder Hausordnungen rasch zu einer gequälten Grimasse gefror. *Die geben wir nur bei ernsthaftem Interesse heraus,* bekam Walcher

mehrmals gesagt. Erst als er seine Fragetechnik überdacht hatte und vorgab, für seinen Vater einen Platz zu suchen, hellten sich die Mienen etwas auf. Aber trotzdem bekam er meist nur oberflächliche Werbeblätter in die Hand gedrückt. In Walcher festigte sich der Eindruck, er habe nach den Sicherheitsvorkehrungen von Banken gefragt und nicht nach Leistungen, Kosten und Vorschriften eines Altenheims.
Trotzdem lag ein interessanter Tag hinter ihm. Einmal des schönen Wetters wegen, bei dem jede Fahrt durchs Allgäu ein Vergnügen der besonderen Art wird, zum anderen, weil er zum Teil in entlegene Winkel gekommen war, an denen er normalerweise vorbeigefahren wäre. Dann war da noch die Erkenntnis, dass zwischen der gedruckten Werbebotschaft und der Realität oft Welten lagen, was ihm wieder einmal bestätigte, dass nichts über den Augenschein ging.
Eine weitere Erkenntnis betraf die sozioökonomische Komponente. Das Spektrum der Häuser reichte nämlich von heruntergekommenen ehemaligen Heimen im Kasernenstil der Kraft-Freude-Programme der Nazis bis hin zu fürstlichen Residenzen, umgeben von gepflegten Parkanlagen und unverbaubarem Blick auf eine Landschaft, in die ansonsten Menschen aus allen Himmelsrichtungen anreisten, um dort Urlaub zu machen. Dementsprechend unterschieden sich auch die Wohn- und Betreuungskosten der Häuser.
Spätestens hier teilte sich die Welt deutlich in Reich und erheblich weniger Reich.
Das letzte Haus, das Walcher besuchte, war die Seniorenresidenz bei dem Weiler Oberried, die ihm Ernst Brodmann genannt hatte.
Vor sechs oder sieben Jahren, als Walcher über Kindersoldaten im Kongobecken recherchierte, war er schon einmal mit Brodmann zusammengekommen. Brodmann, der einige Jahre als Konsularbeamter in der Deutschen Botschaft von Kinshasa gearbeitet hatte, ließ sich damals bereitwillig von Walcher über die Verhältnisse im Kongo ausfragen.
Nach Erscheinen des Artikels, hatte sich Brodmann für die schonungslose, aber faire Berichterstattung Walchers bedankt.

Nun hatte ihn Brodmann angerufen und gebeten, seinem Sohn Maximilian zu helfen, der in Bregenz in Untersuchungshaft saß, verwickelt in einen undurchsichtigen Mordfall, der irgendwie mit dem Zivildienst des Sohnes in einer Seniorenresidenz zu tun hatte. Brodmann sprach von Testreihen neuer Medikamente, die an den Bewohnern durchgeführt worden seien.
Er wäre in zwei Tagen in Bregenz, um mit dem Sohn und der Polizei zu sprechen. Vielleicht könne man sich treffen, in Lindau zum Beispiel, denn dort würde er übernachten, bevor er von Friedrichshafen wieder nach Berlin zurückflog.
Walcher hatte einwenden wollen, dass er kein Detektiv sei, aber Brodmanns Stimme hatte so erbärmlich geklungen, dass er dem Treffen zugestimmt und vorab die „Tour de Seniorenresidenzen“ veranstaltet hatte.
„LIFUS“ klang wie der Name eines Marktforschungsunternehmens, hatte sich Walcher gedacht, als er vor dem Hinweisschild gehalten hatte. Die von Brodmann genannte Adresse war nicht einfach zu finden gewesen. Auch jetzt war noch nichts von dieser Seniorenresidenz zu entdecken, deren Name Brodman wie *„Life us“* ausgesprochen hatte .
Noch stand er nur vor dem Schild an einem Feldweg, der von der schmalen Teerstraße in die Wiesen abzweigte, kurz vor dem Weiler names Oberried, den er erst nach mühevoller Suche auf der Strecke zwischen Seltmans und Ebratshofen, ebenfalls zwei winzige Ortschaften, gefunden hatte – einer der wenigen Momente, in denen Walcher bedauerte, kein GPS zu besitzen. Zweimal hatte er nach dem Weg fragen müssen und beide Male war er an Urlaubsgäste geraten, die ihm erzählten, woher sie kamen und wie schön das Allgäu sei und dass sie seit Jahren hier Urlaub machten. Den Weg zu der Seniorenresidenz kannten sie zwar nicht, aber dass es in der Gegend einige Altenheime gäbe, das wussten sie und auch, dass man auf dem nächst gelegenen Gemeindeamt in Grünenbach sicher die Adresse kennen würden.
Auf dem Weg dorthin hatte Walcher dann noch einen Versuch gemacht und an einem stattlichen Bauernhof gehalten.

Auf dem Hof hatte nämlich ein Mann an einem Traktor herumgeschraubt, vermutlich der Bauer.
Ich nix hier, ich nur Arbeit, bekam Walcher von dem Neuallgäuer zu hören, um danach entnervt ohne weitere Versuche zum Gemeindeamt nach Grünenbach zu fahren. Dort erhielt er nicht nur die gewünschte Auskunft, sondern auch noch eine Wanderkart der Region. „Warum nicht gleich so", hatte da Walcher im Kopf den Vater sagen hören, der sich erfreulich selten meldete.
Der holperige Feldweg umrundete die sanfte Flanke eines Hügels und durchschnitt ein kleines Wäldchen aus jungen Fichten. Dann ging es bergauf durch einen Hohlweg und durch ein offen stehendes Holzgatter, neben dem das gleiche Hinweisschild stand wie unten an der Straße, nur dass es noch einen Zusatz aufwies, der in besonders großen Buchstaben geschrieben stand: *Privatbesitz – Durchfahrt verboten.*
Auf dem Hügel, zu dem sich der Feldweg – ab dem Gatter mit einer Teerdecke überzogen – hinaufschlängelte, standen einige Häuser. Ein kleines Dorf, allerdings ohne Kirchturm. Äußerlich durchaus eine Residenz, im Gegensatz zu den meisten der anderen „Residenzen", die Walcher an diesem Tag bereits besucht hatte.
Die Grundstückswiesen grenzten an die Flanke des Höhenzuges, der sich von Seltmans aus über die Iberger Kugel, die Riedholzer Kugel und den Iberg bis an den Eistobel zog.
Sah man von dem jungen Baumbestand als Sichtschutz um die Anlage herum einmal ab, hatte man das Weideland als solches belassen. Am höchsten Punkt im Zentrum der Anlage stand der ehemalige Hof, ein stattlicher Langbau mit einem Glockentürmchen auf dem Dach. Der Hof ließ allerdings nicht mehr viel von seinem ursprünglichen Zweck erkennen. Nur der Wohnteil schien optisch unverändert, jedenfalls von außen. Wo sich früher die Tenneneinfahrt, der Stall und die Milchkammer befanden, sich also alles um Kühe und deren Milch drehte, wurden heute vermutlich Senioren gemolken, kam es Walcher in den Sinn.
Die ehemalige Tenne diente als Veranstaltungsraum für

Konzerte, Lesungen, Ausstellungen, Feiern und konnte mit bis zu vierhundert Menschen belastet werden, wie Walcher später in dem Prospekt der Seniorenresidenz LIFUS las. Aber soweit war er noch nicht. Er hatte erst einmal den Wagen auf einem der wenigen Plätze vor dem Empfang geparkt, war ausgestiegen und hatte sich umgesehen.
Modern, aber im Stil und in den Proportionen von Allgäuer Höfen standen sechs Neubauten um den alten Hof gruppiert, allerdings eindeutig als Wohnanlage zu erkennen. Das Besondere an ihnen waren die hölzernen Arkadengänge, über die man zu den einzelnen Apartments gelangte, und die riesigen, an den gegenüberliegenden Hausseiten vorgebauten Balkone. Auf diesen Dingern konnten die Bewohner getrost Gemüse anbauen oder rauschende Gartenfeste feiern.
Der Ausblick auf die Allgäuer Alpen, die Nagelfluhkette und die dahinter liegenden Gipfel des Bregenzer Waldes war gewaltig. Die von Wäldern gesäumten, grünen Wiesenstücke schwangen in einer weichhügeligen Symphonie bis hin zu den steinernen Graten und Spitzen der Bergketten.
Auf den Kuppen der gelbgrün blühenden Hügel standen stolze Allgäuer Bauernhöfe, als wären es Schlösser oder wehrhafte Trutzburgen.
Kühe grasten bereits auf den niederen Weiden und erfüllten die Luft mit Glockenklang. Spätestens in solchen Augenblicken wurde Walcher bewusst, warum er sich vor Jahren den alten Hof, eben auch auf so einer Bergkuppe gelegen, gekauft hatte. Selbst bei einem Arbeitsbesuch, quasi in der Nachbarschaft, nahm er sich die Zeit und genoss den Blick in diese traumhafte Landschaft. Dann holte er tief Luft und wandte sich wieder dem Grund seines Besuches zu. Ihm fiel auf, dass keine Autos herumstanden, was sich jedoch durch einen kleineren Holzstadel erklärte, der offensichtlich nur als Bedachung der Einfahrt zur Tiefgarage diente.
Trotz des sonnigen Tages und der angenehmen Temperatur war wenig los auf dem Areal. Das Café, dessen postmoderne Glasfront großzügigen Einblick erlaubte, war leer und außer einem Mann, der auf einem fahrbaren Mäher saß und das

Grün zwischen den geteerten Verbindungswegen kurz hielt, war kein Lebewesen zu sehen. Seltsam, dachte Walcher, nachdem er bei einem der Wohnhäuser die Anzahl der Eingangstüren gezählt und auf die gesamte Anlage hochgerechnet hatte, war er auf etwa hundert Bewohner gekommen.
Er drehte sich zu der ebenfalls aus Glas und Stahl gebauten Tür im ehemaligen Wohnteil des alten Hofes und ging darauf zu. Dahinter verbarg sich die Rezeption im Stil eines Hotels, besetzt mit einer jungen Frau, deren Haarpracht und Kleid anzusehen war, dass ihr Faible dem Brauchtum des Mittelalters galt.
Walcher musste sich zwingen, nicht unentwegt auf die beiden Haarschnecken zu starren, die, kunstvoll geflochten und gedreht, ihre Ohren verdeckten. Der Stoff und das Schnittmuster ihres Kleides stammten vermutlich aus einer Getreidemühle oder einem Frauenkloster. Schon der Blick auf das Rupfenleinen provozierte Juckreiz und daran änderte auch ihr verwirrend wohlgeformter Oberkörper nichts.
Warum ist hier so wenig los?, fragte er statt einer Begrüßung und taufte die junge Frau „Kratzschnecke".
Heute ist großer Ausflugstag, fast alle sind ins Kleinwalsertal, zum Zocken, lächelte sie und ergänzte auf Walchers fragenden Blick hin: *Na Spielbank, Casino in Riezlern. Black Jack, Roulett und so etwas. Wen wollten Sie denn besuchen?*
Ich möchte mich nur umsehen und Ihre Informationsmappe mitnehmen, mein Vater ...
Sehen Sie sich nur um. Hier ist unsere kleine Broschüre, mehr bekommen Sie auf Anfrage, deutete sie auf den Stapel vor sich.
Das ist sehr mühselig, stöhnte Walcher, *können Sie mir nicht gleich Leistungsverzeichnis, Kosten, Verträge und das ganze Zeugs mitgeben, sonst muss ich überall nachfassen und womöglich Gespräche führen.*
Ich kann Sie ja gut verstehen, aber wir bekommen derart viele Anfragen, dass wir immer nur diesen Prospekt abgeben und erst im nächsten Schritt dann über die Details sprechen. Ist auch wegen der Konkurrenz, sagen wir ganz offen. Steckt ja ein Haufen Arbeit dahinter und die andern kupfern ab wie die Weltmeister.

Versteh' ich, nickte Walcher und nahm lächelnd die Broschüre entgegen. Zauberhauft natürlich, dachte er und versuchte die vermeintliche Offenheit der jungen Frau ausnutzen. *Kann ich mal einen Blick in eines der Apartments werfen?*

Tut uns leid, wir sind derzeit voll besetzt und in ein bewohntes können wir Sie nicht ohne Erlaubnis des Mieters führen. Versteh'n Sie sicher! Kommen Sie doch einfach wieder und bringen Sie gleich Ihren Vater mit, aber rufen Sie uns bitte vorher an, damit auch unser Herr Cordes, der Geschäftsführer, im Haus ist.

So werde ich das machen, aber was die Verträge und Vorschriften betrifft, die muss ich meinem Vater vorlegen, sonst wird aus einem Besuch nichts.

Ihre braunen Augen drückten immer noch Skepsis aus, weshalb Walcher noch ein Argument nachschob, von dem er hoffte, so etwas wie ihren Mutterinstinkt zu treffen, auch wenn er sie höchstens auf Mitte zwanzig schätzte. Vielleicht lag es an den Haarschnecken, die ihr eine mütterliche Ausstrahlung gaben.

Mein Vater wird mir genau diese Frage stellen, nämlich: Warum hast du die Unterlagen nicht gleich mitgebracht, wenn du mich schon in ein Heim abschieben willst. Wissen Sie, unser Verhältnis ist nicht das allerbeste. Sie würden mir einen großen Gefallen tun, wenn Sie mir wenigstens die Basisverträge mitgeben würden.

Die Kratzschnecke überlegte, wobei sie Mund und Augen zukniff, dann nickte und meinte: *Wenn das so ist, dann werden wir doch mal eine Ausnahme machen, obwohl Sie uns damit wirklich in Schwierigkeiten bringen, denn unser Geschäftsführer ist in solchen Sachen furchtbar genau.*

Das war mit Abstand die freundlichste Auskunft heute, dankte Walcher mit seinem charmantesten Lächeln und fragte sich, warum sie wohl unentwegt im Plural sprach, vielleicht der beiden Haarschnecken wegen?

Das bedeutet, dass Sie sich heute schon andere Domizile angesehen haben, stellte Kratzschnecke fest.

Sie denkt mit, dachte Walcher und nickte.

Die Situation war ungewöhnlich und verhinderte jene Herzlichkeit, auf die sich Maximilian gefreut hatte. Zwar umarmten sich die beiden kurz, aber der Vater blieb sachlich, als wollte er dadurch seine eigenen Gefühle bedeckt halten, ganz der Beamte in diplomatischer Mission.
Brodmann richtete zur Begrüßung die Worte seiner Frau aus: *Mutter lässt dich grüßen, sie ist der Meinung, dass dieser ausgemachte Blödsinn rasch beendet werden muss, nötigenfalls will sie selber kommen.*
Auch Holzer lächelte mit und bot Brodmann den Stuhl neben Maximilians nun schon angestammtem Platz an. Brodmann setzte sich mit der Bemerkung: *Normalerweise sitze ich an der anderen Seite des Schreibtisches, aber es kann nur lehrreich sein, auch diese Seite einmal kennen zu lernen.*
Wie selbstverständlich legte er seine feinlederne Aktentasche auf den Schreibtisch, aber es kam eher einem territorialen Akt der Besitznahme gleich, mit dem Brodmann demonstrierte, dass er doch auf der richtigen Seite an diesem Schreibtisch saß. Für ihn spielte es keine große Rolle, dass er nicht aus Österreich, sondern aus Deutschland stammte. Diese Tasche war das Behältnis der obersten Beamtenkaste, eine Legitimation von internationaler Gültigkeit.
Gekleidet war Brodmann in seinem Berufsdress: dunkelblauer Anzug, randgenähte schwarze Herrenschuhe, hellblaues Hemd mit einer blau-rot-gestreiften Krawatte. Aus den Jackettärmeln lugten die Manschetten des Hemdes heraus, zusammengehalten in höchst altmodischer Manier durch Knöpfe aus edlem Metall, deren geprägte Wappen ihn als Absolventen der Universität von Harvard auswiesen.
Brodmann strahlte Lebenserfahrung, Selbstbewusstsein und Vertraulichkeit aus. Menschen wie er schienen immer frisch und unverbraucht zu wirken, gewissermaßen witterungsunabhängig, so, als hätten sie sich gerade geduscht und angekleidet, auch wenn sie bei 40 Grad im Schatten seit Stunden auf den Beinen waren. Wer nahe an ihn herankam, konnte

den herben Duft eines unaufdringlichen Herrenparfüms wahrnehmen, das Morgenfrische, Tabak und Whisky assoziieren ließ. Alles in allem ein harter Brocken, der da dem Bezirksinspektor Holzer gegenüber saß.
Das Zimmer des Inspektors sah verändert aus, die Schreibtischplatte war leer geräumt und sauber geputzt worden, nur ein Tablett mit drei Tassen Kaffee, Zucker und Milch stand darauf und ein Aktendeckel lag an der Seite, an der Holzer saß. Offensichtlich zog er es generell vor, neben seinem Schreibtisch zu sitzen.
Brodmann bat Holzer um einen kurzen Lagebericht, den er auch bekam, obwohl Holzer ein anderer Ablauf des Dreiergesprächs vorgeschwebt war. Dafür gab er aber weder sich noch Brodmann die Schuld, sondern stellte nüchtern fest, dass dieser Mann eine außergewöhnliche Ausstrahlung besaß, der er sich nur schwer entziehen konnte. Ihm wurde nun auch klar, warum Maximilian für sein Alter so selbstbewusst auftrat.
Haben Sie herzlichen Dank, lieber Herr Bezirksinspektor, betonte Brodmann den Titel Holzers, als hätte er ihn einen Oberkellner genannt. *Nun bin ich endlich aus erster Hand informiert und das ist doch sehr beruhigend,* nickte Brodmann und wandte sich seinem Sohn zu. *Gibt es von deiner Seite aus noch etwas, das ich wissen müsste?*
Maximilian schüttelte den Kopf: *Nein, Herr Holzer hat sehr präzise die Ereignisse, meine Situation und wohl auch den Stand der Ermittlungen wiedergegeben, leider.*
Du bist wirklich ganz sicher, dass du nicht ein wesentliches Faktum übersehen oder vergessen hast?, hakte Brodmann auffordernd nach und es lag etwas Lauerndes in seiner Stimme, so schien es jedenfalls Holzer, der gespannt die beiden Brodmanns beobachtete.
Ich hatte die vergangenen Tage wirklich genügend Zeit, mir die Sache durch den Kopf gehen zu lassen, kam es leise von Maximilian. *Mir fällt dazu nichts mehr ein, außer dass ich den Vorwürfen von Steurer nachgehen und vermutlich bei Cordes ein wesentlich sinnvolleres Motiv für einen Mord finden würde, als ich*

es wegen zwei lächerlichen Sammelalben hätte, deren Wert ich noch nicht einmal gekannt habe.
Brodmann lächelte seinen Sohn an. *Genau da bist du bei einem wesentlichen Punkt. Ich schreibe es deinem Stress zu, dass du dies hier vergessen hast,* zog Brodmann eine Klarsichthülle mit einigen Blättern darin aus seiner Ledertasche. *Du wolltest meine Meinung zu dem Inhalt dieser Kopien erfahren ...*
Was bin ich nur für ein Blödmann, schrie Maximilian auf und hielt sich die Hände an die Schläfen. *Ich habe völlig vergessen, dass ich dir die Kopien geschickt hatte. Das ist das Motiv, das Vermächtnis des Herrn Steurer, sein Tagebuch,* deutete Maximilian mit einem strahlenden Gesicht auf die Hülle. *Zwar nur einige Seiten, aber immerhin ein Beleg für seine Existenz und für die darin erhobenen Vorwürfe. Wie konnte ich das vergessen, unglaublich. Ich hatte auf dem Kopierer der Station die Dinger gemacht und dann in die ausgehende Klinikpost geschmuggelt.* Maximilian umarmte seinen Vater und beugte sich auch zu Holzer, der aber abwinkte und stattdessen nach der Sichthülle griff.
Holzer liebte es, in stürmischen oder euphorischen Situationen Ruhe und Sachlichkeit zu demonstrieren, noch dazu in Anwesenheit eines solchen Alphatypen wie diesen Brodmann: *Wir werden das durcharbeiten, bis dahin ...*
Es gibt kein „bis dahin", mein Guter, kam es von Brodmann und es klang nicht nur so, es war eine unverhüllte Drohung.
Sie werden meinen Sohn auf der Stelle frei lassen, denn es handelt sich bei diesem Dokument nicht um einen netten Hinweis, sondern um einen Beweis, einen Motivbeweis. Sollten Sie meinen Sohn auch nur eine Sekunde länger in Untersuchungshaft behalten wollen, hetze ich Ihnen sämtliche Rechtsanwälte Vorarlbergs auf den Hals. Und nicht nur das, vielleicht haben Sie keine Vorstellung von der Macht der Diplomatie. Ich habe nämlich bereits mit meinem österreichischen Kollegen gesprochen, dessen Freund, der Innenminister, großes Vertrauen in einen aufstrebenden Beamten der Bundespolizeidienststelle Bregenz hat. Wissen Sie, baute Brodmann dem Bezirksinspektor eine Brücke, *ich würde nicht so drängeln, wenn ich nicht von den Fakten überzeugt wäre und natürlich von meinem Gefühl, dass in diesem Fall einiges nicht zusammenpasst. Dabei*

spielt die Tatsache, dass mein Sohn involviert ist, eher eine untergeordnete Rolle. Habe ich mich verständlich ausgedrückt, Herr Holzer?

Holzer hatte während Brodmanns durch eindeutige Gesten unterstrichenen Plädoyers, oder war es mehr das Präludium auf eine drohende Zukunft, zu einer der gefüllten Tassen gegriffen und einen Schluck schwarzen, ungesüßten Kaffees genommen, der allein schon ausgereicht hätte einen normalen Magen dauerhaft zu schädigen. Bei Holzer kam noch seine chronische Speiseröhrenentzündung hinzu, die durch aufsteigende Magensäure am Leben gehalten wurde und sich immer dann meldete, wenn er entweder psychisch besonders gefordert wurde oder eben einen schwarzen, ungesüßten Kaffee trank.

Holzer winkte ab und würgte zwischen heftigem Schluckauf eine grässliche Verabschiedung heraus, für die er sich bereits hasste, noch während er sie stammelte: *Natürlich ... es freut mich sehr ... Sie getroffen ... äh ... kennen ... haben ... und einen herzlichen Gruß an die Frau Gemahlin ... und wir bleiben in Verbindung ... und dem Herrn Sohn wünsche ich alles Gute für die Zukunft,* schüttelte er erst Brodmann, dann Maximilian die Hand, blieb leicht vorgebeugt so lange stehen, bis die beiden aus dem Zimmer waren, sank dann auf seinen Stuhl und hätte sich am liebsten besoffen, aber davon hielt ihn seine Ösophagitis ab.

Sie war sich absolut sicher, die frisch angebrochene Tube Voltaren in das offene Regalfach über der Spüle gelegt zu haben, neben der Dose Pulverkaffee. Wurde sie vergesslich? Unbewusst schüttelte Gertrud Argenthaler den Kopf und ging ins Bad, denn in dem eingebauten Spiegelschränkchen über dem Waschbecken lagerte sie nicht nur ihre Kosmetika, dort hob sie auch Medikamente auf.
Nichts Besonderes und nicht mehr, als in der durchschnittlich befüllten Hausapotheke einer Achtzigjährigen zu finden wäre: Franzbranntwein, Aspirin, Meridol, Coronal, Jod, Bepanthen, Schwarze Teersalbe, Leinsamen, Maaloxan, Baldrian, Bisacodyl, Nitrokapseln, Schüßler-Salze, Bachblüten Notfalltropfen, Vitaminpräparate, Wundpflaster, Verbandsmull, ein Wundspray, und eben jene Tube Voltaren, die sie vor zwei Tagen geöffnet, aber nicht zurück in das Spiegelschränkchen, sondern in der Küche in das Regalfach gelegt hatte. Deshalb schüttelte sie nochmals, diesmal ganz bewusst ihren Kopf, als sie die Spiegeltür geöffnet hatte.
Schon ein kurzer Blick genügte ihr, um festzustellen: Da war kein Voltaren. Also, wo konnte es sein, wohin hatte sie die Tube gelegt, als sie vor zwei Tagen ihren schmerzenden Fußknöchel eingerieben hatte?
Gertrud Argenthaler stand noch einige Sekunden wie erstarrt und rief sich jeden Handgriff in Erinnerung, nachdem sie das Voltaren aufgetragen und sich die Hände gewaschen hatte. Das war nicht im Badezimmer geschehen, sondern in der Küche und dort hatte sie sich auch ihre Hände gewaschen, in der Spüle. Das alles sah sie ganz deutlich, so, als würde ein Film ablaufen. Wieder schüttelte sie den Kopf und seufzte dabei. In letzter Zeit häuften sich die kleinen Aussetzer.
Davor hatte sie sich immer gefürchtet, nämlich eines Tages feststellen zu müssen, dass sie sich nicht mehr auf ihr Gedächtnis verlassen konnte. War es nun so weit?
Nein! Hatte sie laut gesprochen? Wie auch immer, mit energischen Griffen räumte sie die Fächer vor sich leer, einfach

in das Waschbecken darunter. Ebenso energisch räumte sie dann alle Fläschchen, Tuben, Kartone und Dosen wieder ein. Das Voltaren war nicht dabei gewesen.
Systematisch suchte sie das Bad ab. Viele Möglichkeiten gab es dort nicht, denn Frau Argenthaler liebte Klarheit und Überschaubarkeit in den Funktionsräumen und dazu zählte sie das Bad, die Toilette und die Küche. Dort gab es keine überflüssigen Stauräume.
Nach einer halben Stunde hatte sie auch die Toilette und die Küche durchsucht, getrieben von einer trotzigen Beharrlichkeit. Das Voltaren hatte sie dabei nicht entdeckt, aber Gertrud Argenthaler war noch weit davon entfernt, sich in ihr vermeintliches Schicksal zu fügen. Ein Glas Brombeerlikör und ihr Kampfgeist blieb ungebrochen, jedenfalls bis sie, eine gute halbe Stunde später, in dem kleinen Flur die Kunststoffbox öffnete, in der sie das Schuhputzzeug aufbewahrte.
Entsetzt und irritiert starrte sie auf die gesuchte Tube Voltaren, die zwischen Bürsten, Polierlappen und den drei mit unterschiedlichen Brauntönen gefüllten Schwammtuben lag.

Treffen in Lindau

Walcher fragte sich, ob er Brodmann überhaupt wieder erkennen würde. In seinem Gedächtnis war nur ein schemenhaftes Gesicht gespeichert. Aber er hatte schon oft erlebt, dass bei solchen Begegnungen das Unterbewusstsein die Regie übernahm. Und so kam es auch dieses Mal. In der Lobby des Hotels Bayerischer Hof hielten sich zwei Männer und eine Frau auf, aber Walcher steuerte zielsicher auf Brodmann zu, der im Sessel saß und in einem Prospekt blätterte.
Ein Lächeln huschte kurz über Brodmanns Gesicht, als er sportlich-elegant aufstand und Walcher die Hand reichte.
Als ob es gestern wäre, Sie haben sich überhaupt nicht verändert, schmeichelte er und bekam von Walcher die Retour: *Sie schon,*

Ihr Aussehen nähert sich dem eines „elder statesman". Wann werden Sie ins Kanzleramt ziehen?
Vorher werde ich zur Weinkönigin gekürt, lachte Brodmann, *nein, meine Pension wird wohl das Auswärtige Amt zahlen, fürchte ich. Kommen Sie, die haben hier ein hübsches Restaurant mit Blick auf den Hafen. Pittoresk, das müssen Sie sich einfach mal ansehen.*
Walcher nickte etwas genervt, er empfand es immer als eine Art Verletzung von Hoheitsrechten, wenn ihm Durchreisende seine Heimat erklären wollten, und Lindau gehörte ebenso zum Allgäu wie auch wenigstens der halbe Bodensee, schließlich wurde der zu gut der Hälfte von Allgäuer Flüssen gespeist.
Ich, nein, w i r haben etwas zu feiern, begann Brodmann mit dem eigentlichen Thema, nachdem sie sich darauf geeinigt hatten, nicht zu essen, sondern nur einen Cappuccino und ein Glas Prosecco zu trinken – um fünf Uhr nachmittags bei sommerlichen Temperaturen das einzig Vernünftige.
Wir feiern den Sieg der Gerechtigkeit, strahlte Brodmann. *Ich habe Maximilian vor einer Stunde nach München verabschiedet. Na, jedenfalls haben wir ein Scharmützel gewonnen,* schwächte er nach dem Schluck Prosecco ab und klärte Walcher über den Fall und über den österreichischen Bezirksinspektor Holzer auf.
Am Ende machte er eine, wie Walcher fand, wohltuende Pause, was sich jedoch als trügerische Ruhe erwies, denn dabei sah er Walcher unangenehm direkt in die Augen und fragte dann: *Sind Sie im Boot?*
Walcher dachte an die Altenheime, die er abgeklappert hatte, an die sympathische Frau hinter der Rezeption der Seniorenresidenz LIFUS und ihre Schnecken über den Ohren. Fragte sich, ob er diesem Diplomatenbeamten etwas schuldete für eine lang zurückliegende, unbedeutende Gefälligkeit und ob sich hinter dem Unfall eines Rentners, der unter Umständen nur wegen einer Ungeschicklichkeit mit seinem Rollstuhl in einem Bachtobel am Diedamskopf zu Tode gestürzt war, eine interessante und verwertbare Geschichte verbarg. Ohnehin hatte er sich bereits gefragt, warum er überhaupt die Tour

durch die Altenheime gemacht hatte. Witterte sein Unterbewusstsein eine Geschichte die er noch nicht sah? *Ist Ihr Sohn damit aus dem Schneider?*, fragte er.
Ich denke schon, aber darum geht es mir nicht allein, sondern um das hier. Brodmann schob Walcher gefaltete Blätter über den Tisch, die er aus der Innentasche seines Jacketts gezogen hatte. *Lesen Sie das bitte, bevor sie Ja oder Nein sagen, ich gehe mal auf die Toilette, ist ja ohnehin ein Scheißthema.*
Walcher dachte kurz darüber nach, ob dieser Abgang dem Habitus des Diplomaten Brodmann entsprach, zuckte unbewusst die Schultern und konzentrierte sich auf die Blätter. Es waren Kopien eines handgeschriebenen Tagebuches in der Größe, dass eine aufgeschlagene Doppelseite auf ein Blatt gepasst hatte. Die Schrift stammte von einem routinierten Handschreiber, etwas kantig, aber gut lesbar.
14. Oktober. Die letzte Nacht glich einer Wanderung durch den Hades. Mehrmals glaubte ich, meine letzte Stunde sei gekommen. Alle Symptome deuteten auf einen Herzinfarkt hin. Stechende Schmerzen in der linken Brustseite, die sich über die Schulter bis hinunter in die Fingerspitzen zogen. Dabei war mir schlecht und ich verspürte unentwegt Stuhldrang. Hinzu kam eine wachsende Todesangst mit Panikattacken. Und das, obwohl ich keine Angst vor dem Sterben habe, glaubte ich jedenfalls bisher. Aber vermutlich kommt es von der Paniktablette, die ich schlucken musste.
Gegen drei Uhr am Morgen hielt ich es nicht mehr aus und nahm die Tablette, die mir der Arzt gegeben hatte, für den Fall, dass ich Derartiges erleben würde. Schlagartig hörten meine Ängste und Beschwerden auf, ich fiel übermüdet ins Bett und schlief bis neun Uhr vormittags. Fühlte mich wie nach einem Marathonlauf.
Diese Schweine. Verabreichen irgendeine Stimulans, die einen Herzinfarkt verursacht, um dann ein Beruhigungsmittel zu testen.

15. Oktober. Habe die Tablette nicht geschluckt, sondern nur unter die Zunge geschoben und dankbar gelächelt. Der Doktor mag es, wenn man dankbar lächelt. Nachdem er mir dann wieder die Notfalltablette überreicht hatte, ja er überreichte sie mir, als würde er mir eine besondere Gnade erweisen, war ich entlassen, ging in meine

Zelle zurück und spuckte die Tablette aus. Ich werde sie und auch die folgenden sammeln, als Beweis. Für die Befragung nach meinen Symptomen werde ich die der ersten Nacht wiederholen und hie und da variieren. Die Fragebögen füllt eine Protokollschwester aus, aber die ist nicht besonders helle und nur darauf aus, ihren Hintern an dem Doktor zu reiben.

16. Oktober. Proband Herman Mutschler ist letzte Nacht gestorben. Herzinfarkt, flüstert man. Offen auszusprechen wagt es niemand. Vermutlich schaffte er es nicht mehr, die zweite Tablette einzunehmen. Er war schon etwas desorientiert, der Gute. Habe mit ihm mal eine Partie Schach versucht, Katastrophe! War nur darauf aus, meine Bauern zu schlagen, als wäre er ein Nachfolger des Waldburger Truchsess'.

17. Oktober. Habe erwartet, dass sie diesen Test nach dem Todesfall absetzen, aber sie tun so, als ob nichts geschehen wäre. Sammle die Tabletten und erzähle ihnen bei der allmorgendlichen Befragung das übliche Märchen. Steigere mich und lüge, dass sich die Balken biegen. Habe von einem Traum erzählt, den ich bisher noch nie hatte. Werde das Thema variieren, weil sie höchst interessiert schienen. Langen Spaziergang gemacht, weit über die Grundstücksgrenzen hinaus, auch wenn das Gehen immer schmerzhafter wird. Wunderbares Wetter und der Blick, einfach traumhaft, dieses Land. Offensichtlich werde ich beobachtet. Wärter Martin fauchte mich an, dass ich das „verdammtnochmal" sein lassen sollte, er hätte schließlich anderes zu tun, als mir ständig nachzulaufen. Ich fragte diesen groben Klotz, ob ich denn Ausgehverbot hätte. Natürlich nicht, aber es wäre einfach sicherer, sich während der Testzeiten in der Nähe der Krankenstation aufzuhalten, meinte er. Dieser Typ wirkt allein durch seine Erscheinung wie eine Drohung. Viele trauen sich gar nicht mehr aus ihren Zellen.
Der Zeitungsfritze hat schon wieder aufgeschlagen. Acht Euro für die FAZ, das ist eine ausgemachte Sauerei. Er müsse sie schließlich in Isny extra holen, weil ich der einzige Käufer sei, verteidigte er sich. Die zocken hier ab, wo es nur geht. Im Café verlangen sie Höhenzuschlag, als ob wir auf dreitausend Meter liegen würden.

Sechs Euro für ein Gläschen Bier, das ist Wucher! Für Haarewaschen verlangen sie fünfunddreißig Euro, soviel zahlte ich früher meinem Starfriseur nicht und da waren Waschen, Kopfmassage und der neueste Witz inklusive. Gut, dass ich mir die Haare noch selber waschen kann, sie sind nämlich wieder ordentlich nachgewachsen.

18. Oktober. Der Arzt hat mich angebrüllt, als wäre ich ein Rekrut auf dem Kasernenhof. Sie haben in meinem Blut nicht die Stoffe gefunden, die vorhanden sein müssten, hätte ich die Tabletten geschluckt. Ich sei ein Schädling an der Gemeinschaft.
Diese Drecksau!!! Habe ihn Dr. Mengele genannt, da ist er ausgeflippt und wollte mir an die Gurgel. Hat aber die Kraft in meinen Armen unterschätzt. Komme mir vor wie in einem KZ. Sollte nach einer Alternative suchen. Lange halte ich den Druck dieser Leute nicht mehr aus. Für morgen hat sich wieder der Versicherungsfuzi angekündigt. Will mir Aktien oder Lebensversicherungen andrehen. Wo bin ich hier eigentlich? Muss ich für irgendetwas büßen, das ich übersehen habe?

19. Oktober. Heute haben sie den Test offiziell für beendet erklärt, aber nicht, weil sie ein schlechtes Gewissen haben, sondern weil auch Hilde Heim morgens nicht mehr aufgewacht ist. Die zweite Tote in einer Woche, das ist selbst ihnen zu viel. Sie sei im Sessel gesessen, sagt ihre Freundin aus der Zelle daneben. Hilde hatte nie Schlafprobleme und eine Konstitution wie ein Ross.
Sie erzeugen einen künstlichen Herzinfarkt, um die Wirkung ihres neuen Medikaments zu testen. Das Problem ist, dass in Altersheimen häufig gestorben wird, da fallen zwei Tote in einem Monat nicht groß auf. Also wird es schwer werden, ihnen etwas zu beweisen. Die Tabletten! Ich muss sie besser verstecken. Ohne solche Beweise wird man mir nicht glauben, es ist zu ungeheuerlich, was sie mit uns treiben. Meine Zellennachbarn sind viel zu eingeschüchtert, um sich zu wehren, die meisten kriegen es zudem nicht mit, was mit ihnen gemacht wird. Habe mit Manfred telefoniert und ihm erzählt, dass sie uns als Laborratten missbrauchen. Auch Manfred glaubte mir nicht, aber sein Obrigkeitsglaube wird nur noch

von seiner zunehmenden Senilität überboten. Trotzdem, ich werde etwas dagegen tun, und wenn es das Letzte ist, was ich auf dieser Welt mache ...

20. Oktober. Ich habe oft darüber nachgedacht, was ich vom letzten Abschnitt meines Lebens erwarte. Versäumtes nachholen? Was bedeutet schon „versäumt"? Reisen machen, Bücher lesen, schreiben, malen? ... alles Klischees. Habe mich fürs Nachdenken entschieden. Viele andere Möglichkeiten habe ich ja auch nicht mehr. Zum Reisen fehlt mir die Beweglichkeit, und was das Lesen betrifft, so macht es mit einer Lupe keinen besonderen Spaß. Aber der Mensch braucht eine Aufgabe! Oder ist das auch nur so ein Klischee, das die Bewegung als solche bereits zum Lebensinhalt erhebt? Ich denke! Ist das nicht Bewegung genug? Ich habe endlich Zeit dazu, und dies empfinde ich als ein wunderbares Geschenk. Bisher jedenfalls. Meist denke ich darüber nach, was hier geschieht. Und das sind dann wirklich keine guten Gedanken. Überhaupt fällt es mir immer schwerer, positiv zu denken. Liegt das an mir? Sehne ich mich nach dem Ende? Annegret. Gibt es ein Wiedersehen dort oben? Wunschdenken, aber verlockend! Annegret, ich denke täglich an dich und manche Nacht träume ich auch von dir. Ich bin froh, dass du dies hier nicht erleben musst.

Walcher legte die Blätter weg, als sich Brodmann wieder an den Tisch setzte. *Ich bin im Boot,* sagte er nur.
Brodmann nickte, als hätte er nichts anderes erwartet.

Zweiter Besuch

Walcher hatte den Verwaltungsleiter Cordes angerufen und gebeten, mit einer Bewohnerin oder einem Bewohner der Seniorenresidenz ein Gespräch führen zu dürfen. „Ich will ganz sicher sein, dass ich meinen Vater in einem Wohlfühlhaus unterbringe, und nicht nur weil er das verdient, sondern weil ich ein gutes Gefühl haben will. Dabei spielen die

Kosten nicht die große Rolle, er kann es sich leisten", hatte er als Argument nachgeschoben, als Cordes zögerte.
Das hatte Wirkung, denn Cordes nannte, eine Spur freundlicher, drei Namen von Bewohnern der Residenz, die einen Besuch nicht als Störung ihrer Ruhe betrachten würden. Die meisten Bewohner der Residenz würden nämlich auf absolute Abgeschiedenheit und Ruhe bestehen und eine seiner vornehmlichen Aufgaben sei es, dafür Sorge zu tragen, dass diese Wünsche auch tatsächlich erfüllt würden.
Die Stimme erinnerte Walcher an einen Pfarrer, der seinen Schäflein Enthaltsamkeit abforderte, selbst aber den Messwein mit einer Geliebten teilte. Walcher dachte an die Autobusse voller Residenzbewohner, die in das kleine Walsertal zu einem Spielbankbesuch einbrachen. So ruhebedürftig, wie das der Verwaltungsleiter betonte, schienen die Damen und Herren nun auch wieder nicht zu sein. Trotzdem hatte er sich artig für das freundliche Entgegenkommen bedankt und einen Besuch vereinbart.
Zwei Tage später saß er einer gepflegten alten Dame gegenüber und trank einen aromatisierten grünen Tee, der ähnlich wie die Luft des Apartments duftete, irgendwo zwischen Lavendel und Mottenkugeln. Die wenigen Möbelstücke, die in dem Zimmer standen, hatten nicht nur bessere Zeiten erlebt, sondern erdrückten durch ihre Wuchtigkeit die höchstens fünfzehn Quadratmeter des Wohnraums.
Walcher war in dem angebotenen Sessel geradezu versunken und saß krampfhaft senkrecht, um seine Ellenbogen auf den extrem hohen Armlehnen auflegen zu können. So mussten sich Kinder in der Erwachsenenwelt fühlen, dachte er.
Gertrud Argenthaler, so der Name der alten Dame, hatte erst einmal erklärt, dass ihr Familienname nichts mit der nahe gelegenen *Argen* zu tun hätte, sondern dass sie bis vor drei Jahren im Norden der Republik gelebt hätte und dass von dort auch ihre Familie stammte. Erst als ihr Mann gestorben war, sei sie in das Allgäu gezogen, in die Gegend der gemeinsam verbrachten, glücklichen Urlaube.
Aber, unterbrach sie sich, *Sie sind sicher nicht gekommen, um*

meine Vergangenheit erzählt zu bekommen. Herr Cordes sprach davon, dass Sie Ihren Vater hier unterbringen wollen. Also, stellen Sie Ihre Fragen, junger Mann.

Frau Argenthaler konnte als eine Oma zum Vorzeigen herhalten. Ihre Frisur aus vollem, weißblondem Haar schien frisch vom Friseur bearbeitet. Unübersehbar war ihre frühere Schönheit, auch wenn die Falten in dem schmalen Gesicht längst den Kampf gegen die Jugend gewonnen hatten. Dafür blitzten aus ihren Augen ein wacher Geist und eine Portion Humor.

Trotz sommerlicher Temperatur trug sie einen Anzug, der ihr Faible für das Waidwerk verriet. Der feste grüne Stoff schien ihrem schmächtigen Körper Halt zu geben, obwohl sie darin verloren wirkte, als hätte sie das Thema eines Maskenballs verfehlt. Sie saß auf der Kante eines Zweisitzers, der ebenso wuchtig wie Walchers Sessel proportioniert auch noch vier weiteren Menschen genügend Platz geboten hätte. Kurz dachte Walcher an die Möbelpacker, die dieses Monstrum durch die schmale Wohnungstür hatten zaubern müssen. Und nicht nur die Polstermöbel waren für das kleine Zimmer zu groß geraten. Der Schrank bedeckte fast die einzige durchgehende Wand, dann stand noch eine ebenfalls gewaltige Kommode zwischen den Türen zu Küche und Bad, bedeckt mit Fotografien in unzähligen Stehrahmen.

Wollte man die Schubfächer der Kommode aufziehen, musste vermutlich vorher der Zweisitzer beiseite geschoben werden. An den wenigen Wandflächen hingen dunkle Landschaften und einige würdig dreinblickende Gesichter in schweren Goldrahmen. Die vier Türen, außer der Balkontür, waren mit Klebebuchstaben markiert: Küche, Bad, Schlafen und Flur. Hoffentlich, dachte Walcher, fährt Frau Argenthaler nicht mehr mit dem Auto herum.

Zwischen den Sitzmöbeln stand ein niedriger Tisch, dessen Glasplatte auf einem Kranz von Hirschgeweihen lag. Königliche Zwölfender, die vermutlich der Herr Gemahl passend zur gewünschten Tischhöhe erlegt hatte. In der Ecke zur Terrasse stand der Fernseher auf einem modernen Roll-

wagen, im unteren Teil bestückt mit Video, CD-Player, Radio und einem Plattenteller.
Walcher versuchte noch einen winzigen Schluck von dem Tee und stellte dann neben der Tasse das kleine Tonbandgerät auf den Tisch. *Darf ich unser Gespräch aufzeichnen, ich würde es gerne meinem Vater vorspielen, er ist nämlich etwas misstrauisch.*
Unbewusst hatte Walcher die Lautstärke angeschlagen, in der sich Schwerhörige verständigten.
Warum brüllen Sie denn so?, rief Frau Argenthaler und mimte die Entrüstete, *ich bin doch nicht schwerhörig.*
Entschuldigen Sie bitte, mein Vater ..., log Walcher.
Frau Argenthaler nickte verständnisvoll und lächelte an Walcher vorbei in die Allgäuer Landschaft hinaus.
Sie fühlen sich wohl hier?, begann Walcher in normaler Lautstärke.
Wie meinen Sie das?, lächelte Frau Argenthaler.
Na, ob Sie gerne hier in der Residenz wohnen?
Aber sonst wäre ich doch nicht hier, junger Mann, kam es etwas vorwurfsvoll von der alten Dame.
Walcher nickte versonnen und lächelte sie an. *Wie ist es mit den Mitarbeitern der Residenz, gehen die gut mit Ihnen um, also werden Sie gut behandelt?*
Wie soll ich das denn verstehen, „behandelt"? Also das müssen Sie mir schon erklären.
Walcher hatte plötzlich das Gefühl, dass dieses Gespräch ein sehr anstrengendes und vermutlich wenig klärendes werden würde, trotzdem lächelte er sein gewinnendstes Lächeln. *Ich meine, werden Sie von den Pflegern und Helfern freundlich, zuvorkommend und mit Respekt behandelt?*
Sehe ich so aus, als würde man mich respektlos behandeln?, fragte Frau Argenthaler mit gespielter Empörung.
Nein, das nicht, schüttelte Walcher den Kopf, *aber ich glaube, wir kommen nicht weiter, wenn Sie gegen jede meiner Fragen eine Gegenfrage stellen.*
Haben Sie denn den Eindruck, dass ich das mache?
Wenn Sie wollen, deutete Walcher auf das Tonband, *spiele ich Ihnen gerne vor, was wir bisher gesprochen haben.*

Nein, nein, wehrte Frau Argenthaler ab, *vielleicht liegt es daran, dass man im Alter entweder senil oder aber vorsichtig wird. Da ich mich noch nicht zu der ersten Gruppe zähle, bin ich wohl etwas vorsichtig geworden. Wissen Sie, das ist wie bei Kindern, die werden von Erwachsenen auch nicht besonders geliebt, wenn sie zu klug sind und zu viel wissen, gar nicht zu reden von selbstbewussten Kindern.*
Walcher nickte: *Draußen ist so wunderschönes Maiwetter und wir sitzen hier in der Wohnung. Wie wär's, zeigen Sie mir Ihre Lieblingsplätze, die Residenz und die Umgebung, machen wir einen kleinen Spaziergang?*
Das ist gut, strahlte Frau Argenthaler mit blitzenden Augen, *und dann laden Sie mich zu einem Kaffee ein, denn dieser Tee schmeckt derart nach Mottenpulver, dass ich mich schon gefragt habe, wie Sie diese ungenießbare Brühe überhaupt runterbringen.*
Walcher nahm mit gesenktem Kopf, damit sie sein Grinsen nicht sah, das Tonband vom Tisch, stand auf und folgte Frau Argenthaler zur Eingangstür des Apartments und hinaus in den überdachten Eingangsbereich des Hauses.
Das Apartment lag Parterre und mit zwei Schritten stand man auf grünem Rasen. Aber so weit kamen die beiden nicht, denn als Frau Argenthaler die Tür hinter sich zuziehen wollte, kam mit wehendem weißen Arbeitsmantel eine Gestalt auf sie zugeeilt.
Aber, aber, meine Liebe, das geht doch nicht. Wir hatten doch vereinbart, dass Sie Ihr Apartment nicht ohne Begleitung verlassen, ohne medizinische Begleitung, ergänzte er mit einem strafenden Blick zu Walcher. *Gut, dass ich zufällig vorbeikam. Ich kann das nicht gestatten. Bitte bleiben Sie auf Ihrem Zimmer und schonen Sie sich.*
Walcher dachte: zufällig vorbeigekommen?, fragte aber den Mann: *Was hat denn Frau Argenthaler?*
Ich bin Dr. Höffler, Dr. Armin Höffler, der Arzt dieser Residenz, mit wem habe ich das Vergnügen?
Walcher, mein Name ist Walcher und ich trage mich mit dem Gedanken, meinem Vater diese Residenz zu empfehlen.
Ach ja, stöhnte Dr. Höffler, *Herr Cordes berichtete mir davon und*

ich war entsetzt über seine Zusage. Frau Argenthaler hat strengste Ruhe verordnet bekommen, sie leidet unter akuter Canalolithiasis, wenn ich das preisgeben darf, nicht wahr, meine Liebe. Ich darf Sie in Ihre Wohnung zurück begleiten? Wandte er sich an Frau Argenthaler, die gehorsam nickte. *Dann kann ich auch gleich noch Ihren Puls und Blutdruck messen.*
Ohne Gruß verschwanden die beiden in der Wohnung und Walcher stand vor der geschlossenen Tür und überlegte, was ihm da gerade für eine Komödie vorgespielt worden war. Canaldingens sagte ihm nichts, dazu musste er erst nachschlagen, aber für ihn lag auf der Hand, dass der Auftritt des Doktors ein unkontrolliertes Gespräch verhindert hatte. Vermutlich war die Unterhaltung belauscht und befürchtet worden, bei dem Spaziergang im Garten würde Frau Argenthaler erzählen, was nicht in das offizielle Bild der Residenz passte. Das konnte nur bedeuten, dass die Wohnung von Frau Argenthaler abgehört wurde. Nur die von ihr?
Walcher suchte den Zettel, auf dem er sich die von Cordes genannten Namen und Nummern der Apartments seiner Gesprächspartner notiert hatte. Nach Frau Argenthaler war er bei Hellwig oder Meinrat angekündigt, beide wohnten in dem etwas abseits gelegenen Haus Nummer 6.
Walter Hellwig öffnete nicht, war schwerhörig, nicht zu Hause oder schlief seinen verdienten Mittagsschlaf.
Ein Stockwerk darüber, in Nummer 76, dauerte es nach Walchers Klingeln auch ziemlich lange, aber dann tat sich was. *Was'n los?*, hörte er durch die Tür und Walcher nannte seinen Namen.
Mit dem Öffnen der Tür strömte ihm eine Duftmischung entgegen, die von zurückhaltender Körperhygiene erzählte, von billigen Stumpen, von Ölfarbe, von Verdünnungsmitteln, Bier und Schnaps und zwar von allem reichlich. Dazu glotzte ein Riese aus dem für ihn zu niedrigen Türrahmen.
Gustav Meinrat musste sich bücken, um nicht seinen Kopf anzuschlagen.
Walcher, obwohl selbst kein Zwerg, sah hinauf und war erst einmal gefesselt von der gigantischen roten Säufernase, die

wie eine Karikatur aus dem gutmütigen Gesicht hervorragte. Der kahl rasierte Kopf war für den massigen, spindelförmigen Körper eindeutig zu klein oder aber Meinrat hatte zu viel Fett angesetzt. Er trug eine Cordhose, über die ein riesiges, mit Farben verschmiertes T-Shirt hing. Nur die kurzen Ärmel ließen noch das ursprüngliche Weiß erahnen. Die Füße des Riesen steckten barfuß in Schnürschuhen, deren Fersenteil abgeschnitten war.

Cordes hat's mir gesagt, Ihr Vater, kommen Se rinn in die gute Stube, winkte er Walcher in den Flur, in dem allerdings nur er und die gestapelten Bierkisten Platz hatten, deshalb ging er voraus in das Wohnzimmer.

Die Kleinwohnung, Apartment war die falsche Bezeichnung, glich der von Frau Argenthaler, was den Zuschnitt und die Überfüllung betraf. Nur dass bei Herrn Meinrat der spärliche Raum nicht mit Möbeln zugestellt war, sondern mit Meinrats Lebensinhalt: einem riesigen Kneipenfernseher, einer Arbeitsplatte, die an der langen Wandseite montiert war, einem Ohrensessel und davor einem massiven Holzgestell als Staffelei, an der eine Leinwand klemmte, gut eineinhalb mal zwei Meter groß.

Auf der Arbeitsplatte herrschte künstlerisches Durcheinander von Farben in den unterschiedlichsten Behältnissen wie kleinen Joghurtbechern und Blechdosen, Tuben und Schalen. Unzählige Flaschen, verschmiert und mit dunklen Flüssigkeiten darin, Putzlumpen, Bürsten und Metallspachteln standen und lagen wild durcheinander.

Nur fünf große Bierkrüge, gefüllt mit Hunderten von Pinseln in allen möglichen Größen, standen wie Festungstürme der Ordnung inmitten des Chaos.

An der Wand über der Arbeitsplatte hing an einer Sammlung verschiedener Kleiderhaken eine wahrhaft bunte Mischung aus Bilderrahmen, Malstecken, Kartonschablonen, Skizzen und Fotos, getrockneten Ästen und Blumen, Tüchern, einem Strohhut mit getrockneten Rosen, einem uralten Bergstiefel, einer Hängepfeife aus Porzellan, Lederhalfter, Hosenträger, Wurzelholz, einer Geweihstange und noch einigem mehr,

was sich erst durch längeres Studium preisgeben würde.
Der Fußboden war mit einer blauen Kunststoffplane abgedeckt, angesichts der Farbschichten, die sich darauf festgesetzt hatten, eine hervorragende Idee.
Herr Meinrat setzte sich in den Ohrensessel, die einzig wirkliche Sitzgelegenheit, und deutete mit generöser Geste auf zwei aufeinander gestapelte, mit einem Holzbrett abgedeckte Bierkisten.
Woll'n Se was trinken?, deutete er auf die Bierkisten.
Später gern, hielt sich Walcher nicht nur die Option offen, sondern wollte damit auch den offensichtlichen Freund des Alkohols nicht vor den Kopf stoßen. Herr Meinrat zuckte mit den Schultern und öffnete mit einem lauten *Plopp* die Bügelflasche, die neben seinem Sessel stand. *Fragen Se, was Se auf'm Herzen ham.*
Meinrat sprach in einer Mischung norddeutscher Dialekte, die Walcher aber keiner Region zuordnen konnte, und das Bier, das Meinrat trank, ließ auch keinen Hinweis zu, es war im Allgäu gebraut worden.
Sie malen, stellte Walcher fest und wollte Meinrat damit zum Erzählen bringen, aber irgendwie schien heute nicht sein Tag, er bekam einen klassischen Konter zurück.
Im Moment nich, aber hoffentlich geht es bald wieder.
Verstehe, meinte Walcher, *dann will ich es so kurz wie möglich machen. Mein Vater ... ich suche für ihn einen Alterssitz und weil er ein ziemlich kritischer Mensch ist, wollte ich mich vorher erkundigen. Es würde mich sehr freuen, wenn Sie mir erzählen, was Sie von dieser Seniorenresidenz halten, ob Sie sich wohl fühlen, gut behandelt werden, der Service stimmt, die Mitbewohner akzeptabel sind ... eben alles, was so mit Lebensqualität zu tun hat.*
Und warum schicken Se Ihren Vater nich' her, damit er sich selbst 'ne Meinung machen kann?, wollte Meinrat wissen und ließ wieder den Bügel ploppen.
Das habe ich schon einige Male hinter mir. Wenn ich nicht davon überzeugt bin, dass es meinem Vater gefallen könnte, brauche ich ihm nicht mit einem neuen Versuch zu kommen, verstehen Sie?
Walcher sah Meinrat mit einem geradezu Hilfe suchenden

Blick an, das Tonband hatte er in der Jackentasche gelassen und einfach angestellt, ohne darüber zu reden.
Meinrat fixierte Walcher mit einem derart kritischen Blick, so als würde er ihm kein Wort glauben. *Na gut, aber glauben Se mir, das ist der falsche Wech. Ihr Söhne glaubt immer, es Euren Vätern endlich heimzahlen zu können. Wenn die Zeit reif ist, dann sucht sich ihr Vater selbst eine Bleibe. Da brauchen Se sich nich einmischen, glauben Se mir.*
Sie kennen meinen Vater nicht, wandte Walcher vorsichtig ein.
Quatsch, dazu muss ich niemand kenn'. Ärgerlich ließ es Meinrat wieder ploppen. *Aber das ist nich mein Bier. Se woll'n wissen, wie 's sich hier lebt? Na, wie in jedem Altersheim, da brauchen Se sich nix vorzumachen. Nich mal mitem Haufen Kohle können Se menschliche Qualität kaufen. Im Großen und Ganzen stimmt hier einiges. Ihre Mitbewohner könn'Se sich schließlich nich aussuchen und wenn Se selbst nich 'nen Plan im Kopp haben und hoffen, dass Se von annern unterhalten wern, dann sollten Se sich ne Kugel geben.*
Sie fühlen sich wohl hier?, schob Walcher dazwischen.
Sehn Se, ich male und sauf den ganzen Tach, dazwischen rauch ich 'n Stumpen, ess was und schlaf. Das habe ich schon die letzten Jahre so gemacht, also was soll's. Die Leute hier sind nich besser oder schlechter als anderswo.
Sie sind auch zufrieden, wie Sie von dem Personal behandelt werden?, Walcher war ratlos, wie er aus diesem Gemütsmenschen etwas entlocken konnte, das die Vorwürfe von Steurer bestätigen würde.
Hab nur wenich Kontakt, versorge mich selbst, nehme an der Gruppenscheiße nich teil, und wenn ich mal was brauche, dann funktioniert das schon. Also mehr gibt's da nich zu erzählen. Wäre sehr froh, wenn ich wieder weitermachen könnte, klar?
Walcher nickte, stand auf und stellte sich neben Meinrats Sessel, um vor seinem Abgang wenigstens einen Blick auf die Leinwand zu werfen.
Es traf ihn wie ein Stromstoß, denn was diese verschlafen wirkende Saufnase gerade malte, war eine faszinierend schöne Landschaft, im Stil Caspar David Friedrichs.

In einem unglaublich präzisen, ja geradezu übersteigerten Naturalismus hatte Meinrat blühende Wiesen, Kühe, Hügel, Höfe, Wälder und als Hintergrund die sonnenbestrahlten Allgäuer Berge auf die Leinwand gebannt, dass selbst die Blütenblätter des Löwenzahns noch zählbar zu sein schienen. Auch die Schatten der wenigen zarten Wolken, die am strahlend blauen Himmel schwebten, hatte Meinrat präzise, als etwas dunklere Flächen, auf den Wiesen wiedergegeben. Ehrfurchtsvoll flüsterte Walcher: *Sagenhaft!*

Meinrat ließ den Bügel ploppen, nahm einen Schluck und meinte danach sachlich erklärend, als ob Walcher die Frage nach den Arbeitsstunden für diesen aufwändigen Malstil gestellt hätte: *Nur mit Bier kann man das Feuer der Ungeduld bezähmen.*

Kann ich verstehen, nickte Walcher. *Haben Sie dafür schon einen Käufer?* Walcher fragte nicht, um Meinrat zu schmeicheln oder ihm auf diesem Weg doch noch irgendwelche Informationen zu entlocken, sondern weil er solch ein Bild wirklich haben wollte. Mit diesem Gemälde konnte selbst das Original nur mit Mühe konkurrieren. Allein die zarte dunstfreie Blaulasur des Himmels war im Original nur an wenigen, besonders schönen Tagen des Jahres zu bewundern. Auch die Blütenpracht der Wiesen und das zarte knospende Grün der Bäume beschränkten sich auf die Zeit des ausgehenden Frühjahrs. Eine spürbar positive Kraft schien in diesem Werk eingefangen, jedenfalls empfand Walcher das so.

Ist schon verkauft, auch das nächste. Aber danach kann ich eins für Se malen, wenn Se wollen, nuschelte Meinrat, während er sich einen Stumpen anzündete.

Ich will und zwar so wie dies hier, wenn das möglich ist.

Pinsle ich Ihnen, paffte Meinrat, *wird so gegen Ende Oktober fertich sein, wenn mich bis dahin nich 'n Bierlaster überrollt.*

Können Se 'ne Anzahlung machen, damit ich weiß, ob Se 's ernst meinen?

Natürlich, mache ich gerne, aber ich habe so gut wie nichts dabei, klopfte Walcher demonstrativ auf seine Hemdtasche, in der er nicht nur sein mobiles Büro, sondern auch sein Geld trug.

Meinrat schüttelte den Kopf und reichte Walcher ein Folder. *Da steht meine Kontonummer drauf und auch 'n paar Bilder von mir. Vielleicht kennen Se ja jemand, der sich auch so 'n Schinken an de Wand hängen will. Tausend als Anzahlung und dann noch zweitausend, wenn 's fertig ist. Denke, das ist nicht zu üppich, oder?*
Walcher schüttelte den Kopf
Also, na dann und das mit Ihrem Vater, da sollten Se sich noch mal Gedanken machen.
Walcher legte dem Riesen, der aufgestanden war und ihm die offene Hand hinstreckte, seine Rechte hinein und sah zu, wie sie in der Pranke einfach verschwand.
Herzlichen Dank und auf das da, deutete er auf die Leinwand, *freue ich mich, wie ich mich schon lange nicht mehr auf etwas gefreut habe.*
Dann hat sich's ja gelohnt, klopfte Meinrat auf Walchers Schulter und beschleunigte dadurch die Verabschiedung. Walcher eilte durch das Bierlager im Flur und war froh, dass die Wohnungstür nach außen auf ging. Nach außen?, dachte er und erinnerte sich, bereits bei Frau Argenthaler kurz darüber nachgedacht zu haben, warum diese Türen nach außen aufgingen. Hinter ihm griff eine Riesenpranke nach der Klinke und zog hektisch die Tür ins Schloss, als gelte es ihm, das besondere Luftgasgemisch vor eindringendem Sauerstoff zu schützen.
Walcher verschob den Gedanken über Sinn oder Unsinn, in welche Richtung Türen aufzuschwingen haben, und stieg ins Parterre hinunter.
Walter Hellwig, Nummer 64, stand neben der Wohnungstür auf dem Schild, sauber ausgedruckt, wie auch bei allen anderen Namensschildern. Versuch Nummer zwei, dachte er und drückte auf den Klingelknopf, aber wie schon vor einer halben Stunde geschah nichts. Herr Hellwig öffnete nicht. Lass es gut sein, sagte sich Walcher und ging in Richtung Café. Bevor er abfuhr, wollte er noch ein wenig Kontaktpflege betreiben.
Die ehemalige Scheuneneinfahrt und der Stall waren zu

einem Café-Restaurant umgebaut worden. Durch die Glasfront, anstelle der Scheunentore eingesetzt, hätte man einen herrlichen Blick auf das Allgäu genießen können, leider versperrte einer der Neubauten die Sicht.
Aber Walcher interessierte ohnehin mehr der Umbau selbst, denn bei solchen Gelegenheiten dachte er ganz automatisch an die eigene Scheuneneinfahrt, die er auch irgendwann zu einem Wohnraum umbauen wollte.
Drei Damen steckten tuschelnd ihre weißhaarigen Köpfe zusammen, als Walcher eintrat. Sie waren nicht nur exklusiv gekleidet, sondern hatten neben der aufgelegten Kriegsbemalung auch üppig ihre Goldreserven auf Ohren, Hälse, Finger, Handgelenke und Blusen verteilt. Trotz oder gerade wegen ihres Alters – sie brachten es zusammen vermutlich auf weit über zweihundert Jahre – duftete das Café intensiv nach ihren körperhaft üppigen Markenparfüms.
Die Damen waren die einzigen Gäste des Cafés.
An den Wänden hingen farbenfreudige Blumen-Aquarelle, vermutlich die Ergebnisse eines Workshops. Überall standen bäuerliche Hausgeräte herum, Spinnräder, Schmalztöpfe, Reisigbesen und dergleichen. Über dem Treppengeländer lagen Stoffe drapiert und verrieten die Hand eines Raumgestalters. Wahrscheinlich war im Herbst der Raum mit farbigem Laub und Zierkürbissen dekoriert.
Aus dem Restaurantteil im ehemaligen Stall, zu dem ein breiter, offener Durchgang führte, schlenderte ein weißhaariger Mann, dessen Schürze ihn als Kellner auswies. Vielleicht ein Bewohner, der Servicedienst hatte oder sich ein Taschengeld verdiente, vermutete Walcher.
Der Tisch in der Ecke der ehemaligen Brandmauer und neuen Glaswand bot zweierlei Aussichten. Einmal konnte Walcher hinaus in den Hof sehen und gleichzeitig das Café bis hinauf in die Galerie überblicken. Außerdem versprach die Distanz zu den Damen eine Milderung ihrer Lockstoffe.
Walcher setzte sich und lächelte dem Kellner zu, der bereits neben ihm stand.
Wos derf's sein, der Herr?, fragte er in breitestem Wienerisch.

Walcher bestellte einen Cappuccino, was der Kellner gleichgültig zur Kenntnis nahm. Vermutlich hätte Walcher einen *Einspänner, Verlängerten* oder *Fiaker* bestellen müssen, um eine Reaktion, wie das Heben einer Augenbraue vielleicht, zu provozieren, oder er hätte ihn zu einem Schnaps einladen müssen, denn der Wiener machte den Eindruck, als bräuchte er dringend ein paar Grammeinheiten Alkohol.
Das Kaffeekränzchen tuschelte unentwegt und hie und da sah eine der Damen bemüht unauffällig zu ihm herüber, lächelnd. Die werden mich doch nicht etwa anmachen wollen, dachte Walcher und vermied es, in ihre Richtung zu sehen.
Der Kellner kam überraschend schnell mit dem Cappuccino zurück. *Wohl bekomm's.* Walcher dankte und zog den Folder von Meinrat aus der Jackentasche.
Natur von Gustav Meinrat stand in schlichter Typografie auf der Titelseite und darunter war ein Wiesenstück abgebildet, das wie ein Meteorit durchs Weltall raste. Trotz der starken Verkleinerung war der außerordentliche Detailreichtum zu erkennen. Haarpinsel! Walcher schüttelte unbewusst den Kopf, als er an die Pranken des Riesen dachte und nahm einen Schluck von dem Cappuccino, der leider so gar nichts mit Wiener Kaffeekultur gemein hatte, aber vielleicht durfte der Kaffee in einer Seniorenresidenz nur noch Erinnerungen wach rufen.
Als er dann den Prospekt auffaltete, puschte ein heftiger Stromstoß seinen Puls derart hoch, dass er prüfend zu den drei Damen hinüber sah, die kicherten aber gerade mit dem Kellner.
Auf der Doppelseite, über den Abbildungen einiger Landschaftsbilder, stand mit fettem Filzstift geschrieben: *Mittwoch, 14 Uhr, Gipfel Riedholzer Kugel. Bitte kommen Sie!!!*
In Walchers Kopf knisterte es. Die drei Ausrufungszeichen sahen nicht nach einer Aufforderung aus, an Landschaftsstudien teilzunehmen.

Home

Die glühendrote Kugel näherte sich der Silhouette des Bergpanoramas, als Walcher von der Landstraße in den Feldweg abbog, der an der Hügelflanke steil hinauf führte. Erst oben auf dem Hügel war sein Hof zu sehen, angestrahlt vom warmen Licht der untergehenden Sonne.

Selbst wenn Walcher nur kurze Zeit unterwegs war, stellte sich bei ihm bereits das warme heimatliche Gefühl ein, sobald er zu seinem Hof zurückkehrte. Die Lage auf einer der Hügelkuppen, oberhalb Weilers, einer Ortschaft im Westallgäu, konnte ohne Übertreibung als traumhaft bezeichnet werden, und ebenso faszinierend war das Panorama, das sich von diesem Hochsitz aus bot: links die Spitzen der Allgäuer Alpen, dann nach rechts geschwenkt die Nagelfluhkette, der Bregenzer Wald bis hin zum Säntis – Besucher fragten Walcher meist, ob er bei einem solchen Ausblick überhaupt arbeiten könne, und erhielten von ihm als Antwort: Bei schlechtem Wetter geht's.

Viel Zeit hatte er in sein Paradies gesteckt. Der Wohnteil war grundlegend saniert worden, geradezu bombensicher, weil die beauftragte Baufirma ihm ein Sicherheitspaket aus einer Konkursmasse eingebaut hatte. Türen und Fenster wie in einer Sparkassenniederlassung. Das war von außen zwar nicht erkennbar, aber in Walchers Kopf hatte sich der Begriff „Burgfeste" gespeichert, nicht zuletzt auch des Vorratskellers unter der Küche wegen. Ein ungewöhnlich stabil gemauertes Kreuzgratgewölbe, das eher zu einem Ritterturm gepasst hätte als zu einem harmlosen Bauernhof. Vielleicht hatte es ja in grauen Vorzeiten einen solchen Turm gegeben, denn die Mauern des alten Stallteils wiesen verdächtig viele und mächtige Bruchsteine auf.

Während der Heimfahrt hatte Walcher eine Zeit lang über den Ausbau der Scheuneneinfahrt nachgedacht, die er als ein großzügiges Wohnzimmer mit integriertem Arbeitsbereich nutzen wollte. Bisher hatte er aber den Ausbau als reinen Luxus hinausgeschoben, weil schon jetzt das Wohnzimmer

höchst selten genutzt wurde. Die gemütliche Küche war das eigentliche Zentrum des Hauses, denn von dort ging es im Sommer auf die Gartenterrasse und im Winter war es der wärmste Raum im Haus.
Den Rest der Fahrt hatte Walcher über die beiden Gespräche in der Seniorenresidenz nachgedacht und darüber, was er von der Einladung zu dem Treffen auf der Riedholzer Kugel halten sollte. Der Maler musste ihm etwas Wichtiges, vielleicht sogar etwas Gefährliches zu erzählen haben, warum sonst sollte er um ein Geheimtreffen bitten. Auch Frau Argenthaler, so schien es zumindest, hätte gerne einen Spaziergang gemacht, um ihm vielleicht etwas zu erzählen, was sie sich in der Wohnung nicht getraut hatte.
Der dritte Gesprächspartner war erst gar nicht angetreten. Überhaupt strahlte die Residenz eher eine gedrückte Atmosphäre aus. Nichts von der sprühend-vitalen Erlebniswelt, wie sie im Prospekt angepriesen wurde. Aber Gefühle und Vermutungen brachten nicht viel, sondern führten meist in eine Sackgasse. Spätestens nach dem Treffen mit Meinrat würde er mehr wissen. Außerdem wurden seine Gedanken abrupt unterbrochen, als er auf dem Hof angekommen und aus dem Wagen gestiegen war. Das unheimliche Kleeblatt, bestehend aus Irmi, seiner bald 16-jährigen Adoptivtochter, Rolli dem Labrador und Bärendreck, dem stets nach Jauche stinkenden Kater, stürzte sich auf ihn.
Du kommst gerade rechtzeitig und somit knapp an einem Verweis vorbei. Niemand hat nämlich gewusst, wo du steckst. Mathilde hat einen Kuchen gebacken und den gibt's jetzt zum Abendbrot, giftete Irmi, stupste Walcher aber trotzdem freundschaftlich an den Arm. Rolli wollte gestreichelt werden und selbst der Kater suchte kurz Kontakt mit Walchers Hosenbein, vermutlich aber nur, um etwas von seinem Gestank abzustreifen und Walcher als Verbündeten zu markieren.
Aus der offenen Tür winkte Mathilde Brom, die neue Haushaltshilfe. Sie war von Frau Zehner, der Seele von Weiler und Eigentümerin der letzten originalen Kolonialwarenhandlung „organisiert", also zu Walcher geschickt worden.

Mathilde Brom, eine *g'schtandene* Allgäuer Bäuerin, wie Frau Zehner betont hatte, war vor einem Jahr der Mann gestorben und da sie sich mit ihrer Schwiegertochter nicht verstand, war sie nach dem Gespräch mit Walcher kurz entschlossen eingezogen und hielt seit drei Monaten den kleinen Haushalt in Schuss. Nur an den Wochenenden fuhr sie in das Ausgedinghaus auf ihrem ehemaligen Hof, um den Garten zu pflegen. Mathilde Brom würde im Juni ihren achtundsechzigsten Geburtstag feiern, sah aber gut zehn Jahre jünger aus und fühlte sich wie eine Vierzigjährige, wie sie häufig betonte.
Sie war eine Frau mit scharfem Verstand, der in ihrem bisherigen Leben allerdings so gut wie nie gefordert oder gar gefördert worden war, sondern im Gegenteil unterdrückt werden musste, jedenfalls nach außen hin. In der ländlichen Gesellschaft wurden bei Frauen andere Werte höher geschätzt: Arbeitskraft, Sparsamkeit, Gläubigkeit und vor allem Gebärfreudigkeit.
Aber Mathilde besaß außer ihrem Verstand noch andere Fähigkeiten, die besonders im tief gläubigen und abergläubischen Allgäu gleichermaßen bewundert wie gefürchtet wurden. Mathilde war eine Gesundbeterin und böse Zungen behaupteten, dass sie nicht nur Menschen, sondern auch das Vieh behexen konnte.
Irmi und Mathilde verstanden sich prächtig, trotz des gewaltigen Altersunterschieds oder gerade deshalb.
Auch Irmis Großeltern, die Armbrusters und Brettschneiders, kannten Mathilde von klein auf und freuten sich, dass in dem Junggesellenhaushalt wieder eine Frau für Ordnung sorgte, bei der nicht zu befürchten war, dass sie Walcher den Kopf verdrehte.

Aufwachen, mein Herz, es geht weiter, flüsterte Edwin und kitzelte Gertrud mit einem Grashalm an der Nase, dass sie heftig niesen musste.
Sie lagen auf einer blühenden Almwiese. Der wunderbare Duft von Kühen und vom ersten Heu hing ebenso in der Luft wie das Geläut unzähliger Glocken. *Lass mich noch ein wenig liegen,* bat Gertrud, *es ist so schön hier.*
Nix da, faulenzen kann ich nur mit vollem Magen, knurrte Edwin, nahm ihre Hand und zog sie hoch.
So wirst du deinen Bauch niemals los, stupste sie ihn lächelnd in die Seite. Edwin drückte ihre Hand fester und zog und zog und nannte sie plötzlich Frau Argenthaler ... was er nur tat, wenn er ärgerlich war.
Gertrud Argenthaler schreckte hoch und verstand erst nicht. Sie sah nur Judith, die Krankenschwester von Dr. Höffler, und fragte: *Ist was passiert?*
Schwester Judith schüttelte den Kopf und raunzte im Tonfall ihrer üblichen schlechten Laune: *Was soll schon passiert sein? Ich bringe Ihre Tabletten.*
Bevor sich Gertrud Argenthaler bedanken konnte, hatte sich die Schwester umgedreht und das Zimmer verlassen.
Gertrud Argenthaler schloss ihre Augen und konzentrierte sich auf ihren Traum, in den sie wieder zurück wollte. Zurück zu ihrem Mann, zurück auf die Almwiese, aber es gelang ihr nicht. Mit einem tiefen Seufzer richtete sie sich auf und ließ ihre Beine von der Couch gleiten.
In ihren Augen lagen Trauer und Mutlosigkeit, beides ihre häufigsten Empfindungen, seit Edwin sie allein gelassen hatte und sie deshalb in diese Residenz gezogen war, nahe bei ihren Erinnerungen an unbeschwerte Urlaube.
Edwin. Sie stand auf und machte die zwei Schritte zur Kommode, auf der ihr Edwin stand. Das Foto, nur wenige Jahre vor seinem Tod aufgenommen, zeigte einen sympathischen, gut aussehenden Mann. Sein Haar war zwar schon ergraut, aber noch dicht und es stand etwas störrisch vom Kopf ab.

Auch wenn es nur eine Fotografie war, in den Augen von Edwin Argenthaler standen Intelligenz, Witz und Güte.
Man konnte Gertrud verstehen, wenn sie immer noch von ihrem Mann schwärmte.
Ich weiß, du siehst es nicht gern, aber ein Gläschen am Tag ist in Ordnung, lächelte sie der Fotografie zu und holte sich aus der Küche ein Glas Kräuterlikör, den sie im Übrigen eher als Medizin, denn als Alkohol betrachtete.
Nach dem Besuch des Mannes am Nachmittag, der leider so abrupt abgebrochen worden war, hatte Dr. Höffler ihr die Fahrt zu ihrer Freundin ausgeredet, die sie in Hamburg hatte besuchen wollen. Unmöglich könne sie während eines Testlaufs die Residenz verlassen und außerdem wären da noch die Canalolithiasis und der Bluthochdruck.
Die Kräuter taten ihr gut und mit den restlichen Ingredienzien im Likör flößte sie sich auch wieder etwas Lebensmut ein. In eine Decke gehüllt saß sie noch eine halbe Stunde auf dem Balkon, aber das friedliche Gefühl, das sie sonst bei dem Blick auf dieses wunderbare Land empfand, wollte sich an diesem Abend nicht einstellen. Sie fühlte sich schwach und all den Leuten um sie herum ausgeliefert. Noch konnte sie sich selbst versorgen.
Am Vormittag erst hatte die Nachbarin ihr Leid geklagt.
Über eine Stunde lang hatte sie der Pfleger auf der Toilette sitzen lassen, bis sie selbst versuchte sich zu säubern, wieder anzuziehen und sich in den Rollstuhl zu kämpfen. Sie hatte sich am Vortag bei der Geschäftsleitung über die Unzuverlässigkeit der Pfleger beschwert.
Die Nachbarin konnte zwar nicht mehr richtig ihre Beine bewegen, aber ihr Kopf funktionierte noch bestens.
Wenn doch nur Edwin noch da wäre.
Sie würde früh zu Bett gehen, nahm sie sich vor, vielleicht noch einen Likör trinken, um dann hoffentlich wieder von Edwin zu träumen.

Als Walcher am späten Abend in seiner Schlafwerkstatt saß, wie er die Kombination von Büro und Schlafzimmer im oberen Stock nannte, überlegte er, ob diese Recherche eine verkaufbare Story abgeben würde. Die Zeitungsverlage bezahlten selbst für hervorragende Artikel immer dürftigere Honorare und gutes Geld gab es meist nur noch für international vermarktbaren, aufreißerischen Sensations- und Enthüllungs-Journalismus.
Früher wäre er nie auf die Idee gekommen, sich zu Beginn einer Recherche die Frage nach der Vermarktbarkeit zu stellen, aber die Zeiten hatten sich geändert. Längst saßen auch in der Verlagswelt Manager am Ruder, für die Stil, Unterhaltungswert oder Informationsgehalt eines Artikels sich lediglich als eine Frage des Ertrags formulierten.
Zeitungsverleger mit Sendungsbewusstsein konnten nur noch bei Madame Tussaud besichtigt werden. Es gab zwar den einen oder anderen Ressortleiter, der sich bei persönlichen Lieblingsthemen aus der Deckung seiner Wirtschaftlichkeitsmauer hervor wagte, aber auch dabei durfte er sich keine Flops erlauben. Darin unterschied sich seine Position nicht wesentlich von der eines Fußballtrainers.
Es gab praktisch kein großes Verlagshaus mehr, das nicht zu irgendeiner Holding, Investorengruppe oder einer der Global-Banken gehörte.
Walcher unterbrach seine trüben Gedanken und holte sich aus dem Giftschrank im Wohnzimmer ein ordentlich gefülltes Glas Sherry. Außer Rolli, der ihn gehört hatte und ihn Schwanz wedelnd an der Treppe begrüßte – der erste Stock war verbotene Zone, jedenfalls offiziell – war es ruhig im Haus. Irmi und Mathilde schliefen, Kater Bärendreck suchte vermutlich frisch ausgebrachte Gülleplätze.
Die Nacht war für Juni angenehm mild und ließ einen heißen Sommer erahnen. Walcher liebte die Nachtstunden, wenn es still war und er das Haus atmen hören konnte.
Das hatte nichts mit Aberglauben zu tun, sondern mit einem

Gefühl der Dankbarkeit für die Erbauer und all jene, die es gepflegt und erhalten hatten, damit es heute seine Bewohner schützen konnte. Denn, dass ein Haus seine Bewohner schützte und dazu auf sie einen positiven Einfluss ausübte, stand für Walcher außer Frage, zumal Mathilde nach einer ersten Wanderung durch das Haus gesagt hatte: *Da hast du ein besonderes Haus bezogen und es steht an einem guten Platz.*
Wieder in seinem Büro, schaltete er den Computer an und überbrückte die Zeit, bis dieser hochgefahren war, mit einigen Schlucken Sherry.
Vermarktbar oder nicht, am Beginn einer Recherche war diese Frage nicht zu beantworten. Er würde erst einmal Zeit investieren müssen und weil sie kostbar war, liebte er die Möglichkeiten des Internets. Noch vor ein paar Jahren hatte man den meisten Informationen mühsam nachlaufen müssen. Besonders jenen, die früher nur von Behörden zu erhalten waren und somit in den Herrschaftsbereich von Verwaltungsbeamten gehörten, konnten heute frei von Schalterstunden und missmutigen Staatsdienern recherchiert werden.
Zum Beispiel, was die Seniorenresidenz LIFUS für ein Unternehmensgebilde war, wer es verantwortlich steuerte, sich sein Hauptsitz befand, Kommunikationsdaten und andere Dinge, waren für das Impressum eines Internetauftritts zwingend vorgeschrieben, eine hervorragende Sache, wie Walcher fand. Die Bilder der Internetseite von LIFUS entsprachen dem Prospekt, den er schon kannte. Neu war eine Karte, auf der alle deutschen Standorte der Seniorenresidenzen LIFUS Germany AG verzeichnet waren, eindrucksvolle siebzig Residenzen, verteilt über ganz Deutschland.
Bevor er aber dazu kam, einen Standort anzuklicken, klingelte das Telefon.
Ich wollte mich nur kurz melden, erzählte Susanna, *wir packen gerade unsere Instrumente ein und werden auf dem Weg ins Hotel noch etwas essen gehen.*
Susannas Stimme klang abgespannt und hektisch, fand Walcher und er sagte es ihr.
Ja, gab sie zurück, *das mag sein, ich bin ziemlich fertig, die Tour*

ist diesmal besonders anstrengend, jeden Abend ein Konzert, tagsüber im Bus, das geht ganz schön an die Substanz. Aber noch diese Woche und dann habe ich vierzehn Tage frei. Ich freue mich auf dich und auf den Rest. Sag Irmi einen lieben Gruß. Gute Nacht, mein Lieber, schlaf gut und träum von mir.
Bevor Walcher auch einen Gruß anbringen konnte, war die Verbindung weg. Er war deshalb versucht, Susanna zurückzurufen, stellte sich aber vor, wie sie und ihre Kollegen die Instrumente einpackten, und ließ es sein.
Dafür klickte er auf den LIFUS Standort Allgäu und öffnete dadurch automatisch die Homepage der Seniorenresidenz LIFUS Betreibergesellschaft Allgäu-Grünenbach GmbH.
Leben, wo andere Urlaub machen, stand auf der Titelseite. Die folgenden Bilder zeigten die Residenz von außen, von innen, aus der Vogelperspektive, im Winter, im Frühling und im Sommer. Den Herbst hatten sie vermutlich aus Pietät weggelassen.
Alle Ansichten waren garniert mit kleinen Detailbildern, auf denen lächelnd Zähne gezeigt wurden. Klickte man auf diese Bildchen, wuchsen sie Bildschirm füllend an und verhießen Spaß ohne Ende, egal ob Frau oder Mann. Auch in den Apartments, im Café, in der Bücherei, Sauna, im Hallenbad, im Medizincenter, selbst in der Tiefgarage herrschten Lächeln und Sonnenschein. Warum sich Walcher an einen alten Sience-Fiction-Film erinnerte, in dem alle Menschen ständig nur verzückt gelächelt hatten, wunderte ihn bei diesen Bildern nicht. Lächeln konnte auch zur Bedrohung werden, dachte er, während er sich durch die Seiten der Homepage klickte.
Viel aussagekräftiger als der Prospekt war der Internetauftritt nicht. Informationen gab es auf Anfrage und diese war schon als Fragebogen aufgebaut, in dem nicht zimperlich nach allen möglichen Personaldaten gefragt wurde. Krankheiten, die zum Ankreuzen vorgedruckt waren. Beruf, Versicherungen, Altersversorgung, Vermögen, Familienverhältnisse, Erben, sportliche Neigungen, besondere Anfälligkeiten, ... Datenschutzbeauftragten mussten die Herzen höher schlagen.

Die Adresse mit allen sonstigen Kommunikationsdaten stand im Impressum und auch der Geschäftsführer der GmbH, Claus Cordes war abgebildet.
Dass die LIFUS Germany AG nicht börsennotiert war, also nicht auf dem Parkett gehandelt wurde, darauf wurde in winziger Schriftgröße hingewiesen.
Ein Ernest Westland wurde als Chief Executive Officer des Executive Board präsentiert, zu Deutsch der Vorsitzende der Geschäftsführung, der nebenher auch die Funktion eines Presseofficers inne hatte. Zur Geschäftsleitung gehörten noch weitere Köpfe, wie der Co-Head of Equity Division, ein Head of Executive Office Administration, ein Chairman of Global Corporate and Investment Division und ein Vice Chairman, ein Chief Financial Officer, Head of Global Finance und noch einige andere Supermänner.
Das sah nicht unbedingt nach einem deutschen Kleinunternehmen aus, dachte Walcher und so war es dann auch, als Firmensitz der Holding stand eine Adresse in Boston, USA.
Er sah sich noch einige der als selbständige Gesellschaften eingetragenen Seniorenresidenzen LIFUS an, die alle eine Standortbezeichnung in ihrem Firmennamen trugen, wie zum Beispiel Seniorenresidenz LIFUS Betreibergesellschaft Altes Land, Heide, Rheintal, Chiemgau, Bodensee und so weiter. Plätze in den anerkannt schönsten Gegenden Deutschlands. Dort wo andere Menschen Urlaub machten, bot LIFUS seine Residenzen für Senioren an, in jedem Fall stimmte dieser Werbeslogan.
Walcher schickte noch einige Seiten zum Drucker, schaltete den Computer aus und trank den letzten Schluck Sherry.
Mit einem leisen Seufzer ging er dann die Post durch, die sich seit mehreren Tagen angesammelt hatte. Die Aufforderung des Finanzamtes zur Abgabe der vergangenen beiden monatlichen Umsatzsteuer-Voranmeldungen legte er auf die Tastatur des PCs.
Er nahm sich vor, seine überschaubaren Ein- und Ausgabenmeldungen am nächsten Morgen zu erledigen. Maximal würde das etwa eine Stunde dauern, aber es gab Arbeiten, die

er bis zum allerletzten Termin hinauszögerte. Alles was mit dem Finanzamt zu tun hatte, gehörte dazu, auch wenn er die Möglichkeit, Steuer-Erklärungen inzwischen über das Internet abschicken zu können, als eines der seltenen wirklich positiven Geschenke der Finanzorgane schätzte.
Dass Walcher dann kurz vor dem Einschlafen wieder aus dem Bett stieg und den PC erneut startete, hatte nichts mit einem plötzlichen Anfall von staatsbürgerlichem Wohlverhalten zu tun. Nicht die Steuer-Voranmeldung wollte er erledigen, ihm war eingefallen, er könnte auf der Homepage der LIFUS nachsehen, welches Designbüro für die Gestaltung des Internetauftritts verantwortlich zeichnete.
Schon einmal hatte er über diesen Weg den Kontakt zu den Programmierern aufgenommen und wertvolle Informationen über den Auftraggeber erhalten. Ein Versuch war es allemal wert.
Konzept und Realisation WI – Worldwide E-Commerce Ltd., stand als letzter Punkt des Impressums.
Die WI saß in Baltimore USA, im World Trade Center, in der 401 E. Pratt Street. Natürlich war auch die Internetseite der WI angegeben.
Wie alle Werbefirmen versuchte auch die WI Eindruck zu schinden und protzte damit, welche Unternehmen sie zu ihren Kunden zählen durfte und zwar in diesem Fall über einige Seiten hinweg. Durchaus eindrucksvoll, es schien die halbe amerikanische Industriewelt aufgeführt zu sein.
Walcher druckte die Liste aus und klickte dann der Reihe nach die Links zu diesen Firmen an. Vierzehn schaffte er, dann überfiel ihn die Müdigkeit.
Obwohl er jeweils nur das Impressum und die Seiten des Managements ausdruckte, staute sich im Sammelfach des Druckers ein dicker Stapel. Er würde sich das alles morgen ansehen, dann hatte er wenigstens einen Grund, die Steuer-Voranmeldung noch etwas hinauszuzögern.

Ross und Reiter

Nach dem gemeinsamen Frühstück mit Irmi und Mathilde setzte sich Walcher mit der zweiten Tasse Tee in die Morgensonne, um die Tageszeitungen durchzublättern.
Die Sonne schien warm auf die windgeschützte Terrasse, die Luft duftete noch frisch nach der Nacht. Irmi war auf dem Weg in die Schule, Mathilde hantierte in der Küche, Rolli lag neben Walcher und schnaufte zufrieden, Bärendreck stelzte durch das noch feuchte Gras auf der Suche nach einer frisch gedüngten Wiese – die Welt war in Ordnung.
Erst nach den Zeitungen und dem Tee begann der Arbeitstag und zwar mit der Durchsicht der ausgedruckten Internetseiten vom Vorabend.
An der Spitze der WEC, Worldwide E-Commerce Ltd., saß Allister Dyringer, ein Name, der Walcher an den Derringer erinnerte, diese kleine Damenpistole. Auf der zehnten der vierzehn ausgedruckten Firmenseiten, es handelte sich um das Forster Memorial Institute, eine Stiftung, die Altenforschung betrieb, las Walcher die Namen Dyringer und Vattenbourgh. Roland Dyringer und Vincent Vattenbourgh – hatte er die beiden Namen nicht schon vorher gelesen?
Wie nach einem leichten Stromstoß suchte Walcher in den Ausdrucken, die er schon zur Seite gelegt hatte.
Bingo, dachte er und lächelte zufrieden, als er noch einmal die Seiten der Global Medical Research Corp. Ltd. durchlas. Die geschäftsführenden Vorstände hießen Roland Dyringer, Luther Frontman und Martin Porter. Hatte der Geschäftsführer der Worldwide E-Commerce Ltd. Dyringer etwas mit dem Dyringer des Forster Memorial Institute und der Global Medical Research zu tun? Walcher sah erneut die Blätter der Worldwide E-Commerce durch und stellte fest, dass es zwei Dyringers gab, einen Allister und einen Roland. Brüder, Vater und Sohn, sonstige Verwandten oder zufällige Namensgleichheit? Walchers Jagdinstinkt war geweckt. Gründlich las er die letzten vier Internetausdrucke durch, allerdings ohne auf weitere gleichlautende Namen zu stoßen.

Er hatte nur die ersten vierzehn von insgesamt über siebzig Firmen angeklickt und jeweils nur ein Kurzprofil und das Impressum oder die Seite mit der Führungscrew ausgedruckt. Mit einem leichten Seufzer stand Walcher auf und stieg die Treppen zu seinem Büro hinauf. Auf der Tastatur lag die Mahnung des Finanzamtes. Die mussten warten, er hatte jetzt Wichtigeres zu tun. Außerdem war er ohnehin zu spät dran, da konnte der Finanzminister auch noch einen weiteren Tag warten. Die vergangenen beiden Monate waren nur zwei kleine Honorare eingegangen, deren Mehrwertsteuer weit unter dem Steuerbetrag seiner Geschäftsausgaben lag. Ergo würde er durch seine Langsamkeit das Finanzamt sogar vor der fälligen Umsatzsteuerrückzahlung bewahren, mithin also den Staat unterstützen ... es gab viele Wege des Selbstbetrugs, musste Walcher schmunzeln und startete den PC.
Kurze Zeit darauf las er hoch erfreut auf der Internetseite der WWH, die für World-Wide-Home Ltd. stand und auf der Referenzliste der Worldweide E-Commerce an Position zweiunddreißig aufgeführt war, den inzwischen bekannten Namen Roland Dyringer, als Aufsichtsratsvorsitzender.
World-Wide-Home vermarktete weltweit Eigentumswohnungen, hauptsächlich Kapitalanleger waren angesprochen. Wenn es nicht erst gegen neun Uhr am Vormittag gewesen wäre, hätte Walcher sich einen Sherry gegönnt, aber dagegen sprach Mathildes zu erwartender missbilligender Blick, denn sie war im Wohnzimmer am Staubsaugen und vertrat den Standpunkt, dass mit Alkohol erst ab Eintritt der Dunkelheit gesündigt werden durfte.
Deshalb brühte er sich in der Küche frischen Tee auf und ließ, während dieser zog, Rolli von der Terrasse aus einigen Stöckchen nachjagen. Eigentlich war der Tag zu schön, um ihn im Haus zu verbringen. Zwar hätte Walcher an seinem Laptop auch auf der Terrasse arbeiten können, aber der Drucker stand oben im Büro. Also stieg er etwas missmutig wieder hinauf und ließ an der ersten Stufe einen traurigen Hund zurück.
Eine viertel Stunde später oder acht Unternehmene weiter,

stieß er wieder auf die inzwischen vertrauten Namen.
Die Vorstände der Global Medical Care, eines Pharmaunternehmens das sich GMC abkürzte, hießen Roland Dyringer, Vincent Vattenbourgh, Luther Frontman und Martin Porter.
Ohne sich eine Wertung zuzugestehen, erschien Walcher die Häufigkeit gleicher Namen in unterschiedlichen Firmenspitzen auf eine erstaunliche Vernetzung hinzuweisen.
Um nicht immer wieder den ganzen Papierstapel durchwühlen zu müssen, hatte Walcher ein Organigramm angelegt, das die Zusammenhänge beinahe ebenso deutlich aufzeigte wie das Strategiepapier eines Unternehmens, das sich in einem Diversifikationsprozess befand.
Die World-Wide-Seniorenresidenzen LIFUS wurden gesteuert von Roland Dyringer und Vincent Vattenbourgh.
In der Global Buildings, einem internationalen Bauträger, saßen Roland Dyringer und Martin Porter an der Spitze.
Bei Global Medical Care, kurz GMC abgekürzt, regierten Roland Dyringer, Vincent Vattenbourgh, Luther Frontman und Martin Porter. Frontman und Porter leiteten die Global Medical Research Corp. Ltd. Allister Dyringer war der Geschäftsführer der Worldwide E-Commerce Ltd. ... und so ging es munter weiter.
Dass Industriemanager, Banker und Politiker in trauter Eintracht in mehreren Aufsichtsratsgremien saßen, war nicht ungewöhnlich, sondern längst gängige Praxis, um über diesen Weg Netzwerke der Unterstützung oder des Stillschweigens zu weben.
Schwierig war eben nur herauszufinden, wer sich und warum zu einem solchen Netz verbunden hatte. Welche Namen, Besitzverhältnisse, Produkte, Strategien und Politik verbargen sich hinter all den Firmen, die auf der Referenzseite der Worldwide E-Commerce aufgeführt waren und welche Verbindungen gab es darüber hinaus zu anderen Netzwerken?
Das sah nach Arbeit aus, die nicht nur zeitaufwändig war, sondern teilweise nur von Fachanwälten erledigt werden konnte. Nur absolut sichere Fakten zählten nämlich, vor allem

weil immer mehr Zeitungsverlage sich durch präzise Quellenangaben vor Falschinformationen zu schützen versuchten. Das wiederum erforderte einen Personalaufwand, den ein Einzelner nicht bewältigen konnte, es sei denn, er hatte genügend Zeit, um monatelang zu recherchieren. Anlass genug, dachte Walcher, wieder einmal zu seinem Freund Hinteregger Kontakt aufzunehmen. Der war Leiter der Sicherheitsabteilung in einem der wohl weltweit größten Mischkonzerne und verfügte über modernste Kommunikationstechnologien, dank derer er vermutlich sogar mit einigen großen Geheimdiensten konkurrieren konnte.

Nachbarbesuch

Also, meine liebe Gertrude, nich dass Se mir es übel nehmen, aber Se sollten nich so oft bei mir vorbeikommen. Nich wegen meiner, wohlverstanden, sondern wegen dem Scharfmacher und so.
Meinrat zog zur Bestätigung an seinem Stumpen und hauchte erstaunlich exakte Rauchringe in die Luft, die er, kurz bevor sie sich von selbst aufzulösen begannen, mit der Hand verwedelte und dabei stolz grinste, wie nur ein etwas zu groß geratener Lausbub grinsen konnte.
Machen Sie sich darüber keine Gedanken, schmunzelte Gertrud Argenthaler, *ich habe nichts gegen den Ruf einer lustigen Witwe.*
Hab' ich ma so ähnlich schon gedacht, nickte Meinrat und sog zur Abwechslung nicht an seinem Stumpen, sondern an der Flasche Bier, nachdem er den Bügelverschluss hatte ploppen lassen. *Und unter uns gesacht, das gefällt mir an Ihnen,* nickte er einige Male, als er die Flasche wieder an ihren Platz neben dem Sessel zurück stellte.
Wunderbar, irgendwann einmal werden Sie in den bekanntesten Galerien hängen, wechselte Gertrud Argenthaler das Thema und deutete auf die Leinwand, an der Meinrat, von den kleinen Unterbrechungen abgesehen, auch während ihrer Unterhaltung weiter gemalt hatte. Es schien, dass er sich

durch nichts und niemanden stören ließ. Wer ihn kannte, dem wäre allerdings aufgefallen, dass er bei den Besuchen von Gertrud Argenthaler besonders konzentriert an seinem jeweiligen Bild arbeitete.
Zur Zeit saß er vor einer Frühlingslandschaft, die, wie er erklärte, das Allgäu darstellte, so wie es vor ihm lag. Blühende Wiesenhügel, Waldinseln und im Hintergrund die massive Front von Rindalphorn, Hochgrat, Seelekopf, Eineguntkopf, Falkenköpfle und dem Hochhädrich, handwerklich und künstlerisch geradezu perfekt und durchaus mit großen Namen der Malerei vergleichbar. Aber nicht nur deshalb mochte Gertrud Argenthaler den Maler. Seine klare und direkte Art war es, die sie so schätzte, denn auch ihr Edwin hatte diese bezaubernd tölpelhafte Offenheit besessen.
Nu übertreiben Se aber 'n bisschen, knurrte Meinrat und musste husten, um mit einem solchen Kompliment klar zu kommen.
Nein, nein, mein Lieber, Sie sind nur zu bescheiden, aber, seufzte Gertrud Argenthaler, *da sind Sie ja stur wie eine Wand,* und erhob sich von den Bierkisten, die ihr als Stuhl gedient hatten. *Ja, dann werde ich mal wieder in meine Suite wandern. Heute Abend gibt es ja noch Klassik, kommen Sie auch?*
Meinrat stieß ein in Rauch gehülltes Knurren aus, das bei wohl meinender Interpretation als harmlose Verneinung ausgelegt werden konnte: *Will nich ohne Not dem Goldfasan übern Wech laufen.*
Gertrud Argenthaler schmunzelte. Genauso hätte Edwin auch reagiert, stur und mit offenem Visier.
Die Bewohner der Residenz wussten von der Dauerfehde zwischen dem Vorsitzenden der Seniorenselbstverwaltung, Oberst a. D. Günther Oberhofer und dem Maler Meinrat.
Obwohl die Mehrheit den Maler für seinen Mut bewunderte und sich darüber diebisch freute, wenn Meinrat dem Oberst wieder einmal Respekt und Gefolgschaft mit irgendeinem Kalauer verweigert hatte, trauten sich nur wenige, offen ihre Sympathie für Meinrat zu bekunden. Alle wussten oder hofften zumindest, dass sich der selbstverliebte und arrogante Oberst über die Bezeichnungen, mit denen er von Meinrat

bedacht wurde, heftig ärgerte. Meist benutzte Meinrat Begriffe aus der Zeit des Nationalsozialismus und nannte den Oberst respektlos Blockwart, Gruppenführer, Goldfasan, Gauleiter oder begrüßte ihn auch schon mal mit „mein Führer". Meinrat war es auch, der die Seniorenselbstverwaltung als Senioren „Schutz-Staffel" bezeichnete, was beim Obersten einen unkontrollierten Wutanfall auslöste, als dieser davon zum ersten Mal gehört hatte – so wurde jedenfalls kolportiert. Natürlich war ihm die Quelle dieser Diffamierungen klar, weshalb er seinerseits keine Gelegenheit versäumte, Meinrat als „brotlosen Farbschmieranten", „renitenten Säufer" oder gar als „schizophrenen Pinsel" und „Verdünnungsmittel inhalierenden Junkie" zu bezeichnen.
Ein Bewohner der Seniorenresidenz bot sogar vor jeder Veranstaltung Wetten an, ob der Oberst oder Meinrat kneifen und nicht erscheinen würde. Ob Bewohner bei ihm Wetten abschlossen und welche Quoten es gab, wurde allerdings als streng gehütetes Geheimnis verschwiegen.
Als sich Gertrud Argenthaler, schon an der Tür, umdrehte, schien Meinrat bereits wieder tief versunken in seine Malerei. Trotzdem stellte sie ihm die Frage, deretwegen sie den Maler eigentlich besucht hatte: *Kommen bei Ihnen manchmal Sachen weg und tauchen an Stellen auf, wohin sie von Ihnen ganz sicher nicht gelegt wurden?*
Meinrat sah sie prüfend mit einem Blick an, der sehr klar war und ohne den Schleier seiner Harmlosigkeit, mit dem er sich sonst vor der Welt zu schützen schien. Er musste wohl in Gertrud Argenthalers Augen deren Überraschung erkannt haben, denn nach einem Lidschlag kehrte bei ihm wieder der alte Ausdruck zurück. *Bei meiner Sauferei bin ich imma am Suchen nach was, aber Se meinen wohl nich das Gleiche. Hab' auch kürzlich von 'nem Nachbarn 'ne ähnliche Frage gehört. Würd' es mal mit 'ner Falle versuchen. Also, 'nen Geldbeutel und aufschreiben was drinne is, oder 'ne Tablette inne Kühlschrank packen oder so. Da wird sich zeijen, ob es der Kopp is oder 'ne Elster.*

Das Gremium

Bevor wir mit unserer Tagesordnung beginnen, möchte ich Sie nicht nur herzlich begrüßen, sondern einen Blick in die Anwesenheitsliste werfen. Oberhofer, dessen wallend weißes Haupthaar ihm den Spitznamen „Oberst Einstein" eingebracht hatte, musterte die Versammlung durch Brillengläser, deren Stärke bereits unter die Kategorie „Glasbausteine" fiel.
Neun Uhr am Vormittag. Allein diese Uhrzeit legten die Widerständler der Seniorenselbstverwaltung als Schikane aus. Trotzdem, fast alle Bewohner der Residenz waren pünktlich in den Veranstaltungssaal im ehemaligen Heustock gekommen oder gerollt worden, bis auf vier Senioren.
Die Anwesenheit der Herren Ludwig, Brunnhofer und Härle und die der Seniorin Ruth Hörner kann ich leider nun schon zum dritten beziehungsweise zum vierten Mal in Folge nicht feststellen.
Einstein hatte seiner Stimme einen Trauerflor umgehängt, er beherrschte perfekt die Kunst der Modulation, sprach leise und zögernd, um im nächsten Moment mit doppelter Lautstärke und schneidender Kälte eine Attacke zu reiten.
Das ist sehr bedauerlich, schlug er zu, *denn wir alle hier kommen nicht zusammen, weil wir mit unserer Zeit nichts anzufangen wüssten, sondern weil wir unsere Zeit sinnvoll für die Gemeinschaft nutzen wollen. Ich halte es für unerträglich, wenn sich einige Wenige nicht an unserem Gemeinwohl beteiligen, sondern uns die harte Arbeit überlassen, um in boshaft satter Faulheit dennoch die Früchte genießen zu können.*
Das beifällige Gemurmel und die nickenden Köpfe des Auditoriums und die der beiden Beisitzerinnen links und rechts von Einstein bestätigten ihm, dass er den richtigen Ton getroffen hatte, und das gefiel ihm.
Oberhofer, ein friedlich stillgelegter Bundeswehroberst, so bezeichnete er sich jedenfalls selbst, hatte alle nur möglichen Schulungen durchlaufen, die etwas mit Menschenführung zu tun hatten – und man konnte viel behaupten, nicht aber der Bundeswehrführung unterstellen, dass ihr Schulungsangebot unprofessionell sei.

Als Oberst im Generalstabsdienst war er unter anderem Sprecher einiger Befehlshaber von Kommandos der Bundeswehr im Ausland gewesen. Es gab nur wenige Kollegen, die ihre Auftritte vor der Presse ähnlich selbstverliebt zelebrierten wie er. Hätte er eine andere Berufswahl getroffen, gestand er einmal in kleiner Runde, so wäre er Politiker oder Schauspieler geworden, genau in dieser Reihenfolge.
Dass sich Oberhofer so stark in der Seniorenresidenz engagierte, lag jedoch nicht allein an seinem krankhaft übersteigerten Geltungsbedürfnis, sondern an dem kleinen Vermögen, das er sich während seiner Dienstzeit dank spartanischer Lebenshaltung erspart hatte.
Oberst Einstein, nicht annähernd so genial wie das Original, hatte nämlich jeden Euro, den er besaß – inklusive seiner nicht unerheblichen Abfindung nach vierzig Jahren Dienstzeit – in Wohnungen und Aktienoptionen der Seniorenresidenzen LIFUS Germany AG gesteckt, immerhin insgesamt fast zweieinhalb Millionen Euro. Kein Wunder also, dass Oberhofer sämtliche Register zog, um „sein" Unternehmen an die Spitze zu treiben.
Diebstahl, das ist nichts weiter als hundsgewöhnlicher Diebstahl, gegen den wir uns zur Wehr setzen müssen, schlug Oberhofer nochmals in die Kerbe. Wieder nickten die meisten, allerdings deutlich weniger als nach der ersten Attacke, aber das lag wohl daran, dass Oberhofer die Lautstärke gesenkt und damit die Hörschwachen ausgegrenzt hatte.
In der letzten Reihe am Eingang des Saals stand ein Riese von einem Mann auf. Er hob die Hand und brüllte gleichzeitig mit seinem dröhnenden Bass nach vorn zum Podium: *Jetzt machen Se ma halblang, Herr Ober.*
Die Versammlung drehte sich ruckartig zu ihm, jedenfalls in altersadäquater Schnelligkeit.
Nur weil jemand nich an Ihren blödsinnigen Versammlungen teilnimmt, is er noch lang kein Dieb. Wenn hier wem was gestohlen wird, dann is es unsere Zeit. Und überhaupt sollten der Herr Obrist beachten, dass er nich mehr auf 'm Kasernenhof steht. In diesem Sinne verabschiede ich mich, dann könn' Se mich auch als Dieb

bezeichnen. Solche Töne finde ich zum Kotzen und dazu ist mir der Tach zu schön. Melde mich gehorsamst zur Arbeitsfront.
Sprach's, knallte die Hacken zusammen, salutierte mit der rechten Pranke in einer flüchtigen Bewegung, die irgendwo zwischen Faschistengruß und Papstsegnung lag, und verließ in aller Seelenruhe den Saal, während sich die Versammlung wieder geschlossen zurück zum Vorstandstisch drehte, gespannt auf die Reaktion des Herrn Obersten.
Der saß aufrecht und lächelte seinen Schäflein zu. Nur das gesunde Braun seiner Gesichtsfärbung hatte sich intensiviert. Mit ruhiger, aber dramatisch betonter Stimme, als rezitiere er Shakespeares König Lear, rief er: *So lasst denn ziehen, wer nicht mit uns...* , und drehte dabei die Innenflächen seiner Hände zur Versammlung. Dann fuhr er in nüchternem geschäftsmäßigen Ton fort: *Meine lieben Damen und Herren, es wird immer Menschen geben, die nicht bereit sind dem Gemeinwohl zuzuarbeiten, aber davon lassen wir uns nicht irritieren. Dank unserer Bemühungen können wir nämlich über die Verwendung einer Spende der Global Medical Research Gesellschaft in Höhe von zwölftausend Euro beraten. Eine Bocciaanlage, ein Sonnensegel vor dem Café oder der Grundstein für einen Swimmingpool, diese Vorschläge kamen bisher von Ihnen, meine sehr verehrten Damen und Herren.*
Oberhofers linke und rechte Beisitzerinnen, Martha Höss und Bettina Schuster, applaudierten mit strahlenden Gesichtern, so lange, bis auch der letzte Teilnehmer der Versammlung ebenfalls klatschte. Es war ein offenes Geheimnis, dass sich die beiden Frauen intensiv um die Gunst des Herrn Oberst bemühten. Sogar von ausschweifenden Orgien wurde erzählt, was allerdings angesichts des Alters der beiden Damen – Frau Höss zählte 74, Frau Schuster immerhin 82 Lenze – eher der ausufernden Fantasie der Erzähler entsprang.
Erstaunlich war allemal, dass sich Martha Höss und Betina Schuster trotz ihrer Rivalität hervorragend zu verstehen schienen. Unermüdlich kümmerten sie sich um die Belange des Vereins, auch wenn sie in boshafter Weise von Meinrat als Marketenderinnen tituliert wurden.

Wandertag

Welcher Hormoncocktail auch immer für Heimatgefühle zuständig sein mag, einmal angemixt, schlägt er kräftig zu. So ging es Walcher, als er auf der Riedholzer Kugel stand und das Bergpanorama des Westallgäus vor sich hatte. Überwältigend schön. Und das, obwohl er dies Bild in Variationen ständig vor Augen hatte. Süchtig, ja, man konnte süchtig davon werden, stellte er fest.
Im Vordergrund reihten sich auf einer Linie die Siebzehn- und Achtzehnhunderter, wie der Hochgrat, das Rindalphorn, der Buralpkopf oder der Stuiben. Links versetzt, eine Reihe dahinter, ragten die mächtigen Zweitausender der Allgäuer Alpen auf. Walcher kannte nur die Gipfel, auf die er schon gestiegen war, das Nebelhorn zum Beispiel oder die Marchspitze und die Mädelegabel.
Die Namen der anderen hohen Spitzen hätte er von der Karte ablesen müssen, aber darum ging es nicht, das Gesamtbild war es, das Walcher immer wieder in kindliches Staunen versetzte und ein wohlig-euphorisches Gefühl in der Magengegend erzeugte. Diese weichen Hügel und Wälder ware es, die wie ein grünes Meer in wachsenden Wellen bis an die Felsmassive brandeten. Da störten ihn dann ausnahmsweise auch die Kondensstreifen der Düsenjets nicht, die zu manchen Tageszeiten den Allgäuer Himmel in ein Schnittmuster verwandeln konnten.
Dreizehn Uhr. Meinrat hatte vierzehn Uhr auf das Prospekt geschrieben. Walcher setzte sich auf die Bank, etwas unterhalb des höchsten Punktes. Den hechelnden Hund neben sich, der ebenfalls in die Landschaft zu schauen schien, öffnete Walcher den Rucksack und trank aus der Wasserflasche. Auch Rolli gab er einen Schluck aus der hohlen Hand, allerdings hatte der seinen Durst längst an einem der Bäche oder Pfützen gestillt. *Braver Hund,* tätschelte er ihn.
Der Labrador war wirklich brav neben ihm hergelaufen, abgesehen von zwei, drei Abstechern einer heißen Spur nach. Es kam nicht oft vor, dass Rolli auf eine „Dienstreise"

mitgenommen wurde, umso disziplinierter führte sich der Hund wohl deshalb auf. Überhaupt hatte sich der Labrador ohne großes Training zu einem pflegeleichten Familienmitglied entwickelt, das sich zudem sehr aufmerksam auf die Zweibeiner und deren unterschiedliche Stimmungslagen einstellen konnte.

Walcher war nach dem Frühstück gemütlich nach Riedholz gefahren und hatte bei einer Liftstation nach der Ortschaft, unterhalb der Riedholzer Kugel, geparkt. Er wollte sich dem Berggipfel von der entgegen gesetzten Seite, von Westen aus nähern, denn Meinrat würde vermutlich an der östlichen Flanke auf die Kugel steigen, direkt von der Seniorenresidenz aus. Sollte er dabei beobachtet werden, Walcher vermied den Begriff „überwacht“, so war es unverfänglicher, wenn nicht auf einer der gut einsehbaren Parkmöglichkeiten sein Auto herumstand oder er sogar Meinrat beim Aufstieg begegnen würde.

Walcher genoss die Ruhe und gab sich dem Konzert der Natur hin, das von fernen Kuhglocken untermalt wurde.

Er hatte den Platz gewechselt und lag nun im Gras, mit dem Kopf auf dem Rucksack. Die warme Luft duftete nach beginnendem Sommer. Irgendein Falkenvogel drehte elegante Kreise in der Thermik des erwärmten Sonnenhangs.

Die Wanderung, die Luft, die Wärme, es dauerte nicht lange, da wurde Walchers Lidschlag träge und kurz darauf war er eingeschlafen.

Traum oder ein Schrei in der Wirklichkeit oder war es Rollis nasse Zunge, die Walcher eine halbe Stunde später aufschrecken ließ? Ein wilder, zorniger Schrei, dachte Walcher, aber der Traum, zu dem er vielleicht gehört hatte, war weg.

Um dreizehn Uhr fünfundvierzig packte Walcher die mitgebrachte Brotzeit aus, von der Rolli ein Stück Salami abbekam. Vielleicht hatte er Walcher nur deshalb geweckt.

Der Weg, auf dem Meinrat kommen musste, war ein Stück weit gut zu überblicken, aber es war niemand zu sehen.

In Walcher baute sich eine leichte Spannung auf. Bald würde er wissen, weshalb Meinrat diesen Treffpunkt ausgewählt

hatte, sicher nicht, um nur irgendein belangloses Zeug zu erzählen.
Zehn Minuten nach zwei Uhr begann sich Walcher Gedanken zu machen. Meinrat war den Weg wahrscheinlich schon einige Male gegangen, müsste also auch den Zeitbedarf dafür gut einschätzen können. Um vierzehn Uhr dreißig machte sich Walcher auf den Weg, an der Geländekante entlang Richtung Oberried. Er ging langsam und hoffte, den Riesen zu treffen, bevor er in Sichtweite der Residenz kam, außerdem dachte er daran, dass er den ganzen Weg wieder zurückgehen musste.
Hätte sich Walcher eine halbe Stunde früher dazu entschlossen, vielleicht wäre er dann einem Oberallgäuer Urgestein begegnet, jedenfalls glich dessen Aussehen einem Senn, wie sie früher ausgesehen haben mochten, wenn sie auf ihre hoch gelegenen Sommeralpen hinaufstiegen. Schwere Bergstiefel, dicke Wadensocken, lederne Bundhose gehalten von Hosenträgern, grauer Filzjanker und grauer Filzhut.
Auf dem Rücken ein alter Rucksack aus einer Zeit, in der es noch keine Klettverschlüsse gab, sondern Schnüre und Schnallen die Rucksacktaschen zusammenhielten. Aus ebenfalls grauer Vorzeit stammte auch der Wanderstab, gut drei Meter lang und aus stabiler Buche. Mit ihm konnte man sich in steilen Hängen, sowohl hinauf wie auch beim Absteigen, ideal abstützen. Zudem galt der harte Stab als eine sinnvolle Waffe gegen Wolf, Bär und Nebenbuhler.
Nur ganz eingefleischte Berggeher trugen heutzutage noch solche Wanderstäbe und handelten sich zumindest mitleidige Blicke der Nordicwalkinggeneration ein. Vielleicht war der Berggeher ja auch von einem der Fremdenverkehrsvereine zur Freude der Touristen eingesetzt worden, wenngleich er dann wohl weiter auf dem Wanderweg geblieben wäre und sich nicht, noch dazu an einem der steilen Abschnitte, einfach in die Büsche geschlagen hätte.
Wäre Rolli nicht gewesen, Walcher hätte sicher nicht suchend in den bewaldeten Steilhang hinuntergesehen. Aber der Hund blieb auf dem schmalen Steig stehen und winselte den

Abhang hinunter. Dabei drehte er den Kopf einige Male hin und her, als wollte er damit signalisieren, dass da unten etwas nicht in Ordnung sei.
Zu steil für uns, schüttelte Walcher den Kopf, aber Rolli hörte nicht auf zu winseln.
Na gut, schau nach, gab er dem Hund einen leichten Klaps, denn er wurde den Gedanken nicht mehr los, dass womöglich Meinrat dort hinuntergestürzt war. Rolli jagte den Steilhang hinunter und war schon nach zehn Metern nicht mehr zu sehen, dafür hörte Walcher einige Sekunden später sein lautes Bellen. Es klang aber nicht wütend oder angriffslustig, sondern eher ängstlich.
Für Walcher gestaltete sich der Abstieg wesentlich anstrengender und durchaus gefährlich. Der Hang war steil und rutschig und von Bachrinnen durchzogen. Auch wenn es genügend Baumstämme gab, an denen er sich halten und Rutschpartien stoppen konnte, verfluchte er seinen Leichtsinn. Was, wenn da unten nur ein Hase herumhoppelte?
Aber als Walcher mit heftig pochendem Puls bei Rolli angekommen war, kniete er sich neben seinen Hund und streichelte ihn. Nicht so sehr um ihn zu loben, sondern um ein lebendes Wesen zu berühren und dessen Wärme zu spüren. Getrennt durch einen senkrechten Einschnitt sah er Meinrat den Riesen, der auf der anderen Seite im Bachbett lag, aufgehalten in seinem Sturz von den Ästen eines quer liegenden Baumstamms.
Walcher würde erst wieder hinauf müssen, um dann, nach der Spalte, einen Abstieg zu Meinrat zu suchen. Bevor er sich aber an den Aufstieg machte, zog er das Handy aus der Tasche und wählte den Notruf, allerdings ohne in ein Netz zu kommen. Das versuchte er dann oben noch einmal als er keuchend wieder an seinem Ausgangspunkt stand.
Unter der Nummer 112, dem neuen, europaweiten Notruf der Bergregionen, meldete sich eine italienische Frauenstimme und erzählte, dass eine falsche Nummer gewählt worden sei. Bevor er im zweiten Versuch womöglich mit dem Notruf der Karpaten verbunden wurde, dem er dann hätte erklären

müssen, dass nahe des Allgäuer Weilers Oberried ein vermutlich toter Mann in den Ästen eines Baumes lag, wählte er lieber gleich die Nummer von Kommissar Brunner in Lindau.
Ich habe lange nichts von Ihnen gehört, meldete sich Brunner, *wie viele Leichen soll ich denn diesmal anschauen kommen?*
Walcher überging Brunners Sarkasmus: *Eine nur, aber das wollte ich Ihnen nicht erzählen, sondern Sie fragen, welcher Dienststelle ich einen Toten am Abhang der Riedholzer Kugel oberhalb des Weilers Oberried melden soll?*
Brunner stöhnte: *Dienststelle Riedholzer Kugel, Oberried? Vermutlich gibt es da nicht mal 'ne Feuerwehr. Da muss ich selbst erst nachfragen. Ich schicke Ihnen Kollegen nach Oberried, oder? Wenn Sie so freundlich wären und dort warten könnten.*
Danke Ihnen, ich werde bei Oberried warten, muss aber erst absteigen, bin noch auf dem Wandersteig oberhalb und brauche wenigstens eine viertel Stunde, denke ich. Wenn Sie das Ihren Kollegen in Isny ausrichten würden.
Isny ist württembergisch und gehört polizeitechnisch zu Ravensburg, da haben wir nichts verloren. Habe gerade auf die Karte geschaut, Riedholzer Kugel, das hört sich ja nach einer schweißtreibenden Route an, Hochgebirgstour, was? Sehr interessant, aber keine Sorge, das kann schon einige Zeit dauern, bis Kollegen dieses Ried..., wie, sagten Sie noch mal, heißt das, gefunden haben.
Weiler Oberried, zwischen Seltmans und Ebratshofen im Allgäu, wiederholte Walcher. *Ich war noch nicht direkt bei der Leiche, ist schwer zugänglich, habe sie nur aus der Distanz gesehen, deshalb weiß ich nicht mal, ob der Mann vielleicht noch lebt. Ich gehe jetzt erst zu ihm runter, würde mich dann noch mal melden, wenn er noch lebt.*
Ich gebe den Kollegen Ihre Handynummer, ist vermutlich einfacher, wenn die Sie zurückrufen können. Erzählen Sie mir bei Gelegenheit, in welcher Sache Sie stecken, damit ich mir meine Zeit schon mal einteilen kann, verabschiedete sich Brunner.
Walcher musste trotz der Situation lächeln. Brunner hatte Recht, in der letzten Zeit hatten sie wirklich nicht viel voneinander gehört, gut drei Monate nicht. Er hatte sich zwar schon mehrmals vorgenommen, den Kommissar zu einem

Glas Wein einzuladen, aber irgendwie war immer etwas dazwischen gekommen. Nun hatte er einen Grund mehr, es zu tun, denn es schien so, als ob in kurzer Zeit bereits ein zweiter Bewohner der Seniorenresidenz abgestürtzt war.
Während Walcher diese Gedanken durch den Kopf gingen, hatte er das Bachbett durchschritten, in dem weiter unten Meinrat lag, und suchte nach einer weniger steilen Abstiegsmöglichkeit.
Als ob dem Hund klar wäre, was Walcher vorhatte, lief er voraus und blieb an einem nur schwach erkennbaren Wildpfad stehen. Walcher nickte und Rolli tappte langsam vor ihm hinunter. In Serpentinen schlängelte sich der Pfad, und Walcher folgte ihm und dem Hund, bis er sich in etwa auf Meinrats Höhe befand. Sehen konnte er das Bachbett nicht, auf dieser Seite wuchsen junge Fichten und Buchen so dicht wie in einer Schonung, aber hören konnte er das Rauschen des Wassers.
Bevor Walcher auf Meinrat traf, jagte allerdings noch eine heftige Schreckwelle durch seine Nervenbahnen.
Er war ausgerutscht und versuchte, sich im Reflex an ein Bäumchen zu klammern, konnte aber erst einige Meter tiefer an einer kräftigen Fichte Halt finden. Glück gehabt, atmete Walcher auf, denn ein paar Meter weiter und der Hang wäre zehn, fünfzehn Meter fast senkrecht abgefallen.
Mühsam stieg er wieder hinauf, hielt sich an den Stämmen und Ästen der Bäume und sah wohl nur deshalb in den Zweigen einer jungen Fichte den Stoffriemen samt Tasche hängen. Am feuchten Hang liegend, öffnete Walcher den Reißverschluss. In der Tasche steckten ein Skizzenblock, zwei Bleistifte ein Spitzer mit Reservoir und drei Dosen Bier, davon eine leer. Zweifellos die Tasche von Meinrat.
Der Skizzenblock bestand nur noch aus vier Blättern, die zwischen dem Deckblatt und der stärkeren Kartonrückseite steckten. Auf einem Blatt hatte Meinrat eine lockere Panoramaskizze gezeichnet, die ihn auch als brillanten Zeichner auswies. Sonst war nichts mehr in der Tasche.
Walcher sah hinauf, stellte sich die Fluglinie vor, schüttelte

aber unbewusst den Kopf. Wenn diese Tasche einem stürzenden Menschen von der Schulter oder aus der Hand gefallen wäre, müsste sie viel weiter oben gelandet sein. Nur wenn man sie weit hinausgeschleudert hatte, konnte sie bis in die Äste der Fichte geflogen sein.
Walcher holte aus seinem Rucksack den Plastikbeutel, den er für mögliche Abfälle oder Fundstücke eingesteckt hatte, und knotete ihn an einen höher stehenden Ast. Rolli beobachtete ihn dabei und wedelte erfreut mit dem Schwanz, vermutlich hoffte er, belohnt zu werden, aber Walcher schüttelte nur den Kopf und wandte sich dem Rauschen des Wassers zu.
Er musste dann noch einige Meter in dem Bachbett hinuntersteigen, bis er vor Meinrat stand.
Walchers Nackenhaut zog sich zusammen. Allein in einem rauschenden Bergbach bei einem Toten zu stehen, empfand er für einen Augenblick als eine unheimliche Bedrohung.
Wie auf einer Bühne kam er sich vor, beobachtet von unzähligen Augen, und er musste sich zwingen, nicht einfach davon zu laufen.
Wieder war es der Hund, dessen Nähe beruhigend wirkte. Rolli schnupperte kurz an dem Leblosen und Walcher meinte, Trauer in den Hundeaugen zu entdecken.
Meinrat lag mit dem Oberkörper auf dem Baumstamm, so als würde er versuchen ihn beiseite zu räumen. Ein Arm auf dem Stamm, der andere hing seitlich herab. Gleich würde er Luft holen und dann mit seinen Pranken kräftig zupacken ... aber es geschah nichts. Sein Kopf war zur Seite gedreht, die Augen starrten, groß aufgerissen, in eine andere Dimension.
Walcher überwand sein Grauen und drückte die Fingerspitzen an die Halsschlagader Meinrats, aber obwohl kein Pulsschlag zu spüren war, zuckte er zurück, denn die Haut Meinrats fühlte sich noch warm und lebendig an.
Nochmals zwang er sich, die Halsschlagader zu suchen und auf den Pulsschlag zu warten. Danach drückte er auch die Blutader am Handgelenk, wie er es in Notfallkursen gelernt hatte. Meinrat war tot, aber es konnte noch nicht lange her sein.

In Walchers Magen lag ein schwerer kalter Stein und über seinen Nacken liefen Schauer, in Wellen, so wie das Wasser in Wellen über die Steine schwappte. Wie in einem Vakuum fühlte er sich. War er wirklich allein? Ein Anflug von Panik ließ ihn hochfahren. Er drehte sich einmal um die eigene Achse und tastete die Umgebung mit prüfendem Blick ab.
Die Vorstellung, der Mörder könnte noch in der Nähe sein – Beängstigend. Aber es war nichts zu sehen, keine flüchtige Bewegung, kein Schatten, und zu hören war ohnehin außer dem Rauschen des Baches nichts.
Nochmals überwand sich Walcher und tastete die Taschen der leichten Stoffjacke ab. Wenn schon kein Vermächtnis Meinrats in der Hängetasche zu finden war, vielleicht hatte er ja Notizen oder einen Abschiedsbrief bei sich.
Aber in Meinrats Taschen war nichts außer einem Dosenverschluss, einem Stückchen Zeichenkohle, einem Stumpen und einer Zündholzschachtel, in der gut die Hälfte der Zündhölzer verkehrt herum lagen und abgebrannt waren. Seltsam, irgendetwas fehlte, aber Walcher kam nicht drauf, was er vermisste.
Er sah wieder nach oben, den Bachlauf hinauf und versuchte sich vorzustellen, wie Meinrat hier hinuntergestürzt war.
Still nickte er, die Falllinie konnte stimmen, sie war ohne Hindernisse. Meinrat hatte Glück gehabt, einen Meter weiter nach links und er wäre in die Felsspalte gestürzt. Glück gehabt! Welch ein Nonsens.
Vermutlich war der Sturz in die Felsspalte geplant gewesen. Aber vielleicht war Meinrat oben an einer der Felsnasen aufgeschlagen und in die falsche Richtung abgeprallt, nämlich in den Bachlauf. Walcher dachte an das Gemälde, das Meinrat für ihn hatte malen wollen. Wie gerne hätte er von diesem unbekannten, aber großen Künstler ein Werk besessen. Warum war dieser Mann umgebracht worden?
Für Walcher stand außer Frage, dass dieser in sich ruhende Riese nicht in einem plötzlichen Anflug von Lebensschmerz in den Tod gesprungen war, nachdem er zehn Schritte davor seine Hängetasche in den Abgrund geschleudert hatte.

Die abgetretenen Sohlen Meinrats Bergstiefel. Das Wasser umspülte sie und bildete dahinter kleine Wirbel. Nie wieder würde Meinrat auf dieser Welt Abdrücke hinterlassen.
Das rechte Bein musste verrenkt oder gebrochen sein, die Ferse zeigte in eine andere Richtung als die am linken Bein.
Mit einem Stöhnen wandte sich Walcher ab, stieg auf den Baumstamm und sprang unterhalb wieder ins Bachbett zurück. Der direkteste Weg nach unten, wie in einem Treppenhaus das gerade geputzt wird.
Zehn Minuten später trat er aus dem Bergwald und marschierte auf der Wiese talwärts. Kurz vor Oberried sah er den Polizeiwagen, der sich von der anderen Seite dem Weiler näherte.
Er führte dann die Polizisten hinauf zum Bach und zu dem Toten und zeigte ihnen auch den Fundort der Umhängetasche. Dann blieb er noch, bis die angeforderte Verstärkung der Kripo kam, um Spuren zu sichern. Mit zwei Beamten stieg Walcher zum Wanderweg hinauf und zeigte die Stellen, an denen er zum ersten und zweiten Mal dem Hund gefolgt war. Die Beamten sperrten den Weg mit Bändern ab, gingen auf die Knie und suchten den Bereich um die mögliche Absturzstelle nach Spuren ab. Walcher sah ihnen noch eine Zeit lang zu, verabschiedete sich dann und marschierte über die Riedholzer Kugel zurück zu seinem Auto.

Muskelkater

Ein Warmbad und danach die Beine mit Arnika einreiben, ein probates Mittel gegen Muskelkater, nahm sich Walcher vor, als er nach einem Glas Radler im Dorfwirt von Grünenbach nur mit Mühe hatte wieder aufstehen können. Wie ein alter Mann. Wie fühlte sich ein alter Mann überhaupt? In jedem Fall besser als Meinrat, ging es ihm durch den Kopf. Warum, verdammt noch mal, fluchte er, verdiene ich mein Geld nicht mit einem Job, bei dem weniger Leichen herumliegen?

Stöhnend stieg er in den Wagen und auch Rolli schnaufte zufrieden, als er auf seiner Decke liegen konnte.
Die erste längere Wanderung des Jahres, noch dazu mit einer Leiche und respektablen Steilpassagen, zeigte Wirkung, auch beim Hund.
Am späten Abend ließ Walcher deshalb die Wanne voll laufen und genoss die entspannende Wärme.
Was hatte Meinrat ihm anvertrauen wollen? Dieser Gedanke hielt sich hartnäckig im Kopf. Das Gespräch mit dem Maler lieferte keinen Ansatz, so oft sich Walcher auch das Tonband anhörte. Da war kein Hinweis, keine Andeutung, auch an keine besondere Mimik oder Geste erinnerte er sich, außer der Einladung – oder war es mehr ein Hilferuf – sich auf der Riedholzer Kugel zu treffen.
Mit Filzschreiber auf einen Prospekt gekritzelt, den Walcher auch ebenso gut achtlos in die Tasche hätte stecken können. Meinrat musste der Überzeugung gewesen sein, dass Walcher den Prospekt ansehen und zu dem Treffen kommen würde. Oder war es nur eine vage Hoffnung gewesen? Aber worauf hatte Meinrat seine Hoffnung gegründet? Er konnte nicht vermuten oder gar wissen, dass Walchers Fragerei nicht der Fürsorge für den Vater diente. In jedem Fall musste er vor dem Gespräch das Treffen auf der Riedholzer Kugel geplant und Ort und Datum vorher in den Prospekt geschrieben haben. Vielleicht hatte Meinrat sich auf gut Glück derart vorbereitet, um bei einem guten Gefühl den zufälligen Gesprächspartner zu einem Geheimtreffen zu bitten, denn dass Meinrat in Walcher einen recherchierenden Journalisten entdeckt oder vermutet hatte, das konnte er sich nicht vorstellen.
In jedem Fall sprach der Mord dafür, dass Meinrat ein hohes Risiko eingegangen war, zumal er ja ebensogut hätte auch davon ausgehen können, dass das Gespräch nur eine Finte war. Vielleicht um seine Loyalität zu testen oder ihn über seine Meinung zur Seniorenresidenz auszuhorchen.
Möglich war alles, und genau das hasste Walcher am Anfang einer Recherche. Diesen Zustand der Unsicherheit, von vagen Vermutungen, Annahmen und vermeintlichen Hinweisen,

die letztlich nur Verwirrung stifteten und Luftblasen entstehen ließen. Walcher fühlte sich müde und niedergeschlagen, denn in seinen Überlegungen tauchte immer wieder das Bild des Toten auf. Der Bergwald, der Bach, die Leiche.
Was wusste Meinrat?
Und wie wertvoll war dieses Wissen, dass er umgebracht worden war, auf einem Wanderweg mitten im Allgäu, in einer Gegend, in der man ständig damit rechnen musste, auf Touristen zu stoßen? Auch die Mörder waren ein hohes Risiko eingegangen. Worum ging es? Hatte der Tod Steurers etwas damit zu tun? Steurer beschrieb auf den zwei Seiten seines Tagebuchs Medikamententests, aber brachte man deswegen Menschen um? Welche Konsequenzen könnten den Verantwortlichen schon groß drohen?
Entlassung oder eine Klage wegen Körperverletzung, Imageschaden für das Unternehmen, der Verlust einer lukrativen Geldquelle? Alles keine Gründe, ein derart hohes Risiko einzugehen. Oder gab es da einen finsteren Psychopathen, der alten Leuten ein quälendes Ende ersparen wollte?
So eine Art Todesengel?
Walcher nahm sich vor, die Tagebuchseiten von Steurer noch einmal durchzulesen und sich mit Maximilian Brodmann zu treffen. Auch ein Gespräch mit dem Bregenzer Inspektor, der Maximilian vernommen hatte, wäre sinnvoll.
Dann die junge Frau an der Rezeption, den Geschäftsführer und die Pfleger und überhaupt das ganze Personal sollte er sich ansehen, auch den Hausarzt und die Krankenschwester, die Steurer in seinem Tagebuch beschrieb. Gab es noch auffällige Unfälle oder Sterbefälle in der Seniorenresidenz ... ?
Walchers Müdigkeit, der Schwebezustand im warmen Wasser, die kreisenden Gedanken, das milde Licht der Kerze, die Walcher bei einem Bad in der Wanne dem elektrischen Licht vorzog – alles zusammen zeigte Wirkung. Er sah sich im Bergbach vor den abgetretenen Sohlen von Meinrats Turnschuhen knien und versuchte den unnatürlich verdrehten rechten Fuß in dieselbe Stellung wie den linken zu bringen. Bis an die Oberschenkel umspülte das eiskalte Wasser seine

Beine. Er spürte, wie die Kälte in die Knochen kroch, aber der verdammte Fuß drehte sich immer wieder in die alte Stellung zurück, sobald Walcher ihn los ließ. Mit einem heftigen Ruck versuchte er es noch einmal, aber da wandte sich der Tote um und glotzte Walcher mit schmerzverzerrtem Gesicht an.

Gib ma lieber'n Bier, knurrte Meinrat und tätschelte mit seiner kalten Hand Walchers Wange. Schaudernd schreckte er zurück, und weil er am Kopf und Rücken Widerstand spürte, drehte er sich zur Seite und versuchte gleichzeitig aufzuspringen. Aber da war er schon wach und realisierte, dass er in der Badewanne lag und durch seine Seitwärtsrolle das Wasser in heftige Bewegung versetzt hatte.

Rolli bellte ein leises *Wuff*, schüttelte das Wasser aus dem Fell und verzog sich gekränkt in die sichere Ecke bei der Tür. Manchmal verstand er den Chef nicht – wo er doch nur an ihm geleckt hatte.

Walcher ließ heißes Wasser nachlaufen, drehte dann aber den Hahn wieder zu. Die Temperatur des Wannenwassers war längst zu sehr abgekühlt und die Waschfrauenhaut an den Händen signalisierte die Überschreitung der erlaubten Badezeit. Nur für seine ausgekühlten Beine auf dem Wannenrand, fühlte sich das Wasser noch warm an.

Im Bademantel tappte er ins Wohnzimmer an den Drogenschrank und schenkte sich einen Sherry ein. Auf dem Weg hinauf in sein Zimmer hörte er das Handy läuten und wollte deshalb sein Tempo beschleunigen, allein der beginnende Muskelkater hielt ihn davon ab.

Morgen werde ich diesem Cordes auf den Zahn fühlen, tobte Brunners Stimme aus dem Hörer. Er saß vermutlich im Auto und brüllte gegen die Fahrgeräusche an. *Ich habe den Fall übernommen.*

Wunderbar, dann können wir ja wieder zusammenarbeiten, brüllte Walcher in derselben Lautstärke zurück, dass Rolli, der mit beiden Pfoten auf der ersten Stufe der für ihn verbotenen Treppe stand, erschrocken zurückzuckte und sich mit einem Seufzer auf seinen Teppich im Hausflur sinken ließ.

Genau das hatte ich befürchtet, kam es prompt von Brunner.

Ach, kommen Sie. Geben Sie es doch zu, dass Ihr Leben wieder Spaß macht, seit Sie mich kennen, Walcher lächelte, als er sich Brunner vorstellte, der vermutlich eine Grimmasse schnitt.
Warum gebe ich mich eigentlich mit Ihnen ab?, stöhnte Brunner und brach die Verbindung ab.
Walcher prostete dem Kommissar im Geiste zu und trank endlich von seinem Sherry.

C. C.

Gut, dass er die Gefahr erahnt und rechtzeitig reagiert hatte. Mit geschlossenen Augen lag Claus Cordes in seinem Musiksessel, der exakt im Scheitelpunkt der beiden Boxen an den eigens dafür angebrachten Markierungen auf dem Parkett stand. Bachs Brandenburgisches Konzert Nr. 3 in G-Dur flutete den riesigen Raum und ließ kaum Platz für andere Gedanken.
Cordes hatte sich das Dachgeschoss im Bauernhaus zu einem großzügigen Einzimmerapartment ausbauen lassen und fühlte sich dort oben wie auf dem Söller einer Festung.
Wer ihn besuchen wollte, musste am Empfang vorbei die Treppe in den ersten Stock hinauf, der in sieben komfortable Gästezimmer aufgeteilt war. Das siebente Zimmer, rechts am Anfang des Flurs, war allerdings kein Zimmer, sondern verbarg den Aufgang in das Dachgeschoss.
In dem ungeteilten, riesigen Raum, mit immerhin etwa 400 Quadratmetern so groß wie die gesamte Grundfläche des Wohnteils, stand im Eingangsbereich gleich neben der Treppe, ein auf Funktionalität reduzierter Küchenblock. An dessen Rückwand war das Bad angeschlossen, bestehend aus einem Waschbecken und der offen in den Raum ragenden gusseisernen Badewanne. Danach stand das Bett, dessen Format schon eher den Begriff Spielwiese verdiente. Nur die Toilette und das Kleiderzimmer befanden sich in zwei abgetrennten Räumen, angebaut an der ehemaligen Brandmauer.

Die gewaltige Restfläche des Zimmers stand leer, bis auf die Musikanlage, den Sessel und einen Laptop auf dem Fußboden. Das einzige Fenster des Raumes war der komplett verglaste Giebel, der einen eindrucksvollen Blick auf die Berge bot, allerdings nicht an diesem Abend, denn es war bereits dunkel und der Himmel bewölkt.
Cordes trank selten und wenn, dann nur geringe Mengen seiner bevorzugten Whiskymarke *Black Bush Special* von Bushmills, eines Single Malts aus einer der wohl ältesten Destillen Irlands. An diesem Abend trank er jedoch bereits am dritten Glas.
Meinrat, dieser verlogene Säufer, hatte doch tatsächlich eine Akte angelegt und bei sich gehabt. Nie hätte Cordes vermutet, dass der störrische, aber umgängliche Meinrat zu einem solch hinterhältigen Spiel fähig gewesen wäre. Meinrat wurde von ihm immer als das Paradestück der selbstbestimmten Lebensfreude im Alter präsentiert, natürlich gegen besondere Vergünstigungen.
Die Prospekte von Meinrat zum Beispiel hatte Cordes nicht nur auf Kosten des Hauses drucken lassen, sondern auch an alle Residenzen verteilt. Immerhin hatte dadurch der Maler einige seiner Bilder verkaufen können.
Und jetzt hätte diese Ratte um ein Haar irgendwem diese Sammelmappe übergeben wollen. Warum sonst hatte er sie dabei. Mit wem wollte er sich treffen?
Cordes nahm noch einen Schluck. Er würde vorsichtig sein müssen. Steurer, dann dieser Mutschler und noch eine, er kam nicht auf ihren Namen, das war nicht ungewöhnlich für eine Seniorenresidenz. Aber Polizei auf dem Gelände bedeutete für ihn der absolute Horror. Nur gut, dass die Schnüffler bei Steurer in Zivil gekommen waren. Sie hatten natürlich nichts gefunden, wie auch, schließlich hatte er selbst das Apartment systematisch und gründlich durchsucht.
Und das war gut so. Einige Briefe von Steurers Freund hatte er entdeckt, dann den von diesem Brodmann und vor allem die Tabletten, alles gut getarnt in einem ausgehöhlten Fotoband über Almhöfe.

Steurers Wohnungseinrichtung lag im Schuppen, ordentlich zusammengepackt, falls die Polizei nochmals auftauchen sollte. Schließlich hatte man ja nichts zu verbergen.
Sonst hätte er den Krempel längst entsorgen lassen, wie den von dem Mutschler und von der Basowitz – jetzt war ihm der Name dieser Alten wieder eingefallen –, nichts Wertvolles darunter und die Kleinteile hatten sich längst die Pfleger unter den Nagel gerissen. Sollten auch ihren Spaß haben, wenn es keine Erben gab, die sich sonst auf das Zeug stürzten, als wären in jedem Polster Edelsteine eingenäht und die Rückseiten der Gemälde mit Aktien tapeziert.
Morgen früh würde er Meinrat offiziell als vermisst melden. Es kam ja immer wieder mal vor, dass Bewohner der Residenz bei Freunden übernachteten, ohne sich abzumelden.
Schließlich war dies keine Klosterschule.
Cordes startete nun schon zum dritten Mal das Bachkonzert. Wenn er denken musste, wiederholte er oft stundenlang dasselbe Stück. Ganz sicher lag es auch am Whisky, denn ihm ging an diesem Abend vieles durch den Kopf.
Er brauchte es, hie und da in Erinnerungen zu schwelgen, schließlich war er stolz auf das, was er erreicht hatte. Immerhin war er nicht die Nummer siebzig, das war nämlich der Listenplatz zur Zeit der Gründung vor drei Jahren gewesen. Seine Residenz stand in der internen Rangliste auf Platz sechsundzwanzig. Es waren drei verdammt anstrengende Jahre gewesen, sich vom Ende der Rangliste bis in die erste Hälfte vorzuarbeiten.
Er machte sich Vorwürfe, einige Entwicklungen nicht gestoppt zu haben. Die paar Euro Nebenverdienst hatten ihn nie wirklich interessiert, auch mit der Residenz hatte er eigentlich nichts am Hut, sein nächstes Ziel war es, in die Leitung der Deutschen Dachholding und danach in die Spitze der Internationalen Holding aufzurücken.
USA, Boston, wer an diesem Punkt der Pyramide angelangt war, brauchte nur noch ein oder zwei Jahre durchzuhalten, um den Rest des Lebens auf einem sprudelnden Geldquell genießen zu können.

Claus Cordes war ein disziplinierter Workaholic, für den der Begriff Lebensqualität erst eine Wertigkeit erhielt, wenn er seine Ziele erreicht haben würde. Dann, so glaubte er, würde er sich zurücklehnen und die Früchte seines Tuns in vollen Zügen genießen.
Internationales Recht und Betriebswirtschaft hatte er studiert und jeweils als Jahrgangsbester abgeschlossen. In seinen letzten Semesterferien hatte er als Volontär bei GMC gearbeitet, einem Pharmariesen in Baltimore, USA. Nach dem Studium volontierte er bei der Deutschen LIFUS AG in Hamburg und bewarb sich um die Leitung einer der neuen Residenzen, die gerade geplant wurden. Er bekam die Chance, denn LIFUS Deutschland boomte und hatte händeringend nach Führungskräften gesucht. In den vergangenen Jahren waren jährlich über zehn Residenzen eröffnet worden, meist gekaufte und renovierte Immobilien, aber auch einige Neubauten waren darunter.
Wenn überhaupt eine Nachwuchskraft aus dem Rest der Welt geeignet war in die Konzernspitze aufzusteigen, dann gehörte Cordes dazu. Er besaß die Fähigkeit, sich absolut mit einer Idee zu identifizieren und dabei in einer Art autistischer Wahrnehmung ausschließlich die Vorteile zu sehen, vor allem seine eigenen. Jede Negation lehnte er als verleumderisch ab, und dazu gehörte bereits die kleinste Reklamation, die er als einen persönlichen Affront und ersten Schritt zur Revolution betrachtete.

Brombeerlikör

Nicht weit von Cordes' Dachwohnung entfernt, starrte noch jemand in den wolkenverhangenen Abendhimmel, hörte Musik und trank, allerdings einen Brombeerlikör.
Gertud Argenthaler hatte beim Abendessen im Restaurant von Meinrats Tod erfahren. Von wem die Nachricht kam, wusste niemand zu sagen, denn sie war durch viele Münder

der Residenzbewohner geeilt. Auch war nicht wirklich klar, was Meinrat zugestoßen war. Ein Unfall, vielleicht ein Infarkt, meinten die einen, die Meinrat mochten. Die anderen sprachen von dem längst erwarteten Ende einer Sauftour.
Da saß sie nun in der Dunkelheit, fühlte sich unsäglich einsam und trauerte um einen Menschen, zu dem sie sich mehr Nähe hätte vorstellen können. Dieser brummige, knorrige Klotz, der zauberhafte und geniale Bilder schuf, mit Händen, zu denen eher die Axt als ein feiner Haarpinsel passte.
Im Schlafzimmer fiel ihr erster und letzter Blick an jedem Morgen und Abend auf ihren „Meinrat" und jedes Mal empfand sie ein tiefes Glücksgefühl, so als hätte der Maler eine positive Seele in das Bild gezaubert.
Ein blondes Mädchen, das Gertrud in ihren jungen Jahren hätte sein können, lag in einer blühenden Almwiese, kaute auf einem Halm und sah in eine verzauberte Berglandschaft. Wer lange genug in das Bild sah, der hörte plötzlich die Glocken der Kühe und das Summen der Insekten und roch den betörenden Duft blühende Almwiesen.
Gertrud Argenthaler nahm einen tiefen Schluck. Sie würde ihre Unbeherrschtheit büßen müssen, das war ihr klar, aber egal. Natürlich war es ein anderer Schmerz, als Edwin gestorben war, aber sie hatte auch Meinrat gemocht.
Im Alter konnten sich Gefühle entwickeln, in denen andere Töne mitschwangen als die Lust der Jugend. Und nun sollte diese ehrliche Haut einfach verschwunden sein? War dies das Alter? Ein ständiges Abschiednehmen?

Die Brüder

Maksimilijan und Ibrahim Koroskem, *die Klons,* wie die Zwillinge in einer böswilligen Verballhornung schon als Kinder genannt wurden, waren in Klanjec, einem kleinen Nest nahe Zagreb, aufgewachsen und schon dort unangenehm aufgefallen. Sehr früh hatten sie nämlich erkannt, dass ihre optische

Übereinstimmung einem besonderen Geschenk der Natur gleichkam, mit dem sich einiges im Leben vereinfachen ließ. Zwillinge, die aussehen wie geklont und sich außer durch Fingerabdrücke nur noch durch ein paar kleine Leberflecken unterscheiden, fallen auf in der Gesellschaft.
Da machte es Sinn, gleich ins Showgeschäft oder in die Politik einzusteigen, aber dazu fehlten ihnen in der ländlichen Gegend die weitsichtigen Berater. So kam es, dass die Zwillinge eine weitere Möglichkeit der Lebensplanung wählten, nämlich die kriminelle Variante, zumal dieser Weg auch mehr den Veranlagungen der beiden zu entsprechen schien.
Mit fünfzehn Jahren landeten sie dann – wie erwartet – wegen einiger Betrügereien, bei denen sie ihre Ähnlichkeit ausgenutzt hatten, zum ersten Mal im Jugendgefängnis und mit siebzehn Jahren das zweite Mal. Dort fielen sie einem der Dunkelmänner des Präsidenten auf und wurden vor die Entscheidung gestellt: Gefängnis oder Geheimdienst.
Fortan gehörten sie zu einer Sonderabteilung des UDBA, des damals noch für Gesamtjugoslawien zuständigen Geheimdienstes, wurden ausgebildet und machten Karriere. Kurz vor dem Abgang des Präsidenten Miloševic flüchteten sie aus ihrem Heimatland.
Da sie schon von klein auf Deutsch gelernt hatten – der Vater hatte eine Deutsche geheiratet –, ließen sie sich 1999 in Deutschland nieder. Maksimilijan heiratete für den Gegenwert von 10 000 Mark, der Euro kam erst ein Jahr später, die deutsche Staatsbürgerschaft in der Person von Erna Kutter. Erna, eine Dame aus dem Hamburger Rotlichtmilieu, glaubte damals allen Ernstes, einen guten Fang gemacht zu haben. Maksimilijan nahm ihren Namen an und war ab diesem Moment Max Kutter. Ibrahim dagegen lebte als Doppelgänger, eine Art Ersatzspieler seines Bruders.
Niemand, nicht einmal Erna wusste von der Existenz des Zwillingsbruders, obwohl er sogar einige Male mit ihr geschlafen hatte. Wie ein Phantom lebte Ibrahim in einer Zwischenwelt und tauchte auch in keinem deutschen Melderegister auf.

Als Erna Kutter zwei Jahre nach ihrer Heirat von einem vermutlich psychisch defekten Freier aufgeschlitzt worden war, konnte ihr Mann, Max Kutter, der Polizei ein absolut wasserdichtes Alibi vorlegen. Er befand sich zu der fraglichen Zeit in der entgegengesetzten Hälfte der Republik, auf der Schulung einer Versicherungsgesellschaft im bayerischen Nürnberg.

Max Kutter war auch wirklich dort, denn nicht er, sondern Ibrahim hatte Erna Kutter fachgerecht aus dem Leben genommen, weshalb die Kripo den Mörder in Kreisen des Metzger- oder Chirurgenhandwerks vermutete.

Ibrahim war danach in dem abgelegenen Bauernhof bei Heide im Dithmarschen abgetaucht, den die Brüder für solche Zwecke gekauft hatten, und ließ sich dort einen Bart wachsen, schneller als das Gras auf Erna Kutters Grab wuchs.

Es war nicht das erste Mal, dass die Brüder nach diesem Prinzip vorgingen. Während einer sich als Biedermann in der Öffentlichkeit zeigte, erledigte der andere die Drecksarbeit.

Zwar hatten sie einige gestohlene Devisen aus Jugoslawien mitgebracht, aber die würden nicht ewig reichen. Deshalb war Max Kutter als selbständiger Versicherungsmakler gemeldet und betrieb durchaus erfolgreich sein Geschäft, wie das Finanzamt Hamburg Mitte Altstadt 17, bei dem Max Kutter pünktlich und korrekt seine Quartalsvorausmeldungen und Jahresabschlüsse ablieferte, hätte bestätigen können.

Ein guter Deutscher!

Hühnerzucht

Lieber Freund, die Wiesen leuchten goldgelb und immer wieder frage ich mich, weshalb diese herrliche Blüte Löwenzahn heißt, wo sie doch als Löwenmähne treffender bezeichnet wäre. Hast du nicht Heimweh nach diesem wunderschönen Blick auf blühende Hügel oder bist du immer noch so verliebt, dass du andere Bilder vor Augen hast? Deine Besuche in Europa sind sehr selten geworden, seit

du mit deiner Pilotin zusammen lebst. Nicht dass wir dir deshalb gram wären, aber wir würden uns sehr freuen, dich wieder einmal umarmen zu können. Irmi zeigte mir vor ein paar Tagen ihre Fotosammlung von unseren gemeinsamen Tagen in Italien.
Da wurden einige Erinnerungen wach. Kanntest du damals eigentlich schon deine Freundin? Wenn ja, hattest du dich hervorragend unter Kontrolle. Irmi schwärmt immer noch von deinem „süßen" Mitarbeiter. Walchers Gedanken wurden kurz durch den Duft bratender Kartoffeln abgelenkt, der aus der Küche heraufzog.
Irmi würde jeden Augenblick von der Schule kommen, sie hatte sich bei Mathilde die Kartoffelpuffer gewünscht.
Walcher freute sich auch darauf, konzentrierte sich aber wieder auf die Mail, die er seinem Freund Hinteregger schrieb. *Auch musst du unser neues Familienmitglied kennen lernen, Mathilde, unsere Wahloma. So wie ich dich kenne, denkst du vermutlich längst: Wann kommt er endlich zu Sache! Das mache ich gleich, aber es tut manchmal einfach gut, sich an Vergangenes zu erinnern – bevor ich nun die Tür eintrete und dich um Unterstützung bitte. Ich habe in einer Sache zu recherchieren begonnen, die nach Missbrauch alter Menschen als Versuchskaninchen eines Pharmakon-zerns aussieht.*
Sicher bin ich mir nicht, aber da gibt es einige Seiten eines Tagebuches, auf denen der Bewohner eines Seniorenheims Arzneitests beschreibt und vorhatte, dagegen zu kämpfen, und wenn es das Letzte wäre, was er in seinem Leben tun würde. Es war wirklich das letzte seiner Vorhaben, denn er stürzte mit dem Rollstuhl in eine Schlucht am Diedamskopf im Bregenzer Wald. Aber ich verliere mich bereits in Details. Auf beigefügter Datei habe ich ein Chart zusammengestellt, das vermutlich nicht vollständig ist, aber eine erstaunliche Häufung von Namen aufzeigt. Um einen Faden dieses Netzes handelt es sich bei der Seniorenresidenz LIFUS, dem letzten Wohnsitz des Notizenschreibers. Und nun zu meiner Bitte. Ist es dir möglich – natürlich nur, wenn sich dahinter nicht ein unakzeptabler Aufwand verbirgt – die Besitzverhältnisse in diesen Unternehmen zu recherchieren und auch, ob sie an weiteren Unternehmen beteiligt sind?

Vielleicht gibt oder gab es in der Vergangenheit Informationen über diese Leute. Als Honorar biete ich dir an, dein Hochzeitsmenü zu kochen, egal für wie viele Personen. Ich stelle mir deftige original Allgäuer Kässpatzen vor, an grünem Salat, mit dunklem Hefeweizen und als Nachtisch gibt's als Verdauungshilfe einen Enzian. Was hältst du davon, hört sich doch gut an – oder?
Herzliche Grüße aus dem Allgäu. R. W.
Walcher sandte die Mail in den elektronischen Äther und hörte beinahe im selben Moment Irmis Freudengeheul, mit dem sie Mathilde vermutlich für die Kartoffelpuffer dankte, die – natürlich aus frisch geriebenen Kartoffeln – so unglaublich dufteten und schmecken würden, wie es keine Fertigpackung dieser Welt vermochte. Die hatte Walcher nämlich in der Vergangenheit, wenn die Zeit knapp war und das war sie meist, Irmi vorgesetzt. Als Mathilde dann die ersten frisch gemachten Puffer servierte, hatte Irmi den bisherigen Küchenchef entsetzt angestarrt und mit rollenden Augen gefragt: *Was habe ich bisher als Kartoffelpuffer gegessen?*
Um dieses Thema ging es dann auch am Mittagstisch und Walcher hörte Irmis Vorwürfe zum wiederholten Male geduldig an, während er genussvoll Mathildas Puffer mit Apfelbrei bestrich, den Mathilde aus den letzten der eingelagerten Äpfel ihres eigenen Obstgartens ebenfalls selbst gemacht hatte. Drei uralte Hochstämme, Sorte *Winterrambur,* die noch der Großvater gepflanzt hatte, von Mathilde gepflegt und unter persönlichen Schutz gestellt, standen mitten in der Wiese. Sehr zum Ärger des Sohnes, der rund um die Bäume das Gras nicht mit dem schweren Gerät mähen konnte.
Die Sense, mit der das früher erledigte worden war, hing nur noch zur Zierde an der Scheunenwand. Zu viel Zeit kosteten solche Spielereien und der Begriff Zeit war auch bei den meisten Allgäuer Bauern neu definiert worden.
Um Irmi abzulenken, schmatzte Walcher und lobte das Apfelmus: *Herrlich, einfach herrlich, das gibt's in keinem Sternerestaurant, wie heißt die Sorte noch mal?*
Winterrambur, erklärte Mathilde. *Können gut bis in den Juni hinein gelagert werden. Großvater hat sie gepflanzt. War mal eine*

ganze Wiese voll, jetzt sind's leider nur noch drei Bäume.
Wie wär's, schlug Walcher vor, *wenn wir Setzlinge hier in den Garten stecken, kommen die?*
Müsst' mit dem Georg sprechen, der kennt sich mit Bäumen aus und zieht sie auch hoch, veredelt sie und so was, nickte Mathilde, *die deinen da,* deutete sie auf den Garten, *taugen nur noch als Schattenspender und für die Vögel und so. Außerdem gehören Viecher und Hühner in einen Obstgarten, die düngen und lockern den Boden auf. Tut den Bäumen gut.*
Jawohl, auf einen Hof gehören Hühner, mischte sich Irmi ein, und ihr war anzusehen, dass sie es ernst meinte.
Auf unseren Hof gehören Hühner! Jeden Tag ein frisches Ei zum Frühstück, das wär's doch, was meinst du?, sah sie hoffnungsvoll zu Walcher.
Der sah kurz Mathilde an und gab deshalb nur einen allgemein gehaltenen Kommentar ab: *Eier sind zwar gesund, aber sicher nicht jeden Tag und außerdem gibt es da noch Salmonellen und vor allem die Vogelgrippe.*
Irmi nickte kämpferisch. *Genau so etwas Ähnliches hab' ich erwartet. Hat sich einen Hof gekauft, mit einem funktionsfähigen Hühnerstall, schwärmt vom Leben auf dem Lande und kauft seine Eier lieber im Supermarkt mit selbst gemachten Bio-Stempeln aus der Kinderdruckerei.*
Wollt ihr Hühnerzüchter werden?, rief Walcher lachend. *Dann man zu, ich habe überhaupt nichts dagegen. Nur, was machen wir mit den vielen Eiern? Mal am Sonntag eines, in Ordnung, aber jeden Tag Eieromelett, Rühreier, Spiegeleier, harte Eier, verlorene Eier, Eier im Glas, Soleier, Eiersalat, Eischaum, Eierlikör, Senfeier und was man sonst noch alles aus Eiern machen kann. Ein Huhn legt an die 150 Eier im Jahr, bei sieben sind das etwa tausend Eier, da müsste jeder von uns drei Eier am Tag essen. Allein schon der Gedanke!*
Wieso sieben Hühner?, fragte Irmi und hatte ihre Stirn in Falten gezogen.
Hühner sind Herdentiere und unter sieben sollte man auch keinen Hahn dazu nehmen, aber den braucht eine Hühnerschar, damit sie gegen den Habicht geschützt ist. Außerdem, wenn schon, denn

schon, dann sollen die Hühner auch mal eigenen Nachwuchs großziehen können und spätestens dazu brauchen sie dann einen Hahn, dozierte Walcher.
Du kannst es ruhig zugeben, grinste Irmi, *du hast dir längst alles über Hühnerzucht angelesen und tust jetzt so, als ob du uns einen Gefallen tun würdest, du bist durchschaut!*
Also, über zuviel Eier, mischte sich Mathilde ein, *brauchst dir keine Sorgen machen, die sind schon so gut wie verkauft, hab' noch genügend Leut, die sie mir abnehmen täten. Also, ich hätt' Freud dran und kümmere mich auch drum. Du bräuchtest nur die Hütte richten und den Zaun erneuern, damit der Fuchs draußen bleibt.*
Juhu, rief Irmi, *dann ist es abgemacht, wir steigen ins Hühnergeschäft ein.*
Und wo kriegen wir Hühner her?, fragte Walcher.
Weiß ich schon, nickte Mathilde, *die Anna hat Altsteirer auf ihrem Hof und kürzlich erzählt, dass zwei Hennen grad bruateln. Lass ich mir reservieren, in drei Wochen sind's da.*
In Ordnung, nickte Walcher, *ich übernehme die Renovierung des Hühnerstalls, baue zwei Gehege, ihr übernehmt Pflege und Fütterung und natürlich Vermarktung und Vertrieb der Eier,* lachte er, *abgemacht?*
Abgemacht, klang es wie aus einem Munde von Mathilde und Irmi.

Das große Geschäft

Max Kutter hatte sich auf die lukrativste Sparte der Versicherer spezialisiert, das Leben. Für jede Lebensversicherung, die er zum Abschluss brachte, kassierte er nicht nur hohe, einmalige Abschlussprämien, sondern erhielt für den Rest der Laufzeit eine jährliche Beteiligung.
Maxens Partner waren hauptsächlich einige der deutschen Seniorenresidenzen LIFUS. Zwar gab es keine offizielle Zusammenarbeit, aber es hatte sich unter den Geschäftsführern herumgesprochen, dass Max Kutter mit die höchsten

Vermittlungsprovisionen zahlte, und teilweise auch noch schwarz auf die Hand. Das war durchaus nicht üblich in der Branche, denn Schwarzgeld ist rar geworden heutzutage.
Die Quelle solcher undeklarierter Gelder lag bei Ibrahims Job, denn dessen spezielle Tätigkeit konnten selbst die findigsten Auftraggeber nicht als Werbungskosten steuerlich geltend machen. Ibrahim reiste nämlich in der ganzen Welt herum und ließ Menschen versicherungsadäquat „verunfallen", wie er seine Auftragsmorde gerne bezeichnete.
Trat Max laut und überzeugend auf, ging Ibrahim eher leise und zurückhaltend vor. Seine besondere Fähigkeit war es, in Zusammenhängen zu denken, die weit über das Offensichtliche hinausgingen. Hinzu kam seine Emotionslosigkeit, was ihn letztlich zu einem Killer der Oberklasse qualifizierte.
Einerlei, ob er einen Hasen oder einen Menschen schlachtete, er empfand keine Befriedigung, Lust oder sonstigen Reize im psychologischen Sinne, für ihn stellte sich ausschließlich das handwerklich-technisch-logistische Problem, nur daraus zog er sein Selbstwertgefühl.
Wie manchmal bei abnormal gefühlsarmen Menschen anzutreffen, besaßen die Brüder ein Faible für klassische Musik. Bei Smetanas „Moldau" brachen sie regelmäßig in Tränen aus und schluchzten wie kleine Kinder, die aller-dings fünf Minuten später, noch mit Tränen in den Augen, einer wehrlosen Oma mit deren eigenem Sparstrumpf den Schädel einschlagen konnten.
Nach einem Ausflug im Süden Deutschlands, den sie zeitgleich erledigt hatten – Max schloss sieben Lebensversicherungen im Gesamtwert von zwei Millionen Euro ab, wobei die älteste Versicherungsnehmerin vierundsiebzig Jahre zählte und einen Kredit aufnehmen musste, um die Abschlusssumme bezahlen zu können, Ibrahim hatte einen Versicherungsabbruch inszeniert –, saßen sie im Dithmarschen in ihrem Ferienhaus zusammen.
Eigentlich war es kein Ferienhaus, sondern ein historisch wertvoller, mit Reet gedeckter Bauernhof, den sie Stück für Stück zu renovieren begonnen hatten. Er lag weit abseits der

befahrenen Landstraßen, rundum durch dichten Hecken-und Baumbewuchs geschützt vor neugierigen Blicken und den strammen Winden. Wasserkanäle hielten zufällig vorbeikommende Wanderer ab und die löcherige Zufahrt trauten sich nur Fahrer von geländegängigen Fahrzeugen zu nutzen.
Die Zwillinge saßen in der kleinen, aber gemütlich eingerichteten Stube zusammen und benahmen sich wie Einheimische, jedenfalls was das Trinken betraf: zu einer Flasche Korn wurde eine Flasche Bier getrunken. Da wurde dann auch die niedere Holzdecke sehr geschätzt, an ihr konnte man sich nämlich abstützen, wenn es notwendig sein sollte – und die Brüder mussten sich häufig abstützen.
Im alten, aber von einem Ofensetzer ausgebesserten Kachelofen knackten brennende Holzscheite, denn ein kühler Wind hatte den ganzen Tag von der Nordsee her geblasen.
Die Wärme und der Alkohol hatten ihre Köpfe rot gefärbt und auch das Thema, über das sie sich unterhielten, trieb ihren Blutdruck hoch.
Wie lange sollen wir uns für Kleingeld noch den Arsch aufreißen?, hatte Max begonnen. *Gut, wir können leben davon, aber ich möchte eigentlich zur Ruhe kommen. Hier auf dem Hof leben, ein paar Schafe und Ziegen, Hühner und Enten, einen Hund. Hie und da eine Frau, eine kleine Reise in den Süden, mehr brauch' ich nicht. Ich habe die Nase voll, verstehst du das?*
Ibrahim nickte, ihm ging es ähnlich, aber das wusste Max ohnehin, eineiige Zwillinge wussten das voneinander, warum also noch mal wiederholen.
Wir haben einiges auf der Seite, aber vermutlich reicht es nur, bis wir ins Alter gekommen sind, und ob wir dann noch mal von vorn anfangen können? Also, ich meine, wir sollten einen dicken Klops an Land ziehen, damit wir auch wirklich durchhalten können. Was meinst du?
Dieses Mal wackelte Ibrahim unentschlossen mit dem Kopf und trank ein Glas Korn leer. *Was meinst du mit dickem Klops?*
Na, was werd' ich schon mit einem dicken Klops meinen? Einen, wo ordentlich was rüberkommt und wir mit dem Kleinscheiß aufhören können.

Auch Max trank ein Glas und schenkte beide Gläser wieder voll. Die Flasche Korn war fast leer, die Bierflaschen auch.
Hast du eine Vorstellung, wie dieser dicke Klops aussehen soll?, fasste Ibrahim nach.
Max nickte mehrmals, während er das Kornglas drehte und hineinstierte, als erwarte er eine Botschaft darin. *Klar doch, mache mir seit einiger Zeit Gedanken.*
Dann lass sie raus.
Ja, also ... ich denke an Erpressung.
Aha, und wen willst du erpressen?, Ibrahims Mimik verriet nicht, was er dachte.
Na, wen wohl? Max trank noch einen. *Wen kennen wir so gut, dass wir ihn erpressen könnten?*
Du meinst nicht unsere ...? Jetzt stand ungläubiges Staunen in Ibrahims Gesicht.
Doch, genau die meine ich. Max lehnte sich zurück und wollte das Glas nehmen, stand aber auf, weil es leer war, die Flasche auch. Aus dem Nebenraum, der einmal die Küche werden sollte, sprach er weiter und kam mit einer vollen Flasche zurück. *Sieh mal, bei jedem Job müssen wir eine Handvoll Leute abschmieren. Da kommen wir nie auf einen grünen Zweig, glaub mir das. Was du einnimmst, stecken wir denen wieder in den Hintern und sollen auch noch dankbar sein. Die glauben, dass sie uns in der Hand haben, aber genau das Gegenteil ist der Fall. Wir haben sie am Arsch. Und zwar gehörig. Du musst doch ...*
Halt mal die Klappe, kam es von Ibrahim. *Wenn du ununterbrochen quasselst, kann ich nicht nachdenken. Im Moment weiß ich nur, die werden uns umlegen. So schnell können wir gar nicht laufen, glaub mir, die hetzen uns Jungs auf den Hals, gegen die sind wir Waisenknaben. Lass uns in Ruhe eine Nacht darüber schlafen.*
Max nickte und schenkte auch Ibrahim das Glas voll.

Mit einem tiefen Seufzer riss sie das Blatt in vier gleich große Teile und legte sie sorgsam zu den anderen auf den kleinen Haufen. *Liebe Magda,* begann sie nun schon zum wiederholten Mal den Brief an ihre Tochter, *ich weiß, du hast sehr viel zu tun und sicher auch genügend eigene Probleme, aber ich wüsste sonst niemanden, den ich um Hilfe bitten könnte. Ich habe mich lange zurückgehalten, dir diese Zeilen zu schreiben, aber nun muss es einfach sein. Dieser Alterssitz entpuppt sich immer mehr als große Enttäuschung, wohl die größte meines Lebens. Ich glaube nicht, dass ich es noch lange hier aushalte, zu vielschichtig ist die massive Bedrohung meiner Gesundheit und vor allem meiner Psyche. Du weißt, ich bin nicht zimperlich, aber seit Edwin nicht mehr an meiner Seite ist, habe ich viel an Durchsetzungskraft und Energie verloren, und gerade davon bräuchte ich hier mehr.*
So manches Mal denke ich, dass ich mir dies alles nur einbilde, aber dann wache ich auf und erkenne die Realität.
Entmündigt, ja, ich werde hier Tag für Tag, Schritt für Schritt entmündigt und zwar nicht einmal in einem fein gesponnenen Netzwerk psychologischer Art, sondern in der brachialsten Form, bis hin zu unverhohlen ausgesprochener Androhung von körperlicher Gewalt.
Egal ob Putzfrauen, Pfleger, Hausmeister, also dienstbare Geister, die ich früher als das Personal zu bezeichnen pflegte, vermitteln einem das Gefühl einer totalen Abhängigkeit. Jede noch so kleine Leistung, bis hin zu einem Lächeln, muss erkauft werden und wird, wenn das nicht geschieht, auf massive, nein aggressive Weise verzögert oder ganz verweigert.
Zum ersten Mal erlebe ich am eigenen Leib, was Korruption bedeutet. Jeder will sich nur an uns bereichern, aber nicht genug damit, diese Leute hier toben auch noch ihre Machtbedürfnisse an uns aus, mit teilweise sadistischen Tendenzen. Oder ist es etwa nicht der pure Sadismus, wenn inkontinente Pflegefälle oftmals nur einmal am Tag gesäubert werden und stundenlang in ihren Exkrementen sitzen müssen?
Nein, ich spreche nicht von mir, meine Organe funktionieren noch

bestens. Und dann diese Beeinflussung, als wären wir Kinder. Was einem hier ständig eingeflüstert wird, kann nur noch den Methoden der Faschisten gleichgesetzt werden.
Ich habe hier auch keine Ansprechpartner mehr, mit denen ich darüber sprechen könnte, alle scheinen irgendwie unter derselben Decke zu stecken. Kürzlich sprach ich mit dem Residenzarzt über dieses Thema. Kurz danach stellte mich der Vorsitzende unserer Seniorenselbstverwaltung zur Rede und beschuldigte mich, mit derartigen defätistischen Äußerungen den Ruf dieser Residenz zu ruinieren. Wie, fragte ich mich, konnte dieser Mensch von dem Gespräch mit meinem Arzt erfahren haben, wenn nicht durch diesen? Ein Klima des Misstrauens, ja, der Angst herrscht in dieser Residenz, die so gar nichts von einer Residenz hat, eher schon von einem Straflager.
Eine große Beeinträchtigung empfinde ich auch in dem moralischen Druck, mit dem ich bereits zweimal gedrängt wurde, an Medikamententests teilzunehmen. Du kennst meine Einstellung zur Pharmazie und ausgerechnet ich habe Pillen geschluckt, die einem Herzinfarkt vorbeugen sollen. Aber alle machen mit, denn es gilt, für gute Zwecke die Kasse unserer Selbstverwaltung zu füllen ... Druck, Druck, Druck.
Nun sind kürzlich auch noch zwei Mitbewohner tödlich verunglückt, von denen ich einen sehr mochte und bei dem ich das Gefühl hatte, offen sprechen zu können. Ein ungehobelter Klotz zwar, der Gute, aber er erinnerte mich ein wenig an Edwin.
Magda, ich bitte dich um deine Hilfe. Hier geht vieles nicht mit rechten Dingen zu, ich muss raus hier.
Allerdings möchte ich im Allgäu bleiben. Könntest du dich über andere Seniorenheime informieren? Ich kann es ja nicht von hier aus.
Ich danke dir herzlich. Deine Mutter

Hinteregger

Lieber Freund, stand in der E-Mail von Hinteregger, *manche Hoffnungen lösen sich wie Nebelgespinste im Nichts auf ... so auch meine Hoffnung, dass du von gefährlichen Recherchen die Finger lassen würdest. Bevor ich jedoch zu deiner Anfrage komme, kurz noch zu deiner Frage. Ja, ich bin immer noch mit der Pilotin zusammen und deshalb blüht der Löwenzahn in meinem Herzen und zwar nicht weniger sonnengelb als in deinem Allgäu. Dennoch würde ich mich sehr freuen, wenn wir uns wieder einmal treffen, außerdem ist Carmina ohnehin neugierig auf euch.*
Bitte richte Irmi einen herzlichen Gruß aus. Wann richtest du ihr eine eigene Mailadresse ein, damit ich mit ihr direkt korrespondieren kann? Aber nun zu deiner Anfrage, die mich offen gestanden höchst erfreut hat, jedenfalls zum Teil.
Wir verfolgen schon seit Jahren die absonderlichen Praktiken von Global Medical Care. Eine unserer Pharmafirmen steht bei der Vergabe von Militäraufträgen in direkter Konkurrenz zu GMC. In den USA handelt es sich dabei um riesige Etats und dementsprechend kämpfen die Unternehmen mit allen Tricks. Nicht so GMC, die scheinen mit den Militärs verheiratet zu sein. Beteiligen sich nicht an öffentlichen Ausschreibungen, geben keine Angebote ab und so weiter. Wir vermuten, das GMC für das Pentagon Forschung betreibt. Selbst wir tun uns nämlich schwer, an Informationen über diese Firma heranzukommen.
In den vergangenen Jahren haben sie diversifiziert und in neue Märkte investiert, zum Beispiel in den Gerontomarkt – einen Teil der Firmen hast du ja bereits herausgefischt.
Nach deinem Chart zu schließen hast du bei dieser E-Commerce die Referenzliste durchgesehen. Das machen wir auch so, ist ein guter Start. Allerdings ist das Firmengeflecht der GMC noch wesentlich umfangreicher. Allein in den USA vermuten wir an die 500 Firmen, und weltweit werden es wohl einige tausend sein. GMC macht es wie die Banken. Für jedes Geschäft wird eine GmbH gegründet, die in dem Geflecht eingebettet ist, praktisch keine Steuern zahlt und Konkurs machen kann, ohne das Ganze zu gefährden. Da werden, am Beispiel Altersheim, die Getränke, die festen Speisen, die Pflege,

das Bettzeug, die Reinigung, das Personal, die Instandhaltung und so weiter von jeweils eigenen Firmen abgewickelt, die sich jedoch gegenseitig jeden Handgriff in Rechnung stellen und auch vergüten. Alle müssen an die Holding Lizenzen bezahlen, Verzinsungen der Einlagen, Beratungsgebühren, Werbungskosten und all das, bis am Ende ein Minus herauskommt – steuerlich jedenfalls. Ich sage dir, da blicken keine Wirtschaftsprüfer durch und wenn es doch einmal einer geschafft hat, stellt er fest, dass es die meisten dieser Unternehmen längst nicht mehr gibt oder sie unter neuem Namen firmieren. Wie auch immer, unsere Leute sitzen an so einer Netzwerkgrafik, wie du sie angefangen hast. Bei einigen Firmen prüfen wir die Besitzverhältnisse und vor allem die stillen Teilhaber. In den USA ist es nämlich nicht unüblich, anstelle von Schmiergeldern Aktien, Wertpapiere oder Lebensversicherungen etc. zu verschenken. Bis wir dir aber Näheres aufzeigen können, wird es noch etwas dauern, aber du weißt nun, wir sind dran und zwar durchaus auch in eigener Sache.
Ich umarme dich, allerdings nicht ohne dich auch zu warnen.
Diese Leute sind nicht mit Ganovenfirmen zu vergleichen oder doch? Die schrecken vermutlich nicht mal vor einem Putsch der Regierung zurück, wenn es denn sein muss.
E. H.
Walcher ging hinunter auf die Terrasse und warf für Rolli ein paar Stöckchen. Ein wirksames Mittel, um sich etwas zu beruhigen, und der Hund freute sich. Auch Walcher freute sich, in Hinteregger nicht nur einen Informanten, sondern sogar einen Mitstreiter gefunden zu haben.
Hurra, lieber Eberhard, begann er denn auch einige Minuten später die Antwort, *selten habe ich mich über eine Mail mehr gefreut. Wenn ich dich richtig verstanden habe, so arbeiten wir in diesem Fall zusammen.*
Das gibt mir ein sehr gutes Gefühl, so etwas wie eine Erfolgsgarantie. Ich werde als nächste Schritte auch versuchen herauszufinden, ob und welche Unregelmäßigkeiten in den anderen neunundsechzig deutschen Residenzen vorgekommen sind. Auch, ob dort ebenfalls Medikamente getestet werden. Dazu werde ich meinen Freund Johannes um Mitarbeit bitten.

In dem angehängten Datensatz sind Kopien von zwei Tagebuchseiten eines Bewohners der Seniorenresidenz im Allgäu, einem Herrn Steurer, der ermordet wurde. Ein erschütterndes Dokument, allerdings ist das Original verschwunden. Ein weiterer Bewohner dieser Residenz wurde vor zwei Tagen ebenfalls ermordet. Er wollte sich mit mir treffen. Du hast also mit deiner Warnung vermutlich Recht.
Derzeit sitze ich an meinem Arbeitsprotokoll, in dem alle bisherigen Details chronologisch aufgeführt sind. Du erhältst es, sobald ich damit auf dem Laufenden bin. Für heute grüße ich dich und deine Pilotin sehr herzlich. R. W.
Zufrieden mit sich und der Entwicklung lehnte sich Walcher zurück und wählte Johannes' Handynummer, aber der meldete sich nicht. Stattdessen erzählte eine Schweizer Stimme, dass der Anschluss derzeit nicht erreichbar wäre.
Johannes hasste Sprachnachrichten und hörte sie meist nicht einmal ab, deshalb schrieb Walcher ihm eine SMS und bat um Rückruf.
Johannes lebte seit kurzem auf der Ziegenalm seiner Freundin im Safiental in der Schweiz. Als Walcher mit ihm vor etwa einem Monat telefonierte, hatte sich Johannes angehört, als ob er endlich die Frau seines Lebens samt Lebensinhalt gefunden hätte. Es konnte gut sein, befürchtete Walcher, dass Johannes keine Lust haben würde, von seinem Bergparadies hinunter in die Niederungen zu steigen.
Brodmann, Ernst Brodmann fiel ihm ein, warum sollte er dessen Quellen nicht nutzen, immerhin war sein Sohn der Anstoß für diese Recherche.
Wer beaufsichtigte eigentlich ein Altersheim? Das Gesundheitsministerium, der Familienminister? Walcher schrieb Brodmann einen Fragenkatalog, zu was saß der im inneren Zirkel?

C. C.

Cordes gab sich als höflicher, aber unersetzlich wichtiger Manager und Geschäftsführer, dessen wertvolle Zeit zu verplempern diesen einfachen Kripobeamten eigentlich die Schamesröte auf ihre ländlich gebräunten Urlaubsgesichter hätte treiben müssen.
Nachdem Cordes nacheinander zwei Telefonate angenommen und sie ohne den Ansatz einer Entschuldigung geführt hatte, als wäre er allein in seinem stilvoll eingerichteten Büro, stand Brunner bereits unter gefährlichem Hochdruck.
Er wiederholte die zum zweiten Mal unterbrochene Vorstellung seiner Person und die seines Kollegen, Rudi Wehrle, und schlug lächelnd, aber sehr laut seinem Mitarbeiter vor: *Was meinst du, Wehrle, sollen wir den Herrn Heimleiter nicht lieber in unser Büro bitten? Dort können wir ungestört und konzentriert unsere Fragen stellen und ebenso ungestört kann uns Herr Cordes antworten.*
Da Wehrle nickte und sich zur Tür drehte, als gleichzeitig das Telefon zum dritten Mal klingelte, schüttelte Cordes mit gehobener Augenbraue den Kopf, eilte an Wehrle vorbei zur Tür, öffnete sie und rief hinaus: *Frau Wassermann, bitte keine Störungen mehr.* Zu Brunner gewandt stellte er dann mit einem säuerlichem Lächeln fest, dass sie eben ein Dienstleistungsunternehmen wären, und deutete einladend zu dem runden Besprechungstisch: *Nehmen Sie doch bitte Platz.*
Cordes klang dabei zwar sachlich und verbindlich, aber die deutlich demonstrierte Missachtung traf Brunner im Zentrum seines Ichs.
Mein lieber Herr Cordes, Brunner sprach sehr leise und richtete dabei den Zeigefinger wie einen Zeigestab auf sein Gegenüber, *wir ermitteln in einem Mordfall, sind also nicht ausschließlich hier, um Ihre wertvolle Zeit zu stehlen.*
Ja, ist das nicht schrecklich? Wir haben heute Morgen eine Vermisstenanzeige bei der Polizei aufgegeben, schlug Cordes die Hände zusammen. *Aber sagen Sie, warum sprechen Sie von einem Mordfall? Der freundliche Polizist von der Dienststelle*

sprach von einem Unfall. Der Herr Meinrat, schüttelte Cordes den Kopf, *ich kann es noch nicht glauben. Ein begnadeter Künstler und am Gemeinwohl immer interessierter Bewohner unserer Residenz. Unfassbar. Was ist ihm denn geschehen? Genaueres wollte oder konnte mir der Polizist nicht sagen.*
Brunners unterkühlter Ton strafte sein Lächeln Lügen. *Sie werden sicher verstehen, dass dieses Gespräch nach unseren Regeln abläuft und wir, schon der knappen Zeit wegen, die Sie uns zugestehen, erst einmal unsere Fragen beantwortet haben wollen. Also, warum haben Sie Herrn Meinrat erst heute als vermisst gemeldet?*
Cordes hob anklagend beide Hände: *Nun, wir sind kein Landschulheim und die Bewohner dieser Residenz sind in der Regel einige Jährchen über die Volljährigkeit hinaus. Dies ist auch kein Heim oder eine Zuchtanstalt, sondern eine exklusive Wohnanlage für Senioren, in der die Bewohner ein selbstgesteuertes Leben führen, so als würden sie in ihren angestammten Villen oder Häusern leben und ...*
Ich kenne Ihren Werbeprospekt inzwischen, erlassen Sie uns also eine Wiederholung, bat Brunner, *beschränken Sie sich auf die Beantwortung meiner Frage. Warum haben Sie Herrn Meinrat erst heute, gegen elf Uhr zwanzig, als vermisst gemeldet, zu diesem Zeitpunkt informierten Sie nämlich die Polizei und stellten eine mündliche Vermisstenanzeige, die eine Stunde später schriftlich nachgereicht wurde.*
Cordes nickte freundlich. *Das versuchte ich gerade darzustellen, bevor Sie mich unterbrachen, lieber Herr Kommissar. Wir veranstalten hier keine Anwesenheitsappelle. Unsere Senioren werden von uns weder kontrolliert noch sehen sie sich genötigt, uns über ihre Abwesenheit zu informieren. Dass Herr Meinrat vermisst wurde, verdanken wir einem Zufall, nämlich der Putzfrau, die einmal wöchentlich versucht, etwas Ordnung in die Wohnung des Künst-lers zu bringen. Sie müssen wissen, Herr Meinrat war ein begna-deter Künstler, aber das sagte ich bereits.*
Bedeutet das, hier gehen alle Leute ein und aus und niemand bekommt etwas mit?, fragte Brunner, und es klang absolut harmlos.
Das wollte ich mit meiner Antwort verständlich machen.

Das bedeutet, dass in diesem Altersheim die Menschen sterben können, ohne dass es jemand mitbekommt, außer der Putzfrau? Brunner lächelte immer noch, während Kollege Wehrle etwas gequält und konzentriert auf das leere Blatt des Flipcharts sah. Er empfand seinen Chef manchmal geradezu tölpelhaft direkt und schämte sich dann, aber nur ein bisschen.
Jetzt übertreiben Sie aber, Herr Kommissar, und das wissen Sie. Die Bewohner dieser Residenz haben immer den einen oder anderen Kontakt. Essen, Veranstaltungen, Friseurtermin, Trainerstunden, Therapien und so weiter ...
Und warum wurde von Ihnen Herr Steurer nicht als vermisst gemeldet?, knurrte Brunner und brachte Cordes einen kurzen Moment aus der Fassung.
Herr Steurer, ja, ... also ... das war eine völlig andere Situation, schlingerte Cordes, bis er wieder sicheres Terrain betrat. *Herrn Steurer wussten wir in den Händen unseres ehemaligen Zivildienstleistenden, den wir als zuverlässige Kraft kannten. Und bevor wir eine Vermisstenanzeige stellen konnten, waren Polizisten hier und informierten uns über den uns unverständlichen, grässlichen Mord.*
Nach unseren Unterlagen wurden Sie von der Kemptener Dienststelle erst drei Tage nach der als Eintagestour geplanten Abwesenheit des Herrn Steurer über dessen Tod informiert. Eine erstaunlich lange Reaktionszeit, bei einem abgängigen Siebenundachtzigjährigen.
Was wollen Sie uns damit unterstellen?, fragte Cordes und verschränkte die Arme.
Ich stelle Tatsachen fest. Gab es eine Begründung für Ihre lange Reaktionszeit?
Natürlich gab es die, ich war in jener Woche in unserer Zentrale in Hamburg. Aber sagen Sie mir, was hat der Mord an Steurer mit dem Unfall von Herrn Meinrat zu tun?
Brunner ging nicht auf Cordes' Frage ein. *Soll das heißen, wenn Sie unterwegs sind, können hier unkontrolliert die Leute verschwinden?*
Natürlich nicht, meine Stellvertreterin ist ebenfalls jederzeit ansprechbar. Allerdings muss ich zugeben, dass wir uns keinen

großen Verwaltungsapparat leisten, aber ich habe Sie etwas gefragt, Herr Kommissar, und ich bin ...
Beantworten Sie unsere Fragen, tun Sie uns den Gefallen, sonst können Sie auch noch Kaffee und Kuchen auf den Tisch stellen und anbieten, eine Runde Monopoly zu spielen, unterbrach Brunner und ihm war anzusehen, dass sich seine Bereitschaft zur Höflichkeit langsam erschöpfte. *Ist Steurers Wohnung bereits wieder belegt?*
Ich habe Ihnen eine ... vermutlich wollte Cordes nochmals wegen seiner Frage nachfassen, ließ es dann aber. *Natürlich, wir können es uns nicht leisten, Apartments wochenlang leer stehen zu lassen.*
Wo ist die Wohnungseinrichtung des Herrn Steurer verblieben?, wollte Wehrle wissen.
Wie bei allen Sterbefällen werden die Erben benachrichtigt, die Wohnung zu räumen ...
Und wenn es keine Erben gibt?, übernahm Brunner wieder.
Dann beauftragen wir eine Firma, die Wohnungsauflösungen durchführt. Cordes war sichtlich gekränkt, zumindest tat er so.
Name und Anschrift, mischte sich Wehrle ein.
Cordes würdigte Wehrle keines Blickes, sondern antwortete zu Brunner gewandt: *Das kann Ihnen unsere Frau Wassermann beantworten, sie organisiert solche Aktionen.*
Die Wohnung von Herrn Meinrat werden wir untersuchen und danach bleibt sie erst einmal versiegelt. Bitte geben Sie Ihrer Frau Wassermann den Hinweis, dass sie unserer Spurensicherung die Wohnung zeigen soll, die müssten nämlich jeden Augenblick eintreffen, dabei sah Wehrle auf seine Uhr und schlüpfte, spätestens durch seine auffordernde Handbewegung, mit der er Cordes zur Tür schickte, aus der Rolle des harmlosen Assistenten. Er blieb auch in der offenen Tür stehen und hörte interessiert mit, was Cordes zu seiner Frau Wassermann sagte.
Als Cordes wieder den Raum betrat, hatte er sich wohl eine umgänglichere Strategie mit den beiden Beamten verordnet.
Ich hatte vergessen, Ihnen eine kleine Erfrischung anzubieten, Kaffee, Säfte, Wasser?, flötete er.

Ich möchte von Ihnen, holte Brunner den großen Vernehmungshammer heraus, *eine Auflistung sämtlicher Todesfälle seit Eröffnung dieses Heims und zwar bis spätestens morgen Mittag, zwölf Uhr. Jeweils mit Todesursache, also dem amtlichen Totenschein, und jeweils mit dem Namen des Arztes, der die Todesursache festgestellt hat.*
Überschreiten Sie da nicht Ihre Kompetenzen?, fragte Cordes in einem Ton, als würde er freundlich nach der Uhrzeit fragen.
Es steht Ihnen frei, grunzte Brunner, *sich zu beschweren, vermutlich haben Sie ja einen Rechtsanwalt, wenn nicht, so steht Ihnen eine kostenlose Aufklärung über Ihre Rechte zu.*
Nun ja, aber das ist doch Sache der Staatsanwaltschaft, versuchte Cordes nicht ganz sein Gesicht zu verlieren. *Und wenn ich mich nicht irre, benötigen Sie dazu außerdem einen richterlichen Durchsuchungsbeschluss.*
Wir sind der verlängerte Arm der Staatsanwaltschaft, und Sie haben innerhalb kürzester Zeit vier Todesfälle unter den Bewohnern Ihres Heims. Und bei zwei dieser Todesfälle handelt es sich nach unseren Ermittlungen um Gewaltverbrechen. Nennen Sie mir bitte triftigere Gründe für eine sehr gründliche Ermittlung, die in diesem Stadium noch in alle möglichen Richtungen gehen muss.
Cordes machte eine Handbewegung, als wolle er lästige Fliegen verscheuchen, die um sein Haupt kreisten. Seine Gesichtshaut glänzte, aber das konnte ebenso gut von einer Hautcreme stammen, denn er verbreitete durchaus feminin zu nennende Wohlgerüche. *Das mag ja alles sein, aber Bewohner einer Seniorenresidenz bewegen sich nun mal ihrem biologischen Ende entgegen. Und was den Fall Steurer betrifft, so hatte ich den Eindruck, dass die sehr tüchtige österreichische Polizei von einem Mord ausgeht, mit dem der Diebstahl einer sehr wertvollen Briefmarken- und Münzsammlung verschleiert werden sollte.*
Bei Herrn Meinrat fehlen mir die Informationen über die Art seines Ablebens, und ich wäre Ihnen sehr dankbar, wenn Sie mich aufklärten. Ach, und bitte nennen Sie unsere Seniorenresidenz nicht „Heim". Dieses Haus hat so gar nichts mit einem „Heim" zu tun.
Brunner fixierte Cordes und nickte: *In diesem Heim oder in dieser Residenz sollen Medikamententests durchgeführt worden*

sein, ist das nur so ein Gerücht? Eigentlich hatte Brunner eine heftige Reaktion erwartet, etwa den Ruf nach dem Rechtsanwalt oder die Drohung einer Klage wegen Rufschädigung, aber Cordes blieb ruhig.
Wir haben eine hervorragend ausgestattete medizinische Abteilung, auf die wir nicht nur stolz sind, sondern die für unserer Bewohner ein gewichtiges Argument darstellt, in unserer Residenz leben zu wollen. Unsere „kleine Klinik", wie wir sie nennen, ist mit einem Vertragsarzt und einer Krankenschwester besetzt. Darüber hinaus bieten wir die unterschiedlichsten therapeutischen Behandlungen an. Deshalb erfüllen wir die Voraussetzungen für klinische Arzneistudien. Und so werden hie und da in unserem Haus Studien von einem international renommierten Prüfungsinstitut durchgeführt. Natürlich auf klar definierter Basis des Bundesinstituts für Arzneimittel und Medizinprodukten sowie nach den Vergaberichtlinien der Europäischen Arzneimittel Agentur in London, der EMEA, und natürlich nur mit dem eindeutigen Einverständnis nach Aufklärung der Probanden und all das.
Das haben Sie ja druckreif formuliert, aber wir brauchen nur die Namen der durchführenden Verantwortlichen in Ihrem Haus und des Prüfungsinstituts sowie eine Zusammenfassung der bisher durchgeführten Studien, mischte sich Wehrle ein.
Dieses Mal wandte sich Cordes ihm zu: *Diese Unterlagen sind selbstverständlich jederzeit griffbereit und stehen zu Ihrer Verfügung, wenngleich ich mir nicht vorstellen kann, was sich hinter ihrem Wunsch verbirgt. Wir sind nicht die Einzigen, die bei Studien mitarbeiten. Kliniken, Privatinstitute, wir alle tragen die Verantwortung für die Entwicklung von wirkungsvollen Medikamenten und die gibt es nun mal nicht ohne aufwändige Test- und Zulassungsverfahren.*
Wehrle nickte: *Ich stelle mit meiner Frage nach Unterlagen auch nicht das System als solches in Frage, sondern sammle alles, was nur irgendwie mit der Aufklärung zweier Mordfälle zu tun haben könnte, denn auch Herr Meinrat wurde eindeutig ermordet.*
Das kann ich mir nicht vorstellen, wer sollte Derartiges tun? Herr Meinrat war ein freundlicher, zurückgezogen lebender Künstler, überall beliebt. Sehen Sie, reichte Cordes zwei Prospekte über

den Tisch, die er von seinem Schreibtisch hinter sich weg genommen hatte, *die habe ich für ihn drucken lassen und an alle Residenzen verteilt. Mir lag sehr daran, seine Kunst zu fördern. Ist es wirklich sicher, dass er ermordet wurde? So nennen Sie mir bitte doch endlich Details zu seinem Tod.*
Brunner schüttelte den Kopf. *Sicher werden Sie verstehen, dass wir keine Details nennen, jedenfalls solange die Ermittlungen nicht abgeschlossen sind, aber dass Herr Meinrat keine freiwilligen Flugversuche gemacht hat, das kann ich Ihnen bereits verraten.*
Cordes stöhnte und drückte eine Hand an die Stirn: *Das ist ja wirklich furchtbar. Unglaublich und das hier vor unserer Haustür! Ja wissen Sie denn schon, wer das gemacht haben könnte?*
Um das herauszufinden sind wir hier, kam es von Wehrle. *Sie kennen sicher seine Familienverhältnisse, Freunde oder dergleichen, ist Ihnen irgendetwas in der jüngsten Zeit aufgefallen? Hatte er Schulden oder Streit mit Nachbarn oder mit sonst jemandem?*
Cordes schüttelte den Kopf. *Es wird besser sein, wenn Sie Frau Wassermann befragen, die kann Ihnen eher helfen als ich. Meine Kontakte zu unseren Bewohnern versuche ich auf ein Minimum zu beschränken. Ich möchte nicht den Eindruck erwecken, die Selbständigkeit in irgendeiner Weise zu beeinflussen. Soviel weiß ich aber, Herr Meinrat hatte keine Frau, Kinder oder sonst welche Angehörige. Er hat nämlich sein Testament in seiner Akte hinterlegt und darin verfügt, dass die „Gemeinschaft der Seniorenresidenz", das ist ein eingetragener Verein, der sich um das Gemeinwohl kümmert, seinen Nachlass erbt.*
Gewähren Sie uns bitte Einsicht in diese Akte und was hat es mit diesem Verein auf sich?, fragte Wehrle mit einer Miene, die ebenso gestelzt wirkte wie seine Frage.
Dieser Verein setzt sich ausschließlich aus Bewohnern dieser Residenz zusammen und wurde gegründet, um der geschäftlichen Verwaltung eine Selbstverwaltung der Seniorinnen und Senioren gegenüberzustellen, nicht als Opposition, sondern als positive Ergänzung. Aber darüber können Sie Herrn Oberst a. D. Günther Oberhofer, den Vereinsvorsitzenden, befragen.
Sind in den Wohnungen eigentlich Abhöranlagen eingebaut?, schoss Brunner dazwischen.

Unsere Apartments verfügen über eine Wechselsprechanlage, die in Krisenfällen sowohl von Mieterseite als auch von der Notfallstation aktiviert werden kann. Ansonsten ist sie außer Betrieb.
Wie wird sie aktiviert?, ließ Brunner nicht locker, aber Cordes hatte durchaus das Zeug zu einem Schauspieler. Mit einem Lächeln gab er zur Antwort: *Ich bin weder Techniker, noch habe ich jemals diese Anlage bedient. Vermutlich wird man irgendwelche Schalter umlegen müssen, denke ich. Auch hierzu ist Frau Wassermann eine kompetente Ansprechpartnerin.*
Wo finde ich diesen Oberst Oberhofer?, meldete sich wieder Wehrle.
Frau Wassermann kann Ihnen sagen, in welchem Apartment Herr Oberhofer wohnt.
Wo, sagten Sie, sind die Möbel von Herrn Steurer abgeblieben?, kam es von Brunner.
Ich glaube, dass hatten Sie mich noch nicht gefragt, sie sind hier in einem Schuppen eingelagert.
Das ist gut, nickte Brunner, *wir werden die Sachen kriminaltechnisch untersuchen.*
Bitte, zwar haben das schon Ihre Kollegen getan, aber sie stehen Ihnen natürlich jederzeit zur Verfügung. Wenn der Nachlass von Herrn Steurer abgewickelt ist, gehen sie ohnehin an einen Trödler.
Brunners Miene war anzusehen, was er von diesem alerten Geschäftsführer hielt. *Was gibt es mit dem Nachlass von Herrn Steurer denn abzuwickeln?*
Das müssen Sie das Nachlassgericht fragen, Herr Steurer hatte kein Testament hinterlassen, wie das die meisten unserer Bewohner vernünftigerweise tun, wozu wir sie auch anhalten, einfach der Klarheit wegen.
Haben Sie eine Vorstellung ... Brunner legte eine kleine Pause ein, *wo der Wohnungsschlüssel von Herrn Meinrat abgeblieben sein könnte?*
Nun, wenn er ihn nicht bei sich hatte, wird er ihn vermutlich an der Rezeption hinterlegt haben, wie das einige unserer Bewohner tun, wenn sie nur kurz die Residenz verlassen. Ich kann aber, er deutete zur Tür, *Frau Wassermann fragen, wenn Sie es möchten.*
Ein verdammt harter Brocken, dachte Brunner, dem langsam

die Fragen ausgingen. *Es gibt vermutlich noch Zweitschlüssel und dafür ist sicher auch die Frau Wassermann zuständig?*
Natürlich gibt es Zweitschlüssel und unser technischer Dienst besitzt Universalschlüssel, die auf alle Schlösser der Residenz passen.
Wehrle kam seinem Chef zu Hilfe: *Sie sind hier angestellt ... oder was?*, wechselte er das Thema.
Sachlich und ohne den Hauch eines Untertones erläuterte Cordes die handelsrechtliche Konstruktion der Seniorenresidenz. *Ich bin angestellter Geschäftsführer dieser Residenz, die als Seniorenresidenz Allgäu-Grünenbach GmbH im Handelsregister eingetragen ist. Gleichzeitig bin ich allerdings auch Gesellschafter und zu sieben Prozent an diesem Unternehmen beteiligt.*
Das entspricht den Grundsätzen des Unternehmens, Partizipation als eine der Kraftquellen dynamischen Wirtschaftens zu betrachten. Dazu gehört ...
Können auch, unterbrach ihn Brunner, *Bewohner an dem Unternehmen Anteile erwerben?*
Aber natürlich, auch Sie könnten sich an unserem Unternehmen beteiligen. Cordes machte den Eindruck, als würde er gleich Vordrucke auf den Tisch legen. *Das ist ebenfalls eine unserer Unternehmensstrategien, nämlich keine Betroffenen zu schaffen, sondern Beteiligte.*
Gut, danke erst mal. Zeigen Sie oder die Frau Wassermann, wo Steurer und Meinrat wohnten? Brunner stand abrupt auf, gefolgt von Wehrle. Beiden war anzusehen, dass sie sich nicht als die Gewinner dieses Verhörs fühlten.
Ich würde Sie ja gerne begleiten, aber Sie müssen mich entschuldigen und mit Frau Wassermann vorlieb nehmen, strahlte Cordes, *ich habe Ihretwegen einige wichtige Telefonate aufgeschoben.*

Cordes hatte nicht gelogen. Kaum hatten die lästigen Kripoleute das Büro verlassen, griff er zum Telefon. Die erste Nummer, die er wählte, verband ihn mit Amerika und dort mit dem so genannten *Clearing-Office* der LIFUS-International. Allerdings sprach er nur auf den Anrufbeantworter: *Call me back 0049 26 507 283,* und legte dann auf.

Als nächsten Gesprächspartner begrüßte er einen Herrn Kutter, mit dem er kurz und knapp, ohne die üblichen Floskeln, einen Besprechungstermin vereinbarte.

Nach der Wahl einer Nummer in Hamburg veränderte sich sein geschäftsmäßiger Tonfall schlagartig in das Gurren eines Täuberichs, der sein Weibchen von der Notwendigkeit regelmäßiger Begattung überzeugen will. Selbst ein neben Cordes stehender Zuhörer hätte nur Bruchstücke der geflüsterten Gutturallaute und des Erbarmen heischenden Stöhnens verstanden, die sich immerhin über eine halbe Stunde hinzogen und damit auch die Höhe von Cordes monatlicher Telefonrechnung erklärten.

Ein Lächeln lag noch auf seinem Gesicht, als er erneut eine Nummer in Hamburg wählte, nämlich die von Ernest Westland, dem Vice Chairman von LIFUS-Germany.

Als Cordes die Stimme von Westland hörte, gefror sein Lächeln zu einer Grimasse und in nüchternem Tonfall berichtete er von dem Todesfall und von den Ermittlungen der Kriminalpolizei. Cordes hätte auf dieses Telefonat gerne verzichtet, aber die internen Vorschriften schrieben präzise vor, dass in derartigen Fällen die Konzernspitze benachrichtigt werden musste und zwar direkt und unverzüglich, und Westland saß in der Konzernspitze, auch wenn Cordes der Meinung war, dass eigentlich er selbst an diese Position gehörte.

Zu Westlands Aufgabenbereich gehörte es hauptsächlich, sich um das makellose Image von LIFUS-Germany zu bemühen. Und Ernest Westland war dafür der richtige Mann, auch wenn er unter seinem persönlichen Image litt, nämlich das

Gemüt eines Betonblocks noch zu übertrumpfen. Die meisten Mitarbeiter seiner Abteilung hätten ihm diesen liebend gern um den Hals gelegt und ihn zu einer Schwimmrunde im Hamburger Hafen aufgefordert. „Was unterscheidet Westland vom Fallbeil einer Guillotine?“, hatte einer seiner Mitarbeiter kreiert und in Umlauf gebracht und natürlich auch die Antwort dazu, die er jedem gab, dem er diese Frage gestellt hatte: „Ein Fallbeil wird irgendwann einmal stumpf, Westland schärft sich selbsttätig.“

Natürlich kannte Westland diesen verdammten Spruch, hatte er ihn doch eine durchwachte Nacht und eine Flasche Bourbon gekostet. Er selbst sah sich nämlich als verantwortungsvollen und geradezu fürsorglichen Vorgesetzten, der seine Position im Unternehmen mit hohem Engagement, mit Moral und Disziplin ausfüllte.

Jedes auftretende Störfeld – und bei einem derart hektisch wachsenden Unternehmen wie LIFUS gab es praktisch keinen Tag ohne neue Katastrophen – empfand er als eine persönliche Kränkung. Als der Anruf von Cordes kam, hatte er gerade mit dem Residenzleiter aus dem südlichen Sachsen gesprochen und war danach in eine Art Schocklähmung verfallen.

In der Sachsenresidenz hatte die Staatsanwaltschaft gegen den Residenzleiter Ermittlungen wegen Versicherungsbetrugs eingeleitet.

Westland konnte die Schlagzeilen förmlich lesen, die, von zynischen und bösartigen Schmierfinken kreiert, die Klatschblätter füllten, um einzig und allein das Image seiner geliebten LIFUS-Welt in den Dreck zu stoßen.

Dieser verdammte Idiot, als ob diese Residenzleiter nicht genügend Kohle verdienten. Über ein Jahr lang hatte dieser Verrückte doch tatsächlich den Tod von Residenzbewohnern geheim gehalten und die Rentenzahlungen dieser Leute eingesteckt.

Da musste er sich etwas einfallen lassen. In der letzten Zeit stürzte sich die Presse wie wild auf alles, was mit Altenheimen zu tun hatte. Den Residenzleiter zu opfern genügte meist nicht und sich in Schweigen zu hüllen verursachte nur

noch mehr Interesse. Nein, er würde den Betrug als eine Art humoristisches Schurkenstück erklären, ein potemkinsches Dorf, nur inszeniert, um mit den Geldern anderen armen Alten zu helfen. Irgendetwas in dieser Richtung.
Darüber musste man bestenfalls schmunzeln. Außerdem war ja eigentlich niemand geschädigt worden. Robin Hood, oder vielleicht hatten die Deutschen in ihrer Historie einen ähnlichen Wohltäter. Hatte er nicht einmal von einem Heiligen gehört, der sein letztes Hemd mit einem Bettler geteilt hatte oder war es ein Stück Brot? Egal, er würde nachsehen lassen, ob es eine vermarktungsfähige Figur für einen solchen Betrug gab. Viel mehr beunruhigte ihn der Anruf von Cordes.
Mord! Westland schüttelte sich. Derartiges konnte schnell in die TV-Nachrichten rutschen. Höchst sensibles Thema, so ein Mord im Altersheim. Das vertrug keine Schlagzeilen, machte kein gutes Image für LIFUS. Cordes, dieses arrogante Arschloch. Westland sah auf die Uhr, nickte und genehmigte sich einen Bourbon. Er würde ohnehin Schluss machen.
Nach Bremerhaven fahren, dort in sein Segelboot steigen und den Rest des Nachmittags hinausfahren. Auf See hatte er immer die besten Ideen. Eigentlich freute er sich bei dem Gedanken, Cordes einen Dämpfer zu versetzen. Dieser Typ hatte es zu deutlich auf seinen Stuhl abgesehen. Auch Dyringer würde er die Info weitergeben, damit gar nicht erst die Frage auftauchen konnte, wer diesen Mist verbockt hatte.

Spuren

Zeit auf ein Gläschen, garniert mit einigen Informationen?, wollte die Stimme aus dem Hörer wissen. Und weil Kommissar Brunner ausnahmsweise geradezu fröhlich klang, wollte ihn Walcher nicht ausbremsen und stimmte zu, obwohl er eigentlich vorhatte, sich endlich an seine Umsatzsteuer zu machen.
Können wir uns in Scheidegg treffen? Ich hab' da zu tun.

Und als Walcher dem Treffpunkt zustimmte, den er sich schon seit langem hatte ansehen wollen, wiederholte Brunner noch einmal: *Also, Café Fünfländereck, auf dem Blasenberg, so gegen elf Uhr.*

Der Ausblick von der Gartenterrasse lohnte sich wirklich. Die Allgäuer Bergwelt, Vorarlberg, Schweiz, Liechtenstein, der Bodensee und bei Föhnwetter konnte man angeblich sogar die Vogesen sehen.

Bevor aber Walcher ins Träumen geriet, fegte Brunner auf die Terrasse. Braungebrannt und mit Kurzhaarschnitt, der ihm ausgesprochen gut stand, wie Walcher fand, wedelte der Kommissar mit einer Sichthülle durch die Luft und setzte sich neben Walcher: *So ein Ausblick, da kann ich nicht mit dem Rücken dagegen sitzen, Sie gestatten, an Ihre Seite zu rücken?*

Woher sind Sie so braun, Grillparty?, begrüßte Walcher den Kripomann.

Na, Sie müssen reden, sehen nicht gerade aus, als hätte man Sie eingesperrt, konterte Brunner. *Meine Gesichtsfarbe verdanke ich ehrlicher Arbeit, Außenaufnahmen, um genau zu sein. Ich war Hauptdarsteller in einem Werbefilm der Kripo und durfte zwei Tage klassische Spurensicherung in einer Villa am See demonstrieren. Also, nix Bahamas oder so. Haben Sie schon bestellt?*

Walcher deutete auf den Cappuccino und das Glas Wasser, das vor ihm stand.

Dasselbe, brüllte Brunner der Bedienung entgegen, und zu Walcher: *Traumhaft schön hier, wie heißt da drüben der Langgezogene mit der Spitze?*, deutete er in Richtung Berge.

Bin ich Andi Heckmair?, knurrte Walcher.

Wer ist denn das?

Walcher trank den letzten Schluck Cappuccino und überlegte, wie er Brunner zum eigentlichen Thema führen konnte, ohne ihn zu kränken. *Der Luis Trenker des Allgäus, aber jetzt spannen Sie mich nicht auf die Folter, Sie haben Informationen angekündigt, und dann interessiert mich auch noch, warum nach meinem Notruf die Polizisten aus Lindenberg kamen, die Kripo aus Kempten, der Sanka aus Oberstaufen und die Feuerwehr aus Weitnau.*

Brunner zog ein Zigarillo aus der Brusttasche, zündete es an, inhalierte genussvoll, nickte, sah Walchers fragenden Blick und fuchtelte mit dem qualmenden Tabakstängel vor dessen Nase herum. *Jajajaja, ich rauche wieder regelmäßig eine Packung dieser Dinger und zwar täglich. Nachhaltige Siedlungsentwicklung nennt das die Landesregierung in ihrem Landesentwicklungsprogramm. Nein, nicht die Zigarillos, sondern Ihre Frage,* schob Brunner ein, als er den verständnislosen Blick Walchers auffing.
Da wird festgelegt, welcher Weiler, welches Dorf, welche Marktgemeinde, Stadt oder Region sich wie zu entwickeln hat.
Wirtschaftlich ebenso wie kulturell oder sonst wie, selbst die Natur wird so entwickelt, wie es diese Sesselfurzer in den Behörden gerne hätten. Wer da nicht in einer kräftigen Seilschaft mit guten Verbindungen in die Landeshauptstadt sitzt, fällt durch den Rost, will heißen, die Gelder fließen in andere Regionen.
Und mit der Neuorganisation der Polizeistationen ist es ähnlich wie mit den Postdienststellen. Bald gibt es nur noch in den großen Städten welche und außerhalb besorgen sich die Leute Knarren, mit denen sie dann harmlose Einbrecher abknallen, Zivilverteidigung. Bei der Polizei wollen sie sparen. Was glauben Sie, was da noch alles auf uns zukommt, wenn Beamten festlegen müssen, welche Beamten eingespart werden sollen. Am Ende sitzen nur noch die dicksten Ärsche, und zwar in ihren Sesseln, während das ganze Fußvolk auf der Straße steht. Aber wir haben ja noch die Bundeswehr, die sorgt dann für Recht und Ordnung. Entschuldigung, aber das musste auch mal sein.
Dass Kollegen der Kripo Kempten vor Ort waren, geht auf meine Kappe. Eigentlich ist die Kripo Lindau dafür zuständig, aber da waren alle ausgeflogen, deshalb bat ich die Kollegen der Zentrale, also der Kriminalpolizeiinspektion Kempten, wie das richtig heißt, vorbeizuschauen – damit Sie Ihre Hochgebirgstour nicht allzu lange unterbrechen mussten.
Herzlichen Dank, nickte Walcher und fragte nicht mehr nach der Feuerwehr und dem Sanka.
Also, Brunner trank von seinem Cappuccino, *die Kollegen haben durchaus Interessantes entdeckt. Neben den Abdrücken Ihrer Hochgebirgsstiefel ...*

Warum reiten Sie eigentlich so penetrant auf Hochgebirgstour und Hochgebirgsstiefeln herum, unterbrach ihn Walcher. *Ich habe nie behauptet, der Wandersteig auf die Riedholzer Kugel sei eine Hochgebirgstour.*
Brunner stutzte, sah Walcher kurz an und schüttelte dann den Kopf. *Entschuldigen Sie, ich weiß es eigentlich auch nicht so recht, warum ich darauf herumreite. Vielleicht ist es nur der blanke Neid, dass Sie unter der Woche einfach mal so eine Wanderung einlegen können.*
Das war keine Wanderung, ich war auf der Suche nach Leichen, knurrte Walcher, lächelte aber dabei.
Die Abdrücke der Sohlen Ihrer Bergstiefel, fuhr Brunner nun in einem sachlichen Ton fort und grinste dabei Walcher herzlich an, *haben die Kollegen mehrmals entdeckt. Der Weg war beiderseits des Bachlaufes feucht. Sehen Sie,* er zog ein Blatt aus der Mappe, *hier sind die Abdrücke eingetragen und jeweils die Richtung dazu.*
Und die anderen Abdrücke?, fragte Walcher.
Die stammen von einem Sohlenpaar einer ziemlich teuren Marke. Wird nur in wenigen Schuhläden angeboten und im Internet kann man sie auch bestellen. Aber wer kauft sich schon Bergstiefel im Internet?

Und die Abdrücke von Meinrat?

Da stellen Sie eine interessante Frage. Ist dieser Meinrat ein Fakir oder so etwas Ähnliches?

Kommen Sie, machen Sie es nicht so spannend. Nein, kein Fakir sondern Maler, noch dazu ein begnadeter und sicher über hundert Kilo schwer mit einer Körperlänge von gut zwei Metern.

Brunner nickte: *Ja, das steht hier auch. Umso interessanter Ihre Frage, denn die Kollegen haben von den etwas abgetragenen und eindeutig zu identifizierenden Schuhen des Herrn Meinrat keinen Abdruck gefunden, jedenfalls nicht in der abgesperrten Zone rund um den Bachlauf. Weiter unterhalb auf dem Weg, ungefähr fünfzehn Meter, da gab es die letzten Abdrücke von ihm.*
Walcher stellte sich Meinrat vor. *Dann hat der Täter ganz schön was zu schleppen gehabt. Meinrat war ein Koloss. Aber das passt zusammen, denke ich. Um eine Leiche abstürzen zu lassen, war es eine gute Stelle am Bach neben der Spalte.*

Brunner nickte: *Haben auch die Kollegen hier so aufgeschrieben,* deutete er auf das Untersuchungsprotokoll. *Der Tote ist gleich oben auf einen Felsen geprallt und nicht in die Spalte, sondern ins Bachbett geflogen. Faserspuren von seiner Jacke hingen am Felsen. Und dann sagen die Mediziner, dass der Tote schon vor dem Sturz tot gewesen sein musste. Herzstillstand! Sein Herz sei ziemlich verbraucht gewesen. Ein Stromstoß, Schocker oder dergleichen, meinte der Pathologe, hätte ihn töten können. Ordentlich Alkohol hatte er auch getankt. In jedem Fall wäre er an den Folgen des Sturzes nicht gestorben. Brüche am rechten Bein, Oberschenkelhals, Prellungen, erstaunlich wenig für eine Landung nach gut zwanzig Metern.* Brunner machte eine Pause, schloss die Augen und lehnte sich zurück. *Was unsere Fachleute nicht so richtig deuten können, sind seltsame Eindrücke im Boden, etwa fünf Zentimeter im Durchmesser.*
Ein Wanderstab vielleicht?, deutete Walcher auf die Bohnenstangen im Nachbargrundstück.
Zu dick? Das wäre ja ein ordentlicher Prügel, schüttelte Brunner den Kopf.
Ich hab' schon ein-, zweimal so ganz eiserne Bergleute mit einem Wanderstab gesehen, waren schon recht dicke Prügel, die sie dabei hatten. Kann man sich bergauf und -ab gut aufstützen und auf dem Gipfel seinen Platz gegen Touristen verteidigen, lächelte Walcher. *Was war mit der Umhängetasche?*
Brunner stieß dicke Qualmwolken aus. *Die Kollegen haben Versuche gemacht. Meinrat konnte seine Tasche nicht verloren haben, während er stürzte, dazu hätte er einen Rundflug veranstalten müssen. Hinuntergeworfen konnte er sie aber auch nicht haben, denn laut Fußspuren befand er sich weder an der Absprung- noch an der Abwurfstelle der Tasche. Ergo ...*
Kein Selbstmord, ergänzte Walcher und Brunner nickte dazu. *Und jetzt erzählen Sie mir endlich, warum Sie in diese Sache verwickelt sind. Ich habe nämlich den Fall übernommen,* forderte ihn Brunner auf und lehnte sich demonstrativ zurück.
Das freut mich sehr, Herr Kommissar, viel weiß ich bisher auch noch nicht. Der Vater eines jungen Mannes bat mich um Hilfe ...
Walcher brachte Brunner auf seinen Wissensstand und

schloss mit dem Hinweis: *Ich faxe Ihnen die Tagebuchseiten des Herrn Steurer zu. Ansonsten weiß vermutlich Ihr Bregenzer Kollege mehr als ich. Würde mich freuen, wenn Sie mich auf dem Laufenden hielten.*
Bedeutet das etwa, Brunners Mienenspiel drückte Bedauern aus, *dass Sie die Aufklärung des Mordes der Polizei überlassen?*
Der Mord interessiert mich offen gestanden nicht besonders und Herrn Meinrat habe ich so gut nicht gekannt, dass ich in Trauer gehen müsste. Nein, schüttelte Walcher den Kopf, *mich interessiert mehr, was an den Vorwürfen des Herrn Steurer wahr ist und warum mich Meinrat heimlich treffen und auch die Argenthaler mit mir im Garten sprechen wollte und nicht in der Wohnung. Mich interessiert an erster Stelle: Was geht in dieser Seniorenresidenz vor?*
Gegensprechanlagen, stellte Brunner fest und schob die Papiere wieder in die Sichthülle zurück. *Alle Wohnungen sind mit Gegensprechanlagen ausgestattet, die in der Krankenstation geschaltet werden können. Deshalb wollte sich Meinrat vermutlich außerhalb treffen. Und was da sonst in dieser Residenz vorgeht, das werden wir herausfinden. Die Kopien von Steurers Tagebuch brauchen Sie mir übrigens nicht geben, die habe ich bereits vom Kollegen Holzer aus Bregenz erhalten.*
Rühre ich an einem Ermittlungsgeheimnis?, wollte Walcher wissen, *wenn ich nach Ihrem Verhör von Cordes frage?*
Durchaus nicht, wir stehen am Anfang, gab sich Brunner vertraulich, wie bei einem Gespräch unter Kollegen. *Aber es gibt nicht viel zu berichten, außer dass ich ihn für einen aalglatten und ziemlich unangenehmen Zeitgenossen halte. Da wir allerdings, so wie es aussieht, in diesem Fall zusammenarbeiten werden, noch ein Zeichen meiner Bereitschaft zu einer fruchtbaren, im Sinne von gegenseitig ergänzenden Zusammenarbeit,* Brunner dehnte „gegenseitig“ geradezu genüsslich. Bevor er weiter sprach, zündete er sich erst das erloschene Zigarillo an und paffte genüsslich in die ansonsten so gesunde Allgäuer Luft. *Unser Pathologe und sein Team sind fähige Leute. Und weil sie grad mal etwas mehr Zeit hatten, haben sie noch den einen und anderen Test gemacht. Hatten Sie den Eindruck, dass Meinrat Drogen nahm?*

Wenn Alkohol eine Droge ist, dann ja. Er hat übrigens selbst gesagt, dass er das Leben nur mit Stoff ertragen kann. Schade, wirklich schade ...

Was ist schade?, wollte Brunner wissen.

Er war ein richtig großer Künstler und wollte mir ein Bild malen, ein Panorama, so wie er es von der Riedholzer Kugel aus sah. Vermutlich wollte er sich auch deshalb mit mir dort oben treffen. Er war sicher unzählige Male dort oben. Schauen Sie sich doch in seiner Wohnung das Bild an, an dem er gerade malte, das wird Sie faszinieren. Aber Sie sprachen von Drogen, was hat Ihr Kollege Skalpell denn festgestellt?

Der Kommissar blätterte in seiner Sichthülle. *Amphetamin, Dopamin, Noradrenalin, Ephedrin, Benzodiazepine, ein hübscher Cocktail, der eigentlich im Kreislauf eines reifen Siebzigjährigen nichts zu suchen hat, oder? Unser Pathologe ist ziemlich sicher, dass dieses Gemisch keinen Sinn gibt. Hochputschen und gleichzeitig sedieren, wozu soll das gut sein?*

Dass Brunner keine Antwort erwartete, war Walcher klar, deshalb stellte er die Frage, die ihm schon seit Beginn der Unterhaltung auf der Zunge lag. *Haben Sie Cordes auch nach dem Schlüssel von Meinrat gefragt, nach Medikamententests, nach dem Steurer ...*

Essen wir hier was?, unterbrach ihn Brunner. *Wenn Sie das alles wissen wollen, brauchen wir noch ein Weilchen.* Ohne Walchers Antwort abzuwarten drehte er sich um und winkte der Bedienung.

Es dauerte, bis sich Brunner für das Tagesgericht entschieden hatte, das Walcher ebenfalls bestellte. *Pasta e lenticchie* in einem Allgäuer Aussichtsrestaurant zu bestellen, erschien beiden durchaus mutig, aber außer Fleischgerichten stand nur dieses eine vegetarische auf der Karte. Und die wieder einmal gehäuft aufgedeckten Gammelfleisch-Skandale dämpften ihre Lust am Fleisch. Außerdem war Walcher gespannt darauf, ob der Koch es fertigbrachte, die Pasta nicht zu aufgequollenen Teigmonstern zu verkochen, wie ihm das selbst schon passiert war.

Übrigens, kündigte der Kommissar mit erhobener Hand an,

wir haben einen Rechnungsbon bei Meinrats Unterlagen gefunden, vielleicht nichts Bedeutendes. Er war am Montag in Isny, in einem Schreibwarengeschäft ...
Und?, fragte Walcher, als ihm die Pause zu lange dauerte.
Meinrat hat einige Bleistifte, einen Skizzenblock und zwei Mappen gekauft, so Schnellhefter, nur aus etwas stabilerem Material.
Aha, und was schließen Sie daraus?
Dass eine der beiden Mappen fehlt, weil wir nur eine gefunden haben. Also könnte Meinrat eine Mappe gefüllt und jemandem gegeben haben oder es zumindest vorgehabt haben, das schließen wir daraus. Es klang ein wenig mürrisch, obwohl Brunner dabei lächelte.
Vielleicht wollte er mir eine Mappe übergeben. Vielleicht machte Meinrat Aufzeichnungen so wie Steurer in seinem Tagebuch, überlegte Walcher laut.
Durchaus möglich, nickte Brunner. *Es gibt da einiges, was wir bisher nur vermuten können. Auch die Sache mit dem Schlüssel. Meinrat hatte keinen dabei, sondern ihn angeblich in der Rezeption hinterlegt. Cordes meinte, das würden einige der Bewohner so machen, wenn sie sich außerhalb der Residenz bewegen. Aus Angst, den Schlüssel zu verlieren, wie es schon häufig vorkam. Unserem Kollegen aus der Kriminaltechnik ist allerdings eine Gürtellasche an der Kordhose Meinrats aufgefallen ...*
Wenn er nur nicht immer diese verdammten Pausen machen würde, stöhnte Walcher innerlich, beschloss aber diesmal den Kommissar nicht zu drängen, sondern überlegte, was an einer Gürtellasche auffallen könnte, vielleicht dass daran etwas befestigt war?
Eine der Gürtellaschen war offensichtlich mit Gewalt abgerissen. Auch war der Stoff der Lasche ziemlich blank gewetzt. Wir vermuten, dass an dieser Lasche, es war die über der Hosentasche, ein Karabiner hing oder ein Ring und daran eine Kette. Vielleicht hing der Schlüssel dran. Wir haben deshalb nochmals die Unfallstelle abgesucht, mit einem Detektor, aber ohne Erfolg. Manche Details ...
Brunner unterbrach, weil die Pasta e Lenticchie kamen, mit einem riesigen Berg von grünem Salat und einem Korb mit Weißbrot. Nach dem *guten Appetit* der Bedienung und der

gegenseitigen Wiederholung setzte Brunner schon nach dem ersten Happen seinen begonnenen Satz zu Ende ... *ergeben im ersten Moment keinen Sinn, oft runden sie erst am Ende einer Ermittlung den Vorgang ab ... oder auch nie. Wie schmecken Ihnen die Dinger? Hat die Nudeln gut hinbekommen. Wenn ich die mache, sind sie immer völlig verkocht,* grunzte Brunner mit vollem Mund.
Walcher grunzte zurück und nickte dabei.

Professor Fu Medongh

Professor Medongh entsprach so überhaupt nicht den Vorstellungen, die sich Walcher von dem Chinesen gemacht hatte. Fu Medongh sah aus wie ein Mitteleuropäer mit etwas müden Augenlidern.
Der Professor musste Walchers überraschten Gesichtsausdruck entschlüsselt haben, denn er meinte mit einem herzlichen Lächeln: *Der Vater meines Vaters war Norweger und in der Linie meiner Mutter gab es einen Engländer.* Dabei drückte er mit dem Zeigefinger seine schwere Brille zurecht, deren runde Gläser ihn jünger erscheinen ließen, als er mit seinen 58 Jahren war.
Medongh lächelte gerne und sein rundliches Gesicht strahlte Wärme und Herzlichkeit aus, aber auch Sachlichkeit und Neugierde standen in seinen Augen. Spätestens Medonghs Haare spiegelten eine Persönlichkeit wieder, die nur teilweise zur Anpassung bereit schien – die festen, noch tiefschwarzen Haarbüschel streckten sich widerborstig in alle Richtungen. Seine Bekleidung konnte als lässig durchgehen, er trug verwaschene Jeans, ein schwarzes T-Shirt und ein sommerlich dünnes Seidenjackett. Seine nackten Füßen steckten in durchgelatschten Sandalen.
Medongh und Walcher hatten sich umarmt und begrüßt, wie es alte Freunde tun, die sich seit langem nicht gesehen haben. Erst etwas zögernd, dann aber mit großem Selbstverständnis.

Sicher lag es auch an der ausgesprochen sympathischen Ausstrahlung des Professors, dem, für einen Chinesen ungewöhnlich, nur wenige Zentimeter zu Walchers Länge fehlten.
Auch Mathilde und Medongh begrüßten sich, als wären sie alte Bekannte. Nur zu Rolli zeigte der Professor eine gewisse Distanz und erklärte das auch gleich, als er Walchers fragenden Blick auffing.
Die meisten Hunde, die bei uns frei herumlaufen, sind höchst durchtriebene Kreaturen, denn sie haben es geschafft, den Kochtöpfen zu entkommen.
Bärendreck gefiel ihm da schon besser, oder vielleicht wollte der Professor auch nur den Eindruck ausmerzen, dass er ängstlich sei. *Ein schöner kleiner Tiger,* meinte Medongh und streichelte den Kater – noch bevor Walcher ihn hatte warnen können –, um allerdings im nächsten Moment erschrocken an seiner Hand zu riechen. Dafür deutete Walcher auf den Brunnen im Hof, auf dessen Rand auch ein Stück Seife lag, mit der sich Medongh gründlich die Hände säuberte. Bärendreck hatte sich nicht nur wieder einmal in frisch ausgebrachter Jauche gewälzt, an seinem Fell hingen auch noch einige feste Partikel.
Walcher erklärte zwar die ungewöhnliche Neigung des Katers, konnte dadurch aber die ursprünglich spontane Nähe zwischen Gast und Kater nicht wieder herstellen. Auch Bärendreck musste gefühlt haben, dass die anfängliche Zuneigung nicht zu halten schien, und war in seiner typisch gekränkten Haltung davon stolziert.
Es war Samstag, gegen 18 Uhr, und der Tisch im Wohnzimmer war bereits gedeckt. Irmi hatte sich abgemeldet, um bei einer Freundin zu übernachten und dies als Guttat verkauft, da nun der Professor in ihrem Zimmer nächtigen konnte.
Mathilde hatte eine Menüfolge zusammengestellt, von der sie überzeugt war, dass ein Chinese, der ja sogar Vogelnester verzehrte, begeistert sein und das Allgäu in bleibender Erinnerung behalten würde.
Als Zungenreizer hatte sie kleine Brothäppchen geröstet, mit

einer Mischung aus Weisslacker und Quark bestrichen und darüber etwas Heublumen gestreut. Dazu gab es dunkles Hefeweizen aus einem Champagnerglas. Professor Medongh genoss bereits dieses Vorspiel mit verzückter Miene und das, obwohl ihm der Name Weisslacker nichts sagte und außerdem Käse in der chinesischen Küche so gut wie keine Rolle spielt. Walcher stellte allerdings bei dieser Gelegenheit fest, dass Mathilde das Zeug zu einer Kultköchin hatte, und wollte wissen, wie sie diese phantastische Creme fertiggebracht hatte und woher das Rezept stammte.
Etwas Butter und Weisslacker mit Kräutern erwärmen, schaumig schlagen und dann mit kaltem Quark zur Creme verrühren, das wär's schon, erklärte sie und das Rezept kannte sie von ihrer Mutter. Die hätte allerdings kein geröstetes Brot genommen, sondern Kekse gebacken und mit der Käsecreme bestrichen. Aber die Kekse zu machen, wäre ihr zu aufwändig gewesen. Dann entschuldigte sie sich in die Küche, denn der Hauptgang verlangte ihre Aufmerksamkeit.
Bis dieser kam, wurde Walcher von Medongh in die Kunst der Nudelzubereitung eingeweiht. Der Professor bezeichnete sich als überzeugten Nudelesser und zwar in allen Varianten und in allen Lebenslagen. An den Wochenenden bereitete er die Nudeln für die folgende Woche vor und trocknete sie. Dabei wäre alles reine Handarbeit, keine Nudelmaschine oder so, das verlange die Achtung vor diesem wunderbaren Nahrungsmittel. Überhaupt wären in chinesischen Haushalten Hilfsmaschinen, wie Rühr- oder Mixwerke und dergleichen mehr, eher die Ausnahme. Er lehne all dieses Zeug als einen Fluch ab und beschränke sich nach wie vor auf das Messer.
Wenn die Zubereitung einer Speise von der Zeit und seelenlosen Elektrogeräten gejagt wird, wie soll dann das Ergebnis schmecken und vor allem, wie kann es dann noch gesund sein?
Mathilde hatte noch die letzten Sätze des Professors mitbekommen und meinte, dass leider längst auch im Allgäu die Technik Einzug in die Küche gehalten habe, sie aber standhaft dagegen wäre. *Sahne schlag' ich mit einem Schneebesen genauso schnell wie mit einer Maschine und meine Nudeln schneid' ich mit*

dem Messer und den Teig knet' ich mit den Händen. Ich bin halt auch unverbesserlich altmodisch.
Professor Medongh klatschte in die Hände und strahlte Mathilde an. Wobei nicht ganz deutlich wurde, ob er es der Seelenverwandtschaft oder des Tellers wegen gemacht hatte, den Mathilde ihm hinstellte: Ein Stück Allgäuer Weiderind in einer Weisslacker-Kräuterkruste, garniert mit zarten Möhren, Petersilienwurzeln und den ersten Kartöffelchen aus dem Garten.
Walcher konnte nur noch den Kopf schütteln und meinte nach dem ersten Bissen: *Du willst mich künftig einfach von der Küche fernhalten. Das ist phänomenal!*
Auch der Professor gab sich voller Verzückung Mathildes Kreation hin und bat sie um das Rezept und um ein Stück dieser köstlichen Käsesorte.
Mathilde nickte zwar, meinte aber, dass er damit vermutlich nicht durch den Zoll käme, denn dieser Käse zeichnete sich auch durch einen sehr intensiven Geruch aus. *Da werden S' als Drogenschmuggler festg'nommen,* vermutete sie.

Medongh, der schon vor einer Woche in Leipzig eingetroffen war, hatte nur den Samstag und den Sonntag bis zum Abend einplanen können, dann ging sein Flieger zurück nach Berlin und von dort nach Leipzig. Am Montag hielt er einen Vortrag in der Universität und am selben Abend war er schon wieder auf dem Rückflug nach Nanjing.
Das seien die Folgen des Virenprogramms, erklärte er. Seit er die geniale Programmstruktur entschlüsselt hatte, hetzte Medongh von einem Vortrag zum anderen.
Walcher hatte über dieses Virenprogramm Medongh kennen gelernt und den Mathematiker ins Allgäu eingeladen, als Dank auch für dessen Unterstützung, ohne die er seine Recherchen zum Fall der Viren-Mafia wohl niemals hätte abschließen können.
Nach dem Abendessen saßen sie auf der Terrasse, tranken Tee und Wein und Walcher freute sich über Medonghs Begeisterung, mit der dieser die herrliche Aussicht nicht nur höflich

würdigte, sondern offensichtlich genoss. Auf die Frage, was er denn gerne ansehen würde, antwortete Medongh: *Am liebsten würde ich nur durch diese wunderbare Landschaft wandern und mich dabei mit Ihnen austauschen. Morgen am Abend geht ja bereits wieder mein Flugzeug und bis dahin bin ich voller Neugier mit Ihnen zu sprechen.*

Wunderbar, meinte Walcher, *ich hatte mir schon überlegt, ob ich Ihnen eine Schlösser-, Berg- oder Seetour antun sollte.*

So kam es, dass die beiden bis spät in die Nacht auf der Terrasse saßen, sich über Menschen, Gesellschaften und über die Unterschiede ihrer beiden Länder unterhielten oder diskutierten. Auch über Senioren und das Altern sprachen sie und Walcher wollte wissen, wie im Heimatland des Professors die Versorgung alter Menschen aussähe.

Wie in Europa, kam prompt die Antwort, *nur mit dem Unterschied, dass die Lücke zwischen den Reichen und dem Millionenheer der bitterarmen Menschen so gewaltig ist, dass man sich keine Vorstellung über die Leiden alter Menschen macht. Wer nicht in einem Familienverbund, also bei seinen Kindern leben kann und nicht eine sonst wie gesicherte Altersexistenz hat, der arbeitet eben so lange, bis er nicht mehr kann, und dann geht es meist sehr schnell. Täglich sterben Tausende von alten Menschen an Krankheiten oder Mangelerscheinungen, vor allem in den Millionenstädten, und davon gibt es einige in China. Auf dem Land funktionieren die Familien noch einigermaßen.*

Auf China kommen enorme Probleme zu. Wir haben eine beängstigende Überalterung unserer Gesellschaft vor uns, Ergebnis von höherer Lebenserwartung und der Geburtenkontrolle vergangener Jahrzehnte. Erst in den fünfziger Jahren, so rechneten die Planer, wären der Tiefpunkt durchschritten und kinderreiche Jahrgänge nachgerückt.

Walcher erzählte von seinen Recherchen über Seniorenheime und wollte von Medongh wissen, ob er von Medikamententests in China gehört habe.

Ich bin zwar darüber nicht informiert, schränkte Medongh ein, *aber es muss mit hoher Wahrscheinlichkeit davon ausgegangen werden, dass in meinem Heimatland Medikamententests durchgeführt werden, die nach westlichem Verständnis als ungesetzlich zu bezeichnen sind. Bei uns gibt es ein unerschöpfliches Heer von armen Schluckern, die für ein paar Yen so ziemlich alles machen. Ob ausländische Pharmakonzerne klinische Testreihen in China durchführen, davon habe ich noch nichts gehört, aber ich werde mich gerne umhören. Vielleicht wird ja wieder eine Zusammenarbeit daraus,* strahlte der Professor.

Pandoras Kiste

Die Kiste der Pandora, stöhnte Max und wuchtete die Blechkiste auf Ibrahims aufgeschlagene Zeitung.
Die Kennzeichnung verriet, dass es sich um eine amerikanische Munitionskiste handelte.
Willst du in den Krieg ziehen?
So etwas Ähnliches und das hier ist unsere Munition, klopfte Max auf das Blech.
Die Kiste der Pandora, meinte Ibrahim versonnen, *wer sie öffnet, wird mit Übel bestraft.*
Klugscheißer, du bist nicht auf dem neuesten Stand der Pandora-Forschung. Die Büchse, Kiste, Fass, Krug oder was immer es auch war, enthielt eben nicht nur Böses, sondern auch Gutes. Schlecht ist nur, was der Mensch aus den Gaben der Götter gemacht hat, das ist wohl eher der springende Punkt.
Manchmal überraschst du mich, lächelte Ibrahim, *aber glaubst du, dass aus dieser Kiste Gutes kommt?*
Gutes für uns, ja, nickte Max, *schau einfach mal rein.*
Ibrahim nickte, öffnete die schweren Spannverschlüsse, hob den Deckel ab und lehnte ihn an das Tischbein.
Bevor er in die Kiste griff, sah er erst einen Moment hinein und dann zu Max. *Ich nehme an, das sind nicht die gesammelten Liebesbriefe deiner unzähligen Verhältnisse?*
Max schüttelte nur den Kopf und deutete auffordernd zur Kiste.
Ibrahim nahm einen mit gelben und blauen Gummiringen

gebündelten Umschlagstapel heraus. Rosa gefärbte Büttenumschläge in langem Format. Er roch daran, denn die Farbe erforderte einfach einen süßlichen Duft. Aber der Stapel roch nur etwas muffig, nach luftarmer Lagerung.
Umständlich zog er einen Umschlag aus der Mitte des Stapels, er war verschlossen. Mit einem Tintenfüller in feiner, leicht nach links kippender, altmodischer Schreibschrift, mehr gezeichnet als geschrieben, stand die Adresse, Herta Mohn in Düsseldorf, Rosenweg 12, darauf.
Nicht nur die Schrift, auch die Tatsache, dass der Schreiber wie früher die Stadt vor der Straße schrieb, ließ auf einen älteren Menschen schließen. Es war eine Schreiberin, wie der Absender auf der Rückseite verriet, Roswita Bögeler, und sie wohnte in der Seniorenresidenz Lifus Grünenbach/Oberried.
Ibrahim schlitzte den Umschlag mit dem Flaschenöffner auf, der noch vom gestrigen Gelage auf dem Tisch lag.
Es dauerte, bis er die beiden Seiten gelesen hatte, denn die Schrift war verspielt und schon etwas krakelig. Max hatte sich an den Tisch gesetzt und sah seinen Bruder gespannt an.
Der schob ihm die Seiten über den Tisch, grinste etwas und fragte: *Sind die alle so ... so interessant?*
Max überflog den Brief, verfluchte die Schreiberin als blöde Henne und zog einen anderen Umschlag aus dem Stapel. Hektisch riss er ihn auf und faltete die drei Blätter auf. Seine Miene entspannte sich und schon nach der ersten Seite reichte er die Blätter Ibrahim. Ibrahim seufzte und begann zu lesen, bei ihm dauerte es länger als bei seinem Bruder, bis er durch die erste Seite war. Er nickte und sagte nur: *In Ordnung, da lässt sich was machen.*
Und das hier, schob ihm Max ein schwarzledernes Notizbuch über den Tisch, *da bleibt einem doch die Spucke weg.*
Ibrahim blätterte darin, las einige Stellen der eng beschriebenen Seiten, nickte bei einigen Seiten und meinte: *Ein Fluch, diese Tagebücher. Liest sich wie eine Anklageschrift. Doch, damit kann man was anfangen.*
Also sind wir uns einig, fasste Max zusammen? *Dazu kommen noch unsere eigenen Fälle, die ich übrigens seit Jahren genau*

aufgezeichnet habe, mit Daten, Namen und so weiter.
Du auch, grinste Ibrahim, *ich führe auch ziemlich genau Tagebuch, aber wie gehen wir vor, ohne dass wir uns gleich selbst eine Granate in den Hintern stecken?*
Wir schieben einen Strohmann vor. Einen, den wir gut kennen, habe mir das alles schon genauestens überlegt. Max stand auf und holte zwei Gläser und die noch halbvolle Flasche vom Vorabend.
Gut, also einen Strohmann, einen, den wir kennen. Und dann? Ibrahim nahm das gefüllte Glas und schluckte den Schnaps, als wäre es der Vitaminsaft zum Frühstück.
Wir legen Spuren.
Welche Spuren?
Spuren, die zu dem Strohmann führen.
Und dann?
Wird der Strohmann gekillt, natürlich nachdem die Kohle geflossen ist.
Aha. Und wer ist der Strohmann?
Cordes.
Ibrahim sah seinen Bruder groß an, verdrehte die Augen, schenkte sein Glas randvoll und trank es aus. *Ausgerechnet Cordes. Wie willst du das denn hinbiegen?*
Er hat einen Freund.
Nein.
Doch, hat er und zwar einen sehr engen Freund! Max warf mit einer lasziven Geste einen Kuss über den Tisch, den Ibrahim auffing und an seine Brust drückte.
Hätte ich nie für möglich gehalten. Cordes, schwul.
Deshalb muss er auch so oft nach Hamburg, in die Elbchaussee. Und dieser Freund wird der Erpresser. Natürlich muss sich die Firmenpolizei dazu einige Gedanken machen, aber ich halte die Leute für clever genug, dass sie unseren Spuren folgen können. Zumal Cordes die meisten Flüge nach Hamburg über sein Büro abgewickelt hat und nicht immer einen Termin in der Zentrale hatte.
Woher hast du das alles?
Es gibt einige Leute in der Zentrale, die Cordes ziemlich dicke haben. Er hat zu deutlich signalisiert, in die Spitze aufrücken zu wollen. Und die würden sich sehr freuen, wenn er eins auf die Finger kriegt.

Ja dann, Ibrahim nickte und schien zufrieden. *Wann startet der Fischzug?*
Morgen bin ich bei Cordes, er will irgendetwas wegen Versiche-rungen klären. Es gab da schon wieder einen Todesfall.
Na so was!
Max nickte: *Und zwar direkt vor der Haustür, erst gestern und ziemlich dilettantisch.*
Kein Wunder, die wollten sich wohl mein Honorar sparen, Ibrahim hielt den Kopf schief und zog die Schultern hoch.
Du kannst schon mal anfangen.
Und was?
Schau der Schwuchtel auf die Finger und überleg, wie sie den Transfer organisieren würde und wo sie eine Munitionskiste so verstecken kann, damit sie gefunden wird ... aber komm dem Süßen nicht zu nahe, grinste Max.

Vorratskeller

Schon die zweite Kiste schleppte Mathilde aus dem Keller. Walcher sah nur kurz hinein, es brach ihm das Herz.
Erbsen, Linsen, Mehl, Kräuter, Gewürze, die meisten der Vorräte aus seinem Heiligtum, Mathilde räumte erbarmungslos auf. *Vorratshaltung hat nichts mit Sammeln zu tun,* hatte Mathilde erklärt. *Das meiste, was du da unten g'sammelt hast, ist schon Jahre alt und gehört auf den Kompost, bestenfalls eignet es sich noch als Hühnerfutter,* deutete sie auf den Stall, an dem Walcher arbeitete.
Als Walcher zum ersten Mal Mathilde seinen Vorratskeller vorgeführt hatte, stolz wie ein Sammler seine gehorteten Kunstwerke zeigt, war sie begeistert gewesen. Vor allem, dass sich ein männliches Wesen um Nahrungsmittel kümmerte, war für sie neu. Auch dass Walcher gerne kochte, war für sie erst einmal höchst verdächtig, denn außer für einen richtigen Koch war das Weiberkram. Deshalb hielt sie sich in den ersten Wochen etwas zurück, was Walchers Vorratskeller betraf.

Aber nach einer Gewöhnungszeit, in der man sich kennen gelernt hatte, schlug sie zu. Und so sehr Walcher die noch herrlich duftenden und knackig frischen Vorräte lobte, Mathilde blieb hart. *Damit kannst du uns vergiften oder einen Antiquitätenhandel aufmachen,* schimpfte sie. *Vier Jahre altes Tomatenmark, Pesto, drei Jahre, alle deine Nüsse sind so ranzig wie dein sündhaft teures Olivenöl. Auch im Pesto sind Kerne, riech doch mal dran,* hielt sie ihm ein geöffnetes Glas unter die Nase.
Walcher schnupperte daran und musste widerwillig zugeben, dass der Duft eine gewisse Frische vermissen ließ.
Aber die ganzen Hülsenfrüchte, setzte er an, *die werden doch nicht schlecht, die waren im Vakuum.*
Vakuum, brummelte Mathilde, *Vakuum, wenn ich das nur schon höre, da sind überall Linolsäuren, Ölsäuren und Fettsäuren drin und die zersetzen sich mit oder ohne Sauerstoff. Allein in deinem Olivenöl ist Stearinsäure, Palmitoleinsäure, Ölsäure und auch noch ordentlich Linolsäure drin und das Zeugs gammelt halt nach einem Jahr.*
Woher weißt du das, bist du Chemikerin?, fragte Walcher erstaunt.
Keine Chemikerin, lachte Mathilde, *aber ich hab' eine Zeit lang Kurse bei den Landfrauen gegeben und da hab' ich des ganze Zeugs lernen müssen.*
Mit einem tiefen Seufzer gab sich Walcher geschlagen: *Aber wenigstens als Hühnerfutter tut's doch einiges noch,* meinte er hoffnungsfroh.
Ich tu' ja schon auf die Seite, was noch dafür taugt, nickte Mathilde und trug das Zeug in den ehemaligen Stall.
Dort hatte sie eine alte Holztruhe zum Vorratslager für das Hühnerfutter erklärt.
Walcher sah ihr nach, vermutlich hatte sie Recht.
Er liebte einfach das verdammt gute Gefühl der Versorgtheit, das ihm ein gefüllter Vorratskeller gab. Vermutlich eine Art Traumatransfer der Kriegsgeneration auf ihre Kinder.
Natürlich war auch ihm aufgefallen, dass die eine oder andere Flasche feinstes Olivenöl begonnen hatte ranzig zu schmecken.
Um sein schlechtes Gewissen zu beruhigen, standen bereits

einige Flaschen in der Werkstatt. Die wollte er zum Nachbarn bringen, der seinen Traktor auf Pflanzenöl umgestellt hatte. Walcher nahm sich vor, sich künftig mit Spontankäufen einfach etwas zurückzuhalten, und wandte sich wieder dem Hühnerstall zu.
Entrümpelt und gesäubert machte die Hütte einen guten Eindruck. Das Holz war noch in Ordnung und das Dach dicht. Die Fenster hatte er ausgebessert und auch einige Latten in der Tür ersetzt. Die Legenester bekamen frisches Heu, nachdem Walcher den Stall gründlich mit Desinfektionsmittel ausgesprüht hatte. Markus, der Sohn vom Nachbarn, war mit dem Traktor gekommen, um sein neuestes Zusatzgerät vorzuführen. Damit hatte er neben den abgesteckten Linien exakte Gräben ausgehoben, in denen Walcher den Maschenzaun einen Meter tief versenken wollte. Kein Fuchs sollte sich zu dem Federvieh durchgraben können.
Das großzügige Gehege war in zwei Kammern unterteilt. Eine der Kammern sollte das sogenannte überdachte Scharrgehege werden, in dem die Tiere in Grünabfällen scharren konnten, die zweite sollte Grasfläche bleiben. Ohnehin durfte sich das Federvieh frei ums Haus herum bewegen. Nur nachts und im Winter oder wenn niemand auf dem Hof war, sollten die Hühner im Gehege bleiben.
Das Gehege wollte Walcher mit einem Netz nach oben sichern, denn bis der Hahn kräftig genug war, um einen räuberischen Habicht zu vertreiben, würde sicher ein halbes Jahr vergehen.
Für den nächsten Tag hatten sich Irmis beide Großväter, Opa Brettschneider und Opa Armbruster angekündigt, damit gemeinsam die Pfosten für das Gehege gesetzt werden konnten. Einen Tag darauf sollte der Maschendraht gespannt werden, mit anschließendem Richtfest.
Schon am Telefon waren die Großväter geradezu begeistert, dass Walcher sie um Hilfe bat. Armbruster, der alte Fuchs, schlug bei dieser Gelegenheit vor, man könne ja, quasi im Gegenzug, wieder mal eine Partie Schach spielen.
Es roch nach der ausgehobenen Erde, nach dem beginnenden

Sommer, nach Arbeitsschweiß und nach frisch geschnittenem Gras. Mathilde mähte nämlich die Grasflächen um das Haus. Diesen intensiven Geruch liebte Walcher besonders.
Auf dem Hof herrschte eine zufriedene und fröhliche Stimmung und Walcher nahm sich vor, öfter solche Gemeinschaftsaktionen anzustoßen, zum Beispiel einen Geräteschuppen im Garten zu bauen oder die nächsten Renovierungsstufen im Stallteil zu beginnen.
Sinnstiftende körperliche Anstrengungen schafften nicht nur körperliches Wohlgefühl, auch der Kopf konnte mal Pause machen, fand Walcher. Da waren dann auch die beiden negativen Nachrichten einfacher zu verkraften. Susanna hatte angerufen und sich für das geplante gemeinsame Wochenende abgemeldet. Sie lag seit der Rückkehr von der Konzertreise mit einem Virus im Bett. Walchers Vorschläge, sie zu holen oder als Pfleger anzureisen, lehnte sie mit den Worten ab: *Eine Frau will mit ihrem Brechdurchfall alleine sein. Ich melde mich, wenn es mir schlechter gehen sollte oder wenn ich wieder gesund bin.*
Susanna klang so bestimmt, dass Walcher keinen Versuch machte, sie zu überreden. Lag es an der Entfernung, an der begonnenen Recherche, die ihn zu vereinnahmen begann, oder kühlten seine Gefühle für Susanna ab, fragte er sich. Zwar hatte er sich auf das kommende Wochenende gefreut, aber eher in einer ruhigen, unaufgeregten Art, jedenfalls nicht in derselben Intensität wie zu Beginn ihrer Beziehung.
Befand er sich in der zweiten Runde, die Stabilität und Ruhe brachte oder war das Hormonfeuerwerk am Erlöschen?
Abends in der Badewanne würde er darüber nachdenken, nahm er sich vor, denn die Rückenmuskeln spannten von der ungewohnten Arbeit.
Auch wollte er sich über die nächsten Schritte seiner Recherchen Gedanken machen. Johannes' Antwort auf seine SMS war, wie er befürchtet hatte, negativ.
Magdalena und die Ziegen, da geht nix sonst. Sei nicht böse, Alter. Komm uns lieber besuchen, hier ist die Welt in Ordnung. Herzlich, Johannes, melde mich, wenn ich davon mal Pause brauchen sollte.

Auch Brodmann hatte eine E-Mail geschrieben, ganz der überkorrekte Staatsdiener beantwortete er allerdings nur die harmlosen Fragen, die Walcher auch selbst hätte recherchieren können. Fragen nach Interna und ob LIFUS beobachtet wurde, überging der Diplomat einfach.
Natürlich, dachte Walcher ziemlich säuerlich, der Sohnemann war ja erst mal aus dem Schneider.

Irritationen

Es hatte wie ein gefüllter Blumentopf geklungen, der auf dem Fliesenboden zerschellt war.
Vermutlich kein sonderlich lautes Geräusch, aber ausreichend, um Gertrud Argenthalers Mittagsschlaf zu beenden.
Vielleicht hatte sie es ja auch nur geträumt oder sich eingebildet. In den vergangenen Wochen war ihr häufiger aufgefallen, dass die Grenzen von Realität und Einbildung scheinbar fließend zu werden begannen. Zwar fühlte sich Frau Argenthaler absolut gesund und im Vollbesitz ihrer geistigen Kräfte, aber dennoch, irgendwie häuften sich unerklärbare Aussetzer. Erst vorhin, als sie nach dem Mittagessen den Roman aufgeschlagen hatte und an der am Vorabend umgeknickten Seitenecke 170 weiterlesen wollte, stellte sie fest, dass sie sich nicht erinnern konnte, wo sie sich in der Handlung befand. Erst als sie zehn Seiten bis zur vorletzten Falzmarke in der Ecke zurückgeblättert hatte, war ihr die Handlung wieder bekannt vorgekommen.
Gertrud Argenthaler legte das Buch, das sie immer noch in Händen hielt, auf den kleinen Beistelltisch neben dem Liegestuhl, stand auf und machte die drei Schritte zu der Sichtblende zum linken Balkon. Dort blieb sie stehen und lauschte mit angehaltenem Atem.
Mit ihrer Nachbarin verband Gertrud Argenthaler keine besondere Nähe, aber auch keine Distanz, sondern eher das Gefühl einer Leidensgemeinschaft. Die beiden stammten aus

zu unterschiedlichen Bildungsschichten, als dass sie eine Vertiefung des nachbarschaftlichen Verhältnisses angestrebt hätten. Es war gut so, wie es war. Sie grüßten sich, erkundigten sich gegenseitig nach ihrem Befinden, mehr nicht.
Isolde Kralowskis geistiger Kosmos bewegte sich in überschaubaren Grenzen, die allerdings durch den Goldrahmen veredelt wurden, den ihr Mann während seines Lebens angehäuft hatte. Aber daran dachte Gertrud Argenthaler nicht, als sie glaubte, rasselnde Atemzüge zu hören, die eindeutig vom Nachbarbalkon herüberklangen.
Frau Kralowski, geht es Ihnen nicht gut? Frau Kralowski, hören Sie mich? Gertrud Argenthaler schüttelte den Kopf, so machte das keinen Sinn, dachte sie, eilte in ihr Wohnzimmer und dort zum Haustelefon, wo sie die Nummer drei drückte, die für die Krankenstation stand.
Nach Schilderung der Situation verließ sie ihr Apartment, klingelte und pochte an die Tür der Nachbarwohnung.
Dort stand sie, als wenige Minuten später die Schwester der Krankenstation und ein Pfleger zur Stelle waren und mit dem Universalschlüssel die Wohnungstür von Frau Kralowski öffneten.
Zu aller Überraschung war die Wohnung allerdings leer und auf den Fliesen des Balkons lag auch kein zerborstener Blumentopf. Also konnten die Geräusche nur noch aus den beiden Wohnungen einen Stock tiefer gekommen sein, denn Gertrud Argenthalers Wohnung befand sich im ersten Stock und zwar als erste Einheit an der Giebelseite.
Ohne zu zögern rannten Schwester und Pfleger einen Stock tiefer, läuteten an den beiden Wohnungstüren und verschafften sich dann mit ihrem Schlüssel Zugang, nachdem ihnen beide Türen nicht geöffnet worden waren.
Die Blicke der Schwester und des Pflegers trafen Frau Argenthalers Selbstbewusstsein im Kern, als sich beide Wohnungen als leer und die Balkone als sauber und ohne Tonscherben präsentierten.
Besser so, als wenn was passiert wäre, meinte Schwester Judith und auch der Pfleger Andrej nickte Zustimmung. *Möglich habe*

Traum schlecht, bot Andrej mit breitem Lächeln eine denkbare Möglichkeit an.
Gertrud Argenthaler entschuldigte sich bei den beiden und verabschiedete sich. Andrej begleitete sie noch die Treppe hinauf zu ihrer Wohnung und öffnete ihr die Tür, die durch den Luftzug ins Schloss gefallen war.
Wieder allein, kühlte sich Gertrud Argenthaler das Gesicht mit kaltem Wasser und sah sich prüfend im Spiegel an.
Den kritischen Blick im Spiegel länger als ein, zwei Sekunden zu ertragen, war ihr nicht möglich. Mit einem Stoßseufzer blies sie die Luft aus den Lungen und wandte sich ab.
Auf dem Weg zum Balkon blieb sie im Wohnzimmer vor der Anrichte stehen und nahm das Bild ihres Mannes in die Hand.
Was ist bloß los mit mir, flüsterte sie leise und fand etwas Trost in Edwins Blick, der ihr zu sagen schien: Lass dich doch nicht verrückt machen!
Du hast leicht reden, meinte sie, stellte das Bild wieder auf seinen Platz zurück und ging in die Küche. Einen kleinen Schluck von dem köstlichen und ach so gesunden Brombeerlikör hatte sie sich redlich verdient.
Mit dem Glas in der Hand trat sie dann etwas zögerlich auf den Balkon und setzte sich wieder in den Liegestuhl, den sie hätte besser nicht verlassen sollen, wie sie sich dachte. Sollte künftig doch röcheln, wer wollte, nahm sie sich vor und trank den Likör.

Störfall

Du bist keine zwanzig!
Vattenbourgh hob leicht die linke Hand, hielt die Augen weiterhin geschlossen und blieb, blass wie ein Toter, im Sessel liegen, dessen Lehne er in Relaxposition gestellt hatte. *Bitte verschone mich. Ich weiß, wie alt ich bin, und ich weiß auch, dass ich über meine Verhältnisse lebe, aber du hast ja nicht die leiseste Ahnung.*

Keine Ahnung von was? Dyringer zischte seine Frage mit kaum unterdrückter Aggression wie eine Anklage in den Raum. Er stand am Fenster und sah hinunter auf den alten Hafen Baltimores, von dem aus man direkt in den Atlantischen Ozean schippern konnte.
Was Liebe in meinem Alter bedeuten kann, lächelte Vattenbourgh.
Liebe? Du ziehst mit einer Hure durch die Kneipen, stopfst dich vermutlich mit Viagra voll, damit du ihn noch hochkriegst, und vögelst sie im Stundentakt, um ihr und dir zu beweisen, dass du mal eben um die zwanzig bist? Was hat das mit Liebe zu tun? Ich nenne es die Panik eines Endsechzigers. Verdammt noch mal, Vinc, du hast eine bezaubernde Frau und zwei Söhne, die hier in unserem Laden arbeiten. Du bist eine lebende Legende, die auch Präsident dieses Landes hätte werden können. Was zum Teufel treibst du?
Vattenbourgh winkte nur lässig ab. In seinem Umkreis durfte nur Roland Dyringer so mit ihm sprechen, aber in diesem Fall wollte er von niemandem etwas hören, nicht einmal von seinem Freund. *Roland, tu mir den Gefallen und halt einfach die Klappe. Ich genieße und fühle mich prächtig dabei.*
Genau so siehst du aus, wie eine gegrillte Essiggurke, Dyringer drehte sich zu Vattenbourgh, den Oberkörper vorgebeugt. *Letztlich kann's mir ja egal sein, ist es aber nicht. Ich mache mir nicht nur Gedanken, ich leide mit, verdammt noch mal. Verstehst du das?*
Komm, lass gut sein, ja. Und dass ich nicht besonders aussehe, liegt an den verdammten Sushis, die haben schon so komisch gerochen, stöhnte Vinc.
Sushi, seit wann isst du rohen Fisch? Ach was, spar dir die Antwort. Dyringer beruhigte sich, als hätte er einen Schalter umgelegt und setzte sich an den Besprechungstisch, das einzige Möbel, außer vier bequemen Sesseln.
Der kleine Raum im obersten Stockwerk des World Trade Centers in Baltimore wurde von der GMC Führungsriege der *Olymp* genannt. Die älteren Mitarbeiter nannten den Raum allerdings *die Brücke,* denn von hier aus wurde das Schiff GMC gesteuert. Der Konferenzraum – absolut abhörsicher –,

wurde ausschließlich von den vier Präsidenten genutzt, die jedoch nur noch einmal im Monat zusammentrafen.
Zu vielschichtig hatte sich ihr Konzern entwickelt und das erforderte verstärkt die Anwesenheit der Partner in den unterschiedlichsten Tochterfirmen. Auch dass Vattenbourgh und Dyringer zwischen den Monatsmeetings gleichzeitig anwesend waren, galt eher als Ausnahme.
Die GMC steuerte Dyringer, Vattenbourgh hielt sich mehr als Botschafter des Konzerns in Washington auf, im Dunstkreis der Macht.
Wir haben da einen Störfall, begann Dyringer in geschäftsmäßigem Ton, *um den wir uns wohl selbst kümmern müssen. In Deutschland gibt es offensichtlich eine extrem undichte Stelle, der wir eine saftige Erpressung zu verdanken haben.*
Wie saftig?, kam es von Vattenbourgh, der sich langsam aufrichtete.
Fünfzig Millionen.
Dann muss die Stelle ganz schön was in der Hand haben. Vattenbourgh quälte sich aus dem Sessel und drückte auf die Fernsteuerung, die vor ihm lag. An der Stirnseite des Raums glitt geräuschlos ein Stück Wandverkleidung zur Seite und gab die versteckte Bar frei, aus deren Kühlschrank sich Vattenbourgh eine Flasche Tonic-Water nahm.
Auf halbem Weg zurück zu seinem Platz machte er kehrt und holte sich ein hohes Glas und die Flasche Gin. Gin-Tonic galt als sein Lieblingsgetränk. *Müssen wir uns Sorgen machen oder hast du die Sache im Griff?*
Dyringer hatte mit griesgrämiger Mine Vattenbourghs Vorbereitungen verfolgt. Selbst für die Präsidenten der GMC galt das Gesetz, während der Arbeitszeit keinen Alkohol oder sonstige Drogen zu konsumieren. Er verkniff sich aber seinen Kommentar, sondern sprach weiter. *Sieht so aus, denke ich. Einer unserer Spitzenkräfte konnte wohl nicht warten, bis wir ihn zu uns holen. Schade, schien ein guter Mann zu sein, leider zu gierig.*
Sag mir doch, bat Vattenbourgh, nachdem er einen Schluck getrunken hatte, *von welchem Bereich du sprichst.*

Sorry, hatte ich vergessen. LIFUS.
Was bietet der Mensch an?
Testergebnisse, Notizen und Briefe von Probanden, Tabletten, einige Leichen, Kontoauszüge über Kapitaltransfers, Versicherungsfälle, alles in allem ziemlich beweiskräftiges Material, sagt unser Anwalt.
Wie schätzt du die Sache ein?, Vinc gähnte, als sich Dyringer zum Fenster drehte und die Antwort gab.
Gefährlich, könnte sich ausweiten, weil es da noch ein, zwei weitere Fälle in Deutschland gibt, die uns ebenfalls einiges kosten dürften.
Was denn noch?, richtete sich Vattenbourgh auf und nahm noch einen Schluck.
In einer Niederlassung haben sie eingefrorene Leichen gefunden, mit denen unsere Chemiker den Abbau von bestimmten Stoffen testen. Der Geschäftsführer, dieser Wahnsinnige, hat die Toten als Lebende weiterlaufen lassen und deren Renten eingeschoben. Als ob er nicht genug verdienen würde. Dyringers Stimme hatte kurz geklungen, als hätte sich die Steuerbehörde angemeldet.
Vattenbourgh verschluckte sich und hustete. *Ich dachte, Edgar Allen Poe wäre hier in Baltimore gestorben.*
Das ist überhaupt nicht witzig, grunzte Dyringer, *wenn das an die Presse kommt, könnte uns das ganz schön wehtun. Aber es sieht so aus, als ob unser Mann in Hamburg die Sache im Griff hätte.*
Gut, kenne ich den Erpresser?
Kann ich mir nicht vorstellen, ein Claus Cordes.
Vattenbourgh schüttelte den Kopf: *Sagt mir nichts.*
Dyringer nickte, nichts anderes hatte er erwartet.*Ich habe unsere Leute angesetzt. Machen gute Arbeit. Sie haben in kürzester Zeit die Verbindung zu Cordes herausgefunden, der einen Strohmann vorgeschoben hat. Übrigens ist Cordes schwul und sein Strohmann auch. Trickse nie mit Reisekosten! Alte Regel ... die beiden haben ein Liebesnest in Hamburg. Cordes war zu häufig in der deutschen Zentrale, obwohl er dort nicht unbedingt was zu tun hatte. Westland war das auch schon aufgefallen, hatte aber geglaubt, Cordes wäre auf seinen Job scharf. Ich musste Westland über Cordes' Erpressung informieren, sonst hätten unsere Cleaner nicht frei genug arbeiten können.*

Und was willst du von mir wissen?, Vattenbourgh sah auf die Uhr und ließ die Bar wieder in der Wand verschwinden.
Es war Dyringer anzusehen, dass er gerne einen spitzen Kommentar abgegeben hätte, denn er vermutete nicht ohne Grund, dass sein Partner bereits wieder an diese Hure dachte, aber er blieb sachlich und fragte nur: *Du hast noch Termine? Bin gleich fertig. Ich wollte dich nur informieren, dass wir nach Übergabe der Unterlagen und der Klärung, ob es noch irgendwo Duplikate gibt, reinen Tisch machen werden.*
Nichts anderes habe ich erwartet, lächelte Vattenbourgh, stand auf und klopfte Dyringer auf die Schulter. *Mach dir keine Sorgen, mein Freund, das geht wieder vorüber.*
Dein vierter Sommer oder diese Scheiße?
Beides, Roland, beides, winkte Vattenbourgh von der Tür und verschwand. Während Dyringer zum Handy griff, schaute Vattenbourgh wieder auf die Uhr, als er im Fahrstuhl nach unten schwebte. Vierundzwanzig Stunden waren vergangen, Zeit für einen neuen *Männermacher,* wie er Viagra nannte.
Vincent lächelte in Vorfreude, Corry-Angel würde unten am Kay mit einem Wassertaxi warten. Er summte die Nationalhymne, schließlich war sie in Baltimore komponiert worden. Kurz dachte er an Alica, die saß in der Generationenvilla auf dem Mount Vernon, selbst zu Stein gewordenes Monument der ältesten Familien Baltimores. Wer wollte es ihm da verübeln, auf seine alten Tage noch mal auszubrechen, wenigstens ein bisschen.
Fünf Generationen Vattenbourghs und ein Verkümmern der Familienlinie war nicht zu befürchten, denn Vincent Vattenbourgh III., wie er im Stammbuch verzeichnet wurde, hatte zwei Söhne gezeugt, die bereits wiederum männliche Erben großzogen. Vattenbourgh hätte zufrieden und stolz sein können, denn auch wirtschaftlich war das Familienunternehmen unter seinem Vorsitz gewachsen. Ein Bilderbuchunternehmer, intelligent, kultiviert und ebenso wagemutig wie neugierig. Die Gier nach Macht und Reichtum hatte sich irgendwann bei einem seiner Vorfahren verloren, denn wer als mächtiger und reicher Mensch aufwächst, der formuliert andere Lebensziele.

Aus Vincent Vattenbourgh hätte auch ein erfolgreicher Pianist, Komponist oder Dirigent werden können, denn er besaß eine außerordentliche musikalische Begabung und dazu das absolute Gehör, gepaart mit einem phänomenalen Gedächtnis. Hatte er ein Stück einmal nach Noten gespielt, war es in seinem Kopf gespeichert und er gab es absolut fehlerfrei wieder. Bei den großen Klavierlehrern dieser Welt war er als Heranwachsender in die Lehre gegangen, bis ihn sein Vater in die Firma gerufen hatte.
Vincent hatte die Firmenleitung nicht als ein Zugeständnis oder aus Gehorsam gegenüber dem Vater oder der Familienehre übernommen, sondern aus derselben Lust, wie er zum Beispiel Chopin spielte, und zwar nicht weniger erfolgreich. Seine Ehe mit Alica Wrigley, auch sie aus einer einflussreichen und steinreichen Familie stammend, musste als ein Zweckbündnis bezeichnet werden und war bisher, sah man von der Geburt der beiden Söhne ab, ohne Höhepunkte verlaufen.
Die beiden lebten parallel nebeneinander und trafen sich längst nur noch zu Benefizveranstaltungen und Familienfesten, wie Alica einmal scherzhaft, aber durchaus treffend erklärt hatte.
Neben dem Klavierspiel frönte Vincent einem für Amerikaner geradezu exotischen Hobby: er wanderte. Und zwar bevorzugt durch den unwirtlichsten Lebensraum dieser Welt, die Wüste. Dort in den Grenzgebieten zwischen Leben und Tod meditierte er und entwickelte jene Visionen, die seine Partner in der Führungsriege von GMC dann umsetzten.
Vor einem halben Jahr, auf der ausgetrockneten Salzpfanne der Alvord Wüste in Oregon, hatte Vincent eine Erscheinung der anderen Art erlebt. Er war gerade dabei gewesen in seinen Schlafsack zu kriechen, als er ein Lagerfeuer sah, keine fünfhundert Meter weit entfernt von seinem. Das war ungewöhnlich und störte seine Illusion, allein in dieser Wüste die Nacht zu verbringen. Ja, er betrachtete dieses Lagerfeuer und den, der es entfacht hatte, als eine Zumutung, als einen Angriff auf sein Wohlbefinden.
Nach einer halben Stunde war ihm klar, dass er nicht würde

meditieren oder auch nur schlafen können, solange dieser Mensch da drüben mit ihm die Einsamkeit teilte. Was war eine Wüste mit einem Menschen in Sichtweite wert? Da hätte er ebenso gut in einem Vergnügungspark übernachten können, fluchte er und beschloss, sich den Menschen anzusehen, der es wagte, in seiner Nähe ein Feuer anzuzünden. Schließlich war er nicht tausende Kilometer geflogen und den halben Tag in der heißen Glut marschiert, um dann eine Party zu feiern.

Zehn Minuten später war allerdings sein Ärger verflogen gewesen und er sprachlos vor dem kleinen Feuer gestanden, neben dem eine schlanke, vielleicht vierzigjährige, außerordentlich rassige Frau im Lotussitz saß und mit geschlossenen Augen offensichtlich meditierte.

Im ersten Moment hatte Vincent gedacht, sie wäre nackt, aber dann erkannte er das hautfarbene, eng anliegende Trikot, das die Frau trug. Das lange schwarze Haar reichte bis an den letzten Wirbel und glänzte wie Lack in dem rötlich tanzenden Licht der Flammen.

Vincent stand atemlos, so als ob er eine dieser flimmernden Sinnestäuschungen erlebte, und das bei Nacht. Leise, wie er gekommen war, wollte er sich zurückziehen. Ein Mensch, der in der Wüste saß und meditierte, war ihm heilig. Aber da schlug dieses überirdische Wesen die Augen auf und sah ihn an. *Komm näher, damit ich dich sehen kann.*

Automatisch, wie ein willenloser Roboter folgte Vincent der dunklen Stimme und schlurfte näher an die Feuerstelle.

Was willst du?

Ich sah das Feuer ... und dachte, man könnte Holz sparen und zusammen an einem sitzen ... waren ... waren schwer genug die Holzscheite, kam es holperig von dem ansonsten welt- und redegewandten Vincent Vattenbourgh.

Was machst du allein in der Wüste? Die Frau war geschmeidig aufgestanden und hatte sich Vincent bis auf eine Armlänge genähert. Sie stand jetzt mit dem Rücken zum Feuer, wodurch sich ein Strahlenkranz um die Silhouette ihres Körpers legte, als sei sie ein Geisterwesen.

Ich ... ich mache das, um allein zu sein und zu meditieren.
Und warum schleichst du dann durch die Nacht und störst mich?
Es klang spöttisch und vorwurfsvoll gleichzeitig.
Der Lichtschein deines Feuers ... bisher war ich hier immer allein ... ich konnte mich nicht mehr konzentrieren ... Vincent fiel nichts mehr ein.
Dann lass uns an einem Feuer zusammensitzen. Wenn sich zwei bestimmte Sandkörner mitten in der Wüste treffen, dann hat das was zu bedeuten.
So lernte Vincent Vattenbourgh in der Einsamkeit der Alvord Wüste Corry-Angel Palmer kennen und es war für ihn, als wäre einer der Milliarden Sterne auf die Erde gestürzt und hätte genau ihn, Vincent Vattenbourgh, auf den Kopf getroffen, oder war es das Herz?
Seit jener Nacht vernachlässigte er seine Arbeit, versäumte Termine, wenn er sie nicht einfach abgesagt hatte. Die ohnehin seltenen Zusammenkünfte mit seiner Frau reduzierten sich auf Telefonanrufe. Vincent hatte ein Hausboot am Ufer des Patapsco River gemietet und Corry-Angel überredet, von der Westküste an die Ostküste zu übersiedeln, jedenfalls eine Zeit lang, weshalb die Vorstände Dyringer, Porter und Frontman sich bereits zu drei Krisensitzungen getroffen hatten und ein Detektivbüro beauftragten, um Namen und Vergangenheit der Geliebten Vattenbourghs zu durchleuchten.

Abbruch

Zum ersten Mal traf man sich nicht in der Seniorenresidenz. Cordes hatte Max Kutter am Flughafen abgeholt und nun saßen sie auf einer Parkbank vor dem Yachthafen.
Die kurze Fahrt nach Friedrichshafen hatte Cordes geschwiegen, sich weder nach dem Flug oder nach Kutters Befinden erkundigt, wie bisher immer bei solchen Treffen. Nun begann er und sah dabei hinaus auf den See. *Wir werden uns eine Zeit lang nicht mehr treffen, da spitzt sich einiges zu.*

Wie würden Sie unsere bisherige Zusammenarbeit beschreiben, mein lieber Kutter?
Vertrauensvoll und lukrativ, fasste Max kurz und präzise zusammen. Cordes schwieg, nur ein angedeutetes Kopfnicken konnte als Zustimmung ausgelegt werden. *Gibt es Fälle, über die wir uns Sorgen machen müssten?*
Kann ich mir so aus dem Stehgreif nicht vorstellen. Alles ist schriftlich einwandfrei, und was wir mündlich vereinbart haben ... er fuhr mit der Hand durch die Luft, als wollte er Möwen füttern. *Vermittlungsprovisionen sind entweder offiziell durch die Bücher geflossen oder kamen aus nicht nachvollziehbaren Quellen gesprudelt. Also, ich sehe keinen Ansatzpunkt, keine Schwachstelle. Darauf habe ich im Übrigen auch immer besonders geachtet ...*
Ich weiß das, habe Ihr Vorgehen auch immer sehr geschätzt, unterbrach ihn Cordes, *aber wir haben da zwei Fälle, die wir besser nicht bis zum Ende führen. Wir ...*
Max wartete geduldig. Irgendwann wird er schon rausrücken, wo sein Höschen brennt, dachte er und grinste dabei das verbindlichste Lächeln, das er für solche Situationen im Programm hatte. Es dauerte einige Sekunden. Zu hören waren nur das Klingen und Klopfen der Leinen, die der Wind unbeirrt an die Masten schlug, und die Schreie der Möwen, die sich, angelockt durch Maxens Handbewegung, vor der Bank versammelt hatten und nun enttäuscht, eine nach der anderen, wieder davon flogen, was Maxens Grinsen kurz verstärkte.
Wir sollten den Fall Steurer und Meinrat erst einmal ruhen lassen oder aber, wenn das möglich ist, ganz aus dem System nehmen.
Ruhen lassen geht, nickte Max, *und aus meinem System nehmen geht auch ..., aber bei den Versicherungen, also da geht nix mehr ..., fürchte ich. Da habe ich leider keinen Einfluss. Und was über Banken gelaufen ist, das kann natürlich nachvollzogen werden.* Max schürte geradezu genüsslich Cordes' Befürchtungen.
Sie wissen ja, Steuervorschriften und so. Aber daran war nichts Ungesetzliches. Nein, ich denke, es handelte sich um ganz normale Versicherungen, die fällig wurden, sobald der Versicherungsfall eingetreten war. Und dass es bei Versicherungsabschlüssen oft eine

ganze Reihe von Provisionsempfängern gibt, das ist ja heutzutage der Normalfall. Sie haben doch sicher Ihre Provisionen als normale Einnahmen versteuert, oder? Und was die beiden laufenden Fälle betrifft, so könnte ich versuchen, die Auszahlungen hinauszuzögern, das machen die Versicherungen ohnehin am liebsten. Was meinen Sie?
Cordes meinte erst mal nichts, weshalb Max weiter sprach.
Wenn ich mich richtig erinnere, so handelt es sich in den beiden Fällen um Versicherungssummen von jeweils um die 100 000, die dem Förderverein zufallen, sollten sich keine gesetzlichen Erben melden. In beiden Fällen gibt es keine speziellen Verfügungen, und soweit ich weiß, auch keine Erben. Also ...
Die Provisionszahlungen ... die privaten, meine ich, sind die nachvollziehbar? Cordes bemühte sich, seine Frage so nüchtern wie möglich zu stellen, aber Max hörte den besorgten Unterton heraus. Er kannte diesen Ton, hatte ihn in seinem Leben schon oft gehört und konnte nur schwer seine Befriedigung verbergen, denn es war ihm klar, Cordes hatte Schiss. Trotzdem antwortete er in dem Tonregister einer vertraulichen Grabesstimme: *Da können Sie absolut sicher sein.*
Ja ... also ... das war's im Wesentlichen. Ich gehe davon aus, dass Sie die Kiste mit dem Altpapier fachmännisch entsorgt haben? Cordes sah dabei abwesend einigen Möwen zu, die in der Hoffnung lebten, dass von den beiden Figuren doch noch etwas Fressbares zu erwarten sei. Er hatte seine Frage unwichtig, ganz nebenbei klingen lassen wollen, aber seine Körperhaltung schien einen kurzen Moment lang verkrampft.
Max bekam das mit und natürlich auch Cordes selbst. Eine Hasswelle jagte deshalb durch seinen Kopf und er beschloss, nie wieder Geschäfte mit diesem Versicherungsclown zu machen. Gleichzeitig verfluchte er sich dafür, dass er sich durch das Altpapier von Kutter unter Umständen abhängig gemacht hatte. Was, wenn Kutter ihn anlog und die Kiste nicht entsorgt hatte? Ein fataler Fehler war ihm da unterlaufen. Im wahrsten Sinne des Wortes hatte er mit dieser verdammten Munitionskiste Sprengstoff frei Haus geliefert. Er konnte nur hoffen, dass Kutter all diese Briefe und Notizen,

Anklagen und bitteren Beschuldigungen auch wirklich, wie versprochen, vernichtet hatte. Was wusste er eigentlich von diesem Menschen, dem er sich geradezu plump anvertraut, ja in dessen Hände er sich naiv vertrauensvoll gegeben hatte. Nichts wusste er von ihm, nichts.
Cordes durchlebte in diesem Moment ein Bombardement von Selbstvorwürfen. Szenarien rasten durch seinen Kopf, was dieser Kutter ihm alles antun könnte, wenn er nicht der einfach gestrickte Gauner war, sondern ihn nur spielte.
Seine Karriere, seine Ziele sah er gefährdet, er musste diesen Kutter überprüfen lassen und zwar sofort. Wie aus einer anderen Welt hörte er Kutter etwas sagen und drehte sich zu ihm.
Ich habe mich einen Abend lang an meinem Kamin damit gewärmt. Manchmal sind die Nächte doch noch recht kühl, lächelte Max ein leichtes Lächeln, während er sich darüber freute, dass der ansonsten so unterkühlte Herrenreiter Cordes begann Nerven zu zeigen. Du bist mein Portier in den Tresor Eurer Bank und dafür liebe ich dich, dachte Max und verstärkte sein Lächeln.

Leihvater

Und du würdest wirklich meinen Vater spielen, ohne zu verraten, dass ich Journalist bin und dich nur als verdeckten Ermittler vorschiebe?
Großvater Armbruster sah Walcher an, als zweifle er an dessen Geisteszustand. *Ich kann mich nicht erinnern, dass du jemals ein Schachspiel gegen mich gewonnen hast. Wenn du irgendwelche Fragen über Ökonomie, Finanzen, alte Bräuche und Tierkrankheiten hast, kommst du zu mir. Bei deinen Renovierungsmaßnahmen fragst du mich ständig um Rat und jetzt glaubst du, dass ich bereits so vertrottelt bin, eine derartig simple Rolle nicht hinzubekommen? Also, das schlägt dem Fass den Boden aus und ist nur durch häufigeres Schachspiel wieder gutzumachen.*

Walcher schüttelte heftig den Kopf und verfluchte sich, seine Bedenken nicht etwas weniger verletzend formuliert zu haben. Aber was, wenn Armbruster etwas zustieß?
Gut, er sollte ihn nur zu einem Gespräch mit Cordes begleiten und durchsetzen, dass er einige Tage zur Probe in der Residenz wohnen konnte. In dieser Zeit, so stellte sich Walcher vor, könnte er versuchen, das Vertrauen einiger Bewohner zu gewinnen. Sollte Fragen stellen, nach der medizinischen Versorgung, Pflege, Essen und was sich sonst noch alles ergab. Auch den Seniorenselbstverwaltungsleuten sollte er sich nähern, vielleicht war ja von denen zu erfahren, was in der Residenz alles abging.
Ich habe ja auch gar nicht so sehr die Sorge, dass du dich verplappern könntest, sondern dass dich irgendjemand erkennt und wer weiß, vielleicht könnte es dann durchaus gefährlich werden, versuchte Walcher zurückzurudern. Aber Armbruster blieb sauer, jedenfalls tat er so.
Verplappern, giftete er, *schon wieder stellst du mich hin wie einen Trottel. Verplappern, unglaublich. Aber lassen wir das, sag mir lieber, wann das Gespräch mit der anschließenden Undercover-Ermittlung stattfinden soll.*
Ich hab' noch keinen Termin, weder für das Gespräch mit dem Verwaltungsleiter noch für das Probewohnen. Ich weiß nicht mal, ob das überhaupt möglich ist, bremste Walcher und war froh, dass sich Armbruster wieder gefangen hatte.
Also, wenn du das Gespräch hinbekommst, dann bekomme ich hin, dass ich dort zur Probe wohne, darauf kannst du Gift nehmen.
So und jetzt muss ich wieder los. Es wird nämlich dunkel und wer weiß, ob ich dann noch nach Hause finde, knurrte Arbruster, stieß aber dennoch Walcher freundschaftlich an die Schulter und ging zu seinem Wagen.
Vielleicht sollte er doch mit Brunner sprechen, bevor er Armbruster als Agenten einsetzte, dachte Walcher, während er dem Opa nachwinkte. Zwar konnte der Kommissar es nicht verbieten, aber zumindest damit drohen, Cordes zu informieren und damit die Sache auffliegen zu lassen.

Der Penetranz des Anrufers wäre Cordes wohl nur entkommen, wenn er das Handy abgestellt oder aus dem Fenster geworfen hätte, aber dazu war er zu pflichtbewusst. Nachdem das Ding zum dritten Mal kurz hintereinander ausdauernd geklingelt und brummend vibriert hatte, löste sich Cordes widerwillig von dem warmen Körper an seiner Seite und stieg aus dem Bett. Die Anzeige verriet den Namen des Anrufers.
Was gibt es Wichtiges, Frau Wassermann, dass Sie mich um diese Zeit aus dem Bett klingeln? Er sprach leise, um Lothar nicht zu wecken, der trotz wiederholter Rufmelodie nicht aufgewacht zu sein schien. Es war sehr spät geworden in der vergangenen Nacht, das wurde es immer, wenn die beiden zusammen trafen.
Bettina Wassermann ging nicht auf den Vorwurf ihres Chefs ein, ihr Tonfall senkte sich allerdings um ein bis zwei Grad ab, denn sie hatte fürsorglich mit ihrem Anruf immerhin bis neun Uhr gewartet, obwohl die Amis bereits vor einer Stunde aufgetaucht waren. Aber sie mochte die beiden Typen nicht, deshalb hatte sie sich geweigert früher anzurufen.
Die beiden Amerikaner sind schon da und haben mir gesagt, dass ich Sie anrufen soll und zwar sofort und wo immer Sie auch sein mögen. Entschuldigen Sie, war das nicht in Ordnung?
Cordes brauchte erst eine Sekunde bis er verstand, um was es ging. *Das geht schon in Ordnung. Bitte richten Sie den beiden Herren aus, dass ich morgen Vormittag in der Residenz eintreffen werde. Geben Sie ihnen die üblichen Gästezimmer und regeln Sie das mit dem Essen und so weiter. Die Amerikaner sind bei uns gern gesehene Gäste aus der Zentrale und werden zuvorkommend behandelt, liebe Frau Wassermann,* fügte er mit einem leichten Tadel in der Stimme an, wobei er „die Amerikaner" betonte, als wäre es das auserwählte Volk. Ohne Gruß unterbrach er die Verbindung und schlüpfte wieder zurück unter die Decke. Dort empfing ihn zu seiner Überraschung ein zärtlicher Lothar, der den Schläfer nur gemimt hatte. *Du willst mich doch nicht*

etwa schon wieder verlassen, flüsterte Lothar mit gespielt gekränkter Stimme, *wir haben für heute einen Ausflug an die See geplant.* Cordes küsste ihn zärtlich: *Natürlich nicht, ich fliege wie geplant erst heute Abend.*
Schlimm genug, begann Lothar weinerlich, *wir ...*
Schlimm ist nur mein Hunger, ich habe Lust auf Rühreier und Speck und einen Kaffe, so heiß und stark wie die letzte Nacht.
Cordes entzog sich Lothars Umklammerung, weil sein Tonfall befürchten ließ, dass er wieder das alte Thema aufwärmte. Seit einem halben Jahr drängte ihn Lothar zusammenzuziehen. Manchmal drohte er mit Trennung und, wenn er zuviel getrunken hatte, sogar mit Selbstmord. Längst sah Cordes in dem Verhältnis mehr eine Belastung, jedenfalls wenn er länger mit Lothar zusammen war. Aber nach spätestens zwei Distanztagen sehnte er sich nach ihm.
Lothar als eine faszinierende Mischung von Fleisch und Geist zu bezeichnen, beschrieb sein Wesen wohl am treffendsten. Er sah wirklich blendend aus und hatte vermutlich in seinem ersten Leben Michelangelo für die Statue des David Modell gestanden.
Nach dem ausgiebigen Frühstück und der ebenso ausgiebigen Duschorgie fuhren sie davon, in Richtung Lübecker Bucht.
Es war nur ein flüchtiger Gedanke von Cordes, als er glaubte Max Kutter zu erkennen, der auf der gegenüberliegenden Straßenseite ging. Lothar legte im selben Moment die Hand auf Cordes' Oberschenkel und der Gedanke verlor sich.

The Boys

Unglaublich, wie schnell ihr seid, begrüßte Cordes einen Tag später die beiden Amerikaner in seinem Büro. *Hattet ihr in der Gegend zu tun?* Irgendwie wäre er beruhigt gewesen, wenn sie seine Frage bejaht hätten. Er mochte die beiden Typen nicht sonderlich und sie von der Zentrale anzufordern bedeutete das Eingeständnis, dass man mit einem Problem nicht selbst

klarkam. Außerdem waren sie ihm einfach zu gut angezogen und strahlten eine kumpelhafte Arroganz aus, die er nur bei sich selbst akzeptierte, wenn er sich hie und da volkstümlich gab. Aber im Moment brauchte er ihre Unterstützung.
Christopher Corner und Richard Bracket schüttelten beinahe synchron mit den Köpfen. *Das nicht gerade,* lächelte Christopher, *aber wir waren zufällig in Sachsen, und wenn Sie sich mal melden, dann dürften Sie vermutlich ein richtiges Problem haben, dachten wir uns.*
Wie aus dem Bilderbuch geschnitten wirkten die beiden Boys: dynamisch, erfolgreich, sympathisch und für Amerikaner wirklich ungewöhnlich geschmackvoll angezogen.
Allein schon für den Gegenwert ihrer Schuhe würde sich eine fünfköpfige rumänische Landarbeiterfamilie gut vier Monate versorgen können. Für die Sonnenbrillen der beiden würde es ebenso lange reichen, und von dem Einkaufspreis ihrer Anzüge hätten sie vermutlich das beste Pferd im Dorf kaufen können. Die Anzugmarke wurde von Leuten bevorzugt, die ihren guten Geschmack zeigen wollten, und dass sie in einer höheren Liga spielten.
Auf ihren Visitenkarten stand nach Firmenanschrift und Namen ihr Wirkungsbereich: Controlling International.
Und so traten sie auch auf: diskret, stets ein Lederköfferchen in der Hand und jenes leichte Lächelspiel auf den Lippen, das alles und nichts aussagte.
„Die Apotheker“ hatte man sie auf dem Campus ihrer Universität genannt, denn sie hatten während ihres Studiums nicht nur mit allen möglichen Drogen gehandelt, sie kannten sich zudem auch gut aus damit. Bei ihnen hatte der Elitenachwuchs von Amerika nicht nur ein breites Angebot moderner Designerdrogen wie Methamphetamine, Amphetamine et cetera, beziehen können, von Christopher und Richard waren sie auch mit traditionellen Naturdrogen wie Mescalin, Pilze, Heroin, Kokain, Kat, Betel, Kawa, Bilsenkraut, Cannabis, Mutterkornpilz und einigem anderen versorgt worden. Nebenbei hatten sie Chemie und Biologie studiert.
Kennengelernt hatten sie sich in den Vorlesungen und auf

dem Campus, auf dem sie erst als Drogenhändler Konkurrenten waren, sich dann aber partnerschaftlich zusammenschlossen.

Einen besonders guten Ruf erarbeiteten sie sich in der Pharmaziebranche, für die sie ganze Semesterjahrgänge als Probanden für Medikamententests akquirierten.

So wunderte es niemanden, der sie kannte, dass sie nach ihrem Studium sofort einen hoch dotierten Job bei der ACR erhielten, der American Clinical Research Corp. Ltd.

Dieses Unternehmen führte, wie der Firmennamen schon verriet, klinische Teststudien im Auftrag von Pharmaunternehmen durch. Bei ACR stiegen sie überraschend schnell in der Hierarchie nach oben. Einen Bruch in ihrer Berufsvita gab es jedoch, als öffentlich wurde, dass sie klinische Studien im großen Stil gefälscht hatten.

Nachdem sich der Wirbel gelegt hatte, also entsprechend der heutigen Halbwertzeit von derartigen News, die bei maximal drei Tagen liegt, erhielten sie einen neuen Job, bei GMR – Global Medical Research Corp. Ltd., die sich ebenfalls mit Medikamententests beschäftigte, nur eben weltweit.

Dort übernahmen sie im Ressort Controlling ihren neuen Wirkungsbereich Europa, denn sowohl Christopher Corner als auch Richard Bracket stammten von europäischen Einwanderern ab, zu deren Tradition es selbst noch in der fünften Generation gehörte, neben Amerikanisch auch Deutsch und Französisch zu sprechen. Ecke und Klammer, so hatten die Vorfahren geheißen, die 1784 aus dem Elsass in die gelobte Neue Welt gezogen waren, um sich in Kalifornien als Winzer ihren Lebensunterhalt zu verdienen.

Dass Richard und Christopher in San Francisco studierten, noch dazu dieselben Fächer und dazu auch mit Drogen handelten, war reiner Zufall. Ihre Familien kannten sich zwar – in Kalifornien kannten sich alle Winzer –, hatten jedoch keinen wirklichen Kontakt miteinander. Dass sie dann in San Francisco gemeinsam das Drogengeschäft durchzogen, lag an Sue Adlington, einer Kommilitonin im Fach Biologie.

Sue schien die Wiedergeburt Mata Haris, bildschön und so

unglaublich verdorben und berechnend, wie es niemand einer solch bezaubernden jungen Frau zutrauen würde.
Richard und Christopher waren Sue hoffnungslos verfallen und finanzierten ihren aufwändigen Lebensstil, ohne voneinander zu wissen. Erst als sich Sue einem noch weit potenteren, also großzügigeren Finanzier zuwandte, lernten sie sich in ihrer Trauer über Sues Abgang näher kennen und beschlossen damals, künftig ihre Geschäfte zusammenzulegen.
Das blieb dann auch nach dem Studium so.
Und jetzt saßen sie im Allgäu dem Geschäftsführer des Unternehmens gegenüber, das zu demselben Konzern gehörte wie ihre GMR. Offiziell galten Sie als hoch qualifizierte Berater bei allen betriebswirtschaftlichen und juristischen Fragen.
Inoffiziell waren sie eine Art Feuerwehr, die bei allen ernsthaften Krisen von den Vorständen auf die Reise geschickt wurde. Nur der Konzernspitze waren sie unterstellt und mit beinahe unbegrenzten Handlungsvollmachten ausgestattet.
Zu ihrem Team gehörten auch jene Spezialisten, intern *Cleaner* genannt, die zum Einsatz kamen, wenn für sinnvolle Problemlösungen der Faktor Mensch im Wege stand.
Nachdem sie von Dyringer informiert und in Marsch gesetzt worden waren, hatten sie sich ausgiebig darüber gewundert, mit welchem Selbstverständnis Cordes ihre Hilfe angefordert hatte, obwohl er gleichzeitig den Konzern erpressen wollte.
Denn dass er mit diesem Lothar Rüttler gemeinsames Spiel trieb, war sehr schnell klar geworden. Zu unprofessionell, zu durchschaubar das Vorgehen der beiden. Allein schon die Organisation des Geldtransfers. Wer eröffnete denn unter seinem richtigen Namen Konten, um darauf Erpressungsgelder verbuchen zu lassen? Nur absolute Dilettanten!
Und dann auch noch mit der Hilfsanforderung sich die Cleaner ins Haus zu holen und so zu tun, als ob nichts wäre.
Lange hatten sie darüber diskutiert, ob sich hinter derartiger Dummheit nicht eine raffinierte Strategie verbarg, die übersehen werden sollte.
Seit der Erpressung und der ersten gelieferter Beweise wurden Cordes und Rüttler rund um die Uhr beschattet.

Auch jetzt war es Richard und Christopher absolut rätselhaft, mit welcher Selbstsicherheit Cordes ihnen von den Problemen berichtete, die er auf die Seniorenresidenz im Allgäu zukommen sah.
Meine Herren, uns steht Ärger ins Haus, deshalb bitte ich Sie in die Rollen von Kriminalbeamten und Steuerfahndern zu schlüpfen und unser Haus nach Schwachstellen zu durchleuchten, vor allem auch, was die Zusammenarbeit mit GMR betrifft.
Zwei Todesfälle haben die Neugier der Polizei geweckt. Die Veröffentlichung empfindlicher Details habe ich gerade noch verhindern können. Aber wer weiß, was noch alles im Haus zu finden ist.
Auch was einzelne Bewohner und sogar Mitarbeiter betrifft, so bin ich mir da inzwischen nicht mehr sicher, ob sie sich nicht gegen uns gewandt haben. Also, auch solche Schwachstellen meine ich.
Was die Todesfälle betrifft, so fantasieren diese wichtigtuerischen Landpolizisten von Mordfällen – völlig an den Haaren herbeigezogen – aber wir wollen vorsichtig sein.
Unglaublich, dieser Typ musste schizophren sein, dachte Christopher, sonst könnte er nicht den besorgten Geschäftsleiter spielen und gleichzeitig den Konzern erpressen wollen, oder doch? Spielte er ihnen hier nur ein grandioses Affentheater vor, um sich als loyaler Mitarbeiter zu zeigen?
Glaubte er allen Ernstes, dass die Verbindung zu seinem Freund unbekannt geblieben wäre? Er musste doch wissen, wie erschreckt Amerikaner auf das Thema Homosexualität reagierten. Und dass die Führungskräfte gründlich durchleuchtet und überprüft wurden, vor allem wenn es Unstimmigkeiten gab, das musste Cordes doch alles klar sein.

Probewohnen

Großvater Armbruster besaß das Zeug zum Schauspieler. Bekleidet in der Uniform des Geldadels, einer grellkarierten Golfhose, Golfschuhen, die an die Weißwandreifen des frühen deutschen Wirtschaftswunders erinnerten, einem über die Schultern drapierten roten Pullover und einer Schirmmütze, wie sie Amerikaner gerne beim Holzfällen trugen, stieg er aus dem Wagen und spielte ab diesem Moment perfekt Walchers Vater – und was für einen.

Das nächste Mal rast du gefälligst nicht durch die Gegend, als würdest du für Monza trainieren, schnauzte er im selben Moment, in dem „Kratzschnecke" die Tür öffnete und die beiden mit einem strahlenden Lächeln hereinbat.

Herzlich willkommen, Herr Walcher, mein Name ist Bettina Wassermann, ich bin die Assistenz der Geschäftsleitung. Wir freuen uns sehr, dass Sie sich für unsere Residenz interessieren.

Sie werden nach den drei Tagen überhaupt nicht mehr weg wollen, glauben Sie mir.

Mit einem charmanten Lächeln strahlte Armbruster die Kratzschnecke an, als wäre er vierzig Jahre jünger. *Keine Vorhersagen, mein Sohn überredete mich schon mal zu so einem Abenteuer und fragen Sie mich nicht, wie es ausging.* Dabei warf er seinem missratenen Sohn einen derart vernichtenden Blick zu, dass Walcher nicht den Schuldigen spielen musste, er empfand sich als schuldig und fühlte sich getroffen in seinem tiefsten Kindheits-Ich.

Kratzschnecke zeigte Verständnis und schenkte auch Walcher junior ein herzliches Lächeln. *Leider ist unser Herr Cordes verhindert, aber ich werde Ihnen alles zeigen und Ihnen auch Herrn Oberhofer vorstellen, das ist der Vorsitzende der Seniorenselbstverwaltung. Davor stelle ich Ihnen aber Professor Höffler vor, der wird Sie erst einmal gründlich untersuchen.*

Ich bin nicht krank, gutes Kind, ich will mir diesen Laden unverbindlich ansehen, sonst nichts. Armbruster fand genau den richtigen Ton, nicht aggressiv, aber selbstbewusst. *Aber ich denke, das kann ich Ihrem Professor selbst sagen. Was stehst du eigentlich noch hier herum, bring den Koffer auf mein Zimmer und dann kannst du fahren. Ich rufe dich an, wenn du mich wieder holen sollst. Danke für deine Mühe.*

Stellen Sie den Koffer Ihres Herrn Vaters einfach hier ab. Kratzschnecke fühlte sich scheinbar verpflichtet, Walcher vor diesem Vater zu schützen. Walcher nickte deshalb mit einem befreiten Lächeln und verabschiedete sich eilends von Armbruster mit einer diffusen Handbewegung und einem: *Mach's gut, Papa.*

Du auch, hörte er, als er schon halb aus der Tür der Rezeption war. Zurück mit dem Koffer sah Walcher, wie Armbruster und Kratzschnecke, die dieses Mal ein luftiges Dirndl trug, bereits in Richtung Gästehaus gingen. Er war schon versucht, ihnen den Koffer nachzutragen, stellte ihn dann aber doch am Tresen des Empfangs ab. Schließlich spielte er die Rolle des ungeliebten Sohns und der musste froh sein, den Alten erst einmal vom Hals zu haben.

Spätestens als Walcher dann das Grundstück der Seniorenresidenz verließ, beschlich ihn ein ungutes Gefühl. Was, wenn Armbruster irgendetwas zustieß?

Wahrscheinlich hätte er sich weniger Sorgen gemacht, wäre er bei Armbrusters folgendem Auftritt dabei gewesen. Kaum hatte sich nämlich der vermeintliche Sohn verzogen, zeigte sich Armbruster von seiner Zuckerseite. *Denken Sie bitte nicht, dass ich immer so grob zu ihm bin, aber in Anwesenheit solch charmanter Damen gibt es keine Rücksicht,* balzte er seine Führerin an, *und außerdem will er mich ins Altenheim abschieben, das verzeih' ich ihm nicht so schnell.*

Aber Herr Walcher, dies ist doch kein Altenheim. Wir sind eine Seniorenresidenz, eine Gemeinschaft von älteren Menschen. Kommen Sie, ich zeige Ihnen zuerst einmal unser Gästeapartment, in dem Sie die nächsten Tage wohnen werden. Es ist eines der kleineren Apartments, ein Zimmer mit Einbauküche, einem kleinen Abstellraum, Bad und Toilette und natürlich mit einem großen Balkon. Alle Apartments haben so einen Balkon mit herrlicher Sicht auf die Berge. Ich bin sicher, Sie werden ...

Armbruster strahlte Frau Wassermann an, die ihrem Namen alle Ehre machte und wie ein Wasserfall plapperte.

Das Gästeapartment lag gleich im ersten Haus neben dem Hof und trug die Nummer Eins. Die Einrichtung war modern und funktional, eben ein Musterapartment. *Überschaubar,* meinte Armbruster und war stolz, sich den Hinweis auf die Größe eines Sarges verkniffen zu haben.

Frau Wassermann klärte ihn über die Vorzüge dieser Überschaubarkeit auf: *Denken Sie daran, dass so eine Wohnung ja auch gereinigt und in Schuss gehalten werden muss und vielleicht können oder wollen Sie das nicht selber machen und brauchen eine Putzfrau und die kostet natürlich und dann die Heizkosten und überhaupt ... Sie müssen ja nicht den ganzen Tag hier herumsitzen. Wir haben eine Bibliothek, Fitnesscenter, Fernsehen und Kino, Sauna, Billard, Golf, Café, Restaurant, dann den Park und rundherum herrliche, beinahe unberührte Natur. Wahrscheinlich gehen Sie nur zum Schlafen in Ihr Apartment.*
So wird es sein, nickte Armbruster und dachte sich, warum so ein niedliches Wesen so unglaublich viel und schnell reden musste. *Das mit dem Café werde ich gleich mal ausprobieren und wenn Sie mir auch noch den Vorsitzenden dieses Altenvereins ...*
Seniorenselbstverwaltung, lieber Herr Walcher, unterbrach Frau Wassermann mit ihrem strahlendsten Werbelächeln, *und der Präsident dieses Vereins heißt Herr Oberhofer, übrigens ein ehemaliger Oberst der Bundeswehr. An dem Café sind wir vorhin vorbei gegangen, da finden Sie nachher selbst hin. Jetzt stelle ich Sie erst noch unserem Mediziner vor. Herrn Oberhofer werde ich ausrichten, dass Sie dann im Café sitzen. Auch die beiden Schriftführerinnen der Seniorenselbstverwaltung, werde ich informieren. Ganz reizende Damen und sehr engagiert. Vielleicht werden Frau Höss und Frau Schuster auch ins Café kommen. Heute Abend haben wir übrigens ein Kammerkonzert in unserem Festsaal. Das dürfen Sie sich nicht entgehen lassen, Chopin, wo doch die ganze Welt in den vergangenen Jahren nur Mozart und Schubert spielte. Sie sind herzlich eingeladen. Ihren Koffer werde ich herbringen lassen und hier haben Sie auch Ihren Wohnungsschlüssel,* drückte Sie ihm den Schlüssel in die Hand. Armbruster nickte nur noch und freute sich geradezu auf den Professor, hoffentlich nicht auch ein Schnellschwätzer.

Erinnerungen

Ihr Ohr fühlte sich heiß an und der rechte Arm zitterte ein wenig, als Getrud Argenthaler den Hörer auflegte. Sie hatte auf der Installation ihres altmodischen Telefons bestanden, nicht nur ihrer Angst vor strahlenden Funktelefonen wegen, sondern auch, weil sie das alte Gerät an ihren Mann erinnerte. Den Nachteil, dass der große Hörer das ganze Ohr abdeckte und bei längeren Gesprächen zum Glühen brachte, nahm sie deshalb ebenso in Kauf wie das hohe Gewicht des Hörers, das allerdings nur dann lästig wurde, wenn Gertrud Argenthaler über eine halbe Stunde telefonierte, wie sie es eben mit ihrer Freundin getan hatte.
Einmal in der Woche rief Getrud Argenthaler ihre Freundin an, um sich mit ihr auszutauschen, was sie erlebt hatten und was nicht. Es tat beiden gut, zu einer scheinbar vergangenen Welt Kontakt zu halten. Auch Rebecca Brehme lebte inzwischen in einem Altenheim, allerdings hatte sie, bisher jedenfalls, noch niemals über unzumutbare Zustände geklagt.
Vielleicht lag das aber auch nur daran, dass die Freundin von Gertrud Argenthaler so gut wie mittellos und deshalb froh darüber war, in einem kirchlichen Altenheim untergekommen zu sein, für das ihre winzige Rente gerade ausreichte, jedenfalls glaubte sie das. In Wirklichkeit überwies Gertrud Argenthaler jeden Monat die Differenz von Rebeccas Rente zu den realen Kosten, die in dem kirchlichen Heim nicht viel niedriger waren als in privat geführten Häusern.
Die beiden kannten sich seit ihrer Kindheit und schon ihre Mütter waren befreundet gewesen. Rebecca Brehme war der letzte Spross einer alten hanseatischen Kaufmannsfamilie, deren ehemaliger Reichtum sich in den Bombennächten und Feuerstürmen der Luftangriffe auf Hamburg in Asche und Schutt aufgelöst hatte.
Gertrud Argenthaler hatte angeboten, den Großteil der Kosten zu übernehmen und vergeblich versucht, Rebecca zu einem Umzug in ihr Allgäuer Seniorenheim zu bewegen, aber sie hatte ihrAngebot abgelehnt. In ihrer Familientradition war

Derartiges nicht vorgesehen und auch ein entbehrungsreiches Leben hatte ihre Einstellung dazu nicht verändern können.
Gertrud Argenthaler schüttelte den Kopf und lächelte, als sie eines der Fotoalben aus der obersten Schublade der Kommode nahm, in dem sie erst kürzlich geblättert hatte, weil darin Bilder von einer gemeinsamen Fahrradtour mit Rebecca eingeklebt waren. Auf dieser Tour, hinauf an die Nordspitze Dänemarks, hatte sie Edwin kennen gelernt, der kurz nach dem Krieg bereits ein Motorrad mit Beiwagen besaß und mit seinem Freund nach Schweden und Norwegen hinauf wollte. Die beiden waren dann allerdings die ganzen Ferien über in der Nähe der jungen Frauen geblieben. Es waren wundervolle, unbeschwerte Tage gewesen und der Beginn einer großen Liebe zwischen Gertrud und Edwin.
Das Lächeln der Vorfreude, in dem Album zu blättern und Erinnerungen aufzufrischen, verwandelte sich in Ratlosigkeit. Beinahe auf jeder Seite fehlten immer jene Fotos, auf denen ihr geliebter Edwin abgelichtet war.
Nach einem Moment der Erstarrung war Gertrud aufgesprungen und durchsuchte die Schublade. Vielleicht waren die Bildchen ja nur herausgefallen, hatte sich die Klebeschicht der Fotoecken gelöst.
Aber in der Schublade und auch in den beiden darunter lagen keine Fotografien. Und in dem Album, das Gertrud wieder in die Hand nahm, hatten sich auch nicht die Fotoecken gelöst, sondern klebten immer noch fest auf dem Karton.
Klebeecken mit handgeschriebenen Bilderklärungen darunter. Eckengerahmte Erinnerungslöcher, die Gertrud Argenthaler erst einmal zu Tränen rührten.
Dann folgten die Gedanken und dann die Wut, die von einer diffusen Unsicherheit abgelöst wurde. Hatte sie die Bilder aus dem Album genommen?

Die neuen Hofbewohner mussten sofort in den Stall gesperrt werden und dort den ersten Tag und die erste Nacht bleiben, so hatte es Mathilde resolut angeordnet. Erst am nächsten Morgen durfte die Hühnerschar in das Scharr- und Grasgehege und dort konnte sie endlich auch ausgiebig bewundert werden.
So standen am Donnerstagmorgen Walcher, Mathilde, Irmi und natürlich Rolli und Bärendreck vor dem Gehege und warteten neugierig, bis das erste Hühnchen, der Hahn und dann die restlichen acht durch die Hühnerklappe ins Gehege getrippelt kamen. Vorsichtig noch, aber durchaus selbstsicher machten sich die Tiere ans Werk und taten, was sie am besten konnten, nämlich mit den Krallen scharren und nach Fressbarem suchen. Das Hähnchen, schon ganz stolzer Chef der Gruppe, versuchte gar einen Hahnenschrei, der allerdings noch geübt werden musste.
Sie sahen prächtig aus, Hühnchen wie Hähnchen. Bis auf eines mit weißen Federn waren die „Farbschläge wildfarbig", wie es in der Fachsprache hieß. Das Hähnchen hatte noch einen besonders ausgeprägten roten Kamm auf dem Kopf und die breit gewölbte Brust war mit tiefschwarzen Federn besetzt. Natürlich fehlten auch die leuchtend grün glänzenden Schwanzfedern nicht, deren Länge allerdings noch ausbaufähig schien, wie auch das Federkleid seiner Hühnerschar erst in einigen Monaten zu voller Pracht auswachsen würde.
Sie waren schon einige Minuten in Aktion, als Irmi jauchzte: *Das sind ja neun, Entschuldigung, Herr Hahn, zehn, wir haben zehn Federtiere.* Und Rolli bellte dazu, was das Hühnervölkchen jedoch nicht sonderlich zu irritieren schien.
Sie fühlten sich sichtlich wohl.
Nicht wohl fühlte sich Walcher. Susanna hatte zum zweiten Mal hintereinander den angekündigten Wochenendbesuch abgesagt und zwar mit einer seltsamen E-Mail, seltsam jedenfalls empfand sie Walcher.
Fühle mich immer noch dezimiert von meinem Grippedurchfall oder

was immer es auch war. Auch die letzte Orchestertour, eine Tortour sondergleichen, steckt mir noch in den Knochen. Und überhaupt, irgendetwas mache ich falsch, glaube ich. Muss für mich sein, verstehst du sicher, melde mich, wenn ich mich besser fühle. Susanna.

Walcher war lange vor der Mail gesessen und hatte versucht die eigentliche Botschaft zu entschlüsseln, denn Susanna hätte noch vor ein, zwei Monaten einfach angerufen und vermutlich gesagt: „Mir geht's nicht gut, komm zu mir und tröste mich, ich sehne mich nach dir."

Irgendetwas war geschehen. Hatte sie sich in einen anderen Mann verliebt und damit das Bombardement von Liebeshormonen neu justiert? Oder reagierte sie nur auf sein Verhalten, denn seit dem letzten Treffen zu Ostern hatte sich Walcher etwas zurückgehalten. Über das Thema Wohnsitz hatten sie diskutiert und waren auf keinen gemeinsamen Nenner gekommen. Näher zusammen ja, aber Susanna wollte nicht auf Walchers Hof ziehen. „Ich fürchte um meine Zuneigung zu dir", hatte sie erklärt, „spätestens nach der zehnten Waschmaschinenfüllung."

„Das ist zwar ein plausibles Bild, aber du fürchtest vermutlich nicht um deine Zuneigung zu mir oder vermengende Distanzlosigkeit im Hauptwaschgang, sondern um deine Selbständigkeit", war seine Antwort gewesen.

Walcher waren bei der Diskussion all die Beziehungsprobleme mit seiner langjährigen Freundin Lisa eingefallen und die Aussicht auf eine Wiederholung hatte ihn traurig gestimmt. Deshalb war seine Antwort nicht sonderlich konstruktiv ausgefallen: „Eine Beziehung auf Distanz will ich eigentlich nicht mehr, das wird mir langsam klar", hatte er bestimmt den Kopf geschüttelt. „Ich stelle mir ein gemeinsames Leben vor, auch wenn die Statistik dagegen spricht. Sonst kann ich genauso gut weitermachen wie bisher".

Vielleicht hätten sie einen Moderator gebraucht, aber so war ihr Austausch an Gedanken und Gefühlen abgebrochen.

Die folgenden Telefonate beschränkten sich auf das Abfragen und Mitteilen von Zuständen und Arbeitsdaten. *Wie geht's dir? Danke. Bin die nächsten Tage schwer erreichbar ... wollt' ich bloß sagen.* Und so weiter. Schwergängig wie ein Eisbrecher, der gegen zu dickes Eis ankämpft. War das Verfallsdatum ihrer Beziehung erreicht, bevor eine feste Verbindung daraus wurde? Weiter kam Walcher nicht mit seinen Gedanken, das Telefon klingelte. Oma Armbruster gab ihm eine Einkaufsliste für „schwere Sachen" durch. *Des schwere Glump holt immer d'r Josef,* gab sie ihm zu verstehen, dass er diesen Part übernehmen musste, wenn schon ihr Josef für Walcher den Agenten spielte. Also schrieb er auf, was er besorgen sollte. Und dass er das Gewünschte bei Frau Zehner einzukaufen hatte war ohnehin klar.

Frau Zehner

Es war ein Jammer zu erleben, wie Frau Zehner das Warenangebot ihrer „Handlung" von Monat zu Monat reduzierte. Konnte man noch vor einem Jahr Bohnerwachs, Melkfett, Zigarren, wollene Unterwäsche, Dosenwurst, Fliegenfänger und alles, was man sonst für ein zivilisiertes Leben brauchte, bei Frau Zehner einkaufen, so beschränkte sie ihr Angebot Stück um Stück auf das absolut Notwendigste.
Hingen früher aus Platzmangel viele Waren an Stricken von der Decke herunter, standen gestapelt auf dem Boden oder quollen aus den überfüllten Regalen, herrschte nun übersichtliche Leere, wie man sie aus Erzählungen über die Kriegsjahre kennt. Auch hatte Frau Zehner gut die Hälfte der altertümlichen, schweren Regale abgebaut und Platz geschaffen für drei Tische, an denen sich ihre Freundinnen trafen, um einen Kaffee zu trinken und sich über die Männer und die Gicht auszutauschen und was sonst so alles geschah in Weiler, im Allgäu, in der Welt.
Frau Zehner war eine Institution, eine Sozialstation. Wie vielen Menschen, hauptsächlich Frauen, die vom Lebensglück nicht gerade verwöhnt worden waren, sie schon geholfen hatte,

wusste vermutlich nur sie, aber darüber sprach sie niemals. *Des g'hert sich so,* war ihre bescheidene Antwort, wenn sie nach dem Warum für ihr Engagement gefragt wurde.
Frau Zehner musste inzwischen um die Neunzig sein, ihr genaues Alter verschwieg sie mit der Begründung: *'s glaubt mir ja koiner, so wie i beianand bin.*
Seit seinem ersten Besuch der Handlung, als Walcher vor zehn Jahren den Hof gekauft hatte, empfand er große Sympathie für Frau Zehner. Umgekehrt wurde Walcher von ihr geradezu vergöttert, nicht zuletzt seit er einen Batzen Geld aus dem Sparstrumpf eines Auftragsmörders – nicht rechtmäßig, aber durchaus sinnvoll – in Frau Zehners Sozialkasse umgeleitet hatte, aus der sie besonders Bedürftige unterstützte.
Wer bei Frau Zehner etwas kaufte, bekam obendrauf noch alle Neuigkeiten, Gerüchte, Ratsch und Tratsch aus und um Weiler, ja aus dem gesamten Westallgäu mit, gratis natürlich und seit neuestem bei einer Tasse Kaffee, die bescheidene fünfzig Cent kostete. Dieser letzte Teil des Einkaufs, den Walcher die Informationsbörse nannte, wurde mit der rein hypothetischen Frage eingeleitet: *Ham S' scho g'hört?*
Es wäre unhöflich gewesen, dieses Angebot abzuschlagen, deshalb erfuhr Walcher, dass man den alten Burger Hermann, den Vater vom Gustav, gefunden habe, endlich, nach drei Jahren. Seine Knochen und ein paar Kleidungsstücke waren im Frühjahr beim Niedrigwasser im Bodensee aufgetaucht. In einem Naturschutzbereich im Schilf sei er gelegen. Nur wegen der Vermisstenanzeige habe man eine Verbindung ins Allgäu herstellen können. Dann hätten's die DNA mit einer Haarlocke verglichen, die auf einem Jugendfoto geklebt war, und es hätt' gepasst. Unglaublich, was man heut' alles mit den Leut' machen konnte. Aber warum er dort im Wasser lag, konnten sie nicht herausfinden. Auch die Burgers können sich nicht vorstellen, was er dort zu suchen hatte. War ja einfach verschwunden. Mittags aus dem Haus und nie mehr zurück. Einfach so! War doch so ein Guter, der Hermann, und schwimmen konnte er auch nicht. Wird wohl immer ein

Geheimnis bleiben, weil man auch nicht mehr die Todesursache feststellen könnt', wäre ja nichts mehr da, wegen der Fische und so.
Walcher nutzte das gemeinschaftliche Entsetzen Frau Zehners samt ihrer beiden Besucherinnen, die sicher zum wiederholten Male diese Geschichte gehört hatten, und verabschiedete sich leise. Es war auch höchste Zeit, denn Oma Armbruster erwartete ihn bereits voller Ungeduld.
Sie könne sich nicht erinnern, länger als einen Tag von Josef getrennt gewesen zu sein, warf sie ihm vor und gab ihm deutlich zu verstehen, dass er nun gefälligst mit ihr einen Kaffee zu trinken habe. Schließlich wäre diese *Unterkoffer-G'schicht* ja auf seinem Mist gewachsen.

Versteckter Ermittler

Gartenarbeit war die beste Therapie, die sich Walcher verordnete, um nicht ständig an Opa Armbruster zu denken.
Das Handy griffbereit in der Hosentasche, setzte er die frischen Salatpflänzchen zwischen die bereits vorhandenen, die allerdings entweder hochgeschossen oder von Schnecken halb aufgefressen waren. Dann band er band den Dill hoch und zwickte die wilden Triebe der Tomaten aus.
Mathilde hatte mit Irmi einen richtigen Bauerngarten zuwege gebracht. In die Lücken der alten Buchshecke, die den Nutzgarten umfriedete, hatten sie junge Setzlinge gesteckt, die inzwischen gut angewachsen waren.
In den Beeten zwischen Zwiebeln, Möhren, Gurken, Bohnen, Tomaten, Lauch, Sellerie, Blumenkohl und Rosenkohl standen nicht nur die unterschiedlichsten Kräuter, auch die typischen Blumen der Bauerngärten, Kugeldisteln, Stockrosen, Margariten, Tränendes Herz, Bauernhortensie, Bilsenkraut, Eisenhut, Ringelblume und einige, deren Namen sich Walcher nicht merken konnte.
Er hatte die Gartenregie an die beiden abgegeben, die mit viel

Liebe und Spaß ständig irgendwelche Samen auf dem Fensterbrett hochgezogen und eingesetzt hatten. Nur für einfache Gartenarbeit war er noch eingeteilt, eine Entwicklung, die er mit gespielter Entrüstung angenommen hatte.
Unruhig wanderte Walcher immer wieder ziellos im Hof herum, ging zu den Hühnern und sprach mit ihnen, was den Hund furchtbar eifersüchtig machte. Warum rief Armbruster nicht an? Sie hatten vereinbart, dass er sich jeden Mittag und Abend kurz bei ihm melden sollte. Irmi war mit Freunden unterwegs, Mathilde im Dorf.
Sollte er zur Residenz fahren, aber mit welcher Begründung konnte er dort auftauchen, ohne Misstrauen zu erwecken? Walcher beschloss die beiden Sensen zu dengeln, das machte Krach und würde ihn ablenken.
Bis neunzehn Uhr beschäftigte er sich, dann endlich kam der erlösende Anruf.
Bis dahin hatte er die Werkbank in der Garage aufgeräumt, einen Berg Erde aus dem Komposthaufen gesiebt, die Terrasse gekehrt, die Stämme der vier Obstbäume gebürstet, Rolli einige Stöckchen geworfen, zwei Sherrys getrunken, der heimgekommenen Irmi mangelnden Einsatz bei der Gartenarbeit vorgeworfen – was man eben alles so tut, wenn man auf einen wichtigen Anruf wartet.
Hier Undercover Agent, Deckname Armbrust, meldete sich verschwörerisch der Anrufer.
Ich hoffe, du rufst nicht vom Apartment aus an, rief Walcher und traf wieder einmal Armbrusters empfindliche Seite.
Ja Heilandsack, musst mich eigentlich immer für trottelig halten? Natürlich hab' ich einen Spaziergang gemacht und mich in die Büsche geschlagen. Hab' nicht vergessen, dass es wahrscheinlich eine Abhöranlage gibt. Was wollt' ich dir denn sagen? Jetzt hast du mich völlig durcheinander gebracht. Mir ... mir geht's gut und alles in Ordnung, rufe dich morgen wieder an. Gib meinem Weib die Nachricht weiter, hab' sie nicht erreichen können, und sag ihr, dass sie mir fehlt. Brauchst jetzt gar nicht lachen, ist wirklich so. Unter all den aufgetakelten Krähen hier weiß man erst, was man hat am eigenen Weib. Und jetzt gute Nacht, du missratener Sohn, der

seinen Vater in solch ein Altersheim sperren will, pfui Teufel!
Walcher fühlte sich befreit, denn Armbruster schien Spaß am Spiel zu haben. Und was sollte denn schon passieren?
Ein alter Mann testete seinen möglichen Alterssitz, da war es ganz normal, dass er neugierige Fragen stellte und sich alles ansehen wollte. Als er Oma Armbruster anrief und den Gruß ausrichtete, lachte sie: *Tut dem Alten gut, dann merkt er erst mal, was er an mir hat. Wir sollten öfter mal aus dem Trott raus.*
Do spielt's koi Roll it, wia alt ma isch, hängte sie noch in breitem Dialekt an.
Im selben Moment, in dem Walcher auflegte, klingelte das Telefon, Armbruster war noch mal dran. *Das Wichtigste hab ich wegen unserer Blödelei vergessen. Schau dir den Arzt an, den Herrn Professor. Bei dem stimmt irgendetwas nicht, der kommt eher aus der Forschung oder Lehre als aus der Praxis. Der hat sich einen Dreck um meine Zipperlein gekümmert, dem ging es nur darum, im Eiltempo die Pflichtuntersuchung für Neubewohner hinter sich zu bringen. Ansonsten macht es sich gut an, habe heute schon einige Kontakte gehabt, durchweg offen und positiv die Leute hier, wenn man das mag, verstehst?*
Verstehe, versicherte Walcher, *und dank dir, dass du noch mal angerufen hast, hab' mir schon Sorgen gemacht, dass du wirklich sauer auf mich wärst.*
Glaub' ich dir zwar nicht, aber ist schon in Ordnung, ich bin halt manchmal ein Ungetüm, gute Nacht, Bub.
Walcher wünschte ihm zwar auch eine gute Nacht, aber die Verbindung zu seinem Undercoveragenten war schon vorher abgebrochen. Während er überlegte, wann er Brunner von seiner Aktion mit Armbruster erzählen sollte, klingelte schon wieder das Handy. Gedankenübertragung oder was auch immer, Brunner war dran.
Was haben wir kürzlich bei unserem Mittagessen besprochen und vereinbart?, brachte sein lautes Organ Walchers Trommelfell zum Flattern, *wir informieren uns. Ach, ich hätte es mir denken können. Solche Abmachungen vergessen Sie, wie es Ihnen gerade in den Kram passt. Aber diesmal haben Sie den Bogen überreizt, mein Lieber. Sie sind nicht der BND, und wenn jemand einen Ermittler*

in den Laden schickt, dann bin ich das, verstanden? Haben Sie verstanden?
Walcher hielt das Handy etwas vom Ohr weg und musste drei Mal ansetzen, bevor er Gehör fand. *Ich ... so hören Sie doch ... Brunner, verdammt noch mal, so hören Sie mir doch bitte ...*
Erstens brüllen SIE mich nicht an, wetterte der Kommissar aus dem Hörer, *und zweitens ist vermutlich ohnehin alles gelogen, was Sie mir auftischen. Aber bitte, ich gebe Ihnen noch eine Chance, deshalb überlegen Sie sich eine gute Story.*
Ich gebe zu, ich habe mich nicht getraut, mit Ihnen im Vorfeld darüber zu reden, weil Sie ohnehin dagegen gewesen wären. Und wenn ich Ihnen sage, dass ich den Hörer in der Hand hatte, um Sie zu informieren, dann würden Sie mir das sicher nicht glauben ...
Da können Sie sicher sein, schob Brunner dazwischen, aber Walcher fuhr unbeirrt fort: *Sie sollten die positive Seite sehen. Wer könnte unverfänglicher auftreten als ein Rentner, der sich wirklich über seinen Altensitz informieren will ...*
Und das ist ausgerechnet Ihr Opa Armbruster! Ja verdammt noch mal, wann hören Sie endlich auf, mich zu verarschen? Brunner schien jetzt wirklich gekränkt zu sein.
Jetzt seien Sie doch nicht so stinkig, versuchte Walcher in die Pause von Brunner zu preschen. *Opa Armbruster ist die beste Besetzung für solch einen Job. Er kommt von hier und hört die Zwischentöne, und was macht er denn schon Großartiges, er wohnt drei Tage zur Probe und sieht sich sein künftiges Domizil an, nichts weiter.*
In Ordnung, aber wenn ich nicht jeden Tag von Ihnen einen Bericht bekomme, nehme ich Ihren Opa fest, hole ihn als Hochstapler aus der Schusslinie und erkläre allen Leuten dort, dass der Sohn in Wirklichkeit ein berüchtigter Investigativ-Journalist ist, verstanden? Also, was war bisher los?
Walcher rapportierte: *Seit gestern Mittag keine besonderen Vorkommnisse. Der versteckte Ermittler hat Kontakt zu diversen Bewohnern aufgenommen und fühlt sich angenommen von der Gemeinschaft. Er musste sich einem Gesundheitstest unterziehen und stellte bei dieser Gelegenheit fest, dass der dort behandelnde Arzt nicht den Eindruck eines Praktikers macht, sondern mehr aus*

dem Bereich Forschung und Lehre zu stammen scheint. Sobald sich unser Ermittler wieder meldet, werde ich Ihnen Weiteres berichten. Ganz im Ernst, ich wollte Ihnen wirklich Bescheid geben, aber eben erst, als Armbruster in der Residenz saß, verstehen Sie das?
Nix verstehe ich oder akzeptiere oder toleriere ich oder sonst was, verstanden? Ich bin nicht so einfach zu besänftigen. Also sparen Sie sich Ihren Honig, knurrte Brunner.
Woher wissen Sie überhaupt davon?, fragte Walcher dazwischen.
Im Moment sind Sie der Letzte, den ich über meine Quellen informieren würde, und nun gute Nacht, brach Brunner das Gespräch ab. Schade, dass man ein Handy nicht wie früher auf die Gabel des Telefons knallen konnte, dachte Walcher, sicher hätte es Brunner heute liebend gern knallen lassen. Scheiß Technik, mancher Effekt ging einfach verloren.
Es war höchste Zeit für einen Sherry und dafür nahm Walcher auch die Kommentare von Mathilda und Irmi in Kauf, die im Wohnzimmer fernsahen und sich irgendeinen Musikantenstadel antaten. Es half nichts, er musste an ihnen vorbei, um an den Giftschrank zu kommen. Nur Rolli freute sich schwanzwedelnd über seinen kurzen Auftritt.
Als er Minuten später wieder in seinem Büro saß und die eingegangenen E-Mails durchlas, brauchte er wirklich einen Sherry. Johannes hatte nochmal geschrieben, dass er nicht daran dachte, selbst für einen alten Freund nicht, in die gemeine und irrtümlich als normal bezeichnete Welt zurückzukehren. *Glaub mir, die normale Welt ist hier oben. Hier nehme ich wieder Tag und Nacht wahr und gehe in einem Tempo, das meiner Biologie entspricht, auch wenn ich Schwielen auf den Handflächen habe und mir ständig der Rücken schmerzt.*
Ich sammle Kräuter und der Tee davon schmeckt wie göttliches Manna. Die Luft, die ich hier atmen darf, erzählt mir Geschichten von realem Wachstum und Ertrag und nicht von irgendwelchen Aktien, die kaum gekauft in den Keller sinken oder gesplittet werden, wenn sie im Wert zu hoch steigen. Und dann die Ruhe.
Letzte Woche war ich in Zürich, um meine Wohnung aufzulösen. Ich kam mir vor wie ein Neandertaler, den eine Zeitmaschine ausgekotzt hat. Sämtliche Züricher schienen Jagd auf mich zu machen.

Zum ersten Mal wurde mir bewusst, wie gefährlich, ungesund und überhaupt völlig blödsinnig das Leben in einer Stadt ist. Nie wieder, schwor ich mir und musste mich ordentlich volllaufen lassen.
Ich könnte dir nicht helfen, selbst wenn ich es wollte. Was willst du mit einem scheuen, verstörten Bergbauern anfangen, der sich vor jeder Rolltreppe in die Hose pisst? Ich weiß, du wirst mich verstehen, denn dir fehlen praktisch nur ein paar Meter an Höhe und du bist dort, wonach du dich sehnst. Komm mich bald besuchen.
Johannes.
Walcher nickte, trank den Rest aus dem Glas. Er schmeckte bitter, der Sherry. Dafür hob die zweite E-Mail seine Stimmung wieder etwas an.
Mein lieber Freund aus dem wundervollen Allgäu.
Es gibt beinahe keinen Tag, an dem ich nicht an Ihre so herzliche Gastfreundschaft und an Ihre wundervolle Heimat denke, und natürlich an die vorzügliche Kochkunst der lieben Frau Mathilde, der Sie bitte einen herzlichen Gruß von mir ausrichten. Ich habe hier in Nanjing bei einem Käsehändler eine Käsesorte entdeckt, die ähnlich duftet und schmeckt wie der Weisslacker. Damit habe ich bereits zwei sehr gute Freunde in die Flucht gejagt. Es gibt hier nur wenige Menschen, die diesem Käse freundlich gesonnen sind.
Auch etwas anderes habe ich entdeckt. Wie bei unserer Recherche zu der Viren-Mafia habe ich meine Informatik-Kontakte genutzt und bin dabei auf ein interessantes Joint-Venture von chinesischen Städten und einem amerikanischen Investor gestoßen.
Sie ahnen es bereits, ja, es handelt sich um den von Ihnen erwähnten Pharmariesen GMC beziehungsweise um eine Tochterfirma namens „Himmelwagen", hinter der sich eine Bauträgergesellschaft verbirgt, und dann gibt es noch eine Betreibergesellschaft, die sich „Sonniger Herbst" nennt. Die einen bauen, die anderen betreiben sie, die Altersheime.
Allein in Nanjing werden derzeit vier Heime gebaut, zwei wurden bereits im vergangenen Jahr eingeweiht. In diesen Heimen werden hauptsächlich Menschen untergebracht, die sich in irgendeiner Weise in der Partei, also im Staatsdienst, verdient gemacht haben, denn die chinesische Partei ist der Staat.
Sie können sich denken, verehrter Freund, dass ich mich nicht

zurückhalten konnte, einem der letztjährig eröffneten Heime einen Besuch abzustatten.
Bei Konfuzius, das war ein harter Gang. Von den fünf Tugenden, die unsere Kultur so stark prägen, habe ich nichts mehr entdecken können, vor allem nichts von der „Verehrung der Alten“, die einen wesentlichen Bestandteil unserer drei sozialen Pflichten darstellt. Vielmehr glaube ich, dass in China eine Form des Kapitalismus Einzug gehalten hat, der sich mit seiner grässlichsten Fratze zeigt: der Menschenverachtung. Und das in dem Land, das für sich in Anspruch nimmt, das einzig wirklich sozialistische Land dieser Erde zu sein.
Nach meinem Gang durch das Altersheim habe ich mich entschlossen, noch mehr Geld für meinen Lebensabend auf die Seite zu legen oder aber, wenn mir das nicht gelingen sollte, mich dem Drachen hinzugeben, in keinem Fall aber jemals in solch ein Heim zu ziehen.
In unserem Schöpfungsplan ist etwas ziemlich aus dem Ruder gelaufen, denn ein solches Lebensende, wie ich es dort angetroffen habe, darf es nicht geben. In winzigen, allerdings hygienisch pflegeleichten Zellen, die an eine Pathologie erinnern, dämmerten bis zu acht Menschen – wobei die Zimmer bereits mit zwei Menschen als überbelegt bezeichnet werden müssten – auf übereinander gestellten Holzpritschen ihrem biologischen Ende entgegen.
Ich habe nach entsprechenden Analogien aus dem Tierreich gesucht und bin nun endgültig zu der Erkenntnis gelangt, dass der Anspruch der Menschen, über dem Tier zu stehen, durch nichts zu rechtfertigen ist. Nach Gesprächen mit einigen der Insassen muss davon ausgegangen werden, dass an ihnen, vermutlich den weniger verdienten ehemaligen Leistungsträgern, so ziemlich alles getestet wird, wofür es künftig einen lukrativen Markt geben könnte.
Medikamente, Nahrungsmittel, Verbandsmaterial, Vitamine, Kunstorgane, Impfstoffe, Kampfstoffe, Funkwellen – ein unglaubliches Horrorszenarium. Bisher glaubte ich, dass Derartiges nur in Straflagern oder Irrenanstalten geschehen würde.
Der Mensch bekommt nach seiner Geburt ein Namensband um das Handgelenk und am Ende seines Lebens heftet man ihm wieder ein Band um das Handgelenk, dieses Mal mit einer Nummer.

Der Mensch, reduziert auf eine vierstellige Testnummer.
Als „Weltverschwörungstheorien" habe ich solche Geschichten in der Vergangenheit abgetan, umso schmerzhafter war nun dieser Weckruf. Faschistoide Menschenverachtung – eine normale Charaktereigenschaft des Menschen? Es scheint so zu sein.
Unter Maos Anleitung hat sich mein Volk gegenseitig abgeschlachtet, angeblich für eine sozialistische, eine würdigere, eine bessere Zukunft. Heute werden meine Landsleute für das Versprechen geopfert, unserem Nachwuchs eine goldene Zukunft zu ermöglichen – vermutlich als degenerierter Konsumhandy-User.
Mein lieber Freund Walcher, ich bin Mathematiker und habe mich nie besonders um Politik gekümmert. In einem Glashaus der Bits und Bytes habe ich gelebt und nun dämmert mir, dass ich teilhabe an einer industriellen und ethischen Revolution, deren Folgen dieser Planet vermutlich nicht überstehen wird.
Entschuldigen Sie bitte, aber der Besuch in diesem Altenheim hat mich zutiefst deprimiert. Meinen Sie, dass man dagegen etwas tun kann, also nicht gegen meine Depression, sondern gegen diese Versuchslager, die sich Altenheime nennen? Wenn überhaupt eine Veränderung herbeigeführt werden kann, so denke ich, dass dazu der Weg über die Öffentlichkeit im Westen gehen müsste. Hier in China interessiert Derartiges nur die unmittelbar Betroffenen, sonst niemanden, noch dazu, wenn der Staat, die Provinz oder eine Stadt als Partner beteiligt sind.
Teilen Sie mir bitte Ihre Ideen mit, wie Sie sich weitere Schritte vorstellen könnten. Vielleicht sollten Sie bald das Land der Mitte besuchen und dort die alte Kaiserstadt Nanjing, die auch die „Südliche Hauptstadt" genannt wurde, in einer Zeit, in der die Herrscher keine sozialen Philosophien vorgeschoben haben, um ihr Volk auszubeuten.
Seien Sie herzlich gegrüßt von Ihrem Fu Medongh, der sich glücklich schätzen würde, Ihnen unseren Weisslacker präsentieren zu können.

Eigentlich hatte Walcher zu Bett gehen wollen, aber dann aus Gewohnheit noch in den Mailordner geschaut.
Kurz nach Mitternacht war es, die beiden Fensterflügel

standen weit offen und ließen ungehindert die Nachtluft hereinströmen. Es duftete würzig nach Sommer und dem ersten Heu.
In Nanjing war es etwa sieben Uhr am Morgen. Vielleicht saß der Professor gerade beim Frühstück.
Walcher ging hinunter in die Küche und holte sich den Rest des Rotweins, der noch vom Abendessen übrig war. Mit dem Glas setzte er sich vor den Computer. Es hatte seinen Reiz, sich vorzustellen, dass auf der anderen Kugelseite die Sonne bereits aufgegangen war, und außerdem hatte Walcher entdeckt, dass E-Mails nicht nur aus hektisch dahingetippten Satzfetzen bestehen mussten.
Auch die Mails, die er mit Hinteregger austauschte, glichen eher altmodischen Briefen, aber genau das machte den Spaß aus, vielleicht wurden sie ja zu Begründern der Ausführlichkeit in Zeiten verstümmelter SMS-Sprache.
Verehrter Professor, Ihre Mail habe ich mit großem Interesse und großer Bestürzung gelesen. Leider haben Sie sehr wahrscheinlich Recht, wenn Sie Menschenverachtung als eine normale Charaktereigenschaft des Homo sapiens vermuten. Wie sonst wären all die Grausamkeiten zu verstehen, die an jedem Tag von Menschen an Menschen begangen werden, und das beileibe nicht nur in Kriegszeiten. Aber glauben Sie mir, wenn wir diese Erkenntnis zu nahe an uns heranlassen, verlieren wir den Lebensmut und die Fähigkeit, uns über andere Dinge zu freuen, die das Leben zu bieten hat. Zum Beispiel solche Menschen wie Sie kennen zu lernen und mit ihnen das Geheimnis des Weisslackers zu teilen. Oder die unerschöpflichen Wunder auf dieser Welt zu entdecken, auch die im Kleinen, wie die wundersame zarte Feder eines Vogels, die der Wind hier auf meinen Schreibtisch geweht hat.
Obwohl sich der Mensch so unglaublich viele Fähigkeiten angeeignet hat, eines ist ihm verwehrt geblieben, nämlich den Sitz des Monsters in sich zu entdecken und zu kontrollieren.
In regelmäßigen Intervallen stürzen wir von unserem hohen Niveau in steinzeitliche Niederungen ab und werfen unsere kulturelle Entwicklung mit einer Leichtigkeit ab, als hätten wir nicht mühselig über Generationen hinweg daran geschmiedet und poliert.

Gegen diese Rückschritte zu kämpfen kann ebenso befriedigend sein, wie sie als einen Bestandteil unserer Spezies zu akzeptieren.
Sie erwähnten den großen Führer Ihres Landes, Mao, der in einer Reihe mit Stalin und Hitler – ich beschränke mich auf die Neuzeit – zu nennen ist und dennoch in Ihrem Land wie eine Gottheit verehrt wird. Millionen Menschen wurden für nichts als den Egowahn eines Einzelnen hingeschlachtet ... und ein Ende ist nicht in Sicht. Wie viele Menschen wurden allein seit dem letzten Weltkrieg 1945 im Namen irgendeines Führers umgebracht?
Ich habe nachgesehen, es sind unglaubliche 50 Millionen Menschen weltweit, ohne dabei Naturkatastrophen oder Epidemien zu berücksichtigen.
Lieber Freund, ohne zynisch werden zu wollen, vielleicht liegt hier jenes Regulativ, das die Welt vor einer allzu raschen Überbevölkerung bewahren könnte. Aber zurück zu Ihrer Frage.
Ich glaube nicht, dass Sie zu diesem Thema recherchieren sollten. Noch denke ich mit Grauen an die Ängste, die ich bei Ihren Viren-Recherchen ausgestanden habe. Außerdem haben Sie absolut Recht, dass erst einmal im Westen die Öffentlichkeit wachgerüttelt werden muss. Unternehmen wie GMC sind nämlich trotz aller Mächtigkeit sehr empfindlich, wenn es um Umsatzeinbußen und Imageverlust geht. Allerdings sind wir hier noch weit davon entfernt, diesem Konzern irgendwelche Ungesetzlichkeiten nachweisen zu können. Unter Umständen entpuppt sich das Ganze nur als die Gier eines lokalen Geschäftsführers. In jedem Fall werde ich Sie auf dem Laufenden halten.
Dass es in Nanjing einen Weisslacker gibt ... kann ich nur als eine himmlische Fügung verstehen und mich doch ernsthaft mit einer Reise in das Reich der Mitte beschäftigen. Vielleicht finde ich ja einen Verlag, der mich mit einem Recherchethema nach China schickt, denn ansonsten sind meine Mittel eher begrenzt ... und außerdem sollte auch ich mich um die Finanzierung meines Lebensabends kümmern.
Herzlich grüße ich Sie und wünsche Ihnen einen guten Morgen und einen Tag der Zufriedenheit,
Ihr Robert Walcher

Deine Corry-Angel hat so gar nichts mit einem Engel zu tun und auch nichts mit ihrer Namensgeberin, der heiligen Cornelia. Leider! Glaub mir, ich hätte dir gerne etwas anderes berichtet. Bitte akzeptiere, dass ich Nachforschungen angeordnet habe, weil ich in größter Sorge um dich war. Dyringer schaffte es, eine schuldbewusste Miene zu ziehen, nahm den Whisky sour und prostete Vattenbourgh zu.
Der ignorierte die Geste und meinte nur: *Sei nicht so scheinheilig, dir geht es nicht um mich. Aber ich akzeptiere dein Vorgehen, vermutlich hätte ich ebenso gehandelt.*
Dyringer schien sichtlich erleichtert über Vattenbourghs sachlichen Ton. *Das freut mich und beruhigt mich, offen gestanden. Ich hatte mich auf einen Boxkampf eingestellt,* lächelte er, *also deine Geliebte ist nicht das, für was sie sich ausgibt.*
Schieß los, ich möchte hier nicht ewig herumsitzen.
Die beiden saßen in der Bar des ältesten Yachtclubs Baltimores, der trotz des frühen Nachmittags bereits gut besucht war. Dyringer zog mit einem Seufzer ein gefaltetes Papier aus der Brusttasche, öffnete und strich es auf der Thekenplatte glatt. *Ginger Ross, so heißt Corry-Angel Palmer in Wirklichkeit, ist in Eugene an der Westküste in Oregon geboren und dort aufgewachsen. Sie besuchte die Grundschule ...*
Komm auf die wesentlichen Treffer, unterbrach ihn Vattenbourgh.
Gut, seufzte Dyringer, *sie studierte Psychologie und Malerei. Das Geld dafür ... also ... sie verdiente es sich ... gewissermaßen ... verdammt, ich will dich nicht verletzen, aber sie war eine Hure und ist es immer noch.* Dyringer schien auf den Ausbruch von Vinc zu warten, nahm noch einen Schluck und fuhr fort, als sein Partner völlig ruhig blieb. *Ginger Ross kann engagiert werden, um ... um Menschen auszuhorchen. Sie hat das schon mit Politikern und Unternehmern gemacht, ja sogar ein Bischof war dabei. Wir wissen noch nicht ...*
Wer ist wir?
Frontman, Porter und ich, Dyringer flüsterte beinahe und hielt

den Kopf etwas gesenkt, das personifizierte schlechte Gewissen.
Weiter, forderte Vattenbourg, *was wisst ihr noch nicht?*
Wer sie beauftragt hat.
Findet es heraus! Vattenbourgh stand auf und ging grußlos aus der Bar. Dyringer lächelte, nickte versonnen und nestelte das Handy aus der Tasche. Frontman war dran, der mit Porter auf den vereinbarten Anruf gewartet hatte. *Vinc ist wieder an Bord, denke ich,* mehr sagte Dyringer nicht, steckte das Handy weg und nahm den letzten Schluck Whisky sour.

Die Clearer

Besonders bei älteren Menschen wirken Höflichkeit, ein Lächeln, geduldiges Zuhören und eine laute deutliche Aussprache eindeutig vertrauensbildend.
Christopher Corner und Richard Bracket wussten das natürlich und besaßen auch die schauspielerischen Fähigkeiten, solche Erkenntnisse umzusetzen. Wer ihnen länger als fünf Minuten ausgesetzt war und zudem bereits das Rentenalter erreicht hatte, lief Gefahr, die beiden adoptieren zu wollen.
Gut gekleidet, saubere Fingernägel, ordentliche Frisur, die meisten Bewohner, vor allem die weiblichen, hätten in Christopher und Richard liebend gern ihre Söhne gesehen – ja, vielleicht sogar mehr als das – und gaben bereitwillig die gewünschten Auskünfte. Selbst verstockte, schweigsame oder unsichere Menschen tauten nach kurzer Zeit auf und beantworteten sogar Fragen zu Problemen, über die man in solch einer Seniorenresidenz besser schweigen sollte.
Mit einem Schreibblock bewaffnet klapperten sie der Reihe nach die Apartments ab, stellten sich den Bewohnern vor und erklärten den Grund ihres Besuches. Von der Unternehmensspitze seien sie geschickt worden, um herauszufinden, ob die einzelnen Residenzen zur absoluten Zufriedenheit ihrer Bewohner geführt würden. Es wären ihnen da einige Dinge

zu Ohren gekommen, die von dem Präsidenten der LIFEUS-Seniorenresidenzen nicht geduldet werden könnten. Deshalb seien sie geschickt worden, um nach dem Rechten zu sehen, machten sie den Ängstlicheren unter den Senioren Mut.
Bereits während der ersten fünf Gespräche des ersten Tages hatten Christopher und Richard vertrauensvoll zwei schriftliche Aufzeichnungen überreicht bekommen, in denen detailliert der Druck beschrieben wurde, den der Hausmediziner und der Selbstverwaltungs-Verein ausübten, um die Leute zur Teilnahme an Medikamententests zu überreden. Auch dass einige Senioren Testamente zugunsten des Vereins verfasst hatten oder Versicherungen abschließen mussten, die sie eigentlich gar nicht gewollt hatten, erfuhren die beiden „Clearer". Von Diebstählen wurde ihnen erzählt und von einigen Fällen von Erpressung durch das Personal. Scheinbar hielten die meisten Hilfskräfte ihre Hände auf und forderten Trinkgelder in respektablen Höhen. Oder das Schweigen der Pfleger musste erkauft werden, die sonst die eine oder andere Altersschwäche ausplauderten. Wer hat es schon gern, wenn die Nachbarn vom eingenässten Bett erfuhren, der Perücke, dem verlegten Zahnersatz oder von der Flasche Schnaps, die ständig auslief? Da zahlte man dann doch lieber ein ordentliches Trinkgeld.
Vor allem die hilfebedürftigen Bewohner, deren Mobilität eingeschränkt war, berichteten von sehr unschönen Methoden der Pfleger, wenn das Trinkgeld zu gering ausgefallen war. Kleinigkeiten meist nur, aber sie konnten älteren Menschen das Leben zur Hölle machen. Da war mal die Fernsteuerung des Fernsehers verlegt oder die Brille, manchmal ein Schuh oder der Korkenzieher und alles kam erst wieder zum Vorschein, nachdem zehn Euro auf dem Tisch lagen.
Vor allem die Seniorenselbstverwaltung, die als gemeinnütziger Verein eingetragen war, wurde wiederholt erwähnt, vorsichtig zwar und eher leise tadelnd, aber dahinter steckte wohl mehr die Angst, als Denunziant aus der Gemeinschaft ausgeschlossen zu werden.
Von unsinnigen Sammelbestellungen war die Rede. Dinge,

die niemand wollte und brauchen konnte, und dennoch bestellte und bezahlte man, weil es ja um eine gute Sache ging. Einer der Bewohner deutete auf seine Sammlung von zwei Regalreihen Lexika, jeweils in 24 Bänden und von verschiedenen Verlagen, in die er noch nie einen Blick geworfen hätte, weil die Schrift so klein sei. Zwei weitere Regalreihen waren mit Sammelbänden der Weltliteratur bestückt, die er auch noch nie angeschaut hätte, weil er ohnehin nur Krimis lese. Bei denen wäre es nämlich völlig egal, wenn man mal ein paar Seiten überblättere.

Eine andere Befragte zeigte ihre Silbermünzen, die sie sich hatte aufschwatzen lassen, was noch in Ordnung wäre, wie sie sagte, weil es ja der Selbstverwaltung zugute käme. Schlimmer hingegen wären da schon die Patenschaften, die sie für Kinder in allen Teilen der Welt übernommen hätte, für ein paar Bäume im Regenwald, für Wasserquellen in der Sahara, für die Erhaltung der Mopsfledermaus und für das wild lebende Muntjak, von dem sie nicht einmal wusste, was das überhaupt für ein Viech sei.

Ständig käme irgendein Vertreter und wenn mal Ruhe wäre, dann käme der Oberst mit irgendeinem Zeugs daher, damit sich die Kasse der Seniorenselbstverwaltung fülle. Sogar ein Mann in einer Soutane sei dagewesen und hätte günstige Sterbehilfe angeboten, quasi als Sonderangebot im Paket mit Feuerbestattung und Ascheausbringung vom Flugzeug aus über dem Gebiet der eigenen Wahl. Da könne man sich dann auf sein Wohngebiet herunterrieseln lassen.

Freitag

Die Altsteirer durften einen ersten Ausflug machen, damit sie ihre Umgebung erkunden konnten, und lernten, wieder freiwillig zurück in den Stall zu gehen. Mathilde konditionierte sie mit einem besonderen Leckerbissen, einer Handvoll gekochter und zerdrückter Kartoffeln. Ziel dieser Übung

sollte sein, dass die Hühner auf den Lockruf von ihr, Irmi oder Walcher zum Stall kamen, egal wo sie gerade waren.
Ein gewaltiger Lernprozess, vermutete Walcher, denn die Hühner sollten ihre segensreiche Tätigkeit – nämlich nach Futter scharren und dabei den Boden lüften und düngen – hauptsächlich im Gartenbereich auf den Komposthäufen, Beeten und unter den Obstbäumen ausüben, also auf der entgegengesetzten Seite des Gebäudes. Ergo mussten sie das Hühnergehege verlassen, um das Haus herum auf die Gartenseite laufen und wieder zurück finden.
Bis dahin war es noch ein weiter Weg. Fürs Erste trippelten sie unsicher im Hof herum, immer in der Nähe des Hahns, und pickten Steinchen, misstrauisch in Rollis Richtung äugend.
Walcher saß auf der Bank neben der Haustür und hielt den Hund fest, der vermutlich liebend gern den bunten Haufen Federvieh aufgescheucht hätte.
Nach einigen Minuten rief Mathilde zum ersten Male ihr unnachahmliches *Puut puut putputputputput puut puut putput* und alle wandten sich ihr zu, also auch Irmi, Rolli und Walcher, selbst Bärendreck fühlte sich angesprochen.
Mathilde zerdrückte eine der gekochten Kartoffeln in der Hand und warf etwas davon in Richtung der Schar ... und hatte gewonnen. Sie pickten die Leckerbissen und rasten auf sie zu, dass ihnen selbst der Hahn verdutzt nachblickte, er hatte nämlich in galanter Zurückhaltung die Leckerbissen den jungen Damen überlassen und kannte deshalb das Lockmittel noch nicht. Erst bei Irmis *Putputput* bekam er ein Kartoffelteilchen ab und als Walcher an der Reihe war, die Hühnerschar in den Stall zu locken, kam der Hahn als Erster angetrippelt.
Putputput war von den Pawlowschen Hühnern verstanden worden und zwar bereits nach drei Versuchen.
Damit wehrte sich das Federvieh eindrucksvoll gegen alle leichtfertigen Unterstellungen, die ihre Intelligenz betrafen.
Noch eine Weile saßen Mathilde, Irmi und Walcher auf der Bank und lobten ihre Hühner, die noch einmal in den Hof

durften, denn Hühner brauchen Steinchen als Mahlsteine im Magen, erklärte Mathilde.
Es war eine friedliche Stimmung und sie verscheuchte sogar Walchers Anspannung wegen Großvater Armbrusters Agenteneinsatz.
Das Föhnwetter erlaubte einen weiten Blick und zeichnete am oberen Bildrand die Konturen der Berge scharf wie Scherenschnitte. Leider ließ sich die Ruhe nicht lange halten, denn Oma und Opa Brettschneider und Oma Armbruster fuhren auf den Hof, natürlich mit einem Kuchen und einem Korb voll Gemüse aus ihren Gärten.
Nach ausführlichem Lob über das Hühnergehege und die Altsteirer setzte man sich dann auf die Terrasse. Bei Kaffee und Kuchen musste Walcher den Brettschneiders erklären, warum der Josef in einer Seniorenresidenz zur Probe wohnen wollte. Opa Brettschneider fragte, trotz Walchers Erklärungsversuchen, immer wieder verwundert, warum Josef nicht auf seinem Hof alt werden wollte, er hätte es doch so schön dort. *Die Gnade des Alters,* kommentierte Oma Brettschneider dessen Schwerhörigkeit und schlug vor, den mitgebrachten Holunderlikör zu probieren, den sie vergangenes Jahr mit Beeren aus dem Garten in ebenfalls selbst gebranntem Schnaps angesetzt hatte.
Bereits nach einem Gläschen färbte der Likör die Wangen der Runde rot. Während die Frauen sich über Gemüse, Schneckenplage, Eierlagerung und Kochrezepte unterhielten, hatte Opa Brettschneider Walcher unter Beschlag genommen und erzählte von einer Gemüsesuppe, die er im Schützengraben vor Moskau gelöffelt hatte oder war es Smolensk?
Eine Familienidylle, fehlte nur Susanna, dachte Walcher oder war das nur so ein sentimentaler Anfall, der nichts mit einer bestimmten Person zu tun hatte? Eigentlich hatte er keine richtige Sehnsucht nach Susanna, eher eine allgemeine Vorstellung von einer Partnerin an seiner Seite. Und doch, wenn er zu sich ehrlich war, empfand er Wehmut. Warum blieb er aus, der Taumel von Hormonen, und gab stattdessen dem Gefühl von Leere Raum. Er hasste die Analyse am Ende

einer stürmischen Liebe, sie trug den Stempel des Endgültigen wie die Bilanz am Jahresende. Ursachenforschung. Grässlich. Ratio versus Gefühle, aber was waren schon Gefühle? Trugbilder aus der Hormonküche, ähnlich dem Holunderlikör, der Stimmung machte, kurzfristig.
Die Omas kicherten und Opa Brettschneider wollte immer noch seine Kriegserlebnisse zum Besten geben, fand aber nicht den Faden und fragte stattdessen zum wiederholten Mal, warum der Josef in ein Seniorenheim wollte.
Irmi hatte sich mit ihrem Handy in den hinteren Teil des Gartens geflüchtet. Ihre rosa Gesichtshaut und ihr Lächeln ließen vermuten, dass sie mit ihrem neuen Freund sprach.
Ein sympathischer junger Mann, dachte Walcher und trank einen kleinen Schluck Holunderlikör, der trotz klebriger Süße radikal die Schleimhäute ausbrannte und dabei auch noch wie Medizin schmeckte. Kein Wunder, dass Alkohol in dieser Darreichungsform selbst von Mathilde sanktioniert war.
Artig, mit angedeuteter Verbeugung hatte sich Irmis Freund vor einer Woche vorgestellt. Gerold Wölfle, zwei Jahre älter als Irmi, Schreiner lernte er und wollte nach der Lehre Innenarchitektur studieren. Musste er Irmi fragen, ob sie an Verhütung dachten? Susanna hatte mit ihr alle biologischen Details durchgesprochen und war der Meinung, dass Irmi genau Bescheid wusste. Susanna! Er nahm sich vor, sie zu besuchen und mit ihr zu sprechen. Der Holunderlikör schmeckte inzwischen vorzüglich und alle bedauerten, dass die Flasche so klein und schon leer war.
Am Abend rief Armbruster an. *Wenn ich nicht wüsste, dass morgen der Spaß hier ein Ende hat, würde ich davonlaufen,* begann er und es klang nicht, als wollte er ein Späßchen machen. *Untereinander sind die hier wie Hund und Katz. Da laufen Intrigen, du machst dir keine Vorstellung. Glaub mir, niemals werde ich in so ein Heim ziehen, egal was mir passiert. Aber das erzähl' ich dir alles in Ruhe. Komm um vierzehn Uhr.* Walcher versprach es und schickte an Brunner eine Mail, in der er ihm vorschlug, am Samstagnachmittag gemeinsam Armbrusters Bericht anzuhören. Zu seinem Erstaunen kam sofort die Antwort, obwohl

es inzwischen später Freitag war. *Danke für die Einladung, bin gegen 16 Uhr bei Ihnen. Brunner.*

Um ins Bett zu gehen, war es noch zu früh, außerdem lief in Mathildes Zimmer der Fernseher, da wäre an Schlaf ohnehin nicht zu denken. Walcher rief die Hompage von Global Medical Care auf. *GMC erforscht, entwickelt, produziert und vermarktet Arzneimittel für Menschen rund um den Globus,* stand auf der Titelseite. *Mit 100 000 Mitarbeitern in den unterschiedlichen Konzernbereichen, verteilt auf allen Kontinenten, und einem Umsatz von 84 Milliarden US$, gehört GMC zu den international führenden Arzneimittelherstellern, vor allem zu den forschungsintensivsten Unternehmen.* Immerhin bestand GMC seit 1862, gegründet als Apotheke in Baltimore, in der Wundsalben und Schmerzmittel für die verwundeten Soldaten des Bürgerkriegs angemischt wurden. Mit Laudanum hatte dann ein Dr. Ludwig Vattenbourgh die wirtschaftliche Basis gelegt. Die Hompage war perfekt. Sie bot wissenschaftliche Publikationen aus der eigenen Forschung zum Herunterladen an, den Unternehmensbericht, Zahlen und Fakten, auch die Unternehmensbroschüre konnte angefordert werden.
Ein Historienfilm und der Unternehmensfilm – von jeweils zwei Minuten –, den sich Walcher ansah, präsentierte professionell ein modernes Unternehmen, in dessen weltweiter Zielformulierung die Gesundheit der Menschheit stand, ungeachtet deren Hautfarbe, Religion oder sozialen Standes. Ausbildungsangebote, Organisationsstruktur, Führungsköpfe, Personalsuche, Presse-Service, Impressum, alles, was zu einem offenen Unternehmen gehört, war abrufbar, nur nicht welche Tochterunternehmen dazugehörten oder an welchen Unternehmen die Holding noch beteiligt war.
Weitergehende Informationen waren auf diesem Weg nicht herauszufinden.
Da mit Johannes nicht zu rechnen war, nahm sich Walcher vor, einen Freund zu kontaktieren, den er noch von der Studienzeit her kannte. Tillmann Berner saß inzwischen in der Zentralstelle der IHK in der Presseabteilung und hatte

praktisch unbegrenzten Zugriff auf Informationen über Unternehmen. Vielleicht konnte er, wenigstens in Deutschland, die eine oder andere Verbindung herausfinden.
Dann gab es auch noch Kommissar Brunner, eine verlässliche Quelle, auch wenn er zurzeit einen gereizten Eindruck machte. Die fundiertesten Informationen allerdings würde er von Hinteregger bekommen, da war sich Walcher sicher.
So gesehen sah die Basis für seine Recherchen rund um die Seniorenresidenz nicht schlecht aus, aber er musste vermutlich etwas mehr tun, als nur Opa Armbruster an die Heimatfront schicken.
Ohne groß abzuwägen, rief er die Homepage LIFUS Germany auf und suchte nach einer E-Mail-Adresse. Wie erwartet war die E-Mail des Pressesprechers angegeben. Ernest Westland, Vizepräsident von LIFUS Germany und zugleich der Verantwortliche für Presse- und Öffentlichkeitsarbeit. Ihm stellte er sich per E-Mail als freier Journalist vor und bat um einen möglichst baldigen Gesprächstermin, da er für ein Wirtschaftsmagazin an einem Artikel recherchiere, der den international wachsenden Wirtschaftsfaktor „Senioren" zum Inhalt habe.
Zufrieden mit sich und dem zurückliegenden Tag schrieb er Susanna eine E-Mail, fragte nach ihrem Gesundheitszustand und schlug ein Treffen vor. Dann schaltete er den Computer aus und ging ins Wohnzimmer. Gegen die Lautstärke von Mathildes Fernseher setzte er Prokofievs Symphonie No. 1, holte sich einen doppelten Sherry aus dem Drogenschrank und setzte sich mit dem vorletzten Zeitmagazin in den Lesesessel.
Den Artikel über Internetpädophilie, den er schon vor gut einem halben Jahr geschrieben und abgeliefert hatte, überflog er nur. Er vermied es, sich darüber aufzuregen, dass einige Passagen durch Kürzungen deutlich an Aussagekraft verloren hatten und der Hinweis auf Polizeiaktivitäten von der Redaktion nicht aktualisiert worden war.
Da drücken sie einem die kürzesten Fristen rein, dann liegt das Ding ein halbes Jahr herum und wird auch noch bis zur

Unsinnigkeit zusammengestrichen, dachte Walcher und schlürfte einen Schluck Sherry. Trotzdem war er ein bisschen stolz, in dem Magazin veröffentlicht worden zu sein.
Susanna fiel ihm ein. Sie las seine Artikel und bisher hatte sie immer angerufen, wenn von ihm etwas erschienen war, was selten genug geschah. Eine Mail hatte er ihr geschrieben, überlegte Walcher, traute er sich nicht, sie anzurufen? Befürchtete er, dass sich seine Wahrnehmung bestätigte und Susanna ähnlich empfand und ihre Beziehung dabei war, sich zu verflüchtigen wie Blütendüfte im Landregen?
Warum nicht anrufen, darüber sprechen, über Gefühle, Ängste, Befürchtungen? Jedem anderen hätte er das vorgeschlagen. Auch die meisten Therapeuten waren ja gute Berater, obwohl sie ihre eigenen Beziehungen selten auf die Reihe brachten. War er auch so ein guter Berater?
Das Denkspiel, das Walcher mit sich trieb, hatte schizoide Züge. Schließlich war er selbst Herr des Procedere und konnte jedes Argument manipulieren, wie er wollte. Das brachte ihn nicht wirklich weiter. Ruf an oder lass es, aber spiel dir nichts vor.
Walcher trank den letzten Schluck Sherry, ließ Rolli noch kurz auf den Hof und sah in den wolkenlosen Sternenhimmel.
Es roch nach Sommerzeit, aber Walcher war in anderen Gedanken.
Rolli legte sich seufzend auf seinen Platz im Flur, nicht mal einen Klaps hatte er bekommen. Walcher stieg die Treppe hinauf in sein Schlafbüro.
Susanna rief er nicht an, er schimpfte sich feige, aber gestand sich zu, erst noch Argumente für ein solches Gespräch sammeln zu müssen, und legte sich ins Bett.
Mathildes Fernseher lief nicht mehr. Morgen würde er Opa Armbruster abholen und mit Susanna telefonieren, nahm er sich vor.

Ja, ich weiß, nickte Frau Argenthaler dem Portrait ihres Mannes auf der Kommode zu, *nicht bevor ein Lichtlein brennt,* murmelte sie und leerte das Glas mit Brombeerlikör in einem Zug. Frau Argenthaler hatte Aida aufgelegt und es sich auf der Couch bequem gemacht. Aida, das war vor gut zwanzig Jahren in Verona.
Ein herrlicher Abend und mit welcher Begeisterung Edwin sein Sitzkissen in die Arena geschleudert hatte, mitsamt ihrer Handtasche, in der ihre beiden Geldbeutel und die Ausweise steckten. Die halbe Nacht mussten sie dann die Bühne und die unteren Reihen absuchen, bis sie endlich die Tasche gefunden hatten, natürlich ohne Geldbeutel und Ausweise.
Furchtbar war das, Gertrud Argenthaler schüttelte voller Entsetzen noch in der Erinnerung ihren Kopf. Edwin, lächelte sie, hatte nicht aufgegeben und mit den Bühnenarbeitern, die nach Hause gehen wollten, Krach bekommen. Ach, er war immer so was von zäh, der Gute. Er fehlte ihr.
Sie unterdrückte den Impuls, sich noch ein Glas einzuschenken. Was würde es für einen Eindruck machen, wenn sie den Probewohner, mit dem sie sich im Café verabredet hatte, mit einer Alkoholfahne begrüßte.
Konnte sie dem Mann vertrauen? Sie fand ihn sympathisch, aber da waren auch diese beiden Amerikaner, die überall herumschnüffelten und die Leute befragten. War er auch so ein Spion, den die Geschäftsleitung geschickt hatte?
Die Erinnerung an Verona wurde von der Realität überlagert. Gertrud Argenthaler schüttelte unbewusst den Kopf: Was sollte sie nur machen? Nicht mal auf ihren Brief hin hatte sich die Tochter gemeldet. Magda, warum war sie nur derart verbohrt? Irgendwann mussten doch ihre Wut und ihr Hass ein Ende haben. Unglaublich, Magda hatte ihr nie verziehen, dass sie sich auf Edwins Seite geschlagen hatte, als Magda ihren Freund in Edwins Baugeschäft drücken wollte.
Das war fünfzehn Jahre her. Edwin hatte sich geweigert, weil er Magdas Freund für einen Windhund hielt und mit seiner

Einschätzung auch Recht behalten sollte. Aber Magda war zutiefst gekränkt gewesen, sie, die bis dahin immer alles von ihren Eltern bekommen hatte. Edwin hatte unter der Distanz und Ablehnung, mit der die Tochter sie beide bestraft hatte, furchtbar gelitten und konnte leider nicht mehr erleben, dass sie sein Baugeschäft mit derselben Professionalität führte wie er. Magda hatte die Geschäftsleitung nach seinem Tod übernommen, als wäre es das Selbstverständlichste auf dieser Welt.
Gertrud seufzte tief und stand auf, um sich ein wenig herzurichten, in zehn Minuten war sie mit dem Gastbewohner verabredet, der sie auf ein Gespräch und einen Kaffee eingeladen hatte. Warum nicht, etwas Ablenkung konnte nicht schaden, und dieser Walcher sah nicht so aus, als hätte er ein Brett vor dem Kopf.

Die Clearer

Sein Ärger über den kurzfristig anberaumten Termin, den die beiden Amerikaner ihm noch spät am Freitagabend mitgeteilt hatten, war inzwischen wieder verpufft, deshalb saß Cordes relativ ruhig in seinem Büro und wartete auf die Clearer.
Die ließen sich Zeit und schlenderten zehn Minuten später als angekündigt herein, jeder noch mit einer Kaffeetasse in der Hand.
Bevor wir uns verabschieden, begann Christopher, *wir können erst wieder Ende der nächsten Woche hier weiter machen, vorab schon ein paar Fakten, die bei jeder Untersuchung auffallen, ohne dass man dafür ein besonderes Gespür haben müsste.*
Richard übernahm, sie waren eingespielt. *Ihr Personal, mein lieber Herr Cordes, also da muss dringend etwas geschehen, ungeachtet der weiteren Prüfungen, für die wir Sie übrigens bitten, die gesamte Buchführung griffbereit vorzubereiten.* Richard nahm einen Schluck aus der Tasse und lächelte Cordes dabei an, als hätte er gerade den morgendlichen Wetterbericht wiederholt.

Wie, die Buchführung? Cordes' Stirnfalten zeigten an, dass er hoffte, etwas überhört oder falsch verstanden zu haben.
Na, die Buchführung, übernahm Christopher die Erklärung, *Kontenblätter, Ein- und Ausgaben, Gehälter, Löhne, der ganze Sums und zwar drei Jahre zurück, so als wären wir vom Finanzamt.*
Richard schien vermittelnd einlenken zu wollen, weil Cordes' Gesichtsfärbung ein gefährliches Rot angenommen hatte.
Die liegt doch ohnehin in der Zentrale. Wir können auch dort ... wenn Ihnen das lieber ist. Wir machen das doch nicht zum Spaß, guter Freund, wir sollen diese Residenz auf Schwachstellen hin untersuchen, also untersuchen wir ...
Und zwar, setzte Christopher den Satz fort, *auf allen Ebenen, auf denen auch eine Kriminalpolizei ermitteln würde. Nur so bringt das was.*
Cordes hatte sich erstaunlich schnell wieder unter Kontrolle, nickte und meinte: *Was ist Ihnen denn bisher aufgefallen, Sie sprachen das Personal an?*
Ja also, da scheinen einige Ihrer Mitarbeiter die Bewohner als Melkkühe zu betrachten, Richard war aufgestanden und sah aus dem Fenster. *Auch die Seniorenselbstverwaltung scheint Gelder einzusammeln. Sie wissen, wir haben da ganz präzise Richtlinien.*
Christopher war auch aufgestanden und stand direkt vor Cordes. *Wenn wir uns nächsten Donnerstag oder Freitag wieder treffen, sollten Sie diese Probleme abgestellt haben. Wir erwarten, dass mit jedem der Betroffenen, und zwar Bewohner wie Mitarbeiter, ein Gespräch geführt wird und die Mitarbeiter, die Forderungen an die Bewohner gestellt haben, diese zurückgeben oder sogar entlassen werden. Und dann wollen wir die Test-Einwilligungen der Probanden durchsehen. Es wurden doch sicher Kopien archiviert. Lassen Sie die bitte ebenfalls bereitlegen.*
Das LIFUS-Image muss auch Ihnen heilig sein, fügte Richard an. Und damit war eigentlich alles gesagt.
In Cordes hatte sich ein verdammt beschissenes Gefühl breit gemacht. Wie ein Lehrling kam er sich vor. Geschäftsführer dieser Residenz zu sein – da war man im Allgäu schon wer, bei LIFUS allerdings bestenfalls eine Nummer, das wurde ihm zum ersten Mal klar.

Lange war er ziellos über die Felder gewandert. Das war zwar kein Ersatz für die Einsamkeit in einer Wüste, aber immerhin war er hier allein und konnte nachdenken.
Alt fühlte er sich plötzlich, viel älter, als er wirklich war, wie ein Methusalem. Der Rücken schmerzte, als würde er Feuerholz für zwei Nächte im Rucksack schleppen, wie damals in der Wüste, als er sie zum ersten Mal getroffen hatte.
Sie war wie der Frühling über ihn gekommen, wie eine Frischzellenkur, ein Jungbrunnen. Immer wieder schüttelte er den Kopf und flüsterte in Gedanken: Reiß dich zusammen – sie war eine Illusion – eine Fata Morgana – ein Geschenk – verdamme sie nicht, du hast sie genossen – finde heraus, wer sie geschickt hat, und mach deinen Frieden mit ihr.
Vattenbourgh streichelte in der Erinnerung ihre Haut, umarmte sie und stöhnte gequält dabei. Dieses Miststück, fluchte er, wie konnte sich ein Mensch nur derart verstellen? Reiß dich zusammen, Vincent Vattenbourg, und kümmere dich wieder um deine Firma, das allein zählt. Du hast deinen Spaß gehabt, verstanden!
Auch wenn Vattenbourghs Ratio langsam siegte, es tat einfach verdammt weh. Er liebte sie, ihr Lachen und ihr Selbstverständnis, mit dem sie ihn umarmte, als seien sie ein Leben lang zusammen gewesen und er der erste Mann, der sie zu einem furiosen Orgasmus getrieben hatte. Kein einziges Mal erinnerte er sich, mit seiner Frau Ähnliches erlebt zu haben. Kür und Pflicht, das konnte einfach nicht verglichen werden. In jedem Fall hast du's dir noch einmal so richtig beweisen können, also sei zufrieden, sprach er sich selbst Trost zu.
Aber die Kränkung brach immer wieder durch. Alles nur ein Spiel, kein Supermann, nur Dramaturgie, unglaublich, was bist du nur für ein Arschloch. War es wirklich Liebe oder nur die Lust auf einen knackigen Körper?
Vattenbourgh beschloss, diese Lust noch so lange auszuleben, wie es ging, den Spieß umzudrehen. Warum nicht? Sie hatte ihn ausgenutzt, jetzt würde er sie ausnutzen.

Agent Armbruster

Armbruster stand vor dem Empfang wie ein Internatsschüler, der sehnsüchtig und ungeduldig auf seine Eltern wartete. Der Koffer lag bereits hinten im Auto, noch ehe Walcher ausgestiegen war.

Die Wassermann ist heute nicht da, willst ihr sowieso nur schöne Augen machen, begrüßte ihn Opa Armbruster. *Komm, lass uns hier so schnell wie möglich verschwinden. Pfüat euch, ihr Geier.* Er winkte in Richtung der Glasfront des Cafés und stieg in den Wagen. Walcher, der sich vorgenommen hatte, noch ein paar Worte mit der Kratzbürste Wassermann am Empfang zu wechseln, hob theatralisch die Schultern, nickte ebenfalls zu der Glasfront und stieg auch ein.

Fahr zu, wir werden von der ganzen Blase beobachtet, zischte Armbruster. *Mir fällt übrigens auf, dass du wieder in gebügelten Hemden herumläufst, seit Mathilde bei euch für Ordnung sorgt,* grinste er. *Was ist eigentlich mit Susanna, hab' schon lange nicht mehr gehört, dass du sie besucht hättest oder sie dich.*

Eigentlich wollte ich mich nicht ausfragen lassen, sondern lieber von deinen Erlebnissen hören, zwang sich Walcher ein Lächeln ab, erstaunt über Armbrusters Seitenhiebe.

Gleich, fahr endlich zu, fuhr ihn Armbruster mit einer Grimasse an, die nach Lächeln nur aussah. *Würde mich nicht wundern, wenn die hier sogar Richtmikrophone einsetzen.*

Hört sich ja beängstigend an, meinte Walcher und fuhr vom Hof.

Ist es auch, seufzte Armbruster erleichtert, *ich hab' das Gefühl, aus 'ner Zuchtanstalt zu flüchten. Damit das ein für allemal klar ist, ich werde auf meinem Hof sterben. Nicht in einem Krankenhaus, nicht in einem städtischen, christlichen, wohlfahrtlichen Altersheim und nicht in so einer privaten Seniorenresidenz. Auch wenn du nicht mein richtiger Sohn bist, versprich mir, alles zu tun, damit mich meine Kinder nicht irgendwann entmündigen oder so was und in ein Heim stecken. Man weiß ja nie, was alles passieren kann. Ich werde in jedem Fall mit dem Notar so eine Verfügung aufsetzen und eine Kopie davon in einem Beutel um den Hals hängen.*

War es denn wirklich so furchtbar? Walcher bog gerade vom Feldweg auf die Landstraße und bekam die Antwort auf seine Frage.
So, jetzt bin ich wieder in Freiheit, atmete Armbruster tief aus. *Ja, es war wirklich furchtbar. In diesem Haus herrschen Missgunst, Misstrauen und vor allem Angst. Was mich geradezu erschüttert hat, ist der Verlust der Persönlichkeit und Würde. Vieles ist mehr ein Gefühl, das ich nicht durch Vorkommnisse belegen kann, aber glaub mir, ich bin heilfroh, wieder draußen zu sein.*
Erzähl, forderte ihn Walcher auf, *auch wenn's doppelt wird, weil wir nachher Brunner treffen und der vielleicht noch mal alles wissen will. Ich musste ihm das zugestehen. Er war sauer, weil ich mit ihm die Aktion nicht vorher abgesprochen hatte,* schob Walcher nach, weil er Armbruster bei einem kurzen Seitenblick ansah, dass ihm das überhaupt nicht passte.
Wenn's sein muss, knurrte Armbruster. *Wie gesagt, vieles ist nur mein Gefühl. Zum Beispiel, wie du dort vom Personal behandelt wirst. Putzfrau, Pfleger, Arzt, Verwaltung, selbst der russische Gärtner nimmt dich nicht für voll. Wenn du dir Respekt verschaffen willst, bist du in ihren Augen renitent. Wollte mir am Kiosk die FAZ kaufen, gibt er mir die Süddeutsche. Ich lehnte ab, worauf er mir sagte, dass ich mich nicht so anstellen solle. „Stell dich nicht so an", das „dämlich" hat er sich verkniffen, aber geduzt hat er mich. Ein Rotzer von vielleicht zwanzig Jahren duzt mich wie einen Trottel. Zuletzt hat das mein Vater gesagt, da war ich zehn Jahre alt und hab' geplärrt, weil mir eine Kuh ans Schienbein getreten hatte. Verstehst', was ich meine?*
Walcher nickte.
Und dann die Pfleger, sie behandeln die Leute wie kranke Kinder. Schnorren auch ständig und die Alten hoffen, sich mit kleinen Geschenken deren Freundlichkeit zu erkaufen. Grässlich ist das, sag' ich dir. Auch dass sie die Leute duzen. „Brauchst des noch?", und dann dieser verdammte Plural: „Wie geht's uns?", das allein schon würde mich zum Mörder machen. Ich hab' immer geglaubt, dass es solche Zuständ' nur in den Altersheimen dritter Klasse gibt, aber wenn du alt bist, dann bist du der Arsch, egal ob mit oder ohne Geld, im Altersheim oder Senioren-Club oder sonst wo. Und wenn du

ansprichst, warum einige ans Bett gefesselt sind oder mit Medikamenten ruhig gestellt werden, dann baut sich sofort eine Mauer auf und wer dir noch kurz davor das Ohr vollgelabert hat, schweigt plötzlich. Angst oder vielleicht, weil jeder glaubt, dass mit ihm das nicht geschehen würde. Selbstverantwortlich bis ins hohe Alter, dass ich nicht lache. Ich bin dir richtig dankbar für die vergangenen Tage, mir ist da einiges bewusst geworden.

Walcher hörte nur mit einem Ohr zu, ihm war der weiße Wagen aufgefallen, der mit unterschiedlichem Abstand hinter ihnen herfuhr, seit sie auf die Landstraße Richtung Ebratshofen eingebogen waren.

Und dann die Leute untereinander, was die bei mir in der kurzen Zeit übereinander getratscht haben, davon könnte ich ein Buch schreiben. Gift und Galle wurden da verspritzt, Mobbing, wie das heute genannt wird, in Vollendung, sag' ich dir. Vor allem die alten Weiber scheinen darin aufzublühen. Die Jungs interessiert der Tratsch eher weniger, die pflegen ihre Altersgeilheit und wenn's nur verbal ist. Und nicht nur die Jungs, da war doch tatsächlich eine uralte Schachtel, die mich angemacht hat, als wären wir um die zwanzig. Ich hätte nie geglaubt, dass ich vor einer Frau noch mal regelrecht flüchten müsste. Wenn ich das meiner Anni erzähl', lässt die mich nie mehr aus dem Haus. Übrigens war das nicht die einzige, die so wild tat ...

Walcher bog kurz vor Stiefenhofen in Richtung Oberstaufen ab, um dann vor Oberstaufen nach Simmerberg und kurz vor Simmerberg wieder nach Stiefenhofen abzubiegen. Der weiße VW folgte, allerdings in größerem Abstand.

Du hättest weiter nach Simmerberg fahren müssen, bemerkte Armbruster trocken zu Walchers Manöver, *es sei denn du willst im Kreis fahren, bis mir schlecht wird.*

Ich wollte nur sehen, ob uns der Wagen hinter uns überallhin folgt, erklärte Walcher.

Und, hängt er noch dran?, wollte Armbruster wissen.

Nein, ich seh' ihn nicht mehr.

Also leidest du unter Verfolgungswahn, Mister Bond, stellte Armbruster fest und fuhr mit seinen Erlebnissen fort.

Brunners Dienstwagen stand vor der Haustür, als Walcher mit Armbruster auf den Hof fuhr. *Verlässlich, der Herr Kommissar, sitzt vermutlich bei der zweiten Tasse Kaffee und horcht Mathilde aus,* lautete Armbrusters Kommentar und machte zum wiederholten Male deutlich, dass er Brunner nicht sonderlich mochte. *Was hast du eigentlich gegen Brunner?,* wollte Walcher wissen.
Ich war noch nie ein Obrigkeitsfreund und deren Büttel mochte ich auch nie. Aber für dies Thema brauchen wir einen ganzen Abend, winkte Armbruster ab.
Tatsächlich saß Brunner mit Mathilde in der Küche und nach Kaffee duftete es auch. *Ich hatte in der Nähe zu tun und war früher fertig als geplant,* begrüßte sie Brunner.
Hauptsach isch, ma hot ois an Kaffee iebrig lau, brabbelte Armbruster in breitestem, kaum verständlichen Dialekt. Brunner überlegte kurz, sagte aber nichts. Mathilde lächelte: *Natürlich ist noch einer da. Ich bring ihn euch gern ins Wohnzimmer, hätt nämlich hier was zu tun.*
Also setzte sich die Herrenrunde ins Wohnzimmer und bekam dorthin den Kaffee von Mathilde nachgetragen.
Ohne Aufforderung begann Armbruster nach dem ersten Schluck. *Also, meine Herren, der Laden stinkt und zwar in vielerlei Hinsicht. Die Leute dort werden behandelt, als seien sie unmündige Kinder. Dazu kommt noch erschwerend die SS hinzu, so wird hinter vorgehaltener Hand die Seniorenselbstverwaltung genannt. Unter Leitung eines ehrgeizigen und selbstsüchtigen pensionierten Oberst der Bundeswehr hat sich ein Mikrokosmos gebildet, der nach Prinzipien diktatorischer Staatsgebilde funktioniert: Bespitzelung, Diskriminierung, Verleumdung, Sanktionen für die Ungehorsamen, Belobigung und Vorteile für die braven Lämmer. Die Geschäftsleitung fördert die Seniorenselbstverwaltung und organisiert Spendengelder, die der Gemeinschaft und manchmal auch unmittelbar einzelnen Bewohnern zugute kommen.*
Haben Sie dafür irgendwelche Belege, Beweise?, fragte Brunner dazwischen.
Natürlich habe ich die in den zweieinhalb Tagen lustig und hurtig sammeln können, Herr Kriminalkommissar. Videos, Mitschnitte

von geheimen Konferenzen. Fotos von Schmiergeldübergaben, die Verbrennung störrischer Bewohner in der zentralen Heizungsanlage, Sexorgien, schwarze Messen, alles was Sie wollen.
Brunner sah Armbruster verdutzt an und hob abwehrend seine Hände, sagte aber nichts.
Die Seniorenselbstverwaltung, fuhr Armbruster in aller Seelenruhe fort, so, als hätte er mit dieser kabarettistischen Einlage seine Aversion gegen Brunner abgebaut, *ist als Verein eingetragen, also können Sie über das Finanzamt sämtliche Ein- und Ausgaben überprüfen, dies nur als Hinweis. Die Einnahmen, sprich Spenden, stammen hauptsächlich von einem Institut, das in klinischen Untersuchungen neue Medikamente durch die länderspezifischen Zulassungsvorschriften bringt. Der Oberst verriet mir nicht den Namen dieser Firma, aber das dürften Sie unschwer ermitteln können, schließlich sind Sie der Polizist.*
Wie heißt der Oberst, fragte Walcher dazwischen, eigentlich nur um die spürbare Anspannung Armbrusters zu mildern.
Oberst und Oberhofer heißt der Mensch und seine beiden Beisitzerinnen, Beischläferinnen wäre vermutlich treffender, so wurde mir jedenfalls kolportiert und aus eigener Erfahrung kann ich nur unterstreichen, dass auch die Würde des Alters nicht vor sexuellen Übergriffen geiler alter Weiber schützt, heißen Höss und Schuster. Erstaunlich war, niemand zweifelte daran, dass ich nicht ein künftiger Mitbewohner sein könnte. Alle gaben bereitwilligst Antworten auf meine Fragen, erzählten mir Gerüchte, Klatsch und Tratsch, als sei ich einer von ihnen. Vieles wird für Sie nicht besonders interessant sein, wandte sich Armbruster dem Kommissar zu, *aber das ist letztlich Ihr Bier. Apropos Bier, hast du ein Gläschen für mich? Wenn ich schon kein Agentenhonorar kriege, dann wenigstens ein Bier und vielleicht einen Schnaps dazu.*
Walcher nickte und stand auf. An der Tür zögerte er kurz und fragte den Kommissar: *Sie auch etwas?* Brunner nickte: *Schließe mich den Wünschen des Undercoveragenten an.*
Während Walcher aus dem Zimmer war, fragte Brunner: *Ist Ihnen in den drei Tagen insgesamt etwas ganz Besonderes aufgefallen?*
Armbruster deutete in Richtung Tür und würgte Brunners

Frage mit dem Hinweis ab: *Warten wir, bis er wieder da ist, hab' keine Lust alles zweimal zu erzählen.*
Brunner nickte nur, brachte sogar noch den Ansatz eines Lächelns zustande, fluchte innerlich und verstand endlich, warum Armbruster von den älteren Beamten der Kommunalverwaltungen im Kreis voller Respekt behandelt wurde, obwohl sein politisches Engagement gut schon dreißig Jahre zurücklag.
Anteile zum Beispiel, fuhr Armbruster nach dem Schnaps und dem ersten Schluck Bier fort. *Die meisten der Bewohner haben Aktien der LIFUS AG, obwohl die gar nicht an der Börse notiert ist, handelt sich wohl um Optionen, die allerdings auch Dividenden abwerfen sollen. So genau kannte sich da niemand aus, ich auch nicht. Der Oberst und noch einige andere haben wohl ihr ganzes Erspartes eingesetzt. Und dann diese Kaufverträge. Ich verstehe zwar nicht übermäßig viel davon, aber das sind Lumpenverträge. Stirbt einer, dann fällt das Wohneigentum immer an LIFUS zurück. Die Erben gucken in die Röhre.*
Brunner hatte ein kleines Notizheft aus der Jackentasche gezogen und machte sich Notizen.
Aber der Gipfel der Unverfrorenheit ist: Wer wiederholt, auch nach Abmahnungen, gegen die Vorschriften verstößt, kann sogar enteignet und aus der Residenz gejagt werden. Also wenn diese Verträge nicht gegen die guten Sitten verstoßen, dann will ich nach Österreich auswandern.
Walcher musste grinsen, wer Armbruster kannte, der wusste, dass er soeben die wildeste Verwünschung ausgesprochen hatte, zu der er fähig war.
Und dann die Versicherungen, ständig wurde ich gefragt, ob ich Lebensversicherungen hätte, Unfall-, Pflege-, Zahnersatz-, Ausbildungsversicherungen für die Kinder und was sonst noch alles. Sie bekommen Beteiligungen von so einer lausigen Versicherung. Richtig penetrant waren die, wie die Geier. Noch einen Tag länger und ich hätte vermutlich meine paar Kopfhaare gegen Blitzeinschlag und Läusebiss versichert.
Armbruster machte eine Kunstpause und deutete auf das leere Schnapsglas: *Auf einem soll man ja bekanntlich nicht stehen,*

lächelte er Walcher an, der sofort alle drei Gläser füllte und den beiden zuprostete.

Glaubt mir, das habe ich richtig gebraucht. Im Café verlangen sie das Doppelte wie in Freiheit und dazu war ich einfach zu geizig, zumal ich ja auch keine Spesenzusage hatte, dabei deutete er auf Walcher. *Was wollt' ich eigentlich sagen, ja, ich hab's wieder. Knebelverträge, Versicherungen, sündhaft hohe Preise für jede Handreichung und all das, deswegen wird man doch nicht umgebracht, dachte ich mir, deshalb hab' ich mich mit dieser alten Schreckschraube eingelassen und sie ausgehorcht. So richtig raus mit der Sprache wollte sie nicht, aber es sieht wohl so aus, dass sie Medikamente testen müssen und dabei schon auch mal über den Jordan gehen. Eine ihrer Freundinnen und ein Mann, die Namen hab' ich aufgeschrieben, wenn du aus dem Koffer den Kulturbeutel holst, da hab' ich meine Notizzettel drin. Und eine Handvoll Tabletten, die mir die Vogelscheuche gezeigt hat. Die hatte sie nicht eingenommen, weil sie davon Herzrasen gekriegt hat. Hab' sie ihr geklaut,* strahlte Armbruster und wartete darauf, dass Walcher aufstand. *Also dann hole ich mal dein Beauty Case,* meinte er und ging hinaus.

Nichts für ungut wegen vorhin, kaum war Walcher aus dem Raum, prostete Armbruster mit dem halbvollen Schnapsglas zu Brunner. *Manchmal bin ich etwas unwirsch, aber in mir sitzt eine gewachsene Abneigung gegen jede Form der Obrigkeit.*

Brunner nickte, fuhr lässig mit der Hand durch die Luft und zu seinem Glas, hob es, prostete Armbruster zu, trank und setzte es wieder ab, ohne einen Ton zu sagen. Dann blätterte er konzentriert in seinem Notizbuch, ohne auf Armbrusters Entschuldigung einzugehen, was Armbruster wiederum in seiner Meinung bestätigte, dass die meisten dieser Typen ihre Berufswahl aus reiner Geltungssucht getroffen hatten.

Verklemmter Beamtenarsch, dachte er grollend und bereute zutiefst seine Entschuldigung. Um die Zeit bis zu Walchers Rückkehr zu überbrücken, trank er sein Bier aus und goss sich noch einen Schnaps ein, natürlich ohne Brunners leeres Glas zu berücksichtigen. Dann kam Walcher zurück und reichte ihm die abgegriffene Toilettentasche.

Danke, nuschelte Armbruster, zog den Reißverschluss auf und fluchte. *Verdammte Scheiße.* Er kramte den Inhalt des Beutels hin und her und schüttete ihn dann vor sich auf den Fußboden. Da war jemand dran, verdammt noch mal. *Hier,* hob er einen Stapel kleiner quadratischer Zettel in die Höhe, *da hatte ich alles notiert. Namen, Telefonnummern, Zeitpunkt und Stichworte. Nichts, nur unbeschriebene Blätter und nicht einmal meine. Ich hatte sie nämlich von unserem Zettelblock beim Telefon abgerissen. Die hier sind anders.* Dann zog er den Verschluss einer Filmdose ab und schüttete den Inhalt auf die Hand und hielt sie Walcher und Brunner hin. *Das sind zwar Tabletten, aber meine geklauten waren etwas rosa und oval. Verdammt, die haben mich durchsucht.* Seine Fassungslosigkeit war nicht gespielt. *Der weiße VW,* nickte er Walcher zu. *Du hattest vermutlich Recht.*

Was war mit dem VW?, mischte sich Brunner ein.

Wir wurden von einem weißen VW Golf verfolgt. Zwei Männer saßen drin, aber ich konnte weder sie noch das Nummernschild genauer sehen, dazu blieben sie zu weit hinter uns. Nachdem ich eine Runde um Röthenbach gedreht habe, waren sie verschwunden. Wir sollten davon ausgehen, dass unser kleines Spiel entdeckt wurde und sie inzwischen wissen, wer ich bin. Na prost, hob Walcher sein Glas, nahm einen Schluck und meinte: *Kein gutes Gefühl, so in direkter Nachbarschaft.*

Im Gegenteil, da können wir mal beide Seiten im Auge behalten, warf Brunner in die kleine Runde und auch wenn er es vermutlich positiv gedacht hatte, klang es eher wie ein Stoßseufzer. Um diesen Eindruck zu verwischen, schob er einen Dank an Armbruster nach, so, als ob er ihn beauftragt hätte. *Sie haben das hervorragend gemacht und uns einige Fragen aufgezeigt, die wir schnellstens klären müssen. Kompliment und herzlichen Dank.*

Sie hätten Politiker werden sollen, kam es von Armbruster, allerdings war ihm anzusehen, dass er seinen spontanen Zynismus bedauerte und deshalb abzulenken versuchte.

Da fällt mir noch ein, Cordes hat mal was mit einem Pfleger gehabt, also, er soll mehr auf Männer stehen, aber das kann natürlich auch nur ein Gerücht gewesen sein. Ist vermutlich unwichtig.

Soll ein Holländer gewesen sein, der irgendwann einfach verschwunden war. Er hieß wie das Bier, Amsel oder so ähnlich.
Amstel vielleicht?, fragte Brunner.
Genau, nickte Armbruster, *Niek Amstel, hab' mir den Namen mit der Eselsbrücke „nickende Amsel" gemerkt. Apropos Amsel, das Essen fällt mir noch ein. Was ich in den paar Tagen vorgesetzt bekommen habe, sah auf den ersten Blick ja recht ordentlich aus, also optisch. Schön angerichtet. Große Teller, Dekoration drauf, richtig hübsch, wie in Spitzenrestaurants.*
Geschmeckt hat es grässlich, aber ich bin halt ziemlich verwöhnt, auch was die Qualität betrifft. Wir kochen ja, seit ich denken kann, praktisch nur mit frischen Sachen aus dem Garten und das Fleisch kommt natürlich von den Nachbarn. Würde deshalb nicht einmal so sehr auf dem Geschmack herumreiten, aber die Qualität, die kann ich objektiv beurteilen und die war unter aller Sau. Damit meine ich, dass vermutlich sogar eine Sau den Rüssel rümpfen würde. Es gab ja immer wahlweise Fleisch, Fisch oder Vegetarisch, also was die Auswahlmöglichkeit betrifft, war das in Ordnung. Wie gesagt, die Qualität, da war ich mir nicht ganz im Klaren, was ich dort oben gegessen habe. Vielleicht hat das ja auch was mit Beschäftigungstheorien für Senioren zu tun, jedenfalls nach einem Fleischgericht habe ich den ganzen Nachmittag gebraucht, um das Zeug aus den Zähnen zu bekommen.
Rind und Schwein kann ich unterscheiden, Schaf und Ziege auch noch, aber wie ein Springbock oder ein Gnu, eine Giraffe oder weiß sonst noch was schmeckt, davon habe ich keine Ahnung.
In jedem Fall stammte das Fleisch nicht von mir bekannten Tieren. Bin dann natürlich durch die Küche geschlendert, sind ja ganz nett, die Leute dort, kann man auch wohl so ziemlich alle Sprachen bei ihnen lernen. Die Sauberkeit war zwar nicht so wie im Lehrbuch, denke aber, akzeptabel. Konnte auch noch in den Kühlraum sehen. Da stellte es mir dann den Magen auf.
Also, was da gelagert wurde. Hab' dann nur noch Brot und Gemüse gegessen. Sollte man mal die Gesundheitspolizei vorbeischicken und zwar bald, sonst haben die kleinen Tierchen womöglich den ganzen Dreck schon aufgefressen oder weggetragen.
Brunner und Walcher hingen geradezu an Armbrusters Lippen

und verzogen beide unbewusst ihre Mundwinkel. Armbruster musste deshalb lächeln: *Ja, so ging mir das auch. Vor allem, weil ich gerade kurz davor so ein Saftgulasch verspeist hatte. Ich frage mich, wer lagert Fleischabfälle im Kühlraum neben dem richtigen Fleisch?*
Na ja, meinte Brunner, *irgendwo findet jedes Gammelfleisch einen Abnehmer. Und beim Essen kann man Kosten sparen.*
Aber doch nicht in so einem Edelheim, entrüstete sich Armbruster. *So was kriegen doch nur die Sozialfälle. Ich bin ja auch im Lagerraum herumspaziert und im kleinen Schuppen, in dem es Zimmer für das Pflegepersonal gibt. Hab' in zwei Kisten gesehen. Die waren voll mit diesen kleinen Aludöschen, die du in den Flugzeugen und Hotels vorgesetzt bekommst. Marmelade, Kaffeesahne, Streichwurst und so was. Manche davon waren aufgeplatzt und es hatgestunken wie aus einem Schweinearsch. Hab' dann bei einigen auf das Verfallsdatum geguckt, das auf dem Deckel aufgedruckt war. Hätte man als Antiquität handeln können, die Dinger. Mir wird immer noch schlecht, wenn ich daran denke, dass ich davon wohl auch was auf's Brot geschmiert hab'.*
Armbruster schüttelte sich und deutete an, dass er unbedingt noch einen Schnaps bräuchte, um seinen Magen wieder einzurenken.

Montag

Es war Montag und Irmis erster Ferientag. Um neun Uhr würden ihr Freund Gerold Wölfle und dessen Eltern vorfahren, um Irmi abzuholen.
Drei Wochen Elba, in der Nähe von Napoleons Sommerresidenz. Gerolds Eltern hatten dort ein Ferienhaus gemietet und Irmi eingeladen, mitzukommen. Walcher hatte die Idee erst einmal sehr gut gefunden, weil er an zwei Aufträgen arbeiten musste und deshalb Irmi nur eine gemeinsame Ferienwoche im August hätte anbieten können.
Dann waren in ihm allerdings Zweifel aufgekeimt, ob er seine

fünfzehnjährige Adoptivtochter mit fremden Leuten, noch dazu mit einem jungen Mann in dreiwöchige Ferien ziehen lassen durfte. Vermutlich besaßen für Adoptivväter derlei Vorhaben ein höheres Gefährdungspotential als für leibliche Väter. Mit den wildesten Gedanken und Visionen im Kopf hatte er die Großeltern nach deren Meinung befragt und überrascht festgestellt, dass die keinerlei Probleme sahen.
Die Wölfles waren ihnen bekannt, rechtschaffene Leute, die schon darauf achten würden, dass Irmi nichts geschah, und der Gerold sei doch noch ein kleiner Bub.
Auch Mathilde vermutete in Walcher erstaunlich altmodische Gedanken und empfahl ihm, Irmi größeres Vertrauen zu schenken.
Das traf ins Mark, trotzdem hatte Walcher erst mit den Eltern von Irmis Freund gesprochen, bevor er seine Zustimmung gab – schweren Herzens.
Und nun war es so weit. Irmis Koffer und Rucksack standen gepackt vor der Haustür und sie stand im Bad.
Während Mathilde den Frühstückstisch bestückte, Walcher den ziehenden Tee beaufsichtigte – Mathilde trank Kaffee und Irmi nichts zum Frühstück – und gleichzeitig ein Rührei in der Pfanne machte , hörten sie Irmi aus dem Badezimmer, die mit Gerold am Handy noch irgendwelche unaufschiebbaren Informationen austauschte.
Auf Walchers Bitte, das Bad freizugeben, zum Frühstück zu kommen und vielleicht ein letztes Mal vor ihrer Abreise die Hühner aus dem Stall zu lassen, das Gespräch mit Gerold auf die lange gemeinsame Autofahrt zu verschieben, was vermutlich effizienter und günstiger wäre, fauchte Irmi etwas von Ignoranz und Neid, ließ sich ansonsten aber nicht stören.
Mit einem klagenden Blick zu Mathilde murmelte Walcher: *Habe ich geahnt,* und meinte damit die Hühnerversorgung, aber Mathilde dachte wohl an etwas anderes: *In dem Alter ist das so. Wenn du früher ein Handy gehabt hättest, wärst du auch zu nichts zu gebrauchen gewesen.*
Es war zu früh am Tag, um klarzustellen, dass er gerade an Aufgaben, an Versprechen und Verantwortung gedacht hatte.

Deshalb nickte er nur verständig und ging, um die Hühner aus dem Stall zu lassen.
Es regnete und im Hofraum hatten sich unzählige Pfützen gebildet. Vielleicht sollte er doch einen elektrischen Türöffner installieren, dachte er sich und hüpfte über eine besonders große Wasserlache. Rolli schien darin eine Aufforderung zu sehen und tapste spritzend mitten durch die kleinen Seen. *Dafür wirst du Ärger mit Mathilde bekommen,* drohte ihm Walcher und öffnete die Hühnerklappe. *Hallo Mädels,* begrüßte er die Schar, die aus dem Loch getrippelt kam.
Er war schon wieder zurück an der Haustür, als auch Herr Köhler, so hatte Irmi den Hahn getauft, als letzter ins Freigehege stolzierte und sich mit seinem jugendlichen Kikeriki der Welt mitteilte.
Natürlich war das Rührei inzwischen kalt, der Tee hatte zu lang gezogen und Irmi musste noch einmal an ihren Koffer – keine Rede von einem ruhigen Abschieds-Frühstück, denn auf dem Hof war schon das Auto der Wölfles zu hören, ein VW-Kombi älteren Baujahrs.
Mit einem Mal ging alles sehr schnell, Umarmen, Küsschen, eine letzte und dadurch nicht minder blödsinnige Ermahnung an Irmi: *Kein Sex, keine Drogen.* Auch der Hinweis an den Herrn Wölfle: *Fahren Sie vorsichtig und haben Sie ein Auge auf die beiden.* Überflüssig, völlig überflüssig. Dann waren sie vom Hof. Nur noch eine leichte Abgasfahne versuchte vergeblich im Regen aufzusteigen. Rolli schüttelte nach Hundeart das Wasser aus dem Fell und trieb damit Mathilde und Walcher ins Haus.
Mathilde griff zu Putzlappen und Schrubber, Walcher brühte sich frischen Tee auf, flüchtete vor dem geradezu fühlbaren Vakuum hinauf in seine Bürofestung und schaltete den Computer an.
Die erste E-Mail, die er las, war von Susanna gekommen. Dieser Tag hatte schon mit einem Abschied begonnen, es schien nicht der einzige zu bleiben.
Hallo mein Lieber. Weißt du, ich habe viel über uns nachgedacht, vor allen über meine Gefühle zu dir und bin immer wieder über

denselben Punkt gestolpert. Du bist ein toller Mann und vermutlich werde ich mir irgendwann vorwerfen, einen großen Fehler gemacht zu haben.
Ich mag dich sehr und eine Zeit lang glaubte ich auch wirklich, dich zu lieben. Das musst du mir glauben. Aber du warst eher die Schulter, die ich brauchte, um wieder ins Leben zurückzukehren. Ich habe dir nie von den Ängsten erzählt, die mich zum Ende meines Jobs als Pflegerin dieser Monsterkinder plagten. Die Leute drohten ständig, mich umzubringen, wenn ich auch nur ein Wort verraten würde. Und dann tauchtest du auf wie der strahlende Held im Märchen. Glaube mir, ich war wirklich verliebt. Aber inzwischen hast du dich in eine Vaterfigur verwandelt. Und dann die örtliche und auch berufliche Distanz und ... ach, ich will ganz offen sein, ich habe mich verliebt. Er ist Musiker wie ich und lebt in meiner Welt. Ich weiß, du wirst das verstehen, immerhin hast du dich sehr um meine Musik bemüht, aber es gibt einen Unterschied, ob du in der Musik lebst oder sie nur hörst.
Vermutlich wird es nicht funktionieren, dass wir Freunde bleiben, das macht mich traurig, weil ich dich sehr, sehr gern habe und außerdem habe ich dich geliebt und mit dir Stunden verbracht, die mir unvergesslich bleiben werden. Bitte, bitte bemühe dich, ich weiß, es klingt sehr egoistisch und auch ein bisschen verrückt, aber ich will dich nicht verlieren. Susanna
Das traf ins Mark, auch wenn er selbst das Ende dieser Beziehung gefühlt haben mochte.
Aber wer nicht als Erster die Kündigung aussprach, den traf es besonders hat. Und diese Verletzung musste erst einmal verdaut werden. Da half die Erfahrung von früheren Trennungen erst im nächsten Schritt.
Mach dir nichts vor, fluchte Walcher in Gedanken, du bist gekränkt, weil sie dir den Laufpass gibt. Deine Eitelkeit ist verletzt, obwohl die große Liebe zu ihr längst verflogen ist. Ratio versus anima.
Ein Spaziergang wird dir gut tun.
Es regnete nicht mehr. Zwar hielten noch tief liegende Wolken die wärmenden Sonnenstrahlen ab, dafür aber duftete die Luft würzig nach Erde, Wald und Wiese.

Walcher wählte den Weg durch den Wald, der hinter dem Hof begann und sich an der Flanken des Hügels bis hinunter zum Talgrund ausdehnte.
Er liebte den selten genutzten und zugewachsenen Weg zwischen den mächtigen Fichten- und Tannenstämmen, die wie gotische Bündelpfeiler den Allgäuer Himmel trugen.
Ein alter Wald mit Stämmen, die seit mehr als nur einem Menschenalter unerschütterlich standen.
Vermutlich war es aber nur eine Frage von wenigen Jahren, bis sie gefällt wurden. Tröstlich deshalb die jungen Bäume, die überall zwischen den mächtigen Stämmen in die Höhe strebten.
Die letzten Tropfen fielen aus den hohen Kronen und wurden fast geräuschlos von den Moosen aufgenommen. Nur wenn die Tropfen auf Ästen oder Blättern der niederen Büsche aufschlugen, war ein leises Platschen zu hören. Manchmal kam so etwas wie ein Rhythmus zustande.
Rhythmus, Musik, Susanna, Trennung, assoziierte Walcher und versuchte sein Gefühl von Bedrücktheit nicht in Wehmut und Traurigkeit abgleiten zu lassen. In diesem Wald hatte er vor zwei Jahren sein Entsetzen, die Wut und den Schmerz über den Tod seiner Freundin Lisa hinausgebrüllt.
Es wäre ihm wie ein Sakrileg vorgekommen, hier auch Trost über das Ende einer Beziehung zu suchen.
Nicht Trauer empfand er, gestand er sich ein, eher war es das Bedauern über den Verlust seiner Liebe, die so glühend und hoffnungsvoll begonnen hatte. Und den in seiner Eitelkeit oder Manneswürde Verletzten zu mimen, das wollte er sich nicht zugestehen.
Rolli bellte, allerdings nicht, um Walchers Gedanken zu unterstreichen, sondern dem Eichhörnchen nach, das mit lässiger Eleganz einen Stamm hinaufgesaust war und aus sicherer Distanz heftig schimpfte.
In die trüben Gedanken drangen Sonnenstrahlen wie ein Zeichen der Versöhnung. Gebündelt und gleichzeitig selektiert durch die Baumkronen zogen sie gleißende Linien in den Dunst des dunklen Waldes.

Ein bewegendes Schauspiel, wie es die Baumeister mit dem Lichtspiel in ihren Kathedralen versucht hatten nachzuahmen. Selbst Rolli schien ergriffen oder irritierte ihn nur die plötzliche Helligkeit?
Haben sie sich aufgelöst?, fragte Mathilde, als Walcher eine Stunde später in die Küche guckte und sich zurück meldete.
Was meinst du?
Na, die Schatten.
Walcher sah sie misstrauisch an. *Hast du mir das angesehen?*
Mmmm, machte sie und rührte die Suppe. Nicht ohne Grund galten die Allgäuer als wortkarges Volk, denn mit dieser Geste war das ausgiebige Gespräch beendet. Walcher ging hinauf zu seinem Computer, um die zweite E-Mail zu lesen, die der Tag zu bieten hatte.
Sehr geehrter Herr Walcher, Herr Westland hat für Sie kommenden Mittwoch, 14 Uhr, eine Stunde reserviert. Bitte bestätigen Sie. Herzlichen Dank. Cornelia Kreede, Assistenz Vorstandsangelegenheiten, LIFUS Germany. Sie finden uns im Zentrum Hamburgs, Sandtorkai 122.
Walcher buchte einen Flug von Friedrichshafen über Frankfurt nach Hamburg, Abflug am Mittwoch, 6.55 Uhr, Ankunft in Hamburg 10.10 Uhr. Auch den Rückflug buchte er für denselben Tag. 17.35 ab Hamburg, also würde er so gegen neun Uhr wieder zu Hause sein, wenn es keine Streiks, Wirbelstürme oder sonstigen Behinderungen gab.
Wie immer, wenn Walcher einen Flug buchte und derartig hohe Kosten bei einer Recherche mit höchst unsicherem Ausgang verursachte, fühlte er sich nicht sonderlich wohl. Neben der Frage, ob sich sein Invest auszahlen würde, gab es auch noch seine private Reise-Ökobilanz, über die er sich Gedanken machte. Die sähe bei einer Zugfahrt natürlich weit verträglicher aus. Um sich zu bestätigen, wenigstens aus Kosten- und Zeitgründen den Flug statt der Schiene gewählt zu haben, sah er im Internet nach den Bahnpreisen.
Wenn er die Nacht durch nach Hamburg fuhr, um zu einem Mittagstermin dort zu sein, und anschließend wieder die Nacht zurückfuhr, um die Kosten für eine Übernachtung

einzusparen, dann kostete das beinahe so viel wie ein Flug. Und wenn er sich gar den Luxus eines Liege- oder gar Schlafwagens erlaubte, dann überstiegen die Kosten sogar die eines Fluges. Der Mensch bleibt stark in seiner Schwäche, sprach er sich zu.

Auf dem Bildschirm blinkte das Signal einer eingegangenen E-Mail, und Walcher war froh über die Ablenkung.

Hinteregger hatte geschrieben.

Lieber Freund, wir haben begonnen das Imperium GMC zu durchleuchten und sind dabei auf eine interessante Strategie gestoßen, die ich als Jekyll & Hyde bezeichnet habe. Dr. Jekyll ist die gute, die seriöse Seite, die der Öffentlichkeit präsentiert wird. Weltweite medizinische Forschung, Produktion einiger der wirksamsten Medikamente unserer Zeit, großzügige Gesundheitsförderung und Kriseninterventionen in den Armenländern, Krankenhäuser, Versicherungen, Seniorenresidenzen ... die Führungscrew der GMC müsste längst mit sämtlichen Verdienstorden dekoriert sein, die Staaten so zu bieten haben, inklusive des Nobelpreises.

Ihre Spendensumme, mit der sie jährlich alle möglichen Hilfsvereine sponsern, kann mit der Höhe einiger Staatshaushalte verglichen werden. Hinter dieser überzeugend sauberen Unternehmensseite verbirgt sich allerdings das Schattenreich des bösen Mr. Hyde und hier stoßen wir auf eine erstaunlich gut organisierte Mauer der Zurückhaltung.

Wir sollten uns treffen, was hältst du davon? Ich könnte dich besuchen, aber ebenso gut könntest du zu mir kommen. Die beste Einladung, die ich mir im Moment vorstellen kann, ist der angehängte Bericht eines meiner Mitarbeiter, der sich mit LIFUS City befasst hat. Es gibt in den Staaten inzwischen einige kleinere Städte, die nach dem Vorbild der Sun Citys entstanden sind. Rentnerstädte, die alles bieten, was der moderne alte Mensch zum Leben braucht, jedenfalls für diejenigen, die es sich leisten können. Du hast sicher davon gehört, es gibt einen richtigen Boom auf diese kinderfreien Retortenstädte, deren Kriminalstatistik sich so aufregend liest wie der wöchentliche Speisenplan eines Almbauern. Angstfrei in der Sonne am Pool liegen zu können, die Intensivstation keinen Steinwurf entfernt, ist scheinbar den alten, reichen Amerikanern einiges wert.

Aber das ist nicht das Interessante, was wir herausgebracht haben, sondern die Menschen die in LIFUS City leben. Offensichtlich regiert in LIFUS City nicht nur Geld, sondern vor allem das Parteibuch. Die Einwohnerliste liest sich wie das Who's who ehemaliger Politiker und Staatsdiener. Beinahe jeder hat in irgendeiner staatstragenden Stellung gearbeitet. Militär, Polizei, Ministerien, Verwaltung und so weiter.
LIFUS City, die perfekte Form der Bestechung. Anstelle von Schmiergeldern oder Postenschacher gibt es eine Altersversorgung an der Sonnenseite. Eine durchaus faszinierende Idee, meine ich, über die wir uns unterhalten sollten.
Also, wann kommst du und siehst dir eine Sonnenstadt an, zum Beispiel die bei Los Angeles? Carmina ist sehr gespannt auf dich, hätte ihr vielleicht doch nicht erzählen sollen, du seiest so eine Art Supermann. E. H.
P. S. LIFUS City liegt an der Westküste bei Los Angeles, zwischen Santa Barbara und Santa Monica. Pressestelle der Stadtverwaltung: USA 001 310 337-4926 und Mail: lifus@citypress.com
Ach ja, noch etwas hätte ich beinahe vergessen.
Wir haben, natürlich rein zufällig, den Mitschnitt eines Telefonats aus der Seniorenresidenz in deinem herrlichen Allgäu.
Der Geschäftsführer Cordes hat am 22. Juni das so genannte clearing-office der Zentrale angerufen, sich aber nicht unterhalten, sondern nur gebeten, call me back 0049 26 507 283 und dann aufgelegt.
Wir haben herausgefunden, dass Cordes nicht etwa eine Telefonnummer durchgegeben hat, sondern einen Code und der besagt, dass die Nummer 26 in Deutschland das Problem Nummer 507 und 283 hat. Nummer 26 bezieht sich auf die Rangfolge der Residenzen in Deutschland.
Was sich hinter 507 und 283 verbirgt, da haben wir noch keine Ahnung, das ist wie im Krieg, wo Morse-codes geknackt werden mussten. Bei dieser Gelegenheit nochmals meine Bitte. Du hast mir wieder eine E-Mail an meine normale Adresse geschickt. Bitte sende mir nur Mails als Returns meiner E-Mails, denn nur dadurch sind sie vor dem Zugriff externer Interessenten geschützt. E. H.
Walcher nickte still, er hatte das tatsächlich vergessen und die

Mailadresse für seine E-Mail an Hinteregger aus dem Adressbuch genommen, obwohl ihm Hinteregger schon einmal den Hinweis gegeben hatte. Aber es war etwas anderes, was Walcher Unbehagen verursachte.
Zwar waren es interessante Informationen, die er von seinem Freund bekam, aber wenn er an die technischen Möglichkeiten dachte, über die Hintereggers Konzern offensichtlich verfügte, dann traten wieder die alten Zweifel auf.
Wie viel Macht durfte ein privates Unternehmen ausüben? Das Abhören von Telefonaten sollte nicht einmal staatlichen Geheimdiensten zustehen, jedenfalls nicht ohne nachweislich triftige Gründe.
Mit einem leichten Seufzer schob er seine Bedenken in irgendeine leere Ecke seines Kopfes und sah auf den Jahresplaner, der neben dem Bildschirm an der Wand hing.
Nach LA fliegen? Ein ziemlicher Aufwand und zwar nicht nur der Kosten wegen. Seit Walcher als selbständiger Journalist arbeitete, stand nicht nur die Kosten-Nutzen-Frage weit oben auf der Entscheidungsliste, sondern auch die fatale Angst, während seiner Abwesenheit könnten Anfragen oder kurzfristige Aufträge ins Haus flattern. Das war natürlich Blödsinn, noch dazu konnte von allen Teilen der Computerwelt die eigene Mailbox abgerufen werden und das Telefon trug man in der Tasche. Aber manchmal überfielen ihn Existenzängste und die waren nicht mit rationalen Argumenten zu bewältigen, bestenfalls mit einem soliden Kontostand ... und einem Schluck reifen Sherrys.
Nach den ersten Zeilen der von Hinteregger gesandten Daten beschloss Walcher, sie auch an Kommissar Brunner zu schicken, als Zeichen der Freundschaft.
Die Firmenliste von stillen Beteiligungen der Mehrheitseigner von GMC war beeindruckend. Wie Hintereggers Bild von Dr. Jekyll und Mr. Hyde versammelten sich Unternehmen der Schattenwelt und des Lichts. Produzenten von Waffensystemen – von der Nebelkerze über Flugzeugträger bis hin zu Interkontinentalraketen – Radaranlagen, Atomreaktoren, Chemiewerke, die sich auf ABC-Waffen spezialisiert hatten,

aber auch Textilwerke, die Stoffe für Uniformen herstellten und sie auch schneiderten, Fallschirme, Stahlhelme, Zelte, Rucksäcke, Feldgeschirr, Stiefel, Geschirr, Taschenlampen, Batterien, da fehlte kein Produzent von Gegenständen, die ein Soldat, Polizist, Feuerwehrmann, Werkschutz, Jäger, Security-Guard oder wer auch immer mit oder gegen Gewalt für welchen Einsatz auch immer, dringend benötigte.
Dann gab es Verlage, die Bibeln und Breviere mit erbauenden Gedichten für den Soldat im Felde herausbrachten.
Da hatten Hintereggers Mitarbeiter ganze Arbeit geleistet. Besonders eindrucksvoll waren die Berufs- und Titelbezeichnungen der Einwohnerliste von LIFUS City. Zwei Drittel der etwa dreitausend Einwohner waren ehemalige Verwaltungsbeamte und Militärs des gehobenen Dienstes der USA.
Das letzte Drittel führte verdiente Politiker, Gewerkschaftsführer, Polizisten, Sportfunktionäre, Kirchenleute und Verantwortliche von Rundfunk- und Fernsehsendern auf.
Ein Zyniker, wer die Verbreitung von Weltverschwörungstheorien als die Hauptaufgabe von Radio Vatikan bezeichnete und Aktienanteile an Rüstungsschmieden wie EADS, Rheinmetall, Krauss-Maffei Wegmann, Lockheed Martin, General Dynamics oder Northrop Grumman für die akzeptable Altersversorgung eines Verteidigungsministers hielt.
Walcher machte sich Notizen und stellte einen Fragenkatalog für den CEO Ernest Westland zusammen. Es schien, als ob sich die Sache entwickelte.

Dienstag

Die „Familie“ auf Walchers Hof war zwar nicht im traditionellen Sinne gewachsen, sondern eher zufällig entstanden, aber dieser Umstand hinderte keineswegs das Entstehen einer nicht geringeren Bindekraft, als sie biologische Familienmitglieder zueinander empfinden können.
Walcher schimpfte darüber, dass sich Irmi oder die Eltern

ihres Freundes noch nicht gemeldet hätten, und Mathilde stand in der Küche herum, als wüsste sie nicht so recht, was sie eigentlich dort machen sollte. *Soll ich überhaupt was kochen?,* hatte sie Dienstagmorgen nach dem Frühstück gefragt, worauf Walcher etwas säuerlich wissen wollte, ob er denn nicht zählen würde, und dass Irmi immerhin drei Wochen weg wäre, eine Zeitspanne, die ohne regelmäßige Nahrungsaufnahme nur schwerlich zu überstehen wäre.
Auch Rolli schien Irmi zu fehlen, er schlich häufig zur Haustür und horchte hinaus. Selbst Kater Bärendreck stattete nur einen kurzen Besuch ab und schlich, da Irmis Zimmertür nicht offen stand, mit gesenktem Kopf und seinem üblichen Jauchegestank wieder davon.
Sogar die Hühner, die nun am zweiten Morgen nacheinander nicht von Irmi aus dem Stall gelassen worden waren, schienen den Ersatzmann Walcher mürrisch anzuglotzen und von einigen waren seltsame Jammertöne zu hören, so als wollten sie damit ausdrücken: Der schon wieder!
Walcher legte das Verhalten der Altsteirer eindeutig als Kränkung aus, nannte die Schar undankbar, drohte dem Hahn gar an, ihm einen Konkurrenten ins Nest zu setzen, verlängerte seinen Morgenlauf um eine halbe Stunde und verschwand nach dem Duschen in seinem Arbeitszimmer.
Dort schrieb er an Brunner eine knappe E-Mail mit der Info, dass er am nächsten Tag in Hamburg den Vizepräsidenten von LIFUS Germany treffen werde.
Eine zweite Mail ging an Susanna, für die er allerdings etwas mehr Zeit benötigte. Er schrieb von seinem Verständnis und von dem Glück der Liebe, die ein Geschenk sei, das nicht eingefordert werden könne. Er schrieb, dass er keinen Groll empfände, sondern ihr jenes Glück wünsche, nach dem scheinbar die halbe Welt auf der Suche sei. Von seinem Bedauern schrieb er, denn immerhin hätte er einige wunderbare Stunden erleben können und anfangs wäre ja auch wohl Liebe im Spiel gewesen. Abschied zu nehmen wäre immer eine grässliche Sache. Seit man von den Eltern in den Kindergarten geschickt worden sei, hätte man Zeit gehabt zu lernen, damit

umzugehen, aber so richtig beherrschen würde man die Kunst des Abschieds nie und deshalb wäre es durchaus legitim zu hoffen, Liebe in Freundschaften umwandeln zu können. Ein Versuch wäre es immerhin wert.
Walcher schickte seine Verständnis-Mail ab, auch wenn sich die Seite in ihm dagegen sträubte, die sich wie sein eigner Vater vorkam. Kein Wunder, dass Susanna ihn gegen Ende hin als Vaterfigur empfunden hatte.
Kommissar Brunners Telefonat lenkte Walcher von der Gefahr einer wachsenden Selbstkritik ab.
Fragen Sie die Hamburger, wie das mit den Verantwortlichkeiten in diesen Residenzen aussieht, brüllte er aus dem Hörer. *Was haben die Geschäftsführer zu sagen und vor allem, wer ist für diese Medikamententests verantwortlich? Aber das interessiert mich nur im Rahmen der Ermittlungen in den beiden Mordfällen. Ihnen geht es ja vermutlich mehr um diese Tests und andere Sauereien? Gute Fahrt.* Und weg war er, der Kommissar. Gerade rechtzeitig, dachte Walcher, denn in der nächsten Sekunde rief Irmi an. Sie wäre gut angekommen und hätte auch schon gestern angerufen, aber bei dem Ferienhaus gäbe es keinen Empfang fürs Handy. Dafür sei sie jetzt auf den nächsten Berg gestiegen. Alles wäre herrlich und er bräuchte sich keinerlei Sorgen zu machen, sie hätte auch ein eigenes Zimmer, das sie sogar absperren könnte, von wegen Sex und Drogen.
Walcher war beruhigt und richtete Mathilde sofort die von Irmi aufgetragenen Grüße an sie aus. Mathilde strahlte und nickte zufrieden.

Abbuchung

Gertrud Argenthaler kontrollierte selten ihre Kontoauszüge, aber der Optiker in Isny hatte an die überfällige Rechnung erinnert, die sie glaubte bereits beglichen zu haben. Deshalb ging sie die Auszüge durch und stellte fest, dass sie den Rechnungsbetrag des Optikers überwiesen hatte, in jedem Fall war er abgebucht und die Kontonummer des Empfängers stimmte auch. Es tat gut, nicht auf eine neuerliche Erinnerungslücke gestoßen zu sein, dachte sie, als sie die anderen Kontobewegungen des vergangenen Monats überflog.

In Gedanken bei den Erinnerungslücken, die ja eigentlich gar keine sein konnten, wie sie in einem Gedankenblitz triumphierend feststellte, denn wie sonst könnte sie sich an all die lästigen Suchaktionen der vergangenen Wochen erinnern, legte sie den Ordner mit den Auszügen zurück in die Schublade, um ihn im nächsten Moment wieder herauszuholen und erneut aufzuschlagen.

Was sie unbewusst wahrgenommen hatte, fand sie beim zweiten Durchgang bestätigt. Bei zwei Abbuchungen musste es sich um Fehlbuchungen handeln, denn noch nie hatte sie in den beiden Kaufhäusern in Kempten eingekauft, ja, sie war in den zurückliegenden drei Monaten überhaupt nicht in Kempten gewesen. Verwundert schüttelte Gertrud Argenthaler den Kopf und griff zum Telefon.

Keine hohen Beträge und die Bankangestellte konnte nur feststellen, dass mit ihrer Karte in eben diesen beiden Kaufhäusern bezahlt worden war. *Vielleicht können Sie sich nicht mehr erinnern,* vermutete die verbindliche Stimme am Telefon, *das kann ja manchmal vorkommen.*

Noch vor einem Jahr hätte Gertrud Argenthaler vermutlich bissig gekontert oder zumindest nachgefragt, ob sie für senil gehalten würde. Aber Gertrud Argenthalers Zähne waren stumpf geworden und für einen Betrag von 165 Euro lohnte es nicht, sich mit einem Bankinstitut anzulegen. Wahrscheinlich kam außer Ärger nichts dabei heraus und vielleicht ...

Gertrud Argenthaler grübelte nach dem Telefonat lange Zeit darüber nach, ob sie vielleicht nicht doch in den Geschäften gewesen war. Da half ihr dann auch nicht ein großer Schluck Brombeerlikör, um sich aus einer tiefen Irritation zu befreien, vor allem, weil die Likörflasche nur noch einen kleinen Rest enthielt, obwohl sich Frau Argenthaler absolut sicher war, die Flasche erst am vergangenen Abend geöffnet und nur ein Gläschen daraus eingeschenkt zu haben.

Hamburg

Immer wenn er sich in einer größeren Stadt aufhalten musste, befiel Walcher eine Stimmungsmischung, die von ungläubigem Staunen bis hin zu dem Gefühl der Einsamkeit reichte, kaum dass er das Flugzeug verlassen hatte.
Konnte es wirklich Sinn und Ziel der Evolution sein, dass Menschen in derart grässlichen Ameisenhäufen lebten?
Freiwillig verpestete Luft atmeten, in einem wahnsinnigen Tempo durch das Straßenlabyrinth hetzten, immer auf der Jagd nach irgendetwas. In ihren Behausungen lagerten sie dann ihr Jagdgut ein, aber die Freude darüber hielt nicht lange an, denn bald warfen sie es entweder auf stinkende Sammelplätze oder versuchten es auf Altwarenmärkten wieder los zu werden. Und dieser ganze Wahnsinn wurde als der Sinn des Lebens ausgegeben, symphonisch untermalt durch einen permanent schmerzenden Lärmpegel.
Der Verwaltungsbau der LIFUS Germany war zugleich der Sitz von LIFUS Europe, ein stilsicher umgebautes historisches Lagerhaus mitten in den alten Hafenanlagen.
Um seine Ökobilanz wieder einigermaßen in Ordnung zu bringen, war Walcher mit dem Bus von Fuhlsbüttel aus ins Zentrum Hamburgs gefahren und die letzten zwei Kilometer zu Fuß gelaufen.
Der Empfang an der Zentrale war überraschend herzlich, so, als würde ein alter und wichtiger Bekannter erwartet.
Frau Kreede, den Namen auf der Einladungs-Mail hatte sich Walcher gemerkt, holte ihn ab und führte ihn in einen Raum im obersten Stockwerk mit einem imposanten Blick auf das alte Hafenviertel, in dem an allen Ecken renoviert und gebaut wurde.
Walcher bekam den gewünschten Cappuccino, der auch noch ordentlich schmeckte, und hatte kaum die Tasse nach dem ersten Schluck abgesetzt, als sich die Tür öffnete und Ernest Westland hereinkam, nein, er stürmte in den Raum, wie er vermutlich auf eine Bühne stürmen würde.
Ein Mann wie ein Rugbyspieler, groß, breitschultrig und

voller Sprengkraft. Irgendwie passte die Hornbrille nicht zu seiner sportlichen Erscheinung, aber das schien nicht die einzige Ungereimtheit bei Ernest zu sein. Walcher wurde nach wenigen Worten klar, dass dieser Mensch nicht zufällig in der Vorstandsetage saß.

Sie mögen keine Großstädte, hatte Ernest zur Begrüßung gelächelt und Walchers Hand gedrückt, als gäbe es einen Schwur zu bekräftigen.

Und Sie würden vermutlich lieber auf der Alster segeln, hatte Walcher das Abzeichen eines Segelclubs, ein kleines goldenes Ruderrad auf blauem Grund, das in der Krawatte von Ernest steckte, richtig gedeutet und ein anerkennendes Nicken erhalten.

Vermutlich schaffte es Ernest, jeden noch so kritischen Gesprächspartner in kürzester Zeit für sich zu gewinnen, allerdings ohne sich einzuschmeicheln. Seine Strategie lautete: Offenheit und Tempo. Er erzählte von seiner Frau, seinen beiden Kindern, von seinem kleinen Segelboot, mit dem er bei jeder Gelegenheit die Elbe hinaus aufs offene Meer segelte, von seinem Hund, von seiner Oma ... Und zwischendurch wollte er wissen, ob sein Gesprächspartner auch eine Frau und Kinder, ein Hobby und eine Oma hatte. So einfach war seine Vorgehensweise, aber wirkungsvoll.

Erst nach der Aufwärmrunde erzählte Ernest von der neuen Zeit, die angebrochen sei, von Senioren, von Würde und Lebensfreude im Alter und von LIFUS. Er reichte Walcher eine dicke Informationsmappe, in der alles, aber auch wirklich alles enthalten sei, was nur irgendwie mit LIFUS zu tun hätte. Demografische Entwicklungscharts der europäischen Bevölkerung und natürlich speziell der deutschen.

Dem Trend zu einem Altersvolk, Finanzierungsmodelle, Sozialarbeit, Gesundheitsbedürfnis, Versicherung, Sexualität im hohen Alter, Gerontoforschung ... Ernest war nicht zu stoppen. Ein Feuerwerk von Daten, Fakten, Hypothesen, Aussichten, Visionen prasselte auf Walcher ein, als säße er einem Werbecomputer gegenüber.

Stalinorgel, fiel Walcher dazu ein.

Er kam nicht dazu, auch nur eine Frage zu stellen, Ernest war immer eine Nasenlänge voraus. Erzählte von den LIFUS-Plänen, von Sun Citys in Amerika, von Gemeinwohl, Verantwortung und, dass man dem Staat nichts mehr zutrauen könne und deshalb eigene Staaten gründen müsste, Seniorenstaaten. Und am Ende seines Vortrags lud Ernest seinen neuen besten Freund in die USA ein. Er solle sich selbst überzeugen, wie es sich in einer LIFUS City leben ließ.
Einer Stadt, in der Gleichgesinnte ihren Ernte-Lebensabschnitt gemeinsam erleben würden. In Gesundheit, Harmonie und voller Aktivität oder nur auf der faulen Haut liegend, wie es jedem lieb war. Dafür lohne es sich wahrlich, die paar Jährchen Arbeitsleben richtig ranzuklotzen. Und dann gäbe es ja auch noch die Möglichkeit, schon in jungen Jahren Beteiligungen, Aktien, Wohnungsanteile zu erwerben, um völlig gelassen der wichtigsten Lebenszeit entgegen zu fiebern. Mit Lebenserfahrung im Kopf, vital und voller Ideen, Konfliktlösungsbereitschaft, humanistisch, pazifistisch, kohärierend ...
Walcher konnte sich nicht erinnern, jemals heftiger attackiert worden zu sein, und war überwältigt und zunehmend sprachlos.
Mit einem entsetzten Blick auf die Uhr sprang Ernest auf, er hatte genau eine Stunde lang ununterbrochen geredet, von dem Smalltalk in den ersten Minuten einmal abgesehen.
Geben Sie mir eine Mail, wenn Sie noch weitere Fragen hatten und wenn Sie sich für einen Trip nach LIFUS City entscheiden.
Herzlichen Dank, ich denke, wir hatten ein gutes Gespräch.
Händedruck und weg war er.
Hatten, dachte Walcher, Ernest Westland hatte gesagt: ... *wenn Sie noch weitere Fragen hatten.* Walcher war überhaupt nicht dazu gekommen, auch nur eine einzige Sachfrage zu stellen. Dennoch, Ernest hatte beinahe alles beantwortet, was Walcher sich zu fragen vorgenommen hatte, bis auf Brunners Frage, wer für die Medikamententests zuständig war, aber das hätte die Zielrichtung seines Besuches verändert und vermutlich die Informationsbereitschaft Westlands erheblich reduziert.

Eine strahlende Mitarbeiterin setzte ihn pünktlich 15.03 Uhr im Parterre am Empfang der LIFUS Europe ab.
Walcher fühlte sich wie nach einem Marathon, ohne auch nur einen Schritt getan zu haben. Er hatte schon viele Pressesprecher erlebt und alle hatten sie eines gemeinsam, nämlich die Vorsicht, mit der sie Journalisten behandelten und Informationen nur dann von sich gaben, wenn sie absolut druckreif formuliert waren. Nicht so dieser Ernest Westland.
Ein Phänomen, ein Dampfhammer, unvorstellbar, dass dieses Unternehmen irgendetwas mit den kleinen Gaunereien der Residenzleiter zu tun haben könnte – oder doch?
Walcher musste erst in einer Stunde zum Rückflug auf dem Flughafen sein, Zeit für eine kleine Hafenrundfahrt, entschied er sich. Er kannte sich in Hamburg aus, immerhin hatte er ein Jahr lang die Hamburger Journalistenschule besucht.
Hatte alles Mögliche in jener Zeit angesehen, es aber nicht zu einer Hafenrundfahrt geschafft, die stand noch aus. Warum also nicht heute dieses Kapitel endlich abschließen?
Zehn Minuten später bereute Walcher bitter seinen Entschluss. Er saß in einem dieser Gewächshausboote, umzingelt von einer geballten Ladung Fröhlichkeit, Marke Kegelklub aus Niederbayern, und musste die dröhnenden Ansagen des Sprechers über sich ergehen lassen, ohne die Chance einer Möglichkeit, aus diesem schwankenden Folterkasten vor dem Ende der Rundfahrt entkommen zu können, es sei denn durch einen Sprung ins Wasser.

Ende einer Bootsfahrt

Das Hausboot lag fest vertäut und schlingerte oder schaukelte auch nicht auf den Wellen, trotzdem schien es flussaufwärts zu fahren, wenn man längere Zeit auf das fließende Wasser sah.
Vattenbourgh saß im Bademantel auf der umlaufenden, überdachten Veranda des Bootes, sah hinaus aufs dunkle Wasser

und ließ seine Gedanken wie Treibgut ziehen.
Er hatte versucht umzusetzen, was er sich bei seinem Spaziergang vorgenommen hatte, aber Liebe war ein anderes Geschäft als ein Unternehmen zu steuern.
Mit der Enttäuschung im Kopf und ohne das berauschende Gefühl von Liebe war die Lust verschwunden. Hatte ihn noch in der Nacht davor die flüchtigste Berührung ihrer Haut in helle Erregung versetzt, hätte er sich heute die Handflächen heiß reiben müssen, um den deutlichsten Parameter ungetrübter männlicher Lust in Form zu bringen.
Der fade Geschmack im Mund kam nicht vom Whiskey oder dem Hungergefühl im Magen. Der große Vincent Vattenbourgh empfand die Trauer eines Kindes, dem man sein liebstes Spielzeug schlechtgeredet hatte.
Als wäre der Zauber ein für allemal dahin, konnte er bei dem Versuch mit Corry-Angel zu schlafen nur Trauer empfinden. Nicht nur, dass die lohenden Flammen erloschen schienen, sondern dass wieder einmal eine Art Lebensabschnitt vorbei war. Und sein Alter würde ihm nicht mehr viele Abschnitte anbieten. Da half auch der Alkohol nicht, den er sich direkt aus der Flasche einflößte. Im Gegenteil, der schien seine Trauer nur zu fördern. *Sei nicht traurig, es müssen nicht immer die wilden Zwanziger sein,* hörte er sie und fühlte ihre Hand, die ihn streichelte. Aber es war nicht wirklich er, der sie hörte und fühlte, es war ein alter enttäuschter Mann, der gerade dabei war, seinen indifferenten Endlife-Liebes- und Alterskummer zu ersäufen.
Ohne Alkohol wäre er wahrscheinlich aufgestanden und gegangen. Hätte sich für die unterhaltsame Zeit bedankt, ihr vielleicht noch ein paar Dollar auf den Tisch gelegt, ihr wenigstens ein bisschen weh getan. Aber so hing er an der Flasche und zog den Stoff wie ein Heilmittel durch die Kehle.
Für wen hast du das gemacht, du verdammte Nutte?, fuhr er sie an und seine Stimme klang bereits deutlich nach Whiskey.
Ihre Reaktion war die einer Professionellen, die wusste, wann ein Spiel zu Ende war.
Sie hatte ihn mit einem Blick angesehen, wie man ihn nur

beim Lesen der Bedienungsanleitung eines digitalen Reiseweckers haben kann, und war aufgestanden.
Zehn Minuten später stand sie angezogen und mit ihrem Rucksack in der Hand im Türrahmen: *Auch wenn's dir nicht viel bringt, aber es war richtig gut mit dir.* Dann drehte sie sich um und war verschwunden.
Vattenbourgh saß allein mit seinen Gedanken, die allerdings immer schneller zu fließen begannen. Mühsam stand er nach ein paar Minuten auf, warf die leere Flasche in den Fluss, schwankte die Veranda entlang, um sich aus der Küche eine neue zu holen. Bevor er aber hineinging, schwenkte er zurück an die Reling und pinkelte in hohem Bogen ins Wasser.
Für die neue Flasche brauchte Vincent Vattenbourgh eine Stunde. Wie ein Kampftrinker zwang er sich die ungewohnte Menge Alkohol in den Magen, unterbrochen von heftigem Schluckauf. Auch die Zigarillos, die Corry-Angel zurückgelassen hatte, qualmte er eine nach der anderen, obwohl er seit gut zwanzig Jahren nicht mehr geraucht hatte.
Mit glasigen Augen stierte er zufällig auf den Schatten, der sich ihm näherte, denn gehört hatte er nichts. *Hi,* winkte er und lallte: *Willst auch einen Schluck, ist nicht mehr viel da?*
Dann stutzte er und fragte, mühsam akzentuierend. *Woher weißt du, dass ich hier bin?*
Du weißt, ich bin immer bestens informiert, flüsterte der Schatten. *Willst du noch was oder hast du genug?*
Vincent schüttelte langsam den Kopf: *Will noch.*
Der Schatten entfernte sich und kam kurz darauf wieder zurück. *Hier,* reichte er Vincent eine Flasche, *ist nur noch Gin da, aber ich denke, das wird dich nicht groß stören, oder?*
Stört nicht, griff Vincent nach der Flasche und wollte daraus trinken. *Scheiße,* fluchte er und drehte mühsam den Schraubverschluss ab, bevor er einen zweiten Versuch startete.
Der Gin mischte sich mit dem Bourbon und zwang Vincent zu einem neuerlichen Schluckauf. Er hielt dem Schatten die Flasche hin. *Allein saufen macht ...* Vinc lallte den Satz nicht zu Ende, sondern kippte in Zeitlupe zur Seite und schnarchte bereits, noch bevor er auf den Polstern angekommen war.

Schwere Gedanken

Brunner saß auf einer der Bänke am Seeufer und hatte seinen Blick zwischen dem Bäumchen auf der winzigen, vorgelagerten Insel Hoy und der Spielbank auf das gegenüberliegende Seeufer fokussiert. Dass dort die Lichter angegangen waren und inzwischen auch um ihn herum die Laternen den Park erleuchteten, nahm er nicht so richtig wahr.
Gedanken flogen wie wirbelnde Blätter durch seinen Kopf, aber er versuchte nicht, ihnen Struktur und Ordnung zu geben. Er wusste, dass es sinnlos war, sich gegen diesen Wirbel zu stemmen. Wenn Kinder oder alte Leute umgebracht wurden, überfiel ihn immer eine besondere Wut.
Dann lief er Gefahr, seine Objektivität zu verlieren. Vielleicht sollte er den Fall abgeben, ohnehin hatte er ihn nur Walcher zuliebe übernommen. Er sah bereits die Schlagzeilen, vor allem aber hörte er das Getöne der Politiker.
Der ganze Zirkus bei Morden in sensiblen Altersgruppen.
Da wurden sie besonders wach und laut und riefen nach härteren Gesetzen, Kontrollen, Vergeltung und überhaupt vor allem nach mehr. Da hatten sie wieder mal eine Plattform und brauchten zur Abwechslung nicht nur mit dem Spaten Gewerbegebiete anstechen, Straßenbänder durchschneiden oder wehrlosen Kindern die Köpfe zu streicheln.
Unbewusst schüttelte Brunner den Kopf. Er würde nie verstehen, warum ausgerechnet die Leute, in deren Händen die Gesetzgebung lag, bei solchen Gelegenheiten härtere Gesetze forderten. Volksverdummung, Populismus. Zum Kotzen und vor allen Dingen kam man nicht mehr zum Arbeiten.
Dann die Journalisten, die sich die Schlagzeilen nur so aus den Ärmeln schüttelten. Und immer war er der Dumme.
Alle drängelten. Die Vorgesetzten, die Politiker, die Presse. Als ob man Morde so mal zwischen Aufstehen und Frühstück aufklären konnte. Außerdem war da vermutlich noch mehr dran. Allein was Armbruster erzählt hatte, stank gehörig in den Allgäuer Himmel. Aber er war nicht für Vergehen gegen Ernährungsrichtlinien, mangelnde Pflege, psychischen Druck

und Kleinkriminalität zuständig. Dafür gab es erst einmal die Heimaufsicht und dann die Sozialmedizinischen Dienste der Versicherungen. Und wer sich da einmischte, der durfte keine Angst vor Ärger haben. Allein schon die abgetakelten Politiker und Funktionäre, die an der Spitze dieser Vereine und Interessengemeinschaften saßen und in Ruhe ihrem Ruhestand entgegen schlummerten, wachten plötzlich auf und reagierten auf Versäumnisvorwürfe wie Wespen an den letzten sonnigen Herbsttagen. Und dann die Berufsverbände all der Pfleger, Köche, Gärtner, Psychotherapeuten, Sozialarbeiter, Physiotherapeuten und was es da noch gab, das gleiche Spiel.

Nein, Brunner schüttelte wieder den Kopf, er würde erst einmal versuchen, den Ball flach zu halten, die Mordfälle aufklären und erst dann die anderen Zuständigkeiten informieren. Dann könnten die da herumeiern und ordentlich heiße Luft produzieren.

Dazu brauchte er aber den schnellen Erfolg, denn all diese Geier kreisten schon. Vom Chef in Kempten grünes Licht holen, damit er seine ganze Mannschaft auf den Fall ansetzen konnte, bevor die Schreier auf den Marktplätzen nach den Schuldigen riefen. Wehrle, Aumiller und die Müller, vielleicht auch noch den Adler und den Predel anfordern, der kannte sich mit Wirtschaftsfragen aus. Vermutlich steckte ohnehin wieder nur die alte Gier nach Reichtum dahinter.

Gier, Gier, immer wieder dasselbe. Da lobte sich Brunner doch einen sauberen Totschlag im Affekt oder von einem Psychopathen. Aber diese Gier von Menschen, die den Tod billigend in Kauf nahmen, nur um in Reichtum leben zu können, sie kotzte ihn an.

Brunner schüttelte sich vor Abscheu, oder war es die abendliche Kühle, die er nun zu spüren begann? Das Handy vibrierte in der Hosentasche. *Hallo Schatz,* begrüßte er seine Frau, weil ihr Name auf dem Display stand.

Soll ich alleine essen und mir anschließend einen Unterhalter suchen oder kann ich noch heute mit dir rechnen, hörte er ihre Stimme und sie klang überhaupt nicht humorvoll.

Ich bin auf dem Weg nach Hause, eine halbe Stunde vielleicht, bin zu Fuß, soll ich noch was mitbringen? Brunner war schon aufgestanden und ging in Richtung Brücke.
Um seine kleine Notlüge nicht platzen zu lassen, würde er sich bei der Spielbank ein Taxi nehmen, nur dann könnte er es nämlich in einer halben Stunde nach Hause schaffen.
Monica reagierte in letzter Zeit höchst aggressiv auf seine Verspätungen. Da half ihm in diesem Fall auch nicht sein eifriges Angebot, noch etwas einkaufen zu können.
Seit wann willst du irgendwas anderes einkaufen außer Wein?, hörte er sie und fand den Vorwurf unberechtigt. Er kaufte gerne ein, nur kam er in letzter Zeit nicht dazu, aber was konnte er für die zunehmende Arbeit?
Also, bis gleich, schnaufte er ins Handy, ohne auf ihren Vorwurf einzugehen. Alles könnte er heute ertragen, nur keinen Streit mit Monica.

Der Geliebte

Lothar Rüttler hatte eingekauft, das Notwendigste nur. Solange er allein war, lebte er bescheiden, meist von Fertiggerichten aus Tüten, Suppen, Spaghetti, manchmal tagelang nur Brot, Käse und Äpfel, viele Äpfel. Nur wenn sich Claus anmeldete, füllte er den Kühlschrank, besorgte Wein und eine Flasche Black Bush Special von Bushmills, die Lieblingsmarke von Claus.
Lothar verdiente seinen Lebensunterhalt durch Übersetzungen medizinischer Fachbücher aus dem Englischen.
Dafür hätte er zwar nicht Medizin studieren müssen, aber ihm war erst gegen Ende seiner Zeit als Medizinalassistent klar geworden, dass ein Arzt mit fremden Menschen zwangsläufig auch mal in physischen Kontakt treten musste. Seine Phobie bekam er zwar mental in den Griff, aber sein empfindliches Nervensystem schickte ihm dafür Hautausschläge, vor allem auf den Handrücken und auf der Stirn.

Da kam ihm das Angebot eines Freundes, der medizinische Fachliteratur übersetzte und sich vor Aufträgen nicht retten konnte, gerade recht. Man wurde zwar nicht reich, konnte aber passabel davon leben. Außerdem entdeckte Lothar damals, dass die Arbeit mit Fachliteratur nicht nur Spaß machte, sondern er, quasi aus erster Hand, die neuesten Ergebnisse wissenschaftlicher Forschung frei Haus geliefert bekam.

Lothar wohnte im Parterre der elterlichen Villa, die er zu gleichen Teilen mit seiner Schwester geerbt und mit ihr zu drei großzügigen, getrennten Wohnungen umgebaut hatte. Die Wohnung der Schwester im ersten Stock war an einen Makler vermietet. Lothar fungierte als Hausmeister, der sich auch um den kleinen, parkähnlich angelegten Garten kümmerte. Im Gegenzug übernahm dafür die Schwester seinen Teil der Gemeinkosten.

Die dritte Wohnung unterm Dach glich einer Antiquitätenhandlung. Hier hatten die Geschwister den Hausrat der Eltern und den zweier, ebenfalls verstorbener, Tanten eingelagert. Nicht weil sie sich davon nicht hätten trennen können, sondern weil eine Verteilung der alten und außerordentlich wertvollen Möbelstücke bisher immer in heftigen Auseinandersetzungen geendet hatte.

Die alten Villen mit ihren üppigen parkähnlichen Gärten, der Blick auf die Alster, Lothar liebte die Allee und das nicht nur, weil sie als eine der wertvollsten Wohnmeilen Hamburgs galt. Die meisten Häuser und Gärten kannte er aus seiner Kindheit, war in ihnen herumgezogen mit einer Clique Gleichaltriger. Hatte Scherze getrieben, die der hier lebenden Bildungsbürgeroberschicht entsprechend harmlos ausgefallen waren: abendliches Klingelputzen, versetzte Mülltonnen, geklaute Blumen oder Äpfel aus den Gärten.

Lothar erinnerte sich gerne an die Leute, an die Zeit. Unbeschwerte Kindheit, ohne Krieg, ohne Mangel, er hatte sie erlebt. Auch die Eltern waren in Ordnung gewesen, modern, tolerant, selbst als er ihnen mit siebzehn den ersten Freund vorgestellt und sich zu seiner Homosexualität bekannt hatte.

„Sehr bedauerlich", hatte der Vater auf seine trockene Hamburger Art damals bemerkt, „hätte mich sehr interessiert, was du für eine Familie nach Hause bringst."
Die Mutter hatte ein wenig geweint, dann aber so getan, als hätte sie es immer schon gewusst. „Mütter wissen das eben", hatte sie mit Bestimmtheit gesagt und erfolgreich vermieden, Lothars Freund die Hand zu drücken. „Nur um eines bitte ich euch, keine Zärtlichkeiten und andere Ferkeleien vor meinen Augen."
Immer wieder erinnerte sich Lothar an den Ausspruch seiner Mutter. „Keine Ferkeleien", dachte er, als er das Haus betrat und im Treppenhaus stehend, eine Frau, vermutlich die Sekretärin des Maklers aus der Wohnung im ersten Stock stöhnen hörte, wie manche Frauen während des Liebesaktes stöhnen.
Mit einem kleinen Seufzer ging er in seine Wohnung und legte die CD mit Originalmitschnitten von Jan Garbarek auf, Claus hatte sie ihm geschenkt. Die Welle der Sehnsucht und Lust auf den Geliebten überrollte ihn derart heftig, dass Lothar sich die Kleider vom Leib riss und gleichzeitig den Rest der Weinflasche austrank.
Dann stellte er Garbarek noch einen Tick lauter und stöpselte die Lautsprecher im Badezimmer ein. In der Duschecke, deren acht in der Wand eingelassene Impulsbrauseköpfe alle Körperzonen gleichzeitig beschicken konnten, drehte er nur drei Hähne auf und verwandelte dadurch die Brauseköpfe des Beckenbereichs zu wasserspeienden Massagefingern. Lothar hielt sich an den Halteschlaufen, die wie bei der Straßenbahn von der Decke baumelten, dachte an Claus und wand sich in steigender Erregung in den pulsierenden Strahlen.
Mit viel Liebe zum Detail hatte Lothar das Bad um den daneben liegenden ehemaligen Hausgeräteraum vergrößert und darin eine Dusche eingebaut, die weit über das Angebot von Erlebnisbädern hinaus ging. Die Anzahl der Brauseköpfe, die richtungsverstellbar aus den aufwändig mit einem sich wiederholenden Mosaik des David von Michelangelo gefliesten

Wänden ragten, die Haltegriffe, in unterschiedlichen Höhen an den Wänden montiert, auch die Schlaufen von der Decke, das alles hätte mit viel Phantasie als eine behindertengerechte Dusche ausgelegt werden können, für die Lothar im Übrigen einen Baukostenzuschuss beantragt und erhalten hatte.
Gut, der Michelangelo, der von vorn, seitlich und von hinten beim Duschen Gesellschaft leistete, entsprach sicher nicht dem förderungswürdigen Standard, aber wer kontrollierte schon bei derartigen Anträgen, was sich hinter einer Rechnungsposition „Fliesenarbeiten“ verbarg.
Nach der einsamen Duschorgie genehmigte sich Lothar einen tiefen Schluck aus der Whiskyflasche von Claus und legte sich ins Bett, um ungestört von ihm träumen zu können.
Als er aufwachte, die Weckuhr stand noch auf Winterzeit 23 Uhr, also war es 22 Uhr, hörte er über sich Geräusche, so als ob Möbel über den Fußboden geschoben würden. Er war sich nicht darüber im Klaren, ob er der Geräusche wegen aufgewacht war oder weil er sich bereits gegen 18 Uhr ins Bett gelegt hatte, was er normalerweise nur tat, wenn er krank oder Claus dabei war.
Dem Whisky schrieb er den trockenen Mund und üblen Geschmack zu, den er mit einem Schluck Wasser aus dem Hahn in der Küche wegzuspülen versuchte.
Im selben Moment, in dem er das Glas auf der Spüle abstellte, hörte er über sich einen dumpfen Ton, als hätte jemand einen Stapel Bücher auf den Boden fallen lassen. Der Makler oder seine Mitarbeiterin waren noch niemals über Nacht im Haus geblieben, deshalb schlich Lothar leise durch die Diele, öffnete ebenso vorsichtig die Wohnungstür zum Treppenhaus, trat hinaus und lauschte.
Es war ruhig im Haus und durch die Glasfüllungen der Dielenverkleidung im ersten Stock drangen weder Licht noch Geräusche zu ihm. „Onanieren macht die Birne hohl“, hatte sein Vater ihm immer vorgehalten, wenn er ihn dabei erwischt hatte. Vermutlich hatte er sich das Geräusch nur eingebildet oder der Makler trieb es mit seiner Sekretärin diesmal sogar in der Nacht, warum auch nicht.

Und, was war los?, knurrte Brunners Stimme aus dem Hörer. Walcher sah auf die Uhr, er hatte gerade den Computer ausgeschaltet und war auf dem Weg ins Bett.
Es ist kurz vor Mitternacht, gibt es einen neuen Mord oder leiden Sie neuerdings an Schlafstörungen?, konnte sich Walcher nicht verkneifen.
Nichts davon, ich wollte lediglich hören, ob sich aus Ihrem Gespräch mit diesem LIFUS-Menschen irgend etwas ergeben hat, was auch für uns interessant sein könnte?
Außer einer Einladung nach LIFUS City und einem Kilo bunt gedruckter Prospekte habe ich nichts herausgefunden. Um ehrlich zu sein, ich bin überhaupt nicht zu Wort gekommen. Der Pressemann hat mich eine Stunde lang mit der Strategie eines Rammbocks bearbeitet, gab Walcher zu.
Sie und nicht zu Wort gekommen, also den Mann muss ich unbedingt kennen lernen, stellte Brunner fest, und Walcher sah ihn vor sich, wie er breit grinste. *Ich würde mir trotzdem die Werbeblättchen ansehen, wenn es Ihnen passt, schaue ich bei Ihnen so gegen drei Uhr morgen am Nachmittag vorbei, habe ganz in Ihrer Nähe zu tun. Unsere Kollegen in Sachsen haben da auch eine hübsche Sache am Hals, auch in einer Seniorenresidenz von LIFUS, aber das erzähle ich Ihnen dann morgen. Wollte nur den Termin mit Ihnen abstimmen, gute Nacht.*
Ach, kommen Sie, allein deshalb rufen Sie doch nicht mitten in der Nacht an. Walchers Versuch wurde vom Kommissar nicht mehr gehört, denn die Verbindung bestand nicht mehr.
Also ging Walcher mit der Frage zu Bett, was es aus Sachsen wohl derart Wichtiges zu berichten gäbe.

Brunner stand pünktlich im Hof, bewunderte das Hühnergehege samt Hühner, setzte sich auf die Hausbank, lehnte geistige Getränke ab, was Walcher geradezu beunruhigte, und kam sofort zur Sache.
Offiziell lag nur ein Renten- und Versicherungsbetrug in Sachsen vor, jedenfalls auf den ersten Blick. Dann aber fanden die Pathologen

heraus, dass die Leichen mehrere Male aufgetaut und wieder eingefroren worden waren. Dabei waren jeweils Gewebeproben entnommen und vermutlich untersucht worden. Das Ganze gibt nur einen Sinn, vermuteten die Pathologen, nämlich festzustellen, ob sich Stoffe bereits abgebaut hatten, oder noch in den Leichen festzustellen waren. Nach umfangreichen Untersuchungen waren die Gerichtsmediziner auf eine Reihe von Stoffen gestoßen, die nicht unbedingt in die Körper von Achtzigjährigen gehören, und zwar Dopingpräparate für Hochleistungssportler.
Warum um alles in der Welt schluckte ein Achtzigjähriger Ephedrin oder Amphetamin in Mengen, die ihn umbringen?
Warum Corticotropin oder Erythropoietin, also EPO? Jedes Kind weiß inzwischen, dass es die Herzkranzgefäße verstopft und das Risiko eines Infarkts oder Schlaganfalls erheblich erhöht. Das gibt absolut keinen Sinn, es sei denn, es handelt sich dabei um eine neue Form der Sterbehilfe, wer weiß? Dann wurden auch Diuretika entdeckt, also Mittel, die einen starken Wasserverlust herbeiführen. Sie werden auch als Maskierungsmittel eingesetzt, um den Nachweis anderer Substanzen zu erschweren. Der einzige Grund, weshalb man das alten Menschen gibt, man will feststellen, wie sie reagieren. Auf Gegenmittel oder sonst was. Aber das wäre dann schon etwas mehr als der Test von neuen Medikamenten, schloss Brunner und stand auf. *Entschuldigen Sie, aber ich muss sofort weiter.*
Ich hätte ihm nicht vom Tempo des Pressesprechers erzählen dürfen, dachte Walcher, als der Kommissar mit durchdrehenden Rädern vom Hof raste.

Oberst Oberhofer

Der Vater, der Großvater, der Urgroßvater ... vermutlich führte die Linie von Oberhofers Vorfahren direkt zu Tyr, dem Kriegsgott der Germanen. Aber damit war Schluss.
Günther Oberhofer war der letzte männliche Namensträger der Familie, eine „taube Nuss“, wie es der Vater mit seinem

lauten Humor so treffend ausgedrückt hatte, auch wenn es ungerecht war, denn der junge Oberhofer hatte nie die Chance gehabt, ein Leben außerhalb des Kasernenhofes kennenzulernen, sieht man vom Besuch des Kindergartens, der Grundschule und des Gymnasiums einmal ab, wobei der Kindergarten auf dem Gelände der Garnison lag.
Nach dem Gymnasium ging es dann in die Bundeswehr-Uni, eine Art deutsches Pendant zum englischen Sandhurst, und von dort wieder zurück in die Kaserne.
Oberst Oberhofer war nie verheiratet gewesen, zählte man seine Ehe mit der Bundeswehr nicht als eine solche.
Dabei hätte Oberhofer sich durchaus eine Frau und Kinder vorstellen können, aber die Frauen, die ihm gefallen hatten, waren meist nach kurzer Zeit des Zusammenseins vor dem Militaristen in ihm geflüchtet, der in jeder Zelle seines Körpers zu stecken schien, genetisch über Generationen angelegt.
Dass ihm überhaupt etwas fehlte, hatte Oberhofer erst entdeckt, als er sich dem Pensionsalter näherte. Da war kein Haus mit Garten, keine Frau und da waren eben auch keine Kinder oder gar Enkelkinder, in denen er einen Sinn und eine Betätigung im Alter hätte finden können.
Das Haus und Grundstück seiner Eltern waren schon kurz nach deren Tod verkauft und als Kapital angelegt worden. Kapital wofür? Oberhofer hätte auch von seiner Pension in Wohlstand leben können, außerdem hatte er das meiste seines monatlichen Solds gespart, immerhin 552 Monate lang.
Da war mit Zins und Zinseszins und einigen geglückten Aktienspekulationen die erstaunliche Summe von rund gerechnet 4,9 Millionen Euro zusammengekommen. Wer innerhalb der Bundeswehr lebte, benötigte für seine Lebenshaltung nur einen Bruchteil der Kosten, die dafür normalerweise aufgebracht werden mussten – noch dazu, wenn jemand derart sparsam war wie Günther Oberhofer.
Da er aber nicht ewig in einer der Dienstwohnungen leben konnte, hatte sich Oberhofer umgesehen, war auf die Residenzen gestoßen und hatte kurz entschlossen vier Apartments der Seniorenresidenz im Allgäu gekauft. Den Rest

seines Geldes, immerhin noch gut zwei Millionen Euro, legte er in Form von Optionsscheinen an.
Als er dann am Tage nach seiner offiziellen Verabschiedung durch den Verteidigungsminister in einem seiner Apartments im Allgäu einzog, war es ihm, als würde er heimkommen.
Ohne sich auch nur einen Tag Pause zu gönnen, gründete er die Seniorenselbstverwaltung und ließ sich zum Präsidenten des als gemeinnützig anerkannten Vereins wählen.
Oberst Oberhofer tat dies nicht allein, um für seine Kapitalanlage quasi den seiner Meinung nach unbedingt notwendigen Flankenschutz zu organisieren, er war überzeugt, dass es höchste Not sei, dem Leben seiner Mitbewohner Sinn und Ziele zu geben.
Die ersten beiden Jahre waren aus der Sicht des Obersten auch durchaus befriedigend. Seine Offensive war erfolgreich zu nennen, sein flächendeckendes Bombardement zeigte Wirkung. Er wurde geachtet und gleichermaßen gefürchtet und die strategische Zusammenarbeit mit der Geschäftsleitung klappte ebenfalls zufriedenstellend, jedenfalls bis zu jenem Tag, an dem Oberhofer Zeuge einer innigen Umarmung des Geschäftsführers mit einem Pfleger wurde.
Ab diesem Ereignis versuchte Oberhofer den Kontakt mit Cordes zu meiden, wo immer es ihm möglich war. In ihm schlummerte die, bei unverheirateten Männern besonders weit verbreitete, geradezu panische Angst, durch allzu engen Kontakt mit einem Homo selbst als Homosexueller eingestuft zu werden.
Schritt für Schritt kühlte das Verhältnis der beiden ab und wandelte sich, jedenfalls was den Obersten betraf, in blanke Feindschaft. Oberhofer führte seitdem ein genaues Weißbuch über alle Gespräche, die er mit Cordes hatte und agitierte bei jeder Gelegenheit gegen ihn, allerdings nur, wenn es um die Person Cordes' ging. Gegen den Geschäftsführer oder gar das Unternehmen LIFUS übte er nicht nur Zurückhaltung, sondern warb für LIFUS und die Seniorenresidenz, als wäre er selbst der Gründer des Unternehmens.
Überhaupt musste das Verhalten des Obersten gegen all jene

Bewohner, denen es seiner Meinung nach an Solidarität für die Residenz mangelte, als psychisch auffällig bezeichnet werden.
Seine absolute Solidarität mit LIFUS konnte nur noch mit dem Fahneneid verglichen werden, den er einst geschworen hatte und der eine unverrückbare Basis seines Wertekanons darstellte – bis in den Tod.

Jedes legte noch ein Ei ...

Vor der Haustür duftete es sogar noch intensiver nach Sommer als durch das offene Zimmerfenster.
Von feuchtem Heu erzählte der Morgen und von der unglaublichen Mischung all jener Blumen, Kräuter, Stauden und Bäume, die Anfang Juli zu blühen begonnen hatten, und das waren im Allgäu eine ganze Menge.
Manche Obernoten drangen aus der Mischung besonders stark heraus: den Jasmin zum Beispiel, die Winterlinde, den Liguster und auch den späten Holunder, der im Schatten hinter dem Schuppen sein karges Dasein fristete, glaubte Walcher riechen zu können.
Tief atmete er durch die Nase ein und zog leise die Tür hinter sich zu. Bis er zurückkam, würde Mathilde bereits auf sein, also brauchte er keinen Schlüssel einzustecken, der in der Trainingshose ohnehin nur störte.
Walcher streckte, dehnte und lockerte Arme und Beine und trippelte mit kurzen Schritten locker in Richtung Waldrand, machte dann aber einen Schwenk hin zum Hühnerstall, dort wartete bereits Rolli. Braver Hund, dachte Walcher, denn seine Aufgabe als Ferienvertretung Irmis, die Hühner jeden Morgen aus dem Stall zu lassen, hatte sich in seinem Unterbewusstsein noch nicht verankert.
Der Hund stand allerdings vermutlich nicht vor dem Hühnerstall, um ihn daran zu erinnern, sondern winselte, als ob ihm jemand auf die Pfoten getreten wäre. Walcher überquerte den

Hof und empfand plötzlich eine seltsame Spannung, so als würde er sich einer verbotenen Zone nähern.
Die Nackenhaut zog sich zusammen und stellte die Haare auf. Einen Knüppel, dachte er, vielleicht sollte er irgendeine Schlagwaffe in der Hand haben, wenn da ein Fuchs, Marder oder sonst ein Hühnerfeind im Stall ... Blödsinn, dachte er. Der Stall war sicher, der Zaun tief genug eingegraben und ob er auf einen Hühnerdieb, egal was es auch sein mochte, so einfach einschlagen könnte, da hatte er so seine Zweifel.
Seine Anspannung steigerte sich auf den letzten Metern zum Hühnerhaus. Rolli stand vor der Tür, sah ihm seltsam unterwürfig entgegen und winselte kläglich. Hinter sich hörte Walcher die Haustüre und Mathilde, die ihm zurief: *Was hat's denn?*
Weiß nicht, rief Walcher zurück, *vielleicht ein Marder?* Dem würde er noch am ehesten zutrauen, über den Zaun zu klettern. Zwar hatte er darüber ein Netz gespannt, aber einige Lücken gab es da schon. Ich sollte einen Draht über den Hof spannen oder eine Klappenautomatik mit Zeituhr einbauen, versuchte er sich abzulenken, schon dreimal hatte er vergessen, die Hühner aus dem Stall zu lassen. Dann aber waren ihre langgezogenen Jammertöne zu hören gewesen, gedämpft nur, denn der Stall war gut isoliert.
Liebstöckel, so hatte Irmi eines der Hühner getauft, hatte es bei solchen Gelegenheiten sogar geschafft, sich auf der schmalen Leiste am Fenster neben der Tür festzukrallen und mit dem Schnabel ungehalten gegen die Scheibe zu hacken, dass es wie ein Hagelschauer klang.
Hatte er dann den Stall geöffnet, war noch eine Weile lang ihr vorwurfsvolles Gejammer zu hören gewesen. Das Federvieh mochte vielleicht nicht genügend Grips für die höhere verwaltungswissenschaftliche Laufbahn besitzen, aber man tat den Hennen unrecht, sie als dumme Hühner zu beschimpfen. Immerhin konnten sie durch nahrhafte Eier ihre Existenzberechtigung belegen.
An diesem Morgen hörte Walcher aber weder Jammertöne, noch hieb Liebstöckel lärmend an die Scheibe. Überhaupt war

es ruhiger als sonst. Sollte ein Marder ... Walcher bedauerte, nicht doch einen Stock in der Hand zu haben.
Bevor er die Stalltür vorsichtig öffnete, lauschte er mit verhaltenem Atem, aber es war ruhig, bis auf das Hecheln des Hundes und den eigenen Herzschlag, der in den Ohren rauschte. Irgendwie erwartete er, dass durch den schmalen Spalt der Tür ein wildes Tier herausjagen würde, aber es geschah nichts.
Es dauerte, bis sich die Augen an den dunklen Innenraum gewöhnt hatten. Rolli bellte kurz eine Salve, dann schnüffelte er in den Stall hinein, blieb aber auf der Türschwelle stehen. Totenstille, dachte Walcher und ahnte, dass er den treffenden Begriff gewählt hatte. Trotzdem erschrak er, als er die Hühner sah. Aber das lag nicht allein daran, dass diese offensichtlich tot auf dem Boden lagen, sondern an dem Zeichen, zu dem sie drapiert worden waren.
Ein Zeichen wie aus einem Geisterfilm.
Sieben der Körper waren zu einem Kreis gelegt, in dessen Zentrum der Hahn und zwei Hühner ein Dreieck bildeten. Um Platz für diese Anordnung zu schaffen, war der blecherne Futterautomat in die Ecke neben der Tür versetzt worden.
Nur kurz zuckte Walcher zusammen, als er am Rücken eine Berührung spürte, weil Mathilde im gleichen Moment flüsterte: *Lass mi allein da herin.* Walcher nickte und trat zurück, in ihrer Stimme schwang ein Unterton, der sie als Autorität in solchen Dingen auswies.
Als er vor der Hütte stand, zog Mathilde die Tür von innen zu. Walcher bückte sich zu Rolli und flüsterte ihm ins Ohr: *Such, such die bösen Buben.* Dann ging er voraus, um eine große Runde um den Hühnerstall zu drehen.
Vielleicht würde Rolli auf eine Spur stoßen, hoffte er. Aber nach fünf Minuten standen sie wieder am Ausgangspunkt, ohne dass der Hund irgendetwas erschnüffelt hätte. *Bist halt kein Polizeihund, aber trotzdem ein Braver,* klopfte er Rolli auf den Rücken und blieb vor dem Hühnerstall stehen, um auf Mathilde zu warten.
Es dauerte zehn Minuten und Walcher wollte schon nachsehen,

was Mathilde so lange im Stall machte, als sie herauskam. Blass war sie und wirkte abwesend.
Was bedeutet das?, fragte Walcher und deutete mit dem Kopf zum Stall. Mathilde hob die Hände: *Wenn i des wisst, 's waret beese Leut, die mit was drohat, wovon se nix verschtandet.*
Wie meinst du das?
Halt des Zoicha, des se g'legt handt.
Was ist damit?
Wenn Mathilde in Gedanken versunken war, verfiel sie manchmal in den breiten Dialekt des Westallgäus, um nach ein, zwei Sätzen wieder ins Schriftdeutsche zu wechseln, wie sie sagte. Ihr Großvater hatte durchgesetzt, dass Mathilde auf die höhere Schule ging, um studieren zu können, was sie dann auch getan hatte. Allerdings war sie bereits im zweiten Semester schwanger geworden, hatte geheiratet und mit ihrem Mann den Hof des Großvaters übernommen.
Mathildes Eltern bewirtschafteten damals den Hof, den die Mutter geerbt hatte.
Könnte ein Pentagramm sein, auch Drudenfuß genannt, versuchte Mathilde nun sachlich zu erklären, was da im Hühnerstall lag. *Aber da passt eigentlich nichts zusammen. Ich glaub', da will uns jemand eine Angst einjagen und nutzt die Symbolik der Satanisten und sonstiger Spinner. Das Mittelteil des Pentagramms bildet der Hahn und zwei Hennen, also du, Irmi und ich, so könnt das jedenfalls verstanden werden, verstehst?*
Walcher schüttelte den Kopf: *Schwachköpfe. Was können die Viecher dafür? Diese verdammten Idioten, als ob mich das von irgendetwas abhalten würde.*
Mag schon sein, seufzte Mathilde, *aber du solltest trotzdem vorsichtig sein. Der oder die das g'macht ham, versteh'n was vom Schlachten, aber da gibt's noch was.* Mathilde zögerte, als Walcher sie fragte: *Was noch?*
Das ist schwer zu erklären. Hat was mit meiner Gabe zu tun. Mathilde presste die Lippen zusammen, als wollte sie verhindern, dass sie weiter sprach.
Gabe? Walcher hatte nur von Frau Zehner und den Großeltern vage Andeutungen gehört, dass Mathilde eine „Gabe"

besäße, irgendetwas mit „Gsundbetta“, hatte aber bisher Mathilde nicht auf das Thema ansprechen wollen.
Na ja, Gabe eben, ich hab' dir noch nicht davon erzählt, weil ... weil halt viele Leut eher Angst bekommen, wenn sie davon hören. Weißt schon, Hexen und so ein Blödsinn. Mathilde hatte sichtlich Probleme, Walcher über ihre Gabe aufzuklären. *Hätte dir davon erzählen sollen, bevor es so einen Anlass gibt, musst entschuldigen.*
Walcher meinte nur: *Die Gerüchte kenne ich, aber interessieren würde es mich schon, was wirklich dran ist.*
Also, begann Mathilde, *ich fühle manchmal etwas, nehme wahr, sehen wäre vielleicht zuviel gesagt. Es ist so eine spontane Idee, was geschehen könnte oder bereits geschehen ist, ein Einfall, der mir wie ein Bild ... wie so eine Idee in den Sinn kommt. Das hab' ich schon von klein auf gehabt, aber erst später erkannt, was das wirklich ist. Frage mich nicht nach dem Wie, Warum oder nach sonst einer logischen Erklärung, die hab' ich nämlich nicht. Vermutlich gibt's die auch nicht. Jedenfalls können es auch die Leute schwer erklären, die so etwas Ähnliches haben. Ich habe für mich schon lange beschlossen, es als eine besondere Gabe zu betrachten. Du glaubst mir nicht,* nickte Mathilde, als sie Walcher ansah. *Musst du ja auch nicht,* lächelte sie. *Du musst auch noch nicht zum Zahnarzt, weil die Wurzel deines linken Backenzahns erst beginnt sich richtig zu entzünden. Es liegt aber nicht am Zahn, sondern an der Nebenhöhle, dort sitzt der Herd.*
Walcher fasste sich an die Backe und überlegte, ob er Mathilde durch unbewusste Gesten angedeutet hatte, dass er tatsächlich seit drei Tagen einen zunehmenden Druck auf dem linken Backenzahn spürte. Bei allem, was mit Heilern und Sehern zu tun hatte, sperrte sich seine Ratio.
Hinter seherischen Fähigkeiten vermutete er nur eine große Erfahrung und scharfe Beobachtungsgabe. Aber es war nicht der passende Zeitpunkt über Derartiges zu diskutieren. Auch Mathilde fand den Zeitpunkt unpassend und wackelte mit dem Kopf hin und her: *Wir können uns ja mal in Ruhe darüber unterhalten. In jedem Fall hab' ich grad im Stall was gesehen, das mich doch sehr beunruhigt.*

Walcher nickte: *Mich beunruhigen die toten Hühner schon auch.*
Die meine ich doch gar nicht, schüttelte Mathilde den Kopf. *Einen Menschen am Seil, hab' ich gesehen, der schon tot ist, der es nur noch nicht weiß.*
Hast du auch gesehen, wer es war und wann und warum er die Hühner geschlachtet hat?, fragte Walcher und wusste im selben Moment, dass es die falschen Fragen waren. Mathilde sah ihn nur milde lächelnd an, so wie Mütter sich den Nonsens ihrer Kinder anhören, wandte sich um, bekreuzigte sich und ging ins Haus.

Warnung

Halten Sie sich von der Seniorenresidenz fern, sonst geht es Ihnen wie Ihren Hühnern. Die Stimme klang künstlich, wie von einem Computer.
Auch wenn Walcher einen derartigen Anruf erwartete hatte, wurde ihm doch etwas flau im Magen und auch die Stabilität seiner Knie schien einen kurzen Moment nachzulassen.
Sie glauben doch nicht im Ernst, fauchte er laut und in aggressivem Tonfall in das Handy, *dass ich mich durch solch einen Hokuspokus einschüchtern lasse. Im Gegenteil, ich versichere Ihnen, dass Sie sich damit eine Menge Ärger eingehandelt haben. Hallo ...*
Die Verbindung war abgebrochen, nur das kochende Wasser für den Tee war zu hören und verriet ihm nicht, ob und bis wann der Anrufer zugehört hatte. In jedem Fall ein Mann mit einem guten Hochdeutsch, dachte Walcher. Auch wenn der Anrufer seine Stimme verstellt hatte, war das auffallend gewesen, ebenso das höfliche „Sie".
Wie viele Männer, die irgend etwas mit der Seniorenresidenz zu tun hatten, sprachen fehlerfreies Hochdeutsch?
Männer, die davon wussten, dass Walcher über die Residenz recherchierte und die deshalb seinen Hühnern samt Hahn die Hälse umgedreht hatten. Der weiße Golf, der hinter ihm hergefahren war, als er Armbruster von der Seniorenresidenz

abgeholt hatte. Walcher sah die Situation ganz genau vor sich und auch an das Gefühl verfolgt zu werden erinnerte er sich noch sehr deutlich. Wenn sein Gefühl stimmte, war er also enttarnt und heute, sechs Tage später, mit einer makabren Aktion gewarnt worden. Nach den Morden an Steurer und Meinrat eine weitere Bestätigung, dass der Einsatz in der Seniorenresidenz sehr hoch sein musste. Walcher drückte die Wahltaste von Brunners Nummer und dachte an die toten Hühner.

Brunner war sofort am Telefon und guter Laune. Nachdem ihm Walcher das Hühnerzeichen geschildert und von der telefonischen Warnung berichtet hatte, fragte der Kommissar: *Hat jedes noch ein Ei gelegt?*

Nur der Hahn, Sie Witzbold! Walcher musste sich eine schärfere Antwort verkneifen. *Vielleicht wäre es dem Herrn Kriminalhauptkommissar Brunner möglich, bei der Mobilcom feststellen zu lassen, ob der letzte Anrufer meiner Handynummer identifizierbar ist, anstatt die Witwe Bolte zu spielen.*

Ist ja schon gut, fiel mir nur so ein, war nicht so gemeint, entschuldigte sich Brunner. *Ich rufe Sie gleich wieder zurück und schicke auch die Spurentechniker.*

Walcher bedankte sich, klappte das Handy zusammen, um es sofort wieder zu öffnen. Irmi war dran und klang, als ob es auf Elba auch tote Hühner gegeben hätte. Sie rief aus dem Ferienhaus ihrer neuen Freundin an. Irmi hatte Marie-Luise Phillip, so hieß das Mädchen, am vergangenen Dienstag kennengelernt, als sie auf den Hügel gestiegen war, um Walcher anzurufen. Seitdem waren sie als Dreiergespann zusammen gewesen und gestern nun war Irmi zu Marie-Luise gezogen, mit der Erlaubnis von deren Eltern natürlich und auch die Wölfles hätten notgedrungen zugestimmt.

Irmi erzählte, dass die Phillips aus Paris kämen und unglaublich liebe Menschen wären und immer gut drauf. *Ist wie ein Förderkurs Französisch,* erklärte Irmi.

Walcher hatte nachgefragt, ob sich hinter der Bezeichnung „notgedrungen“ noch etwas anderes verbarg und hatte richtig vermutet.

Dir kann man aber auch nix vormachen, Irmi klang nicht mehr so angespannt wie am Anfang. Sie schien froh, erzählen zu können. *Gerold hat mich ständig angemacht. Hat mich wohl so als Ferienspaß betrachtet, der ihm ausgeliefert wäre. Hat er sich aber ordentlich getäuscht, der Bubi, gestern musste ich ihn deutlich verwarnen. Hab' das auch seinen Eltern gesagt, denen war das sehr peinlich. Jetzt ist aber alles wieder in Ordnung und Gerold ist ganz süß und hat sich entschuldigt. Aber ich bleib' erst mal trotzdem bei Marie-Luise. Ich hab', glaube ich, 'ne richtig gute neue Freundin gefunden. Wir haben viel gemeinsam und mit der Verständigung geht's auch ganz gut, sie lernt nämlich Deutsch und Englisch. Ich drück dich, sag Mathilde einen Gruß, drück Rolli und Bärendreck und gib den Hühnern eine Extraration von mir. Haben Sie schon Eier gelegt? Tschüüüs.*
Wird zu einem Telefontag, dachte Walcher, denn er hatte das Handy noch in der Hand, als er wieder angerufen wurde. Brunner. Der Anruf sei von einer Telefonzelle aus dem Kemptener Bahnhof gekommen. *Da kann man nichts machen,* stellte Brunner fest, um nach einer Pause triumphierend weiterzusprechen. *Aber ich habe mit den Kollegen aus Kempten gesprochen und die haben mit der Bahn telefoniert, denn auf dem Bahnhof gibt es Kameras. Die werden uns eine Kopie der Aufnahmen vom Vormittag machen und durchmailen. Wenn Sie wollen, kommen Sie zu mir und sehen sich die Bilder an.*

Eine Stunde später saß Walcher in Brunners Büro vor dem neuen, superflachen Bildschirm, den Brunner sich auf eigene Kosten geleistet hatte. *Ich bin halt doch ein wenig technikverliebt,* rechtfertigte sich Brunner, als Walcher das Teil bewundert und nach dem Sparbudget der Polizei gefragt hatte.
Als die Aufzeichnungen aus der Kemptener Bahnhofshalle schwarz-weiß über den Bildschirm zu flimmern begannen, rauschte Barbara Müller, die Assistentin des Kommissars, ins Büro und fragte Walcher, ob er einen Kaffee wolle, da sie sonst die Maschine entkalken würde. Frau Müller bot sich wieder einmal als umwerfendes Gesamtkunstwerk, das Walcher sprachlos den Kopf schütteln ließ. Sie hatte einen

hautengen Stoffstrumpf über ihren schlanken Giraffenkörper gerollt, der am Hals begann und an den Fußgelenken endete, was ihre Bewegungsfreiheit jedoch nicht einzuschränken schien. Der Strumpf war bedruckt mit Klaviertasten, was vermutlich einen hohen Aufforderungsreiz auslösen sollte, der allerdings durch Frau Müllers Haarstyling etwas gedämpft wurde. Sie trug nämlich die Haare schwarz gefärbt zu einem Brett verfestigt, in dem zwei weiße Kunststoffmesser steckten, wohl als farbliche Wiederholung der Klaviertasten ihres Kleides.
Frau Müllers weiß gefärbte Oberlippe verzog sich mit der schwarzen Unterlippe zu einer gekränkten Grimasse, was Walcher auf seine Ablehnung zurückführte. Dann rauschte Frau Müller noch etwas schneller aus dem Zimmer, als sie hereingekommen war.
Als Walcher den Kommissar ansah, zuckte dieser mit den Schultern, meinte lächelnd, dass er Barbara heute schon einige Male gesehen habe, weshalb sein Puls inzwischen ruhig bliebe, und deutete auf den Bildschirm: *Hier spielt die Musik, lieber Herr Walcher!*
Der Hallenbereich mit den Telefonapparaten war aus einer Perspektive zu sehen, wie sie inzwischen durch die im Fernsehen gezeigten Aufnahmen von Terroristen bekannt war. Der Kommissar hatte den bis auf die Stoßzeiten sehr eintönigen Film wohl schon durchgesehen, denn er klickte nur einige markierte Szenen an. Sie zeigten fünf Männer und eine Frau, die Walcher allesamt nicht kannte.
Nur sechs Telefonate wurden geführt, erklärte Brunner, *heutzutage haben die meisten ein Handy,* und zeigte die Männer noch einmal nacheinander in kurzer Folge, wobei Walcher wieder einmal über die technische Entwicklung staunte. Aber auch im zweiten Durchgang erkannte er keinen der Männer, von denen einer einen breitkrempigen Hut trug, der das Gesicht verdeckte.
Nur kurz dachte er an den Überwachungsstaat, der noch weiter aufrüsten würde, wenn man Staatsbeamten und so manchen, offensichtlich traumatisierten Politiker gewähren

ließe. Über die Fiktionen des totalen Überwachungsstaates eines George Orwell konnte man heute nur noch müde lächeln.
Gut, also Sie erkennen keinen der Männer, denn um einen Mann handelte es sich ja bei dem Anrufer, wie sie mir zweifelsfrei erklärt haben?
Walcher nickte: *Sie vielleicht?*
Das war's dann ja wohl. Brunner konnte seine Enttäuschung nur schlecht verbergen, machte eine Pause und drehte sich zu seiner Weltkugel. *Sie auch?*, wollte er wissen.
Walcher nickte, obwohl es für Alkohol eigentlich noch zu früh war, aber schließlich wollte er den Kommissar nicht durch seine Ablehnung brüskieren. Diesmal bekam Walcher nicht den erwarteten Williams gereicht, sondern eine goldgelbe Flüssigkeit füllte das schlanke Schnapsglas.
In Brunners Blick lag etwas Lauerndes, als er Walcher zuprostete. Der schnupperte, probierte, schloss die Augen, während er den Brand auf der Zunge hielt, schluckte und meinte dann: *Er duftet wie Calvados, er sieht aus wie Calvados und schmeckt wie ein Obstler, der in einem Eichenfass gelagert wurde.*
Brunner nickte. *Mein Schwager hat den Versuch mit sortenreinen Äpfeln gemacht und nach dem Brennen in einem kleinen Holzfässchen gelagert. Der ist gerade mal ein Jahr alt. In einem Jahr testen wir ihn wieder. Viel versprechend, meinen Sie nicht auch?*
Walcher nickte zustimmend, auch wenn er sich fragte, warum im Allgäu jemand unbedingt einen Calvados nachmachen wollte. Als ob es mit Williams, Obstler, Enzian und Latschenkiefernöl nicht schon genug hervorragende Destillate gab.
Brunner trank noch genüsslich einen Schluck, stellte das leere Glas ab und wandte sich wieder dem Bildschirm zu. *Der hier*, klickte er auf Ziffer vier der Tastatur, *könnte zeitlich mit Ihrem Anrufer übereinstimmen. Aber mit Identifizieren ist nichts, jedenfalls noch nicht. Stimme, Größe, Hut, Mantel, dazu brauchen wir das Original, dann bringt's was.*
Vielleicht sollten wir nach Hut und Mantel im Seniorenheim suchen?, schlug Walcher vor.

Brunner nickte. *Aber bevor Sie noch mal Ihren Opa einschleusen, reden Sie mit mir darüber.*
Walcher zuckte die Achseln und nickte.
Noch etwas, wir haben mit Professor Dr. Armin Höffler gesprochen, dem zuständigen Arzt für die Seniorenresidenz. Er ist in München gemeldet, hat dort eine Praxis, behandelt allerdings nur Privatpatienten und auch die nur nach Vereinbarung. Bei der Seniorenresidenz fungiert er als eine Art Vertragsarzt, behandelt allerdings nur Kleinzeugs. Schon einen Schnupfen überweist er an einen Facharzt. Wir haben nicht locker gelassen und den Vertrag sehen wollen. Es gibt keinen mit der Seniorenresidenz, wohl aber einen mit einer amerikanischen Firma. GMT, Global Medical Testing Corp. Ltd. Sagt Ihnen das was?
Walcher nickte: *Soweit ich mich an das Firmengeflecht erinnere, gehören die ebenso wie LIFUS auch zu GMC, Global Medical Care. Aber ich schaue lieber in meinem Chart nach und maile es Ihnen auch gerne zu, ist aber nichts Besonderes, nur Daten, die im Internet stehen.*
Trotzdem, danke. Brunner sah auf die Uhr seines Handys und meinte: *Entschuldigen Sie, aber ich habe gleich eine Besprechung. Wir hören voneinander.*
Als Walcher eine halbe Stunde später auf den Hof fuhr, packten die Kriminaltechniker gerade ihre letzten Geräte in den Kombi. Der Mitarbeiter von Brunner, Kommissar Wehrle, mit dem Walcher schon einige Male Kontakt gehabt hatte, meinte: *Wir haben um und aus dem Hühnerstall eine ganze Menge von Fasern, Fingerabdrücken, Abdrücken von Schuhsohlen gesammelt, die erst einmal mit den Vergleichsspuren von Ihnen, Ihrer Tochter und von Ihrer Mathilde abgeglichen werden müssen, und das kann dauern.*
Frau Brom, Frau Mathilde heißt Brom, klärte ihn Walcher auf.
Wehrle nickte ungerührt und sprach weiter: *Der Täter wird in jedem Fall Hautmilben, feine Federpartikel, Futterspuren und Kotstaub aus dem Stall an seiner Kleidung haben, denn die Viecher haben sicher heftig geflattert, bevor man ihnen die Hälse umdrehte,* vermutete er.
Was mache ich mit den Kadavern?, wollte Walcher wissen.

Zum Grillen sind sie ja noch etwas schmächtig, wackelte Wehrle mit dem Kopf, *ich würde sie in den Wald werfen, für den Fuchs, oder vergraben.*
Als die Polizisten vom Hof gefahren waren, fragte Walcher Mathilde, was sie von den Vorschlägen hielt.
Überhaupt nichts, meinte sie, *ich würde ein kräftiges Feuer machen und sie verbrennen.*
Walcher nickte, seuchenhygienisch erschien ihm ihr Vorschlag vernünftig, auch wenn er spontan an Hexenverbrennungen im Mittelalter denken musste. *Ich hätte eher an Mülltonne oder Vergraben gedacht, wandte er ein.*
Mathilde ging ins Haus zurück und sagte wie nebenbei: *Du kannst natürlich machen, was du willst, aber verbrennen wär' das Sicherste.*
Walcher fragte nicht weiter nach, irgendwie scheute er sich davor, eine Antwort zu hören, die vielleicht nicht in seine rationale Welt passen könnte. Er holte den Schubkarren aus der Garage, belud ihn mit Holzscheiten, einem Bündel Reisig und holte eine alte Zeitung und Zündhölzer aus der Küche.
Fünf Minuten später brannte das Feuer hinter der Garage so stark, dass er die ganze Schubkarrenladung zu einem Scheiterhaufen auftürmen konnte. Dann rollte er den Schubkarren zum Hühnerhaus und holte Hahn samt Hühner. Sie wogen fast nichts, die Winzlinge, und in Walcher brodelte ein dumpfer Groll über diese sinnlose Tat.
Inzwischen brannte der Holzstapel lichterloh und nur kurz stieg Qualm auf, als er die Kadaver darauf warf. Es stank unangenehm nach verbranntem Horn, dann wie in einer Hühnchenbraterei und am Ende wie eine brennende Müllhalde.
Als Walcher die Schubkarre zurück in die Garage schob, jagte sein Adrenalinspiegel einen Moment lang in beängstigende Höhen. Aus der Tür des Hühnerhauses zog dichter Qualm. Konnte Funkenflug ... ? Aber in diesem Moment kam Mathilde aus dem Hühnerstall und schloss die Tür: *Ist immer gut, ausräuchern, bevor neue kommen!*
Jetzt roch Walcher den intensiven Geruch von Weihrauch.

Wie in der Kirche, dachte er. *Du meinst, wir sollten uns wieder neue besorgen?*
Mathilde nickte: *Schon wegen Irmi und überhaupt. Man kann sich doch nicht von irgendwelchen Verrückten das Leben vorschreiben lassen!*
Dazu konnte Walcher nur nicken.
Ich hab' schon herum telefoniert, morgen bringt uns der Schorsch acht Hennen und einen Hahn, auch wieder Altsteirer. Mehr hat er leider nicht und sonst rundherum auch niemand, aber Irmi wird es verschmerzen, wenn wir sagen, dass die weiße Henne gestorben ist. So ein weißes Huhn wird nämlich nicht mehr dabei sein.
Dank' dir. Spontan umarmte Walcher sie, obwohl er wusste, dass Mathilde diese „neumodische Umarmerei" nicht sonderlich mochte. *Und was ich dir schon lange sagen wollte,* fügte Walcher gleich noch mit an, *ich freue mich sehr darüber, dass du bei uns bist, auch wenn du meinen ganzen Vorratskeller in eine Ödnis verwandelt hast.*
Mathilde klopfte Walcher etwas unsicher auf den Rücken und löste sich dann aus der Umarmung. *Ich müsst' dir danken. Ich hätt' nicht geglaubt, dass ich mich auf meine alten Tage noch einmal so wohl fühlen könnt'. 'S ist ein gutes Gefühl, gebraucht und gemocht zu werden. Nur mit der Umarmerei und den Küsschen hier und Küsschen dort, damit hab' ich's nicht so, dafür bin ich doch schon zu alt, um mir des noch anzugewöhnen.*
Walcher nickte und meinte: *Entschuldige, aber das war mir grad ein Bedürfnis, obwohl mir klar ist, dass der Allgäuer deiner Generation nicht so versessen ist auf diese Umarmerei.*
Schau lieber nach dem Feuer, schickte ihn Mathilde davon, *des stinkt ja grausig.*
Was der Wind von dem Feuer her in den Hof blies, stank wirklich ekelhaft nach verbranntem Fleisch und dagegen kam auch der Weihrauch aus dem Hühnerstall nicht an. Walcher kümmerte sich um das Feuer, legte noch ein paar Scheite auf und nahm sich vor, an dem Hühnerhaus zwei Bewegungsmelder zu installieren, die mit dem Hoflicht gekoppelt waren. Vielleicht würde das, jedenfalls in der Nacht, das Hühnervolk beschützen.

Christopher Corner und Richard Bracket hielten Hof in Cordes' Büro und ließen keinen Augenblick Raum für Zweifel, wer das Sagen hatte.
Obwohl sie mit keinem Wort die Erpressung erwähnten und sich ausschließlich auf die von Cordes angeforderte Untersuchung konzentrierten, wurde klar, dass sie Cordes als nicht tragbar ansahen, ebenso wenig wie seine Geschäftsführung. Das sprachen sie zwar nicht direkt aus, aber so, wie sie die möglichen Ergebnisse bei einer realen Überprüfung durch das Finanzamt und die Nachforschungen der Kriminalpolizei darstellten, ließen sie keinen anderen Schluss zu, als dass Cordes' Tage gezählt waren. Sie kündigten auch an, dass ihr Bericht an den Vorstand der GMC gehen müsste, da es dazu eindeutige Direktiven gäbe.
Die vielen kleinen Gaunereien des Personals, die von Cordes geduldet worden seien, hätten dazu nicht einmal den Ausschlag gegeben, sondern die Gefahr eines ungeheuerlichen Imageverlustes, der durch die erpressten Versicherungen entstehen könnte. Auch die Tatsache, dass es für die meisten der durchgeführten Medikamententests so gut wie keine Aufklärung der Probanden gegeben hatte und die meisten Tests ohne die unabdingbar geforderte Einverständniserklärung durchgeführt worden waren, musste weitreichende Konsequenzen nach sich ziehen.
Auch die Freiräume, die dieser Seniorenselbstverwaltung eingeräumt würden, könnten nur als ein Beleg für die Unfähigkeit Cordes' betrachtet werden. Dann noch die Todesfälle. Hier stünde zwar noch eine Klärung aus, weshalb sie noch einige Tage bleiben würden, auch um Kontakt mit den ermittelnden Behörden aufzunehmen, aber die Vermutung, dass ein Mitarbeiter von LIFUS irgendetwas damit zu tun hätte, wäre derart unvorstellbar, dass selbst ihnen keine rasche Lösung des Problems einfalle. In jedem Fall würde Cordes sich nach, die Betonung lag auf „nach", Klärung der beiden Mordfälle vor dem Vorstand verantworten müssen.

Bis dahin werde ein Kollege aus der Clearing-Abteilung an seine Seite gestellt, der jede, aber auch jede Entscheidung von Cordes genehmigen müsste. Darüber hinaus wären die Geschäfte der Seniorenselbstverwaltung bis auf weiteres einzustellen und fürderhin auf Korrektheit hin zu überprüfen. Man könne doch einer Gruppe von verrückten Alten nicht derartig gewinnorientierte Geschäfte erlauben.

Hühnerstall

Seine Geduld hatte sich gelohnt, auch wenn ihm sämtliche Knochen von der unbequemen Sitzerei weh taten. Wie aus dem Nichts war eine dunkle Gestalt aufgetaucht, völlig lautlos. Das schwache Mondlicht, das durch das kleine Fenster den Stall nur andeutungsweise erleuchtete, machte es unmöglich, scharfe Konturen zu erkennen.
Eigentlich hätte die Stalltür offen sein müssen, dachte sich Walcher und hob vorsichtig die Taschenlampe, die er seit Stunden in der Hand hielt. Aber es ging nicht, er konnte weder die eine noch die andere Hand bewegen, auch sonst nichts.
Wie gelähmt saß er auf dem Boden in der Ecke des Stalls und konnte nur auf die Figur starren, die sich mit seltsam steifen, ruckartigen Schritten auf die Mitte des Stalls zu bewegte, als würde ein Hund aufrecht auf seinen Hinterbeinen laufen. Auch schien sich die Fläche des Stalls verdoppelt, ja gar verdreifacht zu haben. Als die Figur im Lichtfeld des Fensters stehen blieb, schoss Walcher eine Hitzewelle durch den Körper und hielt sich konzentriert im Kopf. Noch verstärkt durch Walchers Blickwinkel vom Boden aus wirkte die unförmige, in einen dunkelgrauen Umhang gewandete Figur geradezu riesig, aber das war es nicht, was Walcher den Puls in die Höhe jagte.
Auf den Schultern saß kein Kopf, sondern die teuflische Fratze eines Wolfes, aus dessen zahnbewehrtem Maul der Geifer tropfte. Er schien in Vorfreude zu grinsen, was Walcher

allerdings eher anspornte als ängstigte. Beherzt drückte er die Taschenlampe, aber mehr ging nicht. Als wäre er aus Stein und zu keiner Bewegung fähig, musste er es sich sogar wehrlos gefallen lassen, dass ihm der Wolf mit seinem dürren Fuß an den Schuh stieß.
Während des Stoßes war aus dem Umhang ein Arm hervorgefahren, in der haarigen Faust ein Hackbeil, mit dem man Reisig zerkleinerte.
Das Ganze spielte sich völlig lautlos ab, stellte Walcher fest. Auch die Hühner flatterten wie wild durch den Stall, wirbelten Staub und Federn auf, aber alles wie in einem Stummfilm. Die Wolfsgestalt schien es auch gar nicht auf die Hühner abgesehen zu haben, sondern näherte sich Walcher, der schon den heißen Geifer spürte, der auf seine Hand tropfte. Dann zuckte das Hackbeil durch die Luft, aber der erwartete Schmerz blieb aus, stattdessen blendete Walcher plötzlich ein grelles Licht, in dessen Zentrum Mathilde auftauchte, gekleidet in Leder wie eine Jagdgöttin. Beruhigend, eine solche Göttin im Haus zu haben, dachte Walcher und musste zwinkern, denn das grelle Licht schmerzte in seinen Augen. Als sie sich daran gewöhnt hatten, nahm auch die Realität wieder Formen an. Die harte Eckbank, die feuchte Zunge Rollis auf der Hand, das Licht der Deckenlampe und Mathilde, die vor ihm stand und feststellte: *Hast schlecht 'träumt. Ist auch kein guter Platz zum Schlafen.*

Sicherheitsrisiko

Vinc .... ein Sicherheitsrisiko, also Jungs, das geht mir dann doch zu weit. Martin Porter stand etwas hektischer auf als sonst und machte, beobachtet von Luther Frontman und Roland Dyringer, ein paar Schritte neben dem Konferenztisch auf und ab, um sich dann, ebenso hektisch, wieder auf seinen Stuhl fallen zu lassen. In normalem Tonfall fuhr er fort: *Also, da gibt es einige andere Probleme, die ich eher als Risiko einschätzen würde. Allein wenn ich an die GE denke, bekomme ich das Flattern.* Mit seinen rosigen Pranken ahmte Porter das Flattern eines Vogels nach.

Ach ja, jetzt dämmert's dir auch endlich, giftete Roland Dyringer, der die GE immer als das größte Pulverfass des Konzerns bezeichnet hatte, und vermutlich zu Recht.

Die GE – Global Entertainment, eine hundertprozentige Tochter von GMC, war vor etwa 50 Jahren gegründet worden, um bestimmten Freunden des Hauses gewisse Zuwendungen zukommen zu lassen, die jeder steuerlichen und juristischen Prüfung standhalten würden. GE organisierte Lesungen, Vorträge, Podiumsdiskussionen, Informationsabende, brachte Autobiographien heraus, drehte zum Beispiel Dokumentarfilme über die Hobbys einiger Generäle und Politiker, richtete Jubiläen aus, vermittelte VIP-Treffen und dergleichen, alles für die Staatsspitzen aus Administration und Politik, und zwar aus allen gesellschaftspolitisch relevanten Sparten, wobei Gesundheit, Erziehung, Sport, das Militär und die Polizei gewisse Schwerpunkte bildeten.

Die Liste derer, die in den vergangenen fünfzig Jahren von der GE für das einfache Volk in Szene gesetzt worden waren, las sich wie das Who's who der amerikanischen Oberschicht. Wenngleich die Zuwendungen der GE durchaus den Gesetzen entsprachen, so wäre bei einer Veröffentlichung der Namensliste allerdings selbst den gutgläubigsten Gemütern klar geworden, dass sich dahinter ein perfektes System der Bestechung verbarg. Es wäre den Betroffenen sicher auch nicht gleichgültig gewesen, als Zuwendungsempfänger eines der größten Pharmakonzerne dieser Welt diskriminiert und damit der Bestechlichkeit bezichtigt oder gar überführt zu werden.

Ich habe volles Vertrauen in Vinc und kann ihn sehr gut verstehen, meldete sich Luther Frontman. *Er ist schließlich ein Vattenbourgh und ihm zu unterstellen, er würde gegen die Interessen des eigenen Unternehmens agieren, halte ich für schlicht unsinnig. Wenn er keinen Bock mehr hat, dann soll er machen, was er will. Und wenn er hier nicht mehr mitspielen will, dann sprechen wir mit ihm, damit wir seinen Ältesten ins Board holen können, was ohnehin schon längst überfällig ist. Also, wenn ich mir vorstelle, ich würde mich zur Ruhe setzen wollen und ihr bezeichnetet mich deshalb hinter meinem Rücken als Sicherheitsrisiko ... also da geht mir doch ziemlich das Messer auf. Bleibt auf dem Teppich. Und was die GE betrifft, also da habe ich mit unserem FMI wesentlich mehr Probleme. Wenn da mal jemand herumbohrt und in die Gasblase sticht, dann macht das einen richtigen Rums.*

Hinter dem Kürzel FMI, verbarg sich das Forster Memorial Institute, offiziell eine Stiftung, die sich um die Altersforschung verdient machte. Inoffiziell wurden hier staatliche Fördergelder, die in Millionenhöhe eingingen, gewaschen und flossen, als Forschungshonorare deklariert, wieder an die politische Führungsspitze der amerikanischen Administration zurück.

Roland Dyringer hob beide Hände in die Höhe und verdrehte die Augen: *Du liebe Güte, was seid ihr doch für liebe Menschen geworden, oder sind euch bloß schon die Zähne ausgefallen?*

Ich halte Vinc für ein Problem, verdammt noch mal. Er ist nachlässig geworden. Erst hat er sich eine Agentenhure andrehen lassen, dann will er LIFUS City für alle Welt öffnen und einen Sozialfonds für minder bemittelte US-Bürger gründen und vermutlich will er auch noch mich zu einem gottgefälligen Chorknaben umpolen.

Wer weiß, was ihm noch alles so einfällt. Ich will ihn ja auch nicht auf einer Insel kasernieren, aber ich akzeptiere nicht, dass er hier nur gelegentlich auftaucht und alles umkrempelt. Ist das so schwer zu verstehen? Luthers Vorschlag halte ich für vernünftig.

Ersetzen wir den Alten durch seinen Ältesten. Wenn ihr wollt, dann nehme ich das in die Hand. O.k.?

Porter und Frontman nickten und verließen ebenfalls den Konferenzraum, denn Dyringer war aufgestanden, hatte ihnen lässig zugewunken und war aus dem Zimmer gestürmt, als wolle er sofort umsetzen, was sie vereinbart hatten.

Lauscher

Er hasste sich dafür, hatte sich immer dafür gehasst, wenn er sich gezwungen sah Dinge zu tun, die er als unmoralisch, ja ungesetzlich empfand. Aber dass er heute deswegen noch Migräneanfälle bekommen würde, wie zu Beginn seiner Militärlaufbahn, das überraschte ihn dann doch.
Tagelang hielt er es damals nur in der abgedunkelten Wohnung aus, mit Stöpseln in den Ohren, selbst wenn er sich auf der Toilette die Seele aus dem Leib kotzen musste.
Lügen, dafür hatte ihn sein Vater als Kind wochenlang durch Missachtung gestraft. Der Sohn eines Offiziers lügt nicht, eine der wesentlichen Vaterbotschaften, hatte sich zu einer monströsen Mauer in seinem Kopf verfestigt, der gute und schlechte Menschen voneinander trennte, unwiderruflich und für alle Zeiten – und dann hatte er als Pressesprecher ständig lügen müssen, lügen, lügen.
Die ersten Jahre waren die Hölle gewesen, dann trat langsam Besserung ein, nicht weil er sich ans Lügen gewöhnt hätte, sondern weil der Vater gestorben war.
Wie eine Ich-Werdung empfand er diesen, an sich ja traurigen Umstand, aber für ihn bedeutete es, die Luft und den Raum zu erhalten, endlich über seine Kindheit zu reflektieren und den Vater von dessen übermächtigem Thron zu kippen.
Trotzdem, als er den USB-Stick in seinen Laptop steckte und sich die Kopfhörer aufsetzte, hatte er wieder kurz das Gefühl, etwas Unrechtes, Unmoralisches zu tun.
Eine halbe Stunde brauchte er, bis er auf die Stelle der aufgezeichneten Gespräche stieß, die ihn interessierte.
Er unterbrach, nahm die Kopfhörer ab, ging an die Eingangstür seines Apartments und kontrollierte, ob er sie auch wirklich abgeschlossen hatte. Dann holte er sich aus der Küche ein Wasserglas und füllte es mit eiskaltem Aquavit aus der angebrochenen Flasche, die er aus dem Eisfach des Kühlschranks gezogen hatte. Die Röhre im Eis des Tiefkühlfaches verriet, dass dort eine Flasche ihren festen Platz haben musste.
Während er zurück an seinen Schreibtisch ging, nahm er bereits

einen Schluck und einen zweiten, nachdem er sich die Kopfhörer wieder aufgesetzt hatte. Er schien zu zögern die Starttaste zu drücken, trank noch mal und stellte das halbleere Glas auf die Schreibtischplatte.
Außer dem Laptop und jetzt dem Glas, standen auf der Platte nur noch der Bilderrahmen mit dem Portrait seiner Mutter, eine Schale mit drei Filzstiften in den Farben Rot, Blau und Grün sowie ein Würfelblock mit selbstklebenden Notizzetteln, auf denen der Bundesadler eingeprägt war, eines der wenigen, durchaus nützlichen Abschiedsgeschenke, damals zu seiner Pensionierung.
Mit einem bestätigenden Nicken, als wäre er nun so weit, lehnte er sich zurück und stupste, während er in die Lehne sank, mit dem Zeigefinger auf die Tastatur.
Ein Beobachter hätte vermuten können, dass in dem bis auf den leuchtenden Bildschirm nachtdunklen Zimmer ein Musikliebhaber seiner Leidenschaft frönte. Aber es war keine Musik, kein Jazz, keine Klassik und auch keine Volks- oder Militärmusik, es waren nur Worte, die der Computer wiedergab. Und es waren keine guten Worte, es waren Worte von Menschen, die sich in seine Pläne einmischen wollten.
Diese Amerikaner und allen voran diese Schwuchtel. Lügen waren es, Lügen, lauter Lügen. Und sie hatten Kraft und waren gefährlich. Sehr gefährlich. Zu gefährlich, als dass man auf sie nicht würde reagieren müssen.

Susanna

Drei Mal hatte er bereits versucht, Susanna zu erreichen, und jedes Mal war er froh darüber gewesen, dass sie das Gespräch nicht angenommen hatte. Zwar hätte er in etwa gewusst, was er sagen wollte, aber eigentlich gab es ja wenig zu sagen. Sie hatte sich in einen anderen verliebt und er musste sich eingestehen, dass seine ursprünglich glühende Liebe zu einem warmen, freundschaftlichen Gefühl abgeflaut war. Nur kurz hatte sich der gekränkte Mann in ihm gemeldet und ebenso kurz nur war das Gefühl von Trauer aufgekeimt.
Hallo, lieb, dass du anrufst, meldete sich Susanna. *Du hast es ja schon einmal versucht, habe ich gesehen. Ich hätte dich später zurückgerufen.*
Schon in Ordnung, eigentlich weiß ich auch nicht, was ich dir sagen soll. Außer vielleicht, dass ja wohl unser Verfallsdatum überschritten war.
Das hört sich an, als würdest du mir keine Vorwürfe machen? Wenn es dich nicht enttäuscht?
Nein, eher hätte mich das Gegenteil enttäuscht, schließlich habe ich deine Reife besonders geschätzt.
Geschätzt, Reife, dachte Walcher, auch die Begrifflichkeiten änderten sich am Ende einer Beziehung. Am Anfang liebte man beinahe alles am anderen, danach mochte und schätzte man nur noch. Eigentlich schade, dass es scheinbar nicht andersherum funktionierte.
Was meinst du, sollen wir uns noch mal treffen, schlug Walcher etwas halbherzig vor, stellte aber seinen Vorschlag gleich wieder in Frage, *oder betreiben wir da nur Nabelschau?*
Im Moment ginge das sowieso nicht, mein Terminkalender ist randvoll, stöhnte Susanna. *Aber in einem Monat sieht es besser aus. Wie wär's, wenn ich dich und Irmi zu einem Konzert einlade und hinterher gehen wir alle vier zusammen essen, dann stelle ich dir meinen Musiker vor.*
Eine gute Idee, vielleicht ist das ja der Beginn einer langen Freundschaft. Walcher bedauerte seinen Tonfall und korrigierte: *Im Ernst, das hört sich gut an und würde mich sehr freuen und Irmi*

geradezu begeistern. Schließlich sollten wir ihr zeigen, wie zwei reife Menschen mit einer Trennung umgehen, bei der man sich letztlich nicht verliert. Doch, ich freue mich auf deine Einladung und ich freue mich auch, deinen Freund kennenzulernen.
Abgemacht, Susannas Stimme klang, als ob sie gerne zu einem Ende gekommen wäre, *dann schicke ich dir ein oder zwei Konzerttermine. Oh, bei dir hat es geläutet, da machen wir dann wohl besser Schluss. Sag Irmi einen lieben Gruß ... und dass du angerufen hast, hat mich sehr gefreut. Mach's gut, du Journalist.*
Du auch, du Musikerin. Walcher drückte leise die Haustür zu und hoffte, dass Mathilde ihn bei seinem kleinen Klingel-Betrug nicht beobachtet hatte.

Seniorenpicknick

Das gesamte Team der Seniorenselbstverwaltung zeigte am Samstagmorgen Anzeichen höchster Aufregung. Der große Tag, lange Wochen vorbereitet, war gekommen: das Picknick im Eistobel.
Sogar das THW war beteiligt, hatte schon freitags den Aufbau des Picknick-Platzes übernommen und den Transport der Gehbehinderten geplant – im Eistobel keine einfache Angelegenheit. Allerdings sahen die Männer des Technischen Hilfswerks das Seniorenpicknick in dem wild-romantischen Naturschutzgebiet nicht allein als Unterstützung der alten Herrschaften, sondern als eine Übung zum Katastrophenschutz, die sie unter das Motto „Bergung aus unwegsamem Terrain" gestellt hatten. Die Jüngeren unter den THW-Helfern hatten allerdings dem Spektakel einen anderen Namen gegeben und das Ganze respektlos *Last Supper* genannt.
Das Picknick war auf der großen Kiesbank vor der *Hohen Wand* geplant. Von der Abbruchkante dieser mächtigen, etwa 50 Meter hohen Sandsteinwand hatte das THW ein Stahlkabel hinunter auf die gegenüberliegende Seite um einen der freistehenden Felstürme aus Nagelfluhgestein gespannt.

An dem Stahlkabel sollten die Materialien für den Festplatz abgeseilt und auch die gehbehinderten Senioren hinunter und nach dem Picknick wieder hinauf transportiert werden. Zu diesem Zweck wurde eine Gondel eingesetzt, in der jeweils zwei Personen gerettet werden konnten, denn darum ging es bei dieser Übung. Menschen zu retten, die in Schluchten durch Steinlawinen oder Erdverwerfungen von der Zivilisation abgeschlossen waren. Der Eistobel bot hierzu ideale Übungsbedingungen.
Dort, wo man die große Kiesbank vor der *Hohen Wand* vom Wanderweg aus gefahrlos betreten konnte, waren ein Holzboden, eine Bühne und ein Baldachin gegen eventuellen Regen, Tische und Bänke aufgebaut worden. Ja sogar zwei Fahnenmasten waren gesetzt worden, an denen die Bayerische Fahne und die Firmenfahne von LIFUS flattern sollten.
Fotografen waren engagiert, die aus allen möglichen Winkeln das Event festzuhalten hatten, damit in künftigen Prospekten mit der wagemutigen Fitness durchtrainierter und lebenslustiger Senioren geworben werden konnte, die zudem wussten, wie man Feste zu feiern hatte.
Wer laufen konnte, und das waren die meisten, war mit Kleinbussen durch den Schüttentobel zum E-Werk gefahren worden und wanderte vom Eingang am Eistobelsteg zur Picknickstelle hinunter. Wer nicht mehr so rüstig zu Fuß war wurde an die improvisierte Seilbahnstation direkt oberhalb der *Hohen Wand* gekarrt und von dort auf den Festplatz abgelassen.
Die Veranstaltung wurde ein voller Erfolg. In ausgelassener Stimmung feierte die große Seniorenfamilie mit der Geschäftsleitung und dem Pflegepersonal, zusammen mit Kindern, Freunden und Bekannten. Auch Lieferanten und Politiker aus der Umgebung hatte man eingeladen und die meisten waren gekommen. Sogar die beiden Amerikaner hatten Cordes' Einladung trotz des Freitaggesprächs angenommen und feierten mit, als ob die Allgäuer LIFUS-Welt nicht aus den Fugen geraten wäre. Zwei Musikkapellen lösten einander ab und brachten einige Naturschützer zu dem Schwur, Derartiges

niemals wieder zuzulassen und wenn sie die Zufahrtswege zum Eistobel in die Luft sprengen müssten.
Das Wetter war herrlich, die Obere Argen führte zu wenig Wasser, um den Picknickstandort gefährden zu können und das Programm, bis hin zu Speisen und Getränken war professionell geplant, vorbereitet und umgesetzt worden.
Der Vorsitzende der Seniorenselbstverwaltung, Oberst Oberhofer und seine beiden Beisitzerinnen, Frau Höss und Frau Schuster, wanderten unermüdlich und strahlend reihum.
Sie begrüßten die Gäste und hielten mit beinahe allen Bewohnern der Residenz einen kurzen Schwatz, so als wären sie auf einer Politveranstaltung und auf Stimmenfang für die nächsten Vorstandswahlen.
Als besondere Attraktion entpuppte sich die Transportgondel des THWs, mit der, unter spitzen Schreien der Damen und dem heroischem Schweigen der Herren, auch die nicht Gehbehinderten ständig hinauf und hinunter transportiert wurden. Bedauerlich deshalb, dass kurz vor dem geplanten Ende, gegen 16 Uhr, das gelungene Fest derart abrupt und grässlich abgebrochen wurde.
Abgebrochen war der treffende Ausdruck. Die beiden Gäste aus Amerika waren überredet worden, sich auch mit der Gondel evakuieren zu lassen. Ausgelassen applaudierten die Senioren, denen das gute Allgäuer Bier schon ein wenig zu Kopf gestiegen war, als die Amerikaner langsam nach oben schwebten. Dann verebbte der Applaus und die Herrschaften kümmerten sich wieder um Dinge, zu denen man nicht so hoch aufschauen musste, denn das waren die meisten Halsmuskeln nicht mehr gewöhnt.
Ein scharfer Knall und ein gellender Schrei ließen sie jedoch ihre Köpfe wieder abrupt in die Höhe recken.
Die Gondel, etwa im oberen Drittel der Strecke angekommen, schwang mit hohem Tempo auf die Steilwand zu und schlug dort auf, gehalten nur noch vom dünnen Zugkabel, denn das schwere Tragkabel hing schlaff an der Wand.
Die Spitze des meterhohen Nagelfluhfelsens, geformt wie ein überdimensionales Geschoss, an der das Tragkabel befestigt

war, lag neben dem Wandersteig. Sie war einfach abgebrochen und hatte das Kabel plötzlich und ohne Vorwarnung freigegeben.
Einer der beiden Amerikaner winkte hektisch aus der Gondel, er versuchte den zusammengesunkenen Körper des anderen zu stützen. Die THW-Leute reagierten erstaunlich schnell, schon Minuten später ließ sich einer von ihnen an einem Seil hinunter und dirigierte mit einem Sprechfunkgerät das Ablassen der Gondel bis auf den Grund des Eistobels.
An der Stelle floss zwar das Wasser der Argen, aber nur flach, höchstens zehn Zentimeter tief.
Über den Steg kamen Sanitäter mit Bahren gerannt und kümmerten sich um die Verunglückten.
Während Christopher unverletzt die Gondel verließ, musste Richard Bracket getragen werden. Noch auf der Kiesbank untersuchte ihn Professor Dr. Armin Höffler, forderte sofort einen Hubschrauber an und ließ den Verletzten im Eiltempo aus dem Tobel vor zum Sägewerk am Eingang des Schüttentobels tragen, der schnellste Weg zu einem Platz, an dem gefahrlos der Rettungshubschrauber landen und den Patienten aufnehmen konnte.
Keine zehn Minuten später sahen die aufgeregten und schockierten Picknick-Gäste den Hubschrauber in der Luft und einige sprachen laut aus, was sich die meisten dachten, nämlich, dass der Verletzte hoffentlich nicht schwer verletzt wäre und rechtzeitig ins Krankenhaus kommen würde.
Wie sich später herausstellen sollte, waren diese Wünsche nicht in Erfüllung gegangen. Richard Bracket starb noch im Hubschrauber und weder Professor Dr. Armin Höffler, der den Transport begleitet hatte, noch der Unfallarzt, der mit dem Hubschrauber gekommen war, konnten ihn zurück ins Leben holen.
Diese Nachricht sprach sich allerdings erst eine Stunde später herum, als die Picknick-Gesellschaft schon am Aufbrechen war. Niemand wollte länger als unbedingt notwendig an diesem Ort bleiben, dessen natürliche Harmonie so plötzlich von dem entsetzlichen Unfall überlagert worden war.

Wie Sherpas trugen die THW-Leute die Gehbehinderten aus dem Tobel, denn niemand dachte daran, die Seilbahn wieder instand zu setzen, und wenn, wäre vermutlich keiner der Senioren in die Gondel gestiegen, an deren Gitter noch das Blut von Richard Bracket klebte.
Christopher, der darauf bestanden hatte, seinen Freund zu begleiten, saß wie benommen in der Notfallstation der Kemptener Klinik und hatte es aufgegeben, die Ärzte zu allen möglichen Wiederbelebungsmaßnahmen zwingen zu wollen. Er hatte sogar eine kleine Pistole aus seiner Jacke gezogen und damit den Ärzten gedroht. Aber auch dieses irrwitzige Verhalten war zwecklos gewesen. Die inneren Verletzungen, Rippenbrüche, Risse in Leber und Milz, wären vielleicht noch reparabel gewesen, nicht aber der zertrümmerte Schädel.
Christopher floh aus dem Krankenhaus, nahm sich ein Taxi und ließ sich an den Eistobel fahren.
In seinem Kopf kreisten die Gedanken um seinen Freund.
Er spürte wieder und wieder das Brechen von Richards Knochen und wie er ihm die Luft aus der Lunge presste.
Er, er hatte ihm die Luft herausgedrückt wie das Leben.
Er, mit seinem Gewicht, das er nicht hatte halten, nicht hatte abstemmen können. Die Geschwindigkeit, die Wucht des Aufschlags, sie hatte ihn auf den Freund gepresst.
Christopher weinte, aber es kamen keine Tränen, dafür saß ihm das Entsetzen wie ein Pfropfen auf der Seele. Aber trotz seines Schocks war ihm klar, dass er nur auf Kosten seines Freundes überlebt hatte. Richards Körper hatte die Wucht des Aufpralls aufgefangen, als Puffer zwischen ihm und der Wand.
Christopher schüttelte den Kopf, nicht weil er sich weigerte die Frage des Taxifahrers nach dem Zielpunkt der Fahrt zu beantworten, sondern weil er immer noch nicht wahrhaben, nicht verstehen konnte, was geschehen war.
Wie trunken taumelte er wenig später über den Eistobelsteg. Hinunter wollte er, an den Platz, an dem das Unfassbare geschehen war. Aber er kam nur bis zum Eissteg am Wasserfall, weiter ließen ihn die Polizisten nicht.

Beinahe war Christopher versucht, wieder seine Pistole zu ziehen und den Durchgang zu erzwingen, aber so weit kam es nicht. Seine Erregung, der Schock, Christophers Gehirn flüchtete in eine schützende Ohnmacht.

Sonntagsspaziergang

Walcher war gerade aufgestanden und hatte Wasser für den Frühstückstee aufgesetzt. Seit dem Aufwachen hatte er seinen Backenzahn gespürt. Deutlicher als an den vergangenen Tagen, zwar noch immer keinen richtigen Schmerz, aber einen zunehmenden Druck, der an- und abschwoll, höchst unangenehm. Walcher hatte an Mathildes Hinweis denken müssen: linker Backenzahn.
So wie es aussah, hatte er eine Gesundbeterin im Haus oder, wiederholte er sich die Frage, hatte Mathilde nur beobachtet, wie er prüfend seine Backe gedrückt hatte? Er würde es morgen wissen, ob es der Zahn oder die Nebenhöhle war, denn er hatte einen Arzttermin vereinbart und das, obwohl Walcher den Gang zum Zahnarzt hasste wie nichts Vergleichbares auf dieser Welt. Nein, nicht hasste, gestand er sich ein, Angst war die weit treffendere Bezeichnung. Angst, die Walcher bereits bekam, wenn er sich das Sirren des Bohrers und den Hinweis vorstellte: „Jetzt wird's gleich ein bisserl wehtun." An diesem Punkt hatte ihn das Telefon vor weiteren Zahnvisionen bewahrt.
„Waren Sie schon mal im Eistobel?", hatte Brunner am Telefon gefragt.
„Es ist Sonntag und kurz nach sieben Uhr und Sie fragen mich, ob ich schon einmal im Eistobel war? Entweder haben Sie Beziehungsprobleme oder Sie kommen gerade von einer wilden Party", hatte Walcher in den Hörer geknurrt.
„Weder noch, ich bin in einer halben Stunde bei Ihnen, im Eistobel fand gestern ein Seniorenpicknick statt und dabei gab's einen Toten. Dachte mir, das sollten wir uns ansehen."

Das war vor einer Stunde gewesen. Nun stiegen die beiden die Treppen an der Argentobelbrücke hinunter auf den Grund des Tobels.
Natürlich kannte Walcher den Eistobel, hatte ihn schon einige Male durchwandert und war immer wieder fasziniert gewesen von diesem Stück wilder Natur.
Angenehme Kühle herrschte auch im Sommer hier unten.
Angenehm war auch, dass sie keinem Menschen begegneten, denn an den Eingängen standen Polizisten und taten sich schwer, den Leuten, die teilweise von weither gekommen waren, klar zu machen, dass an diesem sonnigen Sonntag die Wanderung durch den Tobel nicht möglich wäre.
Jetzt gingen sie unten an der Argen entlang. Brunner voraus erzählte ständig irgendetwas, das Walcher nicht verstand. Wenn Brunner eine Frage gestellt hatte, blieb er stehen, um Walchers Antwort zu hören, aber stattdessen musste er seine Frage wiederholen. Dieses Spielchen wiederholte sich einige Male, bis der Kommissar eingesehen hatte, dass der schmale Wanderweg kein Ort für Unterhaltungen war. Dafür deutete er wie ein Reiseleiter auf besondere Aussichten, so als müsse er Walcher motivieren.
Die Sonne, die um diese Tageszeit erst eine Hälfte des Tobels ausleuchtete, zauberte ein faszinierendes Lichtspiel auf das Wasser, das mal unbändig schäumend, mal unaufgeregt angeschmiegt über und zwischen den Felsen strömte oder langsam in Ruhebecken kreisend neue Kraft zu sammeln schien.
In einer der vielen kleinen und höchst unterschiedlichen Stromschnellen gab eine Wasseramsel eine außergewöhnliche Vorstellung. Dieser Winzling tauchte in das stark strömende Wasser, um einige Meter oberhalb der Eintauchstelle wieder aufzutauchen, sich zu schütteln und dasselbe Kunststück zu wiederholen. Beinahe automatisch konzentrierte sich Walcher immer wieder auf die Strecke unterhalb der Eintauchstelle, aber jedes Mal tauchte dieser kleine Wassermann oberhalb auf. Unglaublich, dass er auf dem Grund gegen die Gewalt des anströmenden Wassers laufen konnte.

Walcher hatte Brunner auf die Schulter geklopft, auf die Amsel gedeutet und erklärt, dass dies die sehr seltene Wasseramsel sei und sie das außergewöhnliche Glück hätten, dieses Anpassungswunder bei seiner Jagd nach Flusskrebsen zu beobachten. Völlig versunken in dieses Schauspiel standen sie eine Weile bis der Kommissar meinte, dass er eigentlich nicht wegen dieser Amsel gekommen wäre, obwohl deren Tun faszinierend sei. Aber ein derartiges Kunststück wäre ihm nicht fremd. Er müsse ständig gegen einen Strom von Brutalität und Menschenverachtung ankämpfen und sich dabei auch noch an die unsinnigsten Vorschriften seiner Behörde halten.

Vorbei an der steinernen Rutschbahn, die im Eistobelführer als *Großer Wasserfall* bezeichnet wurde, passierten Walcher und Brunner auch den Pfad am sogenannten *Zwinger*, dort, wo sich die Obere Argen durch ein Gewirr aus gewaltigen Felsblöcken zwingen musste.

Kurz danach standen sie auf den Kiesbänken vor der mächtigen Sandsteinwand, an deren Fuß der Fluss als breites, flaches und harmloses Gewässer vorbeizog.

Der Picknickplatz bot sich in selben Zustand, wie er am Tag zuvor nach dem Unfall verlassen und von der Polizei abgesperrt worden war. Keinerlei Aufräumungsarbeiten hatten sie gestattet, alles sollte für die Kriminaltechniker so bleiben wie es war, denn für den Einsatzleiter der Schutzpolizei sah der Unfall eher nach einem Sabotageakt aus, mithin ein Verbrechen.

Außerdem konnte er nicht schon wieder denselben Fehler wiederholen, der ihm vor vierzehn Tagen unterlaufen war. Damals hatte er die halbe Nachbarschaft durch das Haus eines Unfallopfers trampeln lassen, bevor erkannt worden war, dass der Mann nicht vom Stuhl gefallen, sondern der Stuhl auf seinem Schädel zertrümmert worden war, also ein Gewaltverbrechen vorlag. Da waren allerdings sämtliche Spuren längst verwischt gewesen und Polizeioberwachtmeister Lurcher, so hieß der Einsatzleiter, hatte sich schwerste Vorwürfe seines Vorgesetzten anhören müssen.

Brunner winkte seinem Mitarbeiter, Kommissar Aumiller, der völlig verdreckt den steilen, von Büschen und Bäumen bewachsenen Abhang am Weg heruntergerutscht kam.
Brunner empfing ihn mit einem Lächeln: *Mal ein Tatort nach deinem Geschmack.* Und zu Walcher gewandt erklärte er: *Kommissar Aumiller ist Mitglied bei den Naturfreunden.*
Aumiller schien der milde Spott seines Vorgesetzten nicht zu stören. *Kommen Sie, ich hab' etwas sehr Interessantes entdeckt, allerdings,* er deutete auf Brunners und Walchers Schuhe, *vorsicht mit Ihren Tanzschuhen!* Dann drehte er sich um und ging voraus, vermutlich damit die beiden sein breites Grinsen nicht sehen konnten.
Nach einigen Metern den stellenweise sumpfigen und nur wenig terrassierten Steilhang hinauf, sahen Brunner und Walcher genauso verdreckt aus wie Aumiller.
Keuchend waren sie froh, als er an einem Felsen Halt machte. *Hier,* er deutete auf die scharfe Kante des Felsens vor ihm, dem die Spitze fehlte, *war das Tragkabel der Seilbahn umgelegt und vorn mit Kabelschellen fachmännisch verschraubt. Als die Gondel nach oben fuhr, brach die Spitze ab, kippte durch den Zug nach vorn, wodurch sich schlagartig das Kabel löste.*
Und?, keuchte Brunner, immer noch völlig außer Atem.
Und?, Ja, also, Nagelfluh ist zwar kein sonderlich festes Gestein, aber bei diesem Umfang hätte es das Vielfache der Zugbelastung aushalten müssen. Außerdem haben die THWler einige Testfahrten mit dem Zehnfachen des Gewichts von zwei durchschnittlichen Menschen gemacht. Von alleine konnte die Felsspitze nicht abgebrochen sein, habe ich mir gesagt und bin hier herumgekrochen. Schauen Sie mal genau hier und hier und hier, deutete Aumiller auf drei Stellen an der Bruchkante. Dann kroch er zur Seite, um Brunner und Walcher Platz zu machen.
Sie mussten sich an der Kante hochziehen, um die halben Rinnen der Bohrlöcher zu sehen, gut dreißig Zentimeter lang. *Sehr gut, Aumiller, Kompliment.* Brunner war anzuhören, dass er sich wirklich über Aumillers Spürnase freute. *Lass von den Technikern Vergleichsbohrungen machen, ob das mit einem Akkubohrer machbar ist, und so weiter.*

Hab' ich schon, strahlte Aumiller. *Geht ohne Probleme, erst mit einem kleinen Bohrer, dann mit dem größeren. Wenn du zwei drei Akkus dabei hast, kriegst du die Löcher hin. Aber das ist noch nicht alles. Dort oben,* Aumiller deutete hinter sich hinauf, wo durch die Bäume die Kante des Tobels sichtbar war, *hab' ich Zündkabel an einem Gummizug entdeckt.*
Gummizug?, stutzte Brunner.
Ja, Gummizug. Unser Sprengstoffexperte meinte, dass nach der Explosion die Kabel frei wurden und vom Gummiband so weit nach oben gezogen wurden, dass sie von hier nicht mehr zu sehen sind. Ziemlich raffiniert und offensichtlich auch getestet. Oder viel Erfahrung, auch was die Sprengkraft betrifft.
Brunner nickte. *Vermutlich hast du's schon veranlasst, Partikelproben der Rückstände, Bohrerspuren und so weiter. Ich will wissen, was für ein Sprengstoff, Mengenbedarf, wo er herkommt und so weiter, die ganze Leier.*
Alles auf dem Weg, winkte Aumiller ab. *Wir können wieder runter. Entschuldigen Sie,* meinte er zu Walcher und grinste schon im Vorhinein, *um Ihre Schuhe tut's mir ja Leid.*
Brunner überging lächelnd die kleine Spitze seines Kollegen. *Offiziell bleiben wir erst einmal bei der Version, dass es sich um einen Unfall handelt.*

Christopher

Es musste kurz vor Sonnenaufgang gewesen sein, jedenfalls erinnerte sich Christopher, dass die Vögel hierzulande um diese Zeit mit ihrem Konzert den Tag begrüßten, vermutlich, weil sie froh waren, die Nacht überstanden zu haben.
Überstanden! Wie ein Blitz zuckte der Tod seines Freundes wieder in Christophers Bewusstsein. Seine Ohnmacht und das Beruhigungsmittel hatten ihn nicht lange genug sediert. Mehrmals war er aufgewacht und hatte auch endlich weinen können, im Schutz der Dunkelheit, allein für sich.
Über Traumen hatte er nachgedacht, über die Situation, über

den Anschlag. Hatte gegrübelt, wer der Täter sein könnte, und war nur auf einen Namen gekommen, der in diesem Teil der Welt einen triftigen Grund hatte, ihn und Richard umzubringen: Cordes. Aber das nahm eher er als Tatsache, nicht so sehr als Problem. Sein Problem waren die Selbstvorwürfe.
Wenn er an das Geräusch der brechenden Knochen dachte, bekam er eine Art Schüttelfrost. Eine Sekunde. Hätte er sich nur eine Sekunde früher umgedreht, er hätte sich abstützen können. Eine Sekunde nur.
Christopher schwor sich, nicht zu ruhen, bevor er den Mörder erledigt hatte, und wer das Schwein war, darüber gab es für ihn keinen Zweifel.

Der Geschäftsführer

Wer, meinen Sie, könnte einen Grund für einen derartigen Anschlag haben?, fragte Brunner, gab aber gleich selbst eine Vorlage für eine mögliche Antwort. *Wer, außer Ihnen, meine ich!*
Cordes sah schlecht aus. Blass, unrasiert, aufgequollene Tränensäcke – ihm war deutlich zu wenig Schlaf und zu viel Alkohol anzusehen. Er sah Brunner an, als wäre es das erste Mal in seinem Leben. Anstelle einer Antwort fuhr er mit der linken Hand durch die Luft, als hätte er einen dunklen Schatten zur Seite schieben wollen.
Haben Sie meine Frage verstanden? Ich bin nicht zum Spaß hier und wenn ich etwas hasse, dann sind es Leute, die mir meine wertvolle Freizeit stehlen. Heute ist Sonntag, der achte Juli. Gestern ist einer von zwei Amerikanern umgebracht worden, auf einem Picknick, das Ihre Seniorenresidenz organisiert hat. Der dritte Todesfall in kürzester Zeit, der nicht durch Altersschwäche erklärt werden kann, wie die auffallend hohe Zahl der angeblich altersbedingt normal Verstorbenen in diesem Altersheim. Brunner legte eine Pause ein, als wolle er Cordes die Möglichkeit geben, irgendwie zu reagieren, aber der hing weiterhin nur apathisch

auf seinem Stuhl und stierte vor sich hin.
Brunner nickte Aumiller zu, das Zeichen, schwere Geschütze aufzufahren. Der holte kurz tief Luft und übernahm seine Rolle mit Bravour. *Wir haben keine Probleme, sämtliche Leichen seit Bestehen dieses Altenheims auszugraben und gründlich sezieren zu lassen. Anders ausgedrückt, wir werden Ihren Laden hier einfach dicht machen.*
Seniorenresidenz, wir sind kein Altenheim, wandte Cordes ein.
Kein Altenheim?, Brunner war aufgestanden und hatte sich einen Meter vor Cordes platziert. *Dann helfen Sie uns, erklären Sie mir was Sie hier eigentlich sind. Eine Versicherungsagentur? Ein Mörderclub? Ein Abzockerverein? Ein Selbstbedienungsladen? Eine Testklinik?*
Ich glaube nicht, dass ich mir einen derartigen Unsinn anhören muss, auch Cordes war aufgestanden, vermutlich um auf Brunner herabsehen zu können, denn er war um einiges größer als der Kommissar. *Was da gestern geschah, war ein bedauerlicher Unfall, der nichts mit dieser Residenz zu tun hat.*
Ein Unfall, fauchte Brunner, *der ausgerechnet zwei Menschen treffen sollte, die Ihnen der Konzern als Aufpasser geschickt hat! Für wie dämlich halten Sie uns eigentlich?*
Cordes nutzte nicht die Vorlage Brunners. *Wollen Sie mir damit zu verstehen geben, dass der Unfall ... kein Unfall war?*
Bingo, stichelte Aumiller.
Entweder war Cordes ein begnadeter Schauspieler oder er hatte von dem Anschlag wirklich nichts gewusst, dachte Brunner. Cordes beugte sich nämlich weit vor und keuchte, bei gleichzeitig hervorquellenden Augäpfeln und tiefem Stirnrunzeln: *Sind Sie sich absolut sicher, dass jemand das ... geplant hat?*
Brunner wedelte mit einer Hand durch die Luft, so als wolle er Cordes nachäffen: *Ach was, wir sitzen hier am Sonntagnachmittag zusammen, weil wir scharf auf Ihren Kaffee und auf Ihre Gesellschaft sind.*
Cordes schien wirklich zu überlegen: *Lassen Sie uns doch mal gemeinsam nachdenken, wer ein Interesse haben könnte, das Fest, das noch dazu von unserer Seniorenselbstverwaltung organisiert*

wurde, derart zu stören und damit dem Image dieser Residenz größten Schaden ...
Ein Chamäleon, dachte Brunner, nickte Aumiller zu und sah dann Cordes sehr direkt in die Augen. *Sie verlassen nicht Ihren hiesig gemeldeten ersten Wohnsitz und wenn Sie es, vielleicht aus geschäftlichen Gründen, tun müssten, dann informieren Sie uns vorher. Mit Verlassen meint der Gesetzgeber vor allem, keine Auslandsreisen. Wir werden morgen Vormittag wiederkommen und in diesem Altenheim alles auf den Kopf stellen. Wo ist übrigens Ihr amerikanischer Pistolenheld abgeblieben?*
Herr Corner ist nicht „mein" Amerikaner, und was Sie mit dem Begriff Pistolenheld ausdrücken wollen, verstehe ich nicht. Cordes schien wieder an Bord zu sein. *Herr Corner hatte gestern Abend einen Nervenzusammenbruch, weshalb er hier in die Krankenstation der Residenz gebracht und von Herrn Professor Doktor Armin Höffler untersucht und ruhig gestellt wurde. Immerhin war Herr Corner mit Herrn Bracket eng befreundet, glaube ich jedenfalls. Unsere Krankenschwester informierte mich heute gegen die Mittagszeit, dass Herr Corner verschwunden sei, auch seine Sachen aus seinem Zimmer. Ich vermute, dass Herr Corner einen anderen Ort aufgesucht hat, um den Verlust seines Freundes verarbeiten zu können, bin aber nicht informiert.*
Brunner schüttelte den Kopf, ging zur Tür, drehte sich aber kurz davor um und deutete auf Cordes: *Am Sonntag gibt es keine frischen Eier, weil die Hühner in der Kirche singen, also dann, bis morgen.*

Sie waren schon kurz vor Lindau, als Aumiller endlich fragte: *Verdammt, das vorhin mit den Hühnern in der Kirche, das hab' ich nicht verstanden. Was hast du damit sagen wollen?*
Brunner lachte. *Eigentlich hatte ich deine Frage schon früher erwartet. Nichts Genaues hab' ich sagen wollen. Ich hätte ihn sonst ein geöltes Arschloch heißen müssen. Und da hab' ich an Walchers Hühner denken müssen und dann diesen Nonsens verzapft.*
Was glaubst du, macht sich Cordes über meinen Schmarren Gedanken?
Da kannst' absolut sicher sein. Ich hab' die ganze Zeit gegrübelt, hat

er das jetzt aus dem alten oder neuen Testament. Aumiller konnte herzhaft lachen und das tat er, bis ihm die Tränen kamen, und auch Brunner lachte mit.

Versuch

Hallo, Corry.
Es dauerte eine Weile, bis Corry reagierte. *Woher hast du meine Nummer?*
Vincent überging ihre Frage. *Ich möchte dich treffen und mit dir reden.*
Du möchtest mit mir reden. Es klang nicht nach einer Frage, eher nach einer Feststellung und war gefärbt mit einem Hauch Zynismus.
Eigentlich will ich nicht mit dir reden, sondern dich auf eine Reise um die Welt einladen oder so etwas. Will dir vorschlagen, dass wir ein Weilchen noch zusammen bleiben, bis wir ... na, bis du mich und ich dich wirklich gründlich satt haben.
Wieder rauschte einige Sekunden nur der Atlantik aus dem Hörer. *Hältst du das wirklich für eine gute Idee?*
Sonst würde ich sie dir nicht vorschlagen.
Und du meinst, dass du vergessen könntest, weshalb ich dich ...
Warum sollte ich das vergessen wollen oder sollen, es gehört zu uns, oder?
Vinc, du bist wirklich ein außergewöhnlicher Mann, einer, wie ihn sich vermutlich jede Frau erträumt ... aber ich möchte dir nicht noch einmal ... wehtun.
Das kannst du mir überlassen.
Vinc, du kennst mich nicht. Ich mache diesen Job nicht aus Not, verstehst du, ich mache ihn, weil er mir Spaß macht.
Vincent hob einen Stein auf und warf ihn flach ins Wasser, aber er sprang nicht. *Und wenn schon, ich will mit dir zusammen sein.*
Das gefällt mir, denn bisher hassten mich meine Opfer und wollten mich geteert und gefedert sehen. Bisher hatte ich auch keinerlei

Mitleid mit ihnen, wie gesagt, bisher. Diese Mal war es etwas anderes. Vinc, ich mag dich, verstehst du, und deshalb will ich dir nicht noch einmal wehtun. Kapierst du, was ich damit sagen will?
Auch der zweite Stein traf nicht flach genug auf dem Wasser auf und versank ohne den gewünschten Effekt. *Ich höre nur heraus, dass ich dir nicht gleichgültig bin.*
Vinc, lass es bitte, mein Job ist erledigt, hörst du?
Wieder warf er einen Stein und deshalb klangen seine Worte etwas gepresst: *Würde es deine Entscheidung beeinflussen, wenn ich dir ein Engagement bieten würde?*
Corry lachte etwas gequält und es klang eher wie ein Hüsteln: *Ach Vinc, in deiner Welt verstehen die Jungs die einfachsten Dinge nicht. Adios, amigo.*
Vincent hörte noch eine Zeit lang das Rauschen des Atlantiks im Ohr, aber es kam schon längst nicht mehr aus dem Handy. Sie waren die Realität, die Wellen vor ihm, die mit dem Gleichmut von Millionen von Jahren um den Strand warben und vergeblich versuchten, sich mit ihm zu vereinen.
Dieser Gedanke beruhigte Vincent kurz, aber er nahm ihm nicht die Trauer um eine Frau, die ihn tief bewegt hatte.

Reisevorbereitungen

Mit dem herrlichen Gefühl, der Folterkammer entkommen zu sein, war Walcher zurück auf den Hof gefahren. Der Zahnarzt hatte nach kurzer Untersuchung und der Anfertigung eines Röntgenbildes eine Sinusitis diagnostiziert und ihn mit einem Rezept für Antibiotika entlassen.
Als er mit der Packung in der Hand wieder zu Hause angekommen war, stand auf dem Küchenherd ein dampfender Teekessel und auf dem Küchentisch eine Schüssel mit einem ebenfalls dampfenden Kräutersud. Daneben stand Mathilde mit einem Tuch in der Hand, deutete auf die Packung Antibiotikum und meinte: *Mit dem Zeugs machst halt auch des Gsunde hin. Versuchs doch erst mit dem hier und danach den*

Tee, schluckweise. Da ist alles drin, was gegen Entzündungen der Kiefernhöhlen hilft. Myrte, Majoran, Linde, Mädesüß, Holunder, Sonnenhut und Pfefferminze. Im Sud zum Inhalieren hab' ich noch etwas Beinwell, Hornklee, Gundermann, Kiefer und Kamille drinnen. Glaub mir, das hilft natürlicher als die Chemiekeule ...
und dann solltest du viel Peperoni, Zwiebeln, Meerrettich, Rettich und Kapuzinerkresse essen. Wirst seh'n, in ein paar Tagen ist der Druck weg. Und der Tee ist auch sonst nur zu empfehlen, vor allem, wenn man viel Sherry trinkt.
Walcher musste erst einmal die Einsicht verarbeiten, dass er mit Mathilde offensichtlich ein Kräuterweib mit seherischen Fähigkeiten im Haus hatte. Widerstandslos setzte er sich an den Tisch, beugte sich über die Schüssel, zog das Tuch über den Kopf und inhalierte das gebündelte Kräuterallgäu.
Mit Kräuterhexen sollte man sich gutstellen, dachte er, und das Antibiotikum konnte er immer noch nehmen, wenn Mathildes Therapie nicht anschlagen sollte.
Und dass Mathilde den Tee und den Sud vorbereitet hatte, ohne die Diagnose des Arztes zu kennen, konnte ebenso gut auch Zufall sein. Oder sollte er zur Sicherheit beim Arzt nachfragen, ob Mathilde vielleicht telefoniert hatte?
In jedem Fall war er gespannt, was er mit Mathilde noch alles erleben würde, die in diesem Moment sagte: *Sei nicht so angespannt. Lass das Denken und gib dich einfach dem Duft der Kräuter hin, wie sie durch die Nase und in die Lunge ziehen und an den Ort wandern, wo sie gebraucht werden.*
Sie hat Recht, dachte Walcher und versuchte sich zu entspannen. Ließ seine Gedanken ziehen und konzentrierte sich auf die Heilkräfte des Allgäus und auf die Wärme, die er inhalierte und in sich aufnahm.
Rollis wildes Gekläffe bereitete seiner Meditation allerdings ein abruptes Ende. Der Hund hatte sich von Walchers Seite weg bewegt und aus dem neuen Blickwinkel ein befremdliches Wesen entdeckt, das über den Tisch gebeugt zwar so ähnlich wie sein Chef roch, aber mit dem hellen Tuch anstelle des Kopfes aus der Hundehölle entsprungen schien.
Selbst ohne Tuch war Rolli nur schwer zu beruhigen.

Deshalb nahm sich Walcher eine große Tasse Heiltee und ging in sein Büro hinauf.
Schluckweise!, hörte er noch Mathildes Anordnung. Und während der PC startete, trank Walcher Schluck um Schluck. Schließlich wollte er sich von Mathilde nicht nachsagen lassen, er hätte den Heilungsprozess durch unsachgemäße Einnahme des Zaubertranks sabotiert.
Von Robert Makowish, dem Pressesprecher von LIFUS City, dem Walcher eine E-Mail geschickt hatte, war eine Antwort gekommen. Walcher hatte sich als freier Journalist vorgestellt und um einen Besuchstermin in LIFUS City gebeten, ohne die Einladung von Westland zu erwähnen.
Makowish schrieb, dass er sich riesig auf Walcher freue, hatte man doch nicht nur beinahe denselben Beruf, sondern auch noch denselben Vornamen. Und die Tatsache, dass Walcher eigens über den großen Teich aus Europa zu ihnen käme, mache ihn geradezu stolz.
Immerhin, dachte Walcher, würde er freundlich empfangen werden, auch wenn dahinter nichts anderes stand als die Hoffnung auf kostenlose Werbung. Dafür würde ihn Makowish wahrscheinlich von einem glücklichen Senioren zum anderen schleppen, in die Suppentöpfe der Essen-auf-Räder-Großküche schauen lassen, Wohnungen, Gemeinschaftsräume, Gärten, Fitness-Studios und dergleichen vorzeigen und ihm zur Verabschiedung eine prall gefüllte Pressemappe mit vorgefertigten Artikeln und Bildchen zustecken.
War das den Kosten- und Zeitaufwand wert? Walcher fragte sich das zum wiederholten Male?
Das Ergebnis seiner, zugegeben nicht ganz objektiven, Analyse veränderte sich jedoch auch durch Wiederholungen nicht. Allein schon der Blick in die Zukunft künftiger Senioren, vielleicht ja auch in die eigene Seniorenzeit, rechtfertigte den Aufwand, sprach er sich gut zu. In Amerika wurde scheinbar vorgelebt, wie der *Homo Gerontos* seinen letzten Lebensabschnitt im Idealfall zu verbringen hatte, so er denn zu der begüterten Bevölkerungsschicht gehörte. Also musste er sich LIFUS City ansehen, da half kein Jammern.

Dank Internet fand er einen günstigen Sonderflug, der allerdings auf den kommenden Freitag, mit Rückflug am darauffolgenden Montag, beschränkt war. In vier Tagen würde er fliegen und zwar für einen ökologisch nur schwer vertretbaren, lächerlich niedrigen Preis, allerdings mit dem Nachteil, dreimal umsteigen zu müssen und damit auf eine Reisezeit von 21 Stunden zu kommen, Verspätungen nicht eingerechnet. Bei einem normalen Linienflugpreis von über 1 800 Euro fiel Walcher die Entscheidung nicht schwer.
Seine Einreiselizenz besaß noch Gültigkeit, dafür hatte er im vergangenen Jahr die Prozedur in der US-Botschaft über sich ergehen lassen, vor der ihn auch seine Berufsangabe nicht bewahrt hatte. Allerdings druckte er sich die Liste der Dinge aus, die nicht mit ins Flugzeug genommen werden durften. Kürzer wäre die Aufstellung der erlaubten Sachen gewesen. Bei solchen Gelegenheiten wurden die eher harmlosen Folgen des internationalen Terrorismus' erschreckend präsent.
Während er dann seine Daten in das Buchungsformular tippte, dachte er an Irmi und hörte förmlich ihre Vorwürfe. Natürlich hätte er sie mitnehmen können, Irmis Ferien endeten erst am zehnten September und ob er in vier Tagen oder erst in einer Woche, wenn Irmi von Elba zurück war, nach LA fliegen würde, machte vermutlich nicht viel aus.
Walcher zögerte auch kurz, gab dann aber die noch restlichen Angaben ein und schloss den Buchungsvorgang ab.
Wenn er an vergangene Recherche-Reisen dachte, war so gut wie keine darunter, die friedlich und ohne Probleme verlaufen wäre. Nein, Irmi zur Arbeit mitzunehmen, war keine gute Idee. Er würde ihr eine gemeinsame Woche in den Bergen oder eine Städtetour anbieten, wenn sie beide wieder zurück waren. Walcher nahm sich vor, ihr am Abend eine SMS zu schreiben, ihr die gemeinsame Woche anzubieten und nebenbei den Recherche-Flug nach LA zu erwähnen.
Dann gab er per E-Mail die Flugdaten an Brunner und Hinteregger durch und erhielt erstaunlich positive Reaktionen, die er so nicht erwartet hatte.
Hinteregger schlug ein Treffen in Los Angeles vor, da er die

nächsten vierzehn Tage ganz in der Nähe wäre, jedenfalls nur vier Flugstunden entfernt, in Seattle.
Ein Picknick in Hollywood, schrieb Walcher sofort als Antwort, wäre immer schon sein Traum gewesen.
Dann brummelte das Handy und Brunner meinte, dass ein Besuch von LIFUS City sehr interessant sein könnte und er am liebsten mitfliegen würde. Allerdings wüsste er nicht, wie er das mit seinem Reisebudget vereinbaren sollte, schließlich sei er ja kein Freiberufler, der solche Sachen absetzen könne.
Walcher wollte schon auf die kleinen Unterschiede zwischen Beamten und Freiberuflern hinweisen, ließ es aber und fragte stattdessen, ob er ihm etwas Besonderes aus den Staaten mitbringen sollte, vielleicht eine Dose Ölsardinen, Kaktusbrandy mit Klapperschlangeneinlage oder dergleichen.
Brunner schien bester Laune. Zwar ging er nicht auf das Angebot Walchers ein, berichtete aber, bei welchem der einzelnen Ermittlungsstränge er gerade wo stand.
So hatten sie gemeinsam mit Inspektor Holzer die Autokennzeichen überprüft, die der örtliche Tourismusverein auf dem Parkplatz der Liftstation am Diedamskopf an jenem Wochenende notiert hatte. Dabei waren sie auf eine interessante Nummer gestoßen, eine Autovermietung beim Stuttgarter Flughafen. Das Fahrzeug war von einem Mann gemietet worden, der vor drei Jahren verschwunden und kürzlich als Leiche im Flachwasser des Bodensees entdeckt worden war. Dabei handelte es sich um einen Hermann Burger aus Lindenberg im Allgäu, was wiederum einen neuen Fall bedeutete. *Überhaupt,* maulte Brunner, *ich mach' ständig alte Akten auf. Andererseits dreht sich scheinbar alles um diese Residenz, denn der Burger hatte eine Freundin dort, die er regelmäßig besuchte, erzählte jedenfalls der Sohn von ihm, denn Burgers Frau wusste von nichts. Für sie war das damalige Verschwinden ihres Mannes so etwas wie das Zigarettenschachtelsyndrom. Sie wissen schon ...*
Geht Zigaretten holen und kommt nicht wieder, bewies Walcher, dass er aufmerksam zugehört hatte. *Haben Sie den Namen der Freundin dieses Burgers?*

Leider nicht, aber der Sohn und die Frau suchen systematisch ihr Haus durch, vielleicht finden sie ja einen Liebesbrief oder so etwas. Walcher fiel spontan Brodmanns Sohn ein. *Gilt Maximilian Brodmann eigentlich noch als Verdächtiger?*, wollte er wissen.
Offiziell ja, kam es ohne Zögern von Brunner, *auch wenn wir alle glauben, dass die Täter andere sind. Dass ein Mann in Stuttgart ein Auto auf den Namen eines Vermissten mietet, der Kontakt mit einer Bewohnerin der Seniorenresidenz hatte, und mit dem Auto zum Diedamskopf fährt, just an jenem Wochenende, an dem Brodmann den Steuerer zu einer Wanderung eingeladen hat, beweist leider noch überhaupt nichts, jedenfalls nicht offiziell die Unschuld des jungen Brodmann. Alles andere ist im Fluss. Wir ziehen an allen möglichen Fäden, aber sehen noch keinen so richtigen Treffer. Es ist wie bei einer dieser Jahrmarktsbuden, wo man Fäden ziehen kann. Man will den Täter und was zieht man ...?*
Eine neues Opfer, kam es von Walcher, dem langsam das Ohr heiß wurde.
Richtig, bestätigte Brunner und fühlte wohl, dass er ziemlich viel geredet hatte. *Wenn wir uns nicht mehr hören oder sehen*, schloss er, *wünsche ich Ihnen für Freitag einen guten Flug und viel Erfolg.*

Mathilde sah ihn kurz danach aus großen Augen an, in denen so etwas wie Ängstlichkeit aufflackerte, als Walcher auch ihr sagte, dass er am Freitagmorgen um fünf Uhr aus dem Haus gehen und zum Flughafen fahren würde, damit er etwa zwanzig Stunden später in Los Angeles landen würde.
Maria, steh ihm bei, murmelte sie und machte das Kreuzzeichen der Katholischen. Walcher fiel nichts Besseres dazu ein und meinte: *Los Angeles liegt gleich neben Santa Maria, da kann mir dann ja nichts geschehen.*
Sei nicht hoffärtig, damit macht man keinen Spaß!, bekam er prompt zu hören und lenkte deshalb auf sachliche Probleme über. *Kommst du allein zurecht? Ich bin ja am Dienstag schon wieder zurück.*
Der Hühnermord! Vielleicht fürchtete Mathilde sich allein auf dem Hof. *Soll ich jemanden bitten, hier zu übernachten?*, fragte

er deshalb, bekam aber ein gekränktes: *So ein Blödsinn,* zu hören. *Ich hab' mich noch nie g'fürcht, des lass dir g'sagt sei. Bin allweil froh, wenn i amol a paar Tag mei Ruh hob,* lächelte sie ihm zu.

Zweite Garnitur

Im Allgäu kennt man sich, dachte Walcher, als am späten Vormittag Opa Armbruster und ein Mann gleichen Alters auf den Hof gefahren waren. Mathilde ging an Walcher vorbei und begrüßte ungewohnt stürmisch den Opa Armbruster, der für sie natürlich der Josef war, und den Schorsch, wie sie den alten Freund und langjährigen Nachbarn vorstellte. Aus dem geöffneten Kofferraum des moosgrünen, schon betagten Daimlers tönten vertraute Jammerlaute.

Während Mathilde die Tür des Hühnerstalls öffnete, hoben Schorsch und Josef die Versandkiste heraus, dessen Werbeaufdruck die Qualität einer Bauknecht Waschmaschine anpries und in etwa aus den sechziger Jahren stammen musste.

Die jammervollen Töne aus dem Inneren hatten abrupt bei der ersten Berührung der Kiste aufgehört, obwohl die beiden vorsichtig zu Werke gingen.

Im Hühnerstall kam dann die Erlösung für das Federvieh, es wurde in seine neue Heimat freigelassen, hoffentlich diesmal für länger, dachte Walcher, der nur einen kurzen Blick in den Stall werfen durfte, denn Mathilde bestand auf demselben Procedere wie beim vergangenen Mal. Dass nämlich die Tiere den ersten Tag und die erste Nacht ungestört bleiben sollten, zur Gewöhnung an den neuen Stall.

Es waren prächtige Tiere und in etwa gleich alt wie ihre Vorgänger, allerdings fehlte das fehlfarbene weiße Huhn.

Meinst, Irmi wird des merken können, wo sie die Viecher doch nur ein paar Tag g'sehen hat? Mathildes Frage war mehr eine Feststellung, zu der Walcher nur den Kopf schüttelte.

Diese Altsteirer mit den getöteten Tieren vergleichen zu

wollen, war vermutlich unmöglich, wenn man sich nicht ganz besonders auffällige Details gemerkt hatte.
Schorsch und Josef trugen die Kiste in den Kofferraum zurück, das sei nämlich seit seiner Jugendzeit die Transportkiste für Hühner, erklärte Schorsch. Früher habe man noch Kartone gemacht, die ein Leben lang hielten, wenn man sie nicht gerade in den Regen stellen würde.
Dann setzten sich die beiden auf die Bank vors Haus und warteten offensichtlich auf die Belohnung, die Mathilde auch schon vorbereitet hatte, nämlich ein Tablett mit einer Flasche Williams und Gläsern.
Schorsch zündete sich einen krummen Zigarillo an und meinte dabei: *Da habt'ser was Rechts.*
Opa Armbruster nickte zwar, deutete aber auf den Zigarillo: *Dass du des no vertragsch.*
Au wenn i's mir abgewöhnen wollt, tät i's grad jetzt it, erklärte Schorsch.
Eine Sauerei ist das, unterstützte ihn Josef Armbruster. *Rauchverbot, demnächst Saufverbot, Fahrverbot, musst ja jetzt schon zahlen, wenn du in die Stadt fahren willst. Und ganz klammheimlich verhökern sie unsere Staatsbetriebe, damit sie nach ihrer Abwahl sichere Posten in den Aufsichtsräten bekommen. Energie, Wasser, Schiene, Straße, Luft, Ausbildung, Recht und Gesundheit gehören nicht in private Hände, alles andere ist der blanke Wahnsinn...*
Wenn des do ein politischer Frühschoppen werden soll, brauch i a Bier, unterbrach Schorsch die Rede Armbrusters.
Ich hör ja schon wieder auf, ich kann mich halt immer noch nicht bremsen, entschuldigte sich Armbruster, *aber es schafft mich einfach, auch wenn ich seh, dass sich niemand dagegen rührt, wie Schlachtvieh, die obrigkeitshörigen Deutschen. Bei uns wird bloß am Stammtisch g'maulet.*
Schorsch schüttelte den Kopf: *It amol des, dene Junge goht's nur no um de Kärra oder Klamotta.*
Mathilde hatte drei Flaschen Bier gebracht und sie jedem in die Hand gedrückt.
Walcher wollte erst ablehnen, aber Mathilde schüttelte nur

den Kopf und deutete auf die Bank. Also setzte er sich und hörte zu. Und was die beiden von sich gaben, hatte es in sich: kritische Volksseele mit geballter Lebenserfahrung.
Nach der Politik ging es über Hühnerzucht zur Genmanipulation und der Sauerei, dass auch hier wieder Politiker offensichtlich von der Industrie manipuliert würden.
Wie sonst, stellte Schorsch fest, könnte ein Politiker von den Vorzügen einer „Grünen Genforschung" sprechen, hinter der sich nichts anderes verbergen würde als eine Genmanipulation der übelsten Sorte.
Das war das Stichwort, sich über die Kraft und Manipulation von Begriffen aufzuregen, die in der vergangenen Zeit als Mogelpackungen durch die Nachrichten gegeistert waren.
Hinter „Grüner Genforschung", sollte man meinen, verberge sich etwas Positives, giftete Armbruster, *das Gegenteil ist der Fall und vor allem stehen nicht gesunde Interessen dahinter, sondern die Macht- und Geldgier einiger Industriekonzerne. Irgendwann einmal gibt es kein Saatgut auf der Erde, für das du nicht einen Haufen Geld bezahlen musst, oder aber wir kriegen überhaupt keines mehr. Stellt euch nur vor, die Amis verbieten Saatgutlieferungen, so wie die Russen den Gashahn zudrehen.*
Darauf gab es nicht mehr viel zu sagen und da passte es gut, dass Mathilde eine Brotzeit brachte.
Als sich die beiden dann eine Stunde später verabschieden wollten, versuchte Mathilde dem Hühnerlieferant Schorsch einen Geldschein zuzustecken, den dieser aber entrüstet ablehnte. *I wollt dr immer scho amol an Stoi in da Gaada werfa. Er meint,* übersetzte Armbruster für Walcher und grinste spitzbübisch dabei, *dass er Mathilde schon immer gern hatte.*

Schatten

Der zunehmende Mond schien noch nicht so hell, dass der einsame Wanderer einen Schatten geworfen hätte, aber das bleiche Licht reichte bereits aus, sich in der Landschaft zu orientieren. Wolkenlos war die Nacht und die Sterne lieferten ebenfalls wächsernes Licht.

Dennoch, kaum hatte sich die Figur dem Waldrand genähert, verschmolz sie mit ihm. Nur wenn sich zufällig jemand in der Nähe aufgehalten hätte, wäre ihm vielleicht aufgefallen, dass sich dort der eine Schatten mit einem anderen traf.

Es wird eng, Sie sollten gründlich ihr Zimmer reinigen und sich dann zu einem längeren Urlaub abmelden. Nehmen Sie bitte alles mit, was sich hier nicht sinnvoll entsorgen lässt, also nichts in den Mülleimer oder vergraben. Die werden in den nächsten Tagen hier alles umkrempeln. Ich habe Ihnen hier fünftausend Euro, das wird erst einmal reichen.

Wenn wir nichts voneinander hören, dann treffen wir uns am 31. August in Schwarzenberg im Hirschen, gegen 19 Uhr an der Bar im Kaminzimmer. Dann bringe ich Ihnen weiteres Geld oder gebe grünes Licht für die Rückkehr.

Kurz flackerte ein Feuerzeug auf und erstaunlich schnell breitete sich Tabakduft aus.

Müssen Sie ausgerechnet jetzt rauchen?

Entschuldigung, bat die andere Stimme und die Geräusche verrieten, dass jemand mit dem Schuh den Waldboden aufscharrte und sich dann stöhnend bückte, vermutlich um die Zigarette in dem Scharrloch auszudrücken.

Ist so weit alles klar?, wollte die erste Stimme wissen, und die zweite antwortete mit einem zackig kurzen: *Jawoll.*

Dann machen Sie es gut und wenn etwas Unvorhergesehenes geschehen sollte: SMS.

Meinen Sie, es wird wieder?, kam es zögernd von der zweiten Stimme.

Aber natürlich, was sollten sie uns denn nachweisen können. Kleinigkeiten, nicht der Rede wert. Kopf hoch, Weihnachten ist alles längst wieder vergessen.

Ihre Zuversicht in Wotans Ohr.
Die Geräusche verrieten, dass sich zwei Menschen in entgegengesetzte Richtungen entfernten.
Kurz darauf trat eine dunkle Gestalt aus dem Schatten des Waldes und wanderte in lockerem Tempo über die Wiese zum Feldweg und auf diesem zu den Häusern auf dem Hügel.

Verschwörung

Es war einer jener Tage, an denen sich scheinbar die halbe Welt gegen ihn verschworen hatte.
Bevor er nach LIFUS City flog, hatte sich Walcher vorgenommen, noch im Ravensburger Gemeinschaftsbüro nach der Post zu sehen und Johannes' Büro zu leeren. Die Kollegen der Bürogemeinschaft hatten ihre Sachen bereits abgeholt, auch Walcher hatte sein Zimmer, bis auf eine kleine Umzugskiste, ausgeräumt. Am Monatsende wollten die neuen Mieter einziehen, die das gesamte Mobiliar und auch die kleine Küche abgelöst hatten.
Walcher sollte auch Johannes' Auszug übernehmen, denn auf die wiederholte Bitte der Kollegen hatte Johannes an Walcher per SMS eine Einladung auf die Ziegenalm geschickt und als Gegenwert um die Entsorgung seiner paar Ordner gebeten, mehr hätte er ohnehin nie in sein Büro geschleppt.
Am Morgen war Walcher aufgewacht und hatte über den Bauern geflucht, der nun schon bei Sonnenaufgang die herrliche Allgäuer Luft mit seiner Jauche verpestet hatte. Allerdings um gleich darauf Abbitte zu leisten, nachdem er Kater Bärendreck als die Quelle des Gestanks entdeckt hatte, der Walcher mit einem glücklichen Schnurren vom Fußende des Bettes her begrüßte bevor er die Gefährlichkeit der Situation erkannte und geflüchtet war.
Miststück, hatte Walcher geflucht und angewidert mit einem Stück Papier den winzigen weißen Wurm aufgenommen, der

sich in Bärendrecks Kuhle auf der Zudecke vermutlich auf der Suche nach einem neuen Wirtstier befand. Das war nichts Außergewöhnliches, wenn man Katze und Hund frei herumlaufen ließ, aber es bedeutete wieder einmal einen tagelangen Nervenkrieg, bis Bärendreck endlich das Wurmmittel geschluckt hatte. Dessen Abneigung gegen Wurmmittel in jedweder Darreichungsform wurde nämlich nur noch von seiner Fähigkeit überboten, das Zeug offensichtlich hinter jeder Mogelpackung zu entdecken.
Was hatte Walcher nicht schon alles versucht: die Tabletten in mikroskopisch feinem Puder in Fleischbällchen, Schinkenstücken, Fischrogen, Leberwurst und sonstigen, erklärtermaßen zu den Lieblingsspeisen Bärendrecks zählenden Delikatessen appliziert – erfolglos. Erschwerend kam allerdings auch noch Rollis Gier hinzu, der die Leckerbissen erbarmungslos verschlang, bevor Bärendreck überhaupt in die Nähe seines Fressnapfes kam. Dass dadurch der Labrador ebenfalls seine fälligen Wurmkuren absolvierte, verstand Walcher nur als schwachen Trost. Meist hatte Walcher den Kampf um Bärendrecks Darmfauna mit einem Gewaltakt beendet, für den sich der Kater mit tagelanger Abwesenheit rächte, was Walcher wiederum massive Vorwürfe der Tochter einbrachte. Nicht ohne Grund vermutete deshalb Walcher hinter Bärendrecks Verhalten einen durchdachten Plan, wurde er doch bei seiner Rückkehr von Irmi mit allen möglichen Zuwendungen bedacht.
Als nächstes Unheil war Walcher an diesem Morgen der bereits aufgeriebene und längst überfällige Schnürsenkel am rechten Schuh gerissen. Einzeln betrachtet, nicht wirklich eine große Sache, erhielt es in Walchers Nachbetrachtung, einige Stunden später, allerdings eine wesentlich höhere Bedeutung. Schlag auf Schlag waren nämlich kleine und größere Missgeschicke geschehen, die in einem Kontext mit einer zumindest regionalen Verschwörung zu stehen schienen.
Auf den Schnürsenkel folgte der Henkelbruch von Walchers Lieblingstasse, mit dem Ergebnis, dass ein viertel Liter Schwarztee Zeitung und Hose einsaute.

Mathilde sah Walcher prüfend an und schlug vor: *Solltest heut' besser im Haus bleiben.*
Mit frischer Hose und den unbequemeren, aber mit unversehrten Schnürsenkeln bestückten Schuhen angetan, suchte Walcher dann seinen Schlüsselbund, den er nach fieberhaft aufreibender Suche auch fand, nämlich in der zusammengeknüllten feuchten Zeitung im Abfall.
Vielleicht hätte er wirklich besser im Bett bleiben sollen, fluchte er eine Stunde später im Parkhaus in Ravensburg, in das er hatte fahren müssen, weil die Straßen rund um das Büro vollgeparkt waren.
Im Parkhaus, wo er sich der Überbreite des benachbarten massigen Geländefahrzeugs wegen aus der Tür quetschen musste, geschah dann, was sonst nur im Film geschieht.
Der Parkchip glitt ihm aus den Fingern und hüpfte auf dem Boden in einem Ton davon, der verdächtig nach Gelächter klang. Walcher ging im Halbdunkel des zweiten Kellergeschosses zwar auf die Knie, soweit das in dem engen Raum zwischen den Fahrzeugen möglich war und schaute suchend umher, holte sich aber außer dunkelnassen Flecken auf der hellen Cordhose und schmutzigen Händen keine Erkenntnis, wo der Chip abgeblieben sein konnte.
Da munterte dann auch der Hinweis des freundlichen Parkwächters nicht sonderlich auf, dass der Chip 20 Euro kosten würde plus eine pauschale Parkgebühr von 10 Euro.
Es würde nämlich häufig versucht, durch diesen Trick Parkgebühren einzusparen. Meist von Leuten, die den Wagen am Vorabend geparkt, zuviel getrunken und deshalb mit dem Taxi hatten fahren müssen.
Vermutlich hatte der Parkwächter in Walcher eine ehrliche Seele erkannt, denn er folgte, mit Taschenlampe und einem Rakel am längenverstellbaren Besenstil bewaffnet, zu Walchers Auto und fischte das tückische kleine Ding zwei Plätze weiter unter einem tief liegenden Sportwagen hervor.
Trotzdem, es war nicht sein Tag. Als er nämlich später vor der Wohnungstür zu den Büros stand, sah er, dass sie aufgestemmt worden war. Es wurde wirklich Zeit, sinnierte

Walcher, dass er mit diesen Büros bald nichts mehr zu tun hatte. Wie oft war hier schon eingebrochen worden, drei, vier Mal? Und dieses Mal erwischte es allein ihn, denn nur in seinem Büro hatte der Einbrecher noch in einer Kiste herumwühlen können, und sie einfach ausgeleert. Nur gut, dass es sich um eine überschaubare Menge von Büchern und Büromaterialien handelte, die Walcher erneut in die Umzugskiste packen musste. Dabei überlegte er, ob er Brunner über den Einbruch informieren sollte, der Fingerabdrücke wegen. Allerdings hatten die Kollegen, mit denen er und Johannes sich die Büros geteilt hatten, ihre Sachen von einem Studentenservice abholen lassen und deshalb würde es überall von unbekannten Fingerabdrücken nur so wimmeln.
Walcher unterließ also den Anruf, verabschiedete sich von seinem Büro, in dem er so gut wie nie richtig gearbeitet hatte, und trug die letzte Kiste hinunter.
Bevor er das Haus verließ, leerte er den überquellenden Briefkasten und führte die ausschließlich aus Werbung bestehenden Poststücke ihrer einzig sinnvollen Bestimmung zu, nämlich der Wertmülltonne. Er schloss gerade den Deckel, als das Handy klingelte. Brunner. *Ich musste gerade an Sie denken, vielleicht sollten wir uns noch einmal unterhalten, bevor Sie über den großen Teich fliegen. Man weiß ja nie...*
Heute ist zwar nicht mein Tag, knurrte Walcher, *aber da macht es auch nichts mehr aus, wenn ich auf dem Heimweg bei Ihnen vorbeischaue. So in einer Stunde etwa?*

Vom Fliegen

„Ich fliege gerne und frei von Angst." Wer das von sich ohne zu lügen sagen könnte, der würde vermutlich sofort von jeder Airline einen Werbevertrag erhalten.
Für wahrscheinlicher hielt es Walcher, dass 99 Prozent der Flugpassagiere ihre Ängste verdrängten oder aber versuchten, sie mit einer gehörigen Portion Alkohol zu verschlafen.

Jeder Flug bedeutete letztlich ein nicht zu kalkulierendes Risiko und zwar nicht erst seit es Terroristen gab, da konnten die Flugzeughersteller und Airlines erzählen, was sie wollten. Auch jene albernen Vergleiche mit der Unfallstatistik des Straßenverkehrs trugen nicht zur Beruhigung bei.
Bei diesen Vergleichen drängte sich Walcher immer ein schlichtes Bild auf. Wem zum Beispiel auf der Straße der Motor aussetzte, der konnte auf die Standspur steuern und auf einen Werkstattwagen warten. Diese Möglichkeit bestand bei einem Motorschaden über dem Atlantik eindeutig nicht. Auch wenn zwei Flugzeuge in der Luft kollidierten, gab es für die Unfallbeteiligten nur geringe Chancen, im Gegensatz zu Unfallopfern auf der Straße.
Oder Start und Landung, konnten die etwa mit dem Verlassen und der Rückkehr der heimischen Garage verglichen werden, oder dem Einfädeln auf die Autobahn?
Walcher gab sich den blödsinnigsten Überlegungen hin, bis jeweils die Gin-Tonics, sein bevorzugtes Fluggetränk, zu wirken begannen und er einen Großteil der beiden ersten Flugdistanzen verschlief.
Allerdings funktionierte dieses Procedere nach dem letzten Umsteigen nicht mehr und Walcher war sicher, dass es nichts vergleichbar Grausames auf dieser Welt gab, als mit Kopfschmerzen und einem Kater, einem Mundgeschmack wie ein trocken gelegter Siphon, verschwitzt, mit abgestorbenen Beinen und einem blockierten Halswirbel in einem Flugzeug aufzuwachen und zwar gut drei Stunden vor der prognostizierten Landung.
Walcher orderte bei einem der dienstbaren Geister – ihm war nie klar gewesen, warum Stewardess ein so begehrenswerter Beruf sein sollte – einen Gin-Tonic, mit der Option, in zehn Minuten unaufgefordert einen zweiten serviert zu bekommen. Wenn die Maschine bis Los Angeles durchhielt, würde sie dort gegen 22 Uhr landen und den Weg in das reservierte flughafennahe Hotelzimmer würde er auch mit etwas Restalkohol schaffen, so sein Kalkül.

LIFUS City

Dank der kühlenden Brise vom Meer war die Hitze erträglich. Der Pressesprecher von LIFUS City trug kurzärmlig und eine weite Leinenhose, die sich schon beim leisesten Windhauch aufblähte wie ein Gleitschirm. Seine Hemdtasche wurde von einem riesigen Namensschild aus Aluminium nach unten gezogen. Darauf stand in eingeprägten Lettern im Stil einer alten Antiqua Schrift mit Goldfüllung: Lifus City, Robert Makowish, Press Officer.

Makowish besaß gewisse Ähnlichkeit mit seiner Hose, denn er beherrschte perfekt die Kunst, einfache Informationen zu Sensationsmeldungen aufzublähen. Gerade war er dabei, die einmalige Entsalzungsanlage zu rühmen, mit deren Wasser das gesamte Citygrün bewässert würde, nur um wertvolles Trinkwasser aus den Tiefenbrunnen nicht zu verschwenden. Mit dem entsalzten Meerwasser wurde im Übrigen auch das Brauchwassersystem gespeist, also Waschmaschinen, Toilettenspülung, Autowaschanlage und so weiter. Jedes Haus besaß deshalb zwei Wasserkreisläufe, blau: Trinkwasser, rot: Brauchwasser. Nur in der ebenfalls abartig sensationell modernen Kläranlage kämen diese beiden Kreisläufe wieder zusammen. Selbst die Feuerwehr würde, wenn es denn einmal notwendig wäre, was jedoch angesichts der perfekten Feuermeldeanlage überhaupt nicht geschehen könnte, mit entsalztem Meerwasser löschen, keinesfalls mit Trinkwasser wie im Rest der Welt.

Seit den Morgenstunden turnte der stets freundlich lächelnde Makowish, dessen polnische Vorfahren den Familiennamen für amerikanische Zungen aussprechbar verändert hatten, über das Gelände von LIFUS City – Walcher im Schlepp.

Nachmittags, erklärte er, *wird es heute zu heiß, da zeige ich Ihnen unsere Stadt von innen.*

Was Makowish von außen zu zeigen hatte, war eindrucksvoll. In der windgeschützten Bucht, direkt am Pazifischen Ozean oberhalb von Los Angeles zwischen Santa Barbara und Santa Maria gelegen, war eine neue Stadt entstanden.

Mit einem kleinen künstlichen Hafen, Golfanlage, Reit- und Tennisplätzen, Stadion, Badestrand am Meer und Süßwasserpools davor, zwei Kirchen, einer City Hall, Konzerthaus, Hospital, zwei Hotels, vier Restaurants der gehobenen Kategorie und einem Burger King, Cafés und Bars, Boutiquen, einem Blumengeschäft, einer Drogerie, einem Einkaufscenter, drei Friseursalons und was sonst noch alles Makowish aufzählte. Nur die Kindergärten und Schulen fehlten, denn die Bewohner von LIFUS City waren durchweg Rentner, abgesehen von den 482 Köpfen der Servicemannschaft, zehn Internisten, vier Dentisten, zwölf Physiotherapeuten und neun Psychiatern – die in keiner amerikanischen Zivilisation fehlen durften, ebenso wie die Rechtsanwälte.
Das Durchschnittsalter bewegte sich knapp über dem Durchschnittsalter früherer russischer Parlamente, nämlich bei 76 Jahren.
Das eigene Elektrizitätswerk lieferte zu achtzig Prozent seiner Energie aus einem Mix aus Tiefenwärme, Biogas, Wasserstoff, Wind, Wellen und Sonne und verbrauchte nur in Spitzen- oder Notzeiten bis zu maximal zwanzig Prozent Erdgas oder Öl. Für Konzept und Umsetzung der gesamten Versorgungslogistik zeichneten eine GB-Global Buildings Ltd. und die LIFUS City-Logistics Ltd. verantwortlich, beides Tochterunternehmen der LIFUS City International Ltd.
Die Stadtbewohner organisierten sich selbst, hatten eine komplette Bürgerverwaltung mit demokratisch gewähltem Bürgermeister, Stadtrat und Dezernenten aller notwendigen Fachbereiche, darunter ein Entertainment-Referat und eines für Kultur und Reisen. Die Verwaltung war allerdings sehr straff organisiert und ähnelte eher einem Privatunternehmen denn einer normalen Kommune. Immerhin galt es 3 245 Bürger in rund 500 Häusern zu versorgen. Geplant war der Ausbau von LIFUS City auf die doppelte Größe.
Es waren keine armen Menschen, die sich eines der Einzelhäuser, Reihenhausanteile oder Apartements kaufen konnten und diese dennoch nicht besaßen, denn nach ihrem Tod fiel der Besitz an die Einrichtung zurück und wurde an einen

neuen Bewohner von LIFUS City für dessen Lebenszeit verkauft, anders wäre eine sinnvolle Finanzierung nicht möglich, erklärte Makowish. Andererseits würde dadurch jedwede Spekulation im Keim erstickt.
Eine ganze Stadt als Altersheim, eine beklemmende Vorstellung. Natürlich formulierte Makowish diesen denkwürdigen Umstand etwas geschmeidiger, nämlich: Eine ganze Stadt ohne Krawallmacher, Radikale, Kindergeschrei, herumhängende Jugendliche, Ausländer, Bettler und sonstige Störquellen.
Walcher fragte sich nach diesem Vormittag mit durchaus begründeter Besorgtheit, ob sich der Flug an die Westküste Amerikas gelohnt hatte, denn bisher gab es überhaupt keine Möglichkeit, mit einem Menschen außer der Sprechmaschine Makowish ein Wort zu wechseln.
LIFUS City war das Musterbeispiel einer frischen, fröhlichen und sauberen Ortschaft. Alle Bauten strahlten Frohsinn aus, waren in hellen und positiven Farben gestrichen, die meisten Wohnungen ebenerdig zu erreichen, stufenlos der Rollstühle wegen, versteht sich. Und wenn es Stufen oder Treppen gab, fuhr daneben ein Fahrstuhl auf und ab oder ein Fließband, das sich auf Bedarf einschaltete. Die Bungalows und Apartments seien durchweg behindertengerecht ausgestattet, schwärmte Makowish, als ob er sich riesig darauf freute, sie bald selbst nutzen zu können.
Nach dem Mittagessen auf der Terrasse des Nobelrestaurants, dessen Koch vermutlich mit einer Mikrowelle und einem Salatsaucenspender auskam, gleichwohl von Makowish mit europäischen Meisterköchen verglichen wurde, erbat sich Walcher eine kleine Pause, um sich in seinem Hotel frisch zu machen. Man verabredete sich für sechzehn Uhr in der City Hall beim Bürgermeister.
Im Hotelzimmer, das sich ebenfalls durch behindertengerechte Ausstattung auszeichnete, duschte Walcher, stellte den Wecker und schlief eine Stunde. Zwar hatte er auf dem Flug die meiste Zeit geschlafen, trotzdem fühlte er sich gerädert. Vermutlich lag das nicht nur an den Gin-Tonics,

sondern auch an der ununterbrochenen Sprachberieselung durch Makowish, der er seit acht Uhr schutzlos ausgeliefert gewesen war.
Bevor er einschlief, dachte er an die Industriebarone der frühen Industrialisierung. Auch sie hatten für ihre Arbeiter ganze Siedlungen gebaut und ihnen alles verkauft, was sie zum Leben brauchten. Welcher Menschenfreund hatte LIFUS City gebaut?
Der Wecker hatte dafür gesorgt, dass Walcher pünktlich im Büro des Bürgermeisters stand, und von Makowish begrüßt wurde wie ein alter Freund, den er seit Jahren nicht mehr getroffen hatte. Auch John Homer, der Bürgermeister, quetschte enthusiastisch Walchers Hand und klopfte ihm dabei auch noch herzhaft auf die Schulter.
Homer sah aus, als würde er in seiner Freizeit für Marlboro reiten, war um die vierzig Jahre alt und vermittelte Walcher in Sekundenschnelle den Eindruck, als hätten sie die gleiche Schulbank gedrückt, nachdem sie vorher gemeinsam Sandkuchen gepresst hatten.
Mit dem Beamer projizierte Homer alle möglichen Charts seiner Stadt an die Wand des Büros, vom ersten Spatenstich bis hin zu den nächsten Ausbauschritten von LIFUS City in zehn Jahren. Dann folgten soziodemographische Daten, die Kriminalstatistik, die lediglich mit einem einzigen Diebstahlsdelikt punkten konnte, das sich dann jedoch als Irrtum herausstellte, der leider noch nicht im Datensatz berücksichtigt worden war, entschuldigte sich Homer.
Besucherzahlen, Veranstaltungen, Partnerschaften mit bereits über 200 Städten auf der ganzen Welt, Pläne für die Ansiedlung einiger Kunsthandwerker, Maler, Literaten, die Gründung eines eigenen Fernseh- und Rundfunksenders, eines Reiseunternehmens, Versicherung, Bank ...
Walcher hoffte, dass er auch von Homer eine Mappe mit all den Daten erhalten würde, denn Homer und Makowish legten ein derart furioses Tempo vor, dass er sich nur an wenige Bruchstücke würde erinnern können. Homer erklärte auch, dass viele seiner „Bürger“ in Wohnungen lebten, die

ihre ehemaligen Arbeitgeber finanziert hätten. Ein in den USA gängiges Modell, Treue und Erfolg zu honorieren und zwar steuerverträglich.
Der einzige Lichtblick des Nachmittags war der Chief der Organisation, wie sich die Sekretärin des Bürgermeisters nannte, die zwischendurch in das Büro hetzte, um den Pegel der Thermoskanne zu prüfen, in dem vermutlich der berüchtigte amerikanische Kaffee seit Stunden auf Opfer lauerte.
Walcher erhielt ein bezauberndes Lächeln der jungen Frau, vermutlich, weil er den Kaffee ablehnte und dafür eine Cola aus dem Tischcooler nahm.
Nach zwei Stunden waren Homer und Makowish fertig und Walcher fühlte sich wie durch eine Heißmangel gepresst.
In der vergangenen halben Stunde hatte er abgeschaltet und über die Entwicklung einer Altengesellschaft nachgedacht, die sich eigene Ghettos baute, abgeschirmt vom Rest der Bevölkerung und vor allem der Jugend.
Er schreckte aus seinem Wachtraum geradezu sichtbar hoch, als Makowish ihn anstieß und mit einem strahlenden Lächeln mitteilte, dass sie nun fertig seien und bereit für einen „HHD", einen Happy Hour Drink.
Da war es an Walcher, Enthusiasmus zu zeigen, seinen Unterhaltern auf die Schultern zu klopfen und die ebenso unüberlegte wie überflüssige Frage zu stellen, ob denn in LIFUS City, wie in den Seniorenresidenzen von LIFUS in Europa und China üblich, ebenfalls Medikamententests an den Bewohnern durchgeführt würden. Da war es vorbei mit der Freundlichkeit!
Homer und Makowish starrten Walcher an, als hätten sie ein tückisches Monster aus dem Weltall an ihren Brüsten genährt. Nur mühsam erwachten sie aus ihrer Erstarrung und wollten wissen, wie er denn auf einen derartigen Bullshit käme, von dem sie noch niemals etwas gehört hätten.
Der Spätnachmittag wurde dennoch recht lustig. Nach dem Drink schleppte ihn Makowish zu einer Bürgerabordnung in das Bürgercenter, einer Mischung aus Leihbibliothek und

Tagesstätte für entwurzelte Menschen. Dort war ein opulentes Buffet aufgebaut, das nach einer knappen Begrüßung durch den Sprecher der etwa zwanzig anwesenden Damen und Herren für eröffnet erklärt wurde.
Makowish stellte jeden der Bürgerabordnung namentlich vor, alles freundliche, sympathische Menschen über siebzig.
Mit einem Glas in der einen und einem, mit zwei Sandwiches drapierten Teller in der anderen Hand pirschte sich Walcher der Reihe nach an die besonders offen wirkenden Senioren heran. Wer etwas in Händen hielt, so sein Gedanke, würde friedlicher wirken als ein mit Notizblock und Stift bewaffneter Journalist. Vermutlich hätte er aber diesen kleinen und darüber hinaus äußerst hinderlichen Trick nicht anwenden müssen, denn seine Gesprächspartner beantworteten alle seine Fragen mit großer Offenheit und sichtlichem Vergnügen. Sie fühlten sich als Stadtgründer und ließen über ihre City nichts kommen. Natürlich auch nichts über die ärztliche Versorgung. Überhaupt wurde bestens für ihre Gesundheit gesorgt. Individuell abgestimmte Ernährungsprogramme, regelmäßige Bewegung mit physiotherapeutischer Begleitung und, nicht zu vergessen, der allzeit erreichbare Psychiater, was konnte da schon passieren? Medikamententests, niemals! Wie er denn auf solchen Bullshit käme, schließlich wäre man doch kein Versuchskaninchen, sondern freier und unabhängiger Bürger von LIFUS City.
Walcher fiel auf, dass bereits zum zweiten Mal auf seine Frage der Begriff Bullshit gefallen war. Vielleicht war seine Frage ja wirklich Bullshit. *Ach, ihr Journalisten,* lächelte Mrs. Frontman, *was habt ihr doch manchmal für grässliche Phantasien.*
Als Walcher von ihr wissen wollte, ob sie zufällig einen Luther Frontman kenne, mit dem er vor einigen Jahren eine Runde Golf gespielt habe, schüttelte sie den Kopf. Es gäbe in den Staaten vermutlich hunderttausende Frontmans, denn das sei ein weit verbreiteter Name.
Hatte was mit Pharmazie zu tun, setzte Walcher nach, aber Mrs. Frontman ging nicht weiter darauf ein, sondern wandte sich mit ihrem Liftlächeln einer Freundin zu, einer Mrs. Gold,

die Walcher bereits befragt hatte. Der kurze Augenblick, in dem Walcher glaubte, er wäre auf eine Spur gestoßen, war verflogen. Nichts war von diesen Leuten zu erfahren, was auf den Missbrauch als Testpersonen für pharmazeutische Produkte schließen ließ.
Entweder wurde in LIFUS City nichts dergleichen getrieben oder diese Abordnung traute sich nicht, ihm darüber zu berichten, oder sie war irgendwie involviert.
Vielleicht hätte er sich eine andere Strategie überlegen sollen, Einzelgespräche zum Beispiel. Aber die Vorstellung, mit nichts als einer Mappe bunter Werbeblätter nach Deutschland zurückzukehren, hatte ihn zu dieser spontanen Konfrontation getrieben. Walcher nahm sich vor, diese Mrs. Frontman am nächsten Tag zu besuchen und überhaupt einige Leute in Einzelgesprächen zu interviewen.
Nach dem zweiten Glas des hervorragenden kalifornischen Weins fühlte sich Walcher etwas weniger deprimiert und haderte nicht mehr ganz so schmerzhaft mit seiner Entscheidung, diese aufwändige Reise überhaupt gemacht zu haben.
Als dann Nora Morgan hereinschlenderte, die zum Team des Bürgermeisters gehörte, wie Makowish Walcher zuflüsterte, lebte er geradezu auf.
Nora sprengte nicht nur den Rahmen, weil sie mit Abstand die jüngste Frau im Raum und gekleidet war, als wollte sie auf eine Beachparty gehen, sie sah einfach bezaubernd aus.
Sie steuerte geradewegs auf Walcher zu, strahlte ihn an und meinte: *Es wird höchste Zeit für eine Erfrischung.*
Was verstehen Sie darunter?
Schwimmen, lächelte sie, *in den letzten Strahlen der untergehenden Sonne, kommen Sie, das Boot wartet auf uns.*
Das Boot?
Ja, wir machen eine kurze Bootstour und springen in das sauberste Wasser der ganzen Westküste. Wie können Sie etwas über LIFUS City schreiben, wenn Sie unsere Vergnügungen nicht kennen, lächelte Nora, nahm Walcher am Arm und zog ihn einfach mit.
Die Bürgerabordnung nahm von dieser Entführung kaum

Notiz, einzig Mrs. Frontman, mit der Walcher kurzen Augenkontakt hatte, nickte ihm zu und es sah nach einer aufmunternden Geste aus.
Vor dem Bürgerhaus stand ein Elektrowagen, wie ihn Golfer benutzten. Nora bedeutete ihm aufzusteigen und setzte sich ans Lenkrad. Beinahe lautlos und in erstaunlichem Tempo ließ sie das Gefährt hinunter zum Hafen rollen.
Die Sonne stand bereits nahe der Horizontlinie und begann, das halbe Meer in Brand zu stecken. Es musste so gegen zwanzig Uhr sein.
Parallel zur Hafenmauer führte eine Rampe zum Wasser. Nora fuhr auf ihr hinunter und stoppte erst kurz vor dem Wasser auf einer Metallplattform. Vom Wagen aus drückte sie auf die Knöpfe einer Fernsteuerung und die Metallplattform entpuppte sich als Hebebühne.
Im selben Moment näherte sich ein Ausflugsboot, das aussah, als käme es direkt aus den Amsterdamer Grachten.
Das Boot war nur mit dem Kapitän besetzt, der ihnen aus dem vorderen Teil des Glaskastens zuwinkte.
Die Hebebühne fuhr noch etwas höher und dann auf das Deck hinunter, nachdem der Kapitän den Bug des Bootes in die mit dicken Gummis abgepolsterte Vertiefung in der Hafenmauer gesteuert hatte.
Nora zog Walcher aus dem Gefährt auf das Deck, die Hebebühne fuhr mitsamt dem Golfwagen in ihren Urzustand zurück und der Kapitän drehte eine Runde durch das Hafenbecken, in dem einige Yachten ankerten, deren Dimensionen durchaus für die große Fahrt durch Weltmeere ausgelegt schienen.
Nora beugte sich zu Walcher und klopfte ihm aufmunternd und gleichzeitig in selbstverständlicher Vertrautheit auf den Oberschenkel: *Na, ist das nichts, Herr Journalist?*
Sie duftete zart nach Limone, was bei Walcher den Wunsch nach einem Whisky Sour auslöste und, als wäre er im Paradies und jeder Wunsch würde sofort in Erfüllung gehen, forderte Nora ihn zu einem Drink an der Bar auf.
Vorbei an Liegen und Deckstühlen, folgte Walcher ihr hinein

in das Glashaus. Nicht Sitzreihen, wie in den Aussichtsbooten üblich, sondern bequeme Sitzgruppen füllten den Innenraum, dessen Frontseite eine Bar zierte.
Nora nickte bei Walchers Bestellung und meinte: *Gute Idee, ich habe auch schon lange keinen mehr getrunken.* Während sie routiniert hinter der Theke die Zitronen für den sauren Whisky auspresste, meinte sie nebenher: *Ich seh es Ihnen an, Sie fragen sich, was das hier ist.*
Walcher nickte.
Am Morgen und am Abend, wenn die Sonne nicht mehr so brennt, fährt unser Badebus hinaus aufs Meer oder an der Küste entlang zu entlegenen Stränden.
Aber Sie haben doch Swimmingpools vor der Haustür, was brauchen Sie das reale Meer?, provozierte Walcher.
Nora boxte ihn an die Schulter: *Sie sind ein Zyniker,* stellte sie fest. *Es ist einfach aufregender im offenen Meer zu schwimmen, als in einem Pool zu planschen. Einmal in der Woche fahren wir sogar bei Dunkelheit hinaus.*
Inzwischen waren sie einige hundert Meter von der Hafeneinfahrt entfernt und tuckerten in der leichten Dünung hinaus, der untergehenden Sonne entgegen.
Die Fläche bis hin zu dem Feuerball faszinierte Walcher. Im Allgäu verschwand die Sonne nur einen Steinwurf entfernt hinter den Graten der Bergmassive, und hier war es eine schier endlose Weite, die sich bis zum Horizont auftat und dazu noch im feurigsten Rot zu erglühen schien.
Nora riss ihn aus seiner Versunkenheit, sie streichelte kurz seinen Rücken und flüsterte: *Ich weiß, das ist ein großes Wunder, aber reißen Sie sich los, Mr. Journalist, wir gehen jetzt ins Wasser. Können Sie überhaupt schwimmen?*
Es geht so, aber ich habe keine Badehose, flüsterte Walcher zurück, trank sein Glas leer und stellte es auf dem Tresen ab.
Ich denke, wir könnten hier die halbe Stadt mit Badehosen ausstatten, lächelte Nora, *kommen Sie.*
Wie viel Grad wird es haben?, fragte Walcher kurz darauf und deutete auf das Meer vor sich. Die Reling war automatisch zur Seite gefahren und aus der Bordwand hatte sich ein Sprung-

brett geschoben. Walcher stand bereits darauf, dicht hinter ihm Nora. Er spürte ihre Hände auf seinem Rücken und empfand die Berührung prickelnd und angenehm, deshalb traf ihn ihre Antwort völlig unvorbereitet. *Give it a go!,* jauchzte sie und stieß Walcher mit aller Kraft ins Meer.
Die Kälte traf ihn wie ein Schock. Und dann hatte er auch noch eingeatmet, als er schon am Eintauchen war.
Wild paddelnd kam er wieder hoch und versuchte den Kopf über Wasser zu halten. Prustend und hustend kämpfte er gleichzeitig gegen einen plötzlichen, starken Wellengang, der sich erklärte, als er nach dem Boot sah. Das lag nicht mehr neben ihm, sondern jagte mit aufheulendem Motor davon. Nur die Gischt am Heck und die meterhohe Welle, die von den Schrauben ins Wasser gewühlt wurde, waren zu sehen. Hustend und automatisch mit Armen und Beinen paddelnd starrte Walcher dem Boot nach und brauchte eine scheinbar unendlich lange Zeit, um zu begreifen, dass diese Aktion nicht zu einem Spiel gehörte und er nicht in einem Swimmingpool planschte.

Teambesprechung

Es ging meist sehr locker und dennoch konzentriert bei Brunners Teambesprechungen zu, nur der Anfang gestaltete sich immer dann etwas kompliziert, wenn es früh am Morgen war und vor der Besprechung noch keiner aus der Runde Frau Müller, die scharfe Barbara, wie sie genannt wurde, gesehen hatte.
So auch an diesem Morgen, als Barbara mit einer Thermoskanne in das Besprechungszimmer kam, einige Minuten nachdem Brunner, Wehrle und Aumiller sich bereits um den Tisch gesetzt hatten. Der Besprechungsraum war im Charme der frühen siebziger Jahre des vergangenen Jahrhunderts eingerichtet, verfügte allerdings über modernste Technik, bis hin zu einem PC mit Internetanschluss.

Wehrle hatte gerade den PC gestartet, um eine auf einem Stick gespeicherte Datei zu laden, als er erstarrte und mit offenem Mund Barbara anglotzte.
Auch Brunner und Aumiller unterbrachen ihr Gespräch und sahen gebannt zu Barbara. *Herzlichen guten Morgen, Jungs,* stellte sie schwungvoll die Kanne auf den Tisch und setzte sich auf den Platz neben Wehrle, was bei dem Kleid, das bei den Männern just jene Schreckstarre ausgelöst hatte, nicht so einfach war.
Barbara Müller, ungeduldige 28 Jahre jung, ausgebildet als Kriminalkommissar-Anwärterin, hatte mangels freier Personalstellen den Sekretariatsposten behalten, auf dem sie schon vor und während ihrer Ausbildung eingesetzt worden war. Sie arbeitete größtenteils gleichberechtigt neben den Kommissaren Wehrle und Aumiller, allerdings in einer wesentlich niedrigeren Besoldungsstufe und nicht offiziell.
Vielleicht hätte Barbara doch besser Modedesignerin werden sollen, denn dass dies ihre eigentliche Bestimmung sein musste, bewies die tägliche Kreativleistung ihres Erscheinungsbildes.
An diesem Morgen trug sie ein eng anliegendes schwarzes Mantelkleid, das bei flüchtiger Betrachtung durchaus als eng geschnittene Soutane bezeichnet werden konnte, reichte es doch von den Knöcheln bis unter den Hals. Allerdings endete es nicht in dem üblichen Kragen, sondern in einer gesteiften, weißen Halskrause, wie sie zum Beispiel auf den Gemälden des späten Mittelalters zu bewundern ist und von einigen Pastoren in norddeutschen Städten noch heute getragen wird. Das Problem bei diesem Ding, das respektlose Zeitgenossen auch als Flohsperre, Mühlstein oder Duttenkragen bezeichneten, war die mangelnde Flexibilität der gestärkten und gefalteten Leinenstreifen.
Barbara trug deshalb ihren Kopf noch ein wenig höher als sonst, auch ihre Haltung war noch ein wenig steifer.
Ihre Haare waren in einem feurigen Rot gefärbt und stachen als gefestigte Flammenzungen in den Luftraum über ihr.
Vermutlich sollte das Ganze ein flammendes Fanal gegen den

geistlichen Berufsstand oder die Verkommenheit der Gesellschaft darstellen, vielleicht auch eine verspätete Pfingstdarstellung, aber keiner der Herren traute sich, das nachzufragen. In einer stillen Übereinstimmung hatten sie es sich längst abgewöhnt, das zu tun, denn eine solche Frage mündete in einen nicht endenden Vortrag, nicht etwa über Barbaras jeweilige Verkleidung, sondern über die Ignoranz der Menschen, vor allem der Männer gegenüber der weiblichen Kreativität, über Emanzipation, Diskriminierung am Arbeitsplatz und dergleichen mehr.

Deshalb räusperte sich Brunner nur leicht und meinte: *Da haben es die Kollegen nicht einfach mitzuhalten. Nun denn, wo stehen wir? Lieber Aumiller, übernimm doch bitte die Zusammenfassung vom letzten Stand. Jemand was dagegen einzuwenden? Nein, dann hast du das Wort.*

Kollege Aumiller stand auf, trat an die magnetische Zeichentafel und klemmte den großen Bogen Packpapier daran, den sie seit den gemeinsamen Besprechungen zu diesem Fall mit den unterschiedlichsten Zetteln und Fotos beklebt und beschrieben hatten. Aumiller wirkte zwar immer etwas unbeholfen, wenn er Derartiges tun musste, bewies aber eindrucksvoll, dass selbst Kleinigkeiten des Falls in seinem Kopf gespeichert waren und er zudem die Gabe zur Ironie besaß. Denn er beendete seinen Vortrag mit dem Hinweis: *So langsam sollten wir Täter haben und vielleicht auch Beweise, sonst schicken sie die Bundeswehr.*

Sehr gut, nickte Brunner, *nicht das mit der Bundeswehr, aber deine Zusammenfassung. Also, was haben wir Neues? Wehrle, du brennst förmlich.*

Wehrle wechselte Aumiller am Plakat ab. *Zwar nicht so wie Barbara,* grinste er, *aber es gibt da doch Neuigkeiten, mit denen wir einigen Herren die Halskrause enger ziehen könnten. Die Techniker haben in dem weißen Golf des Seniorenvereins Staub, Kot und Federn aus Walchers Hühnerstall gefunden. Demnach ist der Hühnerkiller mit diesem Auto gefahren.* Wehrle machte eine Pause und zog sich eine Tasse an das Tischende, an dem er stand. Trotz Halskrause schaffte es Barbara ihm die Tasse zu

füllen, hatte dabei aber kurz eine Miene gezogen, mit der sie die Alltagstauglichkeit ihres gewaltigen Accessoires in erhebliche Zweifel zog.
Brunner patschte kurz auf den Tisch und meinte: *Das ist ja noch nicht gerade die Welt. Wie gehen wir weiter? Ich habe die Exhumierung und Obduktion von drei Toten angeordnet und zwar wären das Frau Irina Basowitz, die vor einem halben Jahr bei einer Wanderung im Schnee angeblich einfach sitzen geblieben und erfroren ist. Frau Cordula Schaible, die ist im Sommer vergangenen Jahres im Alpsee ertrunken. Erstaunlich daran ist, dass Frau Schaible nicht schwimmen konnte und auch mit Booten nichts am Hut hatte, sich dennoch einen Kahn mietete, hinaus ruderte und ins Wasser sprang. Dann werden wir noch Klaus Gmeiner in seiner Ruhe stören müssen, der vor zwei Jahren mit seinem Auto bei Oberstdorf gegen eine Felswand geknallt ist und das, obwohl er seit Jahren nicht mehr mit dem Wagen gefahren war. Gmeiner war nämlich blind wie ein Maulwurf. Ansonsten war er der Wortführer der Opposition innerhalb des Seniorenvereins und mit dem Oberst geradezu verfeindet.*
All diese drei vereint nicht nur der Tod, sondern die Tatsache, dass sie Lebensversicherungen zugunsten der Seniorenselbstverwaltung abgeschlossen hatten. Und zwar alle bei Max Kutter,einem Versicherungsmakler, den wir uns als Nächsten ansehen werden, ihr könnt euch aussuchen, wer das machen will.
Dann werden wir mit sämtlichen Mitarbeitern und sämtlichen Bewohnern der Seniorenresidenz sprechen. Das ist schon längst überfällig, aber ich hatte bisher den Aufwand gescheut. Nun, ab morgen haben wir Verstärkung, Kommissar Predel von der Wirtschaft und den Adler, der zur Kripo will. Rudi, du teilst bitte die beiden bei der Befragung der Bewohner ein. Die Mitarbeiterverhöre übernehmen wir selber. So, was habe ich sonst noch?, murmelte Brunner mehr zu sich und blätterte in seiner Mappe herum. *Walcher war in Hamburg bei dem Pressesprecher von LIFUS Deutschland, aber außer dieser Infomappe sei nicht viel herausgekommen, meinte er. Derzeit besucht er eine LIFUS City in der Nähe von Los Angeles, als Pressefuzzi, versteht sich.*
Der Anschlag auf die beiden Amerikaner, die zum sogenannten

Controlling gehörten ... gehören, der eine lebt ja noch, könnten mit einer internen Überprüfung im Zusammenhang stehen. Ich werde deshalb direkt auf die Geschäftsführer der Hamburger Zentrale zugehen. Barbara, versuche alles über den Konzern herauszufinden, nimm Kontakt zu den Hamburger Kollegen auf und auch zu denen in Dresden, da geisterte doch gerade so eine verrückte Geschichte durch die Medien. Eingefrorene Leichen, für die noch die Rente und Versicherung abkassiert wurden. Die Seniorenresidenz hat hiermit abso-lute Priorität, ich habe das bereits mit unserem Kriminaldirektor besprochen. Danke, gehen wir an die Arbeit.

Heimkehr

War es das Erleben seiner ungezügelten Leidenschaft, war es die Enttäuschung über deren abruptes Ende oder war es die Erkenntnis, in seinem Leben immer nur Rollen gespielt zu haben? Rollen, die von ihm erwartet wurden, gegen die er sich nie hatte wehren können.

Das Vermächtnis der Vattenbourghs. Ein Vattenbourgh stand immer fest an seinem Platz, damit die Familie auch noch in den nächsten Jahrhunderten eine bedeutende Rolle in der Weltgeschichte spielen konnte.

Er hatte nur Klavier spielen wollen und schon waren die besten Lehrer angekarrt worden, aber niemals hatte sein Vater daran gezweifelt, dass Vincent eben nur gut Klavier spielen wollte – neben seiner Rolle als Vattenbourgh. Und so hatte Vincent dann auch selbstverständlich das Unternehmen übernommen und geleitet, als er gerufen wurde.

Das Unternehmen! Der Ur-Urgroßvater hatte es gegründet und gleichzeitig ein Grundstück gekauft, einen nutzlosen Hügel über der kleinen Hafenstadt, die sich Baltimore nannte. Darauf hatte er Ahornbäume gepflanzt und ein Haus gebaut. Der Urgroßvater erweiterte das Haus, so, wie er auch das Unternehmen vergrößerte. Als es dann sein Sohn übernahm, sprach man schon von einem Konzern und das Haus verdiente,

als Villa bezeichnet zu werden. Der nächste Erbe wiederum, der Vater von Vincent Vattenbourgh, renovierte und baute einen prächtigen Flügel an die Ville, die inzwischen über der größten Stadt des US-Bundesstaates Maryland thronte. Und auch das Unternehmen war zu einem der größten in seiner Branche gewachsen.
Die wenigsten Familienunternehmen schafften es, über die dritte Generation hinaus zu existieren, scheinbar dem Gesetz folgend, dass was der Großvater aufbaut, der Vater gerade noch so erhält, der Enkel dann verprasst und verschleudert. Nicht so die Vattenbourghs. Sie hatten ihr Haus, ihr Unternehmen nicht nur erhalten, sondern zu einem der weltgrößten Gesundheits- und Pharmaziegiganten ausgebaut. Auch Vincent hatte seinen Teil dazu beigetragen und immer noch wuchs die GMC, die Global Medical Care, und befand sich noch zu gut sechzig Prozent in den Händen der Familie, eine erstaunliche Leistung. Und auch die Fortsetzung dieser Erfolgsstory schien gesichert, denn die beiden Söhne von Vincent saßen bereits in der Firmenspitze und hatten ebenfalls ihre Nachfolgegeneration in die Welt gesetzt.
Vincent Vattenbourgh hatte also die Erwartungen erfüllt, die seine Väter in ihn gesetzt hatten.
Jetzt saß er wieder einmal in dem riesigen Salon der Familienvilla an seinem Steinway und spielte die Mazurka Nr. 2 As-Dur Op. 44 von Frédéric Chopin, nicht besonders sauber, sein letztes Spiel lag ein halbes Jahr zurück, aber sehr kraftvoll.
Der volle Klang des mächtigen Konzertflügels füllte den großen Raum und trug die Töne durch die offenen, portalgroßen Fenster hinaus in den Ahorngürtel, der die Villa umgab.
Du bist wieder mal hier oder bist du zurück? Seine Frau stellte diese Frage, nachdem er den Schlussakkord hatte ausklingen lassen.
Vincent drehte sich zu ihr um und sah sie an. Alica Vattenbourgh, geborene Wrigley. Unverändert stand sie vor ihm, als wäre es nicht über ein halbes Jahr her, dass er sie zuletzt gesehen hatte. Unverändert, korrekt gekleidet und geschminkt,

als würde sie im nächsten Moment ein Interview geben müssen oder den Präsidenten zu einem ihrer legendären Tee-Gespräche empfangen. Beherrschtheit, Distanz und Kälte strahlte sie aus, alles, was er an seinem Leben und an sich selbst so hasste. Diese verdammte Disziplin, die jedes Gefühl im Keim erstickte.
Wie hatte er sie anfangs geliebt, diese Frau aus einer ebenso erfolgreichen Familie wie seine eigene. Ein Traumpaar waren sie für die Presse und die kleinen Leute immer noch, aber nach den Pflichtzeugungen und Geburten der beiden Söhne war er geflohen vor ihrer Disziplin, vor ihrer Kälte.
Nur zu offiziellen Anlässen spielte er seine Rolle, zum Wohle des Namens, des Clans, der Firma.
Vattenbourgh schüttelte den Kopf, stand auf und ging aus dem Salon und aus dem Haus. Nein, er war nicht zurück.
Er war nur kurz hier. Er würde die letzten Jahre seines Lebens keine Rollen mehr spielen.
Soeben hatte er endgültig diese Frau verlassen und auch die Firma, das war ihm klar geworden.
Er musste es tun, um seiner selbst willen und zum Wohle der Familie.

Pazifik

Auch wenn Walcher weniger Zeit zum Verstehen gebraucht hätte, das Boot war schon zehn, zwanzig Meter entfernt und zu schreien und zu winken hätte vermutlich wenig Sinn gehabt. Der Schiffsmotor röhrte wie der eines Rennwagens und an Deck war kein Mensch zu sehen.
Die Filmszene kennst du irgendwoher, dachte er, aber du bist kein Schauspieler und hier läuft etwas ab, was überhaupt nicht lustig ist. Machen die einen Spaß und kommen zurück? Nein, das sieht nicht danach aus. Schwimmen, jetzt ist Schwimmen angesagt. Der dunkle Streifen dort, die Küste, das ist dein Ziel, Walcher, also konzentriere dich darauf.

Wie lange war das Boot hinausgefahren? Einen Whisky Sour lang und so lange, wie ich brauchte, um eine passende Badehose aus einer Kiste zu angeln und sie anzuziehen. *Scheiße,* brüllte Walcher, hustete und brüllte noch einige Male, so laut er konnte, *Scheiße, Scheiße, Scheiße.*
Das Boot war nur noch als kleiner weißer Gischtkranz zu erkennen, unheimlich weit weg.
Denk nicht darüber nach, was hier abläuft, konzentrier dich aufs Überleben. Schwimm zügig in Richtung Küste, noch siehst du sie. Und wenn es dunkel wird, werden Lichter brennen. Also, keine Panik, denk auch nicht an die Viecher, die unter dir herumschwimmen, ruhig atmen, ein,aus. Frag auch nicht, warum du völlig naiv und vertrauensvoll mit einer Frau im Wasser plantschen wolltest, die in der Firma arbeitet über die du recherchierst.
Oh Mann, stöhnte Walcher in seiner Selbstunterhaltung, *wie kann jemand nur so bescheuert sein!*
Vor weiteren Selbstvorwürfen bewahrte ihn allerdings das orangefarbene Ding im Wasser vor ihm, das aussah wie ein Kinderspielzeug, sich aber als Schwimmweste entpuppte.
Es dauerte, bis er sie angezogen hatte und sich traute, an dem Metallring der kleinen Flasche zu ziehen, die an der Vorderseite befestigt war.
Zischend blähte sich die Weste auf und hielt ihn wie ein Korken über Wasser, auch als er nicht mehr mit den Beinen trat und mit den Armen ruderte. Gleichzeitig spürte er die wohltuende Wärme auf der Haut, jedenfalls dort, wo die Weste anlag.
Nun hatten sich seine Chancen zwar um einiges verbessert, was ihn aber nicht davon abhielt, dieses Miststück zu verfluchen, das ihn wie Haifutter von Bord gestoßen hatte.
Gab es im Pazifik welche?, überlegte er. Warum sollte es hier keine geben?, die Dinger sind doch überall. In der Dämmerung sollen sie weniger angriffslustig sein, bereiten sich auf die Nacht vor. Schlafen vermutlich schon. Wer ist mal von einem Wal gerettet worden? Jonas war das. Lange nicht mehr so viel geschwommen. Verdammt, Walcher, die wollen nix mit dir zu tun haben, gut, aber deswegen gleich ins Meer?

Nicht die feine Art. Aber warum dann eine Schwimmweste hinterherwerfen? Schwimmen, solltest du, dachte Walcher, schwimmen und nicht denken.
Die nächsten Minuten konzentrierte er sich auf seine Atmung und die Koordinierung von Bein- und Armbewegungen.
Er wusste, die Küste konnte er nur erreichen, wenn er nicht über die Aussichtslosigkeit seines Tuns nachdachte.
Wasser war noch nie sein Element gewesen und seine Schwimmkünste waren miserabel. Der Versuch des Vaters, ihn zum Schwimmsport zu animieren, war fehlgeschlagen, allerdings lag das an dem fiesen Schwimmlehrer, der ihm bereits in der ersten Stunde empfohlen hatte: „Walcher, melde dich bei den Tauchern, da wirste mehr Spaß haben."
Walcher schwamm und zwang sich, nach jedem zehnten Zug den Kopf zu heben und die Richtung zu kontrollieren.
Die Küste ja nicht aus den Augen verlieren, womöglich in Schlangenlinien oder im Kreis oder hinaus aufs offene Meer. Blödsinniger Begriff, offenes Meer, dachte Walcher, gibt es auch ein geschlossenes? An den Polen vielleicht.
Erste Lichter waren an der Küste angegangen.
Die Wassertemperatur empfand Walcher inzwischen als eisig, auch wenn er immer wieder durch wärmere Zonen schwamm. Muskeln und Sehnen in Armen und Beinen schmerzten, auch die Nackenmuskulatur.
Lockerer, du darfst dich nicht so verkrampfen, befahl er sich.
Wie viele Meter mochten es noch sein? Oder machte es mehr Sinn, in Kilometern zu denken? Wie lange braucht ein Boot für einen Kilometer? Einen Whiskey Sour lang, und dann noch einen für den Kleiderwechsel? Einen noch für das Geplänkel auf dem Sprungbrett? Also, drei oder vier?
Die Augen und vor allem die Schleimhäute in der Nase brannten wie Feuer. Im linken Ohr pfiff ein Dauerton, den er auch nicht abstellen konnte, indem er sich die Nase zuhielt und Gegendruck erzeugte. Das Pfeifen blieb.
Wie war das mit der Gleichung und einem Haufen unbekannter Größen? Wenn gleichzeitig ein Boot, ein Hai und ein Schwimmer an den Punkten A, B und C starteten ... er hatte diese

Aufgaben gehasst wie die Pest. Lebensfremden Nonsens zu berechnen, den sich irgendwelche sadistischen Mathematik-Autisten ausgedacht hatten.
Wer kam denn schon in die Situation ausrechnen zu müssen, wann er entweder von einer Bootsschraube zerstückelt oder von einem Hai zerlegt wurde? Da hatte es doch mehr Sinn, sich warme Gedanken zu machen, zum Beispiel von einem prasselnden Kaminfeuer, Irmi und Rolli, selbst das Bild des stinkenden Bärendrecks rief er auf. Das gab wieder etwas Kraft. Aber schon wenige Züge weiter kam die Kälte und dann verkrampfte sich die linke Wade. Nur kurz, eher ein Flimmern, aber es kam nun häufiger. Die Küste schien noch keinen Meter nähergerückt zu sein. Wann würde der Punkt kommen, dachte Walcher, an dem er einfach aufgab?
Er drehte sich auf den Rücken, paddelte nur locker mit den Armen und brüllte Flüche in die Nacht, denn inzwischen war es dunkel. Nicht so dunkel wie im Allgäu, aber immerhin so dunkel, dass er froh war, sich an den Lichtern von LIFUS City orientieren zu können.
Dass er fluchte, hatte einen einfachen Grund, singen oder pfeifen konnte er nicht mehr, denn sein Kiefer geriet dabei klappernd außer Kontrolle. Nur schreien ging noch, außerdem glaubte er, dass ihm wilde Flüche Wut gaben und Kraft. *Scheiß Kälte, scheiß Weiber, scheiß Job,* brüllte er wie ein Krieger, der sich aufpumpte, um die Angst vor der gegnerischen Keule zu überspielen.
Ganz schön zäh, der Herr Journalist, hörte er, aber er glaubte einer Einbildung aufgesessen zu sein und brüllte noch einmal in die Dunkelheit hinaus: *Scheiß Wasser, scheiß Weiber, Whiskey und Wohnheime.* Drehte sich auf den Bauch, weil er in Bauchlage schneller schwamm und suchte die Lichter an der Küste. Aber sie waren nicht mehr da. In Panik drehte er sich im Kreis, aber die Lichter waren verschwunden.
Die haben sie ausgemacht, nur um mir die Orientierung zu nehmen dachte er und am liebsten hätte er geweint, weil eine derart intensive Welle von Hoffnungslosigkeit ihn überrollte. Aber gleichzeitig brandete eine Welle von Wut auf und er

dachte: Ich werd es euch zeigen, euch den Arsch aufreißen, an die Öffentlichkeit zerren. Ich schaff' das, verdammt noch mal, ich schaff' das.
Wütend holte er Luft und machte einen Schwimmzug, als wäre er kurz vor dem Anschlag am Beckenrand und er stieß auch an, aber es klang hohl und eine Stimme kicherte: *Schiffbrüchiger rammt Retterin. Langsam, Herr Journalist, langsam, sonst müssen wir beide schwimmen.*
Da kapierte Walcher, dass ihm das Schicksal die Hand reichte, und er nahm sie.
Eine viertel Stunde dauerte es, bis Walcher die ersten Laute klappern konnte. Er lag in dem Schlafsack, in den ihn Nora gesteckt hatte, und nuckelte schlotternd vor Kälte in kleinen Schlucken ein scharfes Zeug, das nach Whiskey schmeckte. Dddddd, ddddddd, dddddd, es wollte kein Danke daraus werden, aber Nora verstand trotzdem. *Lass dir Zeit, nimm noch einen Schluck, ist die beste Medizin.*
Nach der halben Flasche ging es. Das Klappern ließ nach, auch wenn er immer noch erbärmlich fror. *Warum wolltest du mich umbringen? Doch sicher nicht, um mich dann auf die romantische Tour zu retten. Oder?*
Psst, du klapperst zwar nicht mehr so stark, aber dafür brüllst du wie ein Stadionsprecher. Ich erkläre es dir gleich, aber jetzt müssen wir still sein. Das ist nämlich die einzige Stelle, die nicht überwacht wird, weil ich diesen Sektor abgestellt habe. Die City wird rund um die Uhr auf der Land- und der Seeseite von Bewegungsmeldern und Kameras überwacht. Deshalb brauchen sie keine Zäune oder Mauern.
Nora schrammte das kleine Kunststoffboot etwa fünfhundert Meter vom Hafenbecken entfernt auf den Strand.
Der Elektromotor wimmerte kurz, aber nicht lauter als der Reißverschluss, den Nora aufzog, um Walcher zu befreien. *Häng ihn dir über, im Auto habe ich deine Sachen.*
Obwohl es dunkel war, nickte Walcher und wollte aufstehen und aus dem Boot klettern, aber seine Beine reagierten nicht, sondern zitterten nur. Nora stemmte Walcher hoch: *Halt dich an meinen Schultern fest. Wir müssen ein paar Meter laufen.*

Nach einigen unkontrollierten Schritten stakte Walcher wie ein Betrunkener auf Nora gestützt durch den Sand.
Es waren mühevolle hundert Meter, bis er auf der Rückbank des Wagens lag. Nora deckte ihn mit einem Badetuch zu: *Bin gleich wieder zurück, hole nur meine Sachen aus dem Boot und den Schlafsack, den haben wir verloren.*
Walcher kam es wie eine Ewigkeit vor, bis sie den Schlafsack auf ihn legte und ihm die Flasche in die Hand drückte.
Bleib erst mal liegen, bis wir aus dem Areal sind. Mein Auto kennt hier jeder, man sollte dich nicht sehen.
Nach einer weiteren Ewigkeit in der Walcher nur daran dachte, dass er zwar fror, aber auf der Rückbank eines Autos lag und offensichtlich lebte, rief Nora nach hinten: *Du liegst auf deinen Sachen, kannst dich jetzt anziehen. Die City liegt genügend weit hinter uns. Du kannst dann auch nach vorn kommen.*
Es dauerte, bis Walcher die nasse Badehose gegen seine Sachen getauscht hatte. Seine Hände zitterten, die Finger fühlten nichts, weder Knöpfe noch Knopflöcher. Deshalb blieb er hinten sitzen und hüllte sich wieder in die Decke. *Wie hast du mich eigentlich gefunden?*
Nachtsichtgerät, Infrarot, und vor allem der Peilsender in der Badehose, rief sie nach hinten. *Wir müssen noch eine gute Stunde fahren, magst du nicht doch nach vorn kommen, dann brauche ich nicht so zu brüllen?*
Nora fuhr an den Straßenrand und hielt, ohne auf seine Antwort zu warten. Immer noch steif und klapperig in den Knien, gebückt und behängt mit der Decke und dem Schlafsack, stieg Walcher hinten aus und vorne ein.
Nora war um den Wagen gelaufen, hielt ihm die Türen auf und musste grinsen.
Walcher stöhnte nur. Als sie wieder fuhren, bat er sie: *Bitte dreh die Heizung auf.*
Trink noch einen Schluck, das ist Wild Turkey, den dürfen nur Kampfschwimmer trinken.
Später, ich bin ohnehin schon fast besoffen, also, warum das alles, erklär es mir, aber sag mir vorher, wohin du mich fährst, Walchers Zähne schlugen langsamer aufeinander.

In Ordnung, nickte Nora, die in regelmäßigen Abständen in den Rückspiegel sah. Es war für Walcher nicht erkennbar, ob sie das aus Routine tat oder weil sie einen Verfolger befürchtete. Sie wirkte ruhig und fuhr ohne Anzeichen einer Anspannung in gemütlichem Tempo auf dem Highway, der nur von wenigen Autos befahren wurde.

Wir fahren in Richtung Santa Barbara. Dort habe ich ein kleines Fischerhaus, das ich vermiete, aber zurzeit steht es leer. Ich dachte mir, dass du dich dort aufwärmen kannst und dann nach Hause fliegst, aber nicht von LA aus, denke, das ist zu gefährlich.

Wieso gefährlich?

Jetzt sind wir bei deiner Frage, warum das alles? Du hast etwas ausgesprochen, was die Bosse in Panik versetzt hat. Das Schlüsselwort war Medikamententest. Nicht dass in LIFUS City Medikamente getestet werden, aber in einigen anderen Altersheimen.

Deine Fragerei im Bürgerforum war der Anstoß zu einem Notplan. Ich nahm den Telefonanruf an, der eigentlich meiner Kollegin gegolten hatte, sie gehört zum Sicherheitsdienst. Deshalb spielte ich die Rolle, auch weil der Typ, der das Boot steuerte, ebenfalls zum Sicherheitsdienst gehört. Diese Leute sind mir unheimlich, die waren alle mal Söldner und schrecken vor nichts zurück. Und wenn nicht ich dich ins Meer gestoßen hätte, wer weiß, vielleicht hätte er dich dann einfach abgeknallt.

Irgendwie glaube ich das alles nicht, schüttelte Walcher den Kopf. *Niemand kann allen Ernstes glauben, Versuchsreihen an Menschen geheim zu halten, und das noch dazu in Altersheimen, in denen besorgte Töchter und Söhne ein- und ausgehen.*

Diesmal schüttelte Nora den Kopf: *Wir haben da ziemlich ernüchternde Statistiken, was die Besuchshäufigkeit der Kinder betrifft. Der Nachwuchs tritt meist nur auf, wenn es sich um Erbschaftsangelegenheiten handelt oder wenn er Kohle braucht. Glaube mir, das ist ziemlich heftig, was du da so alles erleben kannst.*

In Ordnung, das glaube ich ja alles, aber dass es bei euch einen Menschen geben soll, der den Befehl gibt, einen Journalisten aus Deutschland ins Wasser zu stoßen und ersaufen zu lassen, das kann ich mir einfach nicht vorstellen. Außerdem habe ich überhaupt nichts herausgefunden und Medikamententests sind letztlich nicht

strafbar, wenn man sich an die gesetzlichen Vorgaben hält. Also, deshalb bringt man niemanden um. Oder ist das ein Betrieb der CIA? Walcher nahm einen kleinen Schluck Wild Turkey, er gab ihm verlorene Kraft zurück, glaubte er jedenfalls. Zudem stellte er fest, dass er dadurch immer flüssiger Noras Amerikanisch übersetzte.
Nora lachte und schüttelte den Kopf: *CIA! Wenn ich die Liste der Bewohner und Investoren ansehe, wäre ich mir da gar nicht so sicher, ob das nicht das Altersheim des Weißen Hauses ist.*
Du hast eine Liste?
Dir scheint es ja wieder besser zu gehen, ja ich habe eine Liste.
Welche Rolle spielst du bei dem Verein?
Ich arbeitete in dem Architektenbüro das die City plante. Schon dazu hatte ich mich ganz gezielt beworben und als ich dann nicht mehr gebraucht wurde, haben sie mich bei der Stadtverwaltung angestellt. Ich bin in Santa Barbara aufgewachsen, habe in LA studiert, aber Architekten gibt es wie Sand am Meer. Apropos Meer, wir sind gleich da.
Sie fuhr von der Schnellstraße ab und nacheinander auf immer ungepflegtere Straßen. Es schien, als näherten sie sich dem Urzustand aller Straßen, dem Trampelpfad. Am Schluss hielt sie auf einem Feldweg vor einem kleinen Steinhaus, das in einer zum Meer hin offenen Mulde stand.
Es war zwar dunkel und Walcher begann in dem Moment, in dem er den überheizten Wagen verließ, zu frieren, aber der Blick war gigantisch.
Vor ihnen lag der Pazifik, als hätte eine Riesenhand die Hügel und Berge einfach flach gedrückt und sauber zu einer überdimensionalen Parkfläche eingeebnet, nur dass darauf keine Autos parkten.

Nie wieder Wasser, hatte Walcher erst abgelehnt, aber dann lag er eine halbe Stunde lang in der Badewanne und ließ ständig heißes Wasser nachlaufen. Dazu trank er in kleinen Schlucken heißen Tee, der nach Pferdeschweiß schmeckte.
Als er aus der Wanne stieg, fühlte er sich warm und bildete sich ein, das nasskalte Grauen abgehakt zu haben.

Nora bestand darauf, dass sich Walcher sofort ins Bett legte und mit einem Öl einreiben ließ. Dann deckte sie ihn mit mehreren Decken zu. *Der Tee und das Öl sind indianische Heilmittel und werden dir Fieber machen. Aber morgen wirst du dich fühlen, als wäre nichts geschehen.*
Walcher nickte widerstandslos: *Beantworte mir noch eine Frage. Was hättest du gemacht, wenn du mich nicht gefunden hättest?*
Nora sah ihn an und überlegte. *Ich habe dich gefunden, alles andere zählt nicht. Außerdem hättest du die letzten paar Meter auch noch geschafft und davon bin ich ohnehin ausgegangen, und jetzt schlaf.*
Wo sind mein Koffer und meine Papiere?, flüsterte Walcher mit halb geschlossenen Augen.
Deine Papiere, Handy und ein paar Kleinigkeiten liegen im Auto, den Koffer mitzunehmen wäre aufgefallen, außerdem war die Zeit zu knapp. Auch meine Sachen liegen noch in meinem Apartment. Aber darüber reden wir morgen. Wir sind hier absolut sicher, denn dieses Haus kennt niemand aus der City.
Warum machst du das, setzt deinen Job oder vielleicht sogar mehr aufs Spiel? Walcher war kaum noch zu verstehen.
Das ist eine längere Geschichte. Wenn ich die jetzt anfange, bist du vermutlich eingeschlafen und ich muss sie morgen noch einmal erzählen. Nora nickte, denn Walcher war bereits eingeschlafen.

Ermittlungsalltag

Brunner! Bei schlechter Laune meldete sich der Kommissar in einem Ton, der eindeutig als Warnung verstanden werden musste. Kein Wunder, dass es bei einer solchen Gelegenheit den meisten Anrufern erst einmal die Sprache verschlug.
Äh ... Burger hier ... Margarete ... äh ... mir hätten da was gefunden ... was ...
Gute Frau, hier ist das Kommissariat für Kapitalverbrechen, fauchte Brunner, *wenn es nicht gerade eine Leiche ist, die Sie gefunden haben, sind Sie hier falsch.*

Margarete Burger war zwar nicht die Hellste, aber sie war eine Allgäuerin, und die gaben nicht so schnell auf. *Burger ... Margarete ... die Frau ... äh ... die Witwe vom Burger Hermann ... den's im See .. .*
Nach solchen Schlüsselbegriffen funktionierte Brunners Gehirn wie ein Computer und öffnete den Ordner Seeleiche, Seniorenresidenz und auch den Ordner mit dem Leitfaden: Umgang mit Zeugen. *Ah ja, die Frau Burger, ich habe Ihren Namen nicht gleich verstanden. Was haben Sie denn gefunden?*
Frau Burger war bereits zum dritten Mal weiter verbunden worden, weil sie den Kommissar hatte sprechen wollen, der für die Leiche im See zuständig wäre, jetzt konnte sie endlich vom Ergebnis ihrer Hausdurchsuchung berichten.
Nachdem sie alle Kisten und Kästen, Schränke und Schubladen vom Keller bis auf die Bühne hinauf durchwühlt hatte, ohne etwas über eine Geliebte oder so gefunden zu haben, habe der Sohn auch nochmal nachgesehen.
Im Schrank, wo der Hermann den ganzen Papierkram fürs Finanzamt aufbewahrt hatte, dort sei der Sohn auch auf nichts gestoßen, was mit einer Geliebten zu tun gehabt hätte, jedenfalls nicht auf den ersten Blick. Erst als er in Konto-auszügen geblättert habe, weil ihn die Höhe vom Milchgeld des Vaters mit seinen 15 Kühen interessierte, wo doch der Sohn über 50 hätte und trotzdem...
Gute Frau Burger, hatte an dieser Stelle Brunner eingehakt und sie gebeten, auf den Punkt zu kommen. Das wirkte, allerdings nicht, wie es sich der Kommissar vorgestellt hatte.
Frau Burger fing an zu weinen und brach die Verbindung ab. Brunner fluchte und schickte den Kollegen Wehrle nach Lindenberg, dem Wohnsitz der Burgers, damit dieser vor Ort die Frau in aller Ruhe nach ihrem Fund befragen konnte.
Sollte Frau Burger in der Zwischenzeit noch einmal bei ihm anrufen, wies er seine Assistentin Barbara an, so wäre er in einer wichtigen Besprechung und der Kommissar Wehrle auf dem Weg zu ihr nach Lindenberg.
Als Brunner dann gegen 18.30 Uhr sein Büro verlassen wollte, stieß er mit dem herein stürmenden Wehrle zusammen.

Seit Frau Burgers Anruf waren fünf Stunden vergangen und eine wertvolle Arbeitskraft war einen halben Tag blockiert gewesen, warf sich Brunner im Stillen vor, wurde aber durch Wehrles Enthusiasmus versöhnt, der überzeugt war, eine neue Spur aufgetan zu haben.
Ich habe die ganze Zeit während der Herfahrt gegrübelt, wie das zusammenpassen könnte. Ein Mietwagen vom Flughafen Stuttgart steht an dem Wochenende an der Liftstation Diedamskopf, an dem dort der Steurer in eine Schlucht stürzt. Das Auto wird mit einem Ausweis gebucht, der zu einer Leiche im See gehört, nämlich von Hermann Burger. Von Burgers Konto sind über drei Jahre lang die Beiträge einer Lebensversicherung monatlich abgebucht worden, bis ein halbes Jahr nach seinem Tod, hat der Leiter der Raiffeisenkasse festgestellt, bei dem ich gleich nach dem Gespräch mit der Burger war. Ich habe dann bei der Versicherung angerufen und den Namen des Sachbearbeiters erfragt. Sprechen konnte ich mit ihm nicht mehr, der war schon im Feierabend.
Brunner deutete Wehrles begehrlichen Blick richtig, zeigte auf die Weltkugelbar und wollte wissen, ob der Herr Kommissar der Meinung sei, einen Williams verdient zu haben.
Kommissar Wehrle war der Meinung, und so stießen sie auf die neue Spur an.
Wenn in Burgers Haus keine Versicherungspolice gefunden wurde, überlegte Wehrle laut, *dann hatte er sie woanders deponiert oder er hat sie für jemand anderes bezahlt. Du glaubst nicht, wie gespannt ich auf das Gespräch morgen mit dem Versicherungsmenschen bin,* verabschiedete sich Wehrle, weil ihn Brunner aus dem Büro geschoben hatte. *Ich bin seit einer halben Stunde mit meiner Frau verabredet. Ich höre morgen von dir.*
Brunner rief seine Frau auf dem Handy an und kündigte an, nun auf dem Weg zu sein. Er ließ sein Auto auf dem Parkplatz stehen und ging zu Fuß hinunter auf die Insel.
Um diese Zeit herrschte immer noch das Chaos und während der Ferienzeit auf der Insel einen Parkplatz zu finden, gehörte zu den eher seltenen Glücksfällen. Außerdem konnte Brunner in Ruhe über den Fall nachdenken, der sich mehr und mehr zu einem monströsen Gebilde entwickelt hatte.

War Burger ein neuer Fall, der mit der Seniorenresidenz zu tun hatte? War der Mietwagen ein Bindeglied der Fälle Steurer und Burger? Das Attentat auf die Amerikaner, Meinrat, Steurer ... er würde alle Todesfälle in dem Altersheim ... pardon, in der Seniorenresidenz, verbesserte er in Gedanken an Cordes, überprüfen müssen. Einer nach dem anderen oder besser alle gleichzeitig und wenn er alle Toten der Residenz ausgraben lassen musste. Exhumierungen, nichts hasste er mehr. Um was, verdammt noch mal, ging es eigentlich? Weiter kam Brunner nicht, er stand vor dem Tisch, an dem eine Frau saß, die ihm bekannt vorkam, und hörte, wie sie sagte: *Schön, dass wir uns einmal kennen lernen, mein Name ist Monica Brunner, gelernte Bibliothekarin, verheiratet mit dem Kommissar Brunner, den ich allerdings so selten sehe, dass ich auch durchaus mal mit Ihnen ... wie war doch gleich Ihr Name?*

Komm, sei nicht so streng mit mir, bettelte Brunner, *ich habe mich doch nur eine knappe Stunde verspätet und war in der letzten Zeit beinahe jeden Abend zu Hause. Ich kann doch auch nichts dafür, hab' da halt wieder mal so einen Fall ...*

Alte Sünden

Kommissar Wehrle glühte förmlich, als er kurz vor Mittag des nächsten Tages in Brunners Büro stürmte.

Bingo, bingo, bingo, ich glaube, wir können bald ein Fass aufmachen!

Brunner deutete auf die Ledercouch und setzte sich auf das Eckteil. Seine Miene strahlte mäßiges Interesse aus.

Es gibt, nein, gab eine gewisse Frau Sonja Fischer, auf deren Namen die Police lief, die von Burgers Konto abgebucht wurde.

Wehrle sah Brunner beifallheischend an, aber der nickte nur.

Frau Fischers Adresse, pass auf, jetzt kommt's, erhöhte Wehrle die Spannung, *lautet ...*

Seniorenresidenz LIFUS, Grünenbach im Allgäu, ergänzte Brunner und bewies damit einmal mehr, dass er durchaus ein

ziemlich fieser Spielverderber sein konnte, jedenfalls dachte sich das Wehrle. Etwas angesäuert fuhr er fort: *Dann weißt du vermutlich auch, warum die Monatsbeiträge nur noch ein halbes Jahr nach seinem Verschwinden abgebucht wurden und wer der Nutznießer der Versicherung war.*
Jetzt sei nicht sauer, aber das liegt doch wirklich auf der Hand, beschwichtigte Brunner.
Na dann sag's! Wehrle verschränkte schmollend seine Arme.
Gut, dann weißt du auch, warum ich noch dein Vorgesetzter bin, lächelte Brunner, der wohl Spaß an dem Spiel hatte. *Die versicherte Person Fischer starb ein halbes Jahr, nachdem Burger verschwunden war, ganz klar. Und der Nutznießer der Versicherung ist vermutlich die Seniorenresidenz LIFUS oder der Geschäftsführer.*
Nur halb richtig, Wehrle schien wieder versöhnt. *Frau Fischer starb, das stimmt, aber der Nutznießer ist weder die Residenz noch der Geschäftsführer, das wäre ja wohl auch zu einfach, sondern die Seniorenselbstverwaltung e. V. hat die Summe erhalten, immerhin 80 000 Euro.*
Der Oberst, sieh an, stellte Brunner fest. *Da werden wir morgen doch gleich mal anklopfen, was meinst du?*
Wehrle nickte, hatte aber noch eine weitere Information auf Lager. *Der Sachbearbeiter wies mich darauf hin, dass trotz großer Skepsis die Versicherungssumme ausbezahlt wurde. Allerdings war der Untersuchungsbericht der Polizei eindeutig und mit allem Pipapo. Persönlich fand er es aber sehr seltsam, dass eine Dame im Alter von 73 Jahren ausgerechnet bei einer Wanderung durch die nähere Umgebung in einer ungenügend gesicherten Jauchegrube eines nicht mehr bewirtschafteten Bauernhofes eingebrochen und an den Gasen erstickt war. Aber die Versicherungssumme, eine reine Risikoversicherung, sei ja nicht besonders hoch und eigentlich nur ein Zugeständnis an den Versicherungsmakler gewesen. Manchmal musste man zu solchen Verträgen das O. k. geben, ansonsten würden Anträge mit einem so hohen Alter der zu versichernden Person in der Regel abgelehnt.*
Wer war der Makler?, wollte Brunner wissen.
Damit wollte der Sachbearbeiter nicht herausrücken, er müsse erst

einmal die Geschäftsleitung informieren, zuckte Wehrle die Achseln.

Dann mach' ihm Feuer unterm Hintern. Ich will den Namen des Versicherungsmaklers und alle Namen der LIFUS-Bewohner, die sie versichert haben. Dann gehst du die Akte Fischer durch und alle Unfälle mit Todesfolge, die irgendetwas mit der Residenz zu tun haben könnten. Auch den Fall Burger müssen wir bearbeiten, denn offensichtlich war die Frau Fischer mit ihm liiert oder so etwas. Vielleicht hatte sie ihm etwas über die Seniorenresidenz erzählt, was er nicht wissen durfte. Vielleicht gibt es in Frau Fischers Umfeld Hinweise, in welchem Verhältnis sie zu Burger stand, eine alte Sünde vielleicht. Wie ist der Burger in den See gekommen? Wer hat ihn umgebracht? Wir haben noch einiges zu tun, du wirst Verstärkung brauchen, gibt dem Adler was ab und auch Aumiller. Heute Nachmittag machen wir eine Besprechung, ist höchste Zeit.

Brunner drückte den Knopf der Gegensprechanlage. *Frau Müller, heute Nachmittag, 17 Uhr, Teambesprechung bei mir. Aumiller, Adler, Wehrle und natürlich du. Wehrle kennt den Termin schon, sei so gut und lade die anderen ein. Danke. Unglaublich,* schüttelte Brunner den Kopf, *wenn das sich so verhält, wie ich denke, dann läuft da eine Oberscheiße ab. Die machen ihre Kohle nicht nur mit den überhöhten Heimkosten oder Pflegesätzen oder weil sie am Essen sparen ... die murksen die Alten einfach mir nichts, dir nichts ab und schieben die Versicherungskohle ein. Allerdings erst, nachdem sie auch noch Pillen getestet haben. Und ich habe mir immer vorgestellt, wenn ich mal nicht mehr den Hintern eigenständig aufs Klo setzen kann, miete ich mich in so einem Laden ein.*

Wehrle lief zu ungeahnter Form auf und bot seinem Chef an: *Bevor Sie diesen Geiern auch nur einen müden Cent in den Rachen schmeißen, kommen Sie zu mir. Ich adoptiere Sie als meinen Opa, baue die Garage rollstuhlgerecht mit Dusche, WC und Breitbandkabel für den Fernseher aus und wickle Sie dann zweimal die Woche. Öfter haben unsere Großväter ihre Unterhosen auch nicht gewechselt, oder?*

In Brunners Blick lag derselbe Weltschmerz, als hätte ihm Kriminaloberrat Heilmayer, sein Vorgesetzter, schon wieder

einmal zur Begrüßung anstelle der Hand den Ausdruck seiner Spesenabrechnung gereicht.
Mein lieber Wehrle, ich hatte kurz den Eindruck, du hättest dich in der letzten Zeit etwas entwickelt, knurrte Brunner.

Wasserleiche

Können Sie überhaupt noch etwas herausfinden?, wollte Brunner wissen und es klang ein bisschen nach einem Vorwurf.
Natürlich, aber tun Sie nicht so, als ob ich etwas dafür könnte, verdammt noch mal. Hättet halt den lumpigen Knochenhaufen früher finden sollen. Dr. Kantler wurde von den meisten Kollegen nicht ohne Grund Dr. Kantholz genannt.
Brunner überging den Gegenstoß: *Und was wäre das?*
Zum Beispiel das Alter, das Geschlecht, Ernährungsqualität, Knochenfrakturen ...
Aber das wissen wir doch schon alles, unterbrach ihn Brunner.
Nein, das nehmen Sie an, korrigierte ihn der Gerichtsmediziner, *weil bei seinen spärlichen Resten eine Bankkarte gefunden wurde. Ebenso gut kann die ihm aber auch zugesteckt worden sein.*
Aber ich dachte, die Identität wäre durch einen DNA-Vergleich zweifelsfrei erwiesen, stutzte Brunner.
Ja ja, Sie haben ja Recht, gestand Dr. Kantler ein, *das hatte ich vergessen. Wir haben hier zur Zeit etwas viel zu tun, allein schon Ihr Dezernat und dann die Leichen aus Kempten, seit der Kollege dort wieder einmal seine Jahreskur absolviert.*
Dr. Kantler erledigte offenbar nebenher etwas anderes, deutlich waren die Geräusche eines Elektromotors zu hören.
Ich störe Sie?, wollte deshalb Brunner wissen.
Nö nö, mein Kollege sägt nur gerade eine Schädeldecke auf. Also, kriminaltechnisch bringt das nicht mehr viel. Der Untersuchungsaufwand ist immens hoch und was dabei herauskommt, macht eigentlich nur noch Anthropologen Spaß. Das Einzige, mit dem ich dienen kann, aber auch das müsste, um Beweiskraft zu erlangen, erst mit ähnlichen Fällen verglichen werden, ist die vermutliche

Todesursache. Ich vermute, dass dieser Mensch aus großer Höhe ungebremst auf dem Boden aufgeschlagen ist. Einige seiner Knochen sind gestaucht worden, bevor sie brachen. Und dann ist da noch etwas ... machen Sie doch nicht eine solche Sauerei!
Dr. Kantler räusperte sich: *Das galt nicht Ihnen, entschuldigen Sie. Wo war ich, ah ja, die Knochen. Das Skelett weist eine ziemlich hohe Anzahl von Frakturen auf, die post mortem entstanden sind und zwar nach einem Zeitraum von mindestens einem halben Jahr. Können Sie damit etwas anfangen?*
Ja, also ..., Brunner hatte plötzlich das Bild der 50 Meter hohen Brücke vor Augen, als er mit Walcher im Eistobel war.
Er hatte hinaufgeschaut und berufsbedingt automatisch an Selbstmörder gedacht.
Was ist los? Ich habe Sie gefragt, ob Sie was damit anfangen können?, fasste Dr. Kantler noch mal nach.
Doch ... ja ..., könnten die Brüche davon herstammen, dass jemand von einer 50 Meter hohen Brücke in ein Flussbett gestürzt ist, dort erst mal liegen blieb und dann bei einem Hochwasser abgetrieben und dabei an Felsen stieß oder von größerem Treibholz gequetscht wurde, oder so ähnlich?
Ist vorstellbar, kam es von Dr. Kantler, *Ihr Anfang stimmt allerdings nur, wenn der Fluss sehr niedrig war und felsigen Grund hatte. Die Stauchungen der Knochenstruktur ähneln jenen, wie ich sie von abgestürzten Bergsteigern her kenne. Und was die Frakturen betrifft, wenn nach einer gewissen Lagerzeit der Leichnam bei einem Hochwasser abtransportiert wird, kann es durchaus zu Frakturen kommen, wie sie das Skelett aufweist.*
Brunner nickte versonnen, auch wenn das sein Gesprächspartner nicht sehen konnte. *Haben Sie herzlichen Dank, Doktor Kantler, Sie haben mir wirklich sehr geholfen.*
Das hört sich an, kam es vom Pathologen, *als wollten Sie mich demnächst zu einem Ihrer feinen Destillate einladen.*
Versprochen, mein lieber Doktor.
Na dann.

Nein, wir haben nicht, lächelte Nora, als sie gleichzeitig aufwachten und sich ansahen. *Es ist nur das einzige Bett im Haus und außerdem habe ich dich einige Male beruhigen müssen, vermutlich hast du gegen Haie gekämpft.*
Walcher nickte und seufzte: *Eigentlich schade, wo doch heute so etwas wie mein erster Geburtstag ist.*
Typisch, stöhnte Nora, setzte sich auf und verließ das Bett.
Sie trug einen Schlafanzug, der auch noch für eine doppelt so große Person gepasst hätte. Trotzdem sah sie sehr verlockend darin aus. Walcher dachte kurz daran, was geschehen könnte, wenn Nora wieder zurück ins Bett käme. Aber dies war keine Situation für Sex. Oder doch?
Eine viertel Stunde später war der Anflug von Lust vergessen. Nora hatte auf der Terrasse mit Meerblick den Tisch mit einem frugalen Frühstück gedeckt. Kaffee, Zwieback, Marmelade, Erdnussbutter. *Ich kam nicht dazu, noch was einzukaufen, und in der Küche lag nichts anderes herum,* entschuldigte sie sich mit einem leichten Achselzucken.
Bestens, mein Magen nimmt mir ohnehin noch den Whiskey von gestern übel und außerdem macht dieser Ausblick auch satt.
Der war wirklich imposant. Wie in einer Schüssel, begrenzt von den Berge links und rechts, lag das Meer im Morgenlicht. Flüssigem Silber gleich, nur durchzogen von Wasserstraßen, gepflügt von einer Armada von Frachtern, Tankern, großen und kleinen Booten, Segelschiffen und Fischkuttern.
Erstaunlich, wie lange sich die Spuren im Wasser hielten, als wären es Wunden, die eine gewisse Zeit der Heilung benötigten.
Wenn du hinunter steigst, deutete Nora auf die Stufen, die neben der Terrasse nach unten verschwanden, *kommst du zu einem traumhaften Strand und den Booten der Fischer, die hier lebten. Auch mein Vater war Fischer,* begann Nora und zündete sich dabei eine Zigarette an. *Als Mutter starb, wurde er traurig und versoff die Tage und seine Erinnerungen. Ich habe ihn zum Umzug in ein Seniorenheim überredet, anstatt ihn hier zu lassen.*

An den Wochenenden holte ich ihn und wir fuhren hier hinaus. Er saß dann stundenlang, starrte hinunter und seine Augen weinten leise. Nora drückte die Zigarette in einen Spalt zwischen den Steinplatten: *Ein halbes Jahr später war Vater tot.*
Er hatte aber nicht nur an einer Depression gelitten, ihm waren auch alle Haare, Fingernägel und Zehnägel ausgefallen.
Die Ärzte, zu denen ich ihn brachte, waren ratlos. Damals wäre ich niemals auf die Idee gekommen, dass an den Bewohnern des Heims neue Medikamente getestet wurden.
Nur durch Zufall erfuhr ich von einem ähnlichen Fall, einem Mann, der an denselben Symptomen starb. Ich bekam eine unsägliche Wut, begann nachzuforschen und erhielt in dem Heim eine Stelle als Pflegerin. Dann bewarb ich mich bei dem Architektenbüro, das die Ausschreibung für LIFUS City gewonnen hatte.
Ich habe Material gesammelt, das ausreichen müsste, um eine Untersuchung anzuleiern. An meiner Seite stehen noch andere, deren Eltern auch in Altenheimen an unerklärlichen Krankheiten gestorben sind.
Alle Details dieser Fälle haben wir zusammengetragen und wollten demnächst an zur Staatsanwaltschaft und gleichzeitig an die Presse gehen, obwohl die meisten von uns mit der Staatsgewalt bereits erschreckende Erfahrungen gemacht haben.
Nora zündete sich eine Zigarette an, zog zweimal daran und drückte sie zu der anderen in den Spalt. Dann sah sie Walcher an. Sie hatte vermutlich alles gesagt, was sie zu sagen hatte, und wartete nun auf Walchers Reaktion.
Und ich hatte schon befürchtet, dass ich außer bunten Prospekten nichts nach Hause bringen würde. Ich kann dir versprechen, dass ich alles tun werde, um diese Schweinerei öffentlich zu machen.
Ein Unfall, der aber wohl ein Mord war, gab den Anstoß zu meinen Recherchen. Inzwischen gibt es mehrere Todesfälle und die Staatsanwaltschaft hat ein Verfahren eingeleitet. Die Ermittlungen leitet ein Polizist, mit dem ich befreundet bin. Dem würde ich deine, eure Sammlung geben und auch meinem Freund hier in den Staaten, der ermittelt ebenfalls gegen die LIFUS-Leute.
Nora lächelte Walcher zu, aber es war ein ernstes Lächeln.
Du bekommst unsere CD, auf der wir alles gesammelt haben.

Das Original liegt in einem Banksafe in LA. Wir können nicht vorsichtig genug sein, es sind sehr mächtige Leute bis hinauf in die Regierung, die vor nichts zurückschrecken. Vor allem der Konzern, zu dem LIFUS gehört.
GMC?, schob Walcher ein.
Global Medical Care, ja.
Ich stehe erst am Anfang, winkte Walcher ab, *und habe außer der Vernetzung einiger Firmen, einigen Vermutungen und vagen Anschuldigungen so gut wie keine Beweise für unerlaubte oder gar gefährliche Testreihen von chemischen Substanzen oder neuen Medikamenten. Die Todesfälle in Deutschland können, müssen aber nicht unbedingt damit etwas zu tun haben, aber das werden wir herausfinden. Vermutlich werden sie auch nicht in allen Heimen diese Tests machen.*
Wir, fragte Nora, *bedeutet das, dass wir zusammenarbeiten, oder meinst du deinen Freund und die Polizei?*
Warum nicht?, lächelte Walcher und dachte an Medongh. *Ein weiterer Schritt zu einem globalen Ermittlernetzwerk. Was die Großen können, das schaffen wir auch.*
Nora war aus ihrem Korbstuhl gesprungen und hatte Walcher umarmt. *Für heute Abend trommle ich die Gruppe zusammen und dann bekommst du auch gleich die Unterlagen. Dein Rückflug könnte gefährlich sein. Es ist kein Problem herauszufinden, mit welcher Maschine du fliegst. Vielleicht solltest du einen neuen Flug buchen und von San Diego abfliegen, ich würde dich hinfahren. Ich habe zwar bei meinem Boss einen Zettel hinterlassen, auf dem ich mich für eine Woche Urlaub abgemeldet habe, aber vielleicht ahnen sie, dass irgendetwas nicht stimmt. Sie werden das Boot entdeckt haben und auch, dass eine Nachtsichtausrüstung fehlt. Der Typ, der das Boot steuerte, hat zwar gesehen, wie ich dich ins Meer gestoßen habe, aber damit ist noch nichts bewiesen.*
Die sind clever, die können die Spuren richtig deuten und werden vermuten, dass ich dich wieder aus dem Wasser gefischt habe.
Walcher überlegte laut: *Ich werde erst einmal mit meinem Freund sprechen, vielleicht sieht der eine andere Möglichkeit, mich nach Europa zurückzubringen. Ich müsste telefonieren.*
Dein Handy liegt im Auto, kannst du damit hier telefonieren?,

fragte Nora. Walcher nickte. Wenige Minuten später hatte er Hinteregger am Apparat und fasste kurz zusammen, was geschehen war. Walcher empfand dabei ein wunderbares Gefühl der Erleichterung, den Freund in der Nähe zu wissen. Später erzählte er Nora, die ebenfalls telefoniert hatte, von seinem Gespräch. *Ich werde meinen Freund morgen Abend in LA treffen, er ist sehr an eurer Sammlung interessiert. Wenn du willst, kommst du einfach mit, lernst ihn kennen und übergibst ihm selbst deine Informationen.*

Gut, und heute Abend, strahlte Nora, *wirst du meine Freunde kennen lernen, sie kommen alle und bringen mit, was wir über GMC gesammelt haben.*

Dass Nora ihn nach der Ankündigung des Abendprogramms nocheinmal umarmte, fand er nicht unangenehm. Außerdem war sie seine Retterin. *Und was machen wir, bis es Abend ist? Vielleicht sollten wir uns umhorchen, was die City-Leute machen?* Nora schüttelte den Kopf. *Das erfahren wir heute Abend in den News. Wir gehen erst einkaufen, dann schwimmen wir und dann kochen wir was für die Party,* grinste sie, etwas hinterhältig, wie Walcher fand, jedenfalls was ihren Vorschlag betraf, schwimmen zu gehen.

Einkaufen und Party vorbereiten ist in Ordnung, nickte er, *aber schwimmen werde ich künftig nur noch in der Badewanne.*

Eigentlich war dies witzig gemeint, doch die Erinnerung überfiel ihn wie ein Sekundentraum.

Er sah sich, aus der Perspektive eines Vogels, als winzigen Punkt heller Haut in einer unendlichen blaugrauen Wasserwüste. Dann fuhr die Kamera von vorn zu einem angstverzerrten Gesicht, dessen gerötete Augen weit aufgerissen waren, wie der Mund, aus dem ein Brei von Algen, Tentakel und kleinen silbernen, zappelnden Fischen quoll. Dann versank der Spuk in den Wellen.

Walchers Magen verkrampfte sich, Schweißperlen tropften auf den Terrassenboden, obwohl der Morgen angenehm kühl war und die Sonne noch hinterm Haus stand.

Er fühlte sich kotzübel, schloss die Augen und riss sie im selben Moment wieder auf, denn da war wieder dieses grässliche

Bild erschienen, das Gesicht mit den rot geränderten Augen und dem aufgerissenen Mund tauchte aus dem Wasser auf und schnappte krampfhaft nach Luft, die Arme schlugen wild und wirr ins Wasser und versuchten, den riesigen Tentakel abzuwehren, der sich um den Kopf legte und ihn in die Wasserwelt zog. Er riss und rüttelte an dem schleimigen grifflosen Ding, aber es hielt ihn fest umklammert, dennoch verlor es plötzlich die Bedrohung, wurde warm, streichelte ihn, irgendwie zärtlich. Walcher schlug die Augen auf und sah in das besorgte Gesicht Noras.

Hatte ich ... war das ein Alptraum am Tag?, flüsterte er.

Was hast du denn gerade erlebt? Nora, die Walchers Kopf mit beiden Händen gedrückt hatte, ließ ihn los und setzte sich in ihren Stuhl zurück, aus dem sie aufgesprungen war, als Walcher sich vorgebeugt und das karge Frühstück erbrochen hatte. *Vielleicht war ja auch nur die Erdnussbutter schlecht,* lächelte sie.

Aber als Walcher beschrieb, was ihm gerade durch den Kopf gezuckt war, schüttelte sie den Kopf: *Trauma, du bist traumatisiert und hast vermutlich außerdem zu viel Salzwasser geschluckt. So war das auch heute Nacht. Da musst du durch. Das Beste ist, wir gehen sofort einkaufen, damit dich die Realität einholt.*

Mit einem Blick auf die Uhr meinte Nora: *Jetzt beginnt gerade die geplante Suche nach dem vermissten Journalisten, der sich gestern Abend noch ein Boot ausgeliehen hat, um ein bisschen die Einsamkeit auf dem Meer zu genießen. Das Hotel hat vermutlich soeben den Sicherheitsdienst angerufen und das leere Bett gemeldet. Alle Boote werden hinausfahren, die halbe Stadt, aber man wird nur ein gekentertes leeres Boot finden. Der Journalist wird für immer verschwunden sein oder vielleicht an die Küste geschwemmt werden, irgendwann. Ein bedauerlicher Unfall, wo doch der Herr aus Deutschland so begeistert von LIFUS City war.*

Ah ja, machte Walcher, *ich habe mich schon gewundert, dass die sich trauen, einen Journalisten so einfach umzubringen, das lockt nämlich ganze Scharen von Kollegen auf den Plan.*

Der Geliebte

Lothar seufzte abgrundtief, legte den Hörer des altmodischen Telefons auf die Gabel, rieb sein heißes, rechtes Ohrläppchen und sah traurig auf die alte Schullandkarte, die über dem Telefontischchen hing. Hamburg und ein Punkt im Allgäu waren jeweils durch eine dicke Hutnadel markiert und mit einem roten Faden verbunden. Lothar seufzte noch einmal, allerdings klang es diesmal eher wie ein qualvolles Stöhnen, denn die Entfernung zu seinem Claus war einfach grässlich. Er setzte sich in den Ohrensessel, in dem vermutlich schon sein Urgroßvater gelümmelt hatte, nahm das schwere Handbuch der Anatomie auf die Knie und blätterte darin.
Bevor Claus angerufen hatte, war er auf der Suche nach der englischen Bezeichnung für den Plexus chorioideus gewesen. Er musste einen Bericht über Anfälligkeiten des Bewegungszentrums im menschlichen Gehirn übersetzen, aber seine Gedanken waren woanders. Lothar klappte den schweren Schinken zu und ließ ihn auf den Fußboden plumpsen.
Wie bei einem Dopplereffekt hörte er ein ähnlich dumpfes Geräusch, eine Zehntelsekunde versetzt. Sie schien aus der Wohnung darüber gekommen zu sein. Spielerisch hob Lothar das Buch an und ließ es nochmals auf den Boden fallen.
Dieses Mal folgte kein Echo. Lothar schüttelte den Kopf, das kam von dem ständigen Alleinsein dachte er, aber da hörte er wieder dieses Poltern von oben, wie schon vor einer Woche. Es klang, als käme das Geräusch aus der Dachwohnung. Sollte seine Schwester sich wieder einmal ins Haus geschlichen haben, um in den Möbeln zu kramen?
Schon einige Male war sie im Haus gewesen, um sich mal ein Bild oder Bücher zu holen, auch das alte Teeservice von einer der Tanten und einige wertvolle Porzellanvasen hatte sie abgestaubt.
Lothar als furchtlosen Helden zu bezeichnen wäre übertrieben gewesen, allerdings ein Angsthase war er auch nicht gerade, zumal in diesem Fall die Ursache der Geräusche klar schien und er eine kindische Schadenfreude dabei empfand,

sich vorzustellen, wie er die Schwester auf Diebestour überraschen würde.
Er knipste im Treppenhaus nicht das Licht an und ging leise und relativ unaufgeregt hinauf. Natürlich konnte es nur die Schwester sein, wer sonst drang in eine Villa in der Alsterallee ein? Nur Idioten oder Wanderdiebe würden das versuchen, denn hier waren fast alle Villen mit Alarmanlagen gesichert, die meisten sogar direkt mit der nächsten Polizeistation verbunden.
Die Tür der Dachwohnung stand halb offen, das schwache Licht in der Diele kam aus dem Zimmer, in dem nur Stühle, Sessel und Sofas gelagert waren.
Vorsichtig drückte Lothar die Tür ganz auf und sah als erstes eine Truhe vor sich auf dem Boden stehen. Eine Munitionstruhe, wie sie häufig auf Flohmärkten angeboten wurde.
Sie stammte nicht aus der eigenen Möbelsammlung, da war er sich absolut sicher.
Das Licht in der Diele funktionierte nicht, obwohl er mehrmals den altmodischen Schalter drehte. *Florence, lagerst du neuerdings ein?*, rief er nach seiner Schwester und wandte sich der offenen Tür rechts von ihm zu, dem Raum, in den sie alle Schränke und Anrichten gestellt hatten.
Ihm war, als wäre daraus ein leises Hüsteln gekommen. Vergeblich drehte er innen, neben dem Türstock, auch an diesem Lichtschalter.
Der Raum war stockdunkel, den Rollladen hielt er immer geschlossen, damit die wertvollen Sachen nicht durch das Sonnenlicht beschädigt wurden.
Was soll das, willst du Verstecken spielen? Dreh die Birne wieder ein und erklär mir, warum du dich mitten in der Nacht hier herumschleichst. Ich dachte, diese Phase hättest du überwunden.
Während er sprach, hatte er sich den schmalen Gang zwischen den Schränken in die Zimmermitte getastet, um dort die von der Decke herunterhängende Birne wieder in die Fassung zu drehen und dabei auf die Schwester zu stoßen, die vermutlich dort stand.
Komm schon, sei nicht kindisch! Es hatte locker klingen sollen,

aber Lothar saß plötzlich ein Klos im Hals, der ihm den Atem abschnürte. Der Geruch! Schweiß und Alkohol. Derb und ordinär. Das konnte niemals von Florence kommen.
Zurück, raus aus dem Zimmer, raus aus der Dunkelheit, raus, nur raus, raus ... brüllte eine Stimme in seinem Kopf, aber Lothar blieb stehen. Seine Beine, Arme, sein ganzer Körper schien in einer Zwinge zu stecken ... selbst die Augen hatte er zusammen gepresst, obwohl in der Finsternis ohnehin nichts zu sehen war. Wie im Fieber schüttelte ihn die gigantische Klaue des Monsters Angst. In Zeitlupe öffnete sich sein Mund, aber er traute sich nicht, den Schrei nach Hilfe herauszupressen. Ein Lichtblitz, der aber nur im Gehirn Lothars aufleuchtete, war das Letzte, das er wahrnahm.
Der Schlag auf den Schädel, der Lothar niederstreckte, hätte wohl auch einem Stier Probleme bereitet, für einen Menschen wäre selbst die halbe Energie noch gefährlich gewesen.
Als Lothar auf dem Boden aufschlug, war er so gut wie tot. Selbst bei einem unmittelbar durchgeführten chirurgischen Eingriff wären Lothars Chancen auf ein normales Leben äußerst gering gewesen.
Die erhebliche Quetschung der linken Schläfenlappen des Großhirns hätten vermutlich bereits ausgereicht, um ihm schwere neurologische Schäden beizubringen.
Die durch den Schlag ebenfalls ausgelöste Blutung erlöste Lothar nach Schätzung des Gerichtsmediziners, der eine Woche später die bestialisch stinkende Leiche zu sezieren hatte, maximal nach vier Stunden vor einer Zukunft als Pflegefall. So lange brauchte das Gehirn, bis es dem Druck des bei jedem Herzschlag anwachsenden Blutgerinnsels nachgegeben und die lebenserhaltenden Systeme abgeschaltet hatte.
Lothars Schwester, auf der Suche nach einem Bilderrahmen, hatte den Bruder entdeckt und die Polizei alarmiert.
Prompt geriet sie im Laufe der Ermittlungen selbst unter Verdacht, den Bruder aus niederen Beweggründen erschlagen oder den Mord beauftragt zu haben.
Die Villa, das Grundstück stellten schließlich einen hohen Wert dar und der Hinweis des Mieters vom ersten Stockwerk

auf Differenzen zwischen den Geschwistern gab der Kripo Anlass, auch diese Möglichkeit zu verfolgen.
Allerdings konnte die Schwester für die vermutete Todeszeit ein lückenloses Alibi vorweisen. Auch der Geliebte Lothars, Claus Cordes geriet in Verdacht. Sein und ein weiterer Telefonanschluss waren in den vergangenen Monaten die einzigen gewesen, mit denen Lothar häufig telefoniert hatte.
Die zweite Nummer stellte sich als der Übersetzerfreund heraus, mit dem Lothar beinahe täglich in Kontakt gestanden hatte, um irgendwelche medizinischen Spezialausdrücke abzuklären. Dass die Kripo auf Cordes kam, lag nicht nur an den gespeicherten Telefondaten, sondern auch an dem Liebesbrief, den ihm Lothar am Tag vor seinem Tod geschrieben, aber noch nicht abgeschickt hatte.
Eine CD mit einer Sammlung von Fotos war beigelegt, die Lothar und Cordes bei regen Liebesspielen und jeweils als Einzelakte zeigte.
Nicht dass die Kripo davon ein mögliches Tatmotiv ableitete, aber sie ermittelte natürlich auch in diese Richtung, wobei sich rasch herausstellte, dass Cordes ein lückenloses Alibi vorweisen konnte. Seine Anwesenheit in der Residenz ab Montag Mittag bestätigte der Kollege aus dem Allgäu, der um Amtshilfe gebeten worden war.
Es handelte sich dabei um Kriminalhauptkommissar Brunner, an den die Kemptener Polizeidirektion die Bitte der Hamburger Kollegen weitergereicht hatte.
Die Hamburger Kriminaltechniker fanden in der Villa keinerlei Spuren, die auf den oder die Täter und auf den Tathergang hinwiesen. Weder Fingerabdrücke noch Fasern, Staub, auch nicht die Tatwaffe wurden gefunden. Da auch die Nachbarschaft nichts gesehen und nichts gehört hatte, legte die Hamburger Kripo die Akte Rüttler erst einmal auf den großen Stapel der unerledigten Fälle.
Niemandem war der Lieferwagen aufgefallen, der in der Mordnacht vor der Villa geparkt hatte, auch nicht jene Männer, die einige Tage in verschiedenen Autos gegenüber der Villa gesessen und das Anwesen offensichtlich observiert hatten.

Du wirst verrecken, das verspreche ich dir. Und auch deine Helfer. Ihr werdet zur Hölle fahren.
Die Stimme klang nach Alkohol und dumpfer Wut. Cordes hatte sie sofort erkannt und war sich darüber im Klaren, dass mit diesem Mann in dessen vermutlich alkoholisiertem Zustand nicht zu diskutieren war, aber es kam wie ein Reflex aus ihm heraus: *Ich habe damit nichts zu tun, nicht damit. Das müssen Sie mir glauben. Warum sollte ich Richard oder Sie umbringen wollen? Das ist doch absoluter Schwachsinn. Ich bin doch kein Idiot, dem nicht klar ist, dass nach euch sofort die Nächsten kommen würden.*
Du wirst zur Hölle fahren, egal welche Scheiße du schwafelst. Deine Zeit läuft, nein, sie ist bereits abgelaufen, du weißt es nur noch nicht.
Bevor Cordes etwas erwidern konnte, hatte dieser Wahnsinnige aufgelegt. Cordes sah auf die Uhr, es war kurz vor elf. Seinen Impuls, zu seinem Bushmills zu greifen, unterdrückte er. Ein klarer Kopf war gefragt. Die Polizei ermittelte wegen Mordes und vermutlich auch wegen der gefälschten Patientenerklärungen für die Klinischen Tests, vielleicht kam auch noch eine Form der Nötigung von Abhängigen dazu, auch die interne Clearing-Abteilung, die mit einem Geheimdienst gleichzusetzen war, suchte nach Beweisen gegen ihn.
Lothar hatte man ermordet, alles in allem eine Entwicklung, die nicht in seinem Karriereplan vorgesehen war.
Cordes goss sich nun doch ein Glas voll und legte Bach auf, das Violoncello in Moll. Das passte zu seiner Stimmung, wenn schon sonst alles nicht so richtig zusammenpasste.
Wer hatte Lothar getötet und warum? War es ein Zufall, der überhaupt nichts mit ihm zu tun hatte? Oder braute sich da etwas zusammen, das er nicht verstand? Waren es Ereignisse, die sich zeitlich zufällig zusammenballten, oder gehörten sie zu einer Regie, zu einem Kesseltreiben, das jemand inszenierte, der ihn vernichten wollte, der ihn hasste?
Der Oberst. Gut, der hasste ihn, weil er den Homosexuellen

in sich selbst hasste, aber deshalb würde er niemals seine wirtschaftliche Situation gefährden, davon war Cordes überzeugt. Oder stand er auf der Abschussliste der Konzernspitze? Zu viel war in der letzten Zeit geschehen, was absolut nicht in das Imagekonzept passte, und diesen Leuten war es völlig gleichgültig, ob ihn daran Schuld traf oder nicht. Er war der Geschäftsführer dieser Residenz und damit an allem schuld, ganz klar.
Was sollte er machen? Seine Verbindungen in die LIFUS-Spitze waren spärlich, er hatte versäumt, die notwendigen Kontakte aufzubauen. Im Gegenteil, die wenigen Leute die er kannte, waren selbst an ihrem Weiterkommen interessiert und sahen in ihm nur einen lästigen Konkurrenten.
Vermutlich würden solche Typen wie Westland zum Beispiel hoch erfreut über seinen Absturz sein. Und dass seine Karriere beendet war, davon konnte er ausgehen, das war das einzig Klare in der jetzigen Situation. Vielleicht sollte er sich nicht so sehr Gedanken über LIFUS machen, sondern sich nach einer Alternative umsehen.
Seine Mittel waren überschaubar. Alles, was er hatte, war in Anteilscheine der LIFUS AG geflossen und da diese Papiere nicht an der Börse gehandelt wurden, war bei einem Notverkauf mit erheblichen Einbußen zu rechnen.
Cordes stand müde aus dem Sessel auf und legte eine andere CD ein. Ray Charles, eine Collection, die Lothar ihm geschenkt hatte. Lothar!

Christopher

Habt ihr das Zeug?
Sieht so aus und ist sein Geld wert.
Was ist mit dem Süßen?
Jordan.
Wer hat ihm rüber geholfen?
Pausenclowns aus dem alten Jugoslawien. Ist 'ne lange Geschichte

fürs Telefon, dazu sind die Gebühren in Deutschland zu hoch.
Christopher musste unwillkürlich auflachen. Dieser Martin war schon eine Nummer. *Gut, dann treffen wir uns in zwei Tagen in der kleinen Bar beim Hotel, auf einen oder zwei Drinks. Super!*
Christopher lehnte sich zurück und lächelte. Immerhin schon das zweite Mal in einer Woche, dachte er und nippte an dem Glas, das er vor dem Telefonat mit einem wunderbaren Genever gefüllt hatte.
Es war noch keine zwei Monate her, dass er mit Richard die gleiche Marke in Amsterdam geleert hatte. Richard.
Diesen Job noch, hatte sich Christopher vorgenommen, nur dieses eine Mal noch. Danach würde er aussteigen. Nicht nur, weil er langsam müde geworden war, sondern weil er wusste, dass er nie wieder auf einen vergleichbaren Partner wie Richard treffen würde. Auch Sam und Martin waren so ein Team. Vermutlich würde der übrig gebliebene Partner auch aussteigen.
Christopher füllte das leere Glas auf. Es tat verdammt weh. Egal über was er nachdachte, irgendwie kam er immer wieder auf Richard. Verdammte Scheiße.
Das einzig Erfreuliche im Moment war, dass die beiden Jungs ihren Job beherrschten und sich der Kreis um Cordes enger schloss. Wenn er die Kurzsprache von Martin richtig gedeutet hatte, dann war der Freund von Cordes über den Jordan und das Erpressungsmaterial in ihren Händen.
Das mit den Pausenclowns aus Jugoslawien verstand er zwar nicht, aber darüber würden ihn die beiden in zwei Tagen aufklären.
Christopher schloss die Augen. Es war gut, dass er seine beiden besten Leute auf Cordes und diese Schwuchtel angesetzt hatte. Samuel Davis und Martin Bolton, bessere Nachfolger als die beiden ehemaligen Geheimdienstler konnte er sich nicht wünschen.
Starker Seegang heute, dachte Christopher, als er sich aus dem Sessel mühte, um auf die Toilette zu gehen.
Danach füllte er wieder sein Glas, setzte es aber ohne daraus

zu trinken ab und griff dafür zum Handy. Die Nummer war gespeichert und obwohl bereits kurz vor 23 Uhr, meldete sich Cordes sofort. Christopher wusste, dass es Unsinn war, was er tat, aber es kam aus dem Vulkan in seinem Inneren, als er in das Handy zischte: *Du wirst verrecken, das verspreche ich dir. Und auch deine Helfer. Ihr werdet zur Hölle fahren.*
Es tat ihm gut, als er die Angst in Cordes' Stimme hörte.
Was dieses Miststück aus dem Handy schwallte, interessierte ihn nicht, auch wenn es ganz vernünftig klang. Christopher war es, der ziemlich unvernünftig noch eines draufsetzte: *Du wirst zur Hölle fahren, egal welche Scheiße du schwafelst. Deine Zeit läuft, nein, sie ist bereits abgelaufen, du weißt es nur noch nicht.*
Christopher klappte das Handy zusammen und schluckte den Rest aus dem Glas. Mit einem trunkenen Grinsen füllte er nach und stellte mit großem Bedauern fest, dass damit die Flasche leer war.

Frau Argenthaler

Hören Sie mal, ich habe mich nicht eine Stunde lang in stinkenden Autobussen herumschaukeln lassen, um von Ihnen hier abgewimmelt zu werden. Ich will sofort Kommissar Brunner sprechen und wenn das nicht geht, werde ich so lange bleiben, bis es eben geht.
Dabei hatte Frau Argenthaler mit einem kämpferischen Blick Brunners Assistentin fixiert, die eine Art Wickelkleid trug, dessen Designer sich zweifelsohne von Mumien aus dem alten Ägypten als Vorlage hatte anregen lassen.
Grünes Lodenkostüm und Barbaras Mumienwickel, härter konnten Generationen nicht aufeinander treffen.
Einen kurzen Moment kämpfte Barbara gegen ihren aufkeimenden Ärger, dann siegte die Achtung vor dem Alter und Frau Argenthaler saß kurz darauf in Brunners Büro auf der Ledercouch, um auf den Herrn Kommissar zu warten.
Immerhin dauerte es eine Stunde, bis Brunner in sein Büro

wollte, entsetzt zurückfuhr und zu Barbara gelaufen kam, um zu erfahren, was es mit der schlafenden Jägerin auf sich hatte. Gemeinsam standen sie dann vor der Couch und versuchten, die alte Dame, die sich dort ausgestreckt hatte, zu wecken.
Der etwas dümmliche Ausdruck, den ihr leicht geöffneter Mund verursachte, verschwand im selben Moment, als Frau Argenthaler wieder Gewalt über ihre Gesichtsmuskeln hatte.
Brunner entpuppte sich als ein ausgesprochen liebenswürdiger Kriminalbeamter, der mit viel Geduld anhörte, was die alte Dame zu erzählen hatte.
Es war dann geradezu rührend, wie Barbara und Brunner, Frau Argenthaler in ihrer Mitte, auf der Couch saßen und versuchten, die herzergreifend Schluchzende zu trösten.
Frau Argenthaler hatte nämlich von dem Brief an ihre Tochter erzählt und, dass sie mit allergrößtem Entsetzen habe feststellen müssen, dass ihr eigenes Kind nichts Besseres zu tun gewusst hatte, als die Geschäftsleitung der Seniorenresidenz anzurufen und nachzufragen, was denn da los sei.
Seither habe sie jedes noch restlich vorhandene Vertrauen in die Menschheit und speziell in Blutsbande verloren.
Aber auch das wäre ja noch zu verschmerzen gewesen, wenn ihr nicht seit diesem Anruf das Leben zu einer wahren Hölle gemacht würde. Deshalb hätte sie sich entschlossen, dem grausamen Spiel ein Ende zu machen und sich selbst eine neue Bleibe zu suchen, zuvor aber wollte sie dazu beitragen, diesen grauenhaften Menschen das Handwerk zu legen.
Sie verfüge noch über genügend finanzielle Rücklagen, um sich Derartiges leisten zu können. Mit diesen Worten übergab sie Brunner einen Schreibblock, in dem an die zwanzig Seiten beschrieben waren.
Da steht alles drin, fauchte sie, *jede Boshaftigkeit, jede Erpressung, jeder Diebstahl in meiner Wohnung, durch die man versuchte, mir beginnende Senilität oder Schlampigkeit weismachen zu wollen. Und hier,* sie zog einen Kunststoffbeutel aus ihrer Handtasche, *sind die meisten Pillen, die ich hätte schlucken sollen. Ich habe aber mein ganzes Leben lang solches Zeugs immer vermieden, und wenn mich Dr. Höffler nach der Wirkung befragt hat, habe ich ihm halt*

erzählt, was er hat hören wollen. Schließlich war ich mal Krankenschwester und weiß, was klinische Tests sind. Das habe ich ihm natürlich nicht auf die Nase gebunden. Manchmal ist es besser, sich etwas dumm zu stellen. Auch bei der Sache mit der Pflegeversicherung habe ich nichts gesagt, obwohl das einfach nicht in Ordnung ist. Die meisten der Residenzbewohner sind in der höchsten Pflegestufe, obwohl sie putzmunter jeden Tag Golf spielen.
Da hat der Doktor einfach mitgespielt und ihnen die Bedürftigkeit attestiert, die von der Geschäftsleitung gewünscht war.
Träfe ja niemanden, sagten sie und, dass es sein müsste, wegen der Finanzierung, Pflegestufen-Mix.
Ach ja, die Pfleger, das ist auch so ein Thema. Jeder Zivi und jede Putzfrau wurden uns als Pfleger vorgestellt. Manchmal herrschte ein geradezu babylonisches Sprachengewirr. Türken, Afrikaner, Polen, Russen und was weiß ich, woher die sonst noch alle kamen. Nach einer hauseigenen Schulungsstunde waren die mit einem Schlag zertifizierte Altenpfleger. Ich hatte schon mal vorgeschlagen, Esperanto einzuführen, damit man sich einigermaßen verständigen kann. Frau Argenthaler schüttelte den Kopf, als Barbara ihr einen Kaffee anbot. Sie wollte nicht unterbrochen werden, zu viel hatte sich aufgestaut.
Privat oder staatlich, überall werden die Alten behandelt wie Kinder, die über ein zu hohes Taschengeld verfügen, das man ihnen beliebig abnehmen kann, stellte sie in vorwurfsvollem Ton fest.
Wir zahlen ja wirklich eine ganze Menge jeden Monat, aber das ist denen noch nicht genug. Überall sparen sie, wo es nur geht.
Was glauben Sie, wie oft wir Wurst auf dem Teller hatten, die schon glitschig war und stank, oder diese kleinen Milch- und Marmeladedöschen, auf denen mit einem Filzstift das Verfallsdatum zugemalt war. Manchmal war der Schriftzug einer Fluglinie drauf. Wahrscheinlich haben sie den Abfall billig eingekauft.
Ich habe das Zeug immer weggeworfen, heimlich, damit es niemand merkte. Manche Pfleger sind da richtig fies gewesen und haben geschimpft, dass man wohl zu fein wäre, wenn sie es im Abfall entdeckt hatten. Jawohl, Sie haben richtig gehört, die haben sogar meinen Abfall kontrolliert.
Und nicht nur meinen Abfall, sogar die Post wurde geöffnet und

wieder verschlossen, allerdings ziemlich stümperhaft. Manchmal ließen sie die Post auch einige Tage liegen. Für Leute, die dringend auf einen Brief warten, ist das furchtbar. Und wenn man sich beschwert hat, dann wurde auch schon mal mit Psychiatrie oder Entmündigung gedroht.

Mit einem vorwurfsvollen Blick sah Frau Argenthaler den Kommissar an, als ob er etwas dafür könnte. *So etwas ist doch unseriös,* fuhr sie fort, *das darf man doch mit uns nicht machen, aber die meisten Alten trauen sich halt nicht, sich zu wehren.*

Ich habe mir mal ausgerechnet, dass es günstiger wäre, wenn ich einen Urlaub auf einem Luxusliner buchen würde. Vier Wochen in die Karibik, für 6500 Euro. Aber, schüttelte Frau Argenthaler den Kopf, *wer will denn schon ständig auf einem Dampfer herumgondeln oder ständig in Pensionen oder Hotels schlafen? Man muss doch wissen, wo man hingehört und auch mal Ruhe haben.*

Ich zahle für einen Monat in der Seniorenresidenz 6 800 Euro, und da sind noch nicht mal alle Extras bei.

Frau Argenthaler war aufgestanden und stellte fest: *Jetzt habe ich Sie aber lange genug mit diesem Krams belästigt, wo Sie doch erst etwas unternehmen können, wenn jemand umgebracht wurde, aber da steht auch etwas darüber in meinem Bericht.*

Ich glaube nämlich, dass die Frau Schaible, Frau Basowitz und Herr Renner durch Medikamente zu Tode gekommen sind, die sie freiwillig niemals eingenommen hätten. Und auch die Unfälle von Herrn Steurer und Meinrat ... also, dass beide abgestürzt sein sollen ... also, das können Sie mir nicht erzählen. Gut, der Steurer war schon etwas klapperig, aber trotzdem. Und der Meinrat, das war ein Bär und strotzte vor Kraft. In den hätte ich mich sogar noch vergucken können, wenn er nur nicht so gesoffen hätte, kicherte Frau Argenthaler und wirkte einen Moment lang wie ein vierzehnjähriges Mädchen. *Auch meine Freundin Sonja, Sonja Fischer.*

Na ja, Freundin war vielleicht zu viel gesagt, aber wir verstanden uns gut. Sie stürzte bei einer Wanderung in eine Jauchegrube. Entschuldigen Sie bitte, aber das hätte doch dem dümmsten Polizisten auffallen müssen, dass Sonja mit ihren Krücken keine Wanderung mehr machte, und dann auch noch im April, als hier noch Schnee lag.

Frau Fischer, war das etwa vor drei Jahren? Brunner war aus seiner freundlich lächelnden Teilabsenz aufgewacht.
Ja, der 18. April vor drei Jahren, bestätigte Frau Argenthaler und bewies, dass ihr Gedächtnis präzise funktionierte.
Hatte Frau Fischer einen Freund, der sie manchmal in der Residenz besuchen kam?
Freund? Nein, davon hätte sie mir erzählt, aber ihr Halbbruder kam einmal im Monat vorbei. Ein ziemlicher Rüpel, aber wenigstens nahm er kein Blatt vor den Mund und sagte mehr als einmal dem Cordes ordentlich die Meinung, nickte Frau Argenthaler.
Brunner schnüffelte förmlich auf der frischen Fährte, strahlte Frau Argenthaler an und klopfte auf die Couch: *Kommen Sie, setzen Sie sich wieder, ich habe da noch ein paar Fragen.*

Es dauerte dann noch eine gute Stunde, bis der freundliche Herr Kommissar höchst persönlich Frau Argenthaler zu der kleinen Pension fuhr, direkt am See mit Blick auf den Hafen. Vor Jahren, als er nach Lindau versetzt worden war, hatte er dort eine Zeit lang gewohnt.
Das liebenswürdige Ehepaar, das die Pension immer noch führte, würde dafür sorgen, dass sich Frau Argenthaler bei ihnen wohl und geborgen fühlen konnte, bis sie ein neues Domizil gefunden hatte.
Brunners Laune erreichte an diesem Abend Spitzenwerte. Außer Leichen hatte er nun endlich eine lebende Zeugin. Das würde vielleicht weitere Bewohner ermutigen, ebenfalls Aussagen zu machen. Es wurde höchste Zeit, dass er die Kollegen des Betrugsdezernats informierte und auch die Gesundheitsbehörde. Die meisten anderen Schweinereien, die kleinen Diebstähle, Erpressungen, Erschleichungen von Zuwendungen und dergleichen würden vermutlich größtenteils im Sande verlaufen. Das Personal würde sich gegenseitig decken und Druck auf die Bewohner ausüben, nicht gegen sie auszusagen. Und das würden sich die meisten auch nicht trauen, denn sie mussten auch künftig in der Residenz leben und sich versorgen lassen, auch wenn die Polizei nicht mehr in der Nähe war. Und dass Altenheime, Seniorenresidenzen,

Senioren-Domizile und wie sie sich alle nannten, so gut wie nicht überprüft wurden, das hatte sich längst herumgesprochen.
Das Geschäft mit den Alten war offensichtlich derart lukrativ, dass längst eine einflussreiche Lobby den Handlungsrahmen für die Politiker abgesteckt hatte. Wie sonst war zu verstehen, wenn das Gesundheitsministerium drohte, dass Kontrollberichte über Seniorenheime veröffentlicht würden, allerdings nur nach Absprache mit der Heimleitung.
Brunner rief seine Frau an und gestand ihr, noch dringend ein Glas zum Abschalten zu brauchen. Ging dann ins Café Marmorsaal in der Hoffnung, Kommissar Wehrle, Aumiller oder einen anderen der Kollegen zu treffen.
Derartige Fälle konnten nur in gemeinsam zelebrierter Schmerzverdauung überstanden werden, auch zur Abwehr bleibender psychischer Schäden. Außerdem galt die Theke als Informations- und Meinungsbörse. Hier tauschte man auch mal Einschätzungen und Gefühle aus, die in den nüchternen Teambesprechungen nicht angesprochen wurden. Und was die Motivation der Kollegen betraf, so bot die Theke jenes therapeutische Umfeld, für das tagsüber die Zeit nicht reichte.
Brunner setzten solche Fälle, die gesellschaftliche Fehlentwicklungen aufzeigten, besonders zu. Sie machten ihn mutlos, weil sie besonders schmerzlich die Grenzen seines Tuns aufzeigten. Er war nur für die Klärung eines sichtbaren Verbrechens zuständig.
Die unsäglichen Verletzungen der Psyche und Würde von alten Menschen, für die war er nicht zuständig. Schmutzige Schikanen und der Diebstahl von Lebensfreude, auch dafür gab es keine Handhabe.
Brunner schüttelte den Kopf und der Wein, auf den er sich so gefreut hatte, schmeckte schal. Er würde noch ein Glas brauchen, um den bitteren Geschmack von der Zunge zu bekommen.

Teambesprechung

Barbara Müller schaffte es auch an diesem Morgen, ihre Kollegen zu verblüffen. Sie erschien völlig ungeschminkt und bekleidet mit normalen Turnschuhen, einer blauen Jeans, einem blauen Männerhemd und einer blauen Strickjacke darüber. Auch ihre Haare trug sie normal, nach hinten gekämmt und zu einem Zopf geflochten. Selbst auf eines ihrer waffenscheinpflichtigen Parfums hatte sie verzichtet.
Trauerfall in der Familie?, erkundigte sich Kollege Aumiller besorgt, wurde dafür allerdings nur mit einem eisigen Blick bedacht.
Brunner begrüßte die Kolleginnen und Kollegen, vor allem Adler, der das Team für die nächste Zeit verstärken würde. Besonders herzlich begrüßte er Doktor Kantler und bat ihn um seinen Bericht, damit er wieder rasch zurück in seinen Leichenkeller gehen könne.
Dr. Kantler machte seinem Namen, oder besser gesagt seinem Spitznamen, wieder einmal alle Ehre. *Wir haben mit der Drecksarbeit begonnen und zwar mit Ihrem Herrn Gmeiner, der ja angeblich bei einem Verkehrsunfall ums Leben gekommen sein soll.*
Die wenigen Haare, die der Gute noch hatte, erzählen uns von einem recht ausschweifenden Leben. Koks, Marihuana und chemische Verbindungen, die aus Designerdrogen stammen könnten... oder von Medikamenten, wie sie in der Psychiatrie eingesetzt werden.
Es ist nicht zufällig bekannt, ob Herr Gmeiner in Behandlung, in psychiatrischer Behandlung war?
Brunner zuckte mit den Achseln: *Wir werden in der Residenz nachfragen.*
Gut, fuhr Kantler fort, *der Mann ist in jedem Fall nicht im Auto gestorben, dem hat man den Kopf verdreht, bis er rückwärts hätte sehen können. Sieht nach professionellem Genickbrecher aus. Und um Ihre kommende Frage auch gleich zu beantworten, nein, das festzustellen überfordert sowohl die Verkehrspolizei und auch den Unfallarzt, der den Totenschein ausgestellt hat.*
Auch bei einem Unfall können die Wirbel nämlich knacken, da reicht schon eine falsch eingestellte Kopfstütze. So, das war's, Sie können

ja meinen Bericht durchlesen, ich muss mich jetzt wieder um meine Lieblinge kümmern.
Klar doch, herzlichen Dank, ich denke, Brunner war aufgestanden und schüttelte Kantlers Hand, *Sie werden sich wohl auch noch die Frau Fischer ansehen müssen. Vielleicht finden Sie dieselben chemischen Rückstände, dann hätte sich der Aufwand nämlich gelohnt. Und das mit dem Genick beim Gmeiner bringt uns einen Schritt weiter.*
Der Aufwand lohnt sich immer, und wenn ich dadurch nur in Übung bleibe, grinste Dr. Kantler ein gequältes Lächeln, winkte in die Runde und stampfte aus dem Zimmer.
Kaum war er draußen, schienen alle Luft zu holen, denn Kantlers Tempo war durchaus beeindruckend gewesen.
Brunner nickte Wehrle zu: *Schieß los,* meinte er scherzhaft, *was hast du Neues, du warst hinter Dr. Höffler her.*
Nicht umsonst wurde Wehrle von einigen Kollegen „Kommissar Uzi" genannt, denn er sprach nicht, sondern spuckte und stieß die Worte heraus, als hätte er amerikanische Versteigerer als Vorbilder gewählt. Dass Wehrle in jungen Jahren mit dieser Methode sein Stottern überwunden hatte, kam den wenigsten in den Sinn.
Wahnsinn, Wahnsinn, Wahnsinn, spuckte Wehrle denn auch wie auf Kommando seine Neuigkeiten aus. *War den ganzen Tag einem Phantom auf der Spur. Diesen Professor gibt es überhaupt nicht. Nicht die Praxis in München, nicht seine Wohnung, nicht seine Telefonnummern, nichts, einfach nichts. War bei den Kollegen, Einwohnermeldeamt, Finanzamt, Hartmannbund, Ärztekammer, nichts. Es gibt keinen Professor, keinen Doktor, keinen Armin und auch keinen Höffler. Den Arzt gleichen Namens, der im Altenheim die Patienten betreut, gibt es nicht, jedenfalls nicht in Deutschland. Es hat mal einen Medizinstudenten Höffler gegeben, der von der Zentralstelle für die Vergabe von Studienplätzen an die Uni Berlin geschickt wurde und dort war er auch eingeschrieben. Allerdings wurde er noch kurz vor dem Physikum exmatrikuliert. Hatte nebenbei Leute behandelt ohne Approbation und so weiter. Wir können also davon ausgehen, dass der Herr Professor Höffler keiner ist und auch kein Doktor. Trotzdem sind alle*

Totenscheine der Residenz-Verblichenen von ihm ausgefüllt und unterzeichnet, bis auf die von Gmeiner, Steurer und Meinrat, und dann noch von der Frau Schaible, die im Alpsee ertrunken ist, diese Totenscheine stammen von anderen Ärzten.
Dann schreiben wir den Herrn Professor doch zur Fahndung aus, mischte sich Brunner ein. *Barbara, bitte übernehmen Sie das. Und dann brauchen wir auch Klarheit über die Besitzverhältnisse der Seniorenresidenz, das wäre doch ein guter Einstieg für Sie,* wandte er sich zu Adler. *Gut, hast du noch was,* nickte er Wehrle zu und sprach, als der mit dem Kopf schüttelte, Aumiller an. *Wie weit bist du mit dem Eistobel?*
Aumiller trank erst einen Schluck Kaffee, bevor er einen Hefter in die Höhe hielt. *Hier der Bericht. Eindeutig kein Unfall, alles manipuliert. Sprengstoffmarke HMX, wie ihn auch die Bundeswehr verwendet, Zündkapseln und Kabel ebenfalls. Es wurden oberhalb des Eistobels, dort, wo die Kabel endeten, Fußspuren sichergestellt, die identisch mit denen sind, die auf dem Weg bei der Absturzstelle von Herrn Meinrat gefunden wurden.*
Dann brauchen wir wohl nur noch die Schuhe zu finden, strahlte Brunner. *Ich denke, wir sollten den Herrn Oberst besuchen und zwar mit der Technik und das gleich morgen. Organisierst du das?,* nickte er Aumiller zu. *Haben wir noch was?*
Barbara nickte. *Ich sollte nachfragen, wann die Jauchegrube das letzte Mal bestückt worden war. Als die Frau Fischer dort einbrach, war der Hof seit einem Jahr stillgelegt. Also, Gase hat's da keine mehr gehabt und ertrunken wird sie vermutlich auch nicht sein. Der Bauer hat nämlich die Grube mit alten Dachziegeln aufgefüllt, fast bis obenhin. Seltsam bei dem sogenannten Unfall ist auch, dass Frau Fischer gar nicht von Kollegen aus der Jauchegrube geborgen wurde, sondern von Mitarbeitern der Residenz und dann in die Krankenstation der Residenz gebracht worden ist.*
Sehr gut, Frau Müller, Brunner lächelte ihr zu.
In Teambesprechungen siezte er Barbara und die Kollegen manchmal. Warum er das tat, hätte er vermutlich nicht begründen können. Vielleicht wollte er sich dadurch etwas sachliche Distanz verschaffen, vielleicht hatte er diese Masche auch nur mal in einem Film gesehen. *Dann können wir darauf*

gespannt sein, was der Kantler der Frau Fischer entlockt, und wenn dabei nichts herauskommt, muss er sich die Frau Heim und den Herrn Mutschler ansehen, die hat der Steurer in seinem Tagebuch erwähnt.

Oberst Einstein

Machen Sie sich nicht lächerlich! Wenn ich Sie richtig verstanden habe, wollen Sie mich allen Ernstes beschuldigen, Hühner umgebracht zu haben, ja, vielleicht sogar Menschen, aber da sind Sie sich noch nicht so ganz im Klaren! Also, ich bin ja wirklich Blitz und Donner gewohnt, aber einen solchen Nonsens habe ich schon lange nicht mehr gehört. Das muss ich mir aber nicht gefallen lassen, deshalb möchte ich, dass Sie sofort mein Haus beziehungsweise meine Wohnung verlassen. Darüber hinaus werde ich mich mit Ihren Vorgesetzten in Verbindung setzen und die Frage erörtern, ob man Ihnen überhaupt den Kontakt mit Bundesbürgern erlauben darf oder Sie nicht besser gleich in einer Psychiatrie unterbringen sollte. Nennen Sie mir sofort Ihre Namen, Ihre Dienstgrade, Ihre vorgesetzte Dienststelle und dann verschwinden Sie, bevor ich mich vergesse. Sie ... Sie schlecht angezogene Ersatzreserve.
Brunner und Aumiller sahen einen Moment lang wie Soldaten aus, die gerade von ihrem Spieß zusammengeschissen worden waren, aber dann kam Leben in Brunner. Er schüttelte den Kopf und stellte schmunzelnd fest: *Also eines muss ich Ihnen neidlos zugestehen, Ihr Ton wirkt überzeugend ... aber ich bin nicht mehr in der Grundausbildung und trage, wie Sie sehen, auch keine Uniform. Das zu Ihrer schauspielerischen Leistung.*
Was dies hier betrifft, Brunner deutete auf den richterlichen Durchsuchungsbeschluss, den Aumiller dem Obersten hinhielt, *Sie dürfen sich das in aller Ruhe durchlesen, während unsere Kollegen Ihre Wohnung und das Büro der Seniorenselbstverwaltung auf Grund des Paragraphen 102 ff StPO durchsuchen und gegebenenfalls die Beschlagnahmung von Beweismitteln nach Paragraph 94 ff der Strafprozessordnung vornehmen. Deshalb kommen*

Sie bitte ins Büro von Herrn Cordes mit, dort werden wir Ihnen nämlich einige Fragen stellen, die Sie uns zwar nicht zu beantworten brauchen, sondern von Ihrem Zeugnisverweigerungsrecht Gebrauch machen können. Dann werden wir Sie allerdings mit auf unser Revier nehmen müssen und dort verhören.
Auch dann können Sie natürlich die Aussage verweigern, wenn Sie sich nicht selbst belasten wollen. Sie können auch einen Rechtsbeistand anfordern, aber all das würde das Procedere nur verlängern und verlängern und verlängern. Und wenn Sie glauben, stoppte er den wohl kurz vor einem neuerlichen Ausbruch stehenden Oberst, *hier nochmals eine Show abziehen zu müssen, dann lasse ich Sie von den Kollegen der Schutzpolizei erst einmal eine Nacht in eine Zelle stecken. Verstanden, Herr Oberst?*
So schnell, wie Oberst Oberhofer auffahren konnte, so schnell hatte er sich offensichtlich auch in der Gewalt. *Nun, mir ist da wohl etwas der Gaul durchgegangen. Entschuldigen Sie, meine Herren, aber wer wie ich sein ganzes Berufsleben beim Militär verbracht hat, der kann schon mal einen etwas kräftigen Ton anschlagen. Sie haben ja wohl nicht gedient?*
Können wir uns darauf verständigen, schlug Brunner vor, ebenfalls in geradezu freundlichem Ton, *dass wir hier die Fragen stellen dürfen?*
Artig nickte Oberst Oberhofer und folgte den beiden Polizisten in das Büro des Geschäftsführers. Brunner hatte, bevor sie an der Tür des Obersten klingelten, Frau Wassermann um ein Besprechungszimmer gebeten und das Büro zugewiesen bekommen, da der Herr Geschäftsführer außer Haus wäre.
Sie bekamen von Frau Wassermann – ganz die zuvorkommende Organisatorin – eine volle Kanne Kaffee, kaum dass sie sich an den Besprechungstisch gesetzt hatten.
Als Erstes stellte Kommissar Aumiller ein kleines Tonband auf den Tisch und sagte laut und deutlich: *14. Juli, Samstag, 14.30 Uhr, Ort: Büro des Geschäftsführers Seniorenresidenz LIFUS, Verhör des Herrn Oberhofer durch Kriminalhauptkommissar Brunner und Kriminalkommissar Aumiller. Herr Oberhofer wurde über seine Rechte aufgeklärt.*
Sagt Ihnen der Name Fischer etwas, Frau Sonja Fischer?, begann

Brunner in einem Tonfall, als handle es sich um eine völlig nebensächliche Information. Er hätte alles andere erwartet, nur nicht eine sachliche und präzise Antwort des Obersten, und zwar ohne jede erkennbare Reaktion.
Frau Fischer haben wir den Grundsockel der finanziellen Ausstattung unserer Seniorenselbstverwaltung zu verdanken. Sie hatte uns eine Lebensversicherung vermacht und damit eine ganze Reihe von Projekten ermöglicht. Wir planen, eine Sonja-Fischer-Gedenktafel im Café anzubringen. Oberhofer fixierte dabei die Kriminalkommissare abwechselnd mit einem sehr direkten Blick, in dem eine leicht spöttische Komponente nicht zu übersehen war.
Schön, stellte Brunner fest, *Sie erinnern sich, und vermutlich auch, dass Frau Fischer in einer Jauchegrube umgekommen ist.*
Natürlich, nickte Oberhofer, *das war ein furchtbares Drama damals. Die Ärmste war nicht mehr sehr beweglich und konnte sich selbst nicht retten. Furchtbar, wenn ich daran denke.*
Gibt es noch andere Bewohner der Seniorenresidenz, übernahm Aumiller, *die ebenfalls dieser Seniorenselbstverwaltung Lebensversicherungen überschrieben oder sonst wie in ihren Testamenten bedacht haben?*
Diese, betonte Oberhofer scharf, *Seniorenselbstverwaltung habe ich gegründet und zwar, um die Bewohner dieser Residenz aktiv an der Gestaltung ihres letzten Lebensviertels zu beteiligen.*
Der Begriff „Selbstverwaltung" ist allerdings etwas irreführend, denn mit Verwaltung haben wir überhaupt nichts im Sinn.
Wir ergänzen unseren Lebensraum, schmücken ihn aus, erweitern ihn und so weiter. Zum Beispiel haben wir mit dem Bau eines Pools begonnen, einige Wege für die rollenden Bewohner geteert, dann unterstützen wir Mitbewohner, denen die Mittel ausgehen, weil sie hohe Behandlungskosten zu tragen haben oder dergleichen.
Wir organisieren Kunstabende, engagieren Orchester, Künstler, Vortragende, machen Ausflüge, beschaffen Bücher für die Bibliothek und was weiß ich sonst noch alles. Und dafür benötigen wir Geld. Deshalb ist es in dieser Residenz üblich, dass ihre Bewohner, jedenfalls einige von ihnen, eine Lebensversicherung abschließen und die Seniorenselbstverwaltung als Erben im Todesfall eintragen lassen.

Ein beachtliches Engagement, wie ich meine. Dies für Ihre Meinungsbildung und gleichzeitig zur Beantwortung Ihrer Frage, ob es mehrere Testamente zugunsten unseres Vereins gibt.
Sie können uns sicher eine „Spenderliste" geben und führen vermutlich auch genau Buch über die Einnahmen und Ausgaben des Seniorenvereins, hakte Aumiller nach und Brunner war anzusehen, dass ihm Aumillers Taktik gefiel, obwohl sie sich vorher nicht abgesprochen hatten. Das machten sie in der vergangenen Zeit immer häufiger, so als eine Art Stehgreifspiel, sich Bälle zuzuspielen und zu sehen, was sich daraus ergab.
Natürlich führen wir Buch, entsprechend der Vereinsvorschriften. Wir sind erst vergangenes Jahr durch das Finanzamt geprüft worden, ohne auch nur die kleinste Beanstandung.
Kannten Sie eigentlich auch den Freund von Frau Fischer?, meldete sich Brunner.
Nein, schüttelte Oberhofer den Kopf und zog dabei eine angewiderte Grimasse, *ich interessiere mich nicht für die Privatsphäre meiner Nachbarn.*
Was fahren Sie für einen Fahrzeugtyp?, wollte Aumiller wissen, während er sich einen Kaffee eingoss.
Ich besitze kein Auto, wenn ich, wir, hier Fahrten zu machen haben, dann steht uns allen das Gemeinschaftsfahrzeug der Seniorenselbstverwaltung zur Verfügung, gegen einen kleinen Obolus, versteht sich.
Marke?, schoss Aumiller wie aus einer Pistole und bot dabei Brunner und Oberhofer Kaffee an, was jedoch von beiden abgelehnt wurde.
Ein VW.
Typ, Farbe?
Typ, weiß ich nicht, zuckte Oberhofer mit den Achseln, *Golf oder so, Farbe: weiß. Aber Sie können ja nachsehen, er steht in der Gemeinschaftsgarage.*
Kennen Sie Cyclotetramethylentetranitramin?, Brunners Frage klang so nebensächlich, als ob er nach einer Biersorte gefragt hätte. Aumiller war voller Bewunderung, dass der Chef dieses Cyclodingens absolut flüssig ausgesprochen hatte.
Ich bin kein Chemiker, was ist das?

Woher wollen Sie dann wissen, dass es sich um Chemie handelt? Der Oberst zuckte mit den Schultern: *Ich habe irgendwas mit Ethylen herausgehört und das hat ja wohl was mit Chemie zu tun, oder nicht?.*
Oktogen oder Homocyclonite oder nur HMX, ich denke, Sie waren bei der Bundeswehr, da müssten Sie Derartiges doch kennen, auch wenn Sie hauptsächlich so etwas wie ein Pressesprecher waren. Brunner hatte damit geschickt einfließen lassen, dass er sich über Oberhofer erkundigt hatte. *Also?*
Was, also?
Na was könnte HMX sein? Kommen Sie, Herr Oberst Oberhofer, das weiß jeder Rekrut nach der Grundausbildung. Brunner war aufgestanden und hatte sich über den Tisch zu Oberhofer gebeugt. Aber der ließ sich nicht beeindrucken.
Nein, sagt mir überhaupt nichts. Wie Sie ja schon sagten, ich war Presseoffizier.
Ihr Verhältnis zu Meinrat wird ... von einigen Ihrer Mitbewohner als gespannt bezeichnet. Brunner hatte sich wieder gesetzt und dabei, wie unter Stöhnen, die Frage abgeschossen.
Und deswegen habe ich ihn in die Schlucht gestoßen, na klar, ich mache das immer so mit Leuten, die mir nicht ganz passen. Wenn Sie jetzt auf dem Heimweg verunglücken sollten, war ich das auch, weil Sie mir nicht ganz passen. Kommen Sie, Oberhofer machte eine Handgeste, als würde er einen abgenagten Knochen über die Schulter werfen, *ich hatte kurz den Eindruck gewonnen, Sie wären ein vernunftbegabter Vertreter Ihrer Zunft.*
Brunner fluchte innerlich, denn für alles, was sie inzwischen angesprochen hatten, fehlten ihnen letztlich die Beweise. Vielleicht hätte er sich zurückhalten sollen und erst die Ergebnisse der Hausdurchsuchung und der Spurensucher abwarten sollen. Haare von Burger, Fischer, Steurer oder Meinrat an Oberhofers Jacke, Sprengstoffspuren an der Hose, das Tagebuch von Steurer, den Hausschlüssel von Meinrat ... Ganz klar, sie hatten zu früh zugeschlagen und das schmerzte. Aumiller musste ähnlich empfinden, er versuchte noch mal Einstein zu provozieren: *Hatte Meinrat auch ein Testament oder eine Lebensversicherung zugunsten Ihres Vereins?*

Meinrat war ein versoffener Querkopf, dem es ..., kurz schien es, als ob der Oberst in die Falle tappen würde, aber dann hatte er sich wieder im Griff, *dem Begriffe wie soziale Verantwortung und Gemeinschaft weniger sagten als die hiesigen Bierpreise.*
Es würde mich sehr wundern, wenn Meinrat uns etwas vermacht hätte, aber wenn doch, so würde mich das natürlich sehr freuen.
Brunner war schon dabei, ihren Abgang zu formulieren, als nach kurzem Klopfen Kommissar Wehrle ins Büro stürmte, zu Brunner ging, ihm etwas ins Ohr flüsterte und eilig wieder den Raum verließ.
Aumiller und auch Oberhofer sahen erwartungsvoll zu Brunner, aber der nickte erst mal nur. Dann stand er auf und meinte: *Es wird sinnvoll sein, dass Sie sich für die heutige Nacht eine andere Unterkunft suchen, Ihr Apartment können wir noch nicht freigeben, das dauert noch. Wenn Sie wollen, können Sie bei uns ja schon mal probewohnen, aber das ist nur ein Angebot. Noch sind Sie frei in Ihren Entscheidungen. Noch.*
Heißt das, ich kann gehen, nur nicht in meine Wohnung?
Brunner nickte nur und sah zu, wie Oberhofer mit hochrotem Kopf aus dem Büro marschierte. Kaum war er draußen, wollte Aumiller wissen, was der Kollege geflüstert hatte.
Sie haben in einem raffinierten Versteck eine ganze Menge Tonbänder gefunden. Fein säuberlich archiviert, mit Datum, Inhalten und Namen der abgehörten Personen. Aber was es damit auf sich hat, klären wir erst einmal ab, bevor wir den Herrn Oberst wieder befragen. Ich möchte nicht noch einmal derart durchhängen wie eben. Wir waren zu voreilig, haben noch nichts in der Hand.
Das Versteck in der Wohnung soll sehr raffiniert sein, deshalb wollen die Jungs noch mit anderem Gerät ran. Ich denke, wir sollten die Wohnung bewachen lassen.
Dann aber auch das Büro des Seniorenvereins, ergänzte Aumiller.

Jules Verne lässt grüßen, dachte Walcher, als vor ihm die Wasseroberfläche zu schäumen begann, aufgewühlt durch unzählige Fangarme, die sich mit unglaublicher Geschwindigkeit näherten. Obwohl Walcher wie ein Profischwimmer kraulte, schmolz die Distanz zu dem von grässlichen Narben und Geschwüren übersäten Schädel des Monsters, das nun mit seinen Tentakeln auf der Wasseroberfläche lief, als wäre es eine gigantische Spinne.

Die riesige, mit Hornplatten gespickte, tiefrote Öffnung im Zentrum des Alptraums pulsierte in offensichtlicher Vorfreude auf das vor ihr planschende Amuse-Gueule.

Walcher schwamm um sein Leben, aber er hatte das Gefühl, keinen Meter vorwärts zu kommen.

Seltsam, überlegte er, dass sich sein Gehirn selbst in solch einer lebensbedrohlichen Situation Gedanken darüber machte, warum er keinerlei Geräusche hörte.

Nicht das aufgepeitschte Wasser, nicht die eigenen Schwimmbewegungen, nicht seinen Atem, der, mit einem Aufschrei aus den schmerzenden Lungen gepresst, gurgelnd das eingedrungene Wasser aus Hals und Rachen drückte. Es herrschte Totenstille, nur die Ouvertüre von Carmina Burana dröhnte im Hintergrund, als würde ein verstecktes Orchester einen Stummfilm untermalen.

Walcher versuchte, völlig unsinnig, zu tauchen. Ein Paradoxum, war es ihm durch den Kopf geschossen, warum in höchster Not nicht so etwas versuchen? Dass ein Menschlein dem Krakenmonster in seinem Element durch ein Tauchmanöver entkommen wollte, würde es verblüffen und es würde deshalb von ihm ablassen, hoffte Walcher. Aber die Welt unter Wasser reagierte nicht wie gewünscht.

Neue Tentakel sah Walcher, die aus dem Meeresboden wuchsen wie Pflanzen, aber nicht nur einfach in die Höhe, sondern hin zu ihm. Unmöglich, diesem Horror zu entkommen.

Als die ersten Fangarme ihn umschlungen, gab Walcher auf und schloss die Augen. Dieses ekelhafte Maul, in das ihn die

Fangarme schieben würden, musste er nicht auch noch sehen. Ein bisschen wunderte es ihn zwar, dass alles so lange dauerte, und auch, dass sich die Fangarme nicht kalt und schleimig anfühlten, sondern sich warm und weich auf dem Rücken, auf den Schenkeln und dem Bauch verteilten, mit einem geradezu angenehmen, ja zärtlichen Druck. Und auch was er auf dem Mund fühlte, hatte so gar nichts mit dem Monster aus der salzigen Tiefe zu tun. Monster pflegten auch nicht nach frischen Pfirsichen zu duften, das wusste er mit Bestimmtheit, auch wenn er keine Erfahrung mit Monstern besaß. Spätestens die Hände bestätigten endgültig: kein Monster.

Vielleicht sollten wir das nicht machen, flüsterte er, aber es klang nicht sonderlich überzeugt.

Ich habe dein Leben gerettet, hörte er als Antwort und es schien, als ob damit alles gesagt war. Da konzentrierte er sich nur noch auf die Haut und die Wärme und versank in dem Strudel, der so überhaupt nichts mit Monstern zu tun hatte.

Party

Nach der Hitze des Tages war es angenehm, die kühlende Brise vom Pazifik auf der ausgetrockneten Haut zu spüren. Sie hielt auch die Flammen der vier Fackeln in Bewegung, die Nora am Ende der Terrasse, dort, wo es den Abhang hinunter zum Strand ging, aufgestellt hatte. Zusammen mit dem Grillfeuer schufen sie einen Lichtraum in der Dunkelheit, in dessen Mitte Noras Freunde um den kleinen Gartentisch saßen.

Das Wechselspiel der rötlich flackernden Flammen zeichnete auf ihren Gesichtern Unruhe und Gehetztheit, was einen starken Kontrast zu ihrer Bewegungslosigkeit schuf. Es waren Gesichter mit markanten Zügen und den schwarzen Haaren der Ureinwohner.

Party oder das Treffen einiger Verschwörer, das wäre für

einen heimlichen Beobachter nicht unbedingt auszumachen gewesen, zumal sich die Teilnehmer in gedämpfter Lautstärke unterhielten, und auch wenn sie in die Runde sprachen, war es außerhalb des Lichtkreises nicht mehr zu verstehen.
Maria, Carla, Melissa, Ruben, Miguel, Rafael und Jorge, so hatte Nora sie Walcher vorgestellt, wie sie nacheinander in ihren klapprigen Kleinwagen ankamen.
Wir stammen alle in direkter Linie von den Chumash-Indianern ab, gemischt mit dem Blut spanischer Bastarde, grinste Ruben.
Wir haben eine tausendjährige Kultur, so wie bei euch die Griechen oder Ägypter. Wenn ich mich recht entsinne, haben die Griechen ihre Akropolis zu einer Zeit gebaut, in der deine Vorfahren sich mit dem Problem herumschlugen, junge Bäume für ihre Pfahlbauten zu fällen. Das erste Tonnengewölbe ist ja immerhin um 900 nach Christus ganz in der Nähe von deinem Wohnort, auf derReichenau, gebaut worden. Da haben meine Vorfahren bereits den Lauf der Gestirne verfolgt und die Tempel, die sie gebaut hatten, standen in nichts den Pyramiden nach. Selbst die Vorlage für den Heißluftballon, Fußball, Handball und Tennis lieferten unsere ...
Nimm es nicht ganz so ernst, was er sagt, nahm Nora Walcher am Arm und zog ihn von Ruben weg. *Er sucht sich immer irgendein Spezialwissen aus dem Internet zusammen und macht damit seine Opfer nieder.*
Spielverderber, schmollte Ruben, *aber Völker wie meines, die seit Generationen den Zorn der Götter erlebten, das Erdbeben, verstehst du, kann nichts aus der Ruhe bringen.*
Später übergab jeder von ihnen Walcher eine CD. *Ist auf allen dasselbe drauf,* lächelte Miguel, *eine Vorsichtsmaßnahme von Jorge, der ist von den Guerillas in Uruguay geschult worden.*
Wir haben uns durch eine Annonce gefunden, Nora hat sie aufgegeben. Jeder von uns hat in seiner Familie oder in seinem Freundeskreis ein Opfer der Bio-Physikal Ltd. zu betrauern.
Bio-Physikal ist eine hundertprozentige Tochter von GMC.
Bei allen handelt es sich um verbotene Medikamententests in einem Frühstadium, in der selbst Tierversuche die Leute aus Protest auf die Straße treiben würden. Hier im Hinterland, in kleinen Dörfern

und Städten und vor allem in Mexiko. Sie haben ganze Altenheime ausgerottet, nur um die Entwicklungszeiten für neue Medikamente zu beschleunigen. Wir sind ihnen ziemlich auf den Fersen. Auf dieser CD sind Fälle von über 80 Opfern gesammelt.
Miguel sprach sehr schnell und sein Englisch hörte sich eher wie Spanisch an. Walcher verstand nur die Hälfte und bat deshalb etwas langsamer zu sprechen. *Was ist aus den Anzeigen geworden?*
Nichts, Miguel hob Schultern und Hände, *nichts ist geschehen. Zum Teil liegen die Anzeigen fünf Jahre zurück und wurden in einigen Fällen sogar wiederholt. Bei wenigen Fällen kam es zu einer Befragung durch den Richter, die Staatsanwaltschaft oder durch die Polizei, aber danach geschah nichts mehr. Man muss sich das einmal vorstellen. Da werden skandalöse Praktiken, ja Morde angezeigt und es geschieht nichts, einfach nichts. Wenn du aber einen Strafzettel wegen Falschparkens nicht bezahlst, wanderst du nach zweimaliger Aufforderung in den Knast.*
Selbst TV-Sender, ergänzte Melissa, *die sonst jeden Dreck senden, gaben sich zwar sehr interessiert, machten auch Interviews, aber gesendet haben sie bestenfalls die Nachricht, dass wieder mal einer der Ureinwohner zur Sonne geflogen ist.*
Aber das ist natürlich nur ein Teil der Geschichte, übernahm Jorge. *Der Rechtsanwalt, den wir beauftragt haben, stürzte mit seinem Flugzeug ab. Und das, obwohl zwei Tage vor seinem Tod die Maschine von dem kleinen Sportflughafen, bei dem er Mitglied war, gestohlen worden war. Also hat man ihn vermutlich umgebracht und seine Leiche in das abgestürzte Flugzeug gepackt.*
Zeugen, die uns am Anfang mit allen Details versorgt und uns auch finanziell unterstützt haben, bombardieren und drohen uns inzwischen mit Unterlassungsforderungen in gigantischen Höhen, wenn wir nur ihre Namen nennen. Sie sind vermutlich alle eingeschüchtert oder gekauft worden. Auch wir haben die unterschiedlichsten Repressalien erlebt.
Jorge war sichtlich in Rage gekommen. Er war aufgestanden, sprach konzentriert und mit einer Gestik, als würde er die Runde zur Revolution aufrufen, ganz der Agitator.
Sie waren ein eingespieltes Team, denn Maria übernahm und

schilderte, welchen Druck die unterschiedlichsten Staatsorgane auf sie ausgeübt hatten. *Ruben zum Beispiel, dem wurden Drogen untergeschoben, Diebesgut tauchte bei einer Razzia in der Wohnung der bis dahin völlig unbescholtenen Carla auf, unsere Telefone wurden abgehört, Banken kündigten ohne Angabe von Gründen die Konten, der Strom wurde abgeschaltet, obwohl die Rechnungen bezahlt waren. Bei einem offensichtlich fingierten Auffahrunfall,* berichtete Maria und ihrer Stimme war eine gewaltige Wut anzumerken, *wurde ich behandelt, als ob ich die Täterin gewesen wäre. Mein Auto wurde kontrolliert, ich wurde auf die Polizeiwache verschleppt, verhört und dort festgehalten, als ob ich einen Mord begangen hätte. Am Ende bekam ich eine Strafe, weil das Reifenprofil unter der vorgeschriebenen Mindesttiefe lag.*
Der Gipfel war die Anzeige des Typen, der auf mein Auto geknallt war, wegen Behinderung, Sachbeschädigung und fahrlässiger Körperverletzung. Man muss sich das mal vorstellen!
Meine Wohnung wird jeden Monat durchsucht, natürlich als Einbruch getarnt. Bei einem dieser Einbrüche haben sie meine Schlüpfer aufgeschlitzt. Ich trage seitdem meine Papiere ständig im Rucksack mit mir herum, übernachte häufig bei Freunden. Also, ich bin langsam reif für die Klapse. In eine andere Stadt zu ziehen, das traue ich mich nicht, weil ich dann ganz auf mich gestellt wäre.
Wir könnten den ganzen Abend von solchen Übergriffen und gezielten Drohungen erzählen, die offensichtlich alle maßgeblich von der Bio-Physikal organisiert sind, mit dem Ziel, uns mundtod zu machen.
Wie bei einem wechselnden Moderatorenteam hatte Nora die Sprecherrolle übernommen. *Es gibt Kliniken, die mit Altersheimen zusammenarbeiten und busweise krebskranke Menschen zu Behandlungen über die Grenze karren. Dort werden ihnen Mittel verabreicht, die hier keine Zulassung besitzen. Danach geht es wieder zurück ins Heim. Diese Behandlungen sind natürlich kostenlos, ein sozialer Dienst an den Armen.*
Nora sprach nun Walcher direkt an. *Wir sind alle frustriert, mutlos und wissen auch nicht mehr so richtig weiter, umso mehr versprechen wir uns etwas davon, dass jetzt das Ausland reagiert, denn längst hat GMC weltweit seine Netze ausgespannt. Es geht*

hier nicht um eine Handvoll Tabletten, sondern um komplexe Behandlungssysteme für die reichste, größte und zugleich ängstlichste Zielgruppe, es geht um weltweit geschätzte rund 600 Millionen Senioren und ihre Zahl wird sich in den nächsten 50 Jahren verdoppeln. Was sind dagegen ein paar arme Schlucker wie wir?
Als habe es sich um das Schlusswort gehandelt, meldete sich keiner mehr zu Wort. Die Runde saß stumm, bis Rafael das Glas hob und auf Walcher trank: *Wir hoffen auf dich und all die anderen, die wir informiert haben und noch informieren werden, damit es immer mehr werden, die immer lauter danach fragen, wem die Produkte von GMC das Leben versüßen sollen. Wenn einzelne Lämmer blöken werden sie geschlachtet. Nur wenn ganze Herden blöken, hört man sie – hoffe ich wenigstens.*
Rafael stand auf, umarmte Walcher und gab ihm einen Zettel. *Meine Telefonnummern, Internet und Adresse, ich werde immer Zeit für dich haben.*
Sieben Zettel hatte Walcher in der Hemdentasche, als Noras Freunde gegangen wie sie gekommen waren: leise und vorsichtig.

Der Mond hatte eine silberne Spur auf das dunkelgraue Wasser gelegt. Ob zunehmend oder abnehmend, wer war sich da schon sicher, in jedem Fall stand derselbe Mond auch im Allgäu am Himmel dachte Walcher, schob aber den Gedanken zur Seite. In seinem Kopf drehten sich Bruchstücke aus den Berichten von Noras Freunden und ließen wenig Raum für Romantik. Außerdem mischte sich Nora in seine Gedanken. *Gibt es Menschen auf dieser Welt, die frei sind von der Gier nach Macht und Reichtum? Manchmal glaube ich, dass eine winzige Oberschicht mit uns ein Spiel spielt, aus dem längst ein Krieg geworden ist. Wenn es denen nicht in den Kram passt, dann gibt es plötzlich keine Gesetze und kein Recht, so, als wären wir im tiefsten Mittelalter. Wir sind die Lämmer, denen man ständig die Wolle schert und uns glauben macht, dass wir genau das brauchen, um uns wohl zu fühlen.*
Warum können wir nicht wie unsere Ahnen leben? Die holten sich aus der Erde oder dem Meer, was sie zum Leben brauchten.

Walcher drückte Noras Schulter, mehr ließ die schmale und steile Treppe, auf der sie hinunter zum Strand stiegen, nicht zu. *Da musst du aber schon zu Adam und Eva zurückgehen und bei denen hat es ja auch nicht geklappt.*
Nora war stehen geblieben, weshalb Walcher in der Dunkelheit an sie stieß.
Mag sein, aber unsere Vorfahren konnten sich zurückziehen, einfach in die Wildnis gehen, abhauen. Heute geht selbst das nicht mehr. Verdammt noch mal, ich habe es einfach satt, ständig mit Ängsten zu leben. Nora wollte Walcher umarmen, aber da fühlte sie den Rucksack, den er sich am Nachmittag gekauft hatte. *Haben wir dich mit unseren Ängsten angesteckt, dass du das Ding sogar jetzt trägst?*
Ein bisschen, vielleicht, aber eigentlich hatte ich mir das schon beim Kauf vorgenommen. Ich bin nämlich kürzlich nackt ins Meer gestoßen worden und deshalb habe ich mir geschworen, künftig meine Papiere ...
Du hattest eine Badehose an, unterbrach Nora ihn, gab ihm einen schnellen Kuss und zog ihn dann am Arm hinter sich her, weiter die Stufen zum Strand hinunter.
Drei, vier schwere Ruderboote aus Holz lagen kieloben im Sand der kleinen Bucht, in respektvollem Abstand zur Wasserlinie. *Das mit dem Violinschlüssel am Bug gehörte meinem Vater,* deutete Nora hinüber, setzte sich in den Sand und zog Walcher neben sich.
Während er über die Nähe zu ihr und über den Sand nachdachte, der sich immer noch handwarm anfühlte, erinnerte sie sich an ihren Vater.
Er fuhr jeden Tag hinaus, lange bevor die Sonne aufging, wenn das Meer es zuließ. Waren die Wellen zu hoch, saß er traurig vor dem Schuppen, reparierte Netze und die anderen Sachen.
Die Angst, seine kleine Familie nicht ernähren zu können, trieb ihn sein ganzes Leben lang um. Ihn und die anderen fünf Familien, die in dieser Bucht lebten. Wir sind hier alle um ein paar Ecken herum verwandt. Und dass hier noch keine Hotels stehen, ist nur einer Art Eid zu verdanken, den jeder Erbe ablegen muss. Aber es ist mehr ein Versprechen und nur mündlich und deshalb ist es wohl nur eine

Frage der Zeit, wann auch hier gebaut wird. Fühl mal, Nora schob Walcher ein Stück trockenes Schwemmholz in die Hand. Rau und rissig fühlte es sich an.

So waren Vaters Hände. Seine Zärtlichkeit und Liebe lagen in seinen Augen, die Hände waren mehr für Taue, Ruderhölzer und fürs Salzwasser. Seit ich ihn zu dem Altersheim überredete, mache ich mir Vorwürfe. Ein warmherziger Greis, der nichts anderes wollte, als von seinen Erinnerungen zehren. Ich habe ihm den Blick aufs Meer genommen und nicht gemerkt, dass sie ein Versuchskaninchen aus ihm machten.

Nora lehnte sich an Walcher und schwieg.

Zehn Meter vor ihnen verloren sich die Wellen auf dem flachen Strand, machten Platz für die folgenden und denen danach und immer wieder. Seit es Meer und Küste gab, geschah das so, sechs, sieben kleine, manchmal auch neun oder zehn, dann eine größere Welle, als wolle das Meer Kraft sammeln, um sich weit hinauf aufs Land zu schieben.

Aber auch die großen Wellen schafften es in dieser Nacht nicht viel weiter hinauf als die kleinen.

Und dann die Geräusche. Erst rauschte das Wasser, dann, wenn es sich wieder zurückzog, rieben und stießen die Kiesel und Muschelschalen aneinander und es klang, als flüsterten sie eilig ihre Geschichten, bis die nächste Welle kam.

Was galt ein Menschenleben gegen diese Jahrmillionen alten Geschichten?, dachte Walcher und gab sich der hypnotischen Wirkung der Wellen, der Bucht und der Nähe zu dieser bezaubernden Frau hin. Nora sprach aus, was auch er dachte: *Wenn ich hier liege, überkommen mich jedes Mal eine große Ruhe und Gelassenheit und das Meer flüstert mir zu: Nimm dich nicht so wichtig, du Wurm. Leider hält dies tolle Gefühl nicht allzu lange an,* seufzte sie und schmiegte sich noch etwas enger an ihn.

Walcher dachte an die unvorhersehbare Entwicklung dieser Reise und beschloss, Noras Druck zu erwidern.

Aber sie kamen nicht dazu, noch enger aneinander zu rücken, denn durch die Nacht zuckte ein greller Blitz, der sich einige Sekunden zu halten schien, gefolgt von mächtigem Donner, den die Felsen der Bucht wie ein Schalltrichter hinaus aufs

Meer dröhnen ließen. Von dort drückte pfeifend die Luft nach, die von der Explosion verbrannt war.
Nora und Walcher starrten hinauf zu dem riesigen Rauchpilz, der sich wie ein Lebewesen wabernd über der Bucht ausbreitete, bis seine Energie verbraucht war. Aber auch ohne Beleuchtung von innen war die schwarze Wolke deutlich am Nachthimmel erkennbar, wie sie langsam landeinwärts getrieben wurde.
Aus der Erstarrung erwacht wollte Nora aufspringen und hinaufhetzen, aber Walcher hielt sie zurück.
Vielleicht wartet da oben jemand auf uns. Egal was da in die Luft gejagt wurde, wir machen es nicht mehr rückgängig, in Ordnung?
Nora sank in den Sand zurück und nickte.
Nach zwei tiefen Seufzern sprang sie auf und zog Walcher mit sich zu den Booten. Am Bug, wo der Violinschlüssel den Sand berührte, ließ sie sich auf die Knie fallen und begann wie ein Hund zu graben.
Nach einem halben Meter griff sie in das Loch und hielt Walcher dann triumphierend einen Leinensack hin, aus dem sie einige Vakuumbeutel schüttelte. *Haben wir Jorge zu verdanken. Papiere, Geld und dies Spielzeug hier,* dabei riss sie mit den Zähnen den Beutel auf und zeigte ihm das Spielzeug. Eine kleine Pistole samt Ersatzmagazin und einer Schachtel Munition. *Jetzt brauchen wir nicht mit Sand zu werfen.*
Nora konnte offensichtlich mit der Waffe umgehen, denn sie zog das Magazin heraus, sah es sich an und steckte es wieder zurück, und das bei dem schwachen Licht des Mondes.
Gibt es einen anderen Weg hinauf?, fragte Walcher.
An der rechten Seite, aber der ist steiler und ein Stück ist geradezu lebensgefährlich, noch dazu bei Dunkelheit.
Sicher nicht gefährlicher als eine Bombe oder eine Kugel, was meinst du? Statt einer Antwort nahm Nora Walcher bei der Hand.
Bleib ganz dicht bei mir. Kannst du die Sachen in den Rucksack stecken?
Hätte nicht gedacht, dass sich der Kauf so schnell auszahlen würde, flüsterte Walcher und nahm den Leinensack, in den Nora die anderen Beutel zurückgesteckt hatte.

Die Pistole schob sie in die rechte Tasche ihrer Jeans, das Magazin und die Patronenschachtel in die linke. Dann nahm sie wieder seine Hand.
Zehn Minuten später knieten sie mit pfeifenden Lungen und zitternden Beinen auf dem Plateau, oberhalb und gegenüber Noras Haus.
Die Kletterei war halsbrecherisch gewesen und das aufgeschürfte Knie Walchers hätte ebenso auch ein gebrochener Knochen sein können oder der tödliche Absturz in die Tiefe, von einer Stelle, in der nur winzige Stufen diagonal in eine Steilwand gehauen waren.
Dass ich hier mal bei Nacht rauf muss, das ... Sie starrte auf den Platz, an dem noch vor einer halben Stunde das Haus ihrer Eltern gestanden hatte, ihr Haus. Es war nicht mehr viel davon zu sehen, außer ein paar Mauerresten.
Im Umkreis von zwanzig Metern lagen Trümmer, qualmende Balken und Möbelteile, keine besonders großen Teile. Noras Wagen lag auf der Seite, etwa 30 Meter von der Stelle entfernt, wo sie ihn abgestellt hatte. Die Druckwelle der Explosion musste gewaltig gewesen sein.
Nora ertastete Walchers Hand und drückte sie derart heftig, dass er sogar den Schmerz im Knie vergaß.
Ein Albtraum, sag, dass es nur ein Traum ist, stöhnte sie. *Diese verdammten Schweine. Das war alles, was ich hatte. Das ist ...*
Dann weinte sie und biss dabei in den Trageriemen von Walchers Rucksack.
Walcher umarmte und streichelte Nora und fühlte sich dabei wie der Protagonist im Abspann eines Agententhrillers: Vor den Trümmern ihrer Heimat, ungebrochen mit kühnem Blick aufs Meer, schwören Patrioten ewige Rache.
Als ob Nora seine Gedanken geahnt hätte, flüsterte sie: *Jetzt habe ich nichts mehr zu verlieren, vielleicht ist das gut so. Ich werde sie anzeigen und alles auf den Tisch legen. Mal sehen, was dann passiert. Sie können uns doch nicht alle umbringen. Oder? Sag, dass sie das nicht können.*
Walcher kam um eine Antwort herum und flüsterte in ihr Ohr: *Pssst, da tut sich was.*

Er hätte nicht flüstern müssen, denn sie saßen gut hundert Meter Luftlinie entfernt und dann auch noch etwa dreißig Meter höher.
Nora drehte sich zu der Walstatt und beide sahen zu, wie eine dunkle Limousine den Weg zum Trümmerplatz rollte, langsam und ohne Licht. Dann hielt der Wagen, aber es geschah nichts. Niemand stieg aus.
Das Seitenfenster des Fahrers und das vom Rücksitz dahinter standen offen. Die Fenster auf der anderen Seite konnten sie nicht sehen, aber sie schienen ebenfalls offenzustehen, denn auch von der abgewandten Seite stiegen in regelmäßigen Abständen Rauchschleier auf.
Vier Raucher, meinte Nora, *ich würde mir jetzt auch gerne eine reinziehen und dazu einen Tequila.*
Die ganze Szene schien unwirklich. In einer traumhaften Landschaft beschien der Mond die qualmenden Trümmer des Hauses, etwa fünfzig Meter davor stand ein Straßenkreuzer, aus dessen vier Seitenfenstern Rauchfahnen wehten.
Was machen wir?, fragte Nora.
Nichts, zuschauen und abwarten, gab Walcher zur Antwort, *und wenn sich nichts tut, dann treten wir die Nachtwanderung an. Und wenn es Tag ist, lese ich mein Flugticket durch, vielleicht habe ich ja einen Abenteuerurlaub gebucht und weiß nur nichts davon.*
Schade, hauchte Nora in sein Ohr, *dass wir uns nicht schon früher über den Weg gelaufen sind.*
Vermutlich wäre ich dann nicht mehr am Leben, zwei Anschläge in zwei Tagen, das sieht nach verdammt schlechten Karten aus, flüsterte er.
Nix Nachtwanderung, wer hier zu Fuß geht, egal ob Tag oder Nacht, macht sich verdächtig. Wenn diese Typen verschwunden sind, klettern wir wieder runter, ziehen eines der Boote ins Wasser und rudern aus der Bucht in die nächste. Dort kenne ich eine Tankstelle, in der wir uns einen Wagen mieten, damit wir uns wie zivilisierte Menschen bewegen können, comprenderé, muchacho?
Walcher sagte nichts, sondern stieß an ihre Schulter.
Hab's gesehen, flüsterte Nora.
Irgendetwas hatte sich hinter der Limousine bewegt, war von

unterhalb des Weges aufgetaucht, über den Weg gerannt und im Schatten des Hangs darüber verschwunden.
Gebannt starrten Nora und Walcher hinunter und warteten. Außer den unaufhörlich aufsteigenden Rauchfahnen geschah aber nichts weiter.
Haben wir uns das nur eingebildet oder gibt es hier Lamas?, fragte Walcher.
Banause! Bekam er zu hören.
Vermutlich war es die längst überfällige Entladung ihrer aufgestauten Spannung, und so kicherten beide hemmungslos wie Kinder. Sie verstummten aber abrupt, als erneut das *Irgendetwas* aus dem Schatten auftauchte und in gerader Linie auf die Limousine zu rannte. Ein martialischer Schrei war zu hören, dann blitzte es aus den Fenstern des Wagens und der Schall von Schüssen kam nach kurzer Verzögerung bei ihnen an.
Offensichtlich hatten die Raucher auf den Angreifer geschossen, der wieder in den Hügelschatten zurück gerannt war.
Verstehst du das?, fragte Walcher, aber da zuckte im selben Moment im Inneren der Limousine ein greller Blitz auf.
Das Fahrzeug schien sich kurz aufzublähen und platzte dann auseinander wie ein Spielzeugauto, in dem ein Böller explodierte. Es sah nicht so aus, als hätten die Raucher das Fahrzeug noch rechtzeitig verlassen können, auch wenn die Türen durch die Luft segelten. Kurz hupte die Alarmanlage, aber nur kurz, dann gab es wohl einen Kurzschluss.
Wieder gellte der Schrei durch die Nacht, der schon bei dem Angriff zu hören gewesen war.
Jorge, das ist Jorge, jubelte Nora, sprang auf und brüllte wie von Sinnen in die Nacht: *!Viva, les has asado los cojones!*
Als Antwort kam ein lang gezogenes Heulen, als wäre ein Kojote auf Brautwerbung.
Irgendwie war das Ganze total verrückt und er vermutlich doch Komparse in einem Thriller, dachte Walcher, fragte aber: *Was hast du ihm zugerufen?*
Du hast ihnen die Eier gegrillt, kicherte Nora etwas verlegen,

allerdings ging ihre unerklärbare Fröhlichkeit in einer weiteren Explosion unter. Entweder hatte Jorge noch einen Sprengsatz gezündet oder der Tank war mit Verzögerung in die Luft geflogen. Nun brannte die Schrottkarre und dichter schwarzer Rauch stieg in den Nachthimmel.
Vielleicht sollten wir verschwinden, schlug Walcher vor, *demnächst werden Polizisten und Feuerwehr auftauchen und eigentlich hatte ich vor, morgen Abend in Los Angeles zu sein und nicht im Gefängnis.*
Komm, mehr sagte Nora nicht, nahm aber Walcher wieder an der Hand und führte ihn durch die Nacht.

Teambesprechung

Derart häufige Teambesprechungen setzte Brunner nur an, wenn sich die Aufklärung eines Falls nicht so entwickelte, wie er sich das vorstellte. Da konnte es dann sogar geschehen, dass Barbara, die unbestritten längst den Status einer exaltierten Entertainerin besaß, die Lust verließ sich in Szene zu setzen. Selbst auf die Gefahr hin, ihre Kollegen zu enttäuschen, jedenfalls auf den ersten Blick.
An diesem Morgen trug sie ein einfaches Dirndl, mit dem sie vermutlich die Heidi aus der Schweiz darstellen wollte.
Das Problem dabei war nicht so sehr das Dirndl, sondern dessen Konfektionsgröße. Selbst Brunner, einiges gewöhnt, verschlug es kurzzeitig den Atem.
Falsche Temperatur oder lag's am Waschmittel?, tat er interessiert und versuchte krampfhaft nicht den Augenkontakt zu Barbara zu verlieren. Erst als sie sich zu den anderen an den Tisch gesetzt hatte, begrüßte er die Kollegen, allen voran Dr. Kantler, dem anzusehen war, dass Barbara ihn ins Heidiland entführt hatte.
Gell, lieber Herr Doktor, hüstelte deshalb Brunner, um sein Grinsen hinter der Hand verbergen zu können, *sie verfluchen manchmal auch die Wahl ihrer Fakultät.*

Dr. Kantler nahm wie selbstverständlich den Ball auf. *Vor allem, wenn man an einer Leiche mit Adipocire arbeiten muss, im Volksmund auch Wachsleiche genannt. Aber das ist bei uns hier herum ja nichts Besonderes. Die meisten Gottesäcker sind leider in Feuchtgebieten angelegt, was allerdings in unserem Fall der Wahrheitsfindung dient. Wer es noch nicht weiß, eine Wachsleiche,* dozierte Dr. Kantler, *sieht aus wie das blühende Leben, weil sich das adipöse Fett des Subkutangewebes nicht abgebaut, sondern in eine Art Seifenschicht verwandelt hat,* dabei strahlte er Barbara an, die allerdings konzentriert einige Blätter vor sich ordnete, *aber das habe ich Ihnen schon einmal erklärt. Also, wo waren wir, ja, die Frau Fischer. Sie ist weder an den üblichen Jauchegasen, Ammoniak, Methan und Kohlendioxid gestorben, noch ist sie in der Ursache dieser Gase, also der Brühe, ertrunken.*
Sie kann auch nicht durch morsche Bretter in eine Jauchegrube eingebrochen sein, denn ihr Körper weist keinerlei Druckstellen oder Brüche auf, die für derartige Fälle typisch wären.Sie muss postmortalis an den Unfallort transportiert worden sein und zwar mit deutlichem Zeitversatz.
Medikamente?, drängelte Brunner.
Sie wollen wissen, ob Frau Fischers Gewebezellen dieselben Chemikalien aufbewahrt haben wie die von Frau Schaible? Also, da hätte ich gerne vorher einen Schluck Kaffee.
Bevor Barbara aufstehen konnte, stand Brunner bereits neben ihr und hatte die Thermoskanne in der Hand. *Kaffee, der Herr Doktor,* grinste er und schenkte eine Tasse randvoll.
Diese Blitzaktion Brunners war es, die Barbara und Dr. Kantler jeweils ein zartes Rot auf die Wangen zauberte und den Kollegen Wehrle, Aumiller und Adler ein bewunderndes Nicken abnötigte, denn allen war klar, dass Kantler gerne beides hätte mit seinen Gierblicken verschlingen wollen: den oberen wie den unteren Saum von Barbaras Kinderdirndl.
Zucker und Milch stehen vor Ihnen, Sie bedienen sich, gell, holte Brunner die Runde wieder in die Besprechung zurück. *Also, machen Sie's nicht so spannend, wir haben heute noch was vor.*
Dr. Kantler schien mit einem Mal wie ausgewechselt und gab kurz und präzise die Ergebnisse seiner Sektion und Labor-

analyse bekannt. *Alkaloide, Amphetamine, Ephedrin und synthetisch hergestellte Derivate, Methylamphetamin, MDA, MDEA, BDM, DOI und so weiter, alles neben den körpereigenen Katecholaminen, wie Adrenalin, Dopamin und Noradrenalin.*
Ferner Tropanalkaloide wie Hyoscyamin, Lysergsäureamide, Kokain, Cannabinoide und noch einiges, was für Ihre Ermittlung allerdings eher zu vernachlässigen ist.
Diese chemischen Substanzen führen zu unterschiedlichen pharmakologischen Wirkungen, die allerdings nicht mehr nachvollziehbar sind, da bereits die kleinste Veränderung in der Zusammensetzung der Substanzen und Mengen ein Analgetikum in ein Sedativum oder Stimulantium verwandeln kann, insbesondere bei Älteren, im Sinne einer paradoxen Wirkung.
Ja, tut mir leid, interpretierte Dr. Kantler die enttäuschten Mienen der Runde, *wir können nur feststellen, was die Leute im Körper hatten, nicht unbedingt, wofür oder wogegen sie das Zeug geschluckt haben. Die Bausteine liegen bei den Pillendrehern oft sehr nahe beieinander und können dazu auch noch Verbindungen mit der körpereigenen Chemie eingehen, da wird es dann vollends verwirrend. In jedem Fall halte ich die festgestellten Mengen für besorgniserregend hoch, noch dazu für das Alter von Frau Fischer, und das gilt auch für die andere Leiche, Frau Schaible.*
Dr. Kantler trank einen Schluck Kaffee und nickte Brunner zu.
Wenn das so ist, dann müssen wir auch die Herren Steurer und Meinrat nach vergleichbaren Einlagerungen untersuchen, nur so können wir diesen Leuten irgendetwas nachweisen. Allerdings kommen Steurer und Meinrat erst an die Reihe, nachdem Sie, machte Brunner eine genüssliche Pause, *die Basowitz und Renner aufgeschnipselt haben. Was stört Sie eigentlich an Wachsleichen, so wie ich Sie verstanden habe, kann man aus ihnen lesen wie in einem offenen Buch.*
Dr. Kantler ging nicht auf Brunners Frage ein, er knurrte nur:
Meinen Sie, ich habe nichts anderes zu tun, als ständig vergammelte Leichen Ihrer Residenz zu zerlegen?
Meine Residenz? Mehr sagte Brunner nicht, aber es schien zu genügen, Dr. Kantler von einer weiteren Attake zurückzuhalten. Kurz musterte er kampfbereit den Kommissar, dann

nickte er und meinte: *Frau Fischer hing in ihren jungen Jahren übrigens an der Nadel. Heroin vermutlich. Haben Sie noch Fragen?* Der anschließende Abgang von Dr. Kantler entsprach so gar nicht seiner üblichen Dramaturgie und Brunner machte sich kurz Vorwürfe. Vielleicht war er doch zu grob gewesen.
Es dauerte einige Minuten, bis die Runde wieder zu ihrer Routine zurückfand und über die Auswertung der Bänder des Obersten sprach.
Um sich die gewaltige Aufgabe zu teilen, hatten alle einige Bänder abhören müssen, allerdings war nicht mehr dabei herausgekommen, als ohnehin schon bekannt war. Bei allen war jedoch ein bitteres Gefühl geblieben, das Aumiller auf den Punkt brachte: *So hab' ich mir immer den Orwellschen Überwachungsstaat vorgestellt. Einfach zum Kotzen. Von wegen Notfälle. Dieser Oberst ist doch pervers. Und dann diese Bänder auch noch aufzuheben. Krankhaft ist das doch. Das einzig Positive ist, wenn ihr mich fragt, dass in so einem Altersheim noch ganz ordentlich die Post abgeht. Das könnten ja praktisch meine Großeltern sein. Hätte nie gedacht, dass die noch ...*
Mein lieber Aumiller, unterbrach ihn Brunner, *wir wollen uns doch nicht etwa dem Niveau des Herrn Oberst annähern?*
Aumiller zuckte mit den Schultern und gab sich wieder sachlich. *Wie immer man es bezeichnen mag, diese Tonbänder verstoßen bestenfalls gegen das Telefon- und Postgeheimnis und sogar das wird schwer beweisbar sein, denn der Herr Oberst hat ja schon laut angekündigt, dass die Bänder nur aus Sicherheitsgründen bei Krankheit der Betroffenen und auf deren ausdrücklichen Wunsch mitgeschnitten wurden.*
Auch die Versicherungs- und Handelsgeschäfte der Seniorenselbstverwaltung, meldete sich Kommissar Wehrle, *könnten bestenfalls als vages Motiv herhalten, aber keinesfalls als Beweis für Totschlag oder Mord. Wir haben die Akten des Vereins durchgearbeitet und auch einige offensichtlich abgefangene Briefe von Bewohnern entdeckt, aber mehr als Betrug, Diebstahl und Verletzung des Postgeheimnisses kommt da nicht raus.*

Die Profis

Mit Sammy Davis hatte Sam Davis wenig gemeinsam, weder das Aussehen noch die Neigung zum unterhaltenden Fach, aber er gab vor, häufig auf seinen Namen angesprochen zu werden.
Christopher war sich allerdings nicht einmal sicher, ob der Name nicht ebenso falsch war wie Sams Augenfarben, deren strahlendes Blau wohl eher den getönten Kontaktlinsen zuzuschreiben war. Aber darüber machte sich Christopher keine übermäßigen Gedanken, denn er wollte weder mit Sam noch mit dessen Freund und Partner, Martin Bolton, über den rein beruflichen Kontakt hinaus zu tun haben.
Das lag nicht daran, dass die beiden um einiges älter waren, sondern dass er sich in ihrer Nähe unwohl fühlte. So unwohl, wie man sich auf einer Kiste Dynamit eben fühlen konnte.
Wegen nicht genauer bezeichneter Unregelmäßigkeiten aus dem Staatsdienst ausgeschieden, hatten sich die beiden vor zwei Jahren bei ihm vorgestellt und um den ausgeschriebenen Arbeitsplatz als international agierender Interventionsmanager beworben.
Dabei boten sie sich als „Zwei-für-eins-Packung" an, also zwei Männer für das Gehalt der einen Stelle, denn er hatte nur einen Mann gesucht. Sollte nach einem Jahr Christopher mit ihrer Arbeit nicht zufrieden sein, würden sie freiwillig gehen. Wäre Christopher aber zufrieden, sollte auch Martin offiziell eingestellt werden.
Schon damals hatte Christopher gewusst, dass er mit Sam und Martin exzellente Aufklärer, Problemlöser, Agenten, Killer – als was auch immer man sie bezeichnen wollte – im Team hatte. Aber er hatte sie dann nicht eingestellt, sondern ihnen eine freiberufliche Zusammenarbeit angeboten, die sich jedoch nach präzisen Regeln zu gestalten hatte, die ausschließlich er festlegen würde.
Sehr bald hatte sich herausgestellt, dass die beiden als ein außergewöhnlicher Glücksgriff eingestuft werden konnten. Mit großem Engagement, Ideenreichtum und Witz erledigten

sie die ihnen gestellten Aufgaben. Ausschließlichkeit war vereinbart und sie schienen sich dran zu halten, immerhin verdienten sie gutes Geld. Dennoch gab es an der Zusammenarbeit etwas, das Christopher störte.
Er hatte lange darüber nachgedacht und war ehrlich genug es sich einzugestehen. Die beiden lösten bei ihm ein Gefühl aus, das er bis dato geglaubt hatte im Griff zu haben, nämlich Angst. Er, der smarte und alle Probleme dieser Welt lösende Christopher, empfand in der Nähe der beiden ein Gefühl, als hätte er die Tür zum Hades aufgestoßen.
Auch als er sie am vereinbarten Treffpunkt, in einer kleinen, unauffälligen Bar ganz in der Nähe seines Hotels, begrüßte, empfand er wieder dieses bedrohliche Kraftfeld, das die beiden umgab.
Christopher lud sie auf einen Genever ein und hörte, was sie zu berichten hatten. Offensichtlich verfügten Sam und Martin immer noch über gute Verbindungen zu irgendwelchen Geheimdienstlern, denn sie zählten die Lebensstationen der Koroskem-Brüder und Rüttlers auf, als hätten sie deren handgeschriebene Lebensläufe gelesen. Selbst die derzeit aktuellen Adressen kannten sie.
Die Munitionskiste, die Sam und Martin gerade noch rechtzeitig vor der offiziellen Entdeckung von Rüttlers Leiche hatten in Sicherheit bringen können, sei auf sicherem Weg in die Zentrale, nur ein kleines Päckchen besonderer Unterlagen hätten sie dabei, um sie Christopher zu übergeben.
Dass die Koroskem-Brüder den Freund von Cordes umgebracht hatten, stand für Sam und Martin fest, es passte zum Vorgehen der Brüder, die Erpressung Cordes und Rüttler in die Schuhe zu schieben. Wobei nicht klar war, ob die vier vielleicht die ganze Sache gemeinsam geplant hatten, allerdings mit unterschiedlichen Zielvorstellungen.
Wie seid ihr so schnell auf diese Brüder gestoßen?, Christopher spielte den Interessierten, obwohl es ihm völlig gleichgültig war, wie die Jungs ihr Ziel erreicht hatten.
Martin genoss es sichtlich, ihre Vorgehensweise, Verbindungen und Fähigkeiten ins rechte Licht zu setzen, auch wenn

er sich, was die Details betraf, durchaus bedeckt hielt.
Nun, meinte er selbstgefällig lächelnd und nahm noch einen kleinen Schluck, *sagen wir mal so, die beiden sind keine Unbekannten in der Szene. Außerdem haben sie versucht, das Informationsmaterial auch an Konkurrenten zu verhökern, und so etwas spricht sich dann sehr schnell herum.*
Sam unterstrich mit einem Nicken, was sein Partner gesagt hatte, und übernahm die Sprecherrolle. *Hinzu kommt, dass manche Leute immer noch ernsthaft glauben, dass Banker verschwiegen sind.*
Ihr habt einen Tipp von Bankern bekommen? Christopher war nun doch neugierig geworden.
Nicht direkt, aber auch Banker sind inzwischen vorsichtig, wenn sie hohe Summen transferieren sollen, und wollen dann Informationen. Und wenn jemand versucht, Informationen einzuholen, dann stößt er meist einige Kugeln an wie beim Billard.
Außerdem, übernahm wieder Martin, *bewegten sich die Brüder derart selbstsicher, als würden sie die Route einer Konzertreise für irgendeine Superband planen.*
Die Welt ist klein geworden, schloss Sam seinen Bericht und schob Christopher eine pralle Versandtasche zu. *Dies hier sollten Sie sich ansehen, bevor es in die Zentrale geht. Das ist ganz schöner Tobak. Ich denke, dass dieser Cordes nicht mehr als weiße Braut heiraten darf,* grinste Sam.
Es war gegen Mitternacht, als Christopher in seinem Hotelzimmer einige Doppelseiten aus dem Tagebuch riss und in die Hülle zurücksteckte. Er würde sie behalten, vielleicht konnte er ja irgendwann einmal dieses Material gut gebrauchen. Dann las er die vier Briefe, die Sam und Martin besonders wichtig erschienen waren, nickte und zerriss sie. Eine Handvoll nach der anderen trug er als Schnipselhaufen in die Toilette und spülte das Beweismaterial in die Amsterdamer Kanalisation, vermutlich zum Ärger seines Zimmernachbarn. Es waren nämlich einige Spülungen notwendig und die Wassertechnik des Hotels stammte noch aus dem vorletzten Jahrhundert.

Wir haben da noch einige Fragen, begrüßte Brunner den Geschäftsführer der LIFUS Seniorenresidenz und versuchte nicht seine Freude darüber zu verbergen, dass von Cordes' Überheblichkeit wenig übrig geblieben schien.
Cordes deutete auf den Ledersessel, das einzige Sitzmöbel im Raum außer dem Bett, aber Brunner schüttelte den Kopf.
Ich denke, Sie begleiten uns hinunter in Ihr Büro und dort setzen wir uns an den Tisch.
Cordes zuckte mit den Schultern und ging voran. Wehrle, der direkt hinter ihm folgte, drehte sich kurz zu Brunner um, deutete auf die Nase und imitierte mit der Hand, als würde er ein Glas trinken. Brunner nickte, auch ihm war Cordes' Alkoholfahne aufgefallen.
Im hellen Licht der Bürobeleuchtung waren Cordes dann auch deutlich die Spuren übermäßigen Alkohols anzusehen. Und noch etwas anderes entdeckte Brunner in Cordes' Gesicht, in dessen Augen: Resignation.
Dieser Mann war fertig, ausgebrannt und hatte aufgegeben. Und was ihn die beiden Beamten zu fragen hatten, würde ihm den Rest geben, wenn er es nicht bereits wusste.
Dieser Kutter hat ja wohl einige Versicherungen hier im Heim abgeschlossen. Wir haben mit dem Versicherungsunternehmen gesprochen ... Es gibt da noch zwei Versicherungsfälle, die derzeit bearbeitet werden ... Meinen Sie nicht, dass es höchste Zeit ist, uns zu erklären, warum Sie Versicherungsprovisionen erhalten haben und zwar ausschließlich bei Versicherungsfällen von Bewohnern dieses grandiosen Altenheims. Und in diesem Zusammenhang würde uns interessieren, ob Sie nicht die kurze Lebensdauer der Versicherten nach dem Versicherungsabschluss für auffallend halten? Und Sie sagen mir auch, ob ich mit meiner Vermutung richtig liege, dass Sie mit diesem Kutter und dem Oberst, den Amerikanern und vielleicht ... ja, auch mit Ihrem Freund Lothar gemeinsame Sache machten und Bewohner dieses Heims umgebracht haben? Steurer zum Beispiel und Meinrat, um nur die letzten beiden Fälle zu nennen? Sie müssen es ja nicht selbst gemacht haben.

Die Leute hatten endlich die Schnauze voll und einige drohten, an die Öffentlichkeit zu gehen. Da haben Sie kurzen Prozess gemacht, brachte ja auch noch zusätzliche Kohle in die Tasche. Ein klassisches Motiv, wenn Sie mich fragen. Habgier und dann die Angst vor dem Gefängnis, Imageverlust, sozialer Abstieg in die Pissrinne.
Kommen Sie, machen Sie den Mund auf. Wir kriegen Sie, so oder so, das verspreche ich Ihnen.
Cordes stand angelehnt am Türrahmen, sah irgendwo auf den Fußboden und machte nicht den Eindruck, als ob er zugehört oder verstanden hätte. Auch dass der Kommissar seine Residenz schon wieder einmal als *Heim* bezeichnet hatte, schien ihn nicht mehr zu stören.
Kommen Sie wieder, wenn Sie Beweise haben, winkte Cordes müde ab, drehte sich zur Tür und verließ das Büro.

Los Angeles

Der Abschied kam plötzlich und verlief in kindlicher Hilflosigkeit.
Sie hatten zwar den ganzen Tag Zeit gehabt, aber erfolgreich vermieden, darüber zu reden. Stattdessen sprachen sie über alles Mögliche auf ihrer Zickzackfahrt kreuz und quer übers Land nach Los Angeles, nur eben nicht über den kommenden Abschied.
Als Nora dann vor dem grandiosen Portal des Renaissance Airport Hotels hielt, ging alles sehr schnell. Der Türsteher in Galalivree stürzte an den Wagen und riss die Seitentür auf. Nora reckte sich zu Walcher und küsste ihn.
Ich werde dich, verdammt noch mal, furchtbar vermissen, pass auf dich auf. Hasta la vista, amigo.
Du auch auf dich. Ruf mich an oder schreib mir eine Mail, wie ich dich erreichen kann. Und danke für alles. Walcher wollte noch etwas Persönliches, etwas Zärtliches sagen, etwas über sein Gefühl, über Trennung und Hoffnung, wollte sagen, dass er sich zu ihr hingezogen fühlte, dass er ..., aber der Türsteher

drängte, den Platz frei zu machen. Noch ein flüchtiger Kuss und Walcher stieg mühsam aus dem Wagen. Das verletzte Knie war angeschwollen und schmerzte heftig.
Nora musste auch etwas am Knie haben, denn sie jagte mit heulenden Reifen davon.
Der Türsteher, er machte den Eindruck als hätte er sämtliche Börsenkurse im Kopf, schien kurz zu überlegen, ob er den hinkenden Walcher stützen oder ihm einen Rollstuhl anbieten sollte. Nach einem abschätzenden Blick entschloss er sich aber, ihm nur die gigantische Flügeltür aufzuhalten.
Besonders elegant wirkte Walcher nämlich wirklich nicht in seinen am Nachmittag auf einem Straßenbasar gekauften 10-Dollar-Jeans, 4-Dollar-Stoffschuhen, dem 2-Dollar-T-Shirt und einem Jackett für immerhin 17 Dollar, das aussah, als hätte es eigentlich ein Schottenrock werden sollen. Allerdings hatte der Türsteher schon Milliardäre in vergleichbarem Outfit erlebt und Rucksäcke trugen heutzutage längst nicht mehr nur Pfadfinder.
The AAA Three-Diamond Renaissance Los Angeles Airport is located approximately a half-mile from Los Angeles International Airport and two miles from Marina del Rey. This location is also 10 miles from Beverly Hills or Rodeo Drive, 15 miles from downtown Los Angeles, and Staples Center, 17 miles from Dodger Stadium, 18 miles from Hollywood, 28 miles from Knott's Berry Farm, and 33 miles from Disneyland, erklärte der junge Mann an der Rezeption ungefragt die unglaublich ideale Lage des Hotels, dass Walcher versucht war nach einer versteckten Kamera zu suchen, bevor er sich als *Mr. Weiler* zu erkennen gab, so wie er es mit Hinteregger abgesprochen hatte.
Oh, Herr Weiler, schaltete Hauser, so stand es auf seinem Namensschild, auf Deutsch um, *Sie werden schon erwartet.* Hauser bat Walcher hinter die Rezeption und führte ihn in einen engen, fensterlosen Raum, der vermutlich als eine Mischung von Büro und Aufenthaltsraum genutzt wurde.
Michalsky, stellte sich der dort Wartende vor. *Herr Hinteregger lässt sich entschuldigen,* lächelte Michalsky, *er hatte bei dem Telefonat mit Ihnen einen Termin nicht berücksichtigt, der sich nicht*

aufschieben ließ, und deshalb mich geschickt. In knapp einer Stunde fliegen Sie nach New York und von dort nach Frankfurt, allerdings wieder als Mr. Walcher und mit Ihrem offiziellen Ticket. Hier sind die Flugscheine. Für den Atlantikflug haben wir eine Zweitschrift ausstellen lassen, Herr Hinteregger meinte, dass Sie vielleicht Ihr Ticket verlegt haben könnten.

Walcher schüttelte den Kopf, aber nicht, weil er das Originalticket im Rucksack hatte, sondern weil er sich wieder einmal über Hintereggers perfekte Organisation wunderte.

Rückflug

Als Walcher in der kleinen Maschine saß, die ihn nach New York bringen würde, kam er sich einsam und verlassen vor wie schon lange nicht mehr.

An der Tatsache, dass er als einziger Passagier in einem Düsenjet mit sieben Sitzplätzen der Luxusklasse durch die Nacht jagte, konnte es allein nicht liegen. Er schämte sich zwar für diesen Wahnsinn, der seine Ökobilanz auf Jahre hinaus versauen würde, dennoch genoss er den unverhofften Einblick in die Welt an der Spitze der Pyramide.

So also bewegten sich reiche und wichtige Persönlichkeiten, dachte er und bediente sich an der Bar, denn außer den beiden Piloten war niemand an Bord.

Sein Gefühl von Einsamkeit mochte da schon eher durch das abrupte Ende der unglaublich angefüllten und aufregenden Tage herrühren und von der nicht weniger aufregenden Nähe zu Nora.

In einem anderen Leben hätte Nora vielleicht einen Fischer, einen Architekten oder einen Banker geheiratet, Kinder in die Welt gesetzt und in ihrer Freizeit wäre sie auf dem Meer gesegelt. Aber in diesem Leben hatte sie sich für den Kampf gegen einen Giganten entschieden, einen vermutlich erfolglosen Kapmf noch dazu. Eine Revolutionärin wider Willen, aber waren das nicht alle Revolutionäre einmal, am Anfang?

Hatte er sich in Nora verliebt? Oder war es nur die Intensität dieser Begegnung gewesen, vergleichbar mit einem Nachtflug durch das Abenteuerland Mary Poppins'?
Dass gemeinsam überstandene Gefahren besonders starke Bindungen erzeugen konnten, war ja nun nichts Neues. Und außerdem, konnte man sich selbst überhaupt eine solche Frage objektiv beantworten?
Walcher entschied sich für einen zweiten Gin Tonic und sah aus dem Fenster auf die Rocky Mountains hinab, über die sie gerade flogen. Er dachte an die Alpen, die sich dagegen geradezu niedlich ausmachten, aber wohl deshalb eher ein heimatliches Gefühl schufen als diese schier endlose Gebirgslandschaft. Schon die Allgäuer Gipfel beim Namen zu kennen, schafften vermutlich nur Geologen, fanatische Bergsteiger oder Angeber.
Bei den Rocky Mountains hatte wahrscheinlich nicht einmal jeder Berg einen Namen, vermutete Walcher und lehnte sich behaglich in den Luxussessel, der sich auf Knopfdruck zu einer bequemen Liege mit Fußstütze verwandelte.
Walcher nahm sich vor, nicht an LIFUS City und nicht an Hinteregger und nicht an die Seniorenresidenz, an Cordes, Maximilian Brodmann, Brunner, ja nicht einmal an Irmi oder Mathilde zu denken, sondern sich zurückgleiten zu lassen in die Arme einer feurigen Revolutionärin.

Bingo

Laut ging es zu, in der Stube des kleinen Hofes im Dithmarschen. Serbische Volkslieder tönten aus den Boxen und wurden von zwei stark alkoholisierten, röhrenden Stimmen begleitet, unterbrochen von spitzen Schreien, eindeutig weiblichen Geschlechts.
Das ging schon seit Stunden so, aber es gab niemanden, der dadurch gestört wurde, der nächste Hof lag weit außerhalb der Hörweite.

Irgendwann wurden die Stimmen leiser und die Anlage dudelte zum letzten Mal die Volkslieder ab, dann herrschte endlich die Stille der Nacht, nur das Stubenlicht brannte und erhellte durch das Fenster den Hofraum davor.
Max Kutter saß am Tisch, zurückgelehnt auf der Eckbank. Ihm gegenüber, auf die Tischplatte gesunken, eine rothaarige Frau neben seinem Bruder Ibrahim. Beide schnarchten mit offenen Mündern und verpesteten mit ihren Alkoholfahnen die Zimmerluft. Ein Stockwerk darüber schlief eine zweite Frau auf einem einfachen Matratzenlager und auch in ihrem Zimmer stank es nach Schnaps wie in einer Destille.
Den Grund für diese Sauforgie kannten die beiden Frauen allerdings nicht, auch wenn er greifbar nah war.
In der Speisenkammer neben der Küche, begraben von keimenden Kartoffeln, lagen unten in der Holzkiste zwei Aluminiumkoffer, beide randvoll mit jeweils fünf Millionen Euro. Eine respektable Altersversorgung. Maxens Coup war reibungslos über die Bühne gelaufen.
Auf den Namen von Cordes' schwulem Freund hatte Max Konten in Liechtenstein und Zürich eröffnet. Der Pass war eine hervorragende Fälschung und zierte Max' Portrait mit dem Namen von Lothar Rüttler.
Die Unterschrift war echt, Max hatte selbst unterschrieben und auch die Papiere für die Konten. Mit den Bankern war abgesprochen, dass nach Deckung der Konten sofort die Überweisungen an die Liste der Empfänger vollzogen werden sollten.
Es handle sich um Zahlungen an ehemalige Zwangsarbeiter aus Polen, Russland, Tschechien und dem ehemaligen Jugoslawien, hatte Max glaubwürdig erklärt.
Deshalb war äußerste Diskretion verlangt und auch der Umweg über amerikanische Banken gewählt worden, denn jeder andere oder offizielle Weg würde neue Begehrlichkeiten schaffen und vor allem die Presse aktivieren, was letztlich wiederum neue Forderungen nach sich ziehen würde.
Max hatte zu diesem Zweck eigens eine Briefkastenfirma gegründet, eine *Kanzlei für Internationale Rechtsfragen.*

Mit Visitenkarte und Briefpapier als Dr. Lothar Rüttler ausgestattet, trat er bei den Bankleuten überaus glaubwürdig auf, die keinerlei Grund zu Misstrauen hatten, zumal sie mit der Problematik von Wiedergutmachung und ruhenden Geldern verstorbener Konteninhaber gleichermaßen vertraut waren.
Ibrahims Aufgabe war es danach, der Reihe nach die auf den Konten eingehenden Beträge entweder abzuheben oder auf weitere Konten zu verschieben, bevor auch diese geleert wurden.
Dann der Gegenwert dieser Transaktion, die Munitionskiste. Dass sie von einem Toten übergeben worden war, fanden die Brüder einen nahezu genialen Abschluss ihres Fischzuges.
Ein hartes Stück Arbeit alles in allem und Grund genug für ein rauschendes Fest, zu dem Max genügend Schnaps, Bier und zwei Frauen besorgt hatte.
Kurz nach drei Uhr war es, die Hähne auf den Höfen der Gegend bereiteten sich bereits auf ihre Weckrufe vor, löste sich aus dem Holdergebüsch neben der Hofeinfahrt ein Schatten und bewegte sich auf die Haustür zu, die immer noch offen stand, seit Ibrahim seine Blase im Hof geleert hatte, das war genau vor einer Stunde gewesen.
Der Schatten ging ins Haus und durch das Stubenfenster war zu sehen, dass es ein Mann in Jeans und Parka war, mit einer landesüblichen Wollmütze auf dem Kopf.
Das Gerät, das der Mann in der Hand hielt, sah aus wie eine verkleinerte Ausgabe einer Spritzpistole der Lackierer. Mit ihr schien er erst Ibrahim, dann Max, der auf der Eckbank lag, anspritzen zu wollen. Aber weder Max noch sein Bruder reagierten. Bei ihrem Alkoholpegel hätte vermutlich auch eine Springflut nichts bewirkt.
Dann erlosch die Lampe in der Stube und es dauerte einige Zeit, bis der Schatten wieder aus der Haustür kam, mit einer der Frauen in den Armen.
Zur Einfahrt trug er sie, weit weg vom Haus und legte sie dort auf dem Boden ab. Das Gleiche tat er ein paar Minuten später mit der zweiten Schläferin. Beide hätte er nicht zu betäuben brauchen, denn auch ihre Fahnen verrieten eine ordentliche

Menge des volkstümlichsten aller Betäubungsmittel.
Ein drittes Mal ging er in das Haus und kam mit zwei Metallkoffern wieder heraus. Kurz sah er zurück, dann drehte er sich um und ging den Feldweg entlang zur Landstraße.
Locker, ja beschwingt waren seine Bewegungen, trotz der Koffer, die er trug. Einmal drehte er sich sogar um die eigene Achse und stieß einen Jodler aus, der allerdings schon eher den Hahnenschreien ähnelte, die, zeitlich versetzt, aus unterschiedlichen Richtungen begannen, den Tag zu begrüßen.
Der Mann bog gerade auf die Autobahn in Richtung Hamburg, als die Sonne aus dem Dunst stieg und den Morgen goldrot zu färben begann.
Bedauerlich, dass er nicht das außerordentliche Schauspiel genießen konnte, dass hinter ihm begann.
Dort trafen sich nämlich die ersten Sonnenstrahlen mit den feurigen Lohen, die aus dem alten Reetdach machtvoll in die Höhe geschleudert wurden, zu einem bizarren Lichterspiel.
Grandios, leider sah niemand zu, nicht einmal die beiden Frauen, die auf den behaglich warmen Logenplätzen ihren Rausch ausschliefen.
Wohltätig ist des Feuers Macht, wenn sie der Mensch behüt' ...,
rezitierte der Mann und wäre beinahe ins Schleudern geraten, weil er plötzlich die Faust ans Autodach stieß und brüllte:
Sleep well, Richie.

Luftpicknick

Walcher wachte auf, nein, er schreckte hoch und brauchte etwas Zeit, um sich zu orientieren.
Der Jet rollte mit dröhnendem Triebwerk über eine spürbar unebene Bahn, denn die Maschine ratterte wie ein altersschwacher Omnibus, mit dem ein Verrückter auf einem Feldweg einen Geschwindigkeitsrekord aufzustellen versuchte.
Zu erkennen war durch die Fenster nichts, nur Dunkelheit.
Dann kam der Jet zum Stillstand und kurz danach waren

Geräusche zu hören, als würde jemand an die Haustür klopfen.
Einer der Piloten kam vom Cockpit in die Kabine und öffnete im hinteren Teil die Einstiegsluke. Von draußen kam nicht nur kühle Luft herein, auch der dumpfe Klang eines Traktors war zu hören. Walcher wollte den Piloten fragen, was das Ganze zu bedeuten hatte, als ein Mann stöhnend mit einem schweren Korb in der Hand die Kabine betrat. Hinteregger.
Wenn du schon einmal hier bist, müssen wir doch zu unserem Picknick kommen, strahlte er, stellte den Korb ab und umarmte Walcher. *Ich habe es einfach nicht nach LA geschafft und steige deshalb hier zu. Wir haben noch gute drei Stunden bis New York und ich habe alles dabei, was man so zu einem Picknick braucht. Saure Gurken, Sandwiches, Tomaten und natürlich einen hervorragenden kalifornischen Wein.*

Zu Hause

Mannomann, ohne Marie-Luise wäre ich spätestens nach drei Tagen wieder hier gewesen. Irmi schüttelte den Kopf und wurde offensichtlich allein durch die Erinnerung erneut in Rage versetzt. *Das müsst ihr euch vorstellen, der Typ hatte doch tatsächlich die Vorstellung, ich wäre so etwas wie sein Ferienspaß. Wollte ständig Küsschen und an mir herumfummeln. Und seine Eltern grinsten blöde dazu. Ich sag' euch, das war ganz schön stressig. Dass so was immer mir passieren muss.*
Mathilde und Walcher warteten gespannt, wie es weiterging, aber Irmi musste erst einmal in ihr Zimmer hinauf und ihre Kamera holen, auf deren kleinem Bildschirm sie ihnen zeigen konnte, über was sie von ihren Ferien auf Elba gerade erzählte. Ein Reisebericht mit Bildunterstützung.
Ist euch schon mal aufgefallen, dass sich Stadt- und Landmenschen ziemlich unterscheiden?, wollte Irmi wissen und klärte dann die beiden auf. *Die Wölfles haben die ganze Zeit darüber gejammert, dass sie für ihren Wagen keine Garage hatten, und der alte Wölfle*

ist jeden Abend noch wenigstens zweimal rausgesprungen und hat kontrolliert, ob sein Auto auch wirklich verschlossen war.
Die Eltern von Marie-Luise haben ihr Auto nicht einmal abgeschlossen. Oder wenn ich einen von der Insel angesprochen habe, wollten die Wölfles sofort wissen, was ich mit dem zu schaffen hätte, und warnten mich vor dene Italiäner, dene ma it traua dirft. Da waren Marie-Luises Leute völlig anders ... offener, interessierter ... und so. Auch mit dem Essen. An den drei Tagen mit den Wölfles haben wir dreimal in derselben Pizzeria gegessen, da würden sie schon seit Jahren immer hingehen, weil der Wirt wie ein alter Freund wäre und etwas Deutsch könne.
Mit Marie-Luises Eltern waren wir jeden Tag in einem anderen Restaurant oder kochten selber was Leckeres. Ich habe gut ein Kilo zugenommen. Versteht ihr, was ich damit sagen will? Mit den Parisern war ich im Dorfkino, im Theater, wir hörten Jazz auf dem Dorfplatz, gingen in eine Ausstellung, segelten, fuhren mit einem Fischer aufs Meer ... und mit den Wölfles ... da hätte ich bestenfalls die beiden „Reschtaurantes" kennen gelernt, in denen es auch Weißwürste und Münchner Bier gibt, und, wenn überhaupt, Minigolf gespielt und mich hauptsächlich am Strand rösten lassen.
Na ja, gab Mathilde zu bedenken, *vielleicht liegt's auch an der Sprache.*
Also, wenn ich seit Jahren am gleichen Ort Ferien mach', dann lern' ich halt ein paar Brocken mehr als nur „bon schorno, graziä, quanta koschta, una bolla schelati, knotschie" ... da hat's mich manchmal schier weggehaut.
Deine Freundschaft mit Gerold ist wohl damit beendet?, vermutete Walcher und erhielt Irmis heftiges Kopfnicken als Bestätigung.
Aber wie das so ist im Leben, dafür habe ich eine Freundin gewonnen, strahlte Irmi. *Und da wäre ich auch gleich bei der Planung meiner restlichen Ferien.*
Schlagartig überkam Walcher das Gefühl, ein Rabenvater zu sein, der sich nur um sich und seinen Job kümmerte, und schlug deshalb vor, eine Woche in die Berge zum Wandern zu gehen, aber er hätte Irmi nicht zu unterbrechen brauchen.
Das ist ganz lieb, aber ich habe Marie-Luise eingeladen, wenn das

in Ordnung geht? Sie sah Walcher prüfend an, ob er auch verstanden hatte, dass ihre Frage keiner Antwort bedurfte, und fuhr in demselben Plauderton fort. *Nach einer Woche Paris bringe ich sie mit. Sie bleibt dann eine Woche hier, bis zwei Tage vor Ende der Ferien. Was meint ihr? Ist doch super.*

Also, ein Tempo und eine Energie hast du, strahlte Mathilde und stupste Walcher in die Rippen, als ob sie ihn davon abhalten wollte, irgendetwas gegen Irmis Pläne zu sagen.

Walcher schluckte sein Unbehagen über diese Rollenzuteilung hinunter und meinte: *Paris, da komme ich mit.*

Ich hab' gewusst, dass du nichts dagegen hast, jubelte Irmi.

So, klatschte Mathilde in die Hände, *jetzt wird gegessen.* Sie war schon während Irmis Urlaubserzählungen immer wieder einmal aufgestanden und hatte die Töpfe im Backrohr und auf den Herdplatten kontrolliert. *Hab' mir gedacht, dass ich euch beide wieder auf den Boden der Allgäuer Küche bringe, nach Pizza und Hamburger. Aus dem Allgäu kommt nämlich der Begriff „Essen", E wie ehrlich, S wie schmackhaft, S wie sättigend, E wie eigenständig und N wie nahrhaft.*

Whow, Irmi klatsche begeistert in die Hände. *Hast du dir das ausgedacht? Hab' ich ja noch nie gehört.*

Mathilde dankte für diese Ovation, meinte aber nur: *Es ist angerichtet und zwar im Wohnzimmer. Schließlich sollten wir den ersten Abend, an dem wir wieder gesund um einen Tisch sitzen können, etwas feiern. Und deshalb kommen,* sie sah auf die Uhr, *in genau zehn Minuten die Brettschneiders und Armbrusters.*

Wie auf Bestellung rasselte in diesem Moment die Türglocke und die Genannten kamen nacheinander ins Haus.

Kurz danach saßen sie im Wohnzimmer um den Tisch, den Mathilde „festmäßig" gedeckt hatte, nämlich mit Servietten in den Farben Blau, Weiß, Grün und Braun. In den gleichen Farben hatte sie eine Vase auf dem Tisch bestückt, mit weißem Schleierkraut, blauem Rittersporn, grünen Gräsern und braunen Ästen. Mathilde erklärte die Wahl der Farben mit Wolken und Himmelsblau, mit dem Grün der Hügel und dem Braungrau der Allgäuer Kühe und reichte dann als „Vorspeis-Platti" ein Almbutterbrot, kleine Häppchen, bestrichen

mit einer Quarkbutter, in der Blüten, Blätter und Stängel von Schnittlauch, Borretsch, Gänseblümchen, Petersilie, Liebstöckel und noch einige andere Wiesenkräuter eingearbeitet waren. Dazu gab es einen leichten Holunderblütensekt.
Aber jetzt zeigst es den Sternmützenköchen, kommentierte Armbruster und alle waren seiner Meinung. Der Kräuterquark, auf einem nach alter Art im Holzofen gebackenen Bauernbrot, schmeckte wunderbar.
Danach tischte Mathilde eine Brotsuppe auf, die so gar nichts mit dem Image gemein hatte, ein Armeallgäueressen zu sein.
Dass du so gut kochen kannst, wurde Mathilde von Oma Brettschneider bewundert.
Die Brotsuppe hätte auch in einem Spitzenrestaurant für Begeisterung gesorgt, sie schmeckte nicht nur köstlich, sondern war auch noch optisch gelungen aufgemotzt.
Im Zentrum der ansonsten eher unattraktiven braunen Brühe lag ein kleiner See aus saurer Sahne, in dem einige blaue Minzeblüten schwammen. Eine Kreation, die durchaus in illustren Kochbüchern hätte abgebildet sein können.
Auch mit dem Hauptgang machte Mathilde deutlich, dass Walchers Küchenmonopol in der Auflösung begriffen war, denn die Kässpatzen musste er neidlos als einmalig bezeichnen. Mathilde verriet allerdings nicht, welche Käsesorten sie unter die Spatzen gemischt hatte, zu groß wäre der Konkurrenzdruck mit einem gewissen Herrn Journalisten, der glaubte die wohl bekannteste Allgäuer Spezialität neu erfunden zu haben.
Ein kulinarischer Höhepunkt schloss das Heimkehrer-Menü ab: Brandteig-Apfelkiachla auf Vanille-Eis.
Wer mochte, bekam danach einen Williams zur Verdauung und einen Espresso.
Nach den Lob- und Dankpreisungen der Tischrunde meinte Mathilde: *Ich wollt' da jetzt gar nicht so sehr protzen, mir ging es mehr darum, dass man zusammensitzt und ein Essen auf dem Tisch hat, das mit all den Modeessen mithalten kann, wenn es nur ein bisserl dargeboten wird. Über, an, unter, auf ... Kräuterquarkcreme auf Holzofenbrot, Allgäuer Nudelteigkreation an Bergkäs unter*

Röstzwiebeln ... das hört sich doch gut an, auch wenn sich dahinter nur bodenständige Gerichte verbergen, die hier täglich auf den Tisch kommen.
Wo jetzt doch wieder neue Straßen gebaut wurden, damit des ganze Gelumpe noch schneller auf unsere Tische kommen sollt, mischte sich Armbruster ein, dem anzusehen war, dass er gehörig unter Dampf stand. *Habt ihr schon dieses neue Logistikzentrum bei Opfenbach gesehen? Natürlich, bringt ja Arbeitsplätze.*
Dafür werden denn auch schon mal neue Straßen durch das saftige Allgäuer Grün planiert, weil ja die dicken Brummer sonst nicht schnell genug durchkommen. Dass damit Stück für Stück eine der herrlichsten Landschaften dieses Landes versaut wird, daran denkt offensichtlich niemand. Arbeitsplätze!
In jedem kleinen Nest werden Betriebe angesiedelt. Natürlich bringt das Arbeitsplätze, aber zu welchem Preis? Dass an anderer Stelle nämlich Arbeitsplätze gestrichen werden, weil nicht mal einer aus dem Ruhrpott seinen Urlaub neben einer Logistikspedition verbringen will und bei seinen Ausflügen in LKW-Schlangen den Diesel inhaliert, anstelle der viel gerühmten Allgäuer Luft.
So weit denken diese Rindviecher nicht. Die Arbeitskräfte die beim Tourismus wegfallen, können dann ja als Lastwagenkutscher umgeschult werden. Das ist so wie mit einer zu kurzen Decke. Egal wo man zieht, sie wird nicht größer dadurch.
Unser Allgäu wird zersiedelt, verstehst du, zersiedelt! Und warum? Weil ein paar größenwahnsinnige Bürgermeister sich Denkmäler setzen und in die Landespolitik hinaufkriechen wollen. Diese Idioten verscherbeln das Wertvollste, was das Allgäu zu bieten hat.
Sie verhunzen unsere Natur. Unwiederbringlich! Und das Schlimme ist, sie können nicht zur Rechenschaft gezogen werden. Waren ja alles demokratische Entscheidungsprozesse. Oh, ich sag' euch, manchmal könnt' ich wie ein Wilder toben.
Die Hälfte unserer Ferienhäuser stehen das halbe Jahr leer, sind Wochenendhäuschen im Grünen für irgendwelche Superreichen aus den Städten. Dafür wurden die schönsten Aussichtshügel verbaut. Die Dörfer und Städte wuchern aus, als hätten sie Krebs, und wer dagegen ankämpft, wird als rückständiger Neidhammel diffamiert. Und Straßen bauen sie, damit alle noch schneller durch das Allgäu

rasen können und dann am Zielort die eingesparte Zeit mit Parkplatzsuche verbringen oder im Stau stehen. Und dabei bleibt genau das auf der Strecke, was die Leute hier suchen, nämlich Ruhe und Erholung.
Manche ziehen schon wieder weg, weil sie an den Wochenenden und Feiertagen die Autokolonnen und die Motorräder nicht mehr ertragen können, die hier durchdröhnen. Geschäft ist Geschäft, auch Biker verzehren etwas, deshalb gibt's Bikertreffs. Auf jedem Hügel kann man inzwischen hinaufkutschieren oder mit einer Gondel zu den herrlichsten Aussichtspunkten schweben, aber glaubt ihr, dass macht den Leuten Spaß? Nein, sie suchen nämlich die Einsamkeit und nicht das permanente Oktoberfest. Und deshalb dringen die Leute immer weiter in die entlegensten Ecken, bis auch die wieder zu einem Rummelplatz verkommen sind. Dann zieht die Freizeitkarawane eben weiter. Wo fährt man denn hin, wenn man mal wirklich einsam wandern will? Ich will's euch sagen, in die Seealpen oder Karpaten oder gleich in die Gobi, ach, hör mir doch auf.
Du hättest nicht aus der Politik ausscheiden dürfen, unterbrach ihn Walcher, *oder willst du wieder aktiv werden?*
Wenn die Jungen ihren Arsch nicht hochkriegen, ja, warum nicht?, fauchte Armbruster giftig.
Irmi, Mathilde und die beiden Omas hatten sich längst eine nach der anderen aus dem Wohnzimmer gestohlen, nur Opa Brettschneider war sitzen geblieben, aber das lag nicht an seinem Interesse, er war eingenickt.
Wo wir sie schon vertrieben haben, grinste Armbruster, *kann ich dir's ja auch gleich hier sagen. Mir ist da noch was eingefallen.*
Der österreichische Kellner, dieser Schani, Winkelmeier oder so ähnlich heißt der, muss irgendetwas mit dem Oberst zu tun haben. Ich hab' die beiden im Café beobachtet, als sie sich mit kurzen Blicken verständigt haben, dass ich als Fremdkörper im Raum sitze.
Das wirkte auf mich, als wären die beiden ein eingespieltes Team. Ich hab' einen Sensor für Derartiges, du kannst es mir glauben, die beiden haben Leichen im Keller! Und noch was. Die Argenthaler, so heißt eine der Bewohnerinnen, du erinnerst dich, ich hatte mich mit ihr getroffen, hat mir erzählt, dass sie beinahe regelmäßig Briefe und

Einladungen der Scientologen erhält. Mit der Hand geschrieben, wie ein Brief von einer alten Bekannten. Hat mir sogar einen gegeben, aber der ist mit meinen Aufzeichnungen verschwunden. Ich kann mich aber noch erinnern, dass die das ganz geschickt machen. Man muss sich das mal vorstellen, wie das auf einsame alte Leutchen wirkt. Sie bekommen einen von Hand geschriebenen Brief, in denen die gesammelten Werke Hubbards angeboten werden. Alles Geier, sag' ich dir. Alles Geier.
Als wäre es sein Stichwort, schreckte Opa Brettschneider hoch und flüsterte mit erhobenem Zeigefinger: *Der Mensch hat den Respekt verloren, vor der Schöpfung und vor dem Alter.*
Kurz fixierte er Armbruster und Walcher, schloss wieder seine Augen und ließ den Kopf langsam auf seine Brust zurück sinken. Seine ruhigen Atemzüge verrieten, dass er wieder eingeschlafen war.
Armbruster nickte und lächelte dabei Walcher zu: *Das wenige, was er noch auf die Reihe bringt, hat Gewicht.*

Waffenstillstand

Ein längst überfälliges Gespräch sollte es sein und nicht etwa in der Residenz, sondern auf neutralem Boden in Gottes freier Natur stattfinden. Einen Waffenstillstand vereinbaren, hatte der Oberst vorgeschlagen. Und deshalb saß Cordes, an den Stamm einer Buche gelehnt, eine Stunde vor der vereinbarten Zeit und beobachtete den Treffpunkt am oberen Einstieg in den Eistobel.
Aus einem der vielen japanischen Lehrbücher für Spitzenmanager stammte der Tipp, sich den Duellplatz vorher anzusehen. Zwar wollte er sich nicht unbedingt mit dem Oberst duellieren, aber den Treffpunkt zu kontrollieren konnte nicht schaden. Seine Meinung über den Charakter des Oberst war geprägt von schmerzhaften Erfahrungen und gipfelte in Prädikaten wie verlogen, tückisch, skrupellos und gierig, nur um die griffigsten zu nennen.

Der übelste Mistkerl, der ihm je begegnet war. Zugleich hielt er ihn für einen großen Schauspieler, denn wie sonst hätte Oberhofer seine Verkommenheit, seine Gier nach Macht und Anerkennung derart gekonnt hinter der Maske des fürsorglichen Seniorenvertreters verbergen können.
Aber der Oberst war eine wichtige Figur in der Residenz und konnte seinen Erfolg als Geschäftsführer durchaus beeinflussen. Deshalb hieß es, sich arrangieren, zumal die Situation nicht viele andere Optionen bot.
Ein letzter Versuch sollte es sein, hatte sich Cordes vorgenommen, das Leck in dem halb abgesoffenen Kahn vielleicht doch noch zu stopfen.
Cordes war müde, schon einige Male waren ihm die Augenlider herabgesunken, die letzten Nächte waren kurz gewesen. Eine Amsel schlug laut und erbost neben ihm an, als er sich bewegte. Die Sonne war längst hinter den Hügeln untergegangen und noch musste er eine halbe Stunde bis zu den vereinbarten 21 Uhr warten.
Ohne großes Interesse beobachtete Cordes den Mann, der aus dem Tobel über den Steg kam. Langsam und gemütlich, wie ein Wanderer, der eine ordentliche Tagesstrecke hinter sich hatte. An irgendwen erinnerten ihn Haltung und Bewegungen, aber Cordes' Gedanken drehten sich in anderen Kreisen. Erst als sich von der entgegengesetzten Seite, von den Wiesen her, ein zweiter Mann näherte, wachte Cordes auf.
Dieser Mann trug einen ungewöhnlichen Hut und benützte einen Golfschläger als Spazierstock. Der Hut, schwarz mit ausladender Krempe und einem breiten, giftgelben Hutband. Lothar, schoss es Cordes durch den Kopf.
Diesen albernen Hut hatte er von Lothar geschenkt bekommen und nur deswegen nicht sofort weggeworfen.
Er hasste Hüte und trug, wenn überhaupt, dann Golfkappen. Und nun wanderte sein Hut durch die Landschaft, getragen von einem Mann, dessen silbernes Haar selbst unter der breiten Krempe sichtbar war. Der Oberst, ohne Zweifel.
Und er begrüßte den Wandersmann, der inzwischen den Steg überquert hatte, wie einen alten Bekannten.

Die Armbewegungen! Nachdem Cordes den Oberst erkannt hatte, konnte er auch die Armbewegungen des anderen zuordnen. Der Wiener Kellner, zu dessen Einstellung ihn der Oberst so hartnäckig gedrängt hatte.
Die Wassermann hatte vor ein paar Tagen gemault, dass der Typ sich einfach Urlaub genommen hätte, ohne Absprache mit ihr, erinnerte sich Cordes. Und nun trafen sich die beiden dort, wo sich der Oberst mit Cordes treffen würde.
Cordes' Blutdruck stieg mächtig an, als er versuchte, sich dafür Gründe vorzustellen.
In sitzender Stellung rutschte Cordes um die Buche und stand erst in der Deckung des Stamms auf. Er sah gerade noch, wie der Oberst mit dem Kellner in den Büschen verschwand.
Was immer die beiden auch vorhatten, es richtete sich gegen ihn, das war Cordes klar und Grund genug, den Rückzug anzutreten.
Erst vorsichtig, dann in der Deckung der Bäume immer schneller, rannte er in lockerem Lauf zum Parkplatz am Schüttentobel, wo er seinen Wagen geparkt hatte.
Sie sollten nicht jeden Abend so lange arbeiten, machen Sie Schluss, forderte er zehn Minuten später Frau Wassermann auf, die noch in ihrem Büro saß. *Ach ja, rufen Sie doch mal den Oberst an und vereinbaren mit ihm für morgen einen Termin, möglichst am Vormittag, wir sollten uns wieder einmal zusammensetzen.*
Das wollte ich auch schon vorschlagen, nickte Frau Wassermann erfreut, *da gibt es doch einiges, was abgestimmt werden sollte.*
Cordes nickte und lächelte. *Aber dann ist Feierabend.*
Auch Frau Wassermann nickte lächelnd, hatte aber schon den Hörer in der Hand und wählte. Sie war eine fleißige und verlässliche Kraft und erledigte derartige Aufträge sofort. Außerdem hatte sie sich wirklich Sorgen gemacht, dass in solch stürmischen Zeiten die Fronten zwischen Cordes und Oberhofer verhärtet blieben.
Sie versuchte einige Male erfolglos, den Oberst zu erreichen, und beschloss, ihn im Café zu suchen. Dort hielt er sich jeden Abend eine Stunde lang auf, nachdem er im Restaurant das Abendmahl zu sich genommen hatte.

Frau Wassermann nannte es ganz bewusst, aber nur im Stillen, das Abendmahl, weil der Oberst immer mit der Gruppe seiner ihm besonders ergebenen Anhänger speiste.

Es war das erste Mal, dass Cordes sowohl die Flurtür zur Treppe als auch die zu seiner Dachwohnung zusperrte.
Nachdem er wieder den Garbarek, ein Geschenk von Lothar, aufgelegt hatte, schenkte er sich einen Bushmills in das Glas, das noch von vergangener Nacht griffbereit neben der Flasche stand, und nahm einen langen Zug.
Nur ein Glas, nahm er sich vor, denn er würde noch einige Stunden mit dem Wagen unterwegs sein. In den unverfänglichen Wanderrucksack hatte er bereits vor drei Tagen alle wichtigen Papiere gepackt und Bargeld. Cordes hatte da noch über seine intuitive Handlung schmunzeln müssen, denn es stand kein konkreter Plan dahinter, jedenfalls noch nicht vor drei Tagen. Nun sah das anders aus. Bevor er sich vom Oberst den Schädel einschlagen ließ, noch dazu mit dem eigenen Golfschläger, wollte er sich lieber einige Tage zurückziehen und Pläne schmieden.
Ein Golfschläger, das Treibeisen für die lange Distanz – hatte Cordes kontrolliert – fehlte in seinem Golfsack, ebenso wie der blödsinnige Hut, der bisher in seinem Kleiderzimmer im obersten Regalfach gelegen hatte.

Das Kabel

Magisch zog es Martin Gerber immer wieder an den Abgrund, dorthin, wo er die Winde bedient hatte, als plötzlich die Felsspitze abgebrochen und der Rettungskorb an die Felswand geknallt war.
Seit fünfzehn Jahren war er beim THW, sogar zu Auslandseinsätzen hatte man ihn geschickt. Und dann das hier, quasi vor seiner Haustür. Dabei spielte es für Gerber keine Rolle, ob man am Felsen, an dem das schwere Stahlkabel befestigt war,

manipuliert hatte. Sabotage! Solange das nicht eindeutig bewiesen war, blieb ein Schatten an ihm hängen.
In der Nacht schreckte er aus wirren Träumen auf und gegen sie half auch nicht der Therapeut, zu dem ihn die THW-Führung geschickt hatte. Ein Spezialist für solche Fälle, aber er hatte Gerber noch nicht dessen Alpträume nehmen können. Da war der peitschende Knall, der Aufschrei der Menge und der beiden Insassen und dann das Scheppern, als der Metallkorb auf den Felsen knallte.
Tausend Mal schien Gerber diese Geräusche schon geträumt zu haben. Das Unfassliche blieb.
Nur dort, wo die Winde gestanden hatte, an langen Eisen fest im Boden verankert, konnte er ertragen, was geschehen war. Irgendwie begegnete ihm dort die Realität und er wusste, dass er nicht versagt hatte. Aber er konnte schließlich nicht ständig hier oben herumstehen, seufzte Gerber, drehte sich um und stieß, wie er es immer zum Abschied machte, mit dem Schuh an das eine Eisen, das sie hatten stehen lassen. Ein Zeichen, eine Erinnerung, dass auf dieser Seite die Eisen gehalten hätten, felsenfest.
Er sah hinunter, als wäre das Eisen so etwas wie ein Anker für ihn, wandte sich zum Gehen, zuckte aber zurück.
An dem Eisen hing etwas, das nicht hingehörte. Gerber bückte sich und fühlte daran. Es war keine Einbildung, sondern ein straff gespanntes Stahlkabel, drei Millimeter im Durchmesser, das sagte ihm die Erfahrung. Das Kabel war gespannt wie ein Abschleppseil. Hatten sie es vergessen? Nein, all die Tage, an denen er seither hier gestanden hatte, wäre ihm das aufgefallen. Das Kabel hatte es am Vorabend noch nicht gegeben, das stand für ihn fest.
Gebückt, mit einer Hand am Kabel entlang streifend, verfolgte er die Linie, obwohl er bereits wusste, dass es direkt zum Abgrund führte.
An der Kante legte er sich auf den Bauch und sah hinunter, aber es war bereits zu dunkel, um zu erkennen, was etwa zehn Meter unterhalb der Kante an dem Kabel hing, nur dass da etwas hing, das sah Gerber.

Als wären die Geister aus seinen Träumen hinter ihm her, rannte er zu seinem Auto und wühlte die Taschenlampe aus dem gut bestückten Werkzeugkasten, den er immer mit sich herumfuhr. Das war er schließlich seinem Ruf schuldig.
Eine Stunde später erstrahlte die Hohe Wand des Eistobels im grellen Licht einer ganzen Batterie von Halogenscheinwerfern, als sich zwei THW-Leute zu dem Körper abseilten und den hängenden Leichnam mit einem Seil sicherten, um dann gemeinsam mit ihm nach oben gezogen zu werden.
Dem Toten, einem etwa sechzigjährigen Mann, hatte das dünne Stahlseil beinahe den Hals durchtrennt, als er sich – offensichtlich in selbstmörderischer Absicht – in den Abgrund hatte fallen lassen.
Martin Gerber machte in dieser Nacht überhaupt nicht den Versuch Schlaf zu finden, sondern setzte sich mit einem Liter Enzian an den Küchentisch.
Es sprach für die Kameradschaft in seiner Gruppe, dass er in dieser Nacht nicht allein gelassen wurde, sondern zwei seiner Kollegen ihm bei der Bewältigung dieses neuerlichen Schocks Beistand leisteten.

Austausch

Es wird Zeit, dass wir wieder einmal das Ritual befreundeter Männer vollziehen, grinste Brunner und hielt Walcher zwei Weinflaschen hin. *Ein Bordeaux aus St-Julien, ich dachte mir, wenn er heil wieder aus Amerika zurückkommt, opfere ich diese beiden Flaschen. Ich bin extra langsam gefahren und temperiert sind sie auch, wir könnten also ...*
Dann sollten wir uns in den Garten setzen, in der Küche wird gearbeitet, da stören wir nur, schlug Walcher vor.
Etwas später saßen die beiden im Garten unter einem der Apfelbäume. Dafür hatten sie Korbstühle hinübergetragen und natürlich eine der beiden Flaschen samt Korkenzieher und Gläsern.

Der Bordeaux konnte als eine kleine Offenbarung bezeichnet werden, erregend und von der körperhaften Rassigkeit eines ausgewachsenen Hengstes. Verwundert meinte Walcher nach dem ersten Schluck: *Dass Sie derartige Gewächse in Ihrem Keller haben, wundert mich dann doch und zwar nicht nur der Preislage wegen.*
Kaum ist er wieder im Land, stöhnte Brunner auf, *tritt er mir bereits wieder an's Schienbein. Aber ich gebe zu, ich habe ihn vorhin bei meinem Händler besorgt, denn solche Tropfen habe ich wirklich nicht in meinem Keller. Erzählen Sie, was haben Sie in den Staaten erlebt und vor allen Dingen, was können wir davon verwerten?*
Walcher nickte und reichte ihm eine der CDs von Noras Gruppe. *Das habe ich Ihnen mitgebracht. Es sind die Aufzeichnungen einer Gruppe von Leuten, deren Eltern oder Verwandte durch Medikamententests oder besser gesagt Versuche missbraucht und sogar umgebracht wurden. Alles einfache Leute aus dem Grenzgebiet Mexikos. Dann auch einiges über die Leute, die in LIFUS City ihren Lebensabend verbringen. Ansonsten habe ich an Sie denken müssen, als ich im Pazifik um mein Leben geschwommen bin, man wollte mich nämlich ersäufen. Und als das nicht funktionierte, jagte man das Haus meiner Retterin in die Luft. Ich hatte zeitweilig das Gefühl, in einem Agententhriller mitzuspielen.*
Brunner hob sein Glas und meinte lächelnd: *Dann habe ich ja zurecht diesen edlen Tropfen besorgt.*
Sie stießen an und zwar noch einige Male, denn erst erzählte Walcher von seiner USA-Reise und dann berichtete Brunner über den Stand der Ermittlungen.
Ich befürchte sehr, meinte Brunner und es klang eher wie ein Fluch, *dass uns am Ende die Täter fehlen werden und wir für die eigentlichen Verantwortlichen keine Beweise auf den Tisch legen können. Irgendjemand spielt mit uns die Geschichte von den zehn kleinen ...*
Was für eine Geschichte?, wollte Walcher wissen.
Na, von den kleinen Kerlchen, von denen einer nach dem anderen verschwindet, seufzte Brunner. *Sie wissen doch ganz genau, was ich meine.*

Darf man nicht mehr sagen, schüttelte Walcher den Kopf, *nicht mal denken!*
Brunner wedelte mit der Hand durch die Luft, als hätte er den Torkelflug eines verspäteten Maikäfers verfolgt. *Ich halte das für billigen Opportunismus, wenn Sie mich fragen. Ich empfinde ja auch nichts Diskriminierendes dabei, wenn ich von Roten, Schwarzen oder Gelben spreche.*
Mmm, brummte Walcher, *also, was ist mit den zehn kleinen Schwarzen?*
Die Jungs verschwinden einfach von der Bildfläche, einer nach dem anderen, fuchtelte Brunner wieder in der Luft herum. *Gestern wurde der Kellner des Residenzcafés entdeckt, dann der Doktor, der keiner war. Einfach verschwunden. Der amerikanische Controller. Der Freund von Cordes, der Versicherungsmakler und sein Bruder ... und seit gestern ist auch der saubere Herr Geschäftsführer abgängig.*
Langsam, bat Walcher und schnupperte am Glas, *ich bin noch nicht auf dem neuesten Stand.*
Also dieser Versicherungsmakler, der einen Zwillingsbruder hatte, der ihm zum Verwechseln ähnlich gewesen sein soll, ist tot, ebenso dieser Zwillingsbruger. Verbrannt in einem alten Bauernhaus. Diese Information erhielten wir – ein höchst seltenes Ereignis – vom BND. Woher die allerdings ihr Wissen hatten, darüber hüllen sie sich in ihr üblich arrogantes Schweigen. Brunner nahm einen Schluck, als müsse er einen bitteren Geschmack von der Zunge spülen. *Der Bruder des Maklers soll ein käuflicher Killer gewesen sein. Ein Profi aus der Oberliga. Sie stammten aus dem ehemaligen Jugoslawien und hatten wohl mit Cordes oder auch dem Obersten gemeinsame Sache gemacht, sich dann aber zu weit aus dem Fenster gelehnt. Aber wir können noch nichts nachweisen. Der Mord an Cordes' Freund muss in diesem Zusammenhang gesehen werden, allerdings auch hier keine Spuren, keine Täter, keine Verantwortlichen. Ist halt so 'ne Sache, wenn Profis am Werk sind.*
Walcher nickte und stand auf, um die zweite Flasche zu holen. Brunner nutzte die Gelegenheit und spurtete zum Waldrand, um dort Platz für neuen Wein zu schaffen.
Während Walcher dann die Flasche öffnete, fuhr Brunner fort:

Cordes, der Oberst, die Geschäftsführer, die Vorstände der GMC oder welcher ihrer Tochterfirmen auch immer, ihnen allen können wir bis jetzt noch nichts Habhaftes nachweisen.
Die Analysen der Pillen dauern noch, aber unser Labortechniker meinte, dass damit ohnehin wenig anzufangen wäre. Dasselbe Spiel bei den Obduktionen. Die Ergebnisse erzählen über die möglichen Todesursachen und über chemische Substanzen, aber nichts über die Täter. Bei dem Kellner haben wir einen Hut und einen Golfschläger gefunden, beides soll dem Cordes gehören. Auch einen Wanderstab, Bergschuhe in zwei Größen, Wohnungsschlüssel, Sprengstoff, Kabelklemmen, Handbohrer und so weiter haben wir gefunden. Alles in Cordes' Wohnhalle. Sieht mehr nach einer Präsentation von Beweisstücken aus. Das stinkt gewaltig, aber nach Sachlage der Indizien ist damit der Mörder von Meinrat und von dem Controller gefunden. Nur, so dämlich kann Cordes nicht sein, dass er das Zeug bei sich herumliegen lässt, den Kellner mit dem eigenen Golfschläger niedermacht, an eine Drahtschlinge hängt, um einen Selbstmord vorzutäuschen und dann auch noch seinen Hut und die Mordwaffe zufällig am Tatort dekorativ versteckt.
Dann hatte ich doch recht mit dem Wanderstab, lächelte Walcher und hob sein Glas.
Darauf hätt' ich wetten können, dass Sie mir das unter die Nase reiben, nickte Brunner und stieß an Walchers Glas.
Was ist mit Cordes?, wollte Walcher wissen, nachdem er festgestellt hatte, dass die zweite Flasche einen eben noch erträglichen Korkgeschmack hatte. Brunner zuckte nur mit den Achseln.
Verschwunden, mit seinem Auto und vermutlich mit kleinem Gepäck. Ich halte ihn in jedem Fall nicht für den Täter der Morde, deren Beweisstücke bei ihm gefunden wurden.
Die Medikamententests, gut, da gibt es fehlende ound gefälschte Einverständniserklärungen. Aber das war's dann auch schon. Selbst in normalen Krankenhäusern gab es schon derartige Skandale. Da tritt dann halt der Chefarzt zurück. Schließlich muss man das Zeug ja irgendwann am lebenden Menschen ausprobieren und da hat es doch Sinn, es gleich im Krankenhaus zu machen, oder? Dann die Vermittlungsprovisionen bei den Versicherungen.

Übliches Prozedere, bestenfalls ein Steuervergehen, wenn er es nicht angegeben hat. Die Lebensversicherungen zugunsten der Seniorenselbstverwaltung. Motive ja, aber Beweise? Was wir bisher haben, zerpflückt uns jeder Paragraphenschinder.
In dem Zimmer des Kellners haben wir übrigens Spuren aus Ihrem Stall gefunden, schade, immerhin hätten wir ihn des mehrfachen Hühnermordes überführen können.
Aber all die Nötigungen der Senioren, Lebensversicherung, Heizdecken und Lexikabände, die ihnen angedreht wurden, oder nicht erbrachte Pflegeleistungen, minderwertige Nahrung, dieser ganze Mist berührt letztlich die eigentlich Verantwortlichen einen Scheißdreck. Im schlimmsten Fall machen sie eben den Laden dicht und unter anderem Namen morgen wieder auf. Gegen jedes dieser Delikte müsste eine Anzeige vorliegen und die meisten Senioren wollen das nicht oder können es nicht mehr. Es ist zum Kotzen, offen gestanden.
Brunner wollte zwar noch etwas sagen, ließ es aber, denn Mathilde und Irmi kamen mit strahlenden Mienen zu ihnen heraus. Während Mathilde zwei Stühle trug, hatte Irmi die Gitarre in der Hand.
Jetzt ist Schluss, meine Herren, jetzt wird auf Familie gemacht.
Mit diesen Worten hielt Irmi dem Kommissar die Gitarre hin.
Wenn das so ist, nickte Brunner und nahm das Instrument.
Walcher und Irmi hatten Brunners Gitarrenspiel ja schon einmal vergangene Weihnachten erleben können, Mathilde wusste nur von Irmi, dass der Kommissar auch Gitarre spielen konnte und zwar recht ordentlich.
Nun saß sie sprachlos da und strahlte Brunner in seliger Verzückung an. Mit Recht, denn was Brunner spielte, kam den großen Gitarristen dieser Welt schon sehr nahe.
Nach Brunners Repertoire spanischer Stücke gab es dann speziell für Mathilde noch brauchtümliches Musikgut und nun kamen Walcher, Irmi und Brunner ins Staunen.
Mathildes wunderbarer Alt verschmolz mit Brunners Spiel zu einer zauberhaften Einheit, deren Eindringlichkeit sich selbst Irmi nicht entziehen konnte. *Man kann ja nicht immer nur Tokio Hotel hören,* meinte sie und summte mit.

Während die langen Schatten mit dem Sonnenuntergang verschwanden, sangen sie alte Lieder von der Arbeit auf den Höfen, vom Essen, vom Wandern, von Bergbächen und den Alpen und natürlich von der Werbung ums Schatzerl.
Das hieß, Mathilde sang die Texte, die anderen summten nur mit, aber mit großer Begeisterung.
Es wurde einer jener Abende, an denen man Wärme tanken konnte.

Unter Tage

Wie wär's, begleiten Sie mich zur Residenz?, hatte Brunner am nächsten Tag aus dem Handy gebrüllt, wahrscheinlich wieder vom Auto aus. *Habe mir gestern die Baupläne angesehen. Die Sache in Dresden, mit den Leichen im Keller, hat mich drauf gebracht. Auch in der Residenz gibt es Kellerräume. Aber irgendwie hat da noch keiner von uns nachgesehen. Also, was ist, kommen Sie mit?*
Sie haben wohl keine Leute frei?, hatte Walcher vermutet und Brunners Lachen als Treffer interpretiert.
Eine Stunde später standen sie am Empfang der Residenz. Frau Wassermann sah von Brunner zu Walcher, wieder zurück und wieder zu Walcher. In ihrem Blick lagen grenzenlose Verachtung und Abscheu, die sie mit einer Miene unterstrich, als müsse sie gerade etwas Glitschiges, Ekel Erregendes, vielleicht eine vergammelte Auster, aus ihrem Hals bekommen. *Was sind Sie doch für ein Schwein,* fauchte sie mit tief herunter gezogenen Mundwinkeln und schüttelte dabei den Kopf.
Walcher schaffte es nicht, das leichte Zucken seiner Schulterpartie zu unterdrücken, denn er fühlte sich durchaus schuldig, „Kratzschnecke“ hintergangen zu haben. Aber er kam nicht dazu sich zu rechtfertigen, denn Brunner deutete auf Walcher und stellte ihn als seinen freien Mitarbeiter vor. Zwar entspannte sich dadurch Frau Wassermanns Miene ein

wenig, in ihrem Blick blieb aber der Ausdruck tiefer Verachtung.

Meine Mitarbeiter haben in den Bauplänen Kellerräume entdeckt, zu denen wir allerdings keinen Zugang finden konnten. Also entweder zeigen Sie uns, wie wir da hinunter kommen oder ich hole einen Bautrupp, der Ihre Krankenstation zerlegt.

Ich weiß davon nichts, fauchte Frau Wassermann und schüttelte heftig den Kopf.

Brunner atmete tief ein und zeigte sich von seiner schwarzen Seite. *Hören Sie mir jetzt gut zu, Kindchen. Ich werde mich nicht wiederholen. Ich eröffne sofort die Akte gegen Sie, wegen Mittäterschaft an mehreren Morden, unerlaubten Medikamententests, Körperverletzung, Erpressung, Diebstahl, Versicherungsbetrug, Steuerhinterziehung, Falschaussagen und Behinderung sowie der Irreführung polizeilicher Ermittlungen ... und dafür können Sie sich, wenn Sie großes Glück haben, für die nächsten zehn Jahre jede Urlaubsplanung sparen. Sie werden nämlich im Loch sitzen und von der Sonne nur träumen können, das verspreche ich Ihnen. Also, machen Sie mir nicht vor, es gäbe in diesem Altenheim irgendetwas, worüber Sie nicht Bescheid wüssten.*

Brunner hatte sich um gut einen halben Meter gestreckt und mit seinem sonoren Bass wohl die Hälfte der Residenzbewohner aus ihrem mittäglichen Verdauungsschlaf geweckt. In jedem Fall wirkte seine Einlage, denn Frau Wassermann war deutlich geschrumpft und nestelte aus ihrer Kleidertasche einen Schlüsselbund heraus.

Kommen Sie bitte, piepste sie und ging voran.

Minuten später standen sie in dem Aufzug, der genügend Platz für ein Krankenbett samt einigen Begleitern bot.

Der Fahrstuhl schwebte geräuschlos nach unten und hielt, ohne das übliche Fallgefühl im Magen zu hinterlassen.

Die Tür rollte zur Seite und eröffnete die Sicht auf die spärlich beleuchtete, halb leere Tiefgarage. Frau Wassermann schien der Ausblick aber nicht zu interessieren, denn sie steckte einen ihrer Schlüssel in die Öffnung unter den Knöpfen der Aufzugsteuerung, drehte links herum, worauf sich die Tür zur Tiefgarage wieder schloss. Kaum war das geschehen, fuhr

die gegenüberliegende Aufzugswand zur Seite und gab den Weg zu einem Gang frei, der im selben Moment von aufflackernden Neonröhren beleuchtet wurde.
Der Boden und die Wände, bis hinauf an die Decke gefliest, erinnerten Walcher an Badeanstalten und Pathologien. Weiße Fliesen unterschieden nicht zwischen Leben und Tod.
Zögernd, mit dem Handy am Ohr, folgte der Kommissar Frau Wassermann in den Gang, und seinem Gesicht war anzusehen, dass er nicht nur keinen Empfang hatte, sondern vermutlich an die Vorschriften dachte, die in solchen Situationen keine einzelgängerischen Aktionen erlaubten.
Deshalb wohl auch der leichte Seufzer, mit dem er Walcher ansah, der ebenfalls den Fahrstuhl verlassen hatte und wartend im Gang stand.
Die Neonlampen hatten sich inzwischen stabilisiert.
Die Luft roch abgestanden, nach Putzmitteln und dem leicht süßlichen Aroma von Desinfizierung.
Erst vor wenigen Monaten hatte Walcher in der Gerichtsmedizin in Leipzig diese Gerüche in seinem Gedächtnis wieder auffrischen dürfen.
Brunner hatte es wohl aufgegeben, sein Handy eingesteckt und sich stattdessen Frau Wassermann auf Griffweite genähert. Vermutlich befürchtete er, dass sie durch eine der Türen verschwinden und ihn mit Walcher im Gang zurücklassen könnte. Aber seine Fantasie erwies sich als überzogen, denn Frau Wassermann öffnete die erste Tür auf der linken Seite des Ganges und meinte in einem Tonfall, als würde sie eine Führung veranstalten*: Hier haben wir einen Waschraum und ein Umkleidezimmer. Von dort aus oder von hier,* sie deutete auf die nächste Tür, *kommen Sie in den OP.*
Auch diese Tür öffnete sie, blieb aber davor stehen. Brunner und Walcher steckten nur die Köpfe in den ersten Raum und schlossen dann zu ihrer Führerin auf, um auch in den zweiten Raum nur kurz hineinzusehen.
Wie der Gang und der Waschraum war auch der zweite Raum vom Boden bis zur Decke gekachelt. An der Decke hing die übliche Operationslampe und hätte den Arbeitsplatz des

Operateurs ausleuchten können. Die Oberfläche des Operationstisches sah allerdings nicht besonders einladend aus: Wer lag schon gerne auf einer kalten Metallwanne mit umlaufendem Rand, auch wenn alles glänzte wie eine frisch polierte Küchenspüle? Aber was sollte an einer Pathologie schon einladend wirken, dachte Walcher.
Diese beiden Räume, deutete Frau Wassermann auf die gegenüberliegenden beiden Türen*, sind Kühlräume.*
Damit wandte sie sich wieder dem Fahrstuhl zu, wohl um klar zu machen, dass nun die Führung beendet sei.
Sie kam aber nicht an Brunner vorbei, der sie am Handgelenk packte und festhielt. *Die Führung ist beendet, wenn ich das sage,* deutete er auf die gegenüberliegenden Türen.
Einen Moment lang sah es aus, als ob sich Frau Wassermann gegen Brunners Handgreiflichkeit wehren wollte, aber dann bekam sie einen gehetzten Blick, schüttelte den Kopf und flüsterte: *Da bringen mich keine zehn Pferde rein.*
Walcher hatte die Szene nur aus den Augenwinkeln mitbekommen, denn, von Brunner angesteckt, war in seinem Kopf kurz die Sequenz eines Horrorfilms abgelaufen, weshalb er drei, vier lange Schritte zum Fahrstuhl gemacht hatte und nun in der immer noch offenen Tür stand und die Lichtschranke abdeckte.
Brunner hatte Frau Wassermann vor die hintere der beiden Türen auf der rechten Gangseite gezogen und forderte*: Machen Sie schon!*
Es schien, als wolle sich Frau Wassermann losreißen, ja, sie suchte sogar Blickkontakt zu Walcher und sah ihn flehend an. Aber schon einen Lidschlag später – als schämte sie sich für ihre Schwäche – straffte sie sich und verwandelte sich wieder in die kühle und selbstsichere Frau, als die sie bisher aufgetreten war. *Sie brauchen nicht in der Tür stehen zu bleiben, der Fahrstuhl fährt nur mit dem Schlüssel.*
Dann fixierte sie Brunner und neigte den Kopf ostentativ zu ihrer Hand hin, dessen Gelenk der Kommissar nun frei gab. Frau Wassermann wandte sich der Tür zu, atmete tief, drückte die Klinke, zögerte noch einen Moment, öffnete die

Tür und ging voraus.
Da ihr Brunner wie ein Schatten folgte, verließ auch Walcher seinen Wachtposten am Aufzug.
Schon im Türrahmen fröstelte es ihn, eiskalte Luft strömte ihm entgegen. Er stand am Anfang eines Ganges, etwa zehn Meter lang und vier Meter breit. Der Boden und die Wände links waren auch hier gefliest, die rechte Wand jedoch mit blankem Metall verkleidet. In zwei übereinanderliegenden Reihen ragten aus der blanken Fläche massive, ebenfalls metallene Griffe, die vermutlich zu Türen oder Schubfächern gehörten. Beleuchtet wurde der Gang durch eine Reihe quadratischer Leuchtkörper, die in der Decke eingearbeitet waren und eine tunnelartige Perspektive erzeugten.
Brunner hatte eines der Fächer etwa einen Meter aus der Metallwand herausgezogen und war gerade dabei, es wieder in die Wand zurückzuschieben, in die sich die Abdeckplatte des Schubfaches beinahe nahtlos einfügte.
Er suchte kurz Blickkontakt zu Walcher und zog eine traurig-triumphierende Grimasse. Die Fächer daneben und darunter zog Brunner dann nacheinander heraus und schob sie angewidert zurück.
Außer dünnen Füßen und Beinen konnte Walcher nicht viel sehen. Dann musste Brunner niesen und drängelte sich an Frau Wassermann und Walcher vorbei, aus dem Kühlraum.
Da holt man sich ja den Tod, knurrte er und nieste nochmals laut und heftig.
Auch Walcher hätte den Raum gerne verlassen, aber seine Neugier siegte gegen die Kälte und das Grauen, das ihn wie ein Schauer überfiel. Bis ans Ende ging er und zog das letzte, mittlere Fach auf.
War er ebenfalls auf die Beine eines toten Körpers gefasst gewesen, so zuckte er erschrocken zurück, als der geöffnete Brustkorb direkt vor seiner Nase erschien.
Im Reflex stieß er das Rollfach derart kräftig zurück, dass es mit einem vibrierenden, dumpfen Wummern in seine Halterung rammte. Gleichzeitig strömte mit einem Pfeifton eisige Luft aus den Ritzen sämtlicher Schubfächer.

Walcher schüttelte sich bei der Vorstellung diesen Todeshauch einatmen zu müssen, hielt die Luft an und verließ mit riesigen Sätzen den Kühlraum.
Die Gesichtsfarben von Brunner und Frau Wassermann hatten sich den weißen Fliesen angeglichen, dachte Walcher, aber vermutlich würde er auch nicht viel frischer aussehen.
Und was liegt in den Särgen auf dem Friedhof? Was haben wir überhaupt obduziert?, hörte er Brunner fragen.
Ich weiß es nicht, hiermit war ich nicht betraut, aber können wir das oben besprechen?, schlug Frau Wassermann vor und stimmte in Brunners Niesanfall ein.

Wahrheitsfindung

Wo ist eigentlich das weiße Huhn?, wollte Irmi wissen und Walcher verwünschte sich, mit Mathilde nicht eine eindeutige Erklärung abgesprochen zu haben.
Es sollte harmlos klingen, als er mit einer Gegenfrage antwortete: *Hat Mathilde dir das denn noch nicht erzählt?*
Sonst würde ich dich ja nicht fragen.
Ja, weiß auch nicht, war wohl einfach verschwunden ... Marder oder Fuchs, auf einem der Freigänge. Musst Mathilde fragen, war unterwegs, ich hab' das offen gestanden auch nur nebenher mitbekommen. Hatte ziemlich viel Arbeit. Nur gut, dachte Walcher, dass Mathilde nicht in der Nähe war und seine schlecht gespielte Ahnungslosigkeit mitbekam. Irmi bohrte allerdings nicht weiter, ihr Handy klingelte, laut und schrill wie früher die Außenklingeln auf Bauhöfen oder Sägereien.
Walcher nutzte diese Chance, zog auch sein Handy heraus, suchte unter den gespeicherten Nummern die von Mathilde und hatte sie Sekunden später dran. Währenddessen war Irmi mit dem Handy am Ohr zur vorderen Hausecke marschiert, weshalb Walcher die entgegengesetzte Richtung wählte und dabei Mathilde die Situation schilderte.
Oh weh, da musst dir jetzt was einfallen lassen. Als sie mich g'fragt

hat, hab' ich ihr nämlich g'sagt, dass sie einfach tot im Stall gelegen hat. Nix mit Fuchs, weil du doch das Gehege so einbruchsicher gebaut hast.
Gut, dann ändere ich ... „meine Version", hatte Walcher sagen wollen, aber als er sich umdrehte war er zurückgeschreckt. Irmi stand nämlich direkt hinter ihm, sah ihn vielsagend an und hob ihr Handy. *Ich habe gerade versucht Mathilde zu erreichen! Zeigst du mir, wen du gerade angerufen hast?*
Das sind ja Kripomethoden ..., mehr fiel Walcher erst einmal nicht ein. Er holte tief Luft und fragte in sein Handy: *Bist du noch dran? Ja ... also, dann werd' ich jetzt wohl der Irmi die Wahrheit erzählen müssen ...* sprach er besonders laut, *nämlich dass ich einen Vorwurf von meiner Tochter erwartet hatte, mich nicht genügend um das Federvieh gekümmert zu haben, und da erschien mir die Fuchsversion unverfänglicher. Bis später.*
In Irmis Blick lag zwar tiefes Misstrauen, aber sie akzeptierte wohl seine Begründung. Kurz hatte er schon mit dem Gedanken gespielt ihr die Wahrheit zu sagen, aber es genügte, wenn er selbst nicht mehr so unbedarft wie früher in der Dunkelheit um den Hof herum gehen konnte.
Was ist eigentlich mit dir und Susanna?, wechselte Irmi das Thema und Walcher war froh, ihr diesmal die Wahrheit erzählen zu können, und zwar nichts als die Wahrheit.

Sonniger Herbst

Um Wahrheit ging es auch, als Walcher mit dem Artikel über GMC und deren Tochterunternehmen LIFUS begann und sehr schnell an jenen Punkt stieß, an dem Fakten durch Vermutungen, Annahmen oder Spekulationen strapaziert wurden.
Das Material auf der CD von Nora und ihren Freunden schien professionell recherchiert, jede Anklage wurde durch Dokumente, Fotos, Zeugenaussagen, Filminterviews, Laboranalysen und Gutachten belegt, teilweise von Rechtsanwälten und

Notaren beglaubigt. Aber ebenso gut konnte es sich dabei um grandiose Fälschungen handeln.
Wie immer, wenn Walcher Fremdrecherchen nutzte, beschlich ihn die schon häufig erlebte Angst, manipuliert zu werden. Vielleicht war das gut so, hatte er sich bei solchen Gelegenheiten immer gedacht, hielt ihn doch diese Angst davor zurück, allzu leichtgläubig nicht belegbare Annahmen als Tatsachen auszugeben. Es gab genügend Beispiele, die aufzeigten, wie Kollegen der Zunft sehr locker mit der Wahrheit umgingen.
Walcher trennte deshalb sehr deutlich die unterschiedlichen Informationsquellen in fremd und selbst recherchierte, ebenso machte er klar erkennbar, wenn es sich um Fakten oder um Annahmen und Meinungen handelte.
So begann er seinen Artikel mit Auszügen aus Herrn Steurers Tagebuch und der Schilderung von Maximilian Brodmann über dessen letzte Bergwanderung mit dem alten Herrn.
Die Ermittlungen der Polizei zu all den Todesfällen in der Seniorenresidenz erwähnte er als noch nicht abgeschlossen, auch was die Herkunft der tiefgekühlten Leichen unter der Krankenstation betraf.
Er schrieb von den Medikamententests, den Lebensversicherungen und den vielen noch offenen Fragen. Auch das Klima in der Seniorenresidenz deutete er an, die Behandlung der Senioren durch die Pfleger, deren psychischer Druck, Diebstähle und Erpressungen.
Über den Achtungsverlust gegenüber Alten in unseren Gesellschaften schrieb er und welch enormes Wissenspotential dadurch verloren ging.
Er schilderte seinen Besuch in der Seniorenstadt LIFUS City an der Westküste Amerikas und stellte Überlegungen an, ob diese Stadt ein Modell der Zukunft sein könnte oder ob dieser künstlichen Altengesellschaft die wesentliche Komponente des menschlichen Daseins fehlte, nämlich die Kinder.
Auch auf die Tatsache, dass LIFUS City wohl doch kein beispielhaftes Modell sein könnte, wies er hin, würden sich doch nur reiche Menschen oder jene, die sich dem Konzern

verkauft hatten, einen solch luxuriösen Lebensabend finanzieren können.
Über das Selbstverständnis reflektierte er, mit dem sich eine kleine Führungsschicht eine eigene Welt geschaffen hatte, die letztlich von der Masse der Menschen finanziert wurde.
Nicht dass dies ein neues Selbstverständnis in der Geschichte der Menschheit wäre, aber umso erschreckender, setzte man diesen mittelalterlichen Entwicklungsgrad zu dem sozialen und intellektuellen Wissensstand der heutigen Zivilisation ins Verhältnis.
Walcher war selbst gerührt, als er die Leidensgeschichte von Noras Vater einarbeitete, dem alten Fischer, dessen Seele sich wie ausgelaugtes Schwemmholz anfühlen musste.
Ausführlich zeigte er das globale Netzwerk des Pharmariesen GMC auf, das selbst die wackeren Sozialisten Chinas zu willfährigen Mitläufern umzupolen verstanden hatte.
Drei Tage hatte er sich in seinem Schlafbüro eingeigelt, literweise Tee getrunken und seinen Arbeitsplatz nur zu den lebenserhaltenden Verrichtungen verlassen, bis er den Titel über seinen Text schreiben konnte: *Sonniger Herbst.*
Als Untertitel wählte er: *Die missbrauchten Alten.*
Wie ein Marathonläufer fühlte er sich, ausgebrannt, aber zufrieden.
Er bot den Text, der zu einem umfangreichen Dossier angewachsen war, mit allen relevanten Daten per E-Mail seinen üblichen Verlagspartnern an, und schickte ihn auch an Hinteregger und Brunner.
Danach schaltete er den Computer aus, wollte mit Rolli durch den Wald zu laufen, stellte aber fest, dass es Nacht war, und legte sich deshalb schlafen.
Darauf hatte auch Bärendreck sehnsüchtig gewartet.

Das erste Ei

Wehmut machte sich in Walcher breit, als er Irmis Eifer bei den Vorbereitungen ihrer Fahrt nach Paris beobachtete.
In der idealen Vorstellung seines Vaterbildes nahmen Exkursionen in die großen und besonderen Städte dieser Welt einen hohen Stellenwert ein.
Vater zeigt Tochter die Welt, gibt sein Wissen weiter und nutzt die gemeinsamen Reisen zu einem Austausch von Meinungen, Gefühlswelten und Verhaltensweisen, was letztlich die Basis einer lebenslang anhaltenden, verständnisvollen Nähe und Zuneigung aufbaut – so in etwa hatte er sich das immer vorgestellt.
Und nun standen auf dieser Liste bisher lediglich Kurzbesuche in Basel, Zürich, Genua, München, Ravensburg, Lindau und Kempten.
Gut, er hatte die Vaterrolle bei Irmi erst vor drei Jahren übernommen, aber sie wurde bald 16 und kam damit in jenes Alter, wo vermutlich erstrebenswertere Ziele lockten als eine Städtereise mit dem Vater, noch dazu, wenn es nur der Adoptivvater war. Da sollte er sich etwas überlegen, nahm er sich vor.
Dennoch freute sich Walcher und zwar über Irmis Selbständigkeit, mit der sie ihre Reise organisierte. So hatte sie die Zugverbindungen im Internet herausgesucht, von der Bahn bestätigen lassen und dann gebucht.
Von Lindau über Ulm und ab Stuttgart mit dem ICE – wenn er denn fuhr und nicht gerade wieder einmal kontrolliert werden musste – bis in den Gare de l'Est, alles in allem in sieben Stunden mit einem schülerermäßigten Gruppenticket.
Im Gare de l'Est würde sie von ihrer neuen Freundin abgeholt werden, um dann eine Woche Paris zu entdecken.
Irmis und Marie-Luises Planung konzentrierte sich allerdings eher auf die Unterhaltungs- und Konsumkultur, weshalb sich Walcher der Hoffnung hingab, mit Irmi die kulturellen Höhepunkte von Paris doch noch in einem gemeinsamen Exkurs erleben zu können.

Was Walcher ebenfalls sehr freute, hatte er doch darin einen Störfaktor vermutet, war die Verlässlichkeit, mit der Irmi die Hühner versorgte. Morgens ließ sie das Federvieh aus dem Stall, gab ihnen Wasser und Futter und kehrte den Mist zusammen, der für die Gartendüngung in einem Eimer gesammelt wurde. Dann unterhielt sie sich noch einige Minuten mit dem Volk, das bei diesen Gelegenheiten aufmerksam zuhörte.
Auch am Abend puttete sie die Damen samt Hahn in den Stall zurück und wünschte ihnen eine gute Nachtruhe und zwar namentlich, denn jedes der Tiere war inzwischen von ihr getauft worden.
Am Morgen, einen Tag vor Irmis Abreise nach Paris, Walcher und Mathilde deckten gerade den Frühstückstisch auf der Terrasse, kamen Irmi brüllend und Rolli bellend um die Hausecke gerannt.
Im ersten Moment stand Entsetzen auf Mathildes und Walchers Gesichtern, denn in ihren Vorstellungen sahen sie wieder tote Hühner, aber Irmis Gesicht lachte, als sie vorsichtig ein winziges Ei auf den Tisch legte.
Das erste Ei, ist das nicht wunderbar?, jauchzte sie. *Was machen wir, Rührei oder kochen wir es hart, damit wir es teilen können?*
Mathildes Stirn war gerunzelt, sie schüttelte den Kopf, beugte sich vor und fixierte das Ei, als wäre es von einem Monster aus dem Weltraum.
Wunderbar, sagst du, Mathilde entspannte sich, *das ist nicht nur wunderbar, das ist ein richtiges Wunder, weil das Ding der Hahn gelegt haben muss.*
Während sich Irmi lachend krümmte, der Hund immer noch bellte, Mathilde nun auch lachte, verstand Walcher nicht so richtig, um was es eigentlich ging. Ein Ei, klar, warum auch nicht. Wozu sonst hatten sie die Viecher hergetan, wenn nicht für diese Eier, dachte er und sah fragend die beiden kichernden Frauen an.
Zurück in den Kühlschrank, bestimmte Mathilde und gab Walcher damit die Chance, Irmis Auftritt zu durchschauen, allerdings erfolglos.

Doch nicht so der sattelfeste Hühnerzüchter, grinste Irmi, und Mathilde erklärte: *Vor einem halben Jahr ist nix mit Eiern, das Fräulein hat uns auf den Arm nehmen wollen.*
Wieso wollen, ich hab' euch, jedenfalls ihn, deutete Irmi auf Walcher und legte ihm das Ei in die Hand.

Sonnenuntergang

Die Passagiere saßen oder lagen auf ihren Deck-Chairs und genossen die um diese Abendzeit angenehm wärmenden, letzten Sonnenstrahlen. Bald würde die Sonne untergehen und dabei ein geradezu überirdisches Schauspiel bieten.
Dreisternegeneral a. D. Brian Mark Hornbrigth hatte für diesen Ausflug die Rolle des Kapitäns übernommen, schließlich waren seinem Kommando bereits ganze Flotten unterstellt gewesen.
Man war unter sich. Hornbrigth hatte das Boot breitseits in Position zur Sonne gebracht und die Maschine abgestellt.
Nur eine leichte Dünung hob und senkte das Boot, was den General jedoch nicht hinderte, seine Freunde und Mitbewohner aus LIFUS City mit Cocktails zu versorgen, die er gekonnt auf dem Tablett servierte, als hätte er sein ganzes Leben lang nichts anderes getan. Jeden, zu dem er sich hinunter beugte, sprach er mit Namen und Titel an und erhielt dafür ein dankbares Lächeln.
Eine illustre Gesellschaft hatte sich auf dem Boot versammelt. Der ehemalige Gouverneur von Nebraska, Gregor Bureham und seine Frau Loren, der Bundesrichter i. R. Norman Kessel und seine Frau Sally, Botschafter i. R. Dr. Frank Hagelbacher, zwei ehemalige Senatoren, Braun und Kramer, ein Oberst a. D. der Nationalgarde und dessen Frau, ein ehemaliger Bürgermeister, ein Polizeipräsident, ein Präsident der Finanzbehörde mit seiner Frau, ein Staats- und ein Landesminister, der FBI-Chef der Westküste und sein Konkurrent vom CIA, ein

langjähriger Berater des Außenministeriums, ein ehemaliger Gewerkschaftsboss und noch einige Spitzenfunktionäre.
Insgesamt warteten 22 verdiente ehemalige Führungspersönlichkeiten der Vereinigten Staaten von Amerika auf das gemeinsame Erlebnis des Sonnenunterganges und am Ende der beiden Deck-Chair-Reihen bekam Margret, die Frau von General Hornbrigth, das vorletzte Glas und ein liebevolles Küsschen.
Dann nahm der General das letzte Glas, lehnte das leere Tablett an den letzten freien Stuhl neben seiner Frau, hob sein Glas im selben Moment in die Höhe, in dem der glühende Ball die Horizontlinie erreichte und mit seinem Feuer das Meer in Brand zu setzen schien.
Wir alle hatten einen Traum, Gott schütze Amerika, rief er ihnen zu, trank sein Glas in einem Zug leer, schleuderte es hinaus aufs Meer und setzte sich neben seine Frau.
Wie ein Chor murmelten die Frauen und Männer die Wiederholung: *Wir alle hatten einen Traum, Gott schütze Amerika,* tranken und warfen ebenfalls die leeren Gläser über Bord.
Nur lächerliche drei Minuten dauerte es, bis der glühende Ball verschwunden war. Einige der alten Damen weinten vor Rührung, anderen lag ein verklärtes Lächeln auf ihren Gesichtern, zwei, drei hielten die Augen trotz des imposanten Schauspiels geschlossen und die Mienen der meisten Männer waren staatstragend erstarrt.

Auch Joseph Martinez' Miene war maskenhaft starr, aber damit wollte er nicht den starken Mann markieren. Bei ihm hatten Wind, Sonne und das Salzwasser seine Haut ein Leben lang gegerbt und eiskalte Winter hatten die Gesichtszüge einfrieren lassen. Wie viele Sonnenuntergänge Joseph erlebt hatte, könnte er vermutlich nicht sagen, aber, dass er dabei immer dieselbe tiefe Ehrfurcht vor dieser alles Leben bestimmenden Macht empfunden hatte.
Wie an jedem Gutwetterabend saß Joseph vor dem Ruderhaus im altersschwachen Klappstuhl, in dem schon sein Vater und vermutlich auch der Großvater gesessen hatte.

Seit Generationen waren die Väter seiner Familie jeden Tag, wenn es das Wetter zuließ, hinaus aufs Meer gefahren, um die Netze auszuwerfen. Und für Joseph hatte sich nie die Frage gestellt, ob er etwas anderes machen sollte. Das Meer und die Fische darin, sie waren der eine Teil von Josephs Leben, der andere Teil hieß Maria und war seine Frau.
Auch an diesem Abend war Joseph hinausgefahren, etwas früher als sonst, weil ihm Maria einen zahlenden Gast hatte aufs Boot setzen wollen. Joseph fuhr aber ungern in Gesellschaft hinaus, brauchte keine Hilfe und schon gar keinen Fremden an Bord. Weil er sich aber mit Maria darüber nicht streiten wollte, war er eben früher gefahren. Er war kein Redner, er protestierte auf seine stille Art. In ihrer Ehe war sie es, die sprach.
Dass Joseph als erster aus dem alten Fischerhafen von Santa Maria fuhr, das war ohnehin nichts Besonderes, das machte er häufig. Die anderen Fischer mit ihren modernen Fangbooten, er mit seinem alten, klapprigen Kutter, in dem man den Diesel noch mit einer Lötflamme vorheizen musste.
Joseph war ein Einzelgänger, den seine Kollegen nicht so besonders mochten. Sie achteten ihn, das schon, und eigentlich neideten sie ihm, sein, in ihren Augen, bequemes Leben, denn Joseph hatte immer nur so viel aus dem Meer geholt, wie er und Maria zum Leben brauchten. Er hatte sich keine ständig steigenden Fangquoten vorgegeben, hatte sich nicht zum Sklaven der Banken gemacht für moderne, größere Boote mit leistungsstarken Motoren, Radar, Tiefensonar, GPS und was weiß der Teufel alles noch.
Seine Netze hatte schon der Großvater geflickt und wenn er einen guten Fang nach Hause brachte, und das war meistens der Fall, dann fuhr er am nächsten Tag nur hinaus, weil er das immer schon so gemacht hatte. Dann beobachtete er das Meer und sah den Möwen zu, wie sie fischten. Deshalb wusste Joseph immer, wo die Schwärme waren. Er setzte auf Natürlichkeit, während die Kollegen die Technik zum Gott erhoben hatten.
Früher waren ihm manche Kollegen nachgefahren, um zu

beobachten, wo er fischte, aber das ließen sie bald bleiben, denn Joseph verriet seine Fanggründe nicht. Er war bei solchen Gelegenheiten einfach ein wenig herumgetuckert und ohne zu fischen wieder heimgekehrt.

An diesem Abend saß Joseph auf Deck und sah der Sonne zu, weil er Zeit hatte. Die Stelle, die er heute befischen wollte, machte nur bei Ebbe Sinn, und die begann erst in zwei Stunden. Dann würden sich nämlich die Fischschwärme von der Strömung, die dort besonders ausgeprägt war, weiter hinaus aufs Meer tragen lassen. Schwärme, dachte Joseph bitter und spuckte über die Bordwand. Schwärme gab es schon lange nicht mehr.

Das Meer war an der Küste längst leer gefischt und um etwas ins Netz zu bekommen, musste man stundenlang herumkreuzen oder unverschämtes Glück haben. Oder man fuhr weit hinaus, tagelang, aber dafür war Josephs Kutter nicht mehr geeignet. Das konnten nur die anderen, die mit ihren perfekten Fangmaschinen.

Aber auch die hatten Probleme, denn der Sprit, die Zinsen, die Löhne, alles war gestiegen – nur die Fänge nicht.

Viele Fischer hatten aufgehört, waren pleite, konnten die hohen Investitionen nicht mehr zurückzahlen.

Kein Wunder, Jahrhunderte lang hatten sie das Meer leer gefischt, ohne sich darum zu kümmern, wie die Schwärme nachwachsen sollten. Unerschöpflich sei das Meer, hatte jeder geglaubt. Alles hatten sie rausgeholt, kleine und ungenießbare Fische, einfach alles und wenn nur Fischmehl daraus gemacht worden war.

Joseph machte sich oft denselben Vorwurf, denn auch er hatte dazu beigetragen, dass die wichtigsten Speisefische am Aussterben waren und bald für immer aus dem Meer verschwunden sein würden. Aber wovon sollte ein Fischer wie er denn leben?

Wenn Joseph über den Hunger der Menschen nachdachte, legte sich ein zentnerschweres Gewicht auf seine Brust.

Sein Meer, bald eine öde Wüstenei? Auch wenn er nicht mehr lange würde hinausfahren und fischen können, es zerbrach

ihm das Herz. Der Mensch in seiner Gier war in die Meeresgärten eingebrochen, hatte sie kahl gefressen und obendrein als Müllkippe missbraucht. Da wunderten sie sich, wenn sich Algen und Quallen vermehrten. Aber es schien niemanden groß zu interessieren, jetzt züchtete man in Fischfarmen, was sich auf dem Markt gewinnbringend verkaufen ließ, und nebenbei fing man eben die größeren Fische, den Wal, den Merlin, Delphine, warum nicht auch noch den Hai? Und dann konnte man ja noch in die Tiefsee hinab.
Joseph sah auf seine Hände. Die Fingerknochen würden bald so groß sein wie Walnüsse und schon jetzt fiel es ihm schwer, das Netz an Bord zu bekommen. Ein, zwei Jahre vielleicht noch, dann war sowieso Schluss mit der Fischerei, dann würde er nicht mehr das Schwungrad des Diesels ankurbeln und wahrscheinlich nicht einmal die Taue lösen können. Schon heute schmerzten die Gelenke bei jeder Bewegung, und nur wenn er wie jetzt ruhig dasaß, war es erträglich.
Was würde er dann machen? Im Hafen herumsitzen?
Von dem Erspartem würden er und Maria nicht lange zehren können, und die Fischerrente war schon für einen zu wenig zum Leben.
Vielleicht würde er einfach hinausfahren, bis über den Horizont hinaus, an dem gerade die Sonne zu versinken begann. Hinausfahren, immer der Sonne nach, bis der Diesel verbraucht war, und dann abwarten, was geschah. Einfach in seinem Klappstuhl sitzen, Pfeife rauchen und warten.
Fischer hatten gelernt zu warten. Vielleicht würde er sich auch eine stürmische Nacht aussuchen, ein tragischer Unfall, nichts Ungewöhnliches für ein Fischerleben. Dann bekam Maria wenigstens eine anständige Rente von der Versicherung.
Obwohl die Sonne längst untergegangen war, glühte das Meer, als würde es nun von der Unterseite beleuchtet werden. Die Luft war mild und die Wolken am Himmel versprachen eine ruhige Nacht. Zwei Möwen drehten eine Runde um den Kutter und ließen sich hoffnungsfroh auf der kurzen Stange am Signalmast nieder, zwischen den alten Karbidlampen.

Joseph sah hinter sich zu den Möwen hinauf, er mochte sie. Seine Spürhunde nannte er sie, denn schon so manches Mal hatten sie ihm Fischschwärme gezeigt, wenn sie sich mit halb angelegten Flügeln ins Wasser stürzten, um selbst Beute zu machen.

Bei dem Blick zurück vom Mast zum glühenden Horizont entdeckte er das Ausflugsboot. Verächtlich zogen sich seine Mundwinkel herunter. Jetzt fuhren sie in diesen schwimmenden Gewächshäusern schon bis hier heraus, fluchte er in Gedanken. Joseph mochte sie nicht, diese Spaßgesellschaften, die ohne Sinn und Verstand auf seinem Acker herumfuhren und nur die Fische verscheuchten. Ein zweites Mal zu dem Boot. Irgendetwas war anders als sonst.

Leider waren seine Augen nicht mehr die besten. Mit einem leichten Stöhnen erhob sich Joseph, langte in das aufgeklappte Fenster vom Ruderhaus und griff nach dem alten Glas, das schon der Großvater an die Augen gedrückt hatte.

Auf dem Spaßboot konnte Joseph die Leute erkennen, die nebeneinander in den Liegestühlen saßen und alle in eine Richtung sahen. Komisch war das, denn das Boot hatte sich gedreht und, anstatt zum Horizont, war es nun zu seinem Kutter hin ausgerichtet und all die Leute sahen in seine Richtung.

Wohl noch nie einen Kutter gesehen, was, ihr Spaßvögel?, Joseph setzte noch einmal das Glas an seine Augen.

Wie Schaufensterpuppen lagen die Leute in den Stühlen und bewegten sich nicht. Schliefen sie? Alle gleichzeitig?

Auch wenn er diese Leute nicht mochte und selbst ein Einzelgänger war, auf See gab es eine Regel und an die hielt sich Joseph. Wenn jemand in Not schien, dann musste man helfen oder wenigstens nachsehen, ob Hilfe notwendig wäre.

Er konnte ja nahe vorbeifahren, dann würde er sehen, was zu tun sei. Also hauchte Joseph dem Diesel wieder Leben ein, tuckerte hinüber und drehte eine Runde um das Spaßboot.

Die Schaufensterpuppen blieben unverändert in ihren Liegestühlen sitzen oder liegen, niemand nahm Notiz von ihm, winkte oder zeigte anderswie, dass Leben auf dem Boot war.

Leben, das ist es, dachte Joseph. Das Boot wirkte wie ausgestorben, obwohl Leute darauf waren. Konnten sie derart tief schlafen, dass sie nicht einmal seinen wummernden Motor hörten und auch nicht reagierten, als er an dem Draht zu der Klappe zog, der die Abgase durch das Nebelhorn umlenkte und es mächtig dröhnen ließ wie das eines Ozeanliners?
Joseph ging längsseits und stoppte den Diesel.
Hallo, gibt es Leben an Bord?, brüllte er, und nach einer Pause: *Was dagegen, wenn ich an Bord komme?* Nichts rührte sich, weshalb Joseph mit den Achseln zuckte, die Ladeklappe in seiner Bordwand entriegelte und sie zur Seite schob.
Das Deck seines Kutters lag nur einen halben Meter über der Reling des Ausflugsbootes. Joseph nahm eine der leichteren Leinen, warf sie als Schlinge hinüber um den heckseitigen Relingspoller, zog die beiden Boote aneinander, bis die Autoreifen, die als Fender dienten, zusammen gedrückt wurden und machte die Leine routiniert am eigenen Relingspoller fest. Mit dem Ende einer zweiten Leine stieg er auf die Reling des fremden Bootes und ließ sich, etwas ungelenk in den Knien, auf das hochglanzlackierte Holzdeck hinunter.
Die Leine zog er bis zu dem mittschiffs angebrachten Poller und machte dort ebenfalls fest. Nun war sein Kutter durch zwei Leinen mit dem Spaßboot verbunden.
Joseph stand unschlüssig vor den beiden Reihen der Deckstühle, kratzte sich verlegen am Hinterkopf und rief: *Hallo, hallo, steckt noch irgendwo wer?*
Eigentlich hatte er rufen wollen, ob noch irgendwo ein Lebender steckte, aber das traute er sich nicht, angesichts der Menschen vor ihm, die in ihren Stühlen lagen oder saßen. Eine Situation, wie Joseph sie noch nie erlebt hatte.
Was war das hier, ein Totenschiff? Eine Filminszenierung? Zögernd ging er breitbeinig die zwei, drei Schritte zum ersten Liegestuhl der vorderen Reihe, bückte sich und stieß die Frau an deren Schulter. Als nichts geschah, griff er ihr Handgelenk, ließ es aber gleich wieder los, weil ihm die Unsinnigkeit seines Vorhabens klar wurde. Joseph konnte durch die Hornhaut auf seinen Fingern vielleicht das Auf und Ab der Ventilstößel

seines Diesels spüren, nicht aber den Pulsschlag eines Menschen. Außerdem wusste er, dass diese Frau und die anderen Liegenden tot waren. Weshalb er da so sicher war, hätte er nicht erklären können – vielleicht waren es die Augen der Frau, die blicklos in eine andere Welt starrten – vielleicht war es aber auch seine einfache Logik, die ihm sagte, dass nur ein toter Mensch nicht atmen musste.

Der Kapitän, dachte Joseph, wo war der Kapitän? Jedes Schiff, und wenn es auch nur so ein Spaßboot war, hatte einen Kapitän. Durch die offene Glastür ging Joseph in den Salon und durchquerte ihn in Richtung Bug, wo die Tür zum Cockpit offen stand.

Das Cockpit war leer. Joseph sah sich um, konnte aber nichts entdecken, was ihm auffällig oder ungewöhnlich erschien, und wandte sich der gegenüberliegenden Seite des Salons zu, der Bar.

Joseph kam aber nur bis zum Treppenabgang, der kurz vor der Bar unter Deck führte. Dort, vor der ersten Stufe war er stehen geblieben und starrte auf etwas, was ihm zwar vertraut war, aber dort nicht hingehörte: Wasser.

Der Niedergang war bereits bis zur oberen Stufe mit Wasser gefüllt. Es dauerte ein, zwei Herzschläge, bis Joseph verstand, was das Wasser dort zu bedeuten hatte.

Sekunden später war Joseph auf seinem Kutter, holte hektisch die erste Leine ein und wollte zu der zweiten, als der Kutter mit einem Mal bedenkliche Schlagseite bekam und sich zu dem Boot neigte, dessen Deck nun bereits zum Teil unter Wasser lag. Völlig lautlos begann das Ausflugsboot zu sinken. Vermutlich hatte Joseph durch seine schnellen Schritte und den kräftigen Absprung von der Reling hinauf zu seinem Kutter das bereits höchst fragile Gleichgewicht des Bootes zerstört, so als hätte er einer zwar noch schwimmenden, aber beinahe voll mit Wasser gefüllten Plastikschüssel durch einen Stoß auf den Rand den letzten Zentimeter Auftriebskraft genommen.

Joseph sah nur kurz nach rechts, als ein Mann aus seinem Stuhl kippte, es war der dritte in der vorderen Reihe, und ins

Wasser rollte. Leine los, Leine los, nur dieser eine Gedanke pochte in Josephs Kopf. Der Kutter stand gefährlich schräg, gezogen von dem sinkenden Boot, dessen Heck nun aus dem Wasser aufstieg. Die Reihe der Liegestühle hatte sich gelichtet, während Joseph halb auf dem Deck, halb schon auf der inneren Bordwand zu der Leine mitschiffs hetzte, die seinen Kutter zum Kentern bringen konnte.
Das alte Holz knarrte gefährlich und beinahe wünschte Joseph, dass es den Poller aus der altersschwachen Bordwand reißen möge, aber das betagte Schiff war solide gebaut.
Joseph stieß einen dumpfen Fluch aus, als er mit dem Knie an einen Haken in der Bordwand stieß. Der Schmerz nahm ihm schier den Atem, aber er hatte nicht die Zeit nachzusehen oder sich zu bemitleiden, es ging um Sekunden. Die Leine. Die Leine. Dann war er am Poller und zerrte an der Leine. Buchstäblich im letzten Moment, denn das Meer schwappte schon über die Bordwand. Noch ein halber Meter und der alte Fischkutter wäre vermutlich flach gelegen. Aber jetzt schwenkte er wie ein befreiter Korken in seine Normallage und pendelte derart heftig hin und her, das Joseph erst ans Ruderhaus geschleudert wurde und dann zurück an die Bordwand. Beinahe wäre er über Bord gegangen, aber er hielt den Relingspoller mit aller Kraft umklammert, denn um nichts in der Welt wollte er in die Gruppe der schwebenden Leichen eintauchen.
Das Ausflugsboot kippte nun ganz zur Seite und verschwand mit einem schrillen Pfeifton unter Wasser. Es gurgelte noch ein wenig und mächtige Blasen wühlten die Wasseroberfläche auf, aber ansonsten war der Untergang eher still und unspektakulär vor sich gegangen.
Joseph waren die wenigen Sekunden allerdings wie eine Ewigkeit vorgekommen. Ungläubig starrte er auf die bunte Mischung von Polstern, Liegestühlen, Decken und Leichen, die neben seinem Kutter schwammen. Wie in Trance griff sich Joseph die Holzstange mit dem Enterhaken, die innen an der Bordwand klemmte. Der Großvater hatte das Ding noch benutzt, um große Fische an Bord zu ziehen. Joseph dagegen

hatte sie bisher nur gebraucht, um sich manchmal im Hafen von der Mole abzustoßen, wenn sich wieder einmal der Rückwärtsgang nicht hatte einlegen lassen. Dass er den Enterhaken einmal einsetzen würde, um damit Leichen an Bord zu holen, hätte er sich auch nicht vorstellen können.

Zwei Männer und eine Frau schaffte er an Bord zu ziehen, dann verließ ihn die Kraft. Einen Liegestuhl zog er noch hoch, eine Decke und einen der Schaumstoffpolster, auf ihnen war der Name des Bootes eingestickt: *Lifus Sun*. Dann musste er sich in seinen Stuhl setzen.

Eine Möwe umkreiste den Kutter, vermutlich hatte sie beobachtet, dass irgendetwas an Bord geholt worden war.

Es war noch immer sehr hell, auch wenn der Horizont nicht mehr glühte. Wie viel Zeit mochte vergangen sein, seit das Ausflugsboot versunken war? Joseph schätzte nicht mehr als eine halbe Stunde. Mit einem Seufzer stand er wieder auf.

Er trieb sich an weiterzumachen, konnte die Toten nicht einfach im Wasser lassen.

Im Ruderhaus hatte er eine Flasche, für Notfälle. Der lange Schluck hinterließ auf dem Weg in den Magen eine Feuerspur und gab Joseph die Kraft, wieder seinen Enterhaken aufzunehmen. Aber als er an der Bordwand stand, schwammen nur noch die Liegen und Polsterteile im Wasser. Einen Toten entdeckte er noch, aber der schwebte auch schon unter Wasser und war zu weit entfernt für seine Enterstange. Bis Joseph den Diesel gestartet und in langsamer Fahrt eine Schleife gefahren und sich wieder der Stelle des Untergangs genähert hatte, war aber auch diese Leiche versunken.

Joseph kreuzte noch etwa eine viertel Stunde hin und her, bevor er die Position bestimmte und sie in seiner Karte durch ein Kreuz kennzeichnete. Dann stopfte er sich eine Pfeife und zündete sie an.

Während er den Hafen von Santa Maria ansteuerte versuchte er nicht an die drei Toten zu denken, die hinter ihm auf Deck lagen, zugedeckt mit einer Plane. Ein unheimlicher Fang.

Der Passagier, den ihm Maria aufs Boot hatte setzen wollen, kam ihm in den Sinn. Beinahe bedauerte er, dass er ihn nicht mitgenommen hatte. Vielleicht hätten sie zu zweit mehr Tote retten können. Joseph schüttelte den Kopf. Konnte man Tote überhaupt retten?

Steurers Tagebuch

Brunner machte den Eindruck einer Luftmatratze, die trotz halber Füllung versuchte, aufrecht zu stehen.
Walchers fragenden Blick tat der Kommissar mit einer Handbewegung ab, für die man ihn als Imitator des Papstes hätte halten können. *Fragen Sie nicht,* bat er und steuerte auf den einzig freien Tisch zu.
Sie hatten sich vor einer Stunde zu diesem Treffen im Café Marmorsaal in Lindau verabredet und hätten sich beinahe um einen der letzten freien Parkplätze in Bahnhofsnähe gestritten, den sie zeitgleich ansteuerten. Das Café lag am Rande der Touristenströme und dennoch boten die Plätze davor einen herrlichen Blick auf die Hafeneinfahrt, den See und die Berge. Die beiden setzten sich deshalb nebeneinander mit dem Rücken zum Café. Brunner bestellte sich einen Pernod, Walcher entschied sich für einen doppelten Espresso.
Es gibt Tage, begann Brunner ohne Einleitung, *an denen braucht man einen freundlichen Zuhörer. Nicht nur, dass diese LIFUS-Sache mir über den Kopf wächst, gestern hat mir auch noch meine Frau eröffnet, dass sie Urlaub von mir braucht, was mich ohnehin nicht treffen würde, ich wäre ja so gut wie nie zu Hause.*
Brunner machte eine Pause als die Getränke kamen und kippte Wasser in den Pernod, allerdings äußerst sparsam.
Auf dem Weg zum Mund unterbrach er die Bewegung und sah in das Glas, als erhoffte er sich darin ein Zeichen. Dann setzte er das Glas wieder zurück, ohne daraus getrunken zu haben. Brunner musste sich wirklich in einer tiefen Krise befinden.
Ich hätte niemals Beamter werden dürfen, schüttelte er den Kopf. *Heute morgen machte mir mein Chef deutlich, dass ich den Fall*

lösen und nicht ständig nach noch mehr Leuten jammern sollte. Ich hatte ihm, wandte sich Brunner zu Walcher und machte einen zweiten Anlauf mit seinem Pernod, der dieses Mal klappte, *vorgeschlagen eine SOKO einzusetzen. Das LIFUS-Ding ist einfach zu groß, zu vielschichtig und spätestens nach Ihrem Artikel auch noch global geworden. Ich solle nicht jammern und endlich den Fall lösen. Diese Pappnase! Und ansonsten könne ich mich ja auf dem Dienstweg beschweren. Dienstweg! Wenn ich das schon höre. Dienstweg, den gibt es nur zur Abwehr von Verantwortung. Auf dem Dienstweg kann man jedes Problem erst einmal in aller Ruhe weiterschieben, bis es sich im Labyrinth der Vorschriften, Gesetze und Weisungen irgendwann erledigt hat. Verantwortung und der Beamtenmensch an sich schließen einander aus.* Brunner trank hastig den letzten Schluck und signalisierte der Bedienung, die am Nachbartisch eine Bestellung aufnahm, einen zweiten Pernod zu bringen. *Wissen Sie, spätestens nach der Schule trennt sich ein Volk in zwei Lager, nämlich in die Gruppe der Beamtenmenschen und den Rest. Während der Rest Dinge zum Leben produziert, erfinden die Beamtenmenschen Vorschriften. Eines der höchsten Vergehen des Beamtenmenschen stellt eine Überschreitung der vereinbarten Arbeitszeit dar. Wer nicht einmal seine Arbeitszeit, Pausenregeln, Urlaubstage im Griff hat, taugt auch sonst zu nichts. Den schickt man am besten zum Rest oder stuft sie zurück ins Heer der Laienhelfer zur Parkraumüberwachung, auf einen Hilfslehrerposten oder in die Arbeitsvermittlung. Und genau da werde ich bald angekommen sein. Ach, hören Sie mir doch auf.*
Brunner konzentrierte sich auf den zweiten Pernod und zog eine entschuldigende Grimasse. *Sie haben vermutlich erwartet, Neues über LIFUS zu erfahren, hab' ja auch einiges, aber jetzt hänge ich irgendwie durch.*
Walcher wedelte mit der Hand durch die Luft.
Wir kommen nicht weiter, können weder dem Cordes noch dem Oberst etwas nachweisen, auch diesem Controller nicht. Der Professor ist untergetaucht und Cordes auch. Der Kellner, vermutlich ein Helfershelfer, hing am Strick und die Schuldbeweise in Cordes' Wohnung taugen vermutlich so viel wie das Versprechen eines Politikers.

Und die anderen? Walcher versuchte so unauffällig wie möglich auf die Uhr seines Handys zu sehen, denn er hatte mit Mathilde vereinbart, sie auf dem Heimweg bei ihrem Haus abzuholen.
Die anderen schweigen oder wissen zu wenig. Die Krankenschwester zum Beispiel ist der felsenfesten Überzeugung, nichts Unrechtes getan zu haben. Die Wassermann, die Pfleger, die Köche ... alle haben von der einen oder anderen Unregelmäßigkeit gewusst, aber von den Morden hatten sie keine Ahnung ... das nehme ich denen sogar ab. Ich bin fest davon überzeugt, dass Cordes oder der Oberst Täter, beziehungsweise Auftraggeber sind. Immerhin sind sie beide noch am Leben, im Gegensatz zu Cordes' Freund, dem Adjutanten, dem einen der Controller und diesen Kutter-Brüdern. Das passt alles nicht zusammen, gibt keinen Sinn, so als wären es unterschiedliche Fälle, die nur scheinbar irgendwie verwoben sind. Und dann kommt noch erschwerend hinzu, Brunner trank den Rest des zweiten Pernods aus, dem er so gut wie kein Wasser beigemengt hatte, *dass mir diesmal die Medikamententests und die Versicherungsbetrügereien und das Klima in diesem Altenheim mehr an die Nieren gehen als die Morde. Ich weiß, dass ich das nicht einmal denken sollte, aber es ist so.*
Was haben Sie als Nächstes vor?, Walcher ging Brunners Lamento etwas auf die Nerven, deshalb klang seine Frage so interessiert, als hätte er sich nach der Ernährungsbasis einer Lindauer Hafenmöwe erkundigt. Das hatte wohl auch Brunner so empfunden und stellte fest: *Ich langweile Sie.*
Nicht, was Ihren persönlichen Zustand betrifft, da mache ich mir ernsthafte Sorgen, stellte Walcher klar. *Was ist mit Ihnen und Ihrer Frau?*
Ihnen darf man keine Andeutung machen, nickte Brunner. *Ich ... wir haben Probleme. Meine Frau will, dass sie vor meinen Leichen kommt ... wie sie mir gestern sagte.*
Daran können Sie aber doch was ändern, oder? Und kommen Sie mir jetzt nicht mit Personalknappheit, Arbeitsüberlastung, Mordrate und so was, schob Walcher gleich nach, weil Brunners Gesichtsausdruck den Versuch einer Rechtfertigung ankündigte.

Sie haben ja Recht, stöhnte er dann nur.
Dann sollten sie nicht mit mir hier herum sitzen, sondern Ihre Frau zu einem Spaziergang um die Insel einladen, mit anschließendem Abendessen im Casino ... oder so ähnlich.
Das habe ich doch schon am Nachmittag vorgeschlagen, stöhnte Brunner.
Dann gehen Sie nach Hause und mähen den Rasen, spielen mit Ihrer Frau eine Partie Monopoly, oder ... was weiß ich, mit was Sie Ihre Frau überraschen können, ich kenne sie ja nicht einmal.
Das ist auch so ein Punkt, hakte Brunner ein, *wir haben unseren Freundeskreis vernachlässigt und außerdem, wer will schon ohne Not mit einem Bullen zu tun haben, noch dazu mit einem vom Morddezernat? Da hat sich einfach einiges ...*
Brunner brach ab, hatte mit einer routinierten Bewegung sein Handy am Ohr und hörte konzentriert zu. *Brauche noch eine halbe Stunde ... doch pünktlich, versprochen ... freue mich ... bis später.*
Hörte sich gut an, lächelte Walcher, *Ihre Frau?*

Eine Stunde später hielt Walcher bei Mathildes Hof am Auszugshaus und wurde bereits erwartet.
Gut, dass du kommst, nickte Mathilde und verschloss die Haustür.
Ich hab' doch länger gebraucht als geplant, entschuldigte sich Walcher.
Des mein ich nicht ... ist nur so ... so ungut hier geworden. Mathilde seufzte. *Die Erika, also meine Schwiegertochter, die hasst mich jetzt wohl endgültig.*
Und warum?
Na, weil ich hier ausgezogen bin und ihr mein Bub deshalb Vorwürfe macht und des kommt halt obendrauf.
Obendrauf?, Walcher hatte das Gefühl, dass Mathilde einiges los werden wollte.
Die Erika ist ein Herrenmensch. Allein, dass es mich gibt und ich hier beim Hof gewohnt hab', hat sie schon gewurmt. Sie will alles um sich herum beherrschen.
Magst du sie?

Mögen? Ich hab' mich auf sie gefreut, ich wollt' immer eine große Familie und viele Enkel. Ich hab' sie mit offenen Armen empfangen ... aber da war von Anfang an keine Nähe, so sehr ich mich auch bemüht hab'. Irgendwann hab' ich dann aufgegeben und mir gesagt, dass es reicht, wenn wir uns akzeptieren.

Ist ja nicht neu, das Problem, stellte Walcher fest, nachdem Mathilde eine Zeitlang geschwiegen hatte.

Mag sein. Vielleicht passen unsere Familien auch einfach nicht zusammen. Wir sind halt Kleinbauern, keine besonders gute Partie für die Eltern von Erika ... haben sie mal durchblicken lassen. Ach, es ist, wie es ist, schloss Mathilde das Thema ab und Walcher nickte nur. Ihm war Brunner eingefallen, der hatte vor einer Stunde ähnliches festgestellt. „Es ist so wie es ist“, sollte das etwa zu einer Art Kampfspruch für Fatalisten werden?

Weiter kam Walcher nicht, sie waren auf dem Hof angekommen.

Rolli, den Mathilde bei sich hatte, stürmte aus dem Auto und war erst einmal damit beschäftigt, alle Markierungen rund um das Haus zu erneuern, so als wäre er nicht einen Nachmittag, sondern wochenlang nicht dazu gekommen.

Als Walcher die Haustür aufschließen wollte, legte ihm Mathilde die Hand auf seinen Arm und schüttelte den Kopf. *Hier ist was,* flüsterte sie und ging voraus, am Haus entlang und um die Ecke zur Rückseite. Walcher folgte ihr und fragte sich, warum sich ihm plötzlich die Nackenhaare aufstellten. Es gab keinen, jedenfalls keinen sichtbaren Grund.

Die Bewegungsmelder hatten bei ihrer Ankunft das Hoflicht eingeschaltet und nichts deutete auf etwas Ungewöhnliches hin. Auch auf der Terrassenseite war alles normal, jedenfalls sah es so aus.

Gemeinsam gingen sie wieder zur Haustür zurück und Walcher schloss auf. Mathilde folgte zögernd in den Hausflur, hielt ihn dann wieder am Arm zurück und bat: *Lass mich voraus.*

Walcher sah etwas irritiert zu, wie Mathilde die Augen schloss, ihre Arme ausstreckte und wie Flügel durch die Luft flattern ließ, als würde sie nach unsichtbaren Körpern tasten.

Den ganzen Flur ging sie so, immer noch mit geschlossenen Augen bis zur Küchentür. Dort blieb sie stehen, drehte sich dann langsam nach links und näherte sich der Treppe in den ersten Stock.
Kurz davor ließ sie die Arme sinken, öffnete die Augen und wandte sich zu Walcher: *Es war jemand im Haus und er war oben,* deutete sie hinauf.
Ist er noch da?, fragte Walcher. Aber Mathilde schüttelte den Kopf. Walcher war schon während Mathildes Flattergang zum Telefon gegangen und wählte nun Brunners Nummer. Der Kommissar meldete sich nach dem dritten Klingelton und seiner Stimme war anzuhören, dass er inzwischen noch das eine oder andere Glas Wein getrunken hatte, aber er reagierte dennoch routiniert. *Ich schicke ihnen die Spurensicherung. Man weiß ja nie, bleiben Sie unten und tappen Sie so wenig wie möglich herum. Klar?*
Klar, antworte Walcher und entschuldigte sich für die Störung und dass es Brunner nicht einfallen sollte, selbst zu kommen, schließlich wäre es wichtiger, sein Privatleben wieder in Ordnung zu bringen.
Warum Walcher in diesem Moment daran dachte, dass es nur in den alten Telefonen immer noch so vertraut realistisch rauschte, hätte er nicht erklären können, es war halt einfach so. *Brunner schickt die Spurensicherung, wir sollten nicht die Treppe rauf. Wie wär's mit einem Glas Wein in der Küche, dauert sicher eine Stunde bis die da sind?,* schlug er vor.
Mathilde schüttelte den Kopf: *Wenn's dir nichts ausmacht, würde ich mich lieber ins Wohnzimmer setzen und fernsehen. Das lenkt am besten ab ... und dank dir, dass du mir so einfach glaubst.*
Walcher nickte, ging in die Küche, schob den Teppich auf der Bodenklappe zur Seite und zog sie hoch. Auch wenn Mathilde keinen Wein wollte, er hatte Lust auf ein Glas.
Schon auf der Treppe hinab in den Keller spürte er die beruhigende Wirkung des Geruchs, der ihm entgegenströmte.
Zwar hatte Mathilde den größten Teil seiner Vorräte entsorgt, aber die einmalig schwere, beinahe fühlbare Duftmischung war erhalten geblieben.

Tief sog Walcher die Kellerluft durch seine Nase.
Was war dieser Duft gegen irgendwelche künstlichen Aerosole, mit denen der moderne Mensch von heute die Illusion von Natur versprühte? Aus diesem Keller strömte ihm die Vorratshaltung von Generationen entgegen. Erzählte von eingelegten Eiern, von Karotten, die in Sandtöpfen auf ihre Verwendung warteten, von den Gärgasen des Sauerkrauts, dem Rauch der Würste, Schinken, Speckschwarten, von dem Most, dem Wein, dem Schnaps und dem Kerzenstummel, der immer wieder angezündet worden war, wenn eines dieser köstlichen Güter hinauf ins Leben geholt worden war.
All diese Geruchsbilder hatte auch die Renovierung des Kellers nicht vertreiben können. Und schon gar nicht das Gefühl der Geborgenheit, das Walcher immer überkam, wenn er hinunterstieg.
Selbst in unruhigen Zeiten sprang die wohlige Gelassenheit, die der Keller ausstrahlte, auf ihn über. Das extrem flache Kreuzgratgewölbe, von einem Baumeister geschaffen, der vermutlich nicht einmal den Begriff Statik gekannt hatte, trug andernorts die Gewichte mächtiger Kathedralen und das noch nach Jahrtausenden.
Walcher erinnerte sich an das erste Mal, als er vorsichtig die damals morsche Treppe hinuntergetastet war und mit einer Taschenlampe dieses Kellergewölbe ausgeleuchtet hatte.
Wie ein Höhlenforscher war er sich vorgekommen, der in die Welt der Altvorderen vorgestoßen war.
Ein Stunde später hatte er den Kaufvertrag unterzeichnet, für eine Hofruine, die auf einem Kreuzgratgewölbe stand.
Auch an diesem Abend war der Gang in den Keller nicht nur der Weg zu einer Weinflasche. Hier unten waren längst auch Teile seines Lebens, seiner Erinnerungen eingelagert.
Das Sherryfass zum Beispiel, das er zusammen mit Lisa in Jerez gekauft hatte, damals, als sie sich zur Heirat entschieden hatten.
Walcher nickte und verscheuchte diese Gedanken an Tod und Schmerz mit dem Griff zu der letzten Flasche einer ehemals vollen Weinkiste. Ein Merlot aus Venetien, aus dem Weingut

Maculan bei Breganze. Er musste getrunken werden, der Wein aus der vorletzten Flasche hatte begonnen, sein schweres Rot mit einem leichten Braunstich zu versehen.
Was, wenn jemand im ersten Stock eine Bombe deponiert hatte, deren Zündmechanismus durch das satte Plopp des Korkenziehens hoch ging? Walcher musste über sich lächeln, prüfte den Korken und freute sich auf den Wein.

Es wurde spät, so gegen Mitternacht, bis die beiden Spurensicherer wieder abzogen, die Brunner geschickt hatte.
Das einzige Fundstück hatten sie mitgenommen, allerdings war es nicht ihnen aufgefallen, sondern Walcher.
Nachdem die beiden Techniker ihn in den ersten Stock und in sein Büro gelassen hatten, deutete er sofort auf ein Stück Papier, das unter der Schreibunterlage hervorlugte.
Er steckte nie irgendwelche Papiere unter diese Unterlage.
Eine gefaltete Seite kam zum Vorschein, auf der mit einer eckigen, steilen Schreibschrift offensichtlich jemand versucht hatte, eine Schrift nachzuahmen. Allein der Namenszug war an die zwanzig Mal ausprobiert worden. *Hubert Steurer, Hubert Steurer, Hubert Steurer ...*
Mathilde hatte sich nicht geirrt, im Haus war ein Besucher gewesen.

E-Mails

Hallo mein Freund, du bist richtig berühmt geworden in den USA. Habe deinen Artikel an einige Blätter geschickt (USA Today, NY-Times, Wall Street Journal, Post, Tribune, Daily News, Inquirer, Chronicle, Star, Globe ... nur um einige zu nennen, ich schicke dir noch die vollständige Liste, damit du nicht überrascht bist, woher du überall Honorare bekommst) – hoffe, dass es in deinem Sinne war. Zeitgleich habe ich auch noch einige eigene Artikel lanciert. Presse, TV und Rundfunk berichten über nichts anderes und das Echo ist überwältigend, nur noch mit Watergate zu vergleichen.

GMC steht unter gewaltigem Beschuss, eine Untersuchungskommission ist installiert worden und es gab bereits Hausdurchsuchungen bei einigen Tochterfirmen, die von GMC gegründet wurden, um wichtige Entscheider formvollendet bestechen zu können. Zum Beispiel GE, Global Entertainment und das Forster Memorial Institute.
Die Feste GMC wackelt vor allem an der Börse. In der LIFUS City, die du besucht hast, spielte sich wohl ein Drama ab. Details werden geheim zu halten, aber wir haben die Informationen bekommen, dass einige Bewohner, die auf der GMC-Bestechungsliste ganz oben standen, gemeinschaftlichen Suizid begangen haben. Sie haben sich mit einem Ausflugsgboot im Atlantik versenkt. Da muss man schon grässliche Sachen angestellt haben, um diesen Weg zu beschreiten. Ich halte dich auf dem Laufenden und denke, dass wir uns demnächst sehen werden. E.H.
Walcher war sich nicht sicher, ob er auf Hinteregger sauer sein sollte, denn seinen Artikel hatte er ihm nicht zum Zweck der Verbreitung gemailt. Andererseits war dadurch genau das öffentliche Echo entstanden, das er sich heimlich erhofft hatte. Und, gestand er sich ein, die meisten Zeitungen kannte er nur dem Namen nach.
Über die folgende E-Mail freute er sich besonders, ein Lebenszeichen von Johannes.
Da steige ich mal wieder in die Niederungen dieser Welt hinab, soll heißen, hab' den Computer angeknipst, und was lese ich?
Schlagzeilen, unter denen der Name von Freund Walcher steht.
Ich gestehe es, nur kurz, aber nur wirklich kurz, dachte ich daran, wie spannend Recherchen sein können ... aber lassen wir das.
Herzlichen Glückwunsch. Bedeutet das, dass du dir so langsam um deine Altersversorgung Gedanken machst? Hier oben ist das wunderbar geregelt. Die alten Bergbauern erhalten inzwischen eine kleine Rente, von der sie zwar nicht leben, aber in Ruhe sterben können, wenn sie denn nicht Kinder in die Welt gesetzt haben, die den Hof übernehmen und sie durch ihren Bergherbst begleiten.
Aber das sehen wir zum Teil sehr romantisch. Oft spielt sich hinter der heilen Fassade ein gruseliges Martyrium ab, vor allem, wenn die Alten überhaupt nicht mehr können und zu Pflegefällen gewor-

den sind. Dann kann es sein, dass archaische Verhaltensformen durchbrechen. Aber daran will ich, wie all die anderen Alten, überhaupt nicht denken, denn hinter mir steht Magdalena und meint, dass ich lang genug das süße Gift der großen Welt geschnuppert habe. Ich soll dich von ihr grüßen und fragen, wann du endlich zum Heuen kommst und zum Ziegenmelken und Weintrinken und Käseessen ... Sei umarmt von uns beiden. Johannes und Magdalena

Prof. Dr. Höffler

Das Wenige, was Prof. Dr. Höffler aussagte, war der Grund, weshalb er sich auf den Jakobsweg gemacht hatte.
Zum Ersten, gab er an, habe er schon als kleiner Junge den Jakobsweg wandern wollen, und zum Zweiten war er jetzt gegangen, weil er seine wohl letzte Chance hatte nutzen wollen. Nun durfte jeder selbst auslegen, wie Höffler das gemeint hatte und ob daraus ein Eingeständnis seiner illegalen Sektionen und Medikamentenversuche abgeleitet werden konnte. Allerdings waren derartige Überlegungen bereits wieder Makulatur, kaum dass sich die Freude über die Verhaftung des Mediziners gelegt hatte.
Der spanische Kollege der Guardia Urbana, Enrique Remondo, der in Burgos den Jakobspilger Höffler festgenommen hatte – keine Stunde, nachdem ein freundlicher Mönch den Streckenstempel in Höfflers Pilgerausweis gedrückt, lobende Worte gesprochen und kurz danach zum Telefon gegriffen hatte –, setzte sich direkt mit dem Ansprechpartner der Suchmeldung in Deutschland in Verbindung und bewies damit eindrucksvoll, wie eng Europas Polizeikräfte zusammengerückt waren.
Brunner war hocherfreut, kam doch ein solcher Erfolg im rechten Moment und ließ Hoffnung aufkeimen, dass er im LIFUS-Fall einen großen Schritt vorankommen könnte.
Einen Tag später erhielt Brunner allerdings einen Dämpfer, jedenfalls was den Zeitpunkt des angestrebten Verhörs von

Höffler betraf. Höffler, so der Kollege Remondo, habe auch einen amerikanischen Pass und könne deshalb nicht so ohne weiteres den Kollegen in Deutschland übergeben werden. Wenn es dringend sei, so müsse der Kollege wohl nach Burgos zur Vernehmung kommen.
Brunner holte sich deshalb von seinem Chef grünes Licht für den Flug nach Bilbao und die Busfahrt nach Burgos, buchte für den kommenden Tag und musste drei Stunden später stornieren.
Aus Burgos war nämlich ein Fax eingetroffen, in dem Kollege Remondo mit wenigen dürren Worten mitteilte, dass sich der Festgenommene vermutlich auf dem Weg in die USA befände, jedenfalls hätte ihm das die Spezialpolizei des Innenministeriums klar gemacht, als sie Höffler abholte.
Prof. Dr. Höffler, so seine Recherchen, schrieb Remondo auf das Fax, habe in Boston Medizin studiert, approbiert, den Doktortitel erhalten und auch eine Professur an der Boston Universität innegehabt. Kollege Remondo wünschte Brunner dennoch eine erfolgreiche Ermittlung und lud ihn auf den Jakobsweg ein, den Dienstweg des Herrn.
Brunner stellte sich Remondo vor, der vielleicht auch so seine Erfahrungen mit Dienstwegen hatte. Dann füllte er zwar die Auslieferungsanträge für Prof. Dr. Höffler aus, schickte sie auch nach Kempten in die Zentrale, denn dies war Chefsache, wusste aber, dass es eine reine Dienstweghandlung war.

Diplomatie

Immerhin, der persönliche Sekretär des Staatssekretärs des Auswärtigen Amtes stand auf der Visitenkarte, die der Herr im tadellosen dunklen Edelzwirn mit einem verbindlichen Lächeln Walcher überreichte.
Er hatte sich telefonisch von seinem Sekretariat anmelden lassen und stand nun, pünktlich auf die Minute, vor der Haustür. Vorgefahren war er in einem großen schwarzen

Dienstwagen, gesteuert von einem dunkelhäutigen Fahrer. Das gehörte wohl zur Imagepflege des AAs.
Walcher bat ihn ins Wohnzimmer, in das Mathilde für den *„Großkopferten"*, wie sie meinte, Kaffee und Mineralwasser bereitgestellt hatte, deutete auf die Sitzgruppe und auf den Kaffee und meinte: *Bedienen Sie sich, wenn Sie mögen.*
Danke, ich komme praktisch gerade aus dem Café, lehnte der Herr namens Wolfram Gäbele ab. Wahrscheinlich hatte er Angst, vergiftet zu werden, dachte Walcher und warf noch einmal einen Blick auf die Visitenkarte, während sich Herr Gäbele in den einzelnen Sessel sinken ließ.
Walcher nahm deshalb ihm gegenüber auf der Couch Platz. Gäbele und Auswärtiges Amt, Walcher überlegte, wie dieser sehr schwäbische Name wohl in fremden Welten ausgesprochen wurde, und sah dabei sein Gegenüber offen und neugierig und auch ein wenig provokant an.
Seit dem Anruf des Gäbele-Sekretariats hatte Walcher überlegt, ob der überraschende Besuch des Außenamtsmitarbeiters mit den gestern untergeschobenen Schriftübungen von Steurers Unterschrift zu tun haben könnte. Irgendwie passte ein solches Vorgehen in den Werkzeugkasten der Geheimdienste, oder war es der Versuch der LIFUS-Führer, ihn als einen Journalisten zu diskriminieren, der nicht vor Fälschungen zurückschreckte, ja, sie sogar selbst anfertigte. In jedem Fall war die zeitliche Nähe von Einbruch und Besuch ein beachtenswerter Zufall.
Auf die üblichen Einleitungen, der Frage nach Verkehr, Feststellung der Wetterlage und eventuelle Umwege bei der Auffindung der Zieladresse verzichtete Walcher, schließlich wollte er herausfinden, wie gehobene Diplomaten Derartiges handhabten. Und Herr Gäbele demonstrierte eindrücklich ein solcher zu sein, jedenfalls äußerlich.
Nachdem er lächelnd registriert hatte, dass Walcher nicht vorhatte, die Eröffnung zu übernehmen, räusperte er sich, nahm seine Brille ab, zog ein Putztuch aus seiner Hemdentasche und säuberte die Brillengläser.
Walcher sah ihm dabei interessiert zu, gespannt, was als

nächster Schritt kommen würde. Der kam, als die Brille aus dickem braunen Horn, ein Revival aus den Sechzigern, im rundlichen Gesicht Gäbeles wieder auf der Nase saß.
Wir sollten gleich zum Kern kommen, schlug Gäbele weltmännisch vor.
Walcher nickte beredt und dachte sich: Sei nicht voreingenommen, er ist Beamter und Diplomat und vielleicht privat ganz nett und wahrscheinlich denkt er sich jetzt, dass ich ein arrogantes Arschloch bin.
Gut, deutete Herr Gäbele Walchers Geste richtig, schob die abgesunkene Brille – schwere Hornbrillen neigen dazu, auf öligem Untergrund abzurutschen – auf die Nasenwurzel zurück und fixierte Walcher wie ein Lehrer. *Unserem Botschafter in Washington wurde von seinem Gesprächspartner im amerikanischen Außenministerium in einem persönlichen Gespräch die Bitte übermittelt, ein bestimmtes Thema mit sachlicher Zurückhaltung zu behandeln. Die derzeitig angespannte Situation zwischen unseren Regierungen ...*
Und?, unterbrach Walcher.
Wie, und?, kam Herr Gäbele aus seinem Konzept.
Na, was hat unser Botschafter geantwortet?, lächelte Walcher.
Ja, also, das entzieht sich meiner Kenntnis.
Herr Gäbele hatte bis zu einem Topdiplomaten noch einen weiten Weg vor sich, vermutete Walcher, er hatte eine pfiffigere Antwort erwartet.
Es geht ja denn auch eher darum, dass wir ... als Ganzes quasi gebeten wurden ... mäßigend auf die voraussichtlichen Veröffentlichungen einzuwirken, die vermutlich von bestimmten Journalisten ...
Wer ist denn sonst noch an der GMC- oder LIFUS-Sache dran? Walcher hatte beschlossen, Herrn Gäbele unter die Arme zu greifen, sonst würde der Eiertanz dauern.
Ja, also da Sie LIFUS nennen, steht schon mal fest, dass wir über dieselbe Sache sprechen. Und so weit ich informiert bin, gibt es nur eine Handvoll Journalisten, die am Themenkomplex LIFUS derzeit ... ja ... arbeiten, wie uns berichtet wurde.
Sagen Sie doch einfach, was Sie sich vorgestellt haben, öffnete Walcher eine weitere Tür.

Im Interesse der Beziehungen unserer Länder und der globalen Gesamtsituation sollten wir die Geschichten um und über LIFUS so klein wie möglich halten, um nicht zu sagen, wir sollten bestrebt sein, durch keine weiteren Veröffentlichungen Salz in die Wunden unserer Freunde zu streuen.

Was hat die amerikanische Regierung mit LIFUS zu tun?

Ich denke, dass ich Ihnen das erklären darf, ohne Geheimnisverrat zu begehen, nickte Herr Gäbele. *LIFUS ist von Persönlichkeiten gegründet worden, die in der amerikanischen Geschichte eine große Rolle gespielt haben und deren Nachkommen auch heute noch die amerikanische Führungsschicht repräsentieren. In den Staaten würde ein Affront gegen LIFUS geradezu als ein Angriff auf die amerikanische Identität empfunden werden.*

In den USA wird aber auch die Pressefreiheit ähnlich hoch gehalten wie in Europa und speziell in unserem Deutschland, warf Walcher ein.

Oh, natürlich, aber darum geht es ja auch nicht. Wir wollen und können nur eine Bitte aussprechen und Ihnen die Hand reichen. Herr Gäbele hatte nun auch seine Hände sprachunterstützend eingesetzt, als wollte er ein Orchester dirigieren.

Was verstehen Sie denn unter: Hand reichen?, wollte Walcher wissen, aber dazu fiel Gäbele erst einmal nichts Bestimmtes ein. Er wedelte mit den Händen durch die Luft, blies die Backen auf, als ob er eine heiße Kartoffel im Mund hätte, und meinte dann: *Ja, also nichts Bestimmtes, wir wollen Sie ja nicht bestechen,* mühte er sich ein Lächeln ab. *Wir dachten einfach an eine künftige intensive Zusammenarbeit. Sie wissen ja, dass bei Auslandsbesuchen unserer Regierungsverantwortlichen auch Journalisten eingeladen werden oder bei frühzeitigen Informationen auf dem Verteiler des Kanzleramtes stehen, also mehr in diese Richtung dachten wir.*

Wer ist wir?

Also wir, das sind in diesem Falle das Auswärtige Amt mit dem leitenden Minister und seine beiden Staatsminister und ... ja, auch die Staatssekretäre und ... auch meine Wenigkeit. Gäbele wurde kurz richtig sympathisch, als er bescheiden seine „Wenigkeit" anhängte, fand Walcher. Aber das änderte nichts an seiner

grundsätzlichen Meinung zum Thema.
Wissen Sie, Herr Gäbele, ich beschäftige mich nicht mit der Tagesaktualität, mein Gebiet ist mehr der Misthaufen menschlicher Gier und deshalb können Sie mich mit Ausflügen oder Informationen überhaupt nicht locken. Im Gegenteil, mich machen derartige Angebote immer nur besonders hellhörig. Welche Chance hat der unscheinbare, normale Mensch in unserem Staat, Verstöße gegen Recht und Moral zu erfahren, wenn nicht durch eine freie Presse? Ich bezeichne mich als einen Aufdeckungsjournalisten. Enthüllungen sind mein Credo und entsprechen meinem Verständnis der Aufgaben eines Journalisten. Allein schon die Tatsache, dass Sie mir gegenüber sitzen und mich ködern wollen, kränkt mich und treibt mich geradezu an, an meinem Image zu feilen, denn Sie sind offensichtlich der Meinung, man könne mich kaufen.
Herr Gäbele nickte und seufzte. *Ich sitze hier ja nicht aus eigenem Antrieb, unsere Freunde in den Staaten ...*
Keine noch so wichtige Freundschaft kann ernsthaft eine Beugung der Pressefreiheit verlangen, lieber Herr Gäbele, schreiben Sie sich das in Ihr Gebetbuch, wenn Sie eines haben. Ich werde weiterhin in allen Details über LIFUS berichten, sachlich und auf der Basis beweisbarer Vorkommnisse, selbst wenn Sie dadurch Probleme bekommen. Ich werde dabei auch dieses Gespräch nicht unterschlagen, sondern die Frage stellen, welches Interesse Mitglieder der deutschen Regierung haben, derartige Informationen unter den Teppich zu kehren?
Unser Gespräch hat ja eigentlich nie stattgefunden, wedelte Herr Gäbele ab, *und wenn, dann habe ich nur privat mal kurz bei Ihnen vorbeigeschaut.*
Sie sind mit einem Dienstwagen und Chauffeur auf meinen Hof gefahren und dabei von der Überwachungskamera gefilmt worden. Dann hat auch Herr Rolli, mein Sekretär, ebenfalls an unserer Unterhaltung teilgenommen. Damit ist ja wohl alles gesagt, Herr Gäbele.
Bedeutet das, dass Sie unser Gespräch haben belauschen und womöglich aufzeichnen lassen? Sie wissen, das ist nicht erlaubt, unterstrich Herr Gäbele mit gestrecktem Finger seinen Vorwurf und stand auf.

Ach kommen Sie, Herr Gäbele, belauschen, abhören, spionieren, das sind Begriffe des BNDs und unseres Innenministers, aber sei's drum. Ich denke, es war interessant, sich mit Ihnen zu unterhalten, und glauben Sie mir, ich hege keinen Groll oder dergleichen gegen Sie, ich zähle Sie einfach zu der Gruppe, die auf der anderen Seite des Tisches sitzt.

Fünf Minuten später hing im Hof nur noch etwas Staub in der Luft und der würde sich bald gesetzt haben. Walcher kraulte seinem Sekretär Rolli das Fell am Hals und warf ein paar Stöckchen.

Noch einmal fünf Minuten später saß Walcher an seinem Computer und öffnete das Fenster aus dem Allgäu zur Welt, den E-Mail-Ordner.

Nach vier gelöschten Angeboten für Glücksspiel, sieben für Kapitalanlagen, neun für Penisverlängerung und etwa fünfzehn für die medikamentöse Variante Viagra stieß er auf die erste Mail, die ihn betraf. Ernest Westland, Vorstand und Pressesprecher von LIFUS Germany, schrieb:

Hallo, Herr Walcher, wie war Ihr Eindruck von LIFUS City? Phantastisch, hoffe ich. Da wir ähnliches auch in Europa planen, würde ich mich gerne mit Ihnen unterhalten.

Wie wäre es am Montag, den 23. d. Monats? Ich habe vor, unsere Residenzen in Lindau zu besuchen. Bin am 23. nachmittags für Sie jederzeit verplanbar von 14 bis 19 Uhr. Bitte geben Sie mir kurz eine Nachricht, ob wir zusammenkommen. Treffpunkt könnte der Gästepavillon unserer Lindauer Residenz sein. Sie liegt phantastisch direkt am See im Ortsteil Schachen.

Herzlich, Ihr Ernest Westland.

Walcher musste nicht erst in seinen Terminkalender sehen, denn für ein Treffen mit Westland hätte er einige andere Termine platzen lassen.

Freue mich auf das Gespräch mit Ihnen. Montag den 23., so gegen 17 Uhr in Ihrem Gästepavillon. Wenn ich nichts Gegenteiliges höre, werde ich dort sein. R. Walcher

Danach schickte er Brunner und Hinteregger die beiden Mails zur Kenntnis. Brunner schien am Computer gesessen zu haben, denn er rief keine fünf Minuten später an.

Das ist sehr gut, ich werde mich dann im Anschluss mit dem Herrn Vorstand unterhalten. Es gibt da noch einige offene Fragen. Danke für die Info, Sie hatten wohl ein schlechtes Gewissen.
Brunners gute Laune war geradezu „telefon".

Nora

Walcher hatte nicht damit gerechnet, in so kurzer Zeit von Nora zu hören. Als er die E-Mail von ihr anklickte, überfiel ihn ein wohliger Schauer der Erinnerung.
Nora, er kam nicht umhin zuzugeben, dass ihn die enorme Entfernung zur amerikanischen Westküste und damit zu Nora eindeutig traurig stimmte.
Entfernungen, das hatte er spätestens bei Susanna erkannt, konnten nicht als Beziehungsförderer bezeichnet werden, vielleicht in einem Alter schwärmerischer Romantik, aber aus dieser Altersgruppe war er doch schon herausgewachsen. Wenngleich er der Überzeugung war, dass gegen biologische Hormonturbulenzen auch das Alter nicht schützte.
Hi, Fahrtenschwimmer, seit du abgedüst bist, empfinde ich eine grässliche Leere, aber das ist wohl so, wenn man gemeinsam ein Stück durch die Vorhölle gewandert ist.
Aber ich will gar nicht herumjammern, wer weiß, vielleicht treiben uns der Wind und das Meer wieder einmal zusammen, bevor wir nur mehr über die Kraftübertragung unserer Rollstühle diskutieren und dabei Salbeitee verschütten – und das womöglich in LIFUS City! Hier ist Unglaubliches geschehen. Erstens habe ich einen Job und zwar durch deinen Freund Hinteregger, worüber ich dir sehr dankbar bin, auch wenn das nicht durch dein Zutun zustande gekommen sein sollte, und zum Zweiten scheint es den LIFUS-Leuten an den Kragen zu gehen. Die Liste der Bewohner von LIFUS City, die ich dir gegeben habe, geistert durch die Schlagzeilen.
Hast du damit etwas zu tun?
Endlich! Irgendwie habe ich nicht mehr daran geglaubt. Und nun in allen Schlagzeilen, TV und Funk. Detailliert wird über

langjährige Bestechungen berichtet, mit der GMC einflussreiche Leute eingekauft haben soll. Woher wissen die das? Da muss jemand unheimlich tief in der Vergangenheit gewühlt haben, weil alle Vorwürfe ziemlich genau durch Beweise, Daten, Namen, belegt sind. Ein zeitgleicher Zufall? Wir hatten an die Zeitungen schon vor einiger Zeit unsere CD geschickt — die du ja kennst — ohne eine Reaktion zu erhalten, außer, dass uns die Polizei verfolgte. Bitte sag mir, ob du irgendetwas damit zu tun hast, damit ich Kerzen für dich anzünden kann.

Es tut sich endlich etwas, unglaublich! Nach zehn Jahren wird die Welt von LIFUS durchleuchtet und wer dahinter steckt und mit welchen Mitteln GMC an seine Erfolge gekommen ist.

Ich soll dich von Jorge herzlich grüßen, du weißt schon, unser Nachtwanderer, ich vermeide hier den treffenderen Begriff, weil es ja solche Suchprogramme gibt. Wir alle werden bei unserem nächsten Fest einen ordentlichen Trinkspruch auf dich texten, da werden dir dann die Ohren klingen.

So, nun muss ich aufhören, sonst werde ich noch gefühlsduselig und schreibe womöglich, dass ich mich nach dir sehne. Adiós, pequeño delfinito, Nora

Walcher lehnte sich zurück, schloss die Augen und dachte rückwärts.

Seeblick

Brunner wurde mit einem Hallo begrüßt, als sei er die Hauptperson auf einem Geburtstag, vielleicht, weil es ja wirklich so etwas wie eine Geburtstunde war.

Die Wirtsleute der Pension, Frau Argenthaler, drei Frauen und zwei Männer, alle in ähnlich betagtem Alter, saßen im Frühstückszimmer, das in einen Konferenzraum verwandelt war. Vor den zu einem offenen U angeordneten Tischen stand eine Moderatorenwand, gespickt mit Zetteln und Karten in allen möglichen Farben.

Alle Anwesenden hatten unterschiedliche Aktendeckel,

Ordner, Sichthüllen und Papier vor sich, und jeweils ein Sektglas.
Kommen Sie Herr Brunner, stoßen Sie mit uns an, wir gründen gerade eine Alters-WG, rief Gertrud Argenthaler und es klang wie ein Jauchzer.
Dann erklärte der Seniorenclub abwechselnd, welche Formen ihr Konzept bereits angenommen habe. Die Pension sollte eine Pension bleiben, allerdings mit festen Gästen. Und diese zahlten monatlich einen festen Betrag in eine Gemeinschaftskasse, aus der auch Hilfskräfte wie Krankenschwester und Pfleger bezahlt werden sollten, wenn sie denn gebraucht würden. Bis dies der Fall war, wollten sich die Mitglieder der Alten-WG möglichst selbst versorgen und dadurch ein solides Guthaben ansparen. Schließlich mussten ja auch Haus und Garten erhalten und gepflegt werden und ein Sozialfonds war ebenfalls eingeplant.
Das Team hatte sehr gründlich gearbeitet, schien es Brunner, und alle nur denkbaren Eventualitäten berücksichtigt. Auch einige gute Ideen hatten sie entwickelt. Zum Beispiel konnte eine Krankenschwester oder ein Pfleger einen Teil des Lohns in die eigene Altersversorgung investieren und sich damit einen Platz in der Pension erarbeiten. Alle Bewohner, so ihre Überlegung, sollten so lange mitarbeiten, wie sie wollten oder wie es ihnen möglich war. Natürlich waren sich alle darüber im Klaren, dass eine zufällig zusammengekommene Gruppe von Menschen eine Reihe von Problemen mitbrachte, aber für alle Streitigkeiten war eine Schiedsstelle vorgesehen, in der wechselnde Mitglieder versuchen sollten, den Hausfrieden zu bewahren.
Die Runde brachte die geballte Erfahrung einiger Berufsleben mit und baute an einem Konzept, das funktionieren könnte. Finanziell allemal, denn diese Interessengemeinschaft musste keine Gewinne erwirtschaften, keine Aktionäre oder sonstige Investoren befriedigen, keine utopischen Managergehälter bezahlen und ihr Fuhrpark würde nicht aus einer Flotte von Luxuslimousinen bestehen, sondern aus einem Kleinbus für Ausflüge und Warentransporte.

Bereits bei einer monatlichen Pro-Kopf-Einlage von 2000 Euro würden acht WG-Senioren einen Überschuss erzielen, wohlgemerkt nach Abzug aller nur erdenklichen Kosten. Dieser Überschuss sollte als Rücklage angelegt werden.
Die Zahlen, die der ehemalige Steuerprüfer Justus Nauer vortrug, als lege er Rechenschaft vor einer Aktionärsversammlung ab, waren schlüssig und warfen die Frage auf, warum der Platz in einem Altersheim der Mittelklasse bei Pflegestufe 2 nicht unter dreitausend Euro kostete. *Noch dazu bei einer Behandlung, als wäre man ein seniler Idiot,* warf Getrud Argenthaler in die Runde.
Nauer nickte zwar Zustimmung, erklärte allerdings in sachlichem Ton, dass die Karlmanns als Inhaber der Pension keine realistische Miete verlangten, keine Personalkosten einsetzten und auch keinen Rückfluss oder eine Verzinsung ihres eingebrachten Kapitals forderten und damit natürlich erheblich weniger Kosten verursachen würden, als das bei normalen Altenheimen der Fall sei.
Dabei seien sie durchaus keine Wohltäter, stellte Heinrich Karlmann klar. Er würde eben nur gerne in seiner Pension wohnen bleiben, selbst wenn er sich zu einem Pflegefall entwickeln sollte.
Die Pension zu verkaufen und in ein Altenheim zu ziehen, hatten sie sich aus dem Kopf geschlagen, nachdem sie mit einer ganzen Reihe von Bekannten gesprochen hatten, die bereits in irgendwelchen Heimen lebten. Stattdessen hatten sie Kontakt zu Alten-WGs und Vereinen gesucht.
In Göttingen, Bonn, Hamburg, Frankfurt, beinahe in jeder größeren Stadt hätten sich alte und junge Menschen zu Projekten zusammengetan, um nach anderen Wegen zu suchen.

Brunner hatte mit großem Interesse zugehört und beinahe vergessen, weswegen er eigentlich mit Gertrud Argenthaler sprechen wollte. Erst als er sich verabschiedete, fiel ihm seine Frage ein, aber er stellte sie nicht, denn Frau Argenthaler hatte sich so über seinen „Besuch" gefreut, dass er es nicht fertig brachte, ihr diese Illusion zu nehmen.

Ernest Westland

Die LIFUS Seniorenresidenz im Lindauer Ortsteil Bad Schachen bot einen ähnlich traumhaften Blick in die Welt wie die im Allgäu, nur dass eben vor der beeindruckenden Bergkulisse der Bodensee lag.
Walcher dachte an Ascona, Stresa, Lugano, Portofino, Rapallo und all die Orte, in denen sich die oberen Zehntausend Refugien geschaffen hatten, die weit weg von den realen Niederungen der Millionen lagen. Bad Schachen zeigte sich, jedenfalls an der Uferlinie des Sees, durchaus diesen internationalen Sammelplätzen des Geldadels ebenbürtig.
Bei der Fahrt durch die offen stehenden, schmiedeeisernen Torflügel auf das Grundstück der LIFUS-Residenz, schien es Walcher, als hätte er eine Zeitschranke durchfahren.
Die Hinweistafel an dem direkt nach dem Tor angelegten hübschen kleinen Parkplatz wies eindringlich darauf hin, dass weiterzufahren ausschließlich Befugten vorbehalten wäre. Also stellte er den Wagen ab und ging zu Fuß zu der Villa, die das Zentrum einiger kleinerer, sich harmonisch in den Park einfügenden Bauten darstellte, die alle aus vergangenen Jahrhunderten zu stammen schienen.
In der Villa, einem Bau aus der Wendezeit des Klassizismus zum Jugendstil, hatte man das Parterre als Lobby, Café, Salon oder wie auch immer man diese Begegnungsfläche bezeichnen mochte, aus-, um- und angebaut.
Die mächtige Terrasse, zur Hälfte mit Glas überbaut, bot einen wahrhaft erhebenden Blick über gepflegten Rasen, zwischen mächtigen exotischen Bäumen hindurch über den See zum gegenüberliegenden Ufer. Eine Aussicht, die Millionen von Stadtmenschen vermutlich nur beunruhigen würde, reichte sie doch weit über die gewohnte Überschaubarkeit von Innenhöfen hinaus.
Walcher musste nicht lange nach seinem Gesprächspartner suchen, denn auf der Terrasse, die nur von einem Menschen frequentiert war, sprang Westland aus dem massiven Korbsessel auf und kam ihm mit ausgebreiteten Armen entgegen,

als wolle er ein entlaufenes Huhn zurück ins Gehege scheuchen, lächelnd, versteht sich.
Ein livrierter junger Mann bot seine Dienste an, kaum dass Walcher sich gesetzt hatte. Ernest Westland schien, von dem Begrüßungsritual einmal abgesehen, wie verwandelt, jedenfalls im Verhältnis zu seinem Auftritt in Hamburg.
Er sprach langsam, bot Pausen an, in denen Walcher hätte sprechen können, und demonstrierte einen Menschen, der sich Ruhe und Gelassenheit erlauben konnte, wie sie nur ein reines Gewissen und darauf aufbauendes Selbstbewusstsein möglich machten.
Erzählen Sie, wie haben Sie unser LIFUS City erlebt, ich schrieb Ihnen ja bereits in meiner E-Mail, dass wir eine erste City auch in Europa planen.
Freundlich nickte Walcher und meinte dann: *Ich hoffe sehr, dass die Europäer Ihre Retortenstadt ablehnen werden, weil sie, aber das ist natürlich nur meine persönliche Meinung, der biologischen Aufgabe des Menschen schlechthin widersprechen, nämlich der Arterhaltung. Auch wenn das derzeit vielleicht in einem zu hohen Tempo vor sich geht und wir irgendwann einmal unsere Fruchtbarkeit zügeln müssen, sind es die Kinder, die unserem Leben einen natürlichen Sinn geben. Eine Gesellschaft, deren Alte sich aus dem Leben ausklinken, um in einer Kunstwelt unter Ausschluss der Kinder zu leben, kann sich nicht positiv entwickeln.*
Ohne die Mischung von Jung und Alt vertrocknet alles, was wir Leben nennen. Ihre Kunststadt kann nur mit einem Krebsgeschwür verglichen werden, das einer Gesellschaft die Kraft aussaugt und dafür billige Unterhaltung bietet. Eine inhaltslose Shoppingwelt, in der nur eines benötigt wird, nämlich ein dickes Bankkonto.
Und wenn die Menschheit danach strebt, sich ein möglichst fett gefülltes Bankkonto anzuhäufen, um im Alter in einer Ihrer Horrorvisionen zu vegetieren, therapiert, massiert und eingefettet als künstlich am Leben gehaltene Mumien, dann wird endgültig das Ende der Idee einer humanen, sozialen Gemeinschaft eingeläutet sein. Aber ich denke, mein lieber Herr Westland, Walcher war stolz, dass er sich an alles erinnerte, was er auf der Herfahrt bereits vorformuliert hatte, *dass Sie nicht gekommen sind, um*

sich darüber mit mir zu unterhalten, sondern um weitere Publikationen von mir zu verhindern. Im Gegensatz zu Ihrem Kernland verhalten sich die deutschen und europäischen Medien ja noch sehr gemäßigt, was die Schlagzeilen betrifft. Also, reden wir nicht über gesellschaftsrelevante Fragen, von denen ich offen gestanden glaube, dass Sie die einen Bullshit interessieren, sondern sagen Sie einfach, was Sie von mir wollen.
Westlands Mimik war geradezu entgleist. In seinem Gesicht stand Abscheu und der Hass, der in seinem Blick lag, wirkte durchaus beängstigend. Walcher hätte bei Westland mehr Beherrschung erwartet.
Sie haben Recht, uns über Inhalte auseinanderzusetzen erscheint nicht sonderlich sinnvoll, zu altmodisch und überholt ist Ihr Standpunkt. Nun, im Gegensatz zu Ihnen bin ich ein Visionär und dazu gehört auch, seine Visionen vor ewig Rückschrittlichen zu schützen. Ich biete Ihnen auch keine Vorteile an, wenn Sie mit uns kooperieren, ich biete Ihnen nur Ihr erbärmliches Leben an.
Wenn Sie sich nämlich gegen uns stellen, dann werden wir Sie zerquetschen, wie man eine Zecke vernichtet. Glauben Sie mir, nichts wird uns davon abhalten. Westland hatte nun seine Mimik wieder unter Kontrolle und lächelte Walcher an, als hätte er ihm ein Schlemmerwochenende im Elsass geschenkt.
Walcher erwiderte dieses Lächeln, als er freundlich sagte: *Weder Sie noch ich werden aufhalten können, was angestoßen wurde. Da helfen Ihnen auch nicht die kleinen Tricks, mit denen Sie versuchen, mich als unglaubwürdig abzustempeln, und schon gar nicht helfen Ihnen Drohungen, denn die sind für mich wie eine Tankfüllung, die mich noch weiter treibt als ursprünglich vorgesehen. Ihr Amerikaner unterschätzt den Rest der Welt immer ein bisschen. Töricht zu glauben, dass Ihr ungestraft in Altenheimen Medikamente testen könntet, ohne dass irgendwann einmal die Menschen aufwachen. Und glauben Sie mir, der Zeitpunkt ist längst überfällig.*
Westland trank von seinem Kaffee, schüttelte den Kopf und lehnte sich behaglich zurück. *Sie verstehen überhaupt nichts. All die Tests finden einzig und allein statt, um Menschen ein Leben in Gesundheit zu schenken. Haben Sie überhaupt eine Vorstellung,*

welche Qualen Menschen ertragen müssen, nur weil solche Leute wie Sie nicht bereit sind, für neue Medikamente Opfer zu bringen? Was sind ein paar alte Leute gegen die Gesundheit von Millionen Menschen? Fällt Ihnen dazu noch etwas ein?
Walcher fiel dazu nichts mehr ein. Er schüttelte nur still den Kopf.
Sie werden uns nicht daran hindern, unseren Weg weiterzugehen, glauben Sie, das haben schon ganz andere versucht. Westland saß zwar zurückgelehnt in seinem Korbsessel, aber er strahlte eine derart unverhüllte Aggression aus, dass Walcher einen Angriff befürchten musste. Trotzdem bohrte er weiter in der schwachen Flanke des Herrn Westland: *Meinen Sie diese alten Leute wie Steurer, Meinrat, Burger oder Fischer, Basowitz, Schaible und noch weitere, die in Ihrer Residenz geopfert wurden? Geopfert, vermeintlich im Dienste eines übergeordneten humanen Ziels. Meinen Sie diese Leute?*
Ich kenne nicht die Namen, winkte Westland ab, *aber jeden Tag sterben tausende von Menschen auf der Straße und niemand beschwert sich über diese Verschwendung von Humanpotenzial.*
Walcher nickte, legte eine Kunstpause ein und entschied sich für einen weiteren Stich. *Wenn es Ihnen nichts ausmacht, dass Ihre Probanden sterben, dann sind Sie in meinen Augen ein hundsgemeiner Mörder.* Walcher wusste im selben Moment, dass sein Versuch zu durchsichtig war. Westland ließ sich denn auch nicht provozieren, sondern winkte ab und meinte: *Was soll das hier werden?*
Zum Beispiel der Versuch, den wahren Grund Ihres humanen Engagements herauszufinden, nämlich Geld- und Machtgier, ganz einfache, menschliche Gier. Also spielen Sie sich nicht als Albert Schweitzer oder Mutter Theresa auf. Sie und Ihr Haufen unterscheiden sich in nichts von den KZ-Ärzten der Nazis.
Walcher musste eine Reizstelle getroffen haben. Wie von einer Schlange gebissen fuhr Westland aus dem Sessel, beugte sich voll mühsam unterdrückter Mordlust zu Walcher, streckte einen Arm aus, deutete mit dem Zeigefinger auf Walcher und brüllte: *Das hat noch niemand gewagt mir an den Kopf zu werfen, schade, dass Sie in LA nicht ersoffen sind. Aber ich kriege Sie noch.*

Wie die Alten in der Residenz?
Die werden Sie noch beneiden. Glauben Sie mir.
Beneiden? Walcher fühlte sich angesichts dieses durchtrainierten Muskelmanns nicht sonderlich wohl. *Ich frage mich, was an der Vergiftung mit ungetesteten Medikamenten beneidenswert sein soll. Aber die KZ-Ärzte haben ja auch experimentiert, vergiftet und vergast und betrachteten sich als humane Menschenfreunde.*
Dass Westland sich nicht mehr bremsen würde, hatte Walcher nicht zu hoffen gewagt.
Jawohl, hinter unseren Forschungen stehen humane Ziele, aber für Sie wäre jedes Gift zu schade, Ihnen schlägt man einfach den Schädel ein wie einem dreckigen Bastard ...
Oder stößt man in einen Abgrund, wie Steurer und Meinrat, unterbrach Walcher.
Westland stutzte: *Sie wollen mich provozieren, Sie Mistkerl. Sie haben eine Wanze.* Kurz nur hatte Westland den Eindruck gemacht, als würde er sich auf Walcher stürzen, aber nun entspannte er sich. *Das würde Ihnen so passen,* lächelte er, etwas gequält zwar, aber schon wieder in der Nähe des smarten Geschäftsführers und Pressesprechers CEO Ernest Westland. Er drehte sich suchend einmal um die Achse, ging die zwei Schritte zu seinem Korbsessel und setzte sich.
Natürlich trage ich eine Wanze, bestätigte Walcher, *Ihre Naivität enttäuscht mich. Ich darf Ihnen gleich Kommissar Brunner vorstellen, der sich mit Ihnen unterhalten möchte. Ich verabschiede mich, denn wir haben uns nichts mehr zu sagen. Für meine Sammlung sind Sie nur ein weiteres Beispiel, dass sich der vermeintliche Wohltäter als ein gieriger Ganove entpuppt, kaum dass man ihn vom Ross geholt hat.*
Brunner, Aumiller und Wehrle kamen zu der Sitzgruppe geschlendert, stellten sich vor und zogen sich Korbsessel zu einem Halbrund um Westlands Platz.
Bevor Walcher die Terrasse verließ, hörte er noch Westland zu Brunner sagen: *Sie sind doch überhaupt nicht berechtigt, einen amerikanischen Staatsbürger zu belästigen, oder? Sie übertreten Ihre Kompetenzen, glauben Sie mir.*

Hintereggers Dank

Was ist das?

Ein Verrechnungsscheck, als Dank für deine Hilfe. Nein, höre mich bitte erst einmal an, wehrte Hinteregger ab, als Walcher wissen wollte, um welche Hilfe es ginge, die einen Betrag von 100000 Euro rechtfertigen konnte. *Wir sind seit Jahren dabei, bei GMC an die Aktienmehrheit zu kommen, und zwar nicht, um GMC als Konkurrenten unserer eigenen Pharmazieunternehmen ans Bein zu pinkeln, sondern weil wir Mitsprache anstreben. Wir wollen uns nicht als Moralsheriffs aufspielen, aber wir halten GMC nicht nur für den globalen Marktführer, sondern ebenso führend in Sachen Menschenverachtung. Seit Jahren verhökern sie wirkungs-lose oder aber kontraproduktive Medikamente und das auch noch zu maßlos überzogenen Preisen.*

Machen das nicht alle Pharmakonzerne ... irgendwie? Walcher war aufgestanden, hatte zwei Gläser aus dem Schrank geholt und war nun dabei, die Flasche zu öffnen. Einen Rosso Conero aus dem kleinen Weingut *Villa Malacari* bei Ancona.

Jedenfalls nicht mit dem Selbstverständnis von GMC. Seit Jahren lässt GMC die von den Arzneimittelbehörden vorgeschriebenen klinischen Tests in den wehrlosen, weil armen Ländern dieser Welt durchführen, in denen ein Menschenleben so gut wie nichts zählt. Die Leute können weder schreiben noch lesen und verstehen meist auch nicht, um was es überhaupt geht. GMC missbraucht die Menschen der Entwicklungsländer, als wären sie Kaninchen ... oder Labormäuse in einem gigantischen Versuchslabor. Der Wein ist viel zu gut für dieses Thema, meinte Hinteregger, als er einen Schluck probiert hatte, sprach jedoch weiter und es war ihm anzusehen, dass dieses Thema nicht zum ersten Mal seinen Puls erhöhte. *Das muss man sich einmal vorstellen, farbige Labormäuse für die Medizin der reichen Weißen. Das ist eine so ... so entsetzlich unglaubliche Schweinerei, dass ich mir geschworen habe, diesen Misthaufen auszuräuchern und zwar in aller Gründlichkeit. Denn inzwischen sind die GMC-Leute derart selbstsicher geworden, dass sie direkt vor unseren Augen ihre Medikamente an Menschen testen, die keine Ahnung haben, was mit ihnen geschieht,*

nämlich in ihren eigenen Kinder- und Altenheimen.
Hinteregger stürzte den Rest seines Weins hinunter, zuckte entschuldigend mit den Achseln und schob Walcher das leere Glas hin. *Du weißt, unser Konzern wartet nicht, bis Politiker oder Staatsorgane irgendwann einmal aufwachen. Noch dazu, wenn, wie in diesem Fall, die Regierungsspitzen gekauft oder sonst wie der GMC verpflichtet sind. Nach unserer Philosophie gibt es in einem solch extremen Fall nur eine Möglichkeit, nämlich die Entscheidungen des Konzerns unmittelbar beeinflussen zu können, und das bedeutet bei einer Aktiengesellschaft, Anteile zu kaufen und als Mitinhaber in die Geschäftsführung einzusteigen.*
Gut, und was habe ich damit zu tun? Walcher schenkte seinem Freund das Glas voll und prostete ihm zu.
Ich habe dich missbraucht, gestand Hinteregger und hob sein Glas. *Entschuldige, aber es ist so. Selbst auf die Gefahr hin, dass du mit mir nichts mehr zu tun haben willst, gebe ich offen zu, dass ich dich ab dem Moment in unsere Pläne eingebunden habe, an dem du mir deine Anfrage über GMC gemailt hattest.*
Hinteregger machte eine Pause, als wolle er Walchers Reaktion abwarten, fuhr dann aber fort, als Walcher keine Anstalten machte sich zu äußern. *Als dein Artikel hier erschien, kam er zeitgleich auch in den USA und beinahe weltweit in allen führenden Zeitungen und Magazinen heraus, dafür haben wir gesorgt und allein schon dafür steht dir ein ordentliches Autorenhonorar zu.*
Wie von uns erhofft, trat der gewünschte Effekt an der Börse ein, der Kurs von GMC sank in den Keller und wir kauften, was wir bekommen konnten, und das war praktisch der größte Teil der im Streubesitz befindlichen Aktien der Kleinanleger. Aber nicht nur die hatten kalte Füße bekommen, auch Großanleger stießen gewaltige Mengen ab. Nun, wir sind nach diesem Crush zwar noch nicht Mehrheitseigner von GMC aber wir werden die Firmenpolitik ganz erheblich beeinflussen. Ja, und dafür, meine ich jedenfalls, hob Hinteregger sein Glas, *sollten wir auch etwas springen lassen und darauf anstoßen.*
Aber Walcher nahm nicht sein Glas, sondern schüttelte nur den Kopf. *Ich weiß noch nicht, was ich davon halten soll. Du bist*

mein Freund, zu dem ich ein ... ein beinahe grenzenloses Vertrauen habe ... du bist für mich so wertfrei, so jenseits von Berechnung und Vorteilnahme ... und jetzt ... Warum hast du mir nicht gesagt, um was es geht? Verstehst du? Hast du mir nicht vertraut oder was? Um ein Haar wäre ich im Meer ersoffen und ... du hast das womöglich billigend in Kauf genommen, weil das vermutlich die Kurse noch tiefer getrieben hätte ... also das ...
Hinteregger war aufgestanden und fuchtelte mit den Armen herum. *Jetzt gehst du zu weit, wir hatten das alles absolut im Griff, Nora und unsere Jungs waren immer in deiner Nähe ...*
Nora, flüsterte Walcher. *Nora gehört zu euch? Das kann nicht dein Ernst sein.* In Walchers Schläfen pochte ein plötzlicher Überdruck. Nora, keine spontane Verliebtheit? Keine echte Zärtlichkeit? Auftragsarbeit? Mechanisches Abarbeiten oder gar therapeutischer Auftrag? Hatte er sich derart täuschen lassen? Es knisterte gefährlich in seinem Kopf.
Verdammte Scheiße, stöhnte Hinteregger.
Und der Anschlag auf ihr Elternhaus?, Walcher versuchte sich in kontrollierter Sachlichkeit.
Der war von der Gegenseite, also wirklich, damit hatten wir nichts zu tun. Hinteregger gestikulierte wie ein Südländer und man sah ihm die Pein an, die ihn bewegte. Der Hinweis auf Nora war ihm rausgerutscht und dafür verfluchte er sich. Aber rückgängig zu machen war da nichts mehr. Bestenfalls ein Ablenkungsmanöver und das versuchte er. *Hast du dich etwa in Nora verliebt?*
Selbst wenn, wäre das nicht das Problem. Ich fühle mich von dir hintergangen, verstehst du?
Ja, ja, ja, ich hätte dich wohl einweihen müssen. Aber irgendwie habe ich nicht daran gedacht und dann war es schon zu spät für eine Aufklärung. Ich bin da schon seit drei Jahren dran, für mich war das alles längst eine Selbstverständlichkeit. Wir haben eine ganze Menge von Leuten in die GMC eingeschleust, aber nur eine Hand voll schaffte es bis in die sensiblen Bereiche. Du ... du musst mir abnehmen, dass ich dich nicht etwa verheizen wollte. Eher der Gedanke, du wirst das schon machen, ein weiteres Puzzleteil von GMC aufdecken. Dass die Leute von LIFUS City Panik bekamen

und dich umlegen wollten, kam für uns völlig überraschend und wir mussten handeln, sonst hättest du Nora wahrscheinlich überhaupt nicht kennen gelernt. Aber wir hatten Telefonate abgehört und sie deshalb ins Spiel gebracht. Komm, mach nicht so ein Gesicht, wir werden uns doch nicht ...
Wer gehört da noch alles zu eurer Mannschaft?, unterbrach ihn Walcher.
Du kennst keinen von ihnen, deshalb wird es nicht viel bringen, wenn ich dir ...
Ich möchte es trotzdem wissen.
Aber der Fall ist doch praktisch für dich abgeschlossen, Hinteregger schien auch in Situationen, in denen er in einem zähen Brei von diffusen Schuldgefühlen steckte, einen klaren Kopf zu behalten und sich keine derartigen Zugeständnisse abringen zu lassen.
Komm schon, du hast einiges gutzumachen.
Ein tiefer Seufzer, dann fuhr Hintereggers Arm durch die Luft, als würde er einen imaginären Stein durchs Zimmer werfen: *Zwei Leute, die zu Corners Bereich gehören, und noch eine Frau, die es bis in die Präsidentenetage geschafft hat.*
Walcher nickte: *Du kannst mich nur versöhnen, wenn du mir mit diesen drei Leuten ein Gespräch vermittelst.*
Wie ... ein Gespräch? Was willst du von denen denn erfahren?
Vielleicht schreibe ich eine Reportage über den Nervenkitzel von Undercoveragenten oder über Industriespionage oder den Übernahmeangriff auf ein Unternehmen. Walcher hatte sich wieder einigermaßen gefangen. LIFUS und Nora, irgendwie musste er das trennen. Dennoch, was seinen Freund betraf, so empfand eine Distanz zu Hinteregger, wie er sie bisher noch nie gehabt hatte.
Na gut, nickte Hinteregger, *sollen die Leute selbst entscheiden, ob sie sich mit dir unterhalten wollen. Ich werde mit ihnen reden und ihnen deine Mailadresse und Telefonnummern geben, in Ordnung?*
Auch Walcher nickte und sah seine Chance, den mürben Hinteregger auszuquetschen: *Wenn du Leute sogar bei diesem Christoph hast, dann müsstest du doch auch wissen, wer für die Morde verantwortlich war und was sonst da alles gelaufen ist.*

Na ja, so in etwa schon, gab Hinteregger zögernd zu.
Dann heraus damit, und ich will nicht noch einmal betonen, was du gutzumachen hast. Ich werde darüber auch nicht schreiben, ich will es nur wissen.
Also, beweisbar ist das alles nicht, deshalb kannst du es auch nicht verwenden. Dieser Cordes ist wohl für den Mord an Steurer verantwortlich, vermutlich hat er die Kutter-Brüder beauftragt, die mit richtigem Namen Koroskem heißen und aus dem ehemaligen Jugoslawien stammen. Die beiden haben GMC erpresst und dafür Cordes und dessen Freund vorgeschoben, was kurz zu einer gewissen Irritation geführt hat und deshalb die Controller in Aktion brachte.
Könnten wir einen Spaziergang machen?, schlug Walcher vor. *Ich brauche Luft.* Hinteregger nickte nur, er wäre vermutlich zu weit mehr bereit gewesen.
Draußen schien die Sonne zwischen Wolkenfetzen, die vermuten ließen, dass es bald mit dem schönen Wetter ein Ende haben würde. Die Luft roch nach Veränderung.
Nach einigen Schritten weg vom Haus setzte Hinteregger seine unterbrochene Erzählung fort. *Was dann passiert ist, weiß ich auch nicht. Irgendwie scheint da etwas völlig aus dem Ruder geraten zu sein. Christopher Corners Partner, ein gewisser Bracket, kam ums Leben, aber das weißt du ja alles. Corner scheint seit dem Tod seines Freundes nicht mehr so ganz Herr seiner selbst zu sein. Meinen jedenfalls unsere beiden Agenten, die ihm direkt unterstellt sind. Sie vermuten, dass Corner das Versteck der Koroskems angezündet hat, samt der beiden, die von der Feuerwehr nur als verkohlte Leichen entdeckt wurden.*
Wer ist für die Morde in der Residenz verantwortlich?, fragte Walcher dazwischen, aber Hinteregger schüttelte den Kopf.
Das konnten meine Leute nicht herausfinden. Irgendwie decken sich bei LIFUS Deutschland alle gegenseitig. Es könnte dieser Cordes gewesen sein, aber ebensogut auch von den Vorständen in Hamburg beauftragt worden sein.
Da gibt es einen Oberst und eine Seniorenselbstverwaltung, hast du über den etwas aus deinen Kanälen gehört?
Wieder verneinte Hinteregger.

Warum hast du meinen Artikel verteilt? Du hättest diese Infos doch schon längst lancieren können. Und dann dieses lächerliche Spielchen mit den CDs, Walcher stieß zischend Luft aus.
Natürlich hätte ich das anderen Journalisten stecken können, aber ich wollte dir einen Stein in den Garten werfen ... und dann hatte es auch zeitlich gut gepasst ... und ... ach, Hinteregger fuchtelte mit der Hand durch die Luft.
Sie gingen eine Weile nebeneinander her, jeder in seinen Gedanken. Wie aus Verzweiflung drückten sich die Sonnenstrahlen mit ganzer Kraft durch die immer enger werdenden Wolkenlücken, aber es schien, dass sie diesmal den Kampf nicht gewinnen würden.
Komm, stieß Hinteregger an Walchers Schulter, *lass mich nicht so schmoren. Ich musste das der Sache wegen so durchziehen.*
Vermutlich hast du Recht, nickte Walcher. *Es ist ja auch hauptsächlich ... also das mit Nora ... das hättest du mir einfach vorher sagen müssen.*
Das nächste Mal, in Ordnung. Hinteregger hatte sich Walcher in den Weg gestellt und sah ihn mit einem Blick an, der schwer zu deuten war.
Es sah kitschig aus und hätte in der Regieanweisung für eine Schnulze stehen können, wie die beiden sich umarmten und plötzlich gebündeltes Licht ein letztes Mal durch ein Wolkenloch direkt auf sie strahlte, als wäre ein überdimensionaler Scheinwerfer eingeschaltet worden.
Dazu kam noch, dass ein schwarzer Hund bellend um sie herumtanzte, wie er es immer tat, wenn er eifersüchtig war.

Auf Walchers fragenden Zeigefinger, der auf die beiden Umzugskisten gedeutet hatte, die neben Brunners Schreibtisch standen, meinte der Kommissar: *Ich bin erst einmal beurlaubt und werde dann vermutlich zur Sitte oder einer ähnlich aufregenden Disziplin versetzt.*
Gibt es dafür einen Grund außer Ihrer miserablen Aufdeckungsquote und der Zusammenarbeit mit mir?, versuchte Walcher etwas Humor in die Situation zu bringen, aber Brunner schien erstaunlich gut drauf.
Klar, spielte beides eine Rolle, aber eigentlich war es nur der Dienstweg.
Dienstweg, da müssen Sie mich aufklären, bat Walcher.
Ist ganz einfach, ich habe den Dienstweg nicht eingehalten und mich auf eigenen Wegen bewegt. Auf Schattenwegen, ja, auf Schattenwegen. Und wem begegnet man auf Schattenwegen?, forderte der Kommissar Walcher auf, mitzudenken.
Schattenwesen?, versuchte es Walcher, zog dabei aber eine Grimasse, der seine Unsicherheit anzusehen war. Aber er hatte einen Treffer zu verzeichnen, denn Brunner nickte mehrmals und präzisierte: *Schattenwesen, jawohl, man begegnet Schattenwesen, die man auch für Gespenster halten könnte, weil sie selten aus ihrer Schattenwelt herauskommen. Die Steuermänner, die eigentliche, die geheime Führung, der innere Zirkel in der Tiefe des Apparats, Schattenwesen, an die nicht einmal wir Polizisten so ohne weiteres herankommen. Und wenn man sich ihnen unerlaubt nähert, dann schlagen sie zu, auf dem Dienstweg ...*
Walcher nickte aufmunternd, weil der Kommissar eine Pause machte und erst etwas gequält lächelte bis er weiter sprach.
Entschuldigen Sie, das war nur hypothetisch. Ich ziehe für einen Monat in ein anderes Büro, dieser Stock wird gründlich renoviert. Aber meine Geschichte hätte ebenso stimmen können, wie dies hier, Brunner hielt ihm einen Stapel Blätter hin, die von einer großen Büroklammer zusammengehalten wurden, und nickte auffordernd.
Walcher nahm die Blätter und überflog die ersten Zeilen.

Eine Aufstellung. Namen, Adressen, Jahreszahlen.
Was ist das?
Wohnungsinhaber der deutschen LIFUS-Residenzen. Brunner deutete ostentativ auf die Weltkugel-Bar, in der nur noch eine einsame Flasche stand, umringt von vier oder fünf Gläsern.
Walcher las nun die Namen bewusst und der Reihe nach. Private Namen wechselten einander ab mit Firmennamen von Investmentgesellschaften, Kreditinstituten, Versicherungen, Investmentfonds, Bau- und Sparvereinen, Berufsorganisationen, ja sogar einige Kommunen waren darunter.
Es dauerte etwas, dann nickte Walcher und Brunner füllte zwei Gläser mit einer klaren Flüssigkeit, deren Aroma dem Büro des Kommissars eine heimelige Note gab, trotz Umzugskisten.
Nach den etwa vierzig Namen mit dem Buchstaben A – von denen Walcher einige bekannt vorkamen – hatte er auf dem dritten Blatt in der Mitte der B-Liste einen Namen entdeckt, bei dem sich spontan sein Magen meldete und sein Puls merklich anstieg.
Natalie Brodmann, las er laut. *Ich erinnere mich nicht mehr an den Vornamen, aber ... ist das die Mutter von unserem Maximilian, die Frau von Ernst Brodmann?*
Brunner bestätigte Walchers Frage, indem er ihm das gut gefüllte Glas reichte. *Für solche Fälle hat der Mensch Schmerzmittel entwickelt, oder?*
Etwas abwesend nickte Walcher und blätterte drei Seiten weiter zu dem Buchstaben G, und tatsächlich, dort stand an vierter Stelle der Name, an den er spontan gedacht hatte.
Laut las er: *Gäbele, Idiko Gäbele. Man kommt herum in diplomatischen Diensten.*
Brunner hielt ihm das Glas vor die Nase: *Jetzt nehmen Sie endlich, das geht so weiter,* deutete er auf die Blätter.
Walcher sog den wunderbaren Duft des Williams in seine Nase und schloss die Augen.
Prächtige Bilder sah er, von Birnbäumen, die sich von den Hügeln bis hin zum Seeufer reihten. Dralle gelbe Früchte hingen daran. Gestreichelt vom Morgennebel fieberten sie den

letzten Reifetagen entgegen, um endlich ihrer einzig sinnvollen Verwendung zugeführt zu werden.
Dann sah Walcher das Bild einer Allgäuer Wiese, auf der ihm ein Kater entgegensprang und er freute sich auf dessen ehrlichen Gestank, der so gar nichts mit dem Ekel erregenden Gestank mancher Menschen zu tun hatte, auch wenn sie feine Herrenparfüms aufsprühten.
Das Allgäuer Grün verwandelte sich in einen Sandstrand und das Schnurren des Katers hörte sich plötzlich mehr nach dem Gurren einer Taube an und eine Feder streichelte seine Haut und die Feder steckte in der Hand einer sonnengebräunten Frau und er hörte eine wunderbare Stimme: *!Viva, les has asado los cojones! Hasta la vista, amigo,* aber dann holte ihn die Realität ein.
Man kann das Zeug natürlich auch durch die Nase ... aber das dauert. Noch einen?
Ja, bitte.

Nachtrag I

Barbara versuchte mit dem Ellenbogen die Türklinke von Brunners Ausweichbüro zu öffnen. In den Händen hielt sie ein Tablett, beladen mit Kaffeegeschirr.
Der schwarze Müllbeutel, den sie mit Klebebändern als Rock um ihre Hüfe drapiert hatte, war ihr dabei zwischen Ellenbogen und Klinke geraten, was das Tablett in eine gefährliche Schieflage versetze.
Als Brunner im Rücken Barbaras fragte, ob er helfen könne, wäre es beinahe um das Transportgut geschehen gewesen, denn Barbara zuckte zusammen, als wäre sie in dunkler Nacht im Wald angesprochen worden und nicht im dritten Stock der Lindauer Polizeidienststelle.
Diese Winkel hier, immer steht plötzlich einer hinter einem, begründete sie ihre Schreckhaftigkeit. *Sie haben Besuch,* deutete Barbara mit einem Kopfnicken auf die Tür, die Brunner in diesem Moment öffnete und selbst sah, wer auf den Besucherstühlen am Besprechungstisch in der Mitte des kahlen Zimmers saß.
C. Cordes und ein Mann, den der Kommissar nicht kannte, der aber bereits mit ausgestreckter Hand auf ihn zukam, sich als Anwalt Dr. Heimershagen vorstellte und betonte, dass sein Mandant aus freien Stücken hier sei, um eine umfassende Aussage machen, zu der er natürlich in keiner Weise verpflichtet sei, da er sich dadurch in wenigen, aber dennoch einigen Teilen unter Umständen selbst belasten könnte.
Auch Cordes war aufgestanden und bot dem Kommissar die Hand. Er sah braun gebrannt und erholt aus und nickte zu Brunners prüfendem Blick. *Sie vermuten richtig, ich habe mir ein paar Tage Auszeit gegönnt, um wieder einen klaren Kopf zu bekommen, und der sagte mir, dass ich reinen Tisch machen muss, auch wenn es weh tut.*
Über vier Stunden berichtete dann der ehemalige Geschäftsführer der LIFUS Seniorenresidenz Cordes – denn nach dem Mord an dem Kellner und der Indizienlage, die Cordes als den Täter präsentiert hatte, war er fristlos gekündigt

beziehungsweise den bestehenden Arbeitsverträgen entsprechend bis zu einem offiziellen Schuldbeweis beurlaubt worden –, den Kommissaren Brunner und Aumiller, welcher Straftaten er sich schuldig gemacht hatte.
Cordes hatte demnach keinen Einfluss auf den medizinischen Komplex, mithin also auf die Abläufe der Medikamententests und dergleichen gehabt. Die gesamte Organisation hierfür lief über die Zentrale und den medizinisch Verantwortlichen Prof. Dr. Höffler.
Bestenfalls wäre ihm, Cordes, eine gewisse Mitschuld anzukreiden, hätte er von den manipulierten oder teilweise überhaupt nicht vorhandenen Einverständniserklärungen und der mangelnden Aufklärung gewusst, aber das sei nicht der Fall gewesen. Selbst die Kühlräume wären ihm nicht bekannt, denn er wäre schließlich nicht der Architekt des Baus und auch nicht beim Bau dabei gewesen.
Mangelnde Aufsichtspflicht im Sinne der Haftbarkeit eines Geschäftsführers, vielleicht, aber letztlich wären das juristische Haarspaltereien.
Was die Versicherungen betraf, so gab Cordes zu, Vermittlungshonorare erhalten und dummerweise nicht versteuert zu haben. Hierzu habe er sich nach der erfolgten Selbstanzeige aber bereits mit dem zuständigen Finanzamt auf eine Nachzahlung geeinigt. Dieser Fall wäre somit also erledigt. Was die Todesfälle und die damit scheinbar vorhandene Kausalität durch die Übertragung der Lebensversicherungen betraf, so würde das ausschließlich die Seniorenselbstverwaltung betreffen und somit den Oberst Oberhofer.
Ihm und dessen ehemaligem Adjutanten, der als Kellner getarnt, für die Grobarbeiten zuständig war, würde Cordes jeden Mord zutrauen, um an die Lebensversicherungen und damit an Finanzmittel für seine Projekte heranzukommen. Cordes schilderte den Oberst als einen Psychopaten, der sogar nicht davor zurückgeschreckt war, seinen Adjutanten umzubringen, nur um ihm, Cordes, die Schuld an dieser Tat in die Schuhe zu schieben. Cordes war davon überzeugt, dass alle Mordopfer auf das Konto des Oberst gingen, wenn es sich

nicht um wirkliche Unfälle oder ein natürliches Ableben gehandelt hatte, aber wer könne das im Nachhinein schon mit Bestimmtheit feststellen.
Bedauerlicherweise, gestand Cordes geknickt, hatte er eine Munitionskiste voll mit Briefen, Tagebüchern, Anklagen von Bewohnern der Residenz, die der Oberst abgefangen und gesammelt hatte, alles Beweismaterialien, die das schändliche Tun dieses Irren hätten belegen können, eigenhändig entsorgt, als ihm der Oberst in einer schwachen Stunde von dieser Sammlung berichtet hatte. Im Interesse des guten Rufs der Residenz habe er das getan und seinerzeit noch nicht die brisante Gesamtentwicklung absehen können.
In diesem Stil ging das so weiter, bis die Kommissare die Nase voll hatten, denn Cordes gab letztlich nur zu, wofür er bestenfalls mit geringfügigen Strafen zu rechnen hatte. Obwohl der Anwalt sämtliche Paragraphen herunterspulte, die dagegen sprachen, nahm Hauptkommissar Brunner den ehemaligen Geschäftsführer Claus Cordes unter dem dringenden Tatverdacht des Totschlags an dem Kellner Frieder Winkelmann fest sowie der Mittäterschaft an den fahrlässigen Tötungen infolge Medikamententests in den Fällen der Cordula Schaible, Irina Basowitz, des Klaus Gmeiner, der Hilde Heim, des Mathias Mutschler und der Sonja Fischer.
Ferner wurde er der Mittäterschaft an den Morden des Hermann Burger, Hubert Steurer, Gustav Meinrat und Richard Bracket beschuldigt.
Obwohl Kommissar Brunner wusste, dass Cordes mangels Beweisen spätestens in ein paar Tagen wieder auf freiem Fuß sein würde, gab ihm diese Amtshandlung eine gewisse Genugtuung, die allerdings nur anhielt, bis Brunner und sein Team auch den Oberst festnehmen wollten. Ihm konnte der Mord an seinem Adjutanten und die Mittäterschaft an den Morden an Richard Bracket und Gustav Meinrat nachgeweisen werden, jedenfalls als Indizienketten.
Aber Oberhofer hatte sich in eine andere Welt zurückgezogen und es war höchst ungewiss, so jedenfalls die Aussage des Arztes am Psychiatrischen Bezirkskrankenhaus in Kempten,

ob der Oberst daraus jemals wieder zurückkehren würde. Oberhofer war am Vorabend eingeliefert worden.
Die Vorstandsbeisitzerinnen der Seniorenselbstverwaltung, Martha Höss und Bettina Schuster, hatten ihm vor der Wochensitzung erklärt, dass sie ihre Ämter niederlegen würden und auch nicht weiter vorhätten, sich in der Selbstverwaltung zu engagieren. Unglaubliche Dinge wären in seiner Vorstandszeit geschehen, die sie nicht mehr mittragen könnten. Sie würden mit den Bewohnern der Residenz zusammenleben und diese nicht bekämpfen oder ausbeuten wollen, nur damit der Vorsitzende sich ein Denkmal nach dem anderen setzen könnte.
Nach dieser bewundernswerten Offenheit der beiden Damen, die zwar beinahe ohnmächtig vor Aufregung, aber stolz und glücklich über ihren Mut waren, erlebten sie eine furchtbare Stunde. Rasend vor Zorn war Oberhofer in seine Wohnung gerannt und mit einer Pistole in der Hand zurückgekommen. Dann hatte er die beiden Frauen durch die halbe Residenz gejagt und sie dabei brüllend mit den ungeheuerlichsten Bezeichnungen zutiefst verletzt.
Im Empfang wollte er dann Frau Wassermann zwingen, den *Kollaborateurenhuren* die Haare abzuschneiden.
Angesichts der schütteren Haarpracht und des Zustands der beiden völlig aufgelösten Damen reagierte Frau Wassermann erstaunlich beherrscht und vor allem bewies sie Geschichtswissen. Sie holte eine große Schere, Papier und Filzstifte aus der Ablage in der Rezeptionstheke und bat den Oberst, er möge schon mal zwei Schilder malen, so wie man sie diesen Hurenweibern im Krieg um den Hals gehängt hatte.
Der Oberst ernannte Frau Wassermann zu seinem neuen Adjutanten und malte mit Eifer auf ein Blatt: *Ich bin eine Verräterin.* Zum zweiten Blatt kam er allerdings nicht, denn Frau Wassermann knallte ihm den faustgroßen Brocken Nagelfluhgestein aus dem Eistobel auf den Kopf, der auf der Theke einen Stapel Prospekte beschwerte, ebenso verlässlich, wie er den Oberst außer Gefecht setzte.

Nachtrag II

Zwei Monate nach diesen Ereignissen hatten Nora und Walcher in New York ein Treffen vereinbart.
Im Café des Guggenheim Museums tranken sie einen amerikanischen Cappuccino und unterhielten sich über den Feldzug gegen GMC, über Hinteregger und natürlich über ihre Gefühle füreinander.
Dabei spielten zwar beide mit dem Gedanken, bereit für einen zweiten Versuch zu sein, allein der Zauber war verflogen und bei Walcher saß es tiefer, als er sich eingestanden hatte: das Misstrauen über Noras Schauspielkunst.
Es wurde zu einer quälenden Begegnung, die damit endete, dass sich Nora und Walcher wie alte Bekannte verabschiedeten, die sich zufällig getroffen, einen Kaffee getrunken und Neuigkeiten ausgetauscht hatten, um dann wieder ihrer Wege zu gehen.
Und das war gut so, denn immerhin waren Herbstferien und Walcher konnte sich ausgiebig seiner Tochter widmen, die er mitgenommen hatte, um ihr die erste Großstadt dieser Welt zu zeigen, ganz stolzer Vater.
Irmi war begeistert, überwältigt, fasziniert von New York.
Sie schien keine Müdigkeit zu kennen und wollte alles entdecken, was es in New York zu entdecken gab, und das in ganzen vier Tagen.
Umso erstaunter war Walcher, als ihm Irmi auf dem Flug nach Hause gestand, dass sie niemals in dieser Stadt leben wollte. Noch mal hin und ansehen, was sie nicht geschafft hatten, das schon, aber dort leben, unvorstellbar.
Ich werde immer ein Landmensch bleiben, stellte Irmi fest. *Allein wenn ich mir vorstelle, dass ich morgen wieder ein Frühstücksei bekomme und weiß, dass es von Immergrün oder Heideröschen gelegt wurde, dann freue ich mich, als ob schon Weihnachten wäre.*

Nachtrag III

In den Geruch des frisch renovierten Zimmers mischte sich kämpferisch der Duft des Williams, den ein strahlender Brunner seinem Gast reichte. Das Büro des Kommissars hatte neben der frischen Farbe, dem abgeschliffenen und neu eingelassenen Holzboden noch eine wesentliche Veränderung erfahren. Die Zimmermitte zierte ein dicker Perserteppich, in vornehmlich roten und blauen Farbtönen.
Ungewöhnlich für eine Polizeistube, konnte sich Walcher nicht verkneifen, *oder wohnen Sie neuerdings hier?*
Zum Wohl, mein lieber Herr Walcher, schüttelte Brunner den Kopf, wobei nicht klar war, ob diese Geste dem Williams galt oder seine Antwort unterstreichen sollte, *nein, so weit bin ich noch nicht, aber ich finde das eine respektable Geste meines Chefs. Obwohl ich immer noch darüber nachdenke, ob er damit sagen will, dass ich etwas leiser treten soll, auf dem Dienstweg jedenfalls. Na, wie auch immer, ich find's gemütlich und schließlich bin ich hier ja wirklich bald häufiger als zu Hause.*
Nachdem auch Walcher den Williams geschluckt und ebenfalls den Kopf geschüttelt hatte, deutete Brunner auf den Bildschirm: *Kommen Sie, wir haben übrigens Ihren Hühnerkiller.*
Der Kommissar drückte auf eine Taste des Telefons und rief: *Barbara, bitte bringen Sie mir den Sombrero rüber.* Dann tippte er auf die Maus und aktivierte den Bildschirm, auf dem die grob gepixelte Vergrößerung eines Hutes erschien. *Sie erinnern sich, Bahnhof Kempten, der Anrufer, der Sie erfolglos dazu bringen wollte, sich aus der Residenz rauszuhalten?*
Walchers Nicken legte Barbara, die zur Tür herein stürmte, als Begrüßung aus, nickte zurück und reichte ihm einen schwarzen Hut mit breitem, quietschgelben Hutband und ausladender Krempe. Dabei hatte ihn Barbara mit einem derart herzlichen Lächeln bedacht, dass er unwillkürlich zurücklächelte und dachte: Wenn sie nicht geschminkt ist, sieht sie richtig hübsch aus.
Kommen Sie, stieß ihn Brunner an, nachdem seine Assistentin wieder draußen war, *hier spielt die wahre Musik.*

Der Kommissar nahm Walcher den Hut ab und hielt ihn neben den Bildschirm. *Wir haben auch den Mantel gefunden, er gehörte dem Kellner, Frieder Winkelmann, einem ehemaligen Leutnant, der lange Jahre so etwas wie Oberhofers Sekretär oder Adjutant war, bis er unehrenhaft aus der Bundeswehr entlassen wurde. Er war von 1996 bis 1998 mit dem Oberst in Bosnien-Herzegowina bei der SFOR und hatte so ziemlich mit allem gehandelt, was richtig verboten ist, Drogen, Frauen, aber auch Waffen, Medikamente, Lebensmittel, Schmuck und so weiter. Damals stand auch der Oberst in Verdacht, daran beteiligt zu sein, aber es war ihm nichts nachzuweisen.*

In jedem Fall wurde das Gespann aus der Frontlinie geholt, der Leutnant davon gejagt und der Oberst drei Jahre später in den Ruhestand geschickt. Noch einen?, wollte der Kommissar wissen.

Gern, stimmte Walcher zu, denn ihm war ein leichter Schauder über den Nacken gewandert. Er hatte an Mathildes Worte denken müssen, damals beim Hühnerstall, als sie die toten Hühner entdeckt hatten. An jedes Wort erinnerte er sich: „Einen Menschen am Seil, der schon tot ist, der es nur noch nicht weiß." Genau das hatte Mathilde gesagt, als er sie fragte, was sie denn im Stall gesehen hätte. Auch jetzt weigerte er sich darüber nachzudenken, sondern schob dieses seltsame Gefühl – ganz Ratio – auf den Williams, von dem er gleich noch einmal trinken musste. Ein grässliches Gesöff.

Haben Sie einen neuen Lieferanten?, fragte er den Kommissar.

Nachwort

Die Handlungen dieses Romans, die darin vorkommenden Personen, Unternehmen, Örtlichkeiten und Zahlenangaben sind ebenso Fiktion wie die Preiskalkulationen von Bahn oder Energieversorgern und die Wahlversprechen unserer Politiker. Einzig die beschriebenen Allgäuer Speisen sind real und bieten Halt und Kraft in einer Gesellschaft, deren Werte sich immer mehr auf Reichtum zu beschränken scheinen.
Fiktion wird es wohl auch sein, dass eine Generation in Sicht ist, die sich über derlei ethische Fragen selbst den Kopf zerbrechen wird, anstatt diese Aufgabe an Berufsvordenker zu delegieren.
Dennoch gebe ich nicht die Hoffnung auf, dass irgendwann die im vierten Gebot versteckte Botschaft und Chance für den Bau einer humanen und sozialen und damit erfolgreichen Gesellschaft von Jung und Alt verstanden wird.

Joachim Rangnick

Mathilde brachte nicht nur das Tablett mit dem Kaffee ins Wohnzimmer, aus ihrem Windschatten heraus verbreitete sich auch eine betörende Duftwolke.
Abrupt unterbrach Kommissar Brunner die Schilderung seiner nächtlichen Hausdurchsuchung in der Seniorenresidenz und schnupperte irritiert. Walcher tat es ihm nach und dachte sofort an Reisen, Abenteuer und exotische Früchte.
Mathilde lächelte, als habe sie diese Reaktion erwartet, nickte und setzte das Tablett auf den Tisch.
Sumatra, flüsterte sie verschwörerisch, *war gestern extra in der Ravensburger Kaffee-Rösterei. Nero Grande, frisch gröschtet, werets seha, kommt ma numma los ...*

Ein Lichtschimmer war es, der Walcher im Wohnzimmer ans Fenster trieb. Die Innenleuchte des Espace brannte und er konnte eine Figur auf dem Fahrersitz erkennen.
Seine Nackenhaare sträubten sich. Er atmete tief durch und beschloss das Problem frontal anzugehen. Im Flur griff er sich den Besen und stürmte hinaus auf den Hof, bremste, atmete durch, schulterte den Besenstil wie ein Gewehr und klopfte leicht an die Seitenscheibe.
Er wollte Mathilde nicht erschrecken, die auf dem Fahrersitz saß und in der Gebrauchsanleitung blätterte.
Trotzdem fuhr Mathilde hoch, starrte erschrocken hinaus, erkannte ihn und öffnete lächelnd die Tür.
Konnt' nicht schlafen, weil mir der TÜV mein Auto abgesprochen hat.
Walcher nickte und dachte, dass es höchste Zeit gewesen war, ihre alte Karre aus dem Verkehr zu ziehen.
Gibt ein gutes Gefühl, meinte Mathilde und klopfte auf das Lenkrad. *Hast gute Erfahrung mit dene Rennos?*
Walcher nickte.
Die ham doch au kleinere?
Kangoo, nickte Walcher.
Kangoo?
Ja, der Kangoo, mit dem kannst auch mal Heuballen transportieren.
Kangoo, fahrsch mal mit mir zu dene Rennos?
Klar, wenn du willst gleich morgen.

Warum, im Namen aller Schutzheiligen, fauchte Brunner Kommissar Wehrle an, *fährst du von Lindenberg über Ravensburg und dieses Dürndast nach Lindau zurück, wo hier vor Arbeit alles zusammen bricht ?*
Dürnast, berichtigte Wehrle.
Warum?, habe ich gefragt, knallte Brunner seine flache Hand auf den Tisch.
Barack Obama!, flüsterte Wehrle
Willst du mich verarschen?, knurrte Brunner.
We can!, nickte Wehrle, merkte aber, dass seinem Chef der Witz abging und klärte ihn schleunigst auf.
Also, der Obama hat der Geli ihren Slogan geklaut, den sie schon seit Jahren auf Ihrer Speisekarte hat. Und ich untersuche, ob es Sinn gibt, Obama dafür haftbar zu machen. Eindeutig ein Copyright-Vergehen.
Brunner schüttelte nur den Kopf, *wer ist Geli?*
Walcher hat mir den Tipp gegeben.
Walcher, der fehlt mir heute noch. Also, wer ist Geli?
Geli ... das ist Gemütlichkeit, Bratkartoffel, Bier, Wurstsalat, Wein, Knödel, Haxen, Schweinebraten...
Brunner klang nicht mehr ganz so geladen, als er fragte: *Wo ist das Dürndingens ...*

Die Lotto Company

Der Roman erzählt die unglaubliche Entstehungsgeschichte eines globalen Firmenimperiums und zeichnet den Machtkampf nach, der um die Führung entbrannt ist.
Als der Investigativ-Journalist Robert Walcher mit der Company in Berührung kommt, bricht im beschaulichen Allgäu der blanke Terror aus. Eine Kriminalfiktion, spannend, atemberaubend und verblüffend.

Die Lotto Company ISBN 398098890-2

Die Austräger

Walcher stößt auf geklonte Kinder, Organhändler und auf skrupellose Mediziner. Wir werden Augenzeugen eines bedrückenden Szenarios.
Eine Kriminalfiktion, die an Spannung, Grauen, ja Realitätsnähe kaum zu überbieten ist.
Sie führt uns, Menschenverachtung und Brutalität im Gepäck, um die halbe Welt und wieder zurück.

Die Austräger ISBN 398098891-0

Frische Hühnchen

„ ... gleich würde er aufwachen und feststellen, dass er nur geträumt hatte, gerade ein Kind zu ersteigern, als wäre er auf einem Sklavenmarkt im alten Rom."
Der Investigativ-Journalist Robert Walcher recherchiert diesmal zu einem besonders abscheulichen Verbrechen: Menschenhandel, sei es mit Kindern, mit Jugendlichen oder mit Erwachsenen.

Frische Hühnchen ISBN 978-3-98098892-6

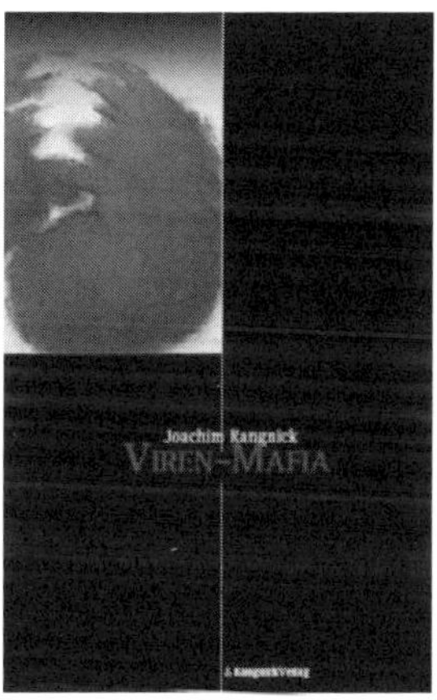

Viren-Mafia

Durch einen mysteriösen Auftrag gerät der Investigativ-Journalist Robert Walcher zwischen die Fronten von italo-amerikanischen Mafia und den chinesischen Triaden.
Beide Organisationen zeichnen sich nicht gerade durch Respekt vor dem menschlichen Leben und den Gesetzen unserer Zivilisationen aus.
Erschreckend real, fesselnd und spannend, erlebt der Leser, wie vom Allgäu aus ein packender Kampf gegen die Viren-Mafia geführt wird.

Viren-Mafia ISBN 978-3-98098893-3

... und schauen Sie mal im Internet unter:
www.rangnick-verlag.de

*Ond des hosch du gmacht?** Mathilde schlug das Buch auf, blätterte ein, zwei Seiten und fixierte Irmi mit einem kritischen Blick.
*Derfsch mi fei it aaliaga.*** Wieder blätterte sie, schüttelte dabei mehrmals den Kopf und meinte, nun wieder in Hochdeutsch: *Tolle Bilder ... und das hast du wirklich selbst gemacht ... das ganze Buch?*
Irmi nickte. *Wenn du willst, zeig' ich's dir. Kannst du auch, ist absolut easy. Als Nächstes mach' ich eins über unsere Hühner, dann eins mit deinen Kochrezepten. Bekommst du dann zu Weihnachten.*
Und ich?, meldete sich Walcher.
Dir mach' ich eins über deinen Vorratskeller und über Sherry, grinste Irmi verschmitzt.

* Und das hast du gemacht?
** Du darfst mich nicht anlügen.

... und schauen Sie mal unter:
www.rangnick-verlag.de

J.RangnickVerlag